Elizabeth Musser · Das Hugenottenkreuz

N. Evers

Elizabeth Musser

Das Hugenotten-kreuz

Aus dem amerikanischen Englisch
von Friedemann Lux

johannis

Die Deutsche Bibliothek – CIP-Einheitsaufnahme

Musser, Elizabeth :
Das Hugenottenkreuz / Elizabeth Musser. Aus dem amerikan. Engl. von Friedemann Lux. – Lahr : Johannis, 2001
(TELOS-Bücher ; 2418 : TELOS-Paperback)
ISBN 3-501-01414-7

TELOS-Paperback 72 418

Titel der amerikanischen Originalausgabe: TWO CROSSES

Umschlaggestaltung: Silke Leppert, CREACTIX, www.creactix.de
Illustration: Silke Leppert

Gesamtherstellung:
St.-Johannis-Druckerei, Lahr/Schwarzwald
Printed in Germany 14251/2001

Die Geschichte ist meiner geliebten Großmutter,
Allene Massey Goldsmith,
gewidmet, mit dem Gebet, dass wir noch
viele Nachmittage haben, wo wir gemeinsam auf dem
Weidensofa auf deiner Veranda sitzen.

Solange ich mich zurückerinnern kann,
hast du immer mir zugehört, mich ermutigt,
mich geliebt, an mich geglaubt.
Du bist eines der größten Gottesgeschenke an mich.
Danke, dass du in jedem Stiefmütterchen
ein Gesicht fandest.
Ich liebe dich.

Danke!

Mein ganzes Leben schon schreibe ich in meinem Kopf Geschichten. Dass nach all diesen Jahren eine als Buch herauskommt, ist mir ein Zeichen für Gottes Güte und perfektes Timing. »Treu ist er, der euch ruft; er wird's auch tun.«

Meine Eltern, Barbara und Jere Goldsmith: Ich schulde euch lebenslange Dankbarkeit, dass ihr mich so ermutigt und in meinen Träumen und Plänen unterstützt habt. Ihr seid zwei der großzügigsten Menschen in der Welt!

Meine Großmutter, Allene Goldsmith: Noch einmal Danke für all die Zeit und Liebe, die du mir gabst.

Meine vielen Freunde hier in Frankreich, die mir so bereitwillig über Dinge berichteten, die ihnen oft in schmerzlicher Erinnerung waren: *Merci mille fois!*

Unsere Gebetspartner auf der anderen Seite des Atlantiks, die in all den Jahren unserer Arbeit in Frankreich meine Briefe gelesen haben: Danke für eure Gebete und dass ihr mich in meinem Schreiben so ermutigt habt.

Mein Freund, Lektor und Mit-Frankreichliebhaber Dave Horton: Danke, dass du mit deinem geduldigen Rat dieses Buch möglich gemacht und mir das Geheimnis des Hugenottenkreuzes nahe gebracht hast.

Lora Beth Norton: Danke für dein geschultes Auge im Redigieren dieses Buches; es war schön, mit dir zusammenarbeiten zu können.

Trudy Owens und Cathy Carmeni: Danke für euren wertvollen Rat beim Lesen des Manuskriptes.

Meine Mitstreiter Howard und Trudy Owens und Odette Beuaregard, die mir Fanclub, Babysitter, Seelenfreunde und Ersatzfamilie waren: *Je vous embrasse avec tout mon cœur.*

Andrew und Christopher, meine lieben Söhne, die so geduldig waren, wenn Mama wieder einmal am Computer saß, und die als Vorbilder für die Kinder in diesem Buch gedient haben: Viele, viele Umarmungen!

Und nicht zuletzt mein Mann, Paul, der Jahr um Jahr immer an der richtigen Stelle gelacht und geweint hat: Ich kann es nicht oft genug sagen: *Je t'aime.*

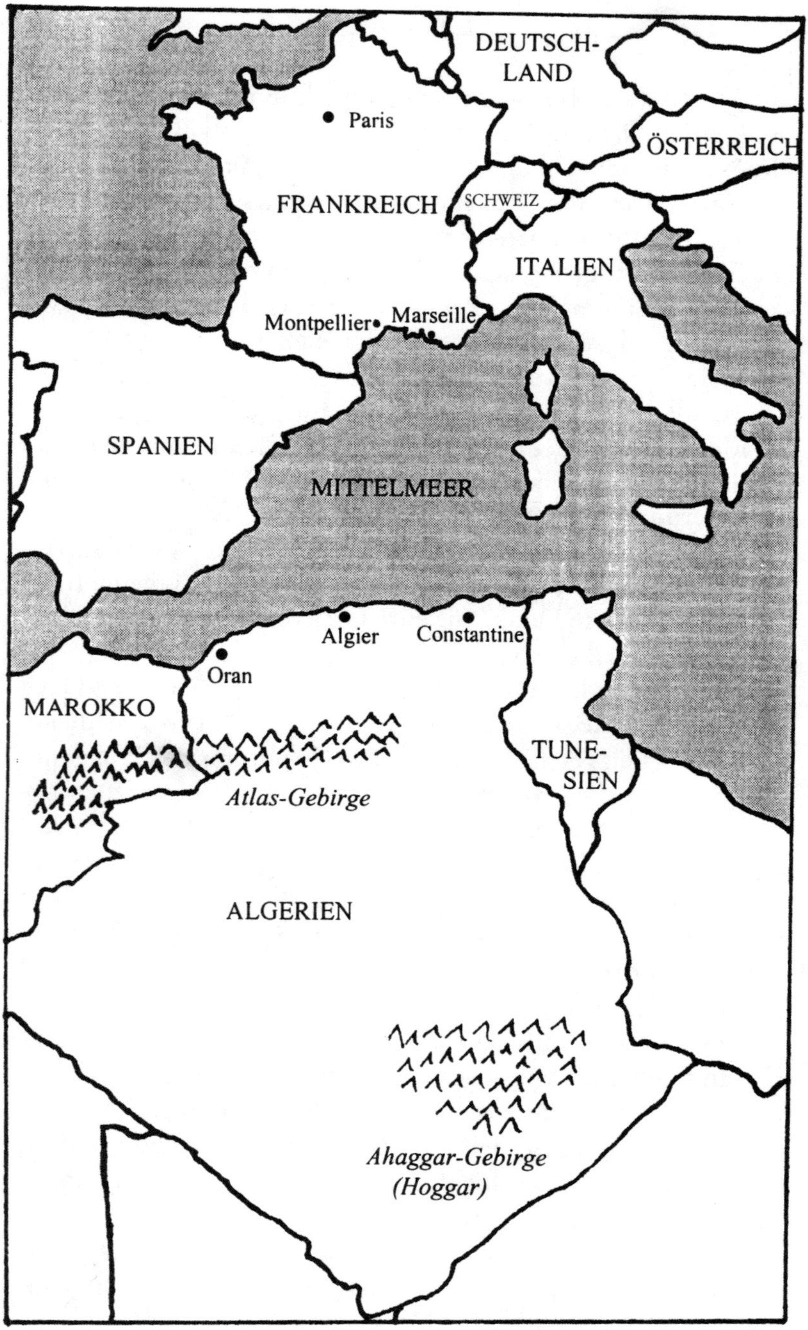
DEUTSCH-
LAND
Paris
ÖSTERREICH
SCHWEIZ
FRANKREICH
ITALIEN
Montpellier
Marseille
SPANIEN
MITTELMEER
Algier
Constantine
Oran
MAROKKO
TUNE-
SIEN
Atlas-Gebirge
ALGERIEN
Ahaggar-Gebirge
(Hoggar)

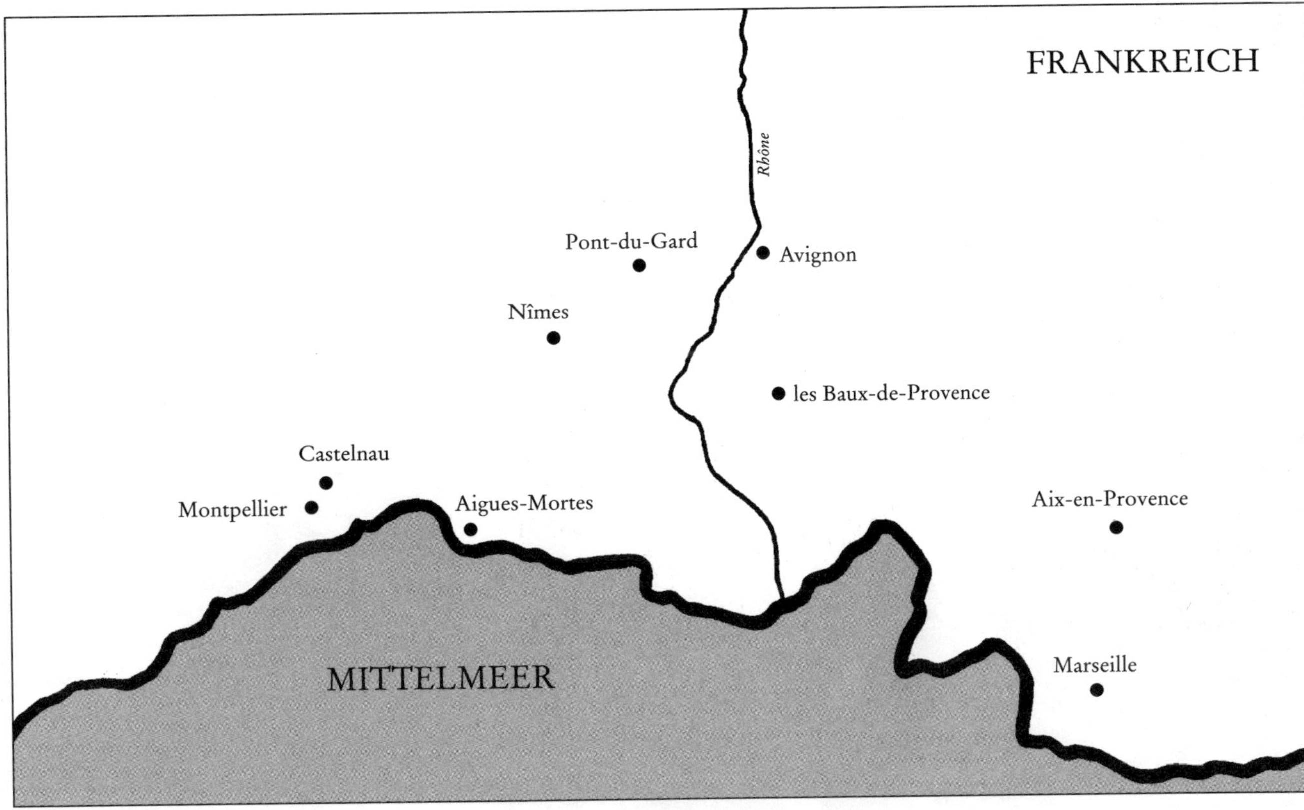
FRANKREICH
Rhône
Pont-du-Gard
Avignon
Nîmes
les Baux-de-Provence
Castelnau
Montpellier
Aigues-Mortes
Aix-en-Provence
Marseille
MITTELMEER

KAPITEL 1

September 1961

Gabriella Madison schaute zum Fenster ihres kleinen Zimmers hinaus. Draußen ging sachte die Sonne auf über dem schläfrigen Castelnau. Gabriella schlüpfte aus dem Bett, reckte sich und ließ ihre Finger durch ihr dickes rotes Haar gleiten. Die Fliesen des Fußbodens waren kühl unter ihren nackten Füßen, aber sie wusste, dass es ein heißer Tag werden würde. Die leeren Straßen unten begannen sich mit Leben zu füllen. Nach zwei Wochen war es bereits ein vertrautes Ritual. Madame Leclerc, Gabriellas Wirtin, war die Erste, die die Bäckerei ein paar Häuser weiter betrat, um Baguettes und Brot für ihre drei Zimmermieterinnen zu kaufen. Als Nächster sauste ein vielleicht sechsjähriger Junge in die Bäckerei; seine Schultern hoben und senkten sich von dem Rennen.

Gabriella schaute noch einen Augenblick zu, bis ein schlaksiger junger Mann, der Mitte Zwanzig sein mochte, zügig die Straße hinauf kam und die Bäckerei betrat. Vor ein paar Tagen hatte sie ihn zum ersten Mal gesehen und nach der Beschreibung der anderen Mieterinnen von Madame Leclerc sofort erkannt. David Hoffmann, der amerikanische Lehrer, der in St. Joseph unterrichtete. Ein geheimnisvoller Typ, hatten sie Gabriella zugeraunt. Sie drückte sich noch näher an das Fenster, um ihn besser zu sehen.

Ein schönes Städtchen, dieses Castelnau, dachte sie, als sie von dem Fenster zurücktrat. Sie zog die Bettdecke ordentlich über das Bett und schüttelte das Kissen auf. *Ganz anders als Dakar. Oder sonst ein Ort im Senegal.*

Sie bändigte ihr Haar mit einem Band und wusch ihr Gesicht in dem kleinen Waschbecken in der Ecke des Raumes. Sie öffnete den großen Schrank aus Eichenholz und zog eine frisch gebügelte Bluse und einen schlichten, marineblauen Rock heraus. Der Rock hing lose um ihre Taille. *Und ich hab gedacht, in Frankreich wird man dick von all dem Brot und Gebäck ...*

Sie war erst vor zwei Wochen nach Castelnau gekommen, begierig, ein neues Land und neue Menschen kennen zu lernen, doch immer öfter passierte es, dass mitten während eines Gangs durch die Stadt das Heimweh sich abrupt meldete. Wenn sie eine Frau sah, die wie Mama frisiert war, oder zwei schlanke, gebräunte Mädchen, die fröhlich lachten, so wie Jessica und Henrietta. Sie merkte, wie sie an diesem hellen Morgen, der zum ersten Mal nach Herbst roch, eine unterschwellige Angst fortdrücken musste. Zu Hause roch nichts nach Herbst. Zu Hause würde sie jetzt nicht den ersten Tag ihres Studiums beginnen. Aber jetzt war sie hier in diesem französischen Dorf, ein Meer entfernt von ihrer Welt in Afrika, und sie wusste, sie musste sie wegschieben, die Gedanken an das, was früher gewesen war. *Komm, am ersten Tag deines Studiums darfst du kein Heimweh haben. Geh hinein in den Tag und sieh, was er dir bringt.*

Sie langte nach der großen, in Leder gebundenen Bibel auf ihrem Nachttisch und hielt sie an die Brust, wie einen lieben Freund. Ihre schlanken Finger gingen über die Seiten, bis sie die Stelle fand und zu lesen begann.

Als sie zehn Minuten später die Bibel zurück auf den Nachttisch legte, flatterte ein Brief aus ihr auf den Fußboden. Sie bückte sich, um ihn aufzuheben. Bevor sie ihn wieder in die Bibel schob, las sie ein paar der Worte: »... schenke ich dir dieses Kreuz, das für mich immer ein Zeichen der Vergebung und der Liebe war. Eines Tages wirst du diese Erinnerung vielleicht auch brauchen ...« Ein kurzer Schatten huschte über ihr Gesicht, während sie ein nebelhaftes Erinnerungsbild beiseite schob. Ihre Hände gingen instinktiv an die goldene Kette um ihren Hals. Dann kniete sie sich auf den Boden und legte ihre gefalteten Hände auf die Seite des Bettes. Sie spürte sie nicht, die kalten Fliesen unter ihren nackten Knien. Ihre Lippen bewegten sich stumm. Erst als sie wieder aufstand und ihren Rock glatt strich, merkte sie, dass ihre Hände nass waren von ihren Tränen.

* * * * *

Gabriella beendete ihr Frühstück aus Brot, Butter, Marmelade und einer riesigen Tasse heißer Schokolade. Den starken Kaffee, den die Franzosen zum Frühstück tranken, mochte sie nicht. Seit dem Fiasko am ersten Morgen, als sie das Gebräu mit viel Milch und vier Würfeln Zucker hinuntergezwungen hatte, hatte die freundliche Madame Leclerc ihr stattdessen heiße Schokolade angeboten. Sie musste lächeln, als sie daran zurückdachte. Sie wischte die Krumen von ihrem Rock, deckte den Tisch ab und stellte das Geschirr klappernd in die Spüle.

»Du musst gehen, Gabriella! Du bist immer die Letzte, weil du mir alter Schachtel hilfst. Aber heute darfst du nicht zu spät kommen. *Allez!* Stephanie und Caroline sind schon fort.« Gabriella ließ sich Madame Leclercs freundlichen Hinauswurf gerne gefallen. Sie packte ihren kleinen grünen Rucksack, der neben der Wohnungstür lag, öffnete die Tür, drehte sich noch einmal um und küsste ihre Wirtin, wie es hier Sitte war, auf beide Wangen. *»Au revoir! Und merci!«*

Sie lief die schmale Treppe hinunter zu der schweren Haustür aus Eichenholz. An einem guten Tag konnte Gabriella zwei Stufen auf einmal hinuntersausen, zurück nach oben laufen und wieder nach unten springen, bevor das automatische Flurlicht ausging. Es war ihr kleines Spiel – kindisch, aber lustig. Aber heute drückte sie nicht auf den orangenen Leuchtknopf. Sie brauchte die paar Sekunden in dem dunklen Flur, um sich zu sammeln.

Das plötzliche Septembermorgensonnenlicht draußen ließ sie die Augen zusammenkneifen. Sie trottete rasch den Bürgersteig entlang, vorbei an den verführerischen Düften der Bäckerei. Dann das Café-Bar, wo kugelbäuchige Männer schon den ersten Aperitif des Tages tranken und Frauen lautstark schnatterten, während ihre Hunde an den Leinen zerrten. Sie hatte ihn bereits lieb gewonnen, diesen kurzen Gang, der sie zu der alten Kirche St. Joseph führte. Nicht groß, aber alt und romanisch massiv stand sie wie ein gütiger Vater da, der über seinen Kindern, den Häusern der Stadt, wachte – stumm, aber allgegenwärtig und allwissend.

Sie ging durch eine verwaschene rote Seitentür und ein paar Stufen hinab in das Kirchenschiff, wo frisch flackernde Kerzen die frühmorgendliche Treue von ein paar Gläubigen verrieten. Die Kirche füllte sich langsam mit den jungen Studentinnen. Gabriella setzte sich in eine der vorderen Bankreihen, neben Stephanie.

»Da bist du ja«, sagte ihre Zimmernachbarin zu laut. »Ich dachte schon, du kommst zu spät.«

Gabriella lächelte. »Es ist zum Glück nicht weit.«

»Ich hab gehört, der erste Tag soll ziemlich langweilig sein.« Selbst im Flüstern hallte Stephanies etwas raue Stimme in dem Kirchenraum. Gabriella legte nickend einen Finger auf die Lippen.

Die wohl zwanzig Bankreihen waren jetzt halb von jungen Frauen besetzt. Jetzt kam eine kleine ältere Frau, die eine schwarze Nonnentracht trug, den Mittelgang entlang nach vorne. Gabriella hatte gehört, dass Mutter Griolet über 70 war, aber die grünen Augen der Nonne waren voller Leben. Sie sprach Englisch, mit einem starken französischen Akzent. »Guten Morgen, Mädchen, und willkommen in unserer Kirche! Ich bin Mutter Griolet, die Leiterin eures Programms. Wie ihr sicher schon in eurer Orientierungswoche gemerkt habt, werdet ihr euch jeden Morgen um halb neun hier zu den Bekanntmachungen versammeln, und anschließend in euren Morgenunterricht gehen.

Wie ihr vielleicht auch wisst, ist dies mein vierzehntes Jahr in dem französisch-amerikanischen Studentenaustauschprogramm hier in Castelnau, und inzwischen habe ich mich – sagen wir: etwas an die Gewohnheiten der amerikanischen Frauen gewöhnt.« Sie hob ihre Augenbrauen, ein unterdrücktes Kichern lief durch die Bänke. »Wir versuchen, mit so wenig Regeln wie möglich auszukommen, denn wir wollen, dass ihr dieses Fleckchen Frankreich in euch aufnehmt und die Sprache lernt. *Aber«* – wieder hier und da nervöses Kichern – »wir erwarten, dass ihr euch eurem Alter entsprechend benehmt und daran denkt, dass ihr euer Land vertretet.

Wie immer, werde ich euch als Erstes etwas über die Geschichte von St. Joseph erzählen. Keine Angst, ich mache es kurz.« Sie zwinkerte mit den Augen. »Diese Kirche wurde im 13. Jahrhundert erbaut. Das Pfarrhaus, wie ihr es nennt, kam im 18. Jahrhundert dazu, ebenso die Unterrichtsräume, das Refektorium und die Schlafräume. Eine Zeit lang war St. Joseph eine kirchliche Mädchenschule. Ich selber kam 1917 als Lehrerin hierhin und wurde später die Leiterin. Damals habe ich auch ein kleines Waisenhaus eröffnet; ihr habt die Kinder sicher schon gesehen.

Im Zweiten Weltkrieg wurde die Schule geschlossen, aber Kirche und Waisenhaus blieben geöffnet. Auf einmal hatte ich nur noch halb so viel Arbeit. Aber etwas Arbeit findet man natürlich immer, vor allem in der Kirche.« Ihre Stimme wurde eine spielerische Spur argwöhnisch, und wieder hoben sich ihre Brauen. Diesmal lachte niemand.

»Nach dem Krieg wurde St. Joseph mit der Hilfe einiger reicher amerikanischer Geschäftsleute in eine Schule umgewandelt, die Unterricht auf Französisch und Englisch anbietet – eine Art Austauschprogramm für die höheren Töchter besagter Geschäftsleute.

Und so kam es, dass ich 1947 wieder Schuldirektorin wurde, nur dass ich diesmal mein Englisch etwas aufpolieren musste, ihr versteht.« Sie betonte den letzten Satz mit einem übertriebenen Akzent. Die Mädchen lachten herzlich.

»Wie ich euren armen zahlenden Eltern immer sage: Die Lage unserer Schule in der Nähe des Mittelmeers ist ideal für die Bildung ihrer Töchter. In jedem Quartal gibt es mehrere Ausflüge zu historischen Stätten in der Region, dazu natürlich den Frühjahrsausflug nach Paris – zwei Wochen, in denen ihr den Charme der Stadt in euch aufnehmen, die Museen besuchen und euch in den Straßencafés unter die Studenten der Sorbonne mischen könnt. Klingt das nicht romantisch?« Die Mädchen nickten.

»Dieses Jahr seid ihr zweiundvierzig, die aus sieben Universitäten und drei Ländern kommen. Wie schon in den vergangenen Jahren sind viele von euch in *demi-pension* untergebracht, das heißt, ihr wohnt bei einer französischen Familie, die euch auch verköstigt. Die übrigen wohnen in der Universität in Montpellier, nur fünfzehn Minuten mit dem Bus von hier. Ich hoffe, ihr habt euch schon ein bisschen kennen gelernt.

Und jetzt möchte ich euch unsere Dozenten vorstellen.« Sie sah zu den drei Männern und der Frau hin, die vor ihr in der ersten Reihe saßen. »Wenn Sie bitte jeweils einen Augenblick aufstehen, wenn ich Sie vorstelle.«

Sie sah wieder die Studentinnen an. »Zuerst Monsieur Claude Brunet, der euch in französischer Grammatik auf allen drei Leistungsstufen und Konversation unterrichten wird.« Ein dünner, hoch gewachsener Mann mittleren Alters mit einem enormen Schnurrbart und buschigen Augenbrauen stand auf und nickte leicht.

»Das ist der, der es letztes Jahr mit dem Mädchen aus Rhode Island hatte. Ein richtiger Playboy«, flüsterte Stephanie. Gabriella sah sie ungläubig an.

»Doch, echt – die Schwester meiner Zimmernachbarin vom letzten Jahr war in dem Kurs.«

Gabriella rollte ihre Augen. Monsieur Brunet setzte sich wieder.

»Dann Monsieur Jean-Luc Vidal.« Ein mindestens wie sechzig aussehender Mann mit Halbglatze, Drahtbrille und einem großzügig proportionierten Bauch schnellte nach oben, seine Augen blickten halb aufgeregt-zerstreut. »Monsieur Vidal unterrichtet europäische Geschichte – auf Französisch, natürlich.«

»Langweiliger Typ«, kommentierte Stephanie.

Mutter Griolet fuhr fort. »Dieses Jahr dürfen wir für zwei der Kurse eine Dozentin von der *Faculté des Lettres* in Montpellier begrüßen. Madame Josephine Resch wird euch in die französische Literatur des 18. Jahrhunderts und den französischen Roman des 20. Jahrhunderts einführen.« Eine vielleicht 35-jährige Frau mit streng geschnittenem schwarzen Haar erhob sich.

»Soll streng, aber gut sein«, kam Stephanies Kommentar.

»Und nicht zuletzt Mr. David Hoffmann. Das Thema seines Seminars, das er zum ersten Mal im letzten Jahr hier in St. Joseph gab, lautet: Visionen des Menschen in Vergangenheit und Gegenwart. Mr. Hoffmann wird auf Englisch und Französisch unterrichten, da sein Kurs Kunst, Geschichte und Literatur aus beiden Ländern behandelt.«

Alle Augen richteten sich auf den hoch gewachsenen, athletischen Mann, der sich von seinem Platz erhob. Sein Haar und seine Augen waren pechschwarz. Für einen Mann Mitte zwanzig sah er erstaunlich ruhig und erwachsen aus.

Stephanie gab Gabriella einen Rippenstoß. »Soll charmant sein, aber sehr reserviert.«

Als David Hoffmann sich wieder setzte, hätte man eine Stecknadel fallen hören können.

Mutter Griolet dankte den Dozenten, dann sah sie wieder die jungen Frauen an. »Wir freuen uns, euch für das Studienjahr hier unter uns zu haben. Ich nehme an, ihr habt alle eure Stundenpläne bekommen und wisst, wo die Klassenzimmer sind. Zum Schluss möchte ich noch sagen, dass ich eine alte Frau bin und vieles gesehen habe. Junge Damen haben leicht Probleme. Das kann ich nicht verhindern, aber ihr könnt jederzeit in mein Büro kommen und mit mir sprechen, wenn euch danach zumute ist. Das war es für heute.«

Sie verließ das Podium, ihr Gesicht ein Bild mütterlicher Freundlichkeit. Ein kurzer Höflichkeitsapplaus, dann standen die Mädchen auf und gingen aus der Kirche hinaus in das Gebäude nebenan.

Gabriella mochte den festen Charme der Leiterin. *Jetzt weiß ich, warum sie Mutter so ans Herz gewachsen ist,* dachte sie. Dann lief sie hinter Stephanie her, zu dem Seminarraum von Mr. Hoffmann.

* * * * *

Mutter Griolet schloss die Tür zu ihrem kleinen Büro und setzte sich hinter den großen Mahagonischreibtisch. Sie nahm die Liste, die auf ihm lag, in die Hand und überflog die 42 Namen der Mädchen. Die meisten kannte sie nicht, aber im Laufe der nächsten Monate würden ihre Gesichter ihr so vertraut werden wie ihr eigenes. Dann blieben ihre Augen an einem Namen hängen: Gabriella Madison, und sie sah es wieder vor sich, das sechsjährige Kind, wie es zitternd und schluchzend sein schmutziges Gesicht in der schwarzen Tracht von Mutter Griolet versteckte.

Mutter Griolet weinte nicht oft, aber die Erinnerung an die Szene stach abrupt in ihre Augen. Es fröstelte sie plötzlich.

»Kind, liebes Kind. Warum bist du zurückgekommen?« Sie war sicher, dass es ein Fehler war. Und sie war entschlossen, Tag und Nacht darum zu beten, dass Gabriella Madison sie nie erfahren würde, die Geschichte, die eine alte Nonne seit so vielen Jahren schon für sich behalten hatte.

KAPITEL 2

David Hoffmann stand selbstbewusst vor seinen Studentinnen, auf seinen Lippen die Andeutung eines zynischen Lächelns. Er freute sich auf den ersten Kurstag in St. Joseph. Die jungen Mädchen trippelten aufgeregt in den Raum, trotz aller Versuche, schön reif und damenhaft auszusehen, nervös kichernd. Er wusste gut, was sie dachten. Letztes Jahr waren die Gerüchte die gleichen gewesen: dass er der perfekte Bräutigam für eine dieser höheren Töchter war.

»Meine Damen«, sagte er streng. »Bitte setzen Sie sich. Ihre Nasen pudern können Sie später noch.« Mehr Kichern, ein paar Augenbrauen gingen in die Höhe. »Wie Sie hoffentlich wissen, habe ich die Ehre, Ihnen dieses hochinteressante Seminar mit dem Titel: ›Visionen des Menschen in Vergangenheit und Gegenwart‹ zu präsentieren. Das Seminar setzt sich aus verschiedenen Themenbereichen zusammen und wird Ihre hübschen Häupter auf den Gebieten französische und englische Literatur, Dichtung, Kunstgeschichte und Lernpsychologie beschäftigen. Sie werden bald sehen, wie wunderbar diese Themen zusammenpassen. Stimmt's oder hab' ich Recht, Miss Loudermilk?«

Eine herausgeputzte Blondine in der dritten Reihe sah überrascht auf, dann strahlte sie zurück. »Doch, natürlich, Mr. Hoffmann, das klingt ... faszinierend.«

Es läuft wie geschmiert, dachte er, *sie wissen nicht recht, wo sie mich hinstecken sollen.* Doch sein Blick ging immer wieder zu einem der Mädchen hin, das wie eine Statue rechts von ihm saß. Sie war ihm sofort aufgefallen: Langes, rotes Haar, das sich wild um ihren Kopf ringelte, klare hellblaue Augen, die mit ihrem unschuldigen Leuchten wie die eines Engels auf einem Gemälde von Raphael aussahen. Es war nichts Künstliches an ihr, sie sah kindlich-zerbrechlich aus. *Ein Engel.* Er lachte innerlich. *Ein raphaelitischer Engel.*

Und dann kam es ihm, wer sie war, diese Unschuld vom Lande unter all den Möchtegern-Damen. Natürlich, das war bestimmt die Tochter dieser Missionare in Westafrika. Ein reicher Verwandter hatte ihr dieses Studienjahr hier in St. Joseph finanziert, bevor sie ihre Ausbildung an einem College in den USA fortsetzte. Hieß es jedenfalls. *Armes Mädchen. Muss halb tot vor Angst sein.*

Er räusperte sich umständlich, trat um sein Pult herum und setzte sich darauf. Seine dunklen Augen blitzten, und er begann zu rezitieren, mit Leidenschaft in der Stimme:

Erkenn dich selbst, erforsch nicht Gottes Kraft!
Der Mensch ist erstes Ziel der Wissenschaft.
Er steht am Isthmus, ist ein Mittelding –
an Größe grob, an Weisheit Däumeling.
Für einen Skeptiker ist er zu klug,
für einen Stoiker nicht stolz genug.
Er hängt dazwischen, ist des Zweifels voll,
ob er nun handeln oder nichts tun soll,
ob er mehr Geist, mehr Leib, mehr Tier, mehr Gott.
Im Denken irrt er, lebt nur für den Tod;
bleibt ohne Wissen, bringt er auch ins Spiel
Vernunft zu wenig oder gar zu viel.
In ihm Gefühl und Geist als Chaos gärt,
durch sich wird er getäuscht und aufgeklärt.
Geschaffen für den Aufstieg und den Fall,
Herr aller Dinge, Beute auch für all'.
Der Wahrheitshüter, der dem Trug verfällt,
der Stolz und Witz, das Rätsel dieser Welt!

Er kehrte ruhig hinter sein Pult zurück und sah die jungen Damen an, die ihn verständnislos gebannt anstarrten. »Meine Damen, bitte! Wer von Ihnen kann mir den Namen des Dichters und des Werkes sagen?«

Zweiundvierzig Köpfe schauten sich nervös lachend und die Augen rollend um. *Der macht wohl einen Witz ...*

Dann ging eine Hand nach oben. Fast hätte David Hoffmann sie nicht bemerkt, so unerwartet kam sie. »Ja, Miss ...« Er suchte in seinem Kopf nach dem Namen der Missionarstochter.

»Madison. Gabriella Madison.« Ihre Stimme war leise, aber fest.

Gabriella! Sie heißt sogar wie ein Engel!

»Also, das ist aus Alexander Popes *Essay on Man*«, sagte sie aufgeregt, als ob sie freudig überrascht war, jemanden gefunden zu haben, der ihre Begeisterung für diesen Dichter teilte.

Eine halbe Sekunde lang schien David Hoffmann zu erröten, dann hatte er sich wieder gefasst und begann seine Stunde. Aber als sie zu Ende war, kehrten seine Gedanken zu dem Engel zu seiner Rechten zurück. Interessant, diese Gabriella Madison ...

* * * * *

Zwischen Mittag und Zwei klappen sie in Frankreich die Bürgersteige hoch, dachte Gabriella, als sie ihre Bücher nahm und aus dem Seminarraum ging. Sie hatte das tägliche Ritual bereits mitbekommen: Die Ladenbesitzer klappten Aluminiumblenden vor ihre Schaufenster und schlossen ihre Türen, und überall sah man Arbeiter und Angestellte, die auf dem Weg nach Hause zum Mittagessen waren.

Die Hauptmahlzeit des Tages dauerte geschlagene zwei Stunden; man nahm sich für jeden der vier Gänge reichlich Zeit, Brot und Wein. Gabriella errötete etwas bei der Erinnerung an den ersten Schluck Wein, den sie bei Madame Leclerc gekostet hatte. »Du musst ein wenig Wein versuchen, Kind«, hatte die Wirtin gesagt. »Was ist ein französisches Mahl ohne Wein?«

Um höflich zu sein, hatte Gabriella das Glas an ihre Lippen gehoben und etwas von der roten Flüssigkeit getrunken, die ihr bisher verboten gewesen war. Sie hatte ihr den Mund verbrannt und Tränen in die Augen getrieben, dass sie husten musste. Madame Leclerc, Stephanie und Caroline hatten laut gelacht über Gabriellas erste Bekanntschaft mit der Welt des Weins.

»Der erste Schluck ist immer etwas überraschend, aber keine Angst, *ma chère,* bald wirst du ihn nicht mehr missen mögen.«

Gabriella fand, dass sie kaum die Augen offen halten konnte nach dem reichlichen Mittagessen, und sie wollte doch nicht in ihrer ersten Stunde über europäische Geschichte einschlafen. In der Orientierungswoche hatte sie den Dozenten, Monsieur Vidal, bereits mehrere Male gehört. Mit seiner schleppend-monotonen Stimme konnte er selbst den striktesten Antialkoholiker ins Land der Träume befördern. Wenn es nur Mr. Hoffmann gewesen wäre am Nachmittag! In seinen Stunden fielen keinem gescheiten Menschen die Augen zu.

Sie hatte sich nur schwer konzentrieren können in seiner Stunde am Morgen. Er schien ein Mann mit Bildung und Tiefgang zu sein, aber seine dunklen, tief liegenden Augen brachten sie durcheinander. Waren sie nun dunkelblau oder kaffeebraun oder pechschwarz? Auf jeden Fall schienen sie durch seine Schülerinnen geradezu hindurchzusehen, ja sich über sie lustig zu machen. Die anderen nannten ihn männlich und geheimnisvoll, aber Gabriella sah etwas anderes. Brillant, aber traurig, lautete ihre Diagnose.

»Miss Madison! Hätten Sie einen Augenblick Zeit?«

Gabriella drehte sich um und sah, wie Mr. Hoffmann auf sie zukam, ein Bild der Selbstsicherheit. Plötzliche Panik; sie merkte, wie sie wider Willen rot wurde. Was wollte der? Hatte er ihre Gedanken gelesen? Sollte sie so tun, als habe sie ihn nicht gehört, und schneller gehen? Doch stattdessen verlangsamte sie ihren Schritt und wartete, bis er sie eingeholt hatte. Sie fühlte sich auf einmal fast schwindlig von der Sonne. Und von ihrer Verlegenheit. Sie stolperte auf dem Kopfsteinpflaster. Mr. Hoffmanns starke Hand packte ihren Arm, dass sie nicht stürzte. Sie wünschte sich, sich in Luft auflösen zu können. Jede Studentin in St. Joseph träumte von einem *tête-à-tête* mit David Hoffmann – und jetzt benahm sie sich wie das letzte Schulmädchen.

Er schien es nicht zu bemerken, als er neben sie kam. »Wo gehen Sie hin? Sie essen doch sicher nicht in der Cafeteria in der Stadt?«

»Nein, nein. Ich wohne bei Madame Leclerc. Wir essen immer um Zwölf bei ihr zu Hause. Wir nehmen alle Mahlzeiten dort ein. Sie sagt, wir leisten ihr gute Gesellschaft. Es ist immer sehr gut, aber der Wein und das Essen machen einen müde.« Sie merkte, wie sie daherplapperte, mehr sagte, als nötig war oder als sie wollte.

Er kicherte kurz. »Dann sollten Sie zu Mr. Vidals Kurs ein paar Zahnstocher mitbringen, um Ihre Augen offen zu halten!«

Gabriella merkte, wie sie unwillkürlich grinsen musste, obwohl sie die Bemerkung recht sarkastisch fand. Es steigerte ihre Verlegenheit noch.

Wieder schien Mr. Hoffmann es nicht zu bemerken. »Das war ja allerhand, dass Sie Alexander Pope und dieses Werk von ihm kennen. Ich hatte gar nicht gedacht, dass jemand sich für meine Einleitung interessieren würde.«

»O, es hat bestimmt alle interessiert, sie kannten das Werk nur nicht. Meine Mutter hat uns immer vorgelesen – Klassiker, Gedichte, alles Mögliche. Da, wo wir wohnten, war es nicht immer einfach, Bücher zu kriegen ... ich meine, auf Englisch ... Aber, also, ich mag Pope.«

»Ich habe gehört, Sie kommen aus Afrika. Wie finden Sie denn St. Joseph und die reizenden Damen hier so?«

»Ich glaube, das wird echt interessant. Aber da schaut Madame Leclerc schon aus dem Fenster, wo ich bleibe. Wiedersehn.« Sie trabte auf das Haus ihrer lächelnden Wirtin zu und rannte die Treppe hinauf. Als sie die Tür öffnete, sah sie in dem Flurspiegel ihr gerötetes Gesicht. Ihr Herz hämmerte so, dass die anderen Mädchen es bestimmt hören mussten.

* * * * *

Der erste Kurstag in St. Joseph war vorbei. Mutter Griolet ließ sich auf den schwarz gepolsterten Stuhl hinter ihrem Schreibtisch sinken. *Für den ersten Tag war es nicht schlecht heute,* dachte sie zufrieden. *Ganz anders als in den alten Tagen, mit all den Nonnen.*

Das Austauschprogramm in St. Joseph, es hatte einen – ja, fast protestantischen Touch. Mutter Griolet war die Religion der Schule egal, obwohl sie ihre Nonnentracht selbstbewusst trug. Sie war sie gründlich müde geworden, diese heuchlerischen, halbherzigen Schwestern, die abends aus dem Gebäude geschlüpft waren, um mit den Metzgersöhnen in der Stadt zu schlafen. Die Religion, sie war am Aussterben in Frankreich. Jeder war Katholik, und keiner war Katholik. Die Religion der Menschen war ein Etikett, wie ihre Namen: Sie wurden sie nie mehr los, aber kaum jemandem bedeutete sie etwas.

Jetzt waren alle Dozenten zweisprachig, und die meisten waren Männer. Bei jedem von ihnen hatte sie sich schon einmal gefragt, ob es nicht ein Fehler gewesen war, ihn einzustellen. Monsieur Brunet war allgemein als Frauenheld bekannt, aber sein Grammatikunterricht war vorzüglich, und er ließ Mutter Griolet in Ruhe. Monsieur Vidal hatte dringend eine Stelle gesucht, als er sich vor vier Jahren beworben hatte. Sein Englisch war kläglich, aber seine Kenntnisse in europäischer Geschichte groß, und sie hatte ihm erlaubt, auf Französisch zu unterrichten. Vor langer Zeit, während des Krieges, hatte er Mutter Griolet einen Gefallen getan, und eine Hand wusch die andere. Sein Gehalt würde reichen, um seine Rechnungen zu bezahlen, wenn es ihm nur gelang, auf dem Nachhauseweg Abstand von dem *Café-Bar* zu halten.

Aber es war nicht Monsieur Vidals Vorliebe für gewisse Getränke, die ihr heute Sorgen machte, als sie an ihrem Schreibtisch saß – es war dieser merkwürdige Mr. David Hoffmann. Vor achtzehn Monaten hatte sie ihn eingestellt. Seine Referenzen waren vorzüglich gewesen: 23 Jahre alt, Sohn eines Botschafters, Studium an einer der führenden amerikanischen Universitäten, weit gereist, charmant. Er hatte keine Zweifel gehabt, dass er seine erste Dozentenstelle mit Bravour ausfüllen würde, und er hatte Mutter Griolet nicht enttäuscht. Er hatte zwar nicht den gleichen akademischen Grad wie die anderen, aber er war ein geborener Lehrer. Besonders beeindruckt hatte sie, dass er ausgerechnet diese Stelle wollte, wo er doch leicht etwas mit mehr Prestige hätte bekommen können. Irgendwie schien er zu glauben, dass man ihn in St. Joseph – ja, *brauchte.*

Aber Mutter Griolet hatte den Verdacht, dass David Hoffmann nicht nach St. Joseph gekommen war, weil er so gerne unterrichtete. Sein Französisch war exzellent, seine Manieren ebenso, wenn auch etwas distanziert. Aber seine Augen schienen etwas zu suchen, und sie spürte, dass dieses Etwas mit dem Krieg auf der anderen Seite des Mittelmeers zu tun hatte.

Die Glocken in der Kapelle schlugen fünf Uhr. Sie erhob sich, strich ihre schwarze Tracht glatt, die seit fast fünfzig Jahren ihre Garderobe war, und ging hinaus in den Flur.

* * * * *

David Hoffmann schritt rasch die dunkle Straße entlang. Seine Absätze hallten auf den Pflastersteinen. Er schlüpfte in eine Telefonzelle, schob ein Francstück in den Schlitz und wählte eine Nummer.

»Ich bin's«, flüsterte er. »Ja, ich komme. Hör zu, ich bringe ein Mädchen mit.« Er wartete auf die Antwort, dann fuhr er fort: »Was? – Nein, keine Angst, das läuft wie geschmiert.« Er lächelte, während er sich den wütenden Kommentar seines unsichtbaren Gesprächspartners anhörte.

»Nein, ehrlich, sie weiß nichts. Vertraue mir.« Er hielt wieder inne, lauschte angestrengt auf jedes Wort.

»Wir werden in zwei Wochen in Aigues-Mortes sein. Ach ja, und meine Freundin hat rotes Haar, sehr viel sogar. Bis bald.«

Er hängte den Hörer zurück auf die Gabel. *Ja, mein Freund, bald komme ich. Und warte nur, was für einen Engel ich mitbringe.*

Er runzelte die Stirn, als sei er nicht ganz überzeugt von seinem Plan. Dann drehte er sich um und ging die Straße zurück, in Gedanken versunken.

KAPITEL 3

Paris, in den Straßen hinter dem linken Seine-Ufer. Ein kleines Mädchen spielte alleine auf dem Bürgersteig, während seine Mutter aus dem Fenster im dritten Stock zuschaute. »Pass auf, Ophélie!«, rief die Frau. Hinten, an der Straßenecke, standen drei Männer. *Studenten von der Sorbonne,* dachte sie. *Vielleicht Ausländer.* Jetzt begannen sie in ihre Richtung zu gehen.

»Komm rauf zum Essen, Schätzchen«, rief die Mutter. »Schnell! Komm rauf!«

»Aber Mama«, protestierte das Kind, »du hast doch gesagt, ich kann noch etwas spielen! Die Sonne hat noch nicht die Augen zugemacht. Nur noch ein bisschen, bitte!«

Die junge Frau hustete schwach. Ihr Gesicht war blass und dünn, aber ihre Schönheit war offensichtlich. In ihren dunklen, fast schwarzen Augen mit den dicken Wimpern stand Schmerz geschrieben. Sie hustete wieder. *»Jetzt,* Ophélie, komm rauf, jetzt sofort!« Die drei Männer kamen näher, sie erkannte die Gesichter, statt Schmerz stand plötzlich Angst in ihren Augen. Ihre Stimme war nicht laut, aber drängend.

Ophélie warf einen kurzen Schulterblick auf die drei Männer. Einen Augenblick schoss Hass über ihr unschuldiges Gesicht, dann warf sie lächelnd ihr langes braunes Haar über ihre Schultern. *»Oui,* Mama, ich komme!«

Wie eine wohl geschulte Schauspielerin drehte sie ihr Gesicht zu den Schatten der Fremden hin. Sie würde ihre Rolle gut spielen, würde keine Angst haben. Für Mama. Sie würde nichts wissen, egal, was sie fragten. Falls sie zur Tür kamen, natürlich, wie so viele andere schon in ihrem kurzen Leben.

»Du musst gehen, Liebes, jetzt sofort«, flüsterte Mama, als sie Ophélie in die Wohnung hineinzog und die Tür verriegelte. Sie reichte ihr den kleinen blauen Beutel, den sie extra für diesen Tag verwahrt hatte. »Geh, Kind, so wie wir es geübt haben. Renn zu Monsieur Gadys Laden und sag ihm, dass du bei ihm bleiben musst, bis ich komme. Er weiß Bescheid. Aber jetzt geh, schnell.« Sie nahm das Mädchen kurz in die Arme und presste es an ihre Brust. »Denk daran: Mama hat dich lieb, immer. Du bist ein wunderbares Mädchen.«

Mutter und Kind liefen in das Schlafzimmer an der hinteren Seite der Wohnung und öffneten das Fenster. Einen kurzen Augenblick saß Ophélie auf der Fensterbank, wie ein Spatzenkind vor seinem ersten Flug, dann, den kleinen Beutel um ihren Hals, packte sie das dicke Seil, das ihre Mutter vor Monaten an dem Geländer vor dem Fenster festgebunden hatte. Das Seil fiel auf den Boden, und sie ließ sich rasch daran hinab, wie bei den vielen »Geheimübungen«, wie Mama sie genannt hatte. Sie hatten nach Abenteuer gerochen, diese Übungen, aber als sie jetzt den Asphalt der Straße unter ihren Füßen spürte, wusste sie, dass es diesmal keine Übung war. Sie schaute ein letztes Mal zu Mama hoch, die das Seil schon wieder hochzog.

»Auf Wiedersehen, Mama. Bis bald«, flüsterte Ophélie, während sie die Gasse entlangsauste und sich in der Menschenmenge des Pariser Studentenviertels verlor.

* * * * *

Anne-Marie Duchemin hörte, wie die Männer die Treppe zu ihrer Wohnung hinaufrannten. »O Gott, jetzt ist es so weit.« Sie kämpfte mit dem Wunsch, auch mit dem Seil zu fliehen, aber die Liebe zu ihrem Kind hielt sie zurück. Sie durften ihre Tochter nicht finden. Sie würde sie die kostbaren paar Minuten aufhalten, die Ophélie brauchte, um Monsieur Gadys Laden zu erreichen. Dort würden sie sie nie finden ... es sei denn, sie zwangen Anne-Marie, zu reden.

Und sie zweifelte nicht daran, dass sie unter Folter reden würde, wie früher schon. Aber diesmal war sie vorbereitet. Ihr Leben war nicht mehr wichtig. Ihre Erfahrung hatte diese Worte in ihr Herz gebrannt: »Von nun an darfst du nicht mehr an deinem Leben hängen, jetzt zählt etwas anderes.«

Aber Anne-Marie würde nicht für ein Ideal sterben, das, wenn auch noch so hoch, seine Flecken und Fehler hatte. Nein, sie hatte entdeckt, dass es nur eines gab, für das man sterben konnte: Liebe. Sie lächelte durch ihre Tränen hindurch. *Was für eine Ironie, Ophélie! Um dich für immer bei mir zu behalten, muss ich mich jetzt von dir trennen.* Sie spürte das kleine Fläschchen, das sie in ihren Ärmel genäht hatte. Wenn nötig, würde sie eine Pille unter ihre Zunge legen, und sie würde nichts verraten.

Sie löste hastig das Seil, rannte damit in die Küche und warf es in den Müllschlucker. Sie hörte, wie es in den Müllbehälter im Keller des Gebäudes polterte.

Die Männer standen inzwischen an der Wohnungstür und hämmerten, laut auf Arabisch fluchend, dagegen. Anne-Marie stand still in der Diele. *Nur noch ein paar Sekunden, dann ist sie in Sicherheit.* Sie entriegelte, die Finger noch zitternd, das Messingschloss und legte ihre Hand auf die Türklinke. Drei dunkelhäutige Araber stürzten herein, dass sie zurückstolperte. Sie hielt sich an dem kleinen Tisch im Flur fest, um nicht zu stürzen.

»Moustafa«, flüsterte sie.

Der junge Man war gerade einundzwanzig, und als sie seinen Namen aussprach, senkte er seinen Kopf, in den Augen ein Blick schuldbeladener Traurigkeit.

Sie las den Blick sofort. *Es tut mir Leid, ich hatte keine Wahl.* Sie wusste, dass es stimmte.

»Wo ist das Mädchen? Bring es her, sofort!« Der Größte der drei stieß den dritten Mann, dessen junges Gesicht stark vernarbt war, zur Küche hin. Moustafa stand wie angewurzelt, schwarze Panik in den Augen.

»Feigling! Hilf Rachid, los! Such das Balg!« Er schob Moustafa zu dem offenen Schlafzimmer hin. Anne-Marie folgte ihm, als er gehorsam wie ein geprügelter Hund in den hinteren Teil der Wohnung ging und sich in dem spärlich möblierten Schlafraum umsah. Eine alte Matratze mit Sprungrahmen, aber ohne Bettgestell, zwei abgewetzte Stühle, ein billiger Schrank, ein kleiner Nachttisch. Moustafa trat an das Fenster, um hinunter auf die Straße zu sehen. Der Vorhang wehte leicht, und er drückte das Fenster lautlos zu und drehte den Knopf.

Danke, Moustafa, dachte Anne-Marie.

Er trat zurück in die Tür. »Hier hinten ist nichts, Ali. Sie ist nicht hier.«

Ali drehte seine von Wut erfüllten Augen zu Anne-Marie

hin. »Wo ist deine Tochter? Wir haben sie gesehen, sie ist in der Nähe.«

Anne-Marie schwieg, in ihren Augen nackte Angst. Sie erinnerte sich zu gut an Alis sadistische Ader. Er packte grob ihr Kinn. »Sprich, Frau, sonst mach' ich deiner Zunge Beine!« Seine freie Hand holte aus, und er schlug ihr heftig ins Gesicht.

Anne-Marie stolperte mit einem Aufschrei zurück. Moustafa fing sie auf. »Bitte.« Sie war auf den Knien. »Ihr braucht sie nicht. Ich komme mit euch. Was wollt ihr mit ihr anfangen?« Sie begann haltlos zu schluchzen. Ali riss sie hoch. Es sah aus, als wollte er sie wieder schlagen, aber Moustafa unterbrach ihn.

»Ali – Sir. Ich habe die beiden oft in der Metzgerei gesehen, wie ich schon sagte. Das Kind ist gerade sechs Jahre, das weiß nichts.«

»Und hast du etwa bei ihnen gewohnt?« Ali lockerte seinen Griff um Anne-Maries Arm und funkelte Moustafa an. »Hast du alle ihre Gespräche mitgehört? Du weißt nichts. In deinem Land ist Krieg, Algerien wird unabhängig, und du willst eine dreckige Hure und ihren Bastard beschützen! Du wirst noch mit ihr sterben, du Narr!«

Der Mann, der Rachid hieß, trat zu ihnen. »Beruhige dich, Ali! Wenn du sie tötest, finden wir die anderen nie. Moustafa hat Recht, was kann so eine Rotznase schon wissen? Wir nehmen die Frau mit. Sie wird singen, wie früher schon.«

* * * * *

Ophélie wartete bis weit nach Einbruch der Dunkelheit in Monsieur Gadys Laden, dass ihre Mutter wiederkommen würde. Jedes Mal, wenn ein Kunde durch die Glasperlenschnüre in der Tür kam, schaute sie voller Hoffnung hoch. Aber es war nie Mama. Die Kunden kauften Mehl und Kuskus, Reis aus Thailand und Peperoni. Sie lachten und witzelten mit dem gebeugten, ergrauten Ladeninhaber. Er lachte zurück und schlurfte hinter der Theke hin und her. Ophélie saß auf einem Schemel, beobachtete die Gesichter und wurde zornig, dass all die Leute so lachen konnten, während *ihr* Leben abrupt abgerissen war. Ihr Magen knurrte. Es musste schon längst Essenszeit sein.

Als ob er ihre Gedanken las, sagte der Händler: »Ah, kleine Ophélie, bald machen wir zu und essen zu Abend, nicht wahr? Komm, Kleines, hab keine Angst. Wie traurig deine großen braunen Augen sind! Nein, nein, Monsieur Gady sorgt für dich, und Mutter kommt auch bald, wirst schon sehen.«

Aber Ophélie las die Angst in seinen müden Augen. Und zu oft schon hatte sie die Sorgenfalten auf dem Gesicht ihrer Mutter gesehen. Nein, hier stimmte etwas nicht!

Der kleine Beutel aus blauem Samt hing immer noch an seiner weißen Schnur um ihren Hals, unter dem Kleid versteckt. Sie fand einen Vorwand, dem wachsamen Auge von Monsieur Gady zu entgehen, und ging nach hinten aus dem Laden hinaus und die schmale Stiege hoch, die zu der Wohnung führte. Mama hatte gesagt, sie sollte den Beutel sofort Monsieur Gady geben, aber das hatte sie nicht getan. Was, wenn er ihn ihr nicht mehr zurückgab? Dann wäre alles verloren, und sie hätte keine Erinnerung an ihre Mutter mehr. Sie machte den Beutel rasch von ihrem Hals los, griff hinein und tastete zwischen zwei gefalteten Umschlägen nach unten, bis sie die dünne Halskette fühlte. Sie zog sie heraus und betrachtete das kleine goldene Kreuz, das an ihr hing. Sie hob es an ihre Lippen, um es zu küssen, dann schob sie die Kette zurück in den Beutel.

Sie schlich die Treppe zurück nach unten. Draußen senkte die Dunkelheit ihren Vorhang über die geschäftige Stadt. Ophélie trat in die Hintergasse, bückte sich und malte mit ihrem Finger die Umrisse des Kreuzes, das sie gerade betrachtet hatte, in den Staub. Es war ein dickes Kreuz, von dem eine Taube herabhing. »Für dich, Mama«, flüsterte sie. »Für dich. Eine Hoffnung.« Sie richtete sich wieder auf und wischte das Bild mit ihrem Schuh aus.

* * * * *

Mit seinen 46 Jahren sah Ali Boudani eher wie sechzig aus. Sein Gesicht war verwittert, und seine Zähne sahen schief aus, wenn er lächelte – was nicht oft geschah. Seine hagere, aber hoch gewachsene Gestalt hatte die stählerne Selbstsicherheit eines alten Soldaten. Und er war Soldat, wie sein Vater, seit dreißig Jahren schon. Wie stolz war der Vierjährige gewesen auf die militärische Karriere seines Vaters am Ende des Ersten Weltkrieges. Damals hatte er beschlossen, dass er seinem Vater Ehre machen würde.

Ein ärgerliches Lächeln ging um seinen Mund. *Ja, du wärest stolz auf mich, Vater, wenn du es nur wüsstest. Du wärest stolz.* In dem stockig riechenden Kellerraum, in dem er an diesem Abend hin- und hermarschierte, saß eine Handvoll Männer. Mehrere waren Araber wie er, zwei eindeutig Franzosen.

»Heute haben wir hier in Paris die Frau gefunden, die wir seit drei Monaten jagen. Anne-Marie Duchemin.« Auf der Leinwand am vorderen Ende des Raumes erschien das zarte Gesicht einer schönen Frau. »Wir haben unserem neuen Freund, Moustafa, für diesen Fang zu danken.« Ali kicherte kalt, während er auf den jungen Mann wies, der ganz hinten im dem verräucherten Raum saß.

»Einige von euch werden sich an Anne-Marie erinnern. Als der Krieg anfing, war sie uns eine große Hilfe. Eine dumme Frau, eine eklige *Pied-noir*. Ihre Eltern kamen in dem Massaker von 1958 um.« Ein selbstzufriedenes Lächeln spielte um seine Lippen. »Ein höchst unglückliches Missgeschick, natürlich. Dann kam sie zu uns, ohne es zu wissen. Sie hatte die Kleine, und sie war allein ... und Jean-Claude war so freundlich zu ihr.« Leises Gelächter, mehrere Köpfe nickten. Ein paar der Araber schlugen einem attraktiven jungen Franzosen auf die Schultern.

»Sehr gut zu gebrauchen, diese Frau. Bis sie vor sechs Monaten Algerien verließ. Sie wollte ihre Tochter schützen, ihr versteht. Und vielleicht ist ihr das gelungen; wir haben das Kind nicht gefunden.« Ein zweites Bild kam auf die Leinwand: ein anmutig aussehendes Mädchen, gleichsam eine jüngere Anne-Marie, das braune Haar zu einem langen Zopf geflochten, das Gesicht fröhlich lächelnd.

»Im Augenblick wissen wir nicht, wo Ophélie Duchemin sich versteckt. Aber sehr nützlich ist sie uns natürlich nicht. Wir glauben, dass ihre Mutter etwas über die merkwürdigen

Schmuggelaktivitäten weiß, von denen wir seit Kurzem hören. Sie hat früher enge Beziehungen zu mehreren Informanten gehabt. Wir werden diese Informationen bald bekommen. Wir nehmen sie mit zurück nach Algerien.« Wieder kicherte er, die Augen glasig, während ein Mann mit einem Turban den Projektor ausschaltete. Die Männer standen leise murmelnd auf, um zu gehen. Ali rief die beiden Franzosen zurück. »Jean-Claude und Emile, ihr bleibt in Frankreich. Es gibt Arbeit für euch.«

* * * * *

Moustafa Dramchini blieb einen Augenblick länger auf seinem Stuhl in der hinteren Ecke des Raumes sitzen und betastete die Narben an seinen Handgelenken. Wut brannte in seinen Augen, während er zuschaute, wie Ali mit den beiden Franzosen zusammenstand und im Flüsterton die nächsten Untaten plante. »Du bist krank vor Macht und Hass, Ali«, flüsterte er. »Du benutzt diesen Krieg für deinen eigenen privaten Rachefeldzug.«

Er ging aus dem Raum hinaus, in die Schatten der Nacht draußen. Er wusste, dass Alis Männer ihn beobachteten, er konnte nicht fliehen. Der warme Septemberwind blies ihm in den Rücken. Die Sterne schienen ihm zuzuflüstern: »Schweige nicht. Schweige nicht.«

* * * * *

Rajib Karel schlich durch die Straßen von Algier. Die untergehende Sonne warf ihr Zwielicht auf das Wasser des Hafens. Der helle Rumpf des Seglers *Capitaine* leuchtete wie ein Spiegel auf. Rajib kauerte sich in die Schatten des Hafens und wartete ungeduldig auf die Dunkelheit.

Er schaute kurz auf das Blatt, das er fest in seiner Hand hielt. Oben links war ein Kreuz gekritzelt. Ein merkwürdig dickes Kreuz mit vier nach innen zeigenden Pfeilen und einem Vogel an seinem unteren Arm.

Aber Rajib betrachtete nicht das Kreuz. Er las zum x-ten

Mal die Botschaft, die auf dem Zettel stand: *Freitag, 20.15 Uhr.* Also heute Abend.

Ein leises Geräusch ließ ihn erstarren. Er schob sich mit klopfendem Herzen hinter ein kleines Segelboot und wartete still. Nur noch zehn Minuten, und er würde an Bord der *Capitaine* steigen und nach Frankreich fahren. Zehn Minuten, und er wäre in Sicherheit.

Der Junge hatte seine kleine Rede auswendig gelernt. *Mein Vater hat eurer Armee im Zweiten Weltkrieg treu in Indochina gedient. Jetzt hat ihn die FLN als »Verräter« ermordet. Er war ein* Harki. *Ich bin sein Sohn. Wir sind auf eurer Seite in diesem Krieg. Bitte, ich will nur in Sicherheit. In meiner Familie sind alle tot, ermordet. Alles, was ich dabei habe, sind die Kleider auf meinem Rücken. Ein Freund hat mir gesagt, dass ich bei euch in Sicherheit bin.*

Er erinnerte sich an die Warnung, dass die Franzosen keine Flüchtlinge wünschten, schon gar keine aus Algerien. Sie wollten heraus aus einem Krieg, der das Leben ihrer Söhne kostete. Zwanzig Jahre Krieg hatten Frankreich gezeichnet. Erst der Zweite Weltkrieg, dann Indochina, und jetzt Algerien.

Aber irgendjemand wird mich verstehen, dachte er. Bald wäre es vorbei, das monatelange Katz- und Mausspiel, und er könnte in Frankreich ein neues Leben anfangen. Er schaute zum Himmel hoch. Er war schwarz. Es war so weit.

Langsam verließ er den Schatten des kleinen Segelbootes und begann, gebückt die Hafenmauer entlangzulaufen. Vierhundert Meter zur Freiheit.

Ein schwarzer Schatten löste sich aus der Dunkelheit, ein leises Lachen echote in der Stille. »Wohin des Weges, Rajib?«

Der Junge erstarrte, schaute wild um sich. Dann sprang er zu einem Fischerboot hin. Schnell ins Wasser ... Ein Knall, ein beißender Schmerz in der Brust. Er fiel zurück auf die Planken. Er zwang seinen Körper näher zum Wasser hin. Ein zweiter Schuss. Einen Fuß vom Rand der Hafenmauer entfernt blieb er liegen. Rajib Karel war tot.

Der andere beugte sich über den Leichnam. »Narr! Ali entkommt keiner! Deine ganze Familie hat gezahlt für den Verrat deines Vaters, und noch viele andere werden folgen. Die

Söhne der *Harkis* werden um ihr Leben rennen, und das ganze Europäerpack mit, hinaus aus dem freien Algerien! Aber die, die Ali im Visier hat, werden nicht entkommen.«

Er durchsuchte die Leiche. In Rajibs Hosentaschen war nichts von Bedeutung. Dann öffnete er die geschlossene Faust des Toten und grinste. »Danke bestens, Rajib. Genau das habe ich gesucht. Ali wird sich freuen.« Er schmiss den Leichnam in das kühle Wasser des Hafens und ging zurück zu den Lichtern der Stadt, während die *Capitaine* im Dunkeln lag und wartete.

KAPITEL 4

Die zweite Glocke ertönte von dem Turm von St. Joseph. Die jungen Frauen gingen eilig zu dem Steingebäude hinter der Kirche. Da war die Treppe zum ersten Stock. Gabriella verlangsamte ihren Schritt. Es war ihr peinlich, Mr. Hoffmann wieder zu sehen nach dem kurzen Gespräch, das sie gestern nach dem Seminar mit ihm gehabt hatte.

Sie setzte sich neben Stephanie, die sich gerade kichernd ein letztes Stück Schokoladenbrot in ihren Mund schob. »Hast du diese Gedichte für heute gelesen?« Sie wartete Gabriellas Antwort nicht ab. »Ich finde die alle Quatsch! John Donne interpretieren – verrückt!«

Mr. Hoffmann marschierte in den Raum, trat auf das Podium und legte seine Bücher und Notizen auf das Pult. »Meine Damen, wenn Sie bitte Ihre Gedichtanthologien auf Seite 1182 öffnen. Wir wollen heute die Dichtung und Prosa von John Donne behandeln, einem der geistreichsten und spirituellsten Köpfe des frühen 17. Jahrhunderts. Ihm verdanken wir solche Redewendungen wie ›Wem die Stunde schlägt‹, ›Kein Mensch ist eine Insel‹ und ›Tod, sei nicht stolz‹. Ein faszinierender Mensch – junger Lebemann und leidenschaftlicher Prediger zugleich.

Miss Madison –« Die dunklen Augen des Dozenten gingen in Gabriellas Richtung. »Könnten Sie uns kurz sagen, wie ein Mann auf Sie wirkt, der sowohl hoch sinnliche Liebesgedichte als auch tiefgründige Predigten geschrieben hat?«

Gabriella erstarrte. *Das macht dem jetzt Spaß,* dachte sie. *Der will mir beweisen, dass er mehr weiß als ich. Na, gut.*

Aber nein, sie war zu stolz, um sich einfach so von diesem Mann besiegen zu lassen. Ohne weiter nachzudenken, begann sie. »Donnes Genie erfuhr erst zweihundert Jahre nach seinem Tod die ihm gebührende Wertschätzung. Seine Gedichte sind voll von geflügelten Worten, die uns vertraut geworden sind. Seine Predigten sind leidenschaftlich menschlich; es geht in ihnen mehr um das Drama von Sünde, Schuld, Buße und Glaube als um die theoretische Behandlung christlicher Dogmen. Seine Gedichte und Prosa sind voll von Bildern, die einen schockieren und Vergnügen bereiten ...« Der Seminarraum, die anderen Mädchen, sie schienen auf einmal weit weg zu sein. Sie sah nur noch diesen Mann, der einer ihrer Lieblingsdichter war – John Donne.

* * * * *

»Du warst su-huper, Gabriella«, tönte Stephanie nach der Stunde. »Pass auf, das nächste Mal bittet Mr. Hoffmann dich, für ihn einzuspringen! – Huch, da kommt er ja.« Sie huschte fort.

»Miss Madison?«

»Ja?« Gabriella sah zu ihm hoch, ohne zu lächeln.

»Hätten Sie was dagegen, sich heute Nachmittag mit mir den Place de la Comedie in Montpellier anzuschauen? Der ideale Ort, um Menschen zu sehen. Ich würde gerne hören, was Sie mir über Afrika erzählen können.«

»Heute Nachmittag? Ja, doch, wenn es nicht zu lange ist. Ich muss ja einiges lernen, der ganze Tag ginge nicht, aber ...«

David Hoffmann unterbrach sie kichernd. »Es ist kein Rendezvous, junge Dame, nur ein paar Fragen am hellen Nachmittag. Sie brauchen sich keine Sorgen über meine Absichten zu machen.« Er zwinkerte ihr zu und bückte sich nach seiner Aktentasche. »Wir treffen uns dann um halb fünf, vor der Kirche.«

Er ließ sie in dem leeren Seminarraum stehen. Sie kochte innerlich. *Arroganter Pinsel.*

* * * * *

David Hoffmann führte Gabriella durch das Gassenlabyrinth der Altstadt von Montpellier. Dann bogen sie um eine Ecke und standen unvermittelt vor einem riesigen Platz, der von majestätischen alten Gebäuden umgeben war. In der Mitte des Platzes versprühte ein Springbrunnen mit den drei Grazien seine Gischt über die Studenten, die um ihn saßen.

»Mensch, ist das schön!«

»Die Mitte des Platzes, wo der Brunnen ist, nennt man *L'œuf«,* sagte Mr. Hoffmann.

»Das Ei? Weil es so oval ist?«

»So ist es. Der Place de la Comedie ist ein beliebter Treffpunkt der Studenten. Den halben Tag sitzen sie in den Straßencafés. Apropos Café – darf ich Sie zu einem Kaffee einladen?«

Die Sonne stand hoch, der Himmel brannte blau. Gabriella spürte den Schweiß auf ihrer Stirn und wünschte sich, sie hätte ihr Haar zurückgebunden. »Etwas zu trinken wäre nicht schlecht.«

David Hoffmann schlenderte mit ihr über den weiten Platz. Er blieb kurz stehen, um ein Arrangement aus Messern zu inspizieren, die auf einem Berberteppich zum Verkauf auslagen. Der schwarze Verkäufer lächelte, zwei weiße Zahnreihen entblößend, und verfolgte sie ein paar Meter weit. »Prima Mee-sser für die schöö-ne Dame mit dem roten Haar ...«

David ignorierte ihn. »Montpellier wird manchmal auch ›das französische Oxford‹ genannt.« Er fasste Gabriellas Arm, um sie besser über den Platz zu dirigieren. »Die Universität wurde im 13. Jahrhundert gegründet. Die medizinische Fakultät genießt Weltruf.«

Gabriella nickte. Sie faszinierte sie, diese bunte Menge junger Menschen aus aller Herren Länder. Vor einem Kino stand ein Geiger und spielte, seinen Geigenkasten geöffnet für die Francstücke der Passanten.

»Vivaldis ›Herbst‹«, murmelte Gabriella.

»Ah, diese Missionarin ist nicht nur belesen, sie kennt sich auch in klassischer Musik aus!« rief Mr. Hoffmann in gespieltem Erstaunen aus. »Setzen Sie sich, meine Liebe.« Er bot ihr einen Stuhl an einem kleinen runden Tisch an. Zu ihrer Rechten sah Gabriella weitere Springbrunnen und einen von hohen Bäumen gesäumten Park, in welchem Spaziergänger langsam an verschwenderisch leuchtenden Blumenrabatten vorbeigingen.

David folgte ihrem Blick. »Das ist die Esplanade, ein schönes Fleckchen Erde mit Jahrhunderten Geschichte darunter, getränkt von dem Blut Ihrer geliebten Protestanten.«

»Wie meinen Sie das?«

»Wie, kennen Sie nicht die protestantische Geschichte dieser Stadt? Sie zitiert Pope und Donne und tanzt nach Vivaldi, aber ihre eigenen Wurzeln erklären kann die arme kleine Missionarin nicht. Da ist was faul im Staate Dänemark.«

Sein Ton war theatralisch, aber Gabriella spürte, dass er nur auf eine freundschaftliche Diskussion aus war. »Falls Sie die Geschichte der Hugenotten meinen«, sagte sie, »ich weiß natürlich, wie mutig sie sich wehrten, als 1685 das Edikt von Nantes aufgehoben wurde. Ich weiß, dass sie sich in den Cevennes-Bergen, nördlich von hier, versteckten, und ich würde gerne einmal Aigues-Mortes besuchen, wo ihre Frauen gefangen gehalten wurden. Aber wenn Sie meinen, ob ich weiß, was *hier* passiert ist, wo wir gerade sitzen, dann schießen Sie los, Herr Historiker, ich bin ganz Ohr.«

»Gut gesprochen, Miss Madison!« Ihre couragierte Art schien ihm zu gefallen. »Unter Ludwig XIV. stand Nicolas Baville dieser Ecke von Frankreich vor. Er ließ viele Protestanten hinrichten. Ihr Blut floss hier auf diesem Platz. Tausende Männer und Frauen kamen, um dabei zuzuschauen. Schrecklich, nicht wahr?«

Ein ungeduldig wartender Kellner unterbrach Mr. Hoffmanns Redefluss.

»Ja, ich nehme einen Pastis, bitte, und die Dame ...« Er sah Gabriella fragend an. Die errötete und sagte: *»Un citron pressé, s'il vous plaît.«*

»Sehr gut!« David lachte. »Also, eine Zitronenlimonade für die Dame.«

Gabriella schielte zu ihm hoch. »Sie waren noch nicht fertig mit Ihrer Geschichte.«

»Mit all den Bluttaten, ja. – Sie haben sicher von Claude Bresson gehört, dem brillanten Rechtsanwalt, der gleichzeitig ein protestantischer Pastor war. Er wurde gerädert, hier auf der Esplanade.« Er machte eine Pause, wie um die Worte sich setzen zu lassen. »Und warum? Weil er nicht der gleichen Meinung war wie Seine Majestät und der Papst. Und dann Pierre Durant. Er wurde öffentlich gehenkt. Total sinnlos, finden Sie nicht auch? Intellektuelle, die nach Montpellier kamen, um an der größten Universität zu studieren, und die wegen ihres Glaubens getötet wurden.«

Gabriella antwortete nicht.

»Das ist der Grund, warum ich nichts glaube, Miss Madison. Wollen Sie mir erzählen, dass da oben ein Gott ist? Wo war er denn, als seine Leute sich wegen der reinen Lehre bekriegt und gegenseitig totgeschlagen haben, weil die einen nicht glaubten, dass der Papst unfehlbar war? Religion – das ist vergeudete Energie, ein Fluch für die Menschheit!« Mr. Hoffmanns Monolog wurde leidenschaftlich.

»Schauen Sie sich doch Algerien an, mit seinen Muslimen und Katholiken und Protestanten und Juden. Sie lebten friedlich miteinander, bis irgendein Idiot auf die Idee kam, dass Algerien seine Freiheit braucht, und prompt fingen sie an, sich zu hassen und ihre nächsten Nachbarn umzubringen, weil der Mensch ja nicht neutral sein darf. ›Unabhängigkeitskrieg‹ nennt man das, aber was die Leute trennt, ist die Religion. So sinnlos.«

Der Kellner stellte hastig ihre Getränke auf den Tisch, dass ein paar Tropfen von der Zitronenlimonade überschwappten, und eilte mit zwei Gläsern Bier auf dem Tablett weiter. Gabriella versuchte, bewundernd zu klingend. »Sie kennen sich ja gut aus in der Geschichte. Aber warum macht Ihnen der Krieg in Algerien solche Bauchschmerzen? Auf welcher Seite sind Sie denn?«

»Das ist eine gute Frage, Miss Madison, und ich kann Sie ihnen nicht beantworten. Es ist alles ziemlich kompliziert. Auf der einen Seite haben Sie die FLN, die algerischen Extremisten, die 1954 diesen verrückten Krieg angefangen haben und die Algeriens Unabhängigkeit von Frankreich wollen. Ziemliche Fanatiker, aber sie haben natürlich ihre Argumente. Die meisten der fast 10 Millionen Muslime in Algerien halten es inzwischen mit der FLN.

Dann haben Sie die *Pied-noirs* – also die französischen Bürger, die in Algerien geboren sind. Viele dieser Familien sind seit 1830 im Land, als Algerien französische Kolonie wurde. Sie dürften eine Million Menschen sein und wollen natürlich nicht ihre Heimat aufgeben.

Dann die französische Armee, die mit der Aufgabe nach Algerien kam, die FLN niederzuhalten. Militärisch hat sie diesen Krieg so gut wie gewonnen, aber politisch ist niemand zufrieden, und die FLN ist zwar zahlenmäßig klein, aber stark im Terror.«

Gabriella kniff ihre Augen zusammen, versuchte Schritt zu halten mit dem Gedankenfluss dieses Mannes, der auf einmal in einer anderen Welt zu sein schien. Er schien es nicht zu bemerken.

»1958 wollte das ganze Land, Muslime wie Franzosen, dass de Gaulle zurück an die Macht kam in Frankreich. Sie hielten ihn für den Einzigen, der dieses Blutbad beenden konnte. Aber viele in der Armee und auch die *Pied-noirs* betrachten ihn jetzt als Verräter, denn es hat immer mehr den Anschein, dass er Algerien seine Unabhängigkeit geben will. Und so haben Teile der französischen Armee, darunter ein paar sehr hohe Tiere, die gegen de Gaulle sind, die OAS gebildet, Frankreichs eigene geheime Terrorgruppe, die die gleichen barbarischen Methoden benutzt wie die FLN. Sie will erreichen, dass Algerien französisch bleibt.

Vielleicht die bemitleidenswerteste Gruppe sind die *Harkis* – die muslimischen Soldaten, die Frankreich loyal geblieben sind. Die FLN betrachtet sie natürlich als Verräter und schlitzt ihnen mit Wonne die Kehlen auf, wenn sie sie kriegt.

Und mittendrin in diesem Chaos verlieren völlig unschuldige Menschen ihr Leben. Wie in jedem Krieg.« In David Hoffmanns Stimme klang eine plötzliche Bitterkeit, die Gabriella zusammenzucken ließ.

»Ja, das ist alles sehr schrecklich, Sie haben Recht«, sagte sie. Sie war mit ihren Gedanken immer noch bei den Hugenotten.

Sie schwiegen lange. Gabriella schaute die Esplanade entlang und stellte sie sich vor, die Märtyrer von damals, wie sie ihren Schmerz und ihre Liebe zu Gott hinausschrien. Ihre Finger gingen an das kleine Kreuz, das unter ihrer Bluse um ihren Hals hing.

David brach das Schweigen mit einer Frage. »Miss Madison, finden Sie nicht auch, dass die Religion dem Menschen nur Elend bringt? Wenn es wirklich einen Gott gibt da oben, wie kann er dann still dasitzen, während seine Anhänger sich hier unten gegenseitig in Stücke reißen?«

»Ich glaube, dass Gott für seine Kinder sorgt«, antwortete sie.

»Seine Kinder? Wie schön! Sind nicht auch die Juden seine Kinder? Da hat Gott ja bestens für sie gesorgt, als sie wie Vieh in die Todeslager gebracht und in die Gaskammern gesteckt wurden. Was für ein edler himmlischer Vater!« Davids Augen blitzten wütend. »Aber erzählen Sie mir etwas von *Ihrem* Vater, Miss Madison. Wie ist er so?«

Gabriella sah einen Augenblick verunsichert aus, dann erhellte sich ihr Blick. »Mein Vater ist ein sehr freundlicher, weiser, liebevoller Mann. Er kommt gut mit allen möglichen Leuten zurecht. Er ist nicht hochmütig. Er ist ... er ist demütig, aber klug ...« Sie verstummte, als sie den Zorn in Mr. Hoffmanns Augen sah.

»Sie haben also einen lieben Vater, und so glauben Sie an einen lieben Vatergott im Himmel. Ich habe keinen Bedarf für einen Gott, der mein Vater sein will. Der Vater, den ich habe, hat mich fast umgebracht.«

»Das tut mir Leid. Ich wusste nicht, dass Sie so ... so Schweres hinter sich haben.«

»Nein, danke, Miss Madison, ich habe kein Interesse an Ihrem Gott. David Hoffmann glaubt nur an David Hoffmann.« Er funkelte einen imaginären Gegner an, dann wurde sein Gesicht weicher, und einen Augenblick lang schien er verzweifelt um ihr Verständnis zu werben. »Sie sind in einer Familie aufgewachsen, die an ein allwissendes, liebevolles höheres Wesen glaubt. Für Sie ist es leicht, so zu glauben wie Ihre Eltern. Etwas geschieht, und ihr Christen sagt: Das ist eine Gebetserhörung. Ich interpretiere den gleichen Umstand anders und sage: Das ist Zufall. Es kommt ganz auf die Perspektive an. Nennen Sie mir ein Gebet, das Ihr lieber Vatergott erhört hat, und ich werde Ihnen beweisen, dass das nicht stimmt.«

Eine Weile sagte Gabriella nichts. Was bildete dieser Mann, den sie doch kaum kannte, sich ein, dass er sie derart attackierte? Dann räusperte sie sich. »Mr. Hoffmann, ich kann Ihnen nicht beweisen, dass Gebete erhört werden oder dass es einen Gott im Himmel gibt, wenn Sie das nicht glauben wollen. Aber das ist auch nicht meine Aufgabe, das ist Gottes Sache. Nur er kann Menschenherzen verändern. Fordern Sie ihn doch auf, sich Ihnen zu zeigen, wenden Sie sich direkt an ihn!«

David lachte laut – zu laut. »Miss Madison, Sie sind nie um Worte verlegen, nicht wahr?« Er legte seine Hand auf die ihre.

Sie begegnete seinem Blick und zog die Hand weg. Sie wusste nicht, was sie antworten sollte, und sie saßen wieder schweigend da.

Er musterte irgendeinen unsichtbaren Gegenstand. Dann begann er plötzlich zu rezitieren: »›Ich hebe meine Augen auf zu den Bergen, von welchen mir Hilfe kommt. Meine Hilfe kommt von dem HERRN, der Himmel und Erde gemacht hat. Er wird deinen Fuß nicht gleiten lassen, und der dich behütet, schläft nicht. Siehe, der Hüter Israels schläft noch schlummert nicht.‹« Seine Stimme war ausdrucksstark, voller Gefühl.

»Na, staunen Sie nicht, Miss Madison? Ich kenne diesen Psalm und viele andere auswendig. Aber wenn Sie hoffen, dass ich ihn mir als Gebet zu eigen mache, dann können Sie lange warten.«

Gabriella fand, dass sie lange genug in der Defensive gewesen war. »Ich dachte, Sie wollten mich ausführen, um etwas über mein Leben im Senegal zu hören, und nicht, um meine Religion schlecht zu machen.«

»Ach ja, richtig. Entschuldigen Sie, aber diese armen Hugenotten haben mich ganz aus dem Konzept gebracht. Und ich fürchte, jetzt müssen wir auch schon nach Hause gehen. Ich möchte nicht, dass Sie Probleme mit Ihrer Wirtin kriegen.« Einen kurzen Augenblick lang schien er ehrlich enttäuscht zu sein. »Aber das macht nichts, wir werden uns noch oft genug sehen, Miss Madison. Sie werden noch viel Gelegenheit haben, mir von Ihrem Leben auf dem Schwarzen Kontinent zu berichten.« Er stand auf und nahm Gabriellas Arm.

Sie wischte seine Hand fort. »Ich möchte gerne noch etwas bleiben, wenn es Ihnen nichts ausmacht.« Ihre Stimme wurde eine Spur sarkastisch. »Und machen Sie sich keine Sorgen, ob ich gut nach Hause komme; ich bin ein großes Mädchen.«

Davids Augen blitzten, aber er beherrschte sich. »Ganz wie Sie wünschen. Auf Wiedersehen, Miss Madison.« Er ging über den Platz und in eine der Straßen hinein, wo die Bushaltestelle war.

Wenn der mich das nächste Mal zu was einlädt, sage ich Nein, versprach sie sich. Aber sie wusste, dass sie das Versprechen nicht halten würde. Die Luft wurde kühler, die Schatten länger auf dem Platz, aber Gabriella rührte sich nicht von dem Tisch, bis sie ganz sicher war, dass David Hoffmann weit weg war.

* * * * *

Sie saß an dem kleinen Schreibtisch in ihrem Zimmer vor ihren Büchern. Innerlich sah sie wieder David Hoffmanns dunkle Augen vor sich, hörte wieder, wie seine sonore Stimme den 121. Psalm rezitierte, mit dem Pathos eines echten Gläubigen. *Er ist so voller Zorn,* dachte sie. *Ich weiß nicht, warum, aber er ist so zornig.* Aber nein, da war noch mehr hinter seinen zynischen Augen und seinem stolzen Gehabe. Etwas, das eine Entdeckungsreise wert war. Sie hatte es gespürt an diesem Nachmittag, unter den harten Worten und dem Sarkasmus.

Sie musste wieder an die französischen Protestanten denken, die um ihres Glaubens willen gefoltert und getötet worden waren, und sie zog das Hugenottenkreuz aus ihrer Bluse hervor, hielt es vorsichtig in der Hand und fuhr mit dem Finger an ihm entlang. Vier dicke Pfeile, deren Spitzen nach innen zur Mitte zeigten, und an den Ecken des Kreuzes vier Lilien. Von dem unteren Pfeil hing eine kleine Taube herab. »Hier in Montpellier haben die Menschen, die diese Kreuze trugen, also gelebt. Hier haben sie ihren Glauben ausgelebt und sind für ihn gestorben.«

Sie öffnete ihre Bibel und blätterte in ihr, bis sie den 121. Psalm fand. An den Rand neben dem Psalm hatte sie die Worte geschrieben: »Deine Verheißung an mich, Gott.« *Wie ironisch, dass der mir ausgerechnet den Psalm zitiert hat, den ich als Gottes Wort an mich genommen habe, als ich hierher kam.*

Ich hasse es, wie arrogant und respektlos dieser Mr. Hoffmann ist, dachte sie, als sie sich auszog, um ins Bett zu gehen. Aber er faszinierte sie, und sie merkte, wie sie es kaum erwarten konnte, ihn am nächsten Tag wieder in dem Seminar zu erleben. »Ist er ein böser Mensch, Gott? Oder nur verbittert?« Als sie ins Bett stieg, fielen ihre Augen wieder auf den aufgeschlagenen Psalm, und sie las da weiter, wo ihr Dozent aufgehört hatte. »Der HERR behütet dich, der HERR ist ein Schatten über deiner rechten Hand, dass dich die Sonne nicht sticht am Tage.« Sie musste an die helle Hitze des Nachmittags denken, als sie in dem Straßencafé gesessen hatten. »Noch der Mond des Nachts. Der HERR behütet dich vor allem Bösen, er behütet deine Seele. Der HERR behütet deinen Ausgang und Eingang, jetzt und immerdar.«

Sie schlief erst ein, als der Mond längst aufgegangen war. Der laue Septemberwind spielte mit dem Olivenbaum vor ihrem Fenster. Seine Blätter streichelten die Scheiben und flüsterten von Liebe und Hoffnung.

KAPITEL 5

Das Schiff schlingerte über die Wellen des Mittelmeers. Die Sonne war noch nicht aufgegangen, der Wind blies kühl. Weit entfernt konnte Anne-Marie die flackernden Lichter der Küste ausmachen. Ihr Gesicht war dunkelblau verschwollen.

Sie stöhnte auf, nicht so sehr von den Schmerzen als von dem Gedanken, nach Algerien zurückzukommen. »Ophélie, was bin ich froh, dass du Mama jetzt nicht sehen kannst. Es ist besser, wenn du denkst, ich bin tot. Liebe Ophélie, Schätzchen, Gott sei mit dir. Papas Gott sei mit dir!«

In der Koje über ihr, wo Moustafa hockte, den Kopf an der Decke der Kabine, raschelte es. »Wir sind bald da.« Seine Stimme war barsch. Anne-Marie spürte den bitteren Zorn hinter seinen Worten. Moustafa würde ihr nicht helfen, jetzt nicht mehr. Sie hatten ihn gehorsam geschlagen, er gehörte ihnen. *Ich bin dir nicht böse, Moustafa,* dachte sie. Es war sein Leben oder ihres, und er würde natürlich seines retten. Nur aus Liebe gab man sein Leben für einen anderen Menschen, und in diesem Krieg gab es keine Liebe, nur hasserfüllte Fanatiker, die alles opferten für den Götzen der Unabhängigkeit. Und ein Besessener, der Rache und nochmals Rache suchte.

Was war geworden aus dem Algerien, das sie gekannt und geliebt hatte? Sie waren wie ein verschwommener Traum, die unbeschwerten Tage ihrer Kindheit, wo sie auf der Straße mit ihren Freunden gespielt hatte – französische und algerische, muslimische und katholische, protestantische und jüdische Kinder. Vielleicht hatte sie es wirklich nur geträumt.

»Steh auf, Anne-Marie! Wir wollen nicht die Letzten sein beim Aussteigen.«

Er kletterte die Leiter herunter. Sie erhob sich wacklig, einen Augenblick dachte sie, sie würde ohnmächtig werden. Er nahm ihre Hand und führte sie rasch durch die Tür der Kabine und den dunklen Gang entlang, an dessen Ende Ali und Rachid standen.

»Hier, zieh das an«, zischte Ali und schob ihr ein weißes Spitzenkopftuch in die Hände. »Willkommen zu Hause, kleine Zigeunerin!« Er lachte böse und stieß sie zur Reling hin. Das Schiff lief in den Hafen ein.

* * * * *

Anne-Marie trat aus dem überfüllten Bus in die Straßen von Algier. Vor ihr erhob sich ein Hügel mit einem undurchdringlichen Gewimmel aus wie ein Kartenspiel übereinander gestapelten Häusern. Niemand brauchte ihr zu sagen, wo sie war; sie wusste nur zu gut, dass sie gleich die Kasbah betreten würde, die nach dem im 16. Jahrhundert von den Türken erbauten, das ganze Viertel dominierenden Fort benannte Altstadt von Algier. Hier wohnten die Ärmsten der Stadt – und hier war das Hauptquartier der FLN.

Sie gingen an den die Grenze zur Kasbah markierenden Arkaden vorbei, wo zahllose Händler an ihren Ständen Obst, Gemüse und andere Waren feilboten. Anne-Marie zog ihr Kopftuch fester um ihr Gesicht, so dass nur noch ihre Augen sichtbar waren. Für einen *Pied-noir* bedeutete es das Todesurteil, dieses Viertel zu betreten. Die Nachricht von dem jungen *Pied-noir*-Mädchen, das hier brutal vergewaltigt und anschließend totgeprügelt worden war, war bis nach Frankreich gedrungen. Sie merkte, wie sie langsamer wurde und ihr Körper sich versteifte.

Geh weiter, oder sie bringen dich gleich hier um. Ihre Haut war nicht so dunkel wie die der Algerier, aber mit ihrem schwarzen Haar, den dunklen Augen und dem typisch algerischen Kopftuch hoffte sie, ihre Identität hinreichend verbergen zu können.

Moustafa ging neben ihr und schob sie weiter. Direkt hinter ihr kamen Ali und Rachid. Vor ihnen türmte sich der zusammengewürfelte Häuserberg.

»Das ist ein Labyrinth. Wer da einmal drinnen ist, findet nie mehr heraus, wenn er nicht dort wohnt.« Sie erinnerte sich an den Klatsch der anderen *Pied-noir*-Frauen. Seit Beginn des Krieges im Jahre 1954 hatten sie sich nachts, wenn die Kinder schliefen, die Mordtaten in der Kasbah zugeraunt. Jetzt starrte Anne-Marie zu dem steilen Gassengewimmel hoch und begriff: Die Frauen hatten Recht gehabt. Würde sie je lebendig wieder hier herauskommen? Ihre Kehle brannte, aber sie traute sich nicht, um ein Glas Wasser zu bitten. Ihr trockener Husten hallte von den Häuserwänden wider, als sie der ansteigenden Straße folgten.

Sie schaute kurz zu Moustafa hin. Auf einmal hatte sie Mitleid mit ihm. Sie war schon in großer Gefahr in der Kasbah, aber er? Er war ein doppelter Verräter, er konnte seines Lebens nirgends sicher sein. Aber er schien keine Angst zu haben. Sein junges Gesicht war hart vor Entschlossenheit und Hass – so ganz anders als das Gesicht des jungen Mannes, den sie gekannt hatte.

Noch vor ein paar Tagen hatte sie mit ihm sprechen können wie mit einem vertrauten Freund. Sie hatte ihren Kamm durch sein schwarzes Lockenhaar gezogen und ihn liebevoll ermahnt, mehr auf sein Äußeres zu achten. Acht Monate zuvor hatte er mit ihr und Ophélie das Mittelmeer überquert, auf der Flucht aus Algerien. Eine *Pied-noir*-Frau, ein vaterloses Kind und der Sohn eines *Harki. Harki!* Das Wort klang wie ein Gewehrschuss in diesen Kriegstagen.

Anne-Marie fröstelte es bei dem Gedanken an die algerischen Soldaten, die für Frankreich kämpften. Die FNL hasste sie; wen sie in die Finger bekam, dem schlitzte sie die Kehle auf. Wie bei Moustafas Vater. Anne-Marie erinnerte sich, wie Moustafa zu ihr gekommen war, die Augen weit vor Angst.

»Sie haben meinen Vater getötet, Anne-Marie, sie haben ihm die Kehle durchgeschnitten.« Er hatte geweint. »Ali kennt unsere Pläne bestimmt. Ich muss weg, oder sie bringen mich auch um. Und du musst auch gehen, es ist hier viel zu gefährlich für Ophélie ... und für dich.«

Er hatte Recht gehabt. Der Boden in Algerien war zu heiß für den Sohn eines *Harki* und für eine *Pied-noir*, die früher einmal Informantin der FLN gewesen war. Und wenn das nur alles gewesen wäre! Aber es war noch viel schlimmer. Und so waren sie in einer bitteren Januarnacht nach Frankreich geflohen.

»Wir sind da.« Moustafas Stimme riss sie aus ihren Gedanken. »Hier wirst du wohnen.« Er schob sie vor Alis und Rachids wachsamen Augen in die dunkle Türhöhle eines tristen Zementgebäudes hinein.

»Rührend, so ein Wiedersehen unter Freunden im schönen Algerien, nicht?« schnurrte Ali. Er trat hinter ihnen in den dunklen Raum, packte Moustafa am Hemd und drehte ihn zu sich um. »Erkläre ihr die Regeln. Sage ihr, was mit schönen Frauen passiert, die nicht reden. Mit *Pied-noir*-Dreckshuren! Obwohl es mich überraschen würde, wenn sie es so bald schon wieder vergessen hätte.« Er ließ Moustafa los und stieß ihn zurück in die Dunkelheit. »Wir sind bald wieder da.«

Anne-Marie legte die Hand auf die Lippen, um ihr Schluchzen zu unterdrücken, aber die Tränen stoppen konnte sie nicht. Sie tastete in der Dunkelheit umher und fand einen Stuhl. Langsam gewöhnten ihre Augen sich an das Schummerlicht. Sie setzte sich, ohne zu Moustafa hinzusehen, der in dem kleinen Raum hin- und hermarschierte.

»Hör auf zu heulen!«, flüsterte er. »Ich kann nicht denken, wenn du heulst.«

Sie drehte ihr tränenverschmiertes Gesicht zu ihm hin. »Du wirst Ophélie nicht verraten, nicht wahr, Moustafa?«

»Sei nicht dumm, Anne-Marie! Wir tun alle, was wir müssen. Wenn du am Leben bleiben willst, wirst du reden, und dann werden sie Ophélie zurück hierher bringen. Wenn du nur redest, bleibt ihr vielleicht beide am Leben. Wenn nicht, dann stirbst du, und Ophélie finden sie trotzdem und es wird alles noch viel schlimmer für sie.«

Anne-Marie hielt ihren Kopf in den Händen und wischte schweigend ihre Tränen ab. Sie glaubte Moustafa nicht. Sie war sicher: Sobald Ali die Information hatte, die er wollte, würde er auch ihn eliminieren.

Inzwischen hat Monsieur Gady bestimmt den kleinen blauen Beutel, dachte sie erleichtert. Er war im Bilde, er würde Ophélie an einem sicheren Ort verstecken. Sie konnte ruhig einen Teil der Wahrheit verraten. Alis Männer würden Monsieur Gadys Laden durchsuchen und nichts finden.

Sie drehte sich wieder zu Moustafa hin, Hoffnung in der Stimme. »Keine Angst, Moustafa, ich rede.« Aber unter ihrem Kleid ging ihr Finger zu der winzigen Flasche hin, die in den

Ärmel eingenäht war. Sie lächelte. *Du bist in Sicherheit, Ophélie.*

* * * * *

Ophélie saß auf einer Matratze in der Wohnung über Monsieur Gadys Laden und lauschte auf das rhythmische Atmen des Alten. Sie war froh, dass er schlief. Zweimal hatte er sie schon ausgefragt. »Hast du nichts für mich, Kleine? Hat deine Mama dir nicht etwas mitgegeben?« Jedes Mal hatte sie ihren Kopf geschüttelt. Wie wollte sie diesem Mann trauen? Man konnte niemandem trauen.

Monsieur Gady hatte enttäuscht ausgesehen. Und besorgt. Den ganzen Tag hatte er die Nachrichten im Radio gehört und zu sich selber gemurmelt: »Verdammter Krieg, verdammter Krieg ...«

Jetzt, in der Stille der Nacht, knipste Ophélie vorsichtig die Lampe auf dem Schreibtisch an und leerte den blauen Beutel aus. Das Kreuz rutschte heraus, dazu ein altes Foto und zwei kleine, verschlossene Umschläge. Sie nahm den ersten in die Hand. Auf ihm war in Mamas Handschrift ein Wort geschrieben. Sie wusste, was es bedeutete: *Ophélie.* Sie öffnete den Umschlag vorsichtig und faltete den Brief darin auseinander.

Drei rosa Seiten, alle in Mamas fließender Handschrift. Oben auf der ersten Seite sah sie wieder ihren Namen: »Ophélie«. Und unten auf der dritten Seite stand »Mama«. Diese beiden Worte kannte sie, aber der Rest des Briefes war ihr ein Rätsel aus auf und ab tanzenden Linien.

»Oh, Mama, wie soll ich je wissen, was du mir sagen willst, wenn ich nicht lesen kann?« Sie begann zu weinen. »Ich muss das doch wissen. Monsieur Gady kann ich nichts sagen. Bitte sei mir nicht böse, Mama, aber ich kann ihm den Beutel nicht geben.«

Sie nahm die Kette mit dem Kreuz, legte sie um ihren Hals und machte sie hinten zu. »Du hast gesagt, das Kreuz bringt Glück, Mama. Ich werde es tragen, und dann wird Papas Gott mir Glück bringen.« Sie schob den Brief und den anderen Umschlag zurück in den Beutel. Sie hielt kurz inne, um das kleine Bild zu betrachten, das Mama mit ihr auf dem Arm zeigte. »Bitte, Mama, sterbe nicht. Ich will lesen lernen, und dann werde ich alles wissen. Warte auf mich, Mama!«

* * * * *

Mit schlafwandlerischer Sicherheit ging Ali durch das Labyrinth der Kasbah. Rachid El Drissi wusste: In diesem Viertel hätte sein Chef sich mit verbundenen Augen zurechtgefunden.

Jetzt begann Ali, eine an einem Gebäude angebaute Treppe hochzusteigen. Im ersten Stock stieg er in ein Fenster, das er hinter sich schloss. Selbst in dieser späten Stunde war die Septemberluft erstickend. Ohne einen Laut ging er in ein Schlafzimmer hinein, knipste das Licht an und nickte Rachid zu. Er setzte sich an einen alten Schreibtisch und holte einen braunen Umschlag voller Papiere heraus. Rachid blieb neben ihm stehen.

Ali zeigte auf einen handgezeichneten Lageplan mehrerer Viertel der Stadt. »Die Sache steigt Dienstagnacht. Schau hier. Monoprix liegt hier an der Ecke.«

Rachid nickte. Jeder kannte das große Kaufhaus.

»Und die Bombe muss hier losgehen.« Ali malte einen roten Kreis um die Straße vor dem Kaufhaus. »Alles wird schlafen, aber die Nachricht wird sich blitzschnell verbreiten. Die Leute werden in Panik losrennen, und dann *Bumm!*« Er lachte. »Es wird sehr überzeugend sein, nicht wahr?« Seine Hand strich über die Narben in Rachids Gesicht.

Wieder nickte Rachid, sein Blick nicht mehr schläfrig, sondern leidenschaftlich starrend. Am Dienstag würde er die nächste seiner Bomben testen. Klein, aber fein. »Wird gemacht, Ali, kein Problem.«

Ali drehte sich um und ging. Als er die Tür hinter sich schloss, fuhr Rachid mit seinen Fingern durch sein dickes Haar und flüsterte: »Bumm!« Er kicherte leise.

KAPITEL 6

Gabriella stand am Fenster und schaute zu, wie eine einsame Schwalbe fast bis auf den Boden herunterflog. Jetzt fiel eine zweite in den Tanz ein: hoch hinauf, dann im Sturzflug nach unten.

Wenn die Schwalben tief fliegen, gibt es am Abend Regen. Sie musste an das Sprichwort denken, das sie als Kind im Senegal gelernt hatte. Sie wünschte sich heftig, dass der Regen nicht käme. Nicht an diesem Samstag.

Für heute hatte David Hoffmann sie auf ein Picknick am Strand eingeladen – anschließender Ponyritt durch die Marschen nicht ausgeschlossen. »Es macht nichts, wenn Sie noch nie auf einem Pferd geritten sind, die Camargue-Ponys sind robust und sicher.«

Gabriella hatte die Einladung angenommen. Dass sie in Nordafrika schon einmal ein Pferd gehabt hatte, hatte sie nicht erwähnt. Nach dem misslungenen Nachmittag auf dem Place de la Comedie hatte sie eigentlich ablehnen wollen, aber irgendwie fühlte sie sich hingezogen zu diesem Mann, gerade so, als ob er sie brauchte. *Aber ich werde meine Zunge hüten,* nahm sie sich vor.

Pünktlich um 11 Uhr stand Mr. Hoffmann vor der Tür. Die grauen Wolken und das ominöse Grollen am Horizont schien er nicht zu beachten. Madame Leclerc ließ ihn beim ersten Läuten ein, das Gesicht freundlich-aufgeräumt.

»*Bonjour, Madame.* Ist Mademoiselle Madison da?«

»Aber sicher. Ich hole sie eben.«

Gabriella kam in den Flur. Sie versuchte, das Gekichere von Stephanie und Caroline zu überhören, die den ganzen Morgen schon alle fünf Minuten in ihr Zimmer gekommen waren, um sich über das Wetter und dessen Bedeutung für Gabriellas Verabredung auszulassen. Caroline war sicher gewesen: »Der kommt, bestimmt. Wenn Mr. Hoffmann sich etwas vorgenommen hat, kann ihn selbst ein Wirbelsturm nicht stoppen.«

Caroline hat Recht gehabt, dachte Gabriella, als sie die Hand ihres Dozenten schüttelte.

»Sehr erfreut, Miss Madison.« Seine dunklen Augen funkelten spöttisch. Er ging mit langen Schritten zu seinem Auto, einem blassblauen alten 2CV, der, wie er erklärte, in der Ebene wie eine Eins fuhr, aber keinen Berg schaffte. Spürte er die Augen der Mädchen und der Wirtin, die ihm von den Fenstern der Pension hinterherblickten? Falls ja, ließ er es sich nicht anmerken.

* * * * *

Die Sonne lugte zögernd durch die grauen Wolken, während David Hoffmann eine alte Decke auf den Sand breitete und Gabriella bedeutete, sich zu setzen. Er stellte einen großen Korb neben sich und holte Sandwiches, Käse, Obst, frischen Salat in Essigtunke und eine Flasche Rotwein heraus.

»Ich hätte gerne auch etwas mitbringen können«, stotterte Gabriella nervös.

»Oh, glauben Sie nur nicht, dass ich dieses köstliche Mahl selber bereitet habe. Madame Pons, meine Wirtin, ist wild entschlossen, mich gut zu verheiraten, und hat darauf bestanden, mir ein richtiges Picknick mitzugeben. Sie macht es nicht schlecht. Eine gute französische Käse-und-Schinken-Baguette ist nicht zu schlagen.«

Er entkorkte die Flasche und stellte sie in den Sand. »Nennen Sie mich ruhig David – außer im Seminar, natürlich.« Einen Augenblick musterte er ihre Augen, als suche er etwas in ihnen. Sie wandte ihren Kopf errötend zum Meer hin.

Er fuhr fort. »Aber ich will heute nicht über mich selber reden. Ich möchte etwas von Ihnen hören. Für jemanden, der unter den Wilden aufgewachsen ist, muss es doch ein ziemlicher Schock sein, auf einmal unter all diesen wohl gepflegten Damen zu sein.«

Sie sah ihn an, plötzliche Empörung in den Augen. »Wie kommen Sie ...« Dann sah sie die Belustigung in seinen Augen und unterbrach sich.

»Entschuldigen Sie, Miss Madison, ich kann's nicht lassen, die Menschen zu testen. Freut mich echt, dass unsere Missionarin so viel Feuer hat.«

Sie merkte, wie auf einmal Tränen auf ihrem Gesicht brannten. Auch das noch. Sie stand abrupt auf und funkelte ihn an. »Warum haben Sie mich überhaupt eingeladen? Haben Sie mich auf dem Place de la Comedie nicht schon genug kritisiert? Wenn Sie sich nur auf meine Kosten amüsieren wollen, möchte ich lieber zurück zu Madame Leclerc, am besten gleich jetzt.« Sie holte Luft und fügte hinzu: »Bitte.« *Wäre ich nur nicht mit ihm mitgegangen ...*

Sie spürte wie durch einen Nebel, wie David Hoffmanns starke Hand die ihre nahm und sie zurück auf die Decke zog. »Entschuldigen Sie, Miss Madison.« Zum ersten Mal klang seine Stimme ehrlich. »Sie haben ja Recht. Es ist kein guter Stil, eine junge Dame einzuladen, nur um sie gleich zu kritisieren. Das war gerade nicht persönlich gemeint, nur mein Stil sozusagen. Weinen Sie doch bitte nicht.« Er langte in die Tasche seiner Khakihosen und zog ein sauberes weißes Taschentuch heraus. »Hier, bitte. Und bitte bleiben Sie. Ich kann das hier unmöglich alles alleine essen, und Madame Pons wäre außer sich, wenn sie hörte, dass ich es mir mit der nächsten hübschen Dame verdorben habe.«

Sie sah ihn zögernd an, wischte sich die Augen und zog ihre Hand aus der seinen. »Gut, ich bleibe. Aber nur wegen des Essens und Madame Pons. Und natürlich weil ich es mir nicht mit meinem geschätzten Lehrer verderben will.« Sie staunte selber über ihren bissigen Ton.

»Ich tue Buße in Sack und Asche, Miss Madison. Aber jetzt gehen wir zu einem interessanteren Thema über. Ich möchte gerne mehr über eine junge Frau erfahren, die Pope und Donne zitieren kann und ein so ganz anderes Leben hinter sich hat als die anderen Studentinnen in St. Joseph, die alle nur drei Themen kennen: Einkaufen, Heiraten und Sex.« Er betonte das letzte Wort mit einem dünnen Lächeln.

Gabriella erwiderte seinen Blick fest. »Ist das wieder ein Test, Sir?« Aber diesmal lächelte auch sie.

Sie schaute wieder zu dem dunklen Blau der See hin und sprach, als rede sie zu den Wellen, die auf den Sandstrand zurollten. »Ich bin gerne im Senegal gewesen. Meine Eltern zogen dorthin, als sie an mich noch gar nicht dachten. Sie gaben viele Annehmlichkeiten auf – Busse und Bahnen, ein sauberes

Haus, ein Leben ohne Malaria -, weil sie an das glaubten, was sie taten.

Ich wuchs unter den Einheimischen auf, als einziges weißes Kind außer meinen Schwestern, und fühlte mich ganz wohl dabei. Ich lernte mehrere Eingeborenensprachen, weil wir vier Mal umzogen – und natürlich Französisch, die Handelssprache.« Gabriellas Stimme wurde gleichsam wieder lebendig, als sie an das alte Leben zurückdachte, das sie erst vor einem Monat verlassen hatte.

»Ich bin gerne den Strand entlanggaloppiert auf meinem kleinen Pferd. Hin und wieder habe ich mich umgedreht, um die Hufabdrücke auf dem weißen Sand zu betrachten. Am Strand konnte man stundenlang reiten, ohne eine Menschenseele zu sehen. Wenn wir umdrehten, um zurückzureiten, waren die Hufspuren immer weg, fortgewaschen wie eine Erinnerung, die man vergessen hat. Einmal erzählte ich meinem Vater von den verschwundenen Spuren, und er lächelte und sagte leise: ›Lass dir das eine Lehre sein. Es gibt auch Spuren, die nie verwischen. Sieh zu, dass du in deinem Leben Spuren hinterlässt, die es wert sind, dass man ihnen folgt.‹ Ich muss oft an seine Worte zurückdenken, denn ich weiß nicht, ob es jemand gibt, der gerne in meinen Fußtapfen folgen würde.«

David starrte sie an, mit dem gleichen Blick, der ihr bei der Ankunft am Strand so unangenehm gewesen war. Aber jetzt verstand sie, was da in seinen Augen stand. Es war Bewunderung. Er beugte sich vor, fast berührten seine Hände die ihren. »Wie nennen Ihre Freundinnen Sie eigentlich, Miss Madison?«

Sie rutschte instinktiv etwas weg. Nach einem Augenblick erwiderte sie: »Ich stelle mich immer mit meinem ganzen Namen vor. Gabriella. Ich mag lange Namen und habe keine Lust, meinen aufzugeben. Aber meine Freunde können mich nennen, wie sie wollen. Das ist ja das Privileg der Freundschaft, nicht wahr?«

»Dann werde ich Sie Gabby nennen.«

* * * * *

David Hoffmann nahm den letzten Schluck von seinem Glas Wein. »Sind Sie ganz sicher, dass Sie keinen Wein möchten, Gabby?«

»Nein, danke, wirklich. Ich bin Wein nicht gewöhnt, ich mag das Gefühl nicht, das er mir macht.« Sie hob ihre Augenbrauen, auf seine Reaktion wartend.

Er kicherte leise. »Sie sind niedlich. Hat Ihre Mutter Sie davor gewarnt, was die forschen jungen Intellektuellen mit einer schönen Idealistin im Schilde führen, die zum ersten Mal nach Frankreich kommt? Schön, gehen Sie ruhig auf Nummer Sicher.«

»Ich habe eine Frage an Sie, den weisen Lehrer.«

»Schießen Sie los!« Er rutschte näher zu ihr und streckte sich lang auf der Decke aus, das Kinn in den Händen. Er sah zu ihr hoch, die Sonne hinter ihrem Kopf ließ ihn die Augen zusammenkneifen. »In dieser Position habe ich das Gefühl, in der Gegenwart eines Engels zu sein. Ihr Haar ist bezaubernd.« Er hielt inne, dann fügte er leise hinzu: »*Sie* sind bezaubernd.«

»Hören Sie bitte auf«, erwiderte sie. Sie zögerte, seinen Namen zu gebrauchen. »Sie wollen mich ja nur verlegen machen, ich kenne Ihre Schliche schon. Sie haben Angst vor meiner Frage und wollen mich ablenken. Und jetzt sagen Sie mir: Sie bewundern die Dichter, die solch einen tiefen Glauben hatten, wie Pope und Donne und Herrick. Wie können Sie ihre Werke bewundern und gleichzeitig ihren Gott ablehnen?«

Er siebte Sand durch seine Finger. »Da hätte ich eine Gegenfrage. Wie können Sie einen ›weisen Lehrer‹ bewundern und gleichzeitig seine Annäherungsversuche abweisen?«

Seine Hand ging zu ihr hin. Sie drehte sich weg, enttäuscht, dass er sich weigerte, ihr zu antworten.

Die Wolken waren wieder da. Gabriella stand auf. »Zeit, heimzufahren.«

»Stimmt, meine Liebe. Lassen wir die Camargue-Ponys auf ein anderes Mal.« Sie packten die Reste des Picknicks rasch in den Korb. Der Himmel polterte ungeduldig. Dann kamen die ersten schweren Regentropfen. David nahm Gabriellas Arm und hastete mit ihr den Strand hinauf, bis sie hinter den Dünen zu der Straße kamen, wo das Auto geparkt stand. Als sie es erreichten, waren sie beide nass bis auf die Haut. David lachte lauthals, die Arme ausbreitend, wie um den Regen einzufangen. »Wunderbar, Gabby! Ist das nicht schön?«

Gabriella wischte sich lächelnd die Tropfen aus dem Gesicht, während sie einstieg. Ihr Haar klebte wie eine nasse Nudelmasse an ihrem Kopf. Sie verzog die Nase. »Ihr armes Auto.«

»Macht überhaupt nichts, meine Liebe. Die alte Blechkiste hat schon Schlimmeres erlebt.« Er zwinkerte sie an.

Gabriella sagte nichts auf der Rückfahrt, aber sie zählte die raschen Schläge ihres Herzens und wünschte sich, schon zurück in der Sicherheit ihres kleinen Zimmers zu sein, wo David Hoffmann den Aufruhr ihrer Gedanken nicht lesen konnte.

* * * * *

Der Schweiß der Konzentration lief Davids Stirn hinunter. Er musterte den handgezeichneten Plan, der mit der Post gekommen war, studierte die Anweisungen, und fluchte leise. »Mitten in Aigues-Mortes, genau wie er gesagt hat.«

Er begann gedankenverloren, die Ärmel seines blauen Hemds hochzurollen. Der Regen hatte aufgehört, die Luft war stickig warm.

Volle fünf Minuten lang saß er brütend da. Wut schoss über sein fein geschnittenes Gesicht, dann Schmerz. Was fühlte er in diesem Augenblick? Vielleicht würden sie endlich ein Ergebnis bringen, die Monate des Planens. Lebenswichtige Ergebnisse – von der Art, die selbst David Hoffmanns hartes Herz anrühren konnte. Ja, er spürte Erregung, Zorn – und jenen alten Feind, die Angst.

Er dachte an den Nachmittag mit Gabriella am Strand zurück. Er mochte diesen unschuldigen Rotschopf. *Warum muss ich sie in das hier reinziehen?* Er konnte es auch alleine. Aber nein, er wollte sie mitnehmen.

»Zeit, Gabby die schöne Stadt Aigues-Mortes zu zeigen«, flüsterte er.

KAPITEL 7

Monique Pons trug zwei dampfende Tassen Kaffee in das Wohnzimmer, wo Yvette Leclerc am Tisch saß, über den Korb mit den Einkäufen vom Markt gebeugt. »Die Birnen taugten überhaupt nichts heute, aber die Tomaten waren 20 Centimes billiger. Und was für Tomaten! Bestimmt die letzten in dieser Saison.«

Sie nahm den schwarzen Kaffee lächelnd entgegen und lehnte sich auf ihrem Stuhl zurück. Es gab nichts Schöneres als einen kleinen Kaffeeklatsch bei Monique! Seit über zwanzig Jahren schon pflegten sie dieses tägliche Ritual: Nach dem morgendlichen Gang über den Markt kam sie um Zehn hierher, um die neuesten Neuigkeiten auszutauschen, bevor sie nach Hause eilte, um das Mittagessen zu richten. Sie blieb nie lange, aber es gab ja so viel zu bereden: die neuesten Tomatenpreise, das neueste Rezept von dem großspurigen französischen Koch, der über den Ozean gefahren war, um in Amerika sein Glück zu machen. Und wie ging es den Kindern und Enkeln und dem Rest der Familie? Castelnau war eine kleine Stadt, aber so voller Neuigkeiten!

Heute hatten die beiden ergrauenden Damen ganz besondere Leckerbissen füreinander. Wie praktisch, dass sie beide Mieter hatten – Mieter, die drauf und dran waren, sich in die schönste Liebesgeschichte zu verwickeln.

Madame Pons redete wie ein Wasserfall. »Er war bis auf die Haut nass, als sie vom Strand zurückkamen, aber so fröhlich! Er ist ein Merkwürdiger, dieser Monsieur Hoffmann, aber man sieht es, wenn er glücklich ist. Er lächelt ja so selten; so war er immer schon, seit er hier ist.«

Sie beugte sich kichernd nach vorne, die Wangen rosig von der frischen Luft. Ihr Doppelkinn wackelte beim Reden. »Aber am Samstagnachmittag strahlte er über das ganze Gesicht. Gab mir einen Kuss auf beide Wangen, als er reinkam. Geküsst hat er mich!« Sie errötete wie ein junges Mädchen. »Während das Wasser von seinen Kleidern auf den Fußboden tropfte. *Oh là là!*« Sie schüttelte ungläubig den Kopf.

Madame Leclercs Augenbrauen gingen fröhlich in die

Höhe, ihre Augen tanzten. »Und was hat er gesagt, Monique? Was hat er gesagt?« Konnte es sein, dass dieser schneidige junge Amerikaner endlich beschlossen hatte, einer Frau richtig den Hof zu machen? Seit über einem Jahr schon warteten die beiden Freundinnen auf diesen Augenblick. Bisher hatte Madame Pons, wenn sie montags Monsieur Hoffmanns Wochenende Revue passieren ließ, nur Trauriges zu berichten gehabt. Zum Beispiel so: »Er sagte: ›Das ist noch so eine reiche dumme Gans mit nichts im Hirn.‹ Der ganze Korb war leer, auch die Weinflasche. Haben nur gegessen und getrunken und einander kein Wort zu sagen gehabt. Er langweilt sich zu Tode, der arme Monsieur Hoffmann.«

Aber diesmal – was für ein Glück! Nicht nur war ein lächelnder Mr. Hoffmann von dem Picknick zurückgekommen, die junge Dame war auch noch die schöne Amerikanerin, die bei Madame Leclerc in Pension war! Wenn das eine Romanze würde, wären Madame Pons und Madame Leclerc praktisch miteinander verwandt!

»Und weißt du, was er gesagt hat, Yvette? Er sagte, das Essen sei prima gewesen und es täte ihm Leid, dass sie nicht alles gegessen hätten, aber sie hätten so viel zu bereden gehabt! Wenn du den Korb gesehen hättest, du hättest gedacht, dass nur ein Vogel daran gepickt hat.« Ihre Augen leuchteten aufgeregt. »Und die Weinflasche war noch halb voll. Stell dir das vor! Keinen Tropfen hat sie getrunken, sagte er. Kein Wein, um das Herz zu wärmen, und trotzdem haben sie geredet wie zwei Bücher. Wenn das kein Zeichen ist!«

Madame Leclerc nickte lächelnd. »Ja, sie rührt keinen Wein an, meine Gabriella. Sie ist kein gewöhnliches Mädchen. Und so klug. Bestimmt genauso klug wie dieser amerikanische *Professeur.* Aber anders halt. Die ist nicht nach Frankreich gekommen, um sich zu amüsieren und ... nun ja, du weißt ja, wie die jungen Mädchen sein können.«

Ihre Blicke trafen sich, und die beiden Frauen lachten herzlich. Was hatten sie nicht mitgemacht mit manchen dieser amerikanischen Mädchen. Richtige Skandale. Gut, wenn man sich dann hin und wieder gegenseitig bedauern konnte. Aber eigentlich hatten sie sie ganz gerne, ihre Gäste aus Amerika, und das Extrageld konnte man brauchen mit solch einer kleinen Witwenrente.

Sie lachten, bis Madame Leclerc abrupt verstummte und den Kopf schüttelte. »Obwohl ich mir ja nicht vorstellen kann, was Gabriella mit jemandem wie Monsieur Hoffmann will! Der ist doch überhaupt nicht ihr Typ.« Sie beugte sich weiter nach vorne und senkte ihre Stimme. »Sie ist ... sehr religiös, weißt du.« Gegen Religion war nichts einzuwenden, fanden die beiden Freundinnen, solange es die katholische war. Aber Gabriella Madison war Protestantin. »Aber nicht so eine wie die anderen Amerikanerinnen, die ich erlebt habe. Die liest richtig in der Bibel – jeden Tag, glaube ich. Und einmal, als ich in ihr Zimmer schaute, lag sie auf den Knien und betete. Was kann ein Mädchen, das auf den Knien betet, an deinem kalten *Professeur* finden? Sie ist ein feines Mädchen, diese Gabriella Madison. Merkwürdig, aber fein.« Nein, wenn sie ehrlich waren, wussten sie beide nicht, warum Gabriella Madison mit David Hoffmann zum Picknick an den Strand gefahren war.

* * * * *

Mutter Griolets kleines Büro war gemütlich. Auf den Bücherregalen war ein Sammelsurium von Büchern der alten Heiligen in französischer und englischer Sprache. Gabriellas Finger fuhr über die zerschlissenen Buchrücken von Thomas von Kempens *Imitatio Christi* und John Bunyans *Seliger Pilgerreise.* Zwischen den Klassikern standen Bücher über Psychologie, Kinder, Erziehung und Theologie. Aber Gabriella war nicht hierher gekommen, um Mutter Griolets Bibliothek zu inspizieren. Sie setzte sich in den Sessel, der vor dem Mahagonischreibtisch stand.

Die alte Nonne sah von ihren Papieren auf und lächelte sie an. »Ah, Gabriella Madison. Eine schöne junge Frau bist du geworden! Deine Eltern müssen stolz sein auf ihre Älteste.«

Gabriella wurde rot und wusste nicht recht, wie sie antworten sollte. »Mutter Griolet, ich möchte Sie wegen eines ... Problems sprechen. Nun ja, eigentlich kein Problem, nur eine Frage. Oder eine Idee. Ich brauche halt ... Ihren Rat.«

Mutter Griolet hörte geduldig zu. »Ja, mein Kind. Ich helfe dir gerne, jederzeit.«

»Es ist – Ihre Arbeit. Ich meine, nicht die hier, sondern ...« Gabriella machte eine verlegene Pause und begann von neuem. »Ich frage mich einfach, ob Sie jemals den Wunsch hatten, etwas Großes zu tun. Nicht für sich – so meine ich das nicht –, aber etwas, das zählte, das anderen half.«

Mutter Griolet kreuzte ihre Arme und lehnte sich in ihrem großen Stuhl zurück. Ihre grünen Augen glitzerten, während sie über Gabriellas Frage nachdachte. »Nun, ich glaube schon, dass ich, als ich in deinem Alter war, davon träumte, etwas Großes für Gott und die Welt zu tun. Wir alle haben ja Träume, und manchmal sind die Träume selbstlos und gut ...«

»Ja, sicher. Ich meine, ich weiß, dass ich zum Teil vielleicht etwas ganz Falsches denke«, unterbrach Gabriella sie. »Ich wüsste einfach gerne, was ich mit meinem Leben machen soll. Meine Eltern waren da so sicher; sie wussten genau, dass Gott sie nach Afrika gerufen hatte, und sie waren damals nicht älter als ich jetzt. Aber ich bin nicht so sicher; ich weiß nicht recht, wo ich hingehöre. Ist Afrika meine Heimat? Oder Amerika? Aber Amerika kenne ich kaum. Aber vielleicht ist das nicht so wichtig.«

»Kind, fragst du dich, was die Zukunft bringen wird? Das habe ich mich mit 21 Jahren auch gefragt, aber da war ich schon Nonne. Meine Freundinnen heirateten alle. Sie hielten mich für ein bisschen fromm und komisch.«

»Und wollten Sie nicht heiraten und eine Familie haben?«

»Wie soll ich das erklären?« Mutter Griolet beugte sich nach vorne, die Finger auf dem Schreibtisch verschränkend. »Es war nicht so sehr, dass ich keinen Mann oder keine Kinder gewollt hätte; ich wusste einfach, dass ich etwas anderes tun musste. Dies hier.« Ihr Arm beschrieb eine Geste durch das Zimmer. Gabriella folgte ihr. »Ich wählte dieses Leben, und es kam mir damals gar nicht schwer oder aufopferungsvoll vor. Ich liebte es, die Kinder zu unterrichten. Der Erste Weltkrieg war gerade zu Ende, und es gab so viele Waisenkinder, und da gründeten wir also diese Schule und das Waisenhaus. Ich hatte gar keine Zeit, über eine eigene Familie nachzudenken; ich hatte alle Hände voll zu tun mit diesen Kindern.«

»Und das reichte Ihnen? Wollten Sie nie etwas anderes tun? Aufsteigen? In eine andere Stadt umziehen?«

»Oh, Gabriella, es gab schon Gelegenheiten, Castelnau zu verlassen für etwas, das besser klang. Aber ich konnte nicht. Dies hier war Gottes Werk, und ich war voll beschäftigt. Und als der Zweite Weltkrieg kam und Frankreich 1940 fiel, hatten wir natürlich noch mehr Waisenkinder zu versorgen. Wir versteckten auch viele jüdische Kinder.«

»Das muss ja echt eine Aufgabe für Sie gewesen sein. Ich meine, es war doch ... sicher nicht ungefährlich?«

»Wir taten einfach unsere Pflicht. Es war Krieg, und wir suchten keine Heldenorden, es ging einfach um's Überleben. Kriege sind so sinnlos; am Ende gewinnt keiner. Der Tod reißt Familien auseinander. Ich ergreife keine Partei in Kriegen. Ich betete, und Gott zeigte mir, wem ich helfen sollte. Meistens waren es Kinder. Durch Gottes Gnade blieben Kinder am Leben, die es sonst nicht geschafft hätten. Viele schreiben mir heute noch. Du siehst, ich habe eine große Familie.« Sie nickte zu der gegenüberliegenden Wand hin, die mit alten Fotos von Kindern bedeckt war.

»Einmal haben wir hier sogar einen deutschen Offizier versteckt.« Sie lachte, als Gabriellas Mund offen klappte. »Wenn wir es nicht gemacht hätten, wäre er hier im Hof totgeschlagen worden, vor den Augen der Kinder. Es war ein armer, verängstigter Junge, der seinem Land dienen wollte. Jetzt dient er einem Anderen.« Ihr Finger ging zum Himmel hoch.

»Und woher wussten Sie, dass das alles von Gott kam?«

»Gott ist immer um uns herum am Werk, Kind; das hast du sicher im Senegal gesehen. Die Frage, vor der jeder von uns steht, lautet: Will ich mit ihm gehen, oder will ich, dass er mit mir geht? Nur das Erste funktioniert. Ich entdeckte vor langer, langer Zeit und auf die schmerzliche Art, dass Gott meine schönen Pläne nicht brauchte; seine waren viel besser.«

Sie machte eine Pause, in ihre Erinnerungen versunken. Gabriella musterte sie staunend. Über 70 war diese Frau, und was war sie voller Leben. Sie wusste, was sie wollte, und ihr Glaube war echt. Bevor sie sie stoppen konnte, schoss die Frage aus Gabriellas Mund: »Und waren Sie immer einer Meinung mit der katholischen Kirche?«

Die alte Nonne lächelte wieder. »Sagen wir mal so: Die Kirche war nicht immer einer Meinung mit mir. Irgendwie war ich immer wieder vorneweg und lehrte Dinge, die mir allen möglichen Ärger brachten. Und die mich hier in dem kleinen, bescheidenen Castelnau bleiben ließen.« Wieder dieses verschmitzte Grinsen.

»Es hat mich überhaupt nicht gestört. Ich wusste, dass ich meinem Herrn gehorchte, und ich bekam meine Befehle aus seinem Buch. Und wer bin ich auch, dass ich urteile? Hast du auch schon gemerkt, dass es meistens einfacher ist, zu urteilen als zu gehorchen? Die Frommen können das ganz besonders gut. Ich habe versucht, nicht mitzumachen in diesem teuflischen Spielchen. Gott wirkt, ich gehorche. Kein einfaches Leben, Gabriella.« Sie beugte sich wieder nach vorne und sah Gabriella voll ins Gesicht. »Es ist nie einfach, Gottes Befehle entgegenzunehmen. Aber langweilig war es nie, das kann ich dir versichern. Die Abenteuer, die ich erlebt habe …«

Gabriellas Brauen zogen sich nachdenklich zusammen. »Meine Mutter sagt das Gleiche über ihr Leben. Es stimmt. Unsere Tage waren randvoll und spannend … und so schwer …« Sie beendete den Satz nicht. Mutter Griolet nickte.

Gabriella fuhr fort: »Aber wenn ich nur wüsste, dass ich hier am richtigen Platz bin und wie ich helfen kann. Wenn ich Sie mit den Waisenkindern sehe, möchte ich das am liebsten auch machen. Für Kinder leben, die kein Leben haben. Ihnen eine Zukunft und Hoffnung geben, wie es irgendwo im Propheten Jeremia heißt.« Gabriellas Augen tanzten, ihre Stimme vibrierte. »Ich kann nicht viel, aber ich komme gut mit Kindern zurecht. Ich habe in Afrika viel mit Kindern gemacht – Sonntagsschule und Basteln und Sport und …«

»Gabriella, willst du mich also fragen, ob du mir mit den Waisenkindern helfen kannst? Ist das deine Frage?« Gabriellas Reden um den heißen Brei schien die Nonne zu amüsieren. Gabriella errötete. »Weil ich dir nämlich bestimmt nicht Nein sagen werde, Kind.« Mutter Griolets Augen waren weich, ihr von Runzeln durchzogenes Gesicht ein Bild des Mitleids und der Liebe. »Es gibt einen Bibelvers, der meine Weichenstellungen als junges Mädchen sehr beeinflusst hat. Vielleicht kennst du ihn auch: ›Ein reiner und unbefleckter Gottesdienst vor Gott, dem Vater, ist der: die Waisen und Witwen in ihrer Trübsal besuchen und sich selbst von der Welt unbefleckt halten.‹ Ich schätze, genau das habe ich versucht.« Ihre Stimme wurde leiser, als ob sie in ihren Erinnerungen suchte.

»Wenn du in Gottes Dienst treten möchtest, Gabriella, nimmt er dich, sofort. Nicht jedes Mädchen hat diesen Wunsch. Hab keine Angst, ich kann dich gut gebrauchen hier. Wenn du willst, kannst du morgen anfangen.«

»Danke, Mutter Griolet, danke! Meine Mutter hatte Recht; Sie verstehen es, die Menschen zu ermutigen.« Gabriella stand impulsiv auf, beugte sich über den Schreibtisch und küsste Mutter Griolet fest auf beide Wangen.

* * * * *

Gabriella packte ihre Bücher und Hefte zusammen und stopfte sie in ihren Rucksack. Sie verließ Monsieur Vidals Seminarraum, ohne auf Stephanie und Caroline zu warten. Heute würde sie nach den Stunden nicht zurück zu Madame Leclerc gehen; heute würde sie die Waisenkinder kennen lernen. Es war ihr erster Gedanke beim Aufwachen am Morgen gewesen. Es hatte sie durch die Stunde von David Hoffmann getragen, so dass sie nicht errötete, als er sie bat, aus George Herberts Gedichten vorzulesen. Der Morgen war vorbeigeflogen mit dieser Gewissheit: *Heute lerne ich die Waisenkinder kennen!* Sie hatte sie sogar in Monsieur Vidals Geschichtsseminar wach gehalten, als er über die Pracht Ludwigs XIV. und seines Hofes und des Palastes von Versailles dozierte. Jetzt war es endlich so weit.

»Komm nach der letzten Nachmittagsstunde ins Untergeschoss«, hatte Mutter Griolet sie angewiesen. »Ich zeige dir dann alles und stelle dich den Kindern vor.« Jetzt sprang Gabriella die Treppe des Pfarrhauses ins Erdgeschoss hinunter, dann gleich noch eine Treppe in den Keller des großen alten Steingebäudes. Der Gang war schmal und dämmrig und roch leicht muffig, aber das schreckte Gabriella nicht.

Sie sah die lächelnden schwarzen Gesichter der Kinder im Senegal wieder vor sich, hörte ihr aufgeregtes Geplappere, wenn sie sie zu dem strohgedeckten Pavillon führte, den ihr Vater eigenhändig erbaut hatte. »Hallo, Kinder«, hatte sie sie in ihrer Stammessprache begrüßt, »heute lernen wir etwas über Josef.« Wie aufmerksam sie sie angeschaut hatten, das Weiß ihrer Augen wie Blüten in ihren Ebenholzgesichtern.

Wie sie sie vermisst hatte in den letzten beiden Jahren, als sie an der Universität in Dakar studiert hatte, achtzig Meilen von ihrem Heimatdorf. Endlich wieder Kinderstimmen ...

* * * * *

Sie trat hinter Mutter Griolet in das große Klassenzimmer. Die Kinder saßen in Reih und Glied auf ihren Holzbänken, die Hände auf den Tischen gefaltet. »Guten Tag, Kinder«, begrüßte Mutter Griolet sie aufgeräumt. »Guten Tag, Mutter Griolet«, erwiderten sie fröhlich.

»Heute möchte ich euch eine liebe Freundin vorstellen.« Sie zeigte auf Gabriella. »Dies ist Mademoiselle Madison. Sie wird ab heute jede Woche ein paar Nachmittage mit uns arbeiten.«

Die Kinder sagten nichts, aber dreiundzwanzig Augenpaare sahen bewundernd zu der neuen Lehrerin hoch. »Ist die schön«, flüsterte ein fünfjähriges Mädchen seiner Nachbarin zu. »Ja, echt«, erwiderte diese kichernd.

Gabriella tat so, als merke sie es nicht. »Hallo, Kinder! Ich freue mich, euch kennen zu lernen. Ich kann es gar nicht erwarten, dass ihr mir eure Schule zeigt. Darf ich auch eure Zimmer sehen?«

»Ja, ja, Fräulein«, riefen die Kinder im Chor.

»Aber erst muss ich eure Namen wissen. Wer sagt mir seinen als Erster?«

Die Hände flogen in die Höhe. »Fräulein, Fräulein, fragen Sie mich zuerst!«

Gabriella lachte. »Immer der Reihe nach. Wir fangen mit dir

an.« Sie zeigte auf ein lächelndes Mädchen mit einem langen schwarzen Zopf. »Und dann gehen wir schön die Bänke durch. Immer nur einer, bitte.«

Mutter Griolet sah zufrieden zu, wie die Kinder eines nach dem anderen aufstanden und sich der schönen neuen Lehrerin mit dem langen roten Haar vorstellten. Die alte Nonne musste lächeln, wie Gabriella die Kinder mit ihrer warmen Art verzauberte.

»Ja, liebe Gabriella, hier ist dein Platz. Unter den Waisenkindern. Das ist für dich gerade so natürlich wir es für eine Mutter ist, dass sie ihrem Kind vorsingt.« Keiner merkte es, wie die kleine Frau in der schwarzen Tracht den Raum verließ.

* * * * *

Zwei Stunden später kannte Gabriella fast jedes der Kinder mit Namen und war ganz außer Atem nach ihrem *Un, deux, trois soleil*-Spiel im Garten des Pfarrhauses. Jetzt nahm sie den kleinen Christophe an die Hand, der mit seinen gerade vier Jahren der Jüngste in dem Waisenhaus war. Seine blauen Augen glänzten vor Stolz, als er die Hand der neuen Lehrerin hielt. Gabriella konnte nicht anders, sie musste sich zu ihm beugen, um ihn auf die runden, rosigen Wangen zu küssen, die noch fast die eines Kleinkindes waren.

Sein sechsjähriger Bruder, André, stellte sich auf Gabriellas andere Seite. Er war hochgeschossen für sein Alter, so ganz anders als sein kleiner Bruder mit dem Babyspeck. Er sah Gabriella schweigend an. Die Wimpern seiner haselnussbraunen Augen waren lang, fein und braun. In seinen Augen war eine Sehnsucht, die Gabriella sich zu ihm beugen und ihm sachte über das Gesicht streichen ließ. Diese beiden Brüder wussten, was es hieß, einsam und verlassen zu sein. Alle diese Kinder wussten es, sie sah es in ihren Augen. Eine schmerzliche Weisheit war in ihnen, die älter war als ihre Jahre. Und eine sehnsüchtige Hoffnung, dass diese neue Lehrerin vielleicht – ja, vielleicht genügend Liebe haben würde, um ihre Herzen still zu machen wie ein leises Gutenachtlied.

* * * * *

»7 Tote bei Mitternachtsexplosion« – der Bombenanschlag vor dem Kaufhaus Monoprix beherrschte die Schlagzeilen aller algerischen Zeitungen. Diesmal waren alle Opfer französische *Pied-noirs,* nachdem die letzte Bombe zwei Algerier getötet hatte, doch der FLN kam es weniger auf die Nationalität der Opfer an als vielmehr auf die Botschaft, und die war eindeutig: Terrorismus. Keiner war mehr sicher. Und unter dem Terror lagen, für all die, die immer noch für ein französisches Algerien waren, die warnenden Worte: Haut ab! Lasst uns in Ruhe! Geht, solange ihr noch könnt!

Ali war hoch zufrieden. »Gute Arbeit, Rachid! Wenn du so weitermachst, kriegst du bald wichtigere Aufgaben. Vielleicht einen Posten in der neuen Regierung! Es ist nicht mehr weit zur Unabhängigkeit, bald ist Algerien frei! Diese bescheuerten *Pied-noirs* werden bald sehen, was ihr heiliger General de Gaulle meinte mit seinem ›Ich verstehe euch‹!« Er lachte trocken. »Er meinte, dass er *uns* versteht! Er hat begriffen, dass die Franzosen diesen Krieg nie gewinnen können. Gebt's auf! Wir werden frei!«

Rachid betrachtete seinen Führer mit einer Mischung aus Angst und Bewunderung. Doch, Ali hatte Recht. Dieser Krieg, der in sieben langen Jahren bereits Hunderttausende Menschenleben gekostet hatte, ging auf sein Ende zu. Aber vorher würden die Zahlen der Opfer noch in die Höhe schnellen, wie bei einem Mann, der auf der falschen Leiter dem tödlichen Feuer entkommen will und nur noch tiefer in den Rauch und die Flammen hineinkommt.

Die Franzosen hatten inzwischen ihre eigenen Extremisten, die eine Gegenterror-Kampagne gegen die FLN und gegen ihre eigene französische Regierung gestartet hatten. Die Brutalität der OAS konnte es in jeder Hinsicht mit der der FLN aufnehmen. Rachid lächelte Ali an. Jawohl, das Ende war in Sicht, aber vorher würde der Krieg erst richtig losgehen.

»Hat Anne-Marie geredet?«, fragte er. Er freute sich schon darauf, seine lebhafte Phantasie einzusetzen, um diese Frau und ihren *Harki*-Freund zu liquidieren.

Ali schüttelte den Kopf. »Nein. Wir haben die beiden noch nicht verhört, es gab Wichtigeres. Es ist auch so ein netter Anblick, wie sie sich jedes Mal, wenn wir dieses stinkende Loch betreten, voller Angst zusammenducken. Aber keine Angst, sie haben die längste Zeit gelebt. Und wir werden das Kind finden. Wir haben jemand, der Ausschau nach ihm hält.« Er kicherte wieder.

»Ich habe keine Eile, die Frau zu töten. Erinnerst du dich noch an unsere erste Begegnung mit ihr, 1956, als die FLN die schöne Tochter des gefallenen französischen Offiziers besuchte? Was hatte sie uns damals alles zu erzählen! Ein tolles Weib.« Er sah Rachid an, und der junge Mann errötete bei der Erinnerung an ihre grausame Lust damals.

»Wir werden sie kriegen, diese kleine Namensliste. Sie kann nicht nach Frankreich flüchten und sich dort sicher fühlen. Niemals! Die *Pied-noirs* werden um ihr Leben rennen! Und die Kinder der *Harkis* auch! Die Verräter werden sterben, wie ihre Väter! Alle!« Er fuhr sich mit dem Zeigefinger quer über die Kehle.

Rachid nickte. Er wusste: Ali hatte seine eigenen Pläne, seine eigenen persönlichen Rechnungen, die er in die Terroraktivitäten der FLN einbaute. Was bedeuteten ein paar Dutzend tote Frauen und Kinder mehr in einem Krieg, der schon so viele Menschenleben gefordert hatte? Wer würde übrig bleiben, um sie zu betrauern?

* * * * *

Anne-Marie saß auf dem Fußboden und hörte zu, wie Moustafa den Monoprix-Bombenanschlag beschrieb. »Es passierte gestern Morgen um zwei. Der halbe Block wurde zerstört. Drei Frauen und vier Kinder wurden getötet, mehrere Männer werden noch vermisst, alles *Pied-noirs*.«

»*Pied-noirs,* sicher, ich kenne das Viertel gut.« Sie seufzte auf. »So viele unschuldige Opfer – warum?«

»Um Angst zu erzeugen, Anne-Marie.«

Sie nickte. Ihre Frage war nur ein Aufschrei gewesen. Sie begriff sehr wohl.

»Angst«, fuhr Moustafa fort. »Damit sie alle ihre Sachen

packen und gehen, wie wir. Nur dass wir inzwischen wieder hier sind.«

Sie sah zu ihm hoch. »Wir werden sie nie loswerden, Moustafa, nicht wahr?«

Er sah zur Seite. »Nein. Sie sind überzeugt, dass du Informationen hast, mehr als ich. Oder dass wir beide etwas über die kleine Operation in Südfrankreich wissen.« Er begegnete ihrem Blick.

»Ja, wir wissen etwas. Aber nur die Namen der *Harki*-Kinder, die fliehen sollen. Gott sei Dank ist das alles, was ich weiß. Das Wo oder Wie weiß ich nicht. Ophélie ist inzwischen bestimmt nicht mehr in Monsieur Gadys Laden. Wo der Beutel jetzt ist – keine Ahnung.«

»Wir müssen fliehen! Es ist der einzige Weg, sonst bringen sie uns um, oder noch schlimmer.« Seine Augen waren wieder weich.

Anne-Marie wusste, was »noch schlimmer« bedeutete. Sie sah nach unten. »Diesmal werden sie mich nicht foltern, Moustafa. Mich kriegen sie nicht.« Sie fröstelte, als sie sich an die furchtbare Nacht vor fünf Jahren erinnerte, als sie sie geholt hatten. Sieben arabische Männer. Am Ende hatte Jean-Claude sie vor dem Tod gerettet, und woher wollte sie wissen, dass nicht auch er für sie arbeitete? Wie wollte sie wissen, was er alles mit einem schönen *Pied-noir*-Mädchen machen würde, das der französischen Armee geholfen hatte?

»Wir sind so dumm gewesen, du und ich«, sagte sie. »Wir haben uns eingebildet, dass Algerien französisch bleibt. Wir dachten, es würde nie anders. Und jetzt wird alles anders.«

»Du hast versucht, zu helfen, Anne-Marie. Du hast versucht, das Richtige zu tun. Die Kinder der *Pied-noirs* und der *Harkis* müssen nach Frankreich fliehen. Ali mordet zu seinem persönlichen Vergnügen und aus Rache. Sein Krieg ist nicht nur der Algeriens, er ist persönlich. Und wir stehen ihm im Weg.«

Anne-Marie langte nach der Flasche in ihrem Ärmel. »Hier. Ich habe zwei von den Pillen. Zyanid. Wenn wir jetzt sterben ...« Ihre Augen waren verzweifelt.

Moustafa wandte sich ab. »Selbstmord? Deine Religion erlaubt das nicht, und meine auch nicht. Es ist falsch.«

»Du weißt, dass ich keine Religion habe, Moustafa. Mein Vater war protestantisch, meine Mutter katholisch, aber ich folge keiner dieser Religionen. Die Kirche will keine befleckte Frau. Eine Frau mit einem Kind und keinem Mann. Eine Frau, die mit dem Feind geschlafen hat, um ihre Haut zu retten. Eine Frau, die eine *Pied-noir* ist und ihr Erbe verraten hat. Meine Sünden sind zu groß für die Kirche und ihren Gott. Ich schäme mich nicht, Selbstmord zu begehen. Ophélie wird ein besseres Leben haben. Ich werde sie retten, indem ich sterbe, bevor sie mich zwingen, zu reden.«

»Nein!« Moustafa packte ihre Schultern. »Noch nicht. Unsere Väter sind von der Hand eines Mörders gefallen. Wir dürfen nicht feige werden. Ihr Blut fließt in den Gräben. Meines vielleicht bald auch. Aber ich will kämpfend sterben, und nicht von meiner eigenen Hand. Gib mir noch einen Tag, Anne-Marie. Einen Tag Leben. Für uns beide.« Er hielt Anne-Marie in den Armen, während sie weinte.

KAPITEL 8

Jean-Claude Gachon stieg in dem Bahnhof der kleinen Stadt Aigues-Mortes aus dem Zug. Die Farbe seines Hemdes betonte das Haselnussbraun seiner Augen. Sein dickes braunes Haar ging ihm bis auf den Kragen.

Fischgeruch begrüßte ihn, als er den Bahnsteig entlang und in die späte Septembersonne hineinging. Er schaute über einen Kanal zu einem mächtig aufragenden Turm hin, dann ging er auf das alte Stadttor zu. Die vollständig erhaltene Stadtmauer mit ihren Türmen und der Zugbrücke sah wie eine Illustration aus einem Märchenbuch aus. Aber Jean-Claude war wohl vertraut mit der Geschichte seines Landes und wusste, dass diese Stadt schon lange vor den Gebrüdern Grimm existiert hatte.

Er kicherte in sich hinein, als er durch das Stadttor ging. Er langte in seine Hosentasche und zog vorsichtig ein kleines Blatt Papier heraus, auf das ein merkwürdiges Kreuz gekritzelt war, von dessen unterem Arm eine Taube hing. Darunter standen die hastig hingeschriebenen Worte: »Bei Leiche gefunden. Was hat das mit der Operation zu tun? Unser Freund Moustafa hat uns verraten, dass am 30. etwas in Aigues-Mortes steigt. Finde heraus, was es ist.«

Schon seit Beginn des Krieges arbeitete Jean-Claude heimlich für die FLN. Es gab viele Franzosen wie ihn, die mit ihrer Zeit, ihrem Geld und ihrem Hirn den Unabhängigkeitskampf Algeriens unterstützten. Jean-Claude war stolz darauf, dass er der FLN helfen konnte. Und dass er dabei Ali kennen gelernt hatte, dieses militärische Genie mit seiner ganz persönlichen Mission, das seine Helfer so gut bezahlte.

Jean-Claude schaute auf den Zettel und lachte. Ali hatte ihn ihm in Paris ausgehändigt, nach der Gefangennahme Anne-Maries. Jetzt suchte er also Kreuze. In den vier Jahren, die er schon für diesen Verrückten arbeitete, hatte Jean-Claude noch nie eine so leichte Aufgabe bekommen. Er kannte das Hugenottenkreuz in- und auswendig. In wie vielen Nächten hatte er es nicht an Anne-Maries Hals gesehen. Er hörte sie immer noch, ihre Worte: *»Es gehörte meinem Vater. Er war Protes-*

tant, ein Nachkomme der Hugenotten. Er hat mir erzählt, wie ihre Pastoren gefoltert und getötet und die Frauen in einem Turm in Aigues-Mortes gefangen gehalten wurden.«

Wenn heute etwas in Aigues-Mortes passierte, dann wusste Jean-Claude genau, wo er zu suchen hatte: bei dem hohen Turm, der einst das Gefängnis der Hugenottenfrauen gewesen war. Er ging auf den Markt. Endlich gab es wieder etwas zu tun für ihn. Der nächste Auftrag auf dieser Seite des Mittelmeeres, bis er hinüberfahren und zusammen mit seinen Freunden Algeriens Unabhängigkeit feiern konnte ...

* * * * *

»Sehen Sie, Gabby, es ist gar nicht weit«, sagte David, als sie an einem Wegweiser mit der Aufschrift »Aigues-Mortes 5 km« vorbeikamen.

»Das ist ja ein richtiges Sumpfgebiet hier«, murmelte Gabriella. In der Ferne flog eine ganze Möwenwolke auf das offene Meer zu.

»Ja, sicher. Seit wir vor zwanzig Minuten Montpellier verlassen haben, folgen wir mehr oder weniger dem Mittelmeer. Sie wissen, was ›Aigues-Mortes‹ bedeutet?«

»Tote Wasser?«

»Exakt. Die Stadt ist ganz von Lagunen umgeben. Sie wurde im 13. Jahrhundert unter Ludwig dem Heiligen, Frankreichs Kreuzfahrerkönig, gegründet, der hoffte, sie zu einem Handelshafen zu machen. Nach seinem Tod erbaute sein Sohn Philipp der Kühne die Stadtmauer. Sie werden sie gleich sehen, sie ist fast vollständig erhalten. Echt beeindruckend. Der *Tour de Constance* ist an die dreißig Meter hoch und achtzehn Meter im Durchmesser, die Mauern sind über fünf Meter dick.«

Noch während er sprach, klappte Gabriellas Mund offen. Eine ganz von Mauern umgebene Stadt, komplett mit dem massiven Turm, den David gerade beschrieben hatte, kam in Sicht, wie eine Fata Morgana auf dem flachen Horizont. »Ist das toll! Wie eine Märchenstadt!«

»Ja, es ist eine der schönsten und besterhaltenen mittelalterlichen Städte in Frankreich. In dem Turm wurden achtzig

Jahre lang die Hugenottenfrauen inhaftiert, von 1692 bis 1768, glaube ich. Wir parken, und dann schauen wir uns die Stadt an.«

Sie fanden einen Parkplatz direkt vor der Stadtmauer. Sie stiegen aus und gingen an den Marktständen vorbei.

»Am Samstagmorgen ist hier immer Betrieb. Aber die Stadt ist nicht mehr das, was sie im Mittelalter war. Damals hatte sie fünfzehntausend Einwohner, jetzt nur noch viertausend. Der große Handelshafen wurde natürlich Marseilles, und der Schlick von der Rhône schnitt die Stadt nach und nach von dem Fluss ab. Das Stadttor, durch das wir gerade gehen, ist die *Porte de la Gardette.*« David nahm Gabriellas Arm und führte sie vorbei an den massiven Torflügeln auf die kopfsteingepflasterte Straße. »Es ist jetzt elf Uhr. Vor dem Mittagessen haben Sie jetzt jede Menge Zeit, den Turm zu besichtigen und auf den Wällen spazieren zu gehen.« Er grinste. »Aber passen Sie auf, die Wälle haben kein Geländer. Segeln Sie mir nicht irgendeinem braven Bürger ins Wohnzimmer hinein.«

»Heißt das, dass Sie nicht mitkommen?«

»Meine Liebe, ich bin schon fünf Mal hier gewesen und kenne den Turm und die Wälle in- und auswendig. Mit der Zeit verliert selbst das faszinierendste historische Monument seinen Glanz. Nein, Sie dürfen ganz allein über das Schicksal Ihrer Mitprotestanten meditieren. Alles, was Sie wissen müssen, steht in diesem kleinen Fremdenführer.« Er reichte ihr Samuel Bastides *Les Prisonniers de la Tour de Constance.*

»Und Sie wollen bestimmt nicht mit?«

»Nein. Gehen Sie nur und amüsieren Sie sich gut. Wir treffen uns dann in einer Stunde am Stadttor. Nein, besser erst um halb eins. – Ach, halt, erst müssen wir noch Brot kaufen. Die Bäckereien schließen ja um zwölf.« Er legte einen Zehn-Franc-Schein in ihre Hand. »Besorgen Sie uns eine Baguette und eine *Ficelle.* Gleich in der nächsten Straße ist ein schöner kleiner Bäckerladen mit einer grün-weißen Markise davor. Können Sie das? Ich gehe inzwischen auf den Markt und kaufe uns etwas Obst und Käse. Was hätten Sie gerne?«

»Eine Birne«, lachte sie. »Und etwas Morbier. Bis gleich dann.«

Sie bog in die Straße ein, die David ihr gezeigt hatte. Da war schon die Bäckerei. Sie ging hinein und trat hinter die beiden Kunden, die schon dort waren.

»Bonjour, Mademoiselle«, begrüßte sie der Bäcker, als sie an der Reihe war.

»Bonjour. Ich hätte gerne eine Baguette und eine – was hat er noch gesagt ... Ach ja, eine *Ficelle*!« Ihr Gesicht erhellte sich, als die mehlbestaubte Hand des Bäckers zu den Regalen mit den Broten hoch ging. Er holte ein sehr langes, schmales herunter und legte es auf die Theke. »Eine *Ficelle*, sagten sie?« Seine schweren Brauen gingen in die Höhe.

Gabriella errötete. »Ja, eine *Ficelle*. Und eine Baguette.«

»Sind Sie ganz sicher?«

»Ja.« Sie legte die zehn Francs auf die Theke und wartete auf ihr Wechselgeld, dann nahm sie die beiden Brote, die der Bäcker in der Mitte mit einem dünnen Tuch zusammengebunden hatte.

»Einen schönen Tag, *Mademoiselle.*«

»Ihnen auch, Monsieur.« Ihr Akzent war perfekt, *das kann es nicht gewesen sein*, dachte sie, *aber irgendwie merken die immer, dass ich keine Französin bin, und ziehen mich auf.*

Sie ging zurück auf den Stadtplatz. Da war David Hoffmann schon. Sie grinsten beide. »Wunderbar, Gabby! Also, machen Sie es gut, und wenn Sie wiederkommen, wartet das beste Sandwich aller Zeiten auf Sie.«

»Ich freue mich schon drauf.« Sie winkte kurz und nahm Kurs auf den mächtigen Turm zu ihrer Rechten.

»Vergessen Sie nicht, dem Wärter ein Trinkgeld zu geben, wenn er Sie wieder rauslässt!« rief David hinter ihr her.

* * * * *

Gabriella ging über die Zugbrücke, unter der früher einmal ein Wassergraben gewesen sein musste, und durch die massive Tür des Turms. Das Hauptgeschoss war leer, bis auf einen jungen Mann in einem dunkelgrünen Hemd. Er stand in der Mitte des kreisförmigen Raums und sah zu der hohen Gewölbedecke hoch. Gabriella ging, halb schauend, halb in ihrem Fremdenführer lesend, umher und befühlte die kalten Steine. So war das also in einem Gefängnis.

Sie fand die schmale Wendeltreppe, die in das nächste Stockwerk führte, und stieg hinauf. Ihre Gedanken spazierten mehrere Jahrhunderte zurück. *Was, wenn ich selber hier gefangen gewesen wäre, weil ich eine Hugenottin war?* Sie merkte, wie es ihr kalt über den Rücken lief. Da war schon das Obergeschoss, der *Salle des Chevaliers,* wie das Buch ihn nannte. In der Medizinischen Fakultät in Montpellier hatte sie es gesehen, das Gemälde mit dem auf dem Dach des Turms zusammengepferchten Hugenottenfrauen. Jetzt, wo sie hier stand, wurde es erst richtig lebendig.

Der Raum sah wie eine getreue Kopie des unteren Raumes aus. In der Mitte des Steinfußbodens war eine mit einem eisernen Gitter verschlossene runde Öffnung. Gabriella setzte sich auf die erhöhte Kante des Gitterlochs und ließ ihre Finger über die Steine gleiten. Auf einem von ihnen schien etwas wie eine Inschrift zu sein.

Sie kniff die Augen zusammen, um das Wort lesen zu können, dann stieß sie einen leisen Schrei aus. »Ist das hier!« Hier also hatte Marie Durand mit ihrem Fingernagel ihr berühmtes *»Résistez!«* in den Stein gekratzt. *Résistez* – widersteht, gebt nicht auf, haltet durch bis ans Ende! Mit 19 Jahren eingekerkert, hatte Marie Durand 37 Jahre ihres Lebens in diesem Turm verbracht, hatte fest in ihrem Glauben gestanden und die anderen Frauen ermutigt, das Gleiche zu tun.

Ja, die Familie Durand ... Maries Bruder Pierre war ein brillanter Pastor gewesen. Sie hatten ihn auf dem Place de la Comedie erhängt. Ihr Vater starb in einem anderen Gefängnis für seinen Glauben. Marie Durand hatte ihren Glauben mit einem einzigen Wort in den Stein geritzt – ein Wort, das die Grausamkeit von Königen, die ihre Untertanen folterten und töteten, überlebt hatte.

Als Gabriella nach einer Weile wieder hochsah, sah sie an der Wand ein verschlissenes Banner hängen. In seiner Mitte war das Hugenottenkreuz abgebildet. Sie trat instinktiv zu dem Tuch hin, zog ihr eigenes Kreuz unter ihrer Bluse hervor und hielt es in der Hand, um es zu betrachten.

Es war das gleiche Kreuz. Die vier dicken Arme waren wie Pfeile gestaltet, deren Spitzen nach innen auf eine unsichtbare Zielscheibe wiesen. Zwischen ihnen, ihre Seiten berührend, war eine bourbonische Lilie zu erkennen, das Symbol der französischen Könige. Von dem untersten Arm des Kreuzes hing eine Taube herab. Gabriella spürte plötzlich einen Kloß im Hals in diesem feuchten kalten Turm, wo andere Frauen, die dieses Kreuz trugen, gelitten hatten und gestorben waren, viele an Hunger und Wahnsinn.

Sie war so in ihre Gedanken versunken, dass sie den jungen Franzosen erst bemerkte, als er direkt hinter ihr stand und über ihre Schulter auf das Kreuz schaute, das sie in ihren Händen hielt. *»Intéressant«,* flüsterte er. Gabriella drehte sich um und schrie auf.

»Oh, was haben Sie mich erschreckt«, stotterte sie. »Entschuldigen Sie, dass ich so geschrien habe.«

»Oh, im Gegenteil, *Mademoiselle,* ich muss Sie um Entschuldigung bitten! Ich dachte, Sie haben mich gehört.«

Sie standen einen Augenblick verlegen da, dann fuhr der junge Mann fort: »Ich habe gesehen, dass Sie ja das gleiche Kreuz tragen wie das auf dem Banner an der Wand. Es ist so ein merkwürdiges Kreuz. Was bedeutet es?«

»Oh, ja, das ist das Hugenottenkreuz. Kennen Sie nicht die Geschichte der Hugenotten? Sie wurden wegen ihres Glaubens verfolgt und viele von ihnen getötet oder hier in diesem Turm gefangen gehalten, nachdem 1685 das Edikt von Nantes aufgehoben wurde.«

»Ja, unser König fand damals, dass alle katholisch sein sollten. Aber diese Hugenotten, was haben sie eigentlich geglaubt? Ich hoffe, Sie haben nichts dagegen, wenn ich Sie frage, *Mademoiselle*?«

»Nein, überhaupt nicht. Ich fürchte, alles erklären kann ich Ihnen nicht, aber ich weiß, dass die Hugenotten im Wesentlichen dasselbe glaubten wie die heutigen Protestanten. Sie waren Anhänger von Calvin und der Reformation. Sie glaubten an Jesus Christus und die Bibel.«

»Ach so, ich verstehe. Und Sie sind von weit weg gekommen, um diesen Turm hier zu besichtigen? Eine Pilgerfahrt für Ihren Glauben?«

»Nein, ganz so weit nicht. Ich bin nur auf einen Tag von Montpellier hierher gekommen. Ich meine, ich bin nicht von Montpellier ... Ich studiere dort nur.«

»Und warum tragen Sie dieses Kreuz, wenn ich fragen darf?«

Gabriella sah überrascht aus. »Ich? Das ist ein Geschenk von meiner Mutter. Wir sind halt Protestanten, und ich nehme an, sie kennt die Geschichte dieses Kreuzes und wollte, dass ich seine Symbolik verstehe.«

Bei dem Wort *Symbolik* hob der junge Mann seine Brauen und trat noch näher. »Seine Symbolik? Entschuldigen Sie, aber dürfte ich es mir vielleicht einmal anschauen?«

Gabriella wurde plötzlich mulmig zumute. Sie machte einen Schritt zurück und stolperte fast über einen erhöhten Stein. »Es ist das gleiche Kreuz wie auf dem Banner, nichts Besonderes. Aber jetzt muss ich ... gehen.«

Sie ging auf die Treppe zu. Er nahm ihren Arm. »Bitte, *Mademoiselle.* Ich möchte nur ein paar Dinge über diese Geschichte erfahren. Könnten wir vielleicht zusammen zu Mittag essen? Ich lade Sie ein.«

»Oh, nein, das geht nicht, vielen Dank. Ein Freund von mir erwartet mich schon zum Essen.«

»Und wollte Ihr Freund nicht mit Ihnen diesen Turm besuchen?« fragte er, als glaube er ihr nicht.

»Ich fürchte, er interessiert sich nicht besonders für Protestanten und Hugenottenkreuze.« Sie lachte nervös. Sie hatte, wie so oft, das Gefühl, zu viel gesagt zu haben. *Wieder so ein flirtfreudiger Franzose,* dachte sie.

»Ich gehe jetzt nach oben auf die Aussichtsplattform. Von dort soll man einen phantastischen Blick auf die Stadt haben. Wollen Sie wirklich nicht mitkommen?« Er trat wieder auf sie zu.

»Nein, ich muss jetzt gehen.« Gabriella drehte sich um und ging rasch die Wendeltreppe hinunter in den Erdgeschossraum. Sie horchte kurz, ob der Mann ihr folgte. Er tat es nicht. Sie berührte noch einmal das Kreuz an ihrer Halskette, dann schob sie es vorsichtig wieder unter ihre Bluse.

Sie sah auf ihre Uhr. Halb zwölf – noch genügend Zeit, die

Wälle zu besichtigen. Sie ging über die Zugbrücke und dann nach rechts, dem Schild folgend. Eine Steintreppe, deren Stufen die Jahrhunderte in der Mitte ausgehöhlt hatten, führte zu der Stadtmauer hoch. Gabriella stieg hinauf, bis sie auf dem schmalen Weg oben auf der Mauer stand. Zur Rechten lag ein Kanal mit Fischerbooten, der sich zum Meer hinschlängelte, das man am Horizont ahnen konnte. Sie ließ die Szene einen Augenblick auf sich einwirken: die Stille des Marschlandes, die weißen Möwen, die zur Sonne hinflogen, einem unbekannten Ziel entgegen.

Die Stadtmauer war mit zahlreichen weiteren Türmen besetzt, die jedoch deutlich kleiner waren als der *Tour de Constance.* Gabriella ging weiter. Links breitete sich die Stadt mit ihren roten Ziegeldächern. Hier und da sah man einen schön gepflegten Garten mit roten Geranienkaskaden an den Hauswänden. Die Zweige von Zedern, Olivenbäumen und Magnolien bewegten sich sachte im Wind, wie um den Erbauern dieser schönen Stadt zu applaudieren.

Gabriella merkte nicht, dass sie schon fast ein Drittel der Stadtmauer hinter sich hatte, so faszinierte sie die Szenerie. Sie blieb stehen, um in einen kleinen Gewölberaum in einem der Türme hineinzusehen. In dem Raum war ein alter Kamin; drei schmale Fenster gaben den Blick auf die Marschen frei. Gabriella setzte sich an eines der Fenster, um mehr über die Geschichte der Stadt zu lesen.

* * * * *

Von der Aussichtsplattform über dem *Salle des Chevaliers* hatte Jean-Claude Gachon eine meilenweite Aussicht in alle Himmelsrichtungen. Eine kleine Orientierungstafel informierte den Touristen, dass Paris 800 Kilometer nach Norden lag und Marseilles nur eine Stunde nach Osten. Jean-Claude schaute lächelnd nach Westen, wo Montpellier lag und die Cevennen, in denen diese komischen Hugenotten sich jahrelang versteckt hatten. Er lachte über das unverschämte Glück, das ihm diese Rothaarige über den Weg geführt hatte, die das gleiche Kreuz trug. Das war bestimmt kein Zufall!

Er trat neben den Eckturm, um Richtung Süden zu schauen, zur See hin. Er stellte sich vor, wie 800 Kilometer entfernt Algier lag mit seinen Kämpfern und Bombenexplosionen und Leichen. Es geschah etwas in Algerien – und Jean-Claude Gachon machte mit.

Unter ihm lag wie ein großes, wohl geordnetes Schachbrett die Stadt ausgebreitet. Er langte in die kleine lederne Umhängetasche, die er wie jeder richtige Franzose bei sich trug, holte ein kleines Fernglas heraus und hielt es an seine Augen. Das Wellenmuster der roten Dachziegel wurde sichtbar, hier und da unterbrochen von einer Antenne, metallener Zeuge moderner Technologie. Auf einem der Dächer kniete ein älterer Mann und reparierte einen vom Sturm zerbrochenen Ziegel. Und auf den Wällen ein rothaariges Mädchen, das eine Treppe hinaufstieg und in einem der Türme der Stadtmauer verschwand.

Die junge Dame mit dem Kreuz! Er lachte wieder über sein unverschämtes Glück. Sie konnte ihm nicht entkommen. Sie musste entweder zurückkommen oder weiter den Wall entlanggehen. So oder so, er hatte jede Menge Zeit, sie zu erreichen. Eine kleine Warnung wäre vielleicht nicht schlecht. Doch, Ali wäre bestimmt dafür. Ein dezentes »Pass auf!« an das Mädchen mit dem Feuerhaar, das ein Hugenottenkreuz um den Hals trug. Jean-Claude steckte das Fernglas zurück in seine Ledertasche und stieg rasch die Wendeltreppe hinab.

* * * * *

Gabriella stand von dem Fenster auf, um wieder hinaus auf den Wall zu gehen. Kurz vor der Türöffnung entdeckte sie zu ihrer Linken eine kleine Wendeltreppe. Sie beschloss, sie auszuprobieren. Die Treppe war dunkel und feucht und gerade breit genug für eine Person. Nach zwanzig Stufen war Gabriella wieder im Freien, auf einer kleinen Terrasse. Sie trat zu der südlichen Mauer hin und sah wieder auf das Mittelmeer hinaus, das weit hinten im Kuss der Sonne leuchtete.

»Mutter, jetzt bin ich also in der Stadt der Gefangenen. Du hast mir dieses Kreuz geschenkt, weil es dich an etwas erinnerte. Aber an was?« Ihr war plötzlich kalt, und sie wünschte sich, ihre Mutter sehen zu können – das liebe Gesicht, die weisen Augen. »Du würdest lächeln, Mutter, wenn du wüsstest, wie sehr andere sich für dieses Kreuz interessieren, und ich weiß überhaupt nicht, warum du es mir gegeben hast.«

Sie blieb noch einen Augenblick stehen, dann schaute sie auf ihre Armbanduhr. »Zeit, zu gehen«, sagte sie laut und ging zurück zu der schmalen Treppe.

* * * * *

Fünf Minuten, und Jean-Claude war bei dem Turm, in den das Mädchen verschwunden war. Innen war niemand zu sehen, aber er war sicher, dass sie noch nicht zurück auf den Wall gekommen war. Dann sah er die kleine nach oben führende Treppe und lächelte wieder. Er huschte halb hinauf, legte seine Umhängetasche auf eine der Stufen, schlich zurück, hinaus auf den Wall, und wartete.

Ein paar Minuten, und er hörte von oben Schritte. Das Mädchen sprang leichtfüßig die Treppe hinab. Ein süffisantes Grinsen trat auf Jean-Claudes Lippen. Er hörte einen plötzlichen Aufschrei, ein lautes Poltern.

Er wartete noch einen Augenblick, bevor er in den Turm trat. Das Mädchen lag benommen am Fuß der Treppe. Er hob zuerst seine Tasche auf, dann trat er zu Gabriella und beugte sich zu ihr hinunter. *»Mademoiselle«,* sagte er mit gut geölter Stimme, »ich habe Sie schreien gehört. Ist Ihnen etwas? Was ist passiert?«

Es dauerte einen Augenblick, bis sie antwortete. »Lassen Sie, es geht schon, danke.« Sie setzte sich auf und verzog schmerzlich das Gesicht. »Ich muss über was gestolpert sein, als ich heruntergekommen bin.« Sie schaute zu der Treppe hin.

Jean-Claude trat zu der Treppe. »Die Stufen sind ziemlich schmal und uneben.«

»Ja, das muss es wohl gewesen sein. Obwohl ich den Eindruck hatte, dass ich auf etwas getreten bin. Können Sie was sehen?«

»Nichts, *Mademoiselle.*«

»Nun ja, Sie haben wohl Recht. Und dunkel war die Treppe ja auch. Ich hätte halt aufpassen sollen.«

Jean-Claude half ihr auf die Füße. Sie stolperte sofort wieder und griff nach seinem Arm. »Ich glaub, ich hab mir den Fuß vertreten.«

»Dann gehe ich wohl besser mit Ihnen.« Sie humpelte neben ihm zurück zum Eingang.

»Mein Freund wird bald hier sein«, versicherte sie Jean-Claude. »Danke, dass Sie mir geholfen haben.«

»Keine Ursache.« Er lächelte und flüsterte: »Sie sollten vorsichtiger sein, *Mademoiselle*. Man sagt, dass Hugenottenkreuze ihrem Träger Unglück bringen.« Er verschwand in eine Seitenstraße, zufrieden grinsend. Ein kleiner Unfall. Es würde noch mehr geben.

* * * * *

David fand Gabriella auf einer Stufe am Stadttor. »Da sind Sie ja, Gabby! Ich habe mir schon Sorgen gemacht. Hab gedacht, Sie sind vom Wall gefallen.«

Sie sah ihn aus zusammengekniffenen Augen an. »Machen Sie bitte keine Witze! Ich habe was fast genauso Dummes gemacht. Ich glaube, ich hab mir meinen Fuß verstaucht.«

David beugte sich zu ihr und inspizierte ihren geschwollenen Knöchel. »Mein Gott, das tut mir aber Leid! Wie haben Sie das denn gemacht?«

»Hab wohl nicht aufgepasst. Ich war auf dem Wall und bin in einen der Türme dort drüben gegangen.« Sie zeigte in die Richtung. »Oben war so ein schöner Ausguck mit Blick auf das Meer. Aber die Stufen waren so uneben, und stockdunkel war es auch, da bin ich beim Hinuntergehen ausgerutscht und gefallen. Wenn der nette junge Franzose nicht gewesen wäre, ich glaube, ich hätte es nicht mehr hierher zurückgeschafft.«

»Ein junger Franzose? Hatten Sie Gesellschaft?«

Gabriella lachte. »Den habe ich im *Tour de Constance* getroffen. Hat mich ein Loch in den Bauch gefragt, wollte wohl mit mir anbändeln. Ich bin ihm dann auf den Wall entkommen. Er muss ein bisschen später auch dorthin gegangen sein, denn als ich meinen Sturz hatte, hörte er mich schreien und kam rein, um zu sehen, ob ich mir etwas gebrochen hatte. Er hat mich dann hierher zurückgebracht. Ich musste ihm versichern, dass ich einen Freund habe, der nach mir schaut, oder er hätte mich glatt mitgenommen.«

»Ja, ich sehe ...« Er fragte Gabriella nicht weiter aus; dafür wäre später noch Zeit. »Hier, nehmen Sie meinen Arm. Wir fahren besser gleich nach Hause, Sie brauchen eine Eispackung für Ihren Knöchel. Die Sandwiches müssen wir halt im Auto essen.«

»Es tut mir Leid, dass ich so ungeschickt war. Wir können gerne noch unser Picknick machen, wenn Sie wollen.« Aber sie zuckte schmerzlich zusammen, als sie aufstand.

Er hob sie kurzerhand hoch und trug sie zurück zum Auto. Sie lachte verlegen.

Auf der Rückfahrt war David schweigsam. Er musste an den jungen Franzosen denken. Und an den schönen Rotschopf und an die Information, die er in der Tasche seiner Lederjacke hatte. Es war ein hochinteressanter Tag gewesen.

* * * * *

Gabriella saß auf ihrem Bett und hielt eine Eispackung an ihren geschwollenen Knöchel. Eis für den Fuß – Madame Leclerc hatte die Welt nicht mehr verstanden. Und wo sollten sie Eis herkriegen in dieser Hitze? Aber dann hatte sie etwas Wasser in das kleine Gefrierfach des Kühlschranks getan, und sie hatten mit vereinten Kräften eine Eispackung gemacht. Jetzt stand sie mit mütterlich besorgter Miene vor Gabriellas Bett. »*Ooh, là là,* mein armes krankes Kind, das ist ja schrecklich! Du wirst Krücken brauchen! Was für ein böser Unfall!«

»Das war halt dumm von mir, Madame Leclerc.« Gabriella versuchte, fröhlich zu klingen. »Ich bin bald wieder gesund, keine Angst. Sie haben ja genug anderes zu tun.«

Nach mehreren weiteren »Oohs!« ging Madame Leclerc aus dem Zimmer. Gabriella war froh, endlich allein mit ihren Gedanken zu sein. »Was bist du tappig!« schimpfte sie laut mit sich selber. »Kannst du denn nichts richtig machen? Dauernd verdirbst du alles.«

Es ärgerte sie, dass David Hoffmann nicht mehr Mitgefühl gezeigt hatte. Er schien weit weg zu sein, ganz mit seinen eigenen Gedanken beschäftigt. Sie ärgerte sich über sich selber, dass sie die Treppe hinuntergefallen war. Und es war ihr nicht geheuer, wenn sie an den jungen Franzosen dachte. Was hatte er noch über das Hugenottenkreuz gesagt, als er ihr auf die Füße half? Merkwürdig. Unheimlich. Wieder musste sie an ihre Mutter denken, sehnte sich danach, mit ihr sprechen zu können.

»Was habe ich gemacht? Ich bin hierher gekommen und habe mich mit diesem verrückten Intellektuellen eingelassen, der keinen Pfifferling um mich gibt. Und ich habe keinen Schimmer, warum ich hier bin und was ich als Nächstes machen soll.« Noch vor einer Woche war sie überzeugt gewesen, dass sie mit den Waisenkindern arbeiten sollte, aber jetzt – war alles so verschwommen und sinnlos.

Sie hörte sie wieder, die Stimme ihrer Mutter, als sie sie am Flughafen von Dakar zum Abschied umarmt hatte. *Es wird eine Zeit kommen, wo dein Glaube geprüft wird. Das muss so sein, sonst ist es nicht dein Glaube. Du hast das Vorrecht gehabt, in einer Familie aufzuwachsen, die Gott kennt, und weil du deinen Vater und mich liebst, ist dir der Glaube bisher leicht gefallen. Aber wenn Gott wirklich Gott ist, dann ist er groß genug, um dir – dir ganz persönlich – zu zeigen, dass sein Wort wahr ist, dass er dich liebt und dass Christus wirklich sein Sohn ist. So geh jetzt, Gabriella, mit unserem Segen und unseren Gebeten.*

»Aber ich will nicht so geprüft werden! Ich weiß, dass Gott mich liebt, aber immer mache ich etwas falsch. Vielleicht kann er mich gar nicht gebrauchen, vielleicht ist mein Glaube gar nicht echt.«

Die Eispackung fiel auf den Fußboden, wo sie langsam schmolz, während Gabriella sich auf die andere Seite drehte und sich in den Schlaf weinte.

KAPITEL 9

Der September war dem Oktober gewichen, und das Wetter wurde kühler in Paris. Ophélie stand am Fenster von Monsieur Gadys Wohnung und wurde immer ungeduldiger. Die Luft roch nach Herbst, und alle anderen Kinder liefen lachend und fangen spielend durch die engen Straßen, auf dem Weg zur Schule. Aber Ophélie durfte nicht zur Schule.

»Kind«, hatte Monsieur Gady vor ein paar Wochen gemurmelt, »es ist nicht gut, wenn du jetzt zur Schule gehst. Bleib besser hier. Bald wird es anders werden, warte nur noch ein bisschen.«

Aber Ophélie wusste, dass es nicht anders werden würde. Mama hatte dasselbe versprochen, und ihr Leben hatte doch immer nur aus Flucht und Angst bestanden. Mama hatte es »Abenteuer« genannt und versucht, Ophélie zu helfen, tapfer zu sein. Aber Ophélie hatte begriffen, wie es wirklich war. Nein, dies hier war kein Abenteuer für Kinder.

Wie sie sich danach sehnte, zusammen mit anderen Kindern die Schulbank zu drücken und lesen zu lernen. Es war Zeit für das erste Schuljahr. Sie wusste, dass sie rasch lernen würde, wenn sie nur jemand hätte, der ihr dabei half. Sie musste lesen lernen! Der Brief in Mamas Handschrift in dem blauen Beutel, den sie in dem Kissenbezug versteckt hatte, war immer noch ein Geheimnis.

»Das ist nicht fair«, rief sie in das leere Zimmer hinein. Sie drehte sich weg von dem Bild der fröhlichen Kinder in dem Fenster. »Ich will endlich Freunde haben! Ich will nicht mehr allein spielen!« Als sie in Frankreich angekommen waren, hatte Mama gesagt, dass es besser war, wenn sie nicht sofort in die Schule ging. Aber die Tage waren lang geworden für eine Sechsjährige, die den ganzen Tag in einer winzigen Wohnung verbrachte, mit einer schönen Mama, die ständig hustete und sie aus schwachen, müden Augen ansah.

»Es wird bald besser werden, Liebes«, hatte Mama versprochen.

»Aber es ist nichts besser!«, sagte Ophélie laut. »Es ist schlechter, viel schlechter. Warum kommst du nicht zurück?

Warum sagst du mir nicht, wo du bist? Ich vermisse dich so, Mama.« Sie vergrub ihr Gesicht in dem Kissen, um ihr Schluchzen zu ersticken.

»Ophélie! Ophélie!« Monsieur Gadys Stimme hallte die Treppe hoch, dass das Mädchen zusammenfuhr. Gewöhnlich merkte sie es vorher, wenn er kam. Er unterhielt sich lebhaft mit seinen Kunden, wenn er unten im Laden war, dass sie jedes Wort verstehen konnte. Aber jetzt hatte sie vor lauter Weinen nicht gehört, wie er die Treppe heraufkam.

Sie wischte sich die Tränen ab und ging zur Tür. »Ja, Monsieur Gady?«

»Ophélie, komm runter, das musst du sehen! Madame Soliveau hat uns Blumen gebracht!«

Ophélie stieg langsam die Treppe hinunter. Ihr langes braunes Haar hing in unordentlichen Strähnen.

»Du hast ja noch dein Nachthemd an, Kleines. Fühlst du dich nicht gut?«

Ophélie schüttelte ihren Kopf, ohne den alten Händler anzusehen.

»Es ist wieder die Schule, nicht wahr?«

Sie nickte.

»Ich weiß, es ist arg langweilig, immer nur bei so einem alten Mann zu sein, wie ein Küken bei seiner Mutter.« Er legte seine zerfurchte Hand unter Ophélies Kinn und hob es sanft hoch, bis ihre Augen sich trafen. »Es ist nicht einfach, Kind, ich weiß. Ich versuche nur, das zu tun, was am besten ist.« Er schaute zur Seite. Dann schien er sich wieder zu erinnern, warum er Ophélie gerufen hatte. »Aber schau, heute werden wir Stiefmütterchen pflanzen! Sind sie nicht schön? Madame Soliveau hat sie uns geschenkt, damit wir sie in Blumenkästen pflanzen und ans Balkongeländer hängen können. Möchtest du mir dabei helfen?«

Ophélie sah die Blumen an. Sie sahen zart und samtig aus. Hellgelb mit Weiß, tiefrot und orange. »Sie sind hübsch.«

Auf einmal hatte sie eine Idee. Sie sah den Alten aus hoffnungsvollen Augen an. »Ja, ich helfe Ihnen, Monsieur Gady. Aber helfen Sie mir auch, bitte? Können Sie mir das Lesen beibringen?« Ihre Augen waren hell und durchdringend-bittend.

Ein erleichtertes Lächeln trat auf Monsieur Gadys Gesicht. »Ach, ist es das? Vermisst du darum die Schule so sehr? Ja, ja, natürlich, ein kleines Mädchen muss lesen lernen, dann kann es überall hinfahren, auch wenn es fürs Erste bei einem alten Mann in einer hässlichen Wohnung leben muss. Ja, sicher, ich bringe dir das Lesen bei, gerne.«

Er fuhr sich über die Stirn, seine Begeisterung schien schon weniger zu werden. »Hmm, ja. Aber dazu muss ich die richtigen Bücher finden. Aber mach dir keine Sorgen, Monsieur Gady hat viele Freunde; einer weiß bestimmt die richtigen Bücher für ein kleines Mädchen wie dich.« Wieder ein besorgter Blick. »Aber das muss ein Geheimnis bleiben zwischen uns beiden. Es darf niemand wissen, dass ich dir Unterricht gebe und dass du nicht auf die richtige Schule gehst. Das ist unser Geheimnis, abgemacht?«

Ophélies Gesicht erhellte sich, sie nickte heftig. »Oh *oui, oui, oui, Monsieur!* Ich werd' es niemand sagen. Können wir gleich heute anfangen? Wenn wir die Stiefmütterchen gepflanzt haben?«

* * * * *

Das Mittagessen war vorbei, und Monsieur Gady schnarchte laut auf dem Sofa des kleinen Wohnzimmers. Ophélie wusste, dass sein Laden jetzt eine ganze Weile geschlossen wäre. Er schloss ihn immer über Mittag, wie jeder in Frankreich. Ophélie wusste nicht, wie viel Zeit sie hatte, aber sie schlich auf Zehenspitzen die Treppe hinunter. Was für ein Glück – heute war Monsieur Gady mitten im Leseunterricht eingeschlafen!

Jawohl, heute würde sie hinausschlüpfen und zu der Metzgerei gehen, wo Moustafa arbeitete. Moustafa wusste bestimmt, wo Mama war, und sie wäre wieder zurück, bevor der alte Mann die Augen aufschlug und die Treppe hinunterstieg, um den Kunden des Nachmittags zu öffnen.

* * * * *

Emile Torrès ging die drei Treppen hinunter und trat in den hellen Oktobernachmittag. Seine Route durch die Gassen des Studentenviertels von Paris war seit drei Wochen jeden Tag dieselbe. Er hatte es nicht eilig. »Suche das Mädchen, es kann nicht weit sein«, hatte Alis Instruktion gelautet. Es war alles so einfach: die Miete für Anne-Marie Duchemins Wohnung weiter bezahlen, in ihrem Bett schlafen, dreimal am Tag die Straße entlanggehen, vorbei an der Bäckerei zu dem Zeitschriftenladen, wo er eine Schachtel Zigaretten und die Zeitung *Le Monde* kaufte, dann von der Rue Boucher in die Rue de l'Echaude im 6. Arrondissement einbiegen, bis er die Metzgerei erreichte, wo der inzwischen gefangen genommene Moustafa gearbeitet hatte. Dort in dem Café auf der anderen Straßenseite warten, lesen, was es Neues in der Welt gab, und eine *Gitane* rauchen.

Heute brachten die Nachrichten auf der dritten Seite ein Lächeln auf Emiles junges, hartes Gesicht. Bei einer Explosion vor dem Kaufhaus Monoprix im französischen Viertel von Algier waren sieben *Pied-noirs* ums Leben gekommen. Gut. Die FLN machte weiter Druck. Emile lehnte sich auf seinem Stuhl zurück und beobachtete die Menschen, die draußen vorbeieilten, um diese Zeit meist Studenten, die ihre Witze rissen und heiße *Crêpes* von dem Laden auf der anderen Straßenseite mampften. Beobachten und warten – kein schlechter Job.

Dann kam ein kleines Mädchen, das mit eiligen Schritten in die Metzgerei lief. Sein langes braunes Haar sah ungepflegt aus, und es trug ein einfaches blaues Kleid, das ihm bis zu den Knien ging. Emiles Oberkörper ging in die Höhe. Er holte einen Umschlag aus seiner Jacke und zog ein kleines Foto heraus. Kein Zweifel: Es war dasselbe Mädchen. Ophélie Duchemin war am hellichten Tage zu dem Metzgerladen gekommen. Emile stand mit einem leisen Lächeln auf, faltete seine Zeitung unter dem Arm zusammen und legte 10 Francs neben seine leere Tasse. Er drückte seine Zigarette in dem Aschenbecher aus und verließ das Café. Es lief alles wie geschmiert ...

* * * * *

Ophélie sah hilflos den untersetzten Mann hinter der Ladentheke an, der gerade für einen Kunden einen Schinken aufschnitt. »Ist er wirklich nicht hier? Ich muss Moustafa finden!« Ophélie schluckte ihre Tränen hinunter, als der Metzger seinen Kopf schüttelte.

»Das tut mir so Leid, Mademoiselle Ophélie, aber ich habe Moustafa jetzt drei Wochen nicht mehr gesehen. Er hat sich einen langen Urlaub genommen, ohne seinen Chef zu fragen. Nicht ganz die feine Art!« Er lachte, aber sein Gesicht zeigte die selben Sorgenfalten wie das von Monsieur Gady.

Er beugte sich über das Glas der Fleischtheke und senkte seine Stimme. »Geht's deiner Mutter gut? Hab sie auch lange nicht mehr gesehen. Wart ihr vielleicht beide krank?«

Ophélie wollte nicht über Mama reden. Wenn sie sagte, dass es ihr gut ging, würde der Metzger bestimmt merken, dass sie log. Aber was sollte sie sonst sagen? Ihre Augen baten ihn um Verständnis. »Es geht uns schon gut ... nur ... ich muss mit Moustafa reden. Sagen Sie ihm das bitte, wenn er wiederkommt?«

»Natürlich, Ophélie, ich sag's ihm bestimmt. Aber pass gut auf auf dich und deine Mama.«

Ophélie ging, bevor er sie weiter ausfragen konnte. Sie sah den kleinen Mann mit dem dünnen Schnurrbart nicht, der ihr folgte, als sie auf den Bürgersteig trat und zurück zu Monsieur Gadys Laden rannte, während ihr die Tränen über das Gesicht liefen.

Sie öffnete die Tür zu dem verdunkelten Laden und schloss sie leise hinter sich. Sie kletterte wieder auf den Stuhl, den sie beim Hinausgehen benutzt hatte, und schob den Riegel vor. Dann schlich sie sich auf Zehenspitzen nach oben, vorbei an dem immer noch schlafenden Monsieur Gady.

Wieder vergrub Ophélie ihren Kopf in dem Kissen und weinte. Sie befühlte den blauen Beutel und flüsterte: »Mama. Moustafa ist weg. Wie du. Aber Monsieur Gady bringt mir das Lesen bei.«

* * * * *

Wieder ein Unterrichtstag vorbei. Jean-Louis Vidal packte seine abgetragene Aktentasche und verließ St. Joseph. Er sah älter aus als seine 55 Jahre, und alle sagten, dass das am Alkohol lag. Seine Wangen waren ständig kirschrot; die blauen Adern auf ihnen sahen aus wie die Straßen auf einer Landkarte. Die Mädchen kicherten oft über seine altmodischen Kleider, die nicht recht zueinander passen wollten; es war ihm egal.

Das *Café-Bar* an der Ecke der Rue Bastide hatte sich in dreiundzwanzig Jahren kaum verändert. Jean-Louis kannte all die anderen Männer, die sich dort am Spätnachmittag trafen. Oft begab man sich nach einem erfrischenden *Pastis* zu dem nahe gelegenen Sandplatz, um eine zünftige Partie *Pétanque* zu spielen. Die beiden Mannschaften warfen schwere Metallbälle nach einem *Cochonnet* genannten Zielball, der Größe und Gewicht eines Pingpong-Balls hatte. Ein minimaler Ausgleichssport, aber Jean-Louis schätzte die Gesellschaft.

»*Bonjour,* Henri«, begrüßte er den Barkeeper; der nickte, ohne aufzuschauen. Ein paar Minuten später stellte er ein hohes Glas *Pastis* mit Soda vor den Geschichtslehrer. Der Anislikör war eine Spezialität der Region Languedoc-Rousillion. Jean-Louis brauchte vier Gläser *Pastis* pro Nachmittag, außer dem gelegentlichen Gläschen Wein am Morgen, dem halben Liter Tafelrotwein zum Mittagessen und einem guten Roten zum Abendessen.

Ein aufgekratzter, halb ergrauter dünner Mann mit einer hervorstehenden Nase setzte sich zu ihm. Es war Pierre, der Bäcker, der sich hin und wieder nachmittags eine Pause gönnte, während seine Frau die Kunden bediente.

»*B'jour*«, murmelte Pierre, während er Jean-Louis die Hand schüttelte. »Alles in Ordnung?« Er hatte den typischen schleppenden südfranzösischen Akzent. Jean-Louis hatte ihn in seinen dreiundzwanzig Jahren in Castelnau nie übernommen, sondern sprach nach wie vor das Pariser Französisch.

Sie unterhielten sich über das Wetter und den Mistral, der in der vergangenen Nacht aufgefrischt war und in Teyran, zehn Autominuten entfernt, etliche Ziegel von den Dächern gefegt hatte. »Muss mit hundert Sachen das Rhônetal runtergekommen sein. Der erste Sturm der Saison. Jetzt ist es wieder ruhiger, eigentlich ganz angenehm draußen.« Jean-Louis pflichtete ihm bei, und sie unterhielten sich weiter.

»Spielst du gleich eine Partie *Pétanque* mit uns, Pierre?« fragte Jean-Louis.

»Keine schlechte Idee, nicht übel, nein.« Die beiden Männer verließen das *Café-Bar*, nickend und gestikulierend. Etwas später an diesem Nachmittag fasste Jean-Louis Vidal in die Tasche seiner Tweedjacke und spürte einen Umschlag, der am Morgen noch nicht darin gewesen war.

* * * * *

Jeden Abend um halb sieben machte Mutter Griolet ihren Abendspaziergang über den Hof der Kirche. Im Sommer, wenn die Sonne noch hoch stand, setzte sie sich manchmal in einen Korbstuhl und las in den Evangelien. Sie stellte sich dann vor, dass sie zur Zeit Jesu in Jerusalem wohnte und im Schatten der Ölbäume saß. So friedlich. Jetzt, Anfang Oktober, hatte sie ihre blaue Strickjacke über ihre Schwesterntracht gezogen, um sich vor dem kühlen Wind zu schützen.

Sie ging zwanzig Minuten lang – fünf Runden durch den Hof. Im Gehen betete sie immer laut. Auf der Südseite der Kirche und des Pfarrhauses betete sie für einige der zweiundvierzig Mädchen in dem Austauschprogramm. »Danke, Herr, dass du mir Gabriella geschickt hast. Ich hätte mir keine Angst um sie zu machen brauchen. Du weißt immer am besten, wie es richtig ist. Ich werde alt und brauche jemand, der mir mit den Kindern hilft. Sie ist so gut und behutsam zu ihnen. Bitte zeige du ihr, wer sie in dir ist. Das kann wehtun, aber ... du weißt, was sie braucht.« Sie schwieg einen Augenblick, dann, als ob sie einem Brief ein P.S. hinzufügte, fuhr sie fort: »Und bitte hilf ihr, Monsieur Hoffmann weise zu begegnen. O ja, Herr, öffne du ihre Augen.«

Sie ging an dem Refektorium vorbei, wo die Kinder bald zu Abend essen würden. Dann wäre der stille Raum von fröhlichen Stimmen und dem Geklapper der Bestecke erfüllt. Und von Singen. Das war immer das Schönste, wenn die Kinder im Kanon sangen: »Für's täglich Brot, für alle Freud', wir danken Dir, o Herr. Amen.«

Sie trank die Melodie in der Stille des Spätnachmittags ein. Bei all den Mühen und Sorgen, die das Waisenhaus ihr brachte, dankte sie Gott für die süßen Stimmen der Kinder. »Und bitte, Herr, gib, dass der kleine Christophe nicht mehr so husten muss. Er macht mir Sorgen mit seinem Husten, auch wenn er sonst gesund aussieht. Und du weißt auch, dass Anne-Sophie ihren Teddybär verloren hat und kaum noch einschlafen kann deswegen. Und Jérémy – oh, was sollen wir mit ihm machen? Sein kleines Herz ist so zornig ...«

Bis sie Gott jedes der Waisenkinder hingelegt hatte, war sie in ihrer dritten Runde und ging an den Schlafräumen vorbei. »Und danke, lieber Herr, für Schwester Rosaline und Schwester Isabella. Vergib mir, dass ich sie für so selbstverständlich nehme. Sie sind dir und mir all die Jahre so treu gewesen. Hilf ihnen jetzt, das Essen zu richten. Schenk ihnen ein Lachen bei der Arbeit. Erinnere sie an den Vers, den wir heute Morgen zusammen gelesen haben: ›Was ihr einem getan habt unter diesen meinen geringsten Brüdern, das habt ihr mir getan.‹«

Sie lehnte sich an die Steinmauer am nördlichen Ende des Kirchhofs, vor ihr die Rückseite der Kirche und das Pfarrhaus. Von links leuchteten die Lichter des Refektoriums in den Hof, rechts lagen dunkel die Schlafräume. Die Gebäude schienen sich an den Händen zu halten. Zusammen bildeten sie drei Seiten eines Vierecks; die Mauer, vor der Mutter Griolet stand, war die vierte Seite. Sie liebte dieses Fleckchen Erde, das seit fünfundvierzig Jahren ihre Heimat war, von der sie jeden Winkel kannte. Sie ließ ihre Finger über die warmen Steine gleiten. »Und, Herr, du kennst dieses kleine Abenteuer, in dem ich gerade stecke. Es macht mir etwas Sorgen, ich werde ja nicht jünger. Hilf mir, dass ich meine Sache gut mache.«

Sie ging quer über den Hof und durch die Hintertür des Pfarrhauses. Das Erdgeschoss des Pfarrhauses war ihre Wohnung: Schlafzimmer, Büro, Wohnzimmer, Esszimmer und Küche. Vor Jahren hatte sie aus dem Gästezimmer einen Aufenthaltsraum für die Studentinnen gemacht. Er beschnitt ihre Privatsphäre, aber die Mädchen hatten einen Ort, wo sie sich zwischen den Seminaren treffen und unterhalten konnten. Im ersten Stock lagen die Seminarräume und ein Sprachlabor. Die

Waisenkinder hatten ihre Schulräume im Untergeschoss. Seit über hundert Jahren leistete das alte Gebäude seine guten Dienste.

Mutter Griolet ging den Flur entlang zu ihrem Büro. Sie schloss die Tür auf und trat in den dämmrigen Raum. Mit einem Seufzer knipste sie die Schreibtischlampe an und musterte die Wände. Der Schreibtisch stand gegenüber der Südwand, deren großes Fenster auf den Hof ging. Zu beiden Seiten des Fensters waren Bücherregale mit vergilbten Bänden. Die übrigen Wände waren buchstäblich mit gerahmten Fotos tapeziert. Mutter Griolets Zuhause. Ihre Familie. Sie setzte sich auf den großen Stuhl hinter dem Schreibtisch.

Auf dem Schreibtisch lag ein einsamer weißer Umschlag, der nicht beschriftet war. Sie öffnete ihn, und ein kleines Blatt fiel heraus, in dessen obere linke Ecke ein Kreuz gekritzelt war. Ein Hugenottenkreuz; Mutter Griolet erkannte es an dem maltesischen Umriss und der nach unten hängenden Taube. In der Mitte des Blattes stand von Maschine geschrieben: *14h30JeudiSNCF.*

Sie atmete heftig aus. »Du beantwortest das Gebet einer alten Frau schnell, Herr. Aber werde ich bereit sein? Donnerstag um halb drei. Keine Woche mehr.«

Sie nahm das Blatt, stopfte es in die Tasche ihrer Tracht und knipste das Licht aus. Sie verschloss die Tür ihres Büros hinter sich und ging zurück ins Freie und über den Hof in den Speisesaal. Die Kinder sangen gerade das Tischgebet, als sie durch die Seitentür hineinschlüpfte. Sie schloss die Augen und badete in dem lieblichen Gesang. »Ja, Herr, wir danken dir für dieses Essen. Und für die Kraft, die du uns für jeden Tag gibst.«

Als sie ihr Tablett genommen hatte und neben Schwester Rosaline und Isabella am Kopftisch saß, strahlte ihr Gesicht Frieden, Wärme und Ruhe aus. Ein Anderer kümmerte sich um Mutter Griolets Probleme, und das genügte ihr.

KAPITEL 10

Mitte Oktober betrachtete jede der jungen Damen des Austauschprogramms Gabriella Madison und David Hoffmann als ein Paar. Sie machten sich einen Sport daraus, jeden Blick und jedes Wort, das sie in der Öffentlichkeit austauschten, unter die Lupe zu nehmen. Und davon zu träumen, was sie wohl unter vier Augen taten. Sie legten das Drehbuch bis ins kleinste Detail fest. *Hausbackene Missionarstochter lernt schneidigen amerikanischen Dozenten kennen. Sie verwandelt sich in eine strahlende Prinzessin und wird im kommenden Sommer ihr Debut in New York City geben ...*

Alle träumten. Bis auf das Paar selber. Gabriella wusste, dass David Hoffmann sie nicht als seine feste Freundin betrachtete. Manchmal wünschte sie sich, dass es anders wäre, aber das änderte nichts. David Hoffmanns Herz war nicht zu haben, dessen war sie ganz sicher.

Aber sie konnte ihre Augen nicht von ihm nehmen, als er wie ein Buch über die Impressionisten dozierte. Sie staunte, wie er seit der letzten Stunde zwei Jahrhunderte weiter gesprungen war, ohne seine Hand vom Puls der Schönheit der Kunst zu nehmen, von Delacroix' und Gericaults flammendem sozialen Engagement zu den friedlichen Segelschiffen, die jetzt auf die Leinwand vorne im Seminarraum kamen. Er sprach gerade auf Französisch, und seine Stimme war voll Leidenschaft.

»... Der Hauptexponent dieser Kunstrichtung, die in der ganzen Welt als ›Impressionismus‹ bekannt und berühmt wurde, war bekanntlich Monet. Der Ausdruck ›Impressionismus‹ wurde erstmals von einem Kunstkritiker benutzt, um eines von Monets Gemälden, das den Titel *Impression eines Sonnenaufgangs* trug und zur ersten impressionistischen Ausstellung von 1874 gehörte, lächerlich zu machen. Heute gehören die Impressionisten weltweit zu den beliebtesten Malern.

Die Impression, der Eindruck eines Bildes – das ist genau das, was Monet in seinen Gemälden schafft. Sein Ziel ist, den Augenblick mit Farbpunkten oder -strichen festzuhalten, die das Auge aus einer gewissen Entfernung heraus zu Formen und Figuren zusammensetzt. Ein Meister des Lichtes, benutzt Monet die Sonne, um die wechselnden Effekte des Tageslichtes auf seine Themen auszudrücken und hervorzuheben. Beachten Sie, wie ganz anders als die Maler, die wir das letzte Mal behandelten, die Impressionisten mit dem Detail umgehen. Während in den Hafengemälden von Claude Lorraine das eigentliche Motiv das Licht der Sonne im Hintergrund ist, das sich im Meer reflektiert und sein Licht- und Schattenspiel treibt, benutzt Monet die Sonne, um eine angenehme Impression zu schaffen – der stumme Strich des Windes auf den Segeln des Schiffs. Die Tiefe ist auf eine andere Art präsent. Ein schärferer Kontrast zu dem fundamentalen Klassizismus und lyrischen Idealismus des frühen 17. Jahrhunderts ist kaum denkbar. Aber nach wie vor geht es darum, das Licht, jenes Kind des Künstlers, zu beobachten und zu bearbeiten, bis durch seine Gegenwart das Bild sich offenbart.«

Weitere Dias. Gabriella notierte die Titel der Gemälde in ihrem Notizheft. *Die Boote von Argenteuil. Der Garten des Malers in Giverny. Die Mohnblumen bei Argenteuil.*

David fuhr fort: »Schauen Sie sich das Mohnblumenmeer an, in welchem der kleine Sohn des Malers wie verloren dasteht. Beachten Sie den Kontrast der Farben, den Reichtum der Landschaft. Natur und Menschenleben, vereint in einer Vibration des Lichts. Mohnblumen im Frühling. Ihr hellrotes Kleid überrascht und erfreut das Auge. Echt schön.«

Gabriella spürte seinen Blick und warf verlegen ihr Haar über ihre Schultern. Frühling und Hoffnung. Aber die Luft begann nach Herbst zu riechen, und Gabriella hatte keine Lust, an das Morgen zu denken.

* * * * *

»Es ist ein herrlicher Tag, Gabby. Warum machen wir nicht eine kleine Fahrt durch die Weinberge? Das ist doch viel besser als auf diesen Krücken durch die Stadt zu humpeln.« David nickte zu ihrem dick verbundenen Fuß hin. »Wie lange müssen Sie das noch tragen?«

»Der Arzt hat gesagt, noch mindestens eine Woche.«

»Sie Arme. Also, kommen Sie mit?«

Gabriella fiel keine Ausrede ein. Heute half sie nicht in Mutter Griolets Schule aus. »Klar, warum nicht?«

Sie verließen die Stadt in Richtung Norden. Rechts und links der Straße erstreckten sich die Weinfelder. »Die Gastarbeiter und Bettelstudenten sind jetzt mit der Traubenlese fertig«, kommentierte David. »Es ist nichts mehr dran an den Reben. Aber schauen Sie sich die Farben an.«

Er hatte den Spätnachmittag für den Ausflug gewählt, und das Spiel der Sonne auf den Weinreben war phantastisch. »Schauen Sie hier die knallroten Blätter. Und dort die gelben und orangenen. Das ist im Herbst meine Seelentherapie, dass ich hier durch die Weinberge fahre und zuschaue, wie sie ihre Farben verändern. Nicht ganz so wie der Herbst in Princeton, aber fast.«

»Princeton? In New Jersey, nicht wahr?«

»Ja. Ich habe vier Jahre dort studiert. Ein wunderbares Fleckchen Erde. Kalt und ehrlich und kühn. Die Ahorne sind feuerrot und knallorange und gelb. Ihr Haar würde bestens dazu passen.« Er lächelte. »Das I-Tüpfelchen, sozusagen.«

»Ich kann mir das gar nicht richtig vorstellen. Im Senegal ist das ganze Jahr die gleiche Vegetation. Es gibt die Regenzeit und die Trockenzeit, und Bäume gibt's nur wenige.«

»Vermissen Sie Afrika eigentlich manchmal?« Er wechselte das Thema so fließend wie die Dias in seinem Seminar am Morgen.

»Ja. Ziemlich sogar. Manchmal weniger, manchmal mehr.«

»Und wann ist Ihr Heimweh am größten?«

Sie sah zum Himmel hoch, der sein mit Dunkelrot und Rosa vermischtes Blau auf die Weinfelder warf. »Ich nehme an, dann, wenn ich nicht so recht sehe, wo ich bin und was als Nächstes kommt. Dann stelle ich mir vor, wie ich wieder zu Hause bin, in meiner sicheren kleinen Ecke.«

David sah sie neugierig an. »Was haben Sie denn da um den Hals?«

»Oh, haben Sie das noch nie gesehen? Das trage ich die ganze Zeit, meistens unter der Bluse. Aber Sie wollen mir doch wohl nicht sagen, dass Sie das Hugenottenkreuz nicht kennen?«

»Nein, so habe ich das jetzt nicht gemeint.« Seine Stimme schien auf einmal weit weg zu sein. »Ich wusste halt nicht, dass Sie es tragen.«

Es klang wie eine Frage. »Meine Mutter schenkte es mir, bevor ich hierher kam. Als Symbol für meinen Glauben. Sie bat mich, während meines Aufenthalts hier mehr über die Hugenotten in Erfahrung zu bringen. Ich hätte nie gedacht, dass sich andere Menschen für dieses Kreuz interessieren würden.«

»Es ist ein ungewöhnliches Kreuz.«

»Kann sein. Meine Mutter bekam es in Montpellier. Sie war ja einmal hier, nach dem Zweiten Weltkrieg. Mein Vater hatte sie mit mir und Jessica und Henrietta auf ein paar Monate hierher geschickt. Damals lernte sie Mutter Griolet kennen.«

»Ah, ich sehe.« Seine Augen waren auf die Straße gerichtet, aber dann und wann warf er wieder einen kurzen Blick auf die glänzende Kette um ihren Hals. »Und erinnern Sie sich noch an Montpellier? Wie alt waren Sie damals?«

»Fünf oder sechs. Nein, ich kann mich an nichts erinnern. Nicht viel jedenfalls.«

»Und warum sind Sie jetzt zurückgekommen?«

Sie befingerte das Kreuz. »Ein Verwandter von uns erbot sich, den Rest meiner College-Ausbildung zu bezahlen, und schlug vor, ich sollte mit einem Auslandsjahr anfangen. Mit ›Ausland‹ meinte er Europa. Das Programm hier in Castelnau klang mir ganz gut. Meine Mutter kannte die Stadt und die Leiterin. Nun ja, es waren halt die Umstände und ...« Sie beendete den Satz nicht.

»Und was noch?«

»Die Umstände.« Ihr Ton zeigte an, dass sie nicht mehr sagen würde. »Und haben Sie eigentlich Heimweh nach Afrika, David?«

»Warum sollte ich das haben?«

»Sie haben doch ein Jahr in Algerien gelebt, bevor dieser Krieg ausbrach.«

Er lachte und sah sie fragend an.

»Mutter Griolet hat mir das gesagt. Ich helfe ihr jetzt mit den Waisenkindern, und sie hat mir das eine oder andere von St. Joseph und den Dozenten erzählt.«

»Ich sehe. Eine feine Frau, Mutter Griolet. Kein Wunder, dass Sie zurückgekommen sind.« Er schien auf einmal eine Million Meilen weit weg zu sein.

»Nun ja, es war eigentlich mehr, weil meine Mutter sie kannte. Sie hält große Stücke auf sie. Groß an damals erinnern tue ich mich nicht ... aber wir sprachen gerade über Algerien.«

»Ja. Ich habe kurze Zeit dort gelebt. Ein schönes Fleckchen Erde, vor dem Krieg. Aber die Zeichen standen auf Sturm.«

»Und wo wohnten Sie?«

»Algier. Die Hauptstadt. In dem *Pied-noir*-Viertel.«

»Lebten die verschiedenen Gruppen damals alle getrennt?«

»Eigentlich nicht. Die *Pied-noirs* hatten Freunde unter den Juden und unter den arabischen Händlern. Man kam gut miteinander aus.«

»Wo kommt das Wort *Pied-noir* eigentlich her?«

»Oh, da gibt es tausend Theorien. Die romantischste ist, dass, als Frankreich im Jahre 1830 Algerien zur Kolonie machte, die ersten französischen *Colons* oder Bürger, die dorthin kamen, sich als Farmer niederließen. Sie trugen große schwarze Stiefel bei ihrer Arbeit. Die Algerier hatten noch nie Stiefel gesehen, sie bebauten ihr Land barfuß. Also fingen sie an, diese Ausländer *Pied-noirs* zu nennen – ›Schwarze Füße‹. Heute bezeichnet der Ausdruck einfach einen französischen Bürger, der in Algerien geboren ist.«

»Hmm. Interessant. Und werden jetzt die *Pied-noirs* Algerien verlassen?«

»Sehr wahrscheinlich. Obwohl die große Mehrheit von ihnen immer noch nicht glauben kann, dass Frankreich den Krieg verlieren könnte. Sie bleiben, weil sie nicht wissen, wohin sie sonst gehen sollen. Algerien ist seit über hundert Jahren ihre Heimat.«

»Aber würde man sie in Frankreich nicht mit offenen Armen wieder aufnehmen? Sie haben doch gerade gesagt, dass sie französische Bürger sind.«

David hatte bisher fast im Plauderton gesprochen, so leicht dahin wie noch nie, fand Gabriella. Aber bei ihrer letzten Frage wurde er plötzlich still. Er bremste, hielt neben der Straße an und sah sie mit einem Blick an, in dem Schmerz geschrieben stand.

»Begreifen Sie das nicht, Gabby?« Er sprach rasch, Zorn in der Stimme. Dann schüttelte er den Kopf. »Nein, Sie können das nicht verstehen. Keiner will die *Pied-noirs*. Algerien wird sie umbringen, wenn sie dort bleiben. Frankreich will das algerische Öl, aber die *Pied-noirs*? Die können zum Teufel gehen. Es ist nirgends Platz für sie. Noch so eine lästige Minderheit halt.«

»Aber Ihnen liegen sie am Herzen, David?«

»Ha! Sie sollten mich doch schon besser kennen. Ich habe es Ihnen doch gesagt, was mir wichtig ist: ich selber, meine eigene Haut. Aber Sie haben Recht; irgendwo in meiner schwarzen Seele habe ich eine Schwäche für Minderheiten. Ich verstehe die Algerier mit ihrer Sehnsucht nach Unabhängigkeit von der gestrengen Mutter Frankreich. Aber ich habe unter den *Pied-noirs* gelebt, die nichts wollen als ihr Land behalten. Sie mögen idealistische Naivlinge sein, aber ich kann sie verstehen.

Sie haben beide gute Argumente, Gabby. Gute Gründe, um zu kämpfen und das zu wollen, was sie wollen. Zu dumm, dass der Krieg so kompliziert ist. Zu dumm, dass wir nicht immer entscheiden können, wer die Bösen und wer die Guten sind.« Er sah zu den Weinfeldern hin. »Das ist wie bei einer Flasche Wein – wir merken die Qualität der Trauben erst, wenn sie geerntet und vergoren sind und wir sie probieren können. Und manchmal urteilen wir zu schnell.«

Gabriella ließ die Worte in sich einsinken in der Stille der Landschaft. Sie betrachtete den Weinberg direkt vor sich, mit seinen gerade vier Fuß hohen Weinstöcken, deren knorrige Reben jetzt nur noch Blätter trugen. Auf einmal sagte sie: »Ich bin der Weinstock, ihr seid die Reben. Wer in mir bleibt und ich in ihm, der bringt viel Frucht. Denn ohne mich könnt ihr nichts tun.«

»Das klingt ja wie aus der Bibel. Wo ist das her?«

»Aus dem Johannesevangelium, aus einer Rede Jesu an seine Jünger.« Sie lächelte. »Wahrscheinlich saßen Jesus und seine Jünger damals, vor zweitausend Jahren, auch vor den Weinbergen und betrachteten ihre Schönheit, wie wir jetzt gerade.«

»Kann sein. Sie wissen ja, ich bin kein Anhänger von Jesus und seinen Lehren.«

»Aber wahr sind sie trotzdem. Egal zu was für einer Minderheit man gehört, was für eine Stellung oder Hautfarbe man hat – in Jesus ist die Frucht gut. Wissen Sie, was im nächsten Vers steht?« Sie wartete nicht auf die Antwort. »Wer nicht in mir bleibt, der wird weggeworfen wie eine Rebe und verdorrt, und man sammelt sie und wirft sie ins Feuer, und sie müssen brennen.«

»Jetzt werden Sie arg theologisch, Gabby. Und eng. Das klingt mir nicht nach guter Frucht.«

»Es gibt viel schlechte Frucht. Aber die gute Frucht hängt nicht davon ab, wo einer geboren ist oder zu was für einer Gesellschaft er gehört. Sie hängt allein von Gott ab. Und von uns selber. Er weist uns nicht die Tür, weil unsere Vergangenheit nicht stimmt.«

»Wenn das keine gute Nachricht ist. Was man von so einem Weinberg alles lernen kann.«

Der Sarkasmus in seiner Stimme war überdeutlich. Gabriella hatte plötzlich keine Lust mehr, noch etwas zu sagen.

David startete den Wagen wieder. Sie fuhren lange zwischen den hohen Platanen dahin, die die schmalen Straßen wie salutierende Soldaten säumten. Gabriella gab sich der Schönheit der untergehenden Sonne hin, die ihre Lichtsinfonie auf die Leinwand der Landschaft malte. *Monet hätte diese Fahrt genossen*, dachte sie. Sie war entschlossen, es ihm gleichzutun, auch wenn sie neben David Hoffmann saß, dessen Herz in irgendeiner schmerzlichen Vergangenheit eingeschlossen war.

* * * * *

Für den Samstagmorgen hatte Gabriella Mutter Griolet versprochen, ihr beim Stiefmütterchenpflanzen zu helfen. Sie kam um neun Uhr an dem Pfarrhaus an, etwas erschöpft nach der Krückenhumpelei durch die Kopfsteinpflasterstraßen.

»Bist du ganz sicher, dass du das schaffst, Kind?«, fragte Mutter Griolet skeptisch.

»Na klar. In diesem herrlichen Wetter draußen zu sein wird mir gut tun.«

»Also gut, dann komm mit.« Sie führte sie durch ihre Wohnung und durch die Tür, die von ihrem Wohnzimmer auf den Hof ging. »Ich pflanze meine Stiefmütterchen gerne zeitig. Mitte Oktober ist gerade richtig; dann können sie sich an den Boden gewöhnen, bevor es zu kalt wird und der Mistral mit voller Wucht kommt.«

Mutter Griolet hatte drei Paletten mit je zehn Pflanzen gekauft, in allen Farben. Sie nahm einen der Töpfe heraus und drückte die lose Erde durch ihre Finger. »Ich pflanze sie meistens an den beiden Seiten des Hofs. Anderthalb Paletten vor dem Speiseraum, und die anderen anderthalb vor den Schlafräumen. Es sei denn natürlich, du hast eine andere Idee.« Sie lächelte. »Ich bin immer offen für neue Ideen.«

»Oh, ich bin keine große Gärtnerin. Machen Sie das nur.«

»Also gut.« Mutter Griolet gab Gabriella eine Handschaufel und eine der Paletten. Sie gingen über den Hof zu dem Speiseflügel. Die alte Nonne kniete sich mit der Geschicklichkeit eines Menschen, der das Knien gewöhnt ist, auf den kühlen Boden, mehrere gelbe Stiefmütterchen in den Händen. »Ich liebe das Gefühl der Erde an meinen Händen und unter den Fingernägeln. Das ist ... die reinste Medizin.«

Gabriella sah ihr zu und nickte.

»Und was haben wir hier?« Mutter Griolet sprach zu den Blumen. »Was für schöne gelbe Kleider ihr anhabt! Ihr seid ja verkleidete Sonnenblumen.« Sie lachte und hielt Gabriella die Blumen hin. »Schau her, jede Blume hat ein richtiges Gesicht, zart und voller Verheißung.« Sie zeigte auf das samtene dunkle Innere der Blüten.

Gabriella holte Luft. »Genau das hat meine Mutter auch immer gesagt. ›Jede Blume hat ein richtiges Gesicht, zart und voller Verheißung.‹ Wir haben keine Stiefmütterchen gepflanzt, aber Mutter hat einen Kunstbildband, und darin ist ein ganz wunderbares Stilleben mit Stiefmütterchen, von Fantin-Latour, und da hat sie immer diesen Satz gesagt.«

»So, hat sie das gesagt?« Mutter Griolet sah amüsiert aus. »Dass sie sich so gut erinnert hat ...«

»Wie meinen Sie das?«

»Vor vielen Jahren hat deine Mutter hier in diesem Hof neben mir gekniet und auch Stiefmütterchen gepflanzt. Wahrscheinlich habe ich ihr damals dasselbe gesagt.«

»Sie und Mutter waren gute Freundinnen, nicht wahr?«

»Nun ja, die Umstände brachten uns zusammen.« Eine Wolke zog über Mutter Griolets Gesicht, dann wurde es wieder hell. »Eine wunderbare Frau, deine Mutter. Solch ein Glaube. Und so klug! Sie muss die halbe Bibel auswendig kennen. Es gibt wenige Menschen, die schneller einen Bibelvers finden als ich, aber deine Mutter hat mich glatt geschlagen.«

»Erzählen Sie mir doch einmal, wie das war, als wir hier in Montpellier waren. Mutter spricht immer so hoch von Ihnen, aber über unseren Aufenthalt hier sagt sie nie direkt etwas.«

»Nun, da gibt's nicht viel zu sagen. Ihr wohntet damals in dem Missionshaus im Westen von Montpellier. Ich glaube, es war so etwas wie ein Urlaub für deine Mutter. Dein Vater konnte den Senegal damals nicht verlassen, und so schoben sie den Heimaturlaub in den USA auf, und deine Mutter hat dich und deine Schwestern für drei Monate hierher gebracht.

Der Zufall führte uns damals zusammen.« Die alte Nonne sah zu Gabriella hoch, versonnen lächelnd. »Nein, nicht der Zufall. Es kann kein bloßer Zufall gewesen sein, wenn ich sehe, wie du hier bei mir bist und einer alten Frau hilfst, die zu störrisch ist, um in Pension zu gehen. Nein, es war ein Faden in dem großen Webteppich Gottes. Damals war sie hier, und jetzt bist du hier – ein weiteres Beispiel dafür, wie Gott in unserem Leben wirkt, um seinen guten Willen auszuführen.«

»Und wie haben Sie meine Mutter kennen gelernt?«

»Auf einer Art ökumenischem Seminar. Damals war das etwas Unerhörtes, aber ich bin hingegangen, und da saß deine Mutter auf der Bank neben mir. Sie sprach ganz unbefangen – wie du, Kind.« Die Nonne zwinkerte mit den Augen. »Und sie war wie eine Blume, unsere Freundschaft; sie blühte so still und leicht. Ich habe sie sehr vermisst, als sie wieder ging.«

»Und uns Kinder haben Sie damals auch kennen gelernt? Wie waren wir so?«

»Lieb, total lieb. Du hattest dieses rote Lockenhaar, und Jessica war flachsblond; die Franzosen hatten noch nie dergleichen gesehen. Henrietta war noch ein Baby; ist kräftig über diesen Hof hier gekrabbelt, der kleine Wildfang.«

Gabriella nickte lachend, aber in ihren Augen standen Tränen.

»Oh, jetzt habe ich dir Heimweh gemacht, nicht wahr?«

»Ist schon gut.« Gabriella wischte die Tränen ab. »Das sind nur die Erinnerungen. Wir müssen echt glücklich gewesen sein hier.« Sie kämpfte wieder mit den Tränen. Als sie weitersprach, sah sie Mutter Griolet nicht an. »Sie wissen ja sicher, dass ich danach noch eine Schwester bekam. Sie wurde ein Jahr, nachdem wir aus Montpellier zurück waren, geboren.«

»Ja. Deine Mutter hat mir über sie geschrieben. Ericka, nicht wahr?« Sie schien schlucken zu müssen, als sie den Namen aussprach.

»Ja, Ericka. Henrietta war die Wilde, und Ericka – das war unser kleiner Engel. Die größten blauen Augen der Welt, und kohlrabenschwarzes Haar. Sie sah völlig anders aus als wir anderen. Dickes schwarzes Haar und lange Wimpern und ...« Gabriella konnte nicht weitersprechen. Sie ließ die Schaufel fallen, vergrub ihr Gesicht in ihren schmutzigen Händen und weinte.

Mutter Griolet legte ihren Arm um ihre Schulter. »Ja, ja, Gabriella, es ist zu traurig, die Erinnerung.« Sie zog Gabriella näher zu sich, und das Mädchen schluchzte an ihrer Brust.

»Es war so furchtbar ... Sie war meine Lieblingsschwester, sechs Jahre lang. Und dann war sie nicht mehr da. Vier Tage krank, und dann ... war sie nicht mehr.«

»Komm, Kind, weine dich nur richtig aus. Manchmal ist das das Einzige, was hilft. Die Blumen können warten.«

Mutter Griolet führte Gabriella in ihr Badezimmer, damit sie sich ihr Gesicht waschen konnte, dann ging sie langsam in ihr Büro und holte aus der untersten Schublade ihres Schreibtisches ein vergilbtes Foto, das sie selber als um einiges jüngere Frau zeigte. Neben ihr stand eine vielleicht dreißigjährige hoch gewachsene, attraktiv aussehende Frau, die ein Baby in den Armen hielt; an ihren Knien standen zwei kleine Mädchen.

»Rebecca. Rebecca Madison. Was habe ich dich vermisst. Vergib mir, dass ich dir nicht sagen konnte, wie Leid es mir tat, als ich das mit Ericka hörte.« Sie legte das Bild zurück und blieb noch einen Augenblick an dem Schreibtisch sitzen, sich mit einem weißen Taschentuch über die Augen wischend.

KAPITEL 11

Malika Abdel war klein für ihre elf Jahre, aber was ihr an Körpergröße abging, machte sie an Aufgewecktheit wett. »Clever« nannten die anderen sie. Sie wusste genau, was Männer und Frauen zusammen im Bett trieben, und auch, was es bedeutete, wenn hinter verschlossener Tür die Stimmen zornig wurden und dann Schläge kamen und Mutter am nächsten Tag ein blaues Auge hatte. Ja, ihr Vater war ihr ein guter Lehrer gewesen, und Malika war schnell groß geworden und stand selbstbewusst zwischen ihrem grausamen Vater und ihren jüngeren Schwestern.

Vater regte sich immer über etwas auf. Zur Zeit war es Algerien. »Eines Tages fahren wir zurück nach Hause«, versprach er den Mädchen.

Malika wusste, dass eines der Dinge, die ihren Vater wenigstens eine Zeit lang besänftigen konnten, Geld war, und jetzt konnte sie Geld verdienen. Vor zehn Tagen hatte der dünne Franzose mit dem dünnen Schnurrbart sie angesprochen. Sein Auftrag: Freunde dich mit dem kleinen Mädchen an, das bei dem alten Lebensmittelhändler weiter unten auf der Straße wohnt; 400 Francs bar auf die Hand, wenn du mir das Kind bringst.

Aber Malika war immer noch nicht an das Mädchen herangekommen. Jeden Tag fand sie einen Vorwand, um in den Laden zu gehen. Jeden Tag hielt sie sich fünfzehn oder zwanzig Minuten dort auf, doch das Mädchen ließ sich nicht blicken, und der dünne Franzose wurde allmählich ungeduldig.

»Du kriegst nichts, wenn du sie nicht bald bringst! Ich kann nicht ewig warten! Morgen Abend ist ein Marsch auf die Präfektur. Bring sie dahin mit, und du kriegst deine 400 Francs.« Der Mann hatte sie am Arm gepackt, als sie am Morgen zur Schule ging. Malika hatte ihre Angst nicht gezeigt, aber sie bibberte, als sie mittags das Schulgebäude verließ, um nach Hause zu gehen.

Wieder ging sie in den Laden. Der alte Besitzer sah von seiner Theke auf. »*Bonjour, Mademoiselle*. Na, bist du wieder da?«

»Ja. Ich hab ein paar Murmeln für Ihre Enkelin mitgebracht.«

»Meine Enkelin?« Er musterte sie argwöhnisch.

»Ja. Für das kleine Mädchen, das krank ist. Ich hab sie gesehen, aber sie geht nie zur Schule. Sie ist doch krank, Ihre Enkeltochter?«

»Ja, ja, sie ist krank.«

Wie auf ein geheimes Signal kam das Kind, laut hustend, die Treppe hinunter. Es lächelte schüchtern, als der Alte sich zu ihm umdrehte. »Ophélie. Was machst du hier unten?«

»Ich möchte bitte eine *Pastille*.«

Malika lächelte sie an. Ophélie lächelte zurück.

»Ein Hustenbonbon? Hier, bitte. Und jetzt geh wieder nach oben.«

»Bitte, *Monsieur*, darf ich Ophélie diese Murmeln schenken?« Malika streckte ihre Hand aus und zeigte die kleinen Glaskugeln.

»Oh, sind die schön!« Ophélie kam um die Theke herum und starrte das schimmernde Geschenk an.

Der Ladenbesitzer räusperte sich. »Ophélie.«

»Ja? Darf ich sie haben, Monsieur Gady, bitte?«

Sie langte nach den Murmeln, und Malika nahm ihre Hand. »Ich zeige dir, wie man damit spielt, okay? Morgen Nachmittag, nach der Schule, komme ich zu dir, und dann spielen wir mit den Murmeln.«

Ophélie nahm die Murmeln und schob sie in ihre Tasche. Mit einem erwartungsvollen Blick in den Augen ging Malika aus dem Laden, bevor der Mann, der Monsieur Gady hieß, protestieren konnte.

* * * * *

»Möchten Sie dieses Wochenende mit mir nach Aix, Gabby?« fragte David nonchalant, als er zu Gabriella in den Garten der alten Schule trat. Die helle Nachmittagssonne ließ Gabriellas rotes Haar wie die Funken eines Lötkolbens aufleuchten.

Sie saß über ein Buch gebeugt und holte überrascht Luft, als sie seine Stimme hörte. »Oh, David! Was haben Sie mich erschreckt! Ich bin gerade voll mit John Donne und seiner herrlichen Prosa beschäftigt. Was haben Sie da gerade über Aix gesagt?«

»Ich habe dieses Wochenende in Aix zu tun und habe gedacht, vielleicht wollen Sie mit. Wir würden am Samstagmorgen losfahren und so zeitig wieder zurück sein, dass Sie Ihre Hausaufgaben noch am Sonntag erledigen können.«

»Ich ... ich weiß nicht. Lassen Sie mich darüber nachdenken, ich gebe Ihnen heute Abend Bescheid. Sie kommen doch zum Abendessen zu Madame Leclerc, nicht wahr?« Ihre Wangen röteten sich etwas.

Er setzte sich neben sie, dass sein Arm an dem ihren entlangstreifte. Er schien es nicht zu bemerken. »Liebe Gabby, Sie müssten mich doch inzwischen so gut kennen, dass Sie wissen, dass ich mir keine Gratismahlzeit entgehen lasse, und dann noch in einer so harmonischen Gesellschaft wie Miss Stephanie Thrasher und Miss Caroline Harland.« Er berührte ihre Hand. »Und Sie, natürlich.«

Gabriella errötete noch mehr. Sie hielt ihre Augen tapfer auf ihr englisches Literaturlesebuch geheftet.

»Hören Sie zu. Ich fahre heute Abend gleich nach dem Dinner mit dem Nachtzug nach Paris. Ich werde ein paar Tage dort bleiben. Monsieur Vidal hat sich bereit erklärt, mich diese Woche zu vertreten. Aber bitte kommen Sie doch am Samstag mit mir nach Aix, dann habe ich etwas, auf das ich mich freuen kann, während ich weg bin. Bis dann sind Sie ja diese Krücken los, das müssen wir feiern!«

Gabriellas Herz trommelte. Sie mochte das Gefühl seiner Hand auf der ihren. Zu gerne hätte sie ihre Finger um die seinen geschlossen, aber sie traute sich nicht. Einen halben Augenblick stellte sie sich vor, wie seine Lippen die ihren berührten in der Wärme dieses Herbstnachmittages. Dann fröstelte ihr auf einmal. »Ich weiß nicht, David.«

»Machen Sie sich keine Sorgen, Sie werden bei einer Freundin von mir übernachten. Sie ist echt nett und würde Sie gerne mal kennen lernen.«

So ist das also, dachte Gabriella. *Der fährt nach Aix, um ei-*

ne Frau zu treffen. »Warum um alles in der Welt wollen Sie, dass ich da mitfahre?« entfuhr es ihr, bevor sie sich stoppen konnte.

Er zog seine Hand zurück, der Bann war gebrochen. Er lachte. »Also, *ich* würde vor Langeweile sterben, wenn ich jedes Wochenende in diesem verschlafenen Nest hier verbringen müsste. Es wäre halt eine Chance für Sie, mal etwas von diesem großartigen Land zu sehen. Es wird Ihnen gefallen, bestimmt.«

»Ich war gerade dabei, zu lesen, was John Donne zu diesem Thema zu sagen hat. ›Kein Mensch ist eine Insel‹ und so. Wir alle brauchen einander, um eine große, glückliche Familie zu sein. Also gut, ich komme mit, damit Sie nicht so allein sind.« Die Spur eines Grinsens trat auf ihre Lippen.

»Ich bin nicht sicher, dass Sie Mr. Donne richtig verstanden haben, Gabby«, schoss David zurück. »Aber wenn er Sie dazu überredet hat, mitzukommen, bin ich zufrieden. Bringen Sie bequeme Kleidung mit.« Er erhob sich, um zu gehen, dann drehte er sich noch einmal um. »Ach ja, und auch ein passendes Kleid für die Messe; die wollen Sie sicher nicht verpassen. Meine Freundin wird Sie gerne begleiten.«

»Und Sie, David?« Ihre Stimme war leise und eindringlich.

Er zuckte die Achseln. »Ich? Mich bringen keine zehn Pferde in eine Kirche!« Er lachte. »Oder höchstens zu meiner Beerdigung.«

Bevor sie antworten konnte, war er weg. Sie sah ihm hinterher, wie er durch die Tür des Pfarrhauses verschwand, dann schüttelte sie den Kopf. *Das ist der taktloseste Zyniker, den ich je kennen gelernt habe.* Dann dachte sie wieder an seine letzte Bemerkung und musste laut lachen.

* * * * *

Gabriella drehte das Flurlicht aus. Es wurde dunkel im Untergeschoss des Pfarrhauses. Die letzten Waisenkinder waren durch die Tür in den Hof geschlüpft, wo Schwester Isabella auf sie wartete, um sie ins Refektorium zu führen. Sie gingen im Gänsemarsch; hier und da drehte sich eines zu Gabriella um und winkte ihr lächelnd zu. Gabriella winkte zurück. Eine tiefe Freude tanzte in ihr nach diesem Nachmittag, den sie mit den Kindern verbracht hatte. Mutter Griolet ließ sie jetzt manchmal die Kinder unterrichten, und sie genoss diese Stunden. Hin und wieder ließ sie etwas von Davids Seminar einfließen; man konnte die Kinder nicht früh genug an Geschichte und Kultur heranführen, fand sie.

Sie schaute kurz auf ihre Uhr. Sieben – gerade noch genug Zeit, nach Hause zu humpeln und sich für das Abendessen frisch zu machen. Heute würde David zum Essen kommen. Der Gedanke ließ ihr Herz einen Augenblick schneller schlagen, als sie durch den Flur zurück zum Treppenhaus ging.

Sie hörte ein quietschendes Geräusch, wie von einem Stuhl, der über den Fußboden gezogen wurde. Nanu, war da noch jemand in dem Klassenzimmer? Alle dreiundzwanzig Kinder waren doch nach draußen gegangen, sie hatte sie gezählt. Sie trat in den leeren Raum und schaltete das Licht an. Erst sah sie nichts, dann kam wieder ein leises Geräusch. »Wer ist da?«

Ein vielleicht vierzehnjähriger Junge erhob sich hinter einer der Tischreihen. Gabriella hatte ihn noch nie gesehen. Er war dünn, seine Haut war ein dunkles Olivenbraun. Kein Zweifel: Er musste aus Nordafrika sein.

»Kann ich dir helfen?« fragte sie leise.

Der Junge sagte nichts, sondern stand stumm zitternd da. Gabriella versuchte, die instinktive Angst, die in ihr hochkriechen wollte, wegzudrücken. *Das ist ja nur ein Junge, der tut dir nichts.* Aber er sah wie ein Algerier aus, und das Verhältnis zwischen Algerien und Frankreich war nicht das beste im Augenblick.

»Brauchst du etwas?« fragte sie.

Jetzt sah er sie an, missmutig. Dann machte er plötzlich einen Schritt nach vorne, und seine Hand ging zu ihrem Hals hin.

Sie wich instinktiv zurück, dass sie mit ihren Krücken an einen der Tische stieß und fast das Gleichgewicht verlor. Der Junge sah ihr schweigend zu. Dann streckte er wieder seine Hand aus und sagte: »Das Kreuz.« Ein verstehender Blick war in seinen Augen.

»Oh«, murmelte Gabriella. »Ist das alles? Magst du mein Kreuz?« Eine Welle der Erleichterung durchschoss sie. *Mensch, dieses Kreuz bringt mir noch einen Herzschlag!*

»Sie tragen dieses Kreuz. Das Hugo?«

»Ja, das Hugenottenkreuz.«

»Hugo«, wiederholte er.

Gabriella starrte ihn an. »Was willst du?«

Er langte in seine Tasche, zog einen Fetzen Papier heraus und hielt ihn ihr hin. Gabriella nahm das Papier vorsichtig in die Hand. In die eine Ecke hatte eine ungelenke Hand ein Hugenottenkreuz gezeichnet.

»Wo hast du denn das her? Was ist das?«

Der Junge sah sie wieder an, schweigend und hoffnungsvoll.

»Entschuldigung«, sagte sie. »Ich verstehe nicht, was du willst. Ist es mein Kreuz?«

Aus dem Flur kam ein Geräusch, dann trat Mutter Griolet in das Klassenzimmer. »Oh, Hakim!« sagte sie. »Ich sehe, du hast gerade unseren neuesten Gast kennen gelernt, Gabriella.« Sie lachte etwas nervös. »Hakim wird vorübergehend bei uns wohnen. Er ist letzten Donnerstag angekommen. Es tut mir Leid, dass ich ihn dir nicht schon am Wochenende vorstellen konnte. Er hat bisher mit mir gearbeitet; ab morgen wird er am normalen Unterricht teilnehmen.«

»Das ist schon gut. Es war wohl ein bisschen plötzlich für uns beide, das ist alles.«

»Ja, sicher. – Komm mit, Hakim, es ist Zeit zum Essen. – Wir sehen uns dann morgen wieder, Gabriella. Danke, dass du die Kinder hinausgelassen hast.«

Gabriella verließ das Klassenzimmer und ging langsam die Treppe zum Erdgeschoss hoch, während Mutter Griolet Hakim rasch den Flur entlang und hinaus in den Hof führte. Gabriellas Finger gingen an das Kreuz um ihren Hals. Was wollte die alte Nonne mit einem arabischen Jungen in St. Joseph?

* * * * *

David legte einen Stapel sorgfältig gefalteter Kleider in den kleinen Kunststoffkoffer, dazu mehrere Bücher und einen Stadtplan von Paris, dann verschloss er den Koffer, ging zu dem kleinen Eichenschreibtisch und beugte sich über den Brief, den er vor zwei Tagen mit der Post bekommen hatte.

Algerier planen friedliche Demonstration in Paris am 17. Mögliche Information von E. Torrès. Treffpunkt Pont St. Michel, Nordseite, 21.30 Uhr.

David faltete das Blatt zusammen und stopfte es mit leicht zitternder Hand in seine Brieftasche. Mögliche Informationen von einem FLN-Informanten. Das war gut. Morgen würden die sechs Monate Warten endlich belohnt werden. Sechs Monate! Oder waren es sieben Jahre? Besser nicht daran denken.

Er stellte, die Hände wieder fest, den Koffer neben dem Bett ab und verließ den Raum, nicht ohne die Tür hinter sich abzuschließen. Paris musste noch etwas warten. Jetzt kam erst einmal das Dinner bei Madame Leclerc.

* * * * *

»Mr. Hoffmann kommt heute zum Dinner!« Stephanie tanzte durch das Zimmer. Caroline fiel ein: »Um seine Gabriella zu besuchen! Jippie!«

»Jetzt seid doch nicht so kindisch!« sagte Gabriella. »Es war Madame Leclercs Idee, ihn einzuladen. Ihr wisst doch, dass sie und Madame Pons dauernd was aushecken.« Sie ging aus dem Zimmer.

Stephanie rannte hinter ihr her. »Jetzt komm, Gabriella, tu nicht so! Wie oft hat er dich schon ausgeführt? Dreimal? Vier?«

Von der Einladung nach Aix hatte Gabriella niemand etwas gesagt, damit die Gerüchteküche nicht überkochte.

»Meinst du, er wird das Essen mögen? Ich habe das Rezept gesehen«, schnatterte Stephanie. »*Fricassé de lapereau avec des tomates fraîches.*«

»Kaninchen in Tomatensoße. Warum nicht? Was Madame Leclerc kocht, ist immer gut.« Die Gerüche, die aus der Küche kamen, schienen den Satz bestätigen zu wollen.

»Weiß ich doch«, schoss Stephanie zurück und klopfte auf

ihren eng sitzenden Rock. »Wenn sie uns noch länger so gut füttert, muss ich mir eine neue Garderobe anschaffen.«

»Warte damit, bis wir nach Paris fahren«, sagte Caroline, die vor dem Spiegel stand und ihr goldblondes Haar bürstete. »Mensch, das wäre die Sache – sich von den Modeschöpfern in der Rue St. Honore einkleiden lassen.«

Exakt um acht Uhr ging die Türklingel. Madame Leclerc drückte auf den Türöffner, und einen Augenblick später hörten sie, wie es leise an die Wohnungstür klopfte.

»Herein.« Madame Leclerc empfing David mit einem breiten Lächeln. »*Ooh là là*«, fügte sie hinzu, als er ihr einen Blumenstrauß hinhielt. »*Merci*, Monsieur Hoffmann.«

Die drei Studentinnen standen sittsam hinter ihrer Wirtin und weideten sich an der Szene. David Hoffmann sah fantastisch aus. Sein schwarzes Haar war nach hinten gekämmt, bis auf ein paar Strähnen, die ihm jungenhaft in die Stirn hingen. Eine Spur von Aftershave hing in der Luft. Er trug ein blassgelbes Oxford-Hemd und Tweedhosen, und seine Lederhalbschuhe waren auf Hochglanz poliert.

»Mademoiselle Thrasher«, sagte er leise, als Stephanie lächelnd zu ihm trat. Er nahm ihre Hand und küsste sie flüchtig. Stephanies Augen wurden groß, ihr Gesicht puterrot. »*Enchanté*, Monsieur Hoffmann«, stammelte sie.

»Und Mademoiselle Harland.«

Caroline, deren rotes Kleid ihre perfekten Kurven betonte, trat vor und hob ihre Augenbrauen. »Sehr erfreut, Monsieur Hoffmann.« Mit einem Augenzwinkern hielt sie ihm ihre Hand hin, die er ebenfalls küsste. Gabriella spürte einen leisen Eifersuchtsstich vor Carolines unbekümmerter Koketterie. Der Gedanke, David gleich in die Augen zu schauen, machte sie plötzlich verlegen.

»Und meine liebe Mademoiselle Madison.«

Gabriella humpelte an ihren Krücken vor und hielt ihm artig ihre Hand hin. Er ignorierte die Hand, beugte sich zu ihr hinunter, nahm sanft ihre Schultern und gab ihr einen leichten Kuss auf die linke, dann die rechte, dann noch einmal die linke Wange. Er flüsterte: »Wenn ich mich nicht irre, küsst man hier in Castelnau die Wangen dreimal.«

Gabriella merkte, wie ihr schwindlig werden wollte. Sie stand sprachlos da, während er, immer noch die Hände auf ihren Schultern, sie weiter ansah, bis Madame Leclerc sich räusperte. Gabriella stotterte: »Oh, sehr erfreut, Da- ... David ... ich meine, Monsieur Hoffmann.«

* * * * *

Madame Leclerc war in der Küche, zufrieden vor sich hinsummend. Das Dinner war in vollem Gang, und Monsieur Hoffmann war der reinste Zauberer. So liebenswürdig und kultiviert und verführerisch! Sie konnte es nicht erwarten, Monique Pons einen vollen Bericht zu erstatten.

Der erste Gang, Avocados mit Garnelensoße, war auf begeisterte Zustimmung gestoßen. Mit einem breiten Lächeln trug sie den dampfenden Teller mit *Gratin Dauphinois* an den Tisch. Ihre überbackenen Kartoffeln kamen bei den Amerikanern immer gut an. Sie ging zurück in die Küche, um die grünen Bohnen in Knoblauchbutter zu holen. Noch ein Gang in die Küche, und sie trug die Spezialität des Abends auf: junges Kaninchen, in der typischen kräftigen Tomatensoße der Region zubereitet.

»Das sieht ja wunderbar aus!« rief Stephanie aus. »Köstlich!«

Madame Leclerc füllte die Teller. Was für ein harmonisches Bild dieser Tisch war mit seinen gelben, roten und grünen Farbtönen. Ihr bestes Porzellan, und die kräftigen Farben des Essens. Ein perfekter Abend.

Sie hatte es sich zur Gewohnheit gemacht, ihren amerikanischen Gästen die Namen der aufgetragenen Gerichte zu nennen; oft wollten sie die Rezepte haben. »Heute Abend gibt es *Gratin dauphinois, haricots à l'ail* und *Fricassé de lapereau avec des tomates fraîches*.« Sie strahlte, als die vier jungen Leute zufrieden in den Dampf nickten, der von ihren Tellern aufstieg. *»Alors, bon appetit!«*

* * * * *

Man probierte Madame Leclercs Köstlichkeiten, und für ein paar Minuten stockte das Tischgepräch. David Hoffmann, der während des ersten Gangs angeregt geplaudert hatte, starrte mit merkwürdig verspannter Miene auf seinen Teller. Er stocherte in den Kartoffeln und Bohnen herum, während Stephanie und Caroline ihn über einen der Künstler, die sie in seinem Seminar durchgenommen hatten, befragten. Seine Antworten waren einsilbig.

Gabriella merkte sofort, dass etwas nicht stimmte, und versuchte, das Thema zu wechseln. »Das Kaninchen ist wunderbar, Madame Leclerc, einfach köstlich.«

»Oh, ja«, fielen Stephanie und Caroline ein.

David Hoffmanns Besteck lag auf seinem Teller, sein Blick ging in eine weite Ferne. »Monsieur Hoffmann, ist Ihnen etwas?« fragte Madame Leclerc. »Ist das Essen nicht gut?«

David riss sich von seinen Gedanken los. »Es ist exzellent, Madame Leclerc. Nur ...« Für einen kurzen Augenblick war seine Fassung dahin. »Ich kann leider« – seine Stimme wollte stocken – »das Kaninchen nicht essen. Es ist bestimmt köstlich. Es ist nur so ...« Wieder brach er ab. Die Mädchen starrten ihn an, plötzlich schockiert. David Hoffmann war von seinem Sockel gestürzt. Sein Gesicht war rot, auf seiner Stirn standen Schweißperlen.

»Ich bin allergisch«, schloss er unsicher.

Madame Leclerc nickte verständnisvoll. »Oh, das tut mir Leid, das hätte ich wissen müssen. Aber das macht nichts.« Sie nahm seinen Teller. »Ich mache Ihnen etwas anderes, es dauert nicht lange. Vertragen Sie Huhn? *Poulet cordon bleu*, vielleicht?«

David wischte sich mit der Serviette über das Gesicht, seine Fassung wiederhergestellt. »Nein, danke, machen Sie sich keine Umstände. Ich nehme noch etwas von dem köstlichen *Gratin dauphinois* und den *grünen Bohnen*, das reicht mir, ehrlich.«

Es dauerte fünf Minuten, bis die Unterhaltung wieder in Gang gekommen war und David mit seinem alten Charme und trockenen Humor sprach. Der Hauptgang wurde abgeräumt, das Kaninchen war vergessen. Der Käse wurde aufgetragen, dann eine Schale mit frischem Obst und Madame Leclercs leichte, aber sehr schmackhafte *Mousse au chocolat.* Es war halb zwölf, bevor der Kaffee getrunken und der Tisch abgeräumt war.

David Hoffmann dankte Madame Leclerc überschwänglich für das Essen und küsste sie zum Abschied auf beide Wangen, dass sie mit vergnügt gerollten Augen in die Küche ging.

David nahm Gabriellas Arm und zog sie in die Diele. »Sie kommen also mit mir nach Aix, abgemacht?«

»Ja, David, ich komme.« Sie runzelte ihre Stirn. »Und Ihnen fehlt wirklich nichts?«

»Nein, wirklich nicht. Aber jetzt muss ich gehen, damit ich meinen Zug nicht verpasse. Auf Wiedersehen, Gabby.« Seine Hand glitt über ihre Wange, aber seine Augen waren weit weg. Er ging die Treppe hinunter, ohne sich umzusehen. Gabriella sah ihm hinterher und sinnierte über diesen so souveränen Lehrer, den ein totes Kaninchen aus der Fassung gebracht hatte.

* * * * *

Das Geräusch von Anne-Maries hartnäckigem Husten weckte Moustafa auf. Er wischte sich den Schlaf aus den Augen und setzte sich auf. Das einsame Fenster in dem Raum, das unter der Decke lag und vergittert war, zeigte keine Spur von Licht. Es war mitten in der Nacht.

»Anne-Marie«, flüsterte er. »Es ist noch etwas Wasser da. Trink, das wird dir helfen.« Er reichte ihr die Flasche hin.

»Danke«, krächzte sie. Sie nahm einen tiefen Schluck, dann sagte sie. »Wir werden hier sterben, Moustafa. Ich will nicht länger warten.«

Moustafa antwortete nicht. *Ja, wir werden hier sterben, sie hat ja Recht. Die Pillen nehmen, und Schluss. Sie lassen uns hier langsam verhungern.* Seit dreieinhalb Wochen waren sie jetzt in diesem Loch eingesperrt. Er machte jeden Tag einen Strich an die Wand, immer dann, wenn eine dürre Hand die Tür öffnete und einen Teller altes Brot und eine Flasche Wasser hineinschob.

»Anne-Marie, du darfst nicht aufgeben. Unsere Chance wird kommen, und wenn sie kommt, müssen wir bereit sein. Bitte. Es ist noch nicht alles aus. Überlege dir gut, was du sagen wirst. Ich weiß, dass du überzeugend klingen kannst: Du hast mehr Informationen, als du Ali geben musst. Ich habe dich gezwungen, zu reden; so haben wir das geplant.«

»Ja, ich versuch's«, stöhnte sie. Sie legte sich wieder hin und rollte sich zusammen wie eine junge Katze, die die Wärme sucht.

Er streckte seine Hand nach ihr aus, dann besann er sich eines anderen. Wie er sich danach sehnte, sie an sich zu drücken und ihr die Wärme und Liebe zu geben, die sie brauchte in dem Dreck dieses Kellerraums. Aber es ging nicht. Ein *Harki* und eine *Pied-noir* – es war eine unmögliche, eine verbotene Liebe! Und so hatte er stattdessen auf ihren Husten gehorcht und zugeschaut, wie sie von Tag zu Tag schwächer wurde. Und immer wieder musste er an die beiden Pillen denken, die in dem Fläschchen waren, das sie in ihren Ärmel genäht hatte.

* * * * *

Ali zündete sich eine Zigarette an und trat das Streichholz aus. Mehrere Männer saßen auf Metallstühlen um ihn herum, ebenfalls rauchend.

»Emile hat das Mädchen gefunden. Er arbeitet ein bisschen langsam, aber immer gut. Morgen Abend haben wir die Information.« Er lächelte. »«Ihr wisst ja, was für ein wichtiger Abend das sein wird für Paris. Ein friedlicher Marsch auf die Präfektur soll es werden, aber die französische Polizei ist nicht dumm. Alle Macht den Algeriern! Freiheit!« Er hielt inne, wie benommen.

Er fuhrt fort: »Unsere kleine Geschichte wird keiner merken. Keines dieser *Harki*-Kinder wird mehr entkommen, keines! Auch nicht die *Pied-noirs*. Wir werden ihre Namen bekommen, und sie werden zahlen für die Sünden ihrer Väter. Ali wird seine Rache bekommen! Mein Vater ist nicht umsonst gestorben! Blut ist die einzige Rache – süße, rote Rache! Sie werden zahlen, versteht ihr? Und ihr werdet mir den Beweis bringen – einen bunten Mantel mit Blut! Mit ihrem Blut!«

Seine Augen sprühten fanatisch. Die Männer rutschten nervös auf ihren Stühlen. »Geht jetzt! Ich werde euch wieder rufen, wenn wir die Nachricht haben.«

Die Männer gingen in die schwarze Nacht hinaus. Ali befahl Rachid, noch zu bleiben. »Was machen die Gefangenen?«

»Nichts Neues. Müssen inzwischen halb tot vor Hunger sein. Willst du, dass ich mit ihnen rede?« Rachid sah seinen Führer hoffnungsvoll an.

»Du bist zu ungeduldig, Rachid. Warte noch ein bisschen. Morgen hat Emile das Mädchen, und dann werden wir richtige Angst in den Augen der Duchemin-Frau sehen. Sie wird reden wie ein Buch, sie wird uns anflehen, alles sagen zu dürfen.«

»Und der *Harki*-Sohn?«

»Moustafa ist ein Schwein, und du weißt, wo man Schweine hinbringt: zum Metzger. Keine Angst, es dauert nicht mehr lange.«

KAPITEL 12

Gabriella klopfte leise an die Tür von Mutter Griolets Büro. »Herein«, kam die ruhige Stimme der Nonne.

Gabriella trat vorsichtig ein und setzte sich. »Ich glaube, ich hab echt ein Problem, Mutter Griolet«, begann sie. »Könnte ich mal mit Ihnen darüber reden – über etwas Persönliches?«

Mutter Griolet nickte.

»Ich fühle mich einfach ... wie soll ich das beschreiben?« Sie suchte nach Worten. »Ich fühle mich innerlich so zerrissen. Als ob ich irgendwo einen großen Fehler gemacht habe.« Sie lehnte sich zurück und seufzte. »Ich hasse es so, wenn ich Fehler mache. Was meinen Sie – wie denkt Gott über unsere Fehler? Ich weiß, dass er gerne vergibt, aber ich habe so einen Mist gebaut.«

»Was ist denn konkret dein Problem, Kind?«

»Es ist David – ich meine, Monsieur Hoffmann.« Sie wurde rot. »Ich werde nicht aus ihm klug, aber ich ... ich bin mit ihm befreundet und weiß nicht, was ich machen soll.«

Mutter Griolet sah Gabriella an, geduldig wartend.

»Er ist ... ein Atheist. Er glaubt nicht an Gott. Hab ich jetzt alles falsch gemacht?«

Mutter Griolet lehnte sich auf ihrem Stuhl zurück, ein freundliches Lächeln ging über ihr zerfurchtes Gesicht. »Mein liebes Kind, du kennst dich doch mit der Bibel aus, nicht wahr?« Sie nickte zu der großen Bibel hin, die an der einen Ecke ihres Schreibtisches lag.

»Ja, sicher, ich lese meine Bibel«, stotterte Gabriella.

»Gut.Und du kennst sicher auch die Geschichten von Abraham und Josef und Mose und Paulus und Petrus und von vielen anderen Erzvätern und Heiligen?«

»Ja, sicher.« Gabriellas Gesicht war ein Fragezeichen.

Mutter Griolet lächelte. »Ich habe es immer als sehr tröstlich empfunden, dass unser Herr mit so extrem menschlichen Leuten arbeitet. Die tollsten Dinge haben sie gedreht, auch wo sie es besser hätten wissen müssen.« Sie hob ihre Augenbrauen und sah Gabriella an; die wurde rot und sah lächelnd nach unten.

»Aber zum Glück hat unser Herr sie immer wieder auf die Füße gestellt und ihnen vergeben und ihnen geholfen, weiterzumachen mit der Aufgabe, die er für sie hatte. Die meisten von ihnen haben ein paar Lektionen auf die harte Art lernen müssen. So viel ich weiß, gab es keinen einzigen unter ihnen, der vollkommen gewesen wäre. Aber es gab welche, die klug waren. Sie merkten es, wenn sie ›Mist gebaut hatten‹, wie du sagst, und gingen zu Gott und baten ihn um Vergebung und kamen wieder auf den richtigen Weg. Ist das nicht etwas Tolles – Vergebung?« Sie zwinkerte Gabriella zu.

»Wir haben die Freiheit, zu sündigen, und die Folgen mancher Sünden müssen wir für den Rest unseres Lebens ausbaden. Denken wir nur an Mose, der nicht ins Gelobte Land kam, weil er auf den Felsen geschlagen hatte, anstatt zu ihm zu sprechen, wie Gott ihm geboten hatte. Oder David. Gott vergab ihm seinen Ehebruch mit Batseba und den Mord an ihrem Mann, aber ihr Kind starb. Und wie viele Jahre hat Paulus wohl gebraucht, um die Menschen, die er verfolgt hatte, davon zu überzeugen, dass er jetzt selber Christ war?

Aber wenn Christus uns vergibt, dürfen wir in seiner Kraft einen ganz neuen Anfang machen. Und so lernen wir nach und nach immer mehr dazu.« Mutter Griolet hielt inne, um Luft zu holen. Gabriella sagte nichts.

»Aber jetzt hab ich alte Frau schon wieder viel zu viel geredet. Vielleicht habe ich deine Frage gar nicht beantwortet.«

»Nein ... ich meine, ja, doch. Es stimmt ja, dass ich mich an die Nase packen und weitermachen muss. Es ist nur so ...« Sie senkte ihre Stimme. »Es ist so, dass ich ihn liebe.« Ihr letzter Satz war so leise, dass Mutter Griolet ihre Ohren spitzen musste – obwohl Gabriella wusste, dass sie bereits begriffen hatte.

»Und das ist dein Problem? Dass du ihn liebst?«

»Nun, er ... er ist nicht gläubig. Wir sind so verschieden.«

»Und möchtest du, dass ihr gleich werdet? Ist das dein Wunsch?«

Gabriella lächelte und suchte nach Worten. Die liebe Mutter Griolet, wie sie sie aus der Reserve lockte ... »Sie wollen, dass ich es Ihnen haarklein sage, nicht wahr?«

Die alte Frau nickte lächelnd.

»Ich merke, dass ich sehr starke Gefühle für ihn habe, aber das finde ich nicht richtig, weil er über meinen Gott spottet. Ich weiß, wie gefährlich es ist, jemand zu lieben, der nicht denselben Glauben hat; das sagt die Bibel ja eindeutig. Aber das Problem ist dies: Ich will ihn nicht einfach aufgeben. Ich weiß nicht, was ich machen soll.«

»Möchtest du also, dass ich das billige, was dein Gewissen verurteilt? Das kann ich nicht tun, Gabriella.«

»Nein, natürlich nicht, so etwas würde ich nie von Ihnen verlangen. Sie – Sie mögen Monsieur Hoffmann nicht, nicht wahr?« Ihre Augen bettelten um Gnade.

»Gabriella, er ist ein außerordentlich intelligenter junger Mann und ein exzellenter Dozent. Aber du möchtest sicher wissen, was ich *hier* von ihm denke?« Sie zeigte auf ihr Herz. »Er macht mir Angst. Es ist Krieg, und das ist nicht gut. Die Menschen tun merkwürdige Dinge im Krieg. Vielleicht tue ich ihm auch Unrecht und er hat gar nichts mit dem Krieg zu tun. Aber etwas an ihm macht mir Sorgen. Er ist so verschlossen. Ich kann dir nicht verbieten, dich mit ihm zu treffen; solche Regeln haben wir hier in St. Joseph nicht mehr. Aber ich rate dir, Gabriella: Sei vorsichtig. Ich meine es gut.« Sie schwieg einen Augenblick, suchte nach den richtigen Worten. »Ich möchte nicht, dass du das, was du für Liebe hältst, mit etwas anderem verwechselst. Er kann es mit den Frauen, und es könnte sein, dass sein Interesse an dir nicht bloß eine Sache des Herzens ist.«

Gabriella begann zu weinen. »Sie meinen, er nutzt mich aus, nicht wahr? Ich habe auch Angst, aber ich kann nicht einfach Schluss machen, das ist zu stark. Können Sie bitte für mich beten, Mutter Griolet?«

Die alte Nonne trat um den Schreibtisch herum und kniete sich neben Gabriella hin. Sie nahm die weichen Hände des Mädchens in ihre eigenen, zerfurchten. Dann sah sie Gabriella aus ihren hellgrünen Augen, die nichts von ihrem Alter verrieten, an und sagte: »Unser Gott ist nicht ein Gott der Verwirrung. Du musst ihm vertrauen. Er gibt uns die Kraft, das zu tun, was wir aus uns selber niemals könnten. Aber, Gabriella, du musst ihn lassen, und wenn es dir das Herz bricht.« Sie schaute wie in eine weite Ferne, und einen Augenblick lang war Gabriella sicher, dass diese weise Frau wusste, wie es war, ein zerbrochenes Herz zu haben.

* * * * *

David ging zügig durch die vorderen Räume des Jeu de Paume-Museums auf dem rechten Seine-Ufer in Paris. Es herrschte Hochbetrieb für einen Dienstagnachmittag. Er schob sich an zwei Frauen vorbei, die in lebhaftem Gespräch vor dem Fantin-Latour-Porträt der acht bekanntesten impressionistischen Künstler standen. David hatte die meisten der Werke in dem kleinen Museum schon viele Male bewundert; heute verspürte er ein Bedürfnis, ein ganz bestimmtes Gemälde zu betrachten.

Sein Auge fiel auf Van Goghs Sonnenblumen, aber nicht lange. »Sonnenblumen, die ihr Gesicht zum Himmel hin wenden, das Licht suchend. Wie ich.« Er musste daran denken, was Gabriella kürzlich gesagt hatte, und lachte trocken.

»Aber David, wir alle suchen etwas«, hatte sie gesagt. »Ich glaube, Sie suchen die Wahrheit.«

»Vielleicht«, hatte er gekontert. »Ja, doch, die Wahrheit. Aber Sie behaupten ja, dass es nur eine Wahrheit gibt. Das ist nicht die, die ich suche.«

Er betrat den nächsten Raum, ging rasch bis zur hinteren Wand und hielt an. »*Les Coquelicots*. Die Mohnblumen. Monsieur Monets Mohnblumenfeld.« Dann flüsterte er: »Gabriella.«

Sofort sah er sie vor sich, wie sie mit ihrem Lachen den Seminarraum oder den Hof oder den Strand hell machte. Ein schockierendes Bild der Hoffnung. Eine einsame Mohnblume in einem Sonnenblumenfeld.

»Sie erobern das Feld, die Bauern hassen sie. Eigentlich ein Unkraut; lässt man eine stehen, hat man das nächste Jahr schon hundert. Ein elendes Kroppzeug.« David erinnerte sich gut an Monsieur Vidals Kommentar, als er im vergangenen Frühling die zarte Schönheit der Mohnblumen gerühmt hatte.

Zarte Schönheit – ja, das war Gabriella. Schockierend voller Leben und doch zart und fein, mit einer bezaubernden Begeisterung, die auf einen übersprang, ansteckend vor Fröhlichkeit.

»Gabriella«, flüsterte er wieder, und mit einem letzten Blick auf die Mohnblumen drehte er sich um und verließ das Museum.

* * * * *

David ging zügig durch die Tuilerien – den Park, der vom Jeu de Paume zum Louvre führte. Der vor einer Stunde noch helle Oktoberhimmel grollte jetzt drohend, und in David Hoffmanns Seele grollte etwas noch lauter. Es war der 17. Oktober, ein schwarzer Tag der Geschichte. An diesem Tag im Jahre 1685 hatte der französische König Ludwig XIV. die Aufhebung des Ediktes von Nantes unterzeichnet und damit die Religionsfreiheit in Frankreich abgeschafft. Ein paar Tropfen Tinte, und das Blut Tausender Protestanten floss in den Bergen und Höhlen Südfrankreichs. Sie rannten und versteckten sich, sie beteten und schrien zum Himmel, und das Blut floss immer weiter, vermischte sich mit der Erde und wurde vergessen. David fragte sich, ob die Sache der Hugenotten diesen Blutzoll wert gewesen war.

Die Hugenotten hatten fest gestanden in ihrem Glauben, durch alle Verfolgungen und Folter und Blutvergießen hindurch. Auch wenn er es vor Gabriella nicht zugeben mochte – er bewegte David zutiefst, der Mut dieser Menschen, denen ihr Glaube so viel wert war, dass sie für ihn starben.

Er lauschte auf den Wind und hörte fast seine dumpfe Warnung: *Es wird wieder Blut fließen*. Er wusste: Noch an diesem Abend würde wieder eine unterdrückte Minderheit ihre Fäuste emporrecken und »Freiheit!« schreien. Aber wer würde antworten? Wer wusste die Antwort für Algerien? Wer konnte an all der Parteipolitik vorbei in die Seelen der Menschen sehen?

David schüttelte seinen Kopf. Er würde heute Abend den Demonstrationszug beobachten und vielleicht dabei die Information bekommen, die er brauchte, um sein Gewissen zu besänftigen. Aber er wusste: Es gab keine Antwort, die sowohl Algerien als auch Frankreich, die FLN wie die OAS, die *Harkis* und die *Pied-noirs* befriedigen konnte. Keine Antwort wäre zufrieden stellend, und so würde sich weiter das Blut auf die ungeschriebenen weißen Seiten ergießen, die einst die Geschichtsbücher füllen würden.

* * * * *

Ophélie schlüpfte aus der Wohnung, hastete die Treppe hinunter und durch die Hintertür auf die Straße. Malika wartete auf sie in dem späten Nachmittag; ihre Augen glänzten aufgeregt. »Heute Abend marschieren wir für unsere Freiheit! Heute Abend wird Frankreich sehen, dass Algerien frei und unabhängig werden muss. Wir werden so stark und mächtig werden wie die anderen Nationen der Welt!« Ihre Stimme schwoll an, heftig, bewegt – ein junges Mädchen, das seine Gedichtverse in die Luft des Nachmittags rezitierte.

»Zeigst du mir heute wieder, wie man mit den Murmeln spielt?« fragte Ophélie unschuldig.

»Murmeln! Ha! Ich rede von Freiheit. Komm, marschier mit uns für die Freiheit!«

»Darf ich mitgehen?« Wie Ophélie sich danach sehnte, etwas zu erleben, den Wind auf ihrem Gesicht zu spüren.

Malika beugte sich zu ihr herunter und sah ihr in die Augen. »Glaubst du an ein freies Algerien?«

Das Gesicht des Kindes wurde unschlüssig. Wie dachte Mama darüber? Sie hatten Algerien verlassen – so viel wusste sie. Aber sie konnte sich nicht mehr erinnern, ob Algerien gut oder böse war. Egal. Heute Abend würde sie mit diesem großen Mädchen einen Abend der Freiheit genießen.

»Ich glaube das, was du auch glaubst! Ich will bei dir sein.«

»Dann komm, Ophélie. Heute Abend wirst du Geschichte machen!«

* * * * *

Der Himmel war schwarz, als Ophélie endlich Monsieur Gadys Schnarchen aus dem Nachbarzimmer hörte. Sie nahm den alten Pullover, den der Alte für sie aufgetrieben hatte, als das Wetter kühler wurde. Bevor sie das Zimmer verließ, blieb sie stehen. *Was, wenn Monsieur Gady aufwacht? Was, wenn er nach mir schauen will und den blauen Beutel findet?* Sie holte den Beutel rasch aus dem Kissenbezug heraus und hing ihn um ihren Hals, wo sie ihn unter ihrem Hemd und dem Pullover versteckte. Das Kreuz lag ganz unten in ihm.

Sie ging auf Zehenspitzen die Treppe hinab, nahm den Schlüssel von seinem Haken neben der Tür und öffnete die Tür. Sie hatte mit Monsieur Gady geübt, wie man die Tür aufschloss. Als sie draußen stand, zog sie die Tür hinter sich zu, verschloss sie wieder und steckte den Schlüssel in den blauen Beutel.

Malika wartete schon. »Du kommst spät. Wir müssen uns beeilen.«

»Ist das ein Abenteuer?« fragte Ophélie.

»Ja, ja. Ein Abenteuer, kleines Mädchen, wirst schon sehen. Aber jetzt komm!«

Eine dunkle Menschenmasse, lauter Algerier, schob sich durch die Straßen an der Seine. Ophélie hatte Mühe, Schritt zu halten mit dem Menschenstrom. Männer und Frauen und Kinder hasteten schweigend vorwärts, ihre Augen brannten hell. Alles war ruhig, man hörte keine zornigen oder bitteren Worte. Aber auf den jungen Gesichtern stand Entschlossenheit geschrieben. »Zur Präfektur«, flüsterten sie auf Arabisch.

Ophélies Augen suchten Malika. Sie hatte auf einmal Angst. Malika war weit vorne, sie rannte und lachte. Ophélies Rufen hörte sie nicht mehr.

Als die Menge die Präfektur erreichte, konnte Ophélie nicht mehr. Sie wünschte sich, bei Monsieur Gady geblieben zu sein. »Ich habe Angst, Mama. Ich will nach Hause, Mama.« Sie merkte, wie sie weinte, während sie weiterrannte, angetrieben von dem unerbittlichen Menschenleiberstrom. »Mama!«

Plötzlich ein Schuss. Noch einer und noch einer, bis es so klang wie an den Feiertagen, wenn diese schönen Lichter den Himmel erleuchteten. Aber dies hier war keine Feier. Schreien, rennende Schatten. »Malika! Hilf mir, Malika!« Ophélie stand da, ein Bündel aus Angst, und sah, wie die Menschenflut umdrehte und zu fliehen begann, durch dieselben Straßen, die sie gerade hierher gekommen war.

Jemand packte ihren Arm und zog sie mit sich. »Ophélie, renn, schnell!«

Ophélie sah auf. Da war Malika, und in ihren Augen war die nackte Angst. »Renn, Ophélie! Komm mit mir!«

Die Nacht war zum Alptraum geworden. Ophélie zitterte wie Espenlaub und weinte. Sie erinnerte sich plötzlich, wie sie mit Mama gerannt war, in dem anderen Land, das jetzt frei werden wollte. *Mama, du hast gesagt, in Frankreich sind wir sicher. Aber das stimmt nicht. Du bist nicht mehr da, und jetzt muss ich rennen.* Aber vor was rannte sie da eigentlich weg? Wer waren die Bösen? Und wo konnte sie sich verstecken?

Wieder knallte und knatterte es. Scharf und schnell, wie eine Trommel, wenn eine wichtige Person kommt. *Aber es kommt niemand Wichtiges. Wir rennen nur.* Dann schrie Malika auf, sackte zusammen und stürzte zu Boden. Ophélie stolperte über sie und fiel neben sie. Malikas Augen flatterten. »Renn, Ophélie! Bleib nicht hier!« stöhnte sie. »Ich bin okay.«

Ophélie berührte Malikas Kopf. Er war nass. Sie schaute im Licht der Laternen an der Seine auf ihre Finger. Eine dicke, dunkle Flüssigkeit kroch über ihre kleine Hand. Sie stand wieder auf und begann zu rennen, während sie über ihre Schulter zurückschaute und »Malika! Malika!« schrie. Weitere Schüsse zerrissen den Himmel. Dann stach etwas Scharfes in ihr Bein, und sie fiel wieder, vor Schmerz aufschreiend.

»Hilfe! Mama! Malika! Hilfe! Monsieur Gady! Ich muss zu Monsieur Gady!« Sie kroch über das nasse Pflaster, das linke Bein nachziehend, bis sie sich bei der großen Brücke, über die sie gerade gegangen waren, unter die Büsche setzte.

Sie saß lange dort und schnüffelte ihre Angst zurück, während draußen Männer in blauen Uniformen und hohen Hüten die Leichen hochhoben und in den Fluss schmissen. Die Männer in Blau, das wusste sie, waren gut. Sie waren Polizisten. Aber sie schossen und schlugen und warfen diese Menschen in den Fluss. Die nackte Angst bewahrte Ophélie davor, lauf aufzuschreien. Sie schaute stumm zu und wartete, bis die dunkelhäutigen Männer mit den glänzenden Augen und die Männer in den blauen Uniformen mit den Pistolen und Stöcken aufgehört hatten, sich anzuschreien, und die Brücke verließen.

* * * * *

Es war halb zehn abends, und Schüsse zerrissen die Luft, als David auf die Präfektur zuging. Im Dunkel der Brücke St. Michel hörte er die Schreie der algerischen Demonstranten, die von der Polizei mit Schlägen, Tritten und Schüssen traktiert wurden. Er hielt sich im Schatten, angewidert und elend. Monsieur Torrès würde sich heute Abend nicht blicken lassen. Seine Pläne waren nicht die einzigen, die heute schief liefen.

Nicht schon wieder! schrie es in David. *Nicht noch mehr Blutvergießen*! Er war wieder im Paris des Jahres 1941, sah wieder die Nazi-Wachen vor sich, hörte die Schüsse, sah das Blut. *Das Blut von Juden.* »Warum dachtest du, uns kann nichts passieren, Mutter?« sagte er laut. Der Klang seiner Stimme erschreckte ihn.

Und jetzt spritzte wieder der Rassenhass Blut auf das Pflaster der Brücke. Und wieder war niemand da, der den Opfern half. Nur die leise dahinfließende Seine wusste die genaue Zahl der Getöteten. Wieder und wieder warfen die *Gendarmes* die leblosen Körper von zerschundenen Algeriern in den Fluss und sahen zu, wie sie in der Strömung versanken. Und wieder schloss der Fluss, der schon so viel Hass gesehen hatte, seine traurigen Augen und schwieg.

* * * * *

»Mama! Mama!« Die Stimme klang wie die eines kleinen Mädchen. David horchte in die Richtung. Er musste etwas tun.

»Wo bist du?« rief er flüsternd, während er auf das linke Ufer der Brücke lief. Die Polizisten rannten gerade in eine andere Richtung.

»Hier, *Monsieur*! Helfen Sie mir, bitte!«

David blieb stehen. Vor ihm hockte ein schluchzendes Mädchen. Er hob es instinktiv hoch und begann zu laufen, weg von der Brücke und dem Fluss, der unter seinem Geheimnis stöhnte. Er rannte, bis er die Sicherheit eines kleinen Platzes ein Stückchen entfernt von der Pont Neuf erreichte. Er bog in eine Seitenstraße ein, die in völligem Dunkel lag. Weit entfernt hörte man neue Schreie und Schüsse, aber hier in dieser Straße war keine Polizei.

Er legte das Mädchen vorsichtig auf den Bürgersteig und beugte sich zu ihm hinunter, um seine Verletzung zu untersuchen. Der Atem der Kleinen ging flach und krampfig, ihre Augen starrten glasig-hilflos zu ihm hoch. »Monsieur Gady?«

»Ich bin ein Freund. Wo ist Monsieur Gady?«

»Bringen Sie mich zu Monsieur Gady, der hilft mir«, krächzte das Kind.

»Hab keine Angst, Kleine, ich gehe nicht weg.« Er zog seine Jacke aus, dann sein Hemd, das er in Streifen riss und um die Beinwunde des Kindes wickelte.

»Er wohnt bei der großen Schule«, murmelte das Mädchen, bei den *Beaux Arts*. So eine hübsche rotweiße Markise. Der kleine Laden ... Ja, Mama, ich weiß, Rue des Beaux Arts ... ja, ich weiß, wie man dahinkommt.« Ihre Augen flackerten, sie wurde ohnmächtig.

David hob den kleinen Körper wieder hoch und presste ihn an sich. »Nicht sterben, Kleine! Nicht sterben! Nicht wie Greta. Diesmal werde ich helfen.« Allein der Mond schaute zu, wie der hoch gewachsene Amerikaner mit langen Schritten durch das Viertel auf dem linken Seine-Ufer lief, auf der Suche nach der Rue des Beaux Arts und einem Geschäft mit einer rotweißen Markise davor.

* * * * *

David kannte viele Städte der Welt, aber keine besser als Paris. Er wusste, dass er nicht weit von der Ecole des Beaux Arts, der Kunsthochschule war, und hoffte, dass das Kind wirklich in ihrer Nähe wohnte. Ein paar Augenblicke später sah er ein

Ladenfenster mit einer rotweißen Markise. Im Schein der nächsten Laterne las er das Schild über dem Fenster: *Epicerie*. Als er zur Tür hin trat, knirschte zerbrochenes Glas unter seinen Schuhen. Die Fensterscheiben waren weg, die hölzerne Tür stand halb offen. Er trat vorsichtig in den dunklen Laden und wartete mehrere Minuten, die Ohren gespitzt. Er hörte nichts. Er ging auf Zehenspitzen tiefer in den Laden hinein. Hinter der Theke war eine Tür, hinter welcher eine Treppe nach oben führte. Er stieg hinauf und kam in einen kleinen Raum mit einer Matratze auf dem Fußboden. Ein kleiner Schreibtisch und eine Couch waren die einzigen anderen Möbel. Der Schreibtisch lag umgekippt da, die Schubladen waren aufgerissen. Die Matratze und das Kopfkissen waren aufgeschlitzt, die Füllung halb auf dem Fußboden verstreut.

David verließ das Zimmer und ging zurück in den kleinen Flur. Die Tür zum Nebenzimmer war nur angelehnt. Er ging hinein und blieb abrupt stehen.

»Gut, dass du das nicht sehen kannst«, sagte er zu dem bewusstlosen Kind in seinen Armen. Auf dem Fußboden zusammengekrümmt lag ein alter Mann, ein Einschussloch in seinem Kopf.

* * * * *

Emile Torrès fluchte ausgiebig, als er auf der Pont St. Michel die Seine überquerte. Er hatte das Mädchen verloren und den Informanten verpasst. Er kannte die Spielregeln gut. Egal, was für Informationen der andere hatte, er konnte jetzt nicht auf ihn warten. Das Chaos dieser Nacht war total. Das Kind war weg. Er versuchte sich einzureden, dass es bestimmt zu dem Laden zurückkommen würde. Aber den Laden hatte er schon durchsucht, und aus dem Alten hatte er nichts herausbekommen. »Das Mädchen hatte keinen Beutel dabei«, hatte der Alte, vor Angst zitternd, gesagt. »Ihre Mutter hatte mir gesagt, es würde einen Beutel dabeihaben, aber es hatte keinen.«

Emile hatte die Wohnung auf den Kopf gestellt, aber der Alte hatte Recht. Kein Beutel. Die Nacht war ein Desaster – eine durchwühlte Wohnung und ein toter alter Mann, sonst nichts. Aber dieses Kind, es wusste etwas, und wenn Ali die Information nicht bekam, würde auch seiner, Emiles, Kopf rollen. Was, wenn das Kind jetzt auf dem Grund der Seine lag, neben all den Algeriern?

Er begann, zurück zum Studentenviertel und dem kleinen Lebensmittelladen zu gehen. Er würde das Wartespiel noch etwas weiterspielen, und wenn er das Kind nicht fand, wusste er schon den nächsten Schritt: eine Todesanzeige in der Zeitung und ein neuer Name. So hatte er es schon einmal gemacht.

* * * * *

David verließ den Laden sofort wieder. Eines war klar: Das Kind war in Gefahr. Er trug es, seine Jacke schützend über es gelegt, zurück durch die schwarzen Straßen der Stadt. Es war elf Uhr, als er sein Hotel erreichte. Er ignorierte den verwunderten Blick des Concierge, trug das Mädchen die beiden Treppen hoch und schloss die Tür seines Zimmers auf.

Er legte das Kind vorsichtig auf das Bett, zog seine Jacke und das zerrissene Hemd weg und inspizierte das Bein. Es blutete nicht mehr. Die Schusswunde war deutlich sichtbar: Die Kugel war knapp oberhalb des Knies in den linken Oberschenkel gedrungen. Er sah ein zweites kleines Loch auf der anderen Seite des Beines und schüttelte erleichtert den Kopf. Die Kugel war glatt durch das Bein gegangen, vielleicht musste er das Kind nicht ins Krankenhaus bringen. Er lagerte das Bein hoch und wusch die Wunde mit warmem Wasser aus, dann holte er ein weißes T-Shirt aus seinem Koffer. Als er sich wieder über das Kind beugte, um das Bein zu verbinden, öffnete es seine Augen. »Monsieur Gady?« flüsterte es.

»Monsieur Gady ist nicht hier, Kleine. Ich habe dich bei der Brücke gefunden. Du bist verletzt. Wie heißt du?«

»Wo ist Monsieur Gady?«

»Ich kann dich jetzt nicht zu ihm bringen. Du darfst dich nicht bewegen mit deiner Wunde.«

In den Augen des Mädchens quollen Tränen hoch. »Mama! Ich will meine Mama!«

»Ja, sicher.« David machte seine Stimme sanfter. »Wo ist deine Mama denn? Wir gehen morgen zu ihr.« Er sah das Gesicht des Mädchens an. *Ein schönes Kind*, dachte er. *So ein markantes Gesicht*. Er drückte die Erinnerung weg.

»Meine Mama ist weg. Die bösen Männer haben sie geholt.« Das Mädchen sah zu David hoch, neue Angst in den Augen. »Sind Sie auch böse? Wollen Sie mich auch totmachen?«

David lächelte. »Nein, so einer bin ich nicht.«

Das Gesicht des Mädchen hellte sich erleichtert auf. »Ich will nicht gemein sein, *Monsieur*, aber ... ich weiß nicht mehr, wer gut und wer böse ist.« Sie wischte sich mit einem Zipfel des Betttuches über die Augen.

David tätschelte ihre Hand. »Ich kenne deine Mutter und die bösen Männer nicht, aber ich will dir helfen. Kannst du mir vielleicht sagen, wo dein Papa wohnt?«

Das Kind runzelte die Stirn und schnüffelte. »Ich habe keinen Papa, nur meine Mama, und die ist weg. Sie müssen Monsieur Gady fragen. Fragen Sie ihn morgen, er sagt es Ihnen.«

»Sicher. Aber jetzt musst du schlafen. Wie heißt du übrigens, Kleine?«

»Ophélie.«

»Und wie heißt du mit Nachnamen?«

»Ich heiße nur Ophélie.« Sie schloss die Augen, und David breitete die Bettdecke über sie. Bald war sie eingeschlafen.

Er setzte sich müde auf den einsamen Stuhl in dem Zimmer und wischte sich über die Stirn. Die Nacht war ein Fiasko gewesen. Die Demonstration, der Informant, der nicht gekommen war, die Polizei, die Schüsse. Und jetzt hatte er ein kleines Mädchen am Hals, dessen Mutter fort war, das keinen Vater hatte und dessen einziger Freund ein alter Mann war, der tot in seiner Wohnung lag. Er hörte wieder die leisen Worte des Mädchens: *»Ich weiß nicht mehr, wer gut und wer böse ist.«*

»Ich weiß es auch nicht mehr, kleine Ophélie«, flüsterte er zu dem schlafenden Mädchen. »Ich weiß es auch nicht.« Er hielt lange seinen Kopf in den Händen, dann zog er seine Jacke um seine Schultern und nickte auf dem Stuhl ein.

* * * * *

David wusch Ophélies Beinwunde sorgfältig aus, trug die Salbe auf und legte einen frischen Verband an. Der Apotheker hatte ihm genau beschrieben, wie er vorzugehen hatte. Die Wunde schien sich nicht entzündet zu haben. Gut. Aber der Rest war nicht gut.

Emile Torrès oder wie immer er wirklich hieß, war tot. So hieß es jedenfalls in der Todesanzeige, die in der Morgenzeitung gestanden hatte – Todesursache angeblich unbekannt. *Wer's glaubt, wird selig*, dachte David. Natürlich war es nicht die Wahrheit, was da in der Zeitung stand. Was wirklich aus Monsieur Torrès geworden war, er würde es wohl nie erfahren. Verlorene Zeit, die ganze Reise nach Paris!

David schaute in das verschlossene Gesicht des Mädchens, während er den Verband befestigte. Es war nichts herauszubekommen aus dem Kind. Es nannte ihn einfach *Monsieur.* Nun gut. Aber was sollte er mit dem Kind machen? Er konnte es ja wohl nicht sich selber überlassen.

»Ich muss dich zur Polizei bringen«, sagte er, mit den Nerven am Ende. »Die werden deine Mama für dich suchen.«

Ophélie brach in Tränen aus. »Nein, nein! Bitte, *Monsieur,* nicht die Polizei, bitte! Die erschießt mich, sie wollte es doch schon mal! Nur Monsieur Gady, er ist der Einzige.«

Es musste wohl sein. »Monsieur Gady ist tot«, sagte David müde, einen Augenblick vergessend, mit wem er sprach.

Ophélie starrte ihn aus aufgerissenen Augen an. »Tot? Nein, das kann nicht sein! Woher wissen Sie das?«

»Ich habe ihn in seiner Wohnung gefunden. Er ... er war erschossen.« David nahm Ophélies Hände. »Kleine Ophélie, das tut mir so Leid, dass ich dir das sagen muss. Aber du musst mich verstehen. Ich weiß nicht, wie ich dir helfen soll. Ich wohne nicht hier in Paris. Du bist schon zwei Tage in diesem Zimmer, und morgen muss ich wieder nach Hause fahren. Was soll ich dann mit dir machen?«

Er nahm einen neuen Anlauf. »Hör zu. Weißt du, warum diese bösen Männer deine Mama geholt und Monsieur Gady umgebracht haben? Denke gut nach. Weißt du es?«

Ophélie wandte sich ab und schüttelte den Kopf. »Nein, das weiß ich nicht. Aber ich hab solche Angst.« Sie packte seine

Hand. »Nehmen Sie mich mit, *Monsieur*, bitte! Ich habe solche Angst, hier zu bleiben.«

Er schüttelte hilflos den Kopf. »Ophélie, ich kann dich nicht einfach so mitnehmen. Ich kann kein kleines Kind behalten.« Er seufzte auf. Gabriella ... Sie würde mit diesem Kind sprechen können. Er kam nicht zurande mit ihm, und in zwölf Stunden ging sein Zug.

»Gabriella«, flüsterte er. Eine plötzliche Idee ließ ihn lächeln. »Nein, das geht nicht ...« Er betrachtete das hübsche Kind mit dem langen braunen Haar und den dunklen Augen, in denen so viel Angst stand.

»Vielleicht doch«, sagte er.

»Was?« fragte Ophélie, Hoffnung in der Stimme.

»Nichts, kleine Ophélie. Ich hab nur laut gedacht. Lass mich einen Moment nachdenken.«

Nach ein paar Minuten lächelte er zu dem Kind hinunter. »Hab keine Angst mehr, es wird alles gut. Du wirst schon sehen.«

KAPITEL 13

Gabriella zog einen leichten V-Ausschnitt-Pullover über ihre weiße Bluse. Sie betrachtete ihr Bild in dem kleinen Spiegel über dem Waschbecken in der Ecke ihres Zimmers. Was sie an diesem Morgen sah, gefiel ihr. Das Hellblau des Kaschmirpullovers ließ ihre blauen Augen noch besser von dem zarten Teint ihres Gesichts abstechen. Sie trug etwas Rouge auf ihre sommersprossigen Wangen auf und begann, ihr dickes Haar zu bürsten.

Der Himmel draußen strahlte kobaltblau. Das perfekte Wetter für einen Tag in Aix mit David. Heute wollte Gabriella reif und schön aussehen, wollte, dass David sie anerkennend anlächelte. Vor allem, wenn er sie seiner *Freundin* vorstellte.

In ihrem Hinterkopf meldete sich eine warnende Stimme. *Geh nicht*. Sie drückte sie beiseite, während sie mit einem Band, das die gleiche Farbe wie der Pullover hatte, ihr Haar zusammenband. Sie musste lachen. *Jetzt sehe ich wirklich wie eine Debütantin aus*. Was war Caroline begeistert gewesen, als sie sie gefragt hatte, ob sie einen ihrer Pullover ausborgen dürfte.

Sie hatte wohl sieben anprobiert, alle aus feinstem Kaschmir, bevor Caroline verkündet hatte: »Der Blaue steht dir perfekt, Gabriella, in dem bist du unwiderstehlich. Ich hab auch ein passendes Haarband. Am besten frisierst du dein Haar zu einem französischen Zopf, das hebt die Sache noch mehr.« Wie spitzbübisch sie sie angeschaut hatte.

Aber Gabriella hatte sich gegen die neue Frisur entschieden. Zu viele Änderungen auf einmal, und Davids Blick wäre nicht mehr bewundernd, sondern spöttisch.

Sie trat von dem Spiegel zurück und stellte sich auf die Zehenspitzen, konnte sich aber nur bis zur Taille sehen. Sie stieg auf das Bett, stellte sich darauf und sah wieder in den Spiegel, so dass sie auch ihre untere Hälfte sah. Der Pullover passte perfekt zu ihrem schlichten marineblauen Rock und betonte ihre Figur. Sie konnte sich nicht erinnern, sich jemals so schlank, graziös und weiblich gefühlt zu haben. Sie konnte sich nicht erinnern, dass ihr dies jemals wichtig gewesen wäre. Aber heute war es wichtig.

Die Stimme von Mutter Griolet kam in ihr Gedächtnis. *Es könnte sein, dass sein Interesse an dir nicht bloß eine Sache des Herzens ist. ... Gott gibt uns die Kraft, das zu tun, was wir aus uns selber niemals könnten. Aber, Gabriella, du musst ihn lassen, und wenn es dir das Herz bricht.* Sie ärgerte sich plötzlich, dass sie der Nonne ihre Liebe zu David Hoffmann verraten hatte. »Du redest auch immer zu viel«, schimpfte sie mit sich selber.

Sie setzte sich auf das Bett und langte nach ihrer Bibel, aber sie schlug sie nicht auf. Nein, heute brauchte sie keine guten Ratschläge. Das Sonnenlicht kroch durch die Fenster, und ihre Gedanken gingen zurück zu David Hoffmann. Die Uhr neben dem Bett zeigte halb neun; er wäre bald da. »Ich bin einundzwanzig und darf mir ruhig mal was gönnen«, flüsterte sie. Niemand antwortete. Sie schaute noch einmal in den Spiegel und ging aus dem Zimmer, die Bibel ungeöffnet auf ihrem Nachttisch.

* * * * *

Davids 2CV war für Fahrten über mehr als 50 Kilometer nicht zu gebrauchen, hatte er Gabriella erklärt, als er die beiden Rückfahrkarten nach Aix kaufte. Auf der zweistündigen Fahrt hatte Gabriella mehr als einmal seinen angenehm überraschten Blick bemerkt. »Sie sehen großartig aus, Gabby, absolut bezaubernd.«

»Den Pullover habe ich von Caroline ausgeliehen«, hatte sie verlegen erklärt. »Ich meine, ich habe nichts aus Kaschmir, das ist so teuer.« Sie spürte, wie die Röte in ihre Wangen stieg.

»Kaschmir oder nicht, Sie sehen fantastisch aus.« Er nahm ihre Hand und zog sie, leicht über die Finger streichend, auf sein Knie. »Aix wird Ihnen gefallen, Gabby. Es gilt als eine der elegantesten französischen Städte mit seinen einundzwanzig Springbrunnen und den Thermalbädern, die seit zweitausend Jahren die Kurgäste anziehen.

Die Altstadt ist so richtig verwunschen. Und wir werden

natürlich Cézannes Studio besuchen. Er lebte und starb in einem kleinen Haus in der Innenstadt, aber zum Malen ging er jeden Tag in sein kleines Studio vor der Stadt.«

»Nach den ganzen Dias, die Sie uns von seinen Werken gezeigt haben, komme ich mir gerade so vor, als ob ich diese Gegend schon in- und auswendig kenne.«

»Ja, es ist ein erhebender Augenblick, wenn man zum ersten Mal diese Stadt und ihre Umgebung besucht, nachdem man sie durch Cézannes Augen gesehen hat. Er hat es alles eingefangen in seinen Bildern – das weißliche Blau der Berge, das Grün der Provencegärten, die sonnengebadeten Häuser mir ihren roten Ziegelhüten.«

Er nahm ihren Arm in den seinen, als der Zug in den Bahnhof einfuhr. Sie traten auf den Bahnsteig hinaus. Ein Windstoß empfing sie. »Ja, Monsieur Mistral ist auch schon da.« Er zog sie näher zu sich, während sie bibbernd nach den Knöpfen ihrer dunkelblauen Jacke suchte.

Sie gingen zügig durch die engen Straßen zur Stadtmitte hin. Der starke Arm um Gabriellas Schulter tat ihr gut. Fast wagte sie nicht, zu atmen, so sehr wünschte sie, dass dieser Augenblick ewig dauern würde.

David schien es nicht zu bemerken, während er ihr mit Elan die Sehenswürdigkeiten der Stadt bezeichnete – hier ein alter Springbrunnen, dort die eleganten Fassaden der Bürgerhäuser aus dem 17. Jahrhundert.

»Ich gehe doch nicht zu schnell?« fragte er plötzlich. »Was macht Ihr Knöchel?«

»Danke, dem geht's gut.« Sie hatte Lust, hinzuzufügen: *Solange Sie Ihren Arm um mich halten.*

»Wir lassen unsere Reisetaschen bei meiner Freundin. Es ist gleich um die Ecke, beim Place de la Libération.«

Gabriella merkte, wie sie sich verspannte. Sie hatte keine Lust, diese Freundin kennen zu lernen.

Sie gingen auf einen von leuchtenden Blumenrabatten flankierten großen, dreistöckig angelegten Brunnen zu. Der Brunnen bildete die Mitte eines Kreisverkehrs, in dem sich vier Straßen trafen, die wie die Speichen eines riesigen Rades von dem Platz wegführten.

»Sie wohnt gleich hier auf dem Boulevard de la République.« Die Straße war breit und elegant. David ging zügig an den Geschäften entlang, die ihre linke Seite säumten. »Sie wohnt über der Konditorei dort, im zweiten Stock.«

Er blieb vor einer schweren Haustür stehen und drückte den Knopf neben dem Schild *de Saléon*.

»Man klingelt zweimal, mit einer Pause dazwischen. Das ist unser Signal.« Er lachte. Gabriellas plötzlich saure Miene bemerkte er nicht.

Über ihnen ging schwungvoll ein Fenster auf, ein Frauenkopf erschien. *»David!«* rief sie auf Französisch. *»Quel plaisir! Allez, montez!«*

Gabriella schielte gegen die Sonne, um das Gesicht der Frau auszumachen. Viel sehen konnte sie nicht. Der Türöffner summte, und David drückte die Tür auf und bedeutete Gabriella, als Erste einzutreten. »Der Lichtschalter ist links ... da.« Er zeigte auf den orangenen Leuchtknopf, der zu jedem französischen Treppenhaus gehörte.

Sie stiegen langsam die Marmortreppen hoch. David, ganz der Lehrer, klärte Gabriella auf, dass sie aus dem 18. Jahrhundert stammten. Als sie den zweiten Stock erreichten, öffnete sich eine Tür, und eine vielleicht fünfundfünfzigjährige Frau kam heraus, um sie zu begrüßen. Ihr zu einem eleganten Knoten zurückgekämmtes Haar war rostbraun mit einzelnen grauen Strähnen. Ihre grauen Augen funkelten, und sie trug ein modisches grünes Tweedkostüm.

»Schön, dich wieder zu sehen, Madeleine!« David setzte die Taschen ab und küsste die Frau auf beide Wangen. »Darf ich dir eine Freundin vorstellen? Gabriella Madison.«

»Sehr erfreut, Mademoiselle Madison. Du hast ja wieder mal einen guten Geschmack!« Sie zwinkerte David lächelnd zu.

»Ganz meinerseits.« Eine hoch erleichterte Gabriella erwiderte das Lächeln der attraktiven Frau. Es gab also gar keine junge Liebhaberin. Sehr gut.

»Dann mal rein in die gute Stube. Ich zeige euch eure Zimmer. Ihr wollt euch sicher gleich die Stadt ansehen, aber wie wäre es mit einer Erfrischung? Etwas Leichtes? Hattet ihr eine gute Fahrt? Hat das Umsteigen in Marseilles gut geklappt?« Sie warf ihre Hände hoch. »Aber natürlich, bei David läuft immer alles wie am Schnürchen. So ein feiner junger Mann. Und schön dazu, nicht wahr?« Sie beugte sich zu Gabriella, die leicht errötend nickte.

Sie setzten sich in den Salon und tranken einen Sirup. »Sie spricht ja so gut Französisch«, kommentierte Madame de Saléon, dann, zu Gabriella gewendet: »Wo haben Sie das gelernt?«

»Ich bin im Senegal aufgewachsen und dort in eine französische Schule gegangen.«

Madame de Saléon nickte und plauderte weiter. Zehn Minuten später sagte sie: »Aber jetzt hinaus mit euch, zum Cours Mirabeau. David ist ein guter Fremdenführer. Ich erwarte euch dann um halb acht zum Abendessen.«

* * * * *

Um halb zwölf hatte der beißende Mistral nachgelassen, und die Sonne begann, den Cours Mirabeau aufzuwärmen. David führte Gabriella zu einem Tisch in einem der Straßencafés auf der Nordseite des breiten Boulevards, der von vier Reihen prächtiger alter Platanen gesäumt war, deren nach innen strebenden Äste ein grünes Dach für Straße und Fußgänger schufen.

»Diese Straße ist nach dem General benannt, der mit seiner spitzen Zunge in der Generalständeversammlung von 1789 die französische Revolution heraufbeschwor.«

Gabriella sah David misstrauisch an. »Mirabeau hat die Revolution heraufbeschworen? Kommen Sie, David, das klingt mir ein bisschen zu einfach. Es gab doch eine ganze Reihe von Ursachen für die Revolution.«

»Doch, Sie haben schon Recht. Aber er war sehr einflussreich. Er wohnte jedenfalls hier in Aix und wurde als Abgeordneter der Stadt in die Generalständeversammlung entsandt. Der gute alte Mirabeau. Aber darüber soll euch Monsieur Vidal mehr erzählen.

Und da, am Ende der Straße, ist die Statue des guten Königs René. Er war der exilierte König von Neapel, der von 1442 bis

1482 hier in Aix als Graf der Provence lebte. In den Händen der Statue ist ein Büschel der berühmten Muskatellertrauben. René war der Mann, der als Erster die Idee hatte, den bekannten Aperitif aus ihnen herzustellen. Sie sollten ihn einmal versuchen; angenehm süß, wenn man nicht zu viel davon trinkt.«

»Gut, ich koste ihn mal. Später, wenn wir wieder bei Madame de Saléon sind.«

»Nach dem Mittagessen gehen wir zu der Stelle, wo Cézanne viele seiner besten Werke malte. Sie werden überrascht sein.«

»Ein Blick auf den Berg St. Victoire, nicht wahr?«

»Woher wissen Sie das denn?«

»Ich lese fleißig in meinen Büchern, um mit meinem berühmten Dozenten Schritt zu halten.«

David lachte. Es war ein herzliches, sorgloses Lachen, das sie bei ihm noch nie gehört hatte. Er beugte sich näher zu ihr und flüsterte: »Und was darf der berühmte Dozent seiner besten Studentin bieten?«

Einen Augenblick war Gabriella drauf und dran, mit ihrer Hand über sein Gesicht zu streichen. Er bemerkte ihren Blick und sah sie fest an, dann ging seine Hand über den Tisch, und seine Finger verschränkten sich mit ihren.

»Ich nehme dasselbe wie immer«, flüsterte sie. Sie hatte Angst, wegzuschauen, Angst, dass ein Luftzug den Zauber dieses Augenblicks zerstören könnte.

Sie tranken und saßen einen Moment schweigend da. Dann stand David auf und sagte: »Zeit zum Essen.«

»Ich weiß. Ich hole das Brot.« Sie lachte bei dem Gedanken daran, wie hartnäckig er darauf bestand, dass sie jede der Brot- und Käsesorten, die Frankreich zu bieten hatte, ausprobierte. Sie drehte sich noch einmal zu ihm um und sagte: »Ich hab's nicht vergessen: heute *Pain de seigle*, und ja nichts anderes.«

»Dann mal los!« Er winkte ihr lächelnd hinterher. »In fünf Minuten machen sie zu.«

Sie ging die Kopfsteinpflastergassen der Altstadt entlang, bis sie zu der Bäckerei kam, die David ihr vorher bezeichnet hatte und die das beste *Pain de seigle* (Roggenbrot) in der Stadt verkaufte, wie er sagte. Sie trat ein. Der gedrungene, schwarzhaarige Mann hinter der Theke begrüßte sie mit einem zurückhaltenden »*Bonjour, Mademoiselle*.«

»*Bonjour*. Ein *Pain de seigle*, bitte.« Der Mann drehte sich um, um das Brot aus dem Regal zu holen.

»Ach nein, warten Sie, ich nehme lieber das *Pain de campagne*, das sieht köstlich aus.«

Der Bäcker legte das Roggenbrot wieder hin. »Sind Sie sicher, *Mademoiselle*?«

»Ja.« Sie genoss den Gedanken, David mit einem etwas anderen Brot zu überraschen, und übte schon einmal ihre Ausrede ein. *Dieses Brot haben wir auch noch nie ausprobiert. Ich hab gehört, es soll sehr nahrhaft sein.*

Sie legte 5 Francs auf die Theke, während der Mann ein dünnes Papiertuch um den braunen Laib wickelte und zusammenklebte. Er gab ihr die 40 Centimes Wechselgeld. »*Au revoir, Mademoiselle*.«

»*Bonne journée*«, erwiderte sie und ging zurück zum Cours Mirabeau, wo David mit der Strohtasche wartete, die Madame de Saléon mit Reissalat, *Pâté*, diversen Käsen und einer Flasche Wein gefüllt hatte.

»Wo wollen wir essen, David?«

»Wie wär's mit einem der Brunnen – dem Fontaine des Quatre Dauphins? Auf dem Weg dorthin gibt es ein paar Häuser, die ich Ihnen gerne zeigen würde.«

»Klingt gut.«

Sie folgte ihm über den Boulevard in eine Straße hinter dem Cours. Vor einem Brunnen, der vier Delphine zeigte, setzten sie sich. Gabriella begann: »Ich wusste ja noch gar nicht, dass Cézanne ein Zeitgenosse von Gauguin war – dass sie zusammenwohnten und gute Freunde waren.«

David unterbrach ihren Redefluss abrupt. »Gabriella, was haben Sie da gemacht? Dies ist kein *Pain de seigle*! Warum haben Sie kein *Pain de seigle* gebracht?« Er packte ihren Arm so fest, dass sie zur Seite zuckte.

»Hören Sie auf, David, das tut weh! Was ist denn? Was ist denn so wichtig an dem Brot? Jetzt schauen Sie mich nicht so an. Ich wollte halt mal was anderes ausprobieren.«

Er lockerte seinen Griff sofort. »Entschuldigung, Gabby, Sie haben ja Recht.« Er beruhigte sich und sagte leise: »Schauen Sie her, ich weiß, dass das jetzt verrückt klingt, aber ich wollte wirklich gerne ein *Pain de seigle*. Könnten Sie bitte noch einmal hinlaufen und mir eines holen?«

»Aber die haben jetzt zu, David.«

»Vielleicht noch nicht. Versuchen Sie's.«

Er klang so drängend, dass sie aufstand und wie ein ausgeschimpftes Kind zurück über den Cours und zu der Bäckerei lief. *Der ist ja unmöglich*, dachte sie. Hinten in ihrem Kopf meldete sich wieder die warnende Stimme: *Geh nicht*! Wieder versuchte sie, die Stimme zu ignorieren, aber sie schrillte weiter, bis ihr der kalte Angstschweiß den Rücken hinablief. *Hier stimmt was nicht, Gabriella! Da ist was mit diesem flotten jungen Amerikaner. Flieh!* Aber sie lief weiter.

Da war der Laden schon. Sein Besitzer war gerade dabei, die Fensterblende herunterzulassen und die Tür abzuschließen.

»Monsieur!« rief Gabriella. »Warten Sie! Könnte ich bitte noch ein *Pein de seigle* haben?« Sie verlangsamte ihren Schritt, ganz außer Atem.

Er schien sie nicht zu beachten, sah sie noch nicht einmal an, aber murmelte leise: »Sind Sie verrückt, dass Sie zurückkommen? Bringen Sie sich in Sicherheit, sagen Sie Ihrem Freund, das Brot ist beim Nachbarn besser. Gehen Sie!«

Sie drehte sich verwirrt um. Was sollte das bedeuten? Warum war der auf einmal so wütend, wie David eben? Dann kam wieder der Spruch in ihrem Hinterkopf: *Hier stimmt was nicht! Flieh*! Gabriella hatte noch nie himmlische Visionen erlebt, aber sie glaubte, dass Gott mit einer unhörbaren, aber sehr realen Stimme zu seinen Erwählten sprach, und sie wusste, dass sie gerade diese Stimme hörte. *Aber wo soll ich hin, Gott*? Die Geräusche des Marktes und die Schritte der Fußgänger auf dem Kopfsteinpflaster schienen auf einmal doppelt so laut zu sein. Sie merkte, wie ihr Herz raste.

Dann kam David auf sie zu; auf seinem sonst so undurchdringlichen Gesicht stand Angst geschrieben. Er ging an ihr vorbei, ohne langsamer zu werden, und flüsterte: »Verlassen Sie Aix, wir kennen uns nicht. Nehmen Sie den nächsten Zug.«

Schon war er fort. Sein Ton verdoppelte ihre Angst. Sie begann zu rennen, vorbei an den Marktständen. Ein Käseverkäufer rief hinter ihr her: »*Mademoiselle*, versuchen Sie den St. Paulin!«

Sie rutschte aus, fing sich, lief weiter, vorbei an einem Metzgerstand, von dessen Dach tote Hühner hingen. Sie streifte den Tisch mit den Schweinshaxen und bahnte sich einen Weg zwischen den Obst- und Gemüseständen. »*Mademoiselle!*« Sie drehte sich nicht um, aber sie spürte, wie, unbemerkt in dem Getriebe des Marktes, fremde Augen sie beobachteten. Jemand folge ihr, und dieser Jemand war es, der David so abrupt seinen selbstbewussten Zynismus genommen hatte.

»Der Bahnhof«, keuchte sie, als sie den Place de la Libération erreichte. »Noch fünf Minuten, dann bin ich da.« Den gut gebauten Mann mit den braunen Augen und dem dicken braunen Haar, der leichtfüßig zwischen den Marktständen hindurchlief, immer hinter dem leuchtend roten Haarschopf her, sah sie nicht.

* * * * *

David ging zügig weiter, dann bog er in eine Nebenstraße ein, hielt an und schaute zurück auf den Markt. Da lief der schöne Rotschopf im Zickzack zwischen den Ständen hindurch. Und weiter hinten folgte ein Mann mit braunem Haar.

David stöhnte auf. »Das ist hoffnungslos. Sie sticht gerade so ins Auge wie die erste Mohnblume in einem Kornfeld. Er wird sie kriegen, und sie wird nicht wissen, was sie ihm sagen soll, und dann ...«

Er schüttelte wütend seinen Kopf. *Was hast du gemacht? Einen Engel in die Hölle geführt!*

Gabby, der unschuldige Sündenbock. So einfach, so praktisch, und er wäre aus dem Schneider. Aber nein. Er drückte den Hass und die Bitterkeit und den Rachedurst beiseite und mischte sich in die Menge auf dem Markt, weit hinter dem leuchtenden Rot von Gabriellas Kopf und dem dunkelhaarigen Mann, der ihr stumm folgte wie ein langer Schatten.

* * * * *

Jean-Claude Gachon spürte, dass die Rothaarige Angst hatte. Mit seiner kleinen Kamera schoss er mehrere Bilder von ihr, wie sie die Straße entlanghumpelte.

»Du meinst also, du kannst einfach so in den nächsten Zug steigen und mir entkommen?« Er lief weiter hinter ihr her. »Der Zug geht erst in einer halben Stunde; jede Menge Zeit für den nächsten kleinen Unfall. Aber vielleicht bist du diesmal entgegenkommender. Ich weiß mehr, als du denkst.«

An der Straßenecke neben der Post blieb er stehen und schaute zu, wie die junge Frau weiter auf den Bahnhof zusteuerte. Er hörte ein leises Geräusch hinter sich und drehte sich um. Eine Weinflasche, über seinem Kopf. Er hob abwehrend die Arme. Zu spät; die Flasche zersplitterte auf seinem Schädel. Wein spritzte über sein Gesicht und vermischte sich mit seinem Blut. Er sackte zusammen und blieb liegen.

* * * * *

Die Zugfahrt von Aix nach Montpellier verlief ohne Zwischenfälle. Gabriella verließ den Bahnhof und verbrachte den ganzen Nachmittag am Place de la Comédie. Sofort zu Madame Leclerc zurückgehen und Stephanies und Carolines neugierige Blicke aushalten – sie konnte es nicht.

Als sie endlich in ihr Quartier zurückging, war es schon dunkel. Die Mädchen waren für den Abend ausgegangen, und Madame Leclerc machte ihr diskret eine Suppe und stellte keine Fragen. Jedes Mal, wenn das Telefon klingelte, fuhr Gabriella zusammen und hoffte, dass es David war, der sich nach ihr erkundigen wollte. Aber David rief nicht an.

Die Nacht war ein endloser schwarzer Tunnel, schlaflos und voller Angst und Schmerz im Herzen. Wieder und wieder ging sie die Ereignisse des Tages durch. Der Zauber der Zugfahrt mit David, ihr gemeinsamer Gang durch Aix, ihre Erleichterung, als sie Madame de Saléon kennen lernte. Das Zusammensein mit David auf dem Cours Mirabeau.

Dann ihr dummer Fehler mit dem Brot. Das Brot! Etwas

war schief gelaufen in Aix, und sie war sicher, dass es um mehr ging als um ein einfaches Roggenbrot.

Dann das entnervende Warten im Bahnhof. Wer würde gleich wie eine Mistralbö um die Ecke kommen, um sie zu entführen? Aber es war niemand gekommen.

Sie musste an die Warnung denken, die den ganzen Tag durch ihren Kopf gegeistert war. »Ich hätte auf Mutter Griolet hören sollen ... und auf dich, Gott.« Sie wälzte sich die ganze Nacht.

Sie setzte sich auf, als sie durch die Ritze zwischen den verschlossenen Fensterläden das Sonnenlicht sah. Mit pochendem Kopf zog sie langsam ihren Rock und einen warmen Baumwollpullover an. Der blaue Kaschmirpullover lag unordentlich auf dem Stuhl, eine unwillkommene Erinnerung an den vergangenen Tag.

Es war schon nach neun; sie musste wohl am frühen Morgen doch noch eingeschlafen sein. Es war Sonntagmorgen, und das Wochenende war ruiniert. Sie beschloss spontan, zu Mutter Griolet zu gehen, um ihr mit den Waisenkindern zu helfen. »Vielleicht ist das am besten. Ich mag nicht an gestern denken ...«

Sie blätterte durch ihre Bibel, bis sie das 15. Kapitel des Johannesevangeliums fand. »Ich bin der Weinstock, ihr seid die Reben. Wer in mir bleibt und ich in ihm, der bringt viel Frucht. Denn ohne mich könnt ihr nichts tun.«

Sie schloss die Bibel wieder und saß einen Augenblick mit geschlossenen Augen da. »Nichts, Herr. Du hast Recht. Bitte gehe du heute mit mir.«

* * * * *

Gabriella fand Mutter Griolet allein in der Kirche sitzen.

»Ah, *bonjour,* Mädchen, ich hatte dich nicht erwartet heute.« Mutter Griolet küsste sie auf beide Wangen, dann bog sie ihren Kopf etwas zurück und sah sie an. »Du siehst nicht gut aus, mein roter Wirbelwind! Deine Augen sind richtig verschwollen.«

»Ach, das ist nur ein bisschen Heimweh. Geben Sie mir eine Arbeit, dann geht es schneller vorüber.«

»Arbeit – ja, das kann ich dir bieten, Gabriella. Wir haben ein neues Kind bekommen. Wie einen Blitz aus heiterem Himmel, wie ihr Amerikaner sagt. Ein Mädchen. Seine Mutter wird vermisst, wahrscheinlich ist sie tot. Vater gibt's keinen. Das Kind ist ganz verängstigt und trauert, da bin ich sicher, aber das wirst du auf seinem Gesicht nicht sehen. Ich schaffe es nicht, es zum Reden zu bringen. Aber vielleicht kannst du mit ihm heute Morgen einen Spaziergang am Strand machen? Es wird dich bestimmt mögen. Ich kümmere mich derweil mit Schwester Isabella und Schwester Rosaline um die anderen.«

Mutter Griolet erhob sich von der Bank. Ihre lange Tracht wischte über den Steinfußboden. Gabriella folgte ihr, verstohlen mit dem Ärmel eine Träne aus ihrem Gesicht wischend.

Die alte Nonne öffnete die abblätternde Holztür des Pfarrhauses, drehte sich kurz um und flüsterte: »Sie heißt Ophélie.«

* * * * *

Seit sie es in Empfang genommen hatte, hatte das Kind noch kein Wort gesagt. Gabriella fühlte sich unbehaglich. »Wir sind da. Der Strand von Carnon. Hier steigen wir aus.« Sie stieg aus dem Bus und hielt Ophélie ihre Hand hin. Das Kind sprang auf die Straße, ohne sie zu nehmen.

Sie bogen auf den Weg ein, der zum Strand führte. Der wilde Duft von Thymian wehte von den Dünen, die sich vor ihnen wie Wächter erhoben, die den Strand vor dem Lärm der Straße beschützten.

»Ich gehe gerne hierher, um allein zu sein und nachzudenken«, begann Gabriella. Ophélie hielt ihren Kopf gesenkt. Sie gingen weiter durch die Stille des späten Sonntagvormittags. Der Strand lag verlassen da. Der Wind stach ihre Ohren und zauste Ophélies langes braunes Haar zu wilden Strähnen. Der Reißverschluss ihres Mantels war offen und ihre Nase rot von der Kälte, aber sie sagte kein Wort.

»Möchtest du gerne wieder zurück? Ist dir zu kalt?« Ein Kopfschütteln war Ophélies ganze Reaktion. Vor ihnen schoss eine Möwe herunter und rief spöttisch anderen zu, die gleich am Horizont erscheinen würden. Die Flut trieb die Wellen näher ans Land. Gabriella wich ihrer Gischt aus; Ophélie ging schnurgerade weiter.

»Sollen wir uns einen Augenblick auf die Steine da setzen, Ophélie? Ich muss mein Haar zusammenbinden, damit es nicht so flattert im Wind.« Gabriella ging den Strand hinauf und setzte sich auf ein paar flache Steine, weit außer Reichweite der Flut. Ophélie folgte ihr stumm.

Gabriella band rasch ihr blaues Halstuch los und nahm es zwischen die Zähne, während sie ihr Haar zu einem dicken Zopf bändigte. Als sie es mit dem Tuch festband und dabei ein paar Strähnen aus ihrem Kragen zog, rutschte die Kette mit dem Kreuz aus ihrer Bluse heraus auf ihre Brust. Sie glänzte in der Sonne, wie ein Kind, das in das Morgenlicht hineinblinzelt.

»So, das ist besser. Es macht mich immer verrückt, wenn meine Mähne in sämtliche Richtungen flattert. Ich hätte schon vorhin daran denken sollen.«

Gabriella plauderte weiter, aber Ophélie schien es nicht zu hören. Sie starrte wie gebannt auf das schimmernde Kreuz um Gabriellas Hals. Dann langte sie langsam hinter ihren Nacken, machte etwas los, zog mit beiden Händen eine Kette vor ihre Brust und legte sie auf die Falten ihres Rocks. Sie betastete sie vorsichtig, mit behutsamer Leidenschaft.

Dann sah sie zu Gabriella hoch, Tränen auf den Wangen und ein hoffnungsvolles Lächeln auf den dünnen Lippen. Die Studentin und das Kind starrten die beiden Kreuze an, lange.

Ein wissender Blick trat in Ophélies Augen, und sie flüsterte tränenerstickt: »Das war das Kreuz meiner Mama. Ihr Papa schenkte es ihr, bevor er in dem Krieg gestorben ist.« Sie saß über den goldenen Schatz gebeugt. Dann richtete sie sich wieder auf und sah Gabriella voll in die Augen. »Ich bin kein Waisenkind. Ich glaube nicht, dass meine Mama tot ist. Sie ist fort, aber das war sie schon früher.«

Gabriella nahm sachte Ophélies Hand in die ihre und betastete das Kreuz. »Und jetzt hat deine Mama es dir gegeben. Es ist ein schönes Kreuz, nicht wahr?«

»Es ist Hoffnung für Mama.«

»Ja, es ist Hoffnung. Glaubt deine Mama an den Gott dieses Kreuzes?«

Ein Schatten fuhr über Ophélies Gesicht. »Das glaube ich nicht. Aber mein Opa hat an ihn geglaubt. Mama hat gesagt, er hat mir Lieder über Gott vorgesungen, als ich ganz klein war. Aber dann ist er gestorben. Ich glaube, Mama hat versucht, die Lieder auch zu singen, aber sie hat dann immer geweint. Arme Mama. Sie war immer so traurig. Sie hat gedacht, ich merke das nicht.«

»War sie traurig wegen deinem Opa?«

»Ja ... und wegen der bösen Männer. Die Männer, die sie geholt haben.«

»Und warum haben sie deine Mama geholt, Ophélie?«

Ophélie senkte ihren Kopf, bis ihr Haar ihr über das Gesicht hing. Dann sagte sie, so leise, dass es fast nicht zu hören war: »Sie ist nicht böse. Meine Mama ist nicht böse!« Sie sagte es leidenschaftlich, dann, langsamer: »Aber vielleicht denken die Leute, dass sie böse war, wegen der Männer. Sie waren nicht lieb zu ihr.«

Sie hob ihr Gesicht zu Gabriella hoch. Ihre Augen waren wie zwei dunkle Brunnen, voll von einer Trauer, die zu tief war für ein so kleines Kind.

Gabriella zog Ophélie näher zu sich, fest in ihre Arme. »Natürlich ist sie nicht böse. Sie muss eine ganz tolle Mama sein, wenn sie so ein Mädchen wie dich hat.«

Sie küsste das Kind sachte auf die Stirn und hielt es lange in den Armen. Vor ihr inneres Auge trat das Bild eines anderen Kindes, dessen Mutter nicht böse war. Die ruhige See sah zu bei der wortlosen Umarmung der jungen Frau und des Kindes, und die Sonne ließ ihre Strahlen durch das Rot und Braun ihrer Haarsträhnen tanzen und trocknete die unsichtbaren Tränen, die sie gemeinsam hatten.

KAPITEL 14

Jean-Claude Gachon drückte den Eisbeutel fester auf die stattliche Beule auf seinem Kopf. Die Kopfschmerzen waren noch da, wenn auch nicht mehr so schlimm wie gestern. Das Lärmen der Kinder unten auf der Straße riss an seinen Nerven, und das Baby in der Wohnung über ihm hatte um zwei Uhr nachts zu schreien begonnen und nicht mehr aufhören wollen. Der Kopfschmerz schärfte seine Sinne fatal. Aber dies waren die Slums von Marseille und kein Luxushotel, und für gewöhnlich passte ihm diese Wohnung gerade recht. Er fluchte, als er wieder an die Flasche dachte, die ihm auf den Kopf gekracht war.

Er schob die Filmrolle in einen dicken Umschlag und murmelte: »Deine Information war korrekt, Ali. Es war was in Aix am 21. Oktober. Etwas mit der Rothaarigen.« Er lachte zynisch.

Aber sie war nicht allein, und ich habe eine orangegroße Beule am Kopf. Aber ich kann dir ein paar gute Bilder bieten. Und keine Bange, mit dem Zug bin ich schnell in Montpellier. Ich werde diese Frau wieder finden, ich habe gute Augen. Ich kriege es schon heraus, wann sie das nächste Mal einen Ausflug macht. Ich muss nur den richtigen Platz zum Warten aussuchen, allzu viel Auswahl gibt's gar nicht.

Er befeuchtete, weiter die Eispackung auf seinen Kopf haltend, den Umschlag mit seinen Lippen und verschloss ihn.

* * * * *

Yvette Leclerc saß kopfschüttelnd an Monique Pons' Küchentisch, ihre Morgeneinkäufe vom Markt zu ihren Füßen.

»Das ist alles so schade, Monique. Sie war so fix und fertig, dass sie kein Wort herausbrachte. Sie hat mich kaum angesehen mit ihren traurigen blauen Augen. Das Wochenende muss ein einziges Desaster gewesen sein. Ich habe keinen Schimmer, was da passiert ist.«

»Ja, es ist echt schade. Er war sehr leise, als er am Sonntagabend zurückkam. Ich war schon im Bett, die Uhrzeit kann ich dir gar nicht sagen. Das arme Mädchen.«

Madame Leclerc beugte sich näher zu ihrer Freundin, dass sie fast die Kaffeetasse umstieß. »Ich sage das jetzt nicht gerne, aber ich war schon etwas schockiert, dass ausgerechnet sie auf ein Wochenende mit ihm wegfuhr! Die jungen Mädchen heute, *oh là là*! Armes Ding.«

»Nun ja, das Leben geht weiter«, räsonnierte Madame Pons. »Sie wird's überleben, deine Gabriella.«

Doch, die beiden Freundinnen waren zuversichtlich, dass ihre Mieter wieder auf die Füße kommen würden. Aber die schönen Pläne, die sie für diese aufblühende Romanze gehabt hatten – aus und vorbei! Sie mussten sich ein anderes Thema suchen für ihren morgendlichen Kaffeeklatsch.

* * * * *

David nahm Gabriella am Arm, als seine Stunde am Montagmorgen vorbei war. »Könnte ich Sie eben einmal sprechen, Miss Madison?« Er wartete, bis die anderen Studentinnen gegangen waren, dann führte er Gabriella nach unten und durch Mutter Griolets Wohnung zu der kleinen Treppe, die nach draußen auf den Hof führte. »Geht es Ihnen gut? Sind Sie ohne Probleme nach Hause gekommen? Ich habe Ihr Gepäck. Tut mir Leid, die Sache.«

Gabriellas Augen blitzten wütend. »Ja, es tut Ihnen Leid, aber nicht wegen mir. Es tut Ihnen doch nur Leid, dass ich Ihre Pläne gestört habe. Ich weiß nicht, was für Pläne das waren, aber ich war auf einmal im Weg. Sie könnten wenigstens den Anstand haben, mir zu sagen, in was Sie mich da hineinziehen wollten.«

»Sie haben Recht«, sagte er, ohne seine Miene zu verändern. »Es soll nicht wieder vorkommen.«

»Ist das alles, was Sie mir zu sagen haben? Sie haben mich in Lebensgefahr gebracht, und das ist alles, was Sie mir sagen?« Sie schaute einen Moment zur Seite und schob ihr Haar über ihre Schulter. Die Oktoberluft war kühl, die Äste der alten Platane gegenüber wurden langsam nackt.

»Sie wollen mir also nicht sagen, was Sie da machen? Sie sind doch nicht nur Dozent, da ist doch noch mehr.«

Er antwortete nicht, und Gabriella fuhr fort. Sie hatte das, was sie gerade dachte, noch nie für sich behalten können. »Ist es dieser Krieg? Haben Sie etwas mit dem Krieg in Algerien zu tun?«

Er lachte auf. Er setzte sich auf die Stufen und bedeutete ihr, das Gleiche zu tun. »Und was sollte ich, ein Amerikaner, mit dem Krieg da drüben zu tun haben?« Er nickte in die Richtung, wo das Meer lag.

»Das weiß ich nicht. Sagen Sie es mir.«

Er beugte sich zu ihr, die Augen herausfordernd. »Wollen Sie das wirklich wissen?«

»Ja, natürlich.« Sie rutschte nervös. Ihr war plötzlich unbehaglich, so als ob er dabei war, ihr ein Geheimnis zu enthüllen, das sie nichts anging.

»Rache«, sagte er.

»Rache? Für was?«

»Rache für einen jungen Mann, der hilflos zuschauen musste, wie seine Mutter und Schwester starben. Rache für einen Juden.«

Er flüsterte es mit einer Leidenschaft, die sie erschreckte. »Dies ist ein Krieg der Minderheiten. Algerier, die sich von Frankreich unterdrückt fühlen. *Pied-noirs*, die ihr Land und ihr Eigentum behalten wollen. *Harkis*, die Frankreich treu sind. Lauter bedauernswerte Minderheiten.

Wie ich, damals, in dem anderen Krieg. Meine Verwandten wurden wegen ihrer Abstammung umgebracht. Ich war ein Jahr lang in einem Lager. Ich war das einzige Kind, das überlebte. Das einzige.«

Er drehte sich zu Gabriella hin, aber sie war sicher, dass er sie nicht wahrnahm. »Ja, ich habe überlebt – und bin dabei gestorben. Das können Sie nicht wissen! Sie haben gar kein Recht, das zu wissen!« Er stand abrupt auf und ging weg, dann blieb er stehen.

Gabriella spürte, wie er ihr Leid tat, aber sie war zu stolz, es laut zu sagen. »Und jetzt lassen Sie also Ihren Hass an anderen aus? Ist es das? Sie sind solch ein zorniger Mann, David Hoffmann.«

»Ich habe jedes Recht dazu! Was für ein Recht haben Sie, mir Vorwürfe zu machen, Sie, die immer nur am Rockzipfel Ihrer Mutter gelebt haben? Auf ihre frommen Verurteilungen kann ich verzichten!« Er kam fluchend zurück und setzte sich neben sie.

Einen Augenblick sagte sie nichts, dann begann sie zu sprechen, langsam, nach den richtigen Worten suchend, während die Sonne durch die halb nackte Platane schien und der Wind ein paar müde Blätter zu Boden blies.

»Denken Sie etwa, Sie sind der Einzige in der Welt, der gelitten hat? Denken Sie, bloß weil ich mich Christ nenne, ist das Leben für mich und meine Familie einfach gewesen? Glauben Sie, wir Christen sind immun gegen den Schmerz und nichts kann uns etwas anhaben? Wenn Sie das denken, dann liegen Sie falsch.«

Sie sah hastig von ihm weg, die Augen nass von Tränen. »Ich habe zwei jüngere Schwestern, aber es waren einmal drei. Ericka war sechs, ich zwölf. Als mein Vater im Busch unterwegs war, wurde sie schwer krank. Mutter hatte etwas Medizin, aber als das Fieber immer mehr stieg und Ericka ins Delirium kam, wusste sie, dass sie sie ins Krankenhaus bringen musste, wo es Penicillin gab.

Wir hatten kein Auto, nichts. Wir wohnten seit zwei Jahren in dem Dorf, aber die Menschen ließen uns immer noch nicht an sich heran. Äußerlich war Mutter ruhig, aber ich merkte, dass sie furchtbare Angst hatte. Sie schickte einen Funkhilferuf an die nächste Missionsstation, zweihundert Meilen entfernt, aber es würde drei Tage dauern, bis jemand von dort bei uns sein konnte. Und so betete sie. Zwei Tage und Nächte schlief sie nicht. Sie badete Ericka und legte ihr Kompressen auf, aber meine Schwester wurde immer schwächer.

Ich war dabei, als sie starb. Ihre Haut wurde gelb, dann blau, und sie hustete Blut. Und dann ... war sie nicht mehr. Mutter saß einen weiteren Tag neben ihrem erkalteten Körper und weinte, bis sie nicht mehr konnte. Dann legte sie ihr schwarzes Tuch um und die übrige traditionelle Trauerkleidung der Senegalesen, öffnete ihr Heim und empfing die Frauen des

Dorfes. Sie umarmten sie und weinten mit ihr, denn jetzt, in ihrer Trauer, war sie endlich eine von ihnen.

Wir begruben Ericka, Mutter und ich, vor den Augen des ganzen Dorfes. Als Vater fünf Tage später zurückkam, war schon alles vorbei.«

David berührte ihren Ärmel, wie um den Schmerz anzufassen, aber Gabriellas Kopf blieb unten. »Und wie sind Sie damit fertig geworden?« fragte er.

»Ich weinte viel. Jeden Abend weinte ich mich in den Schlaf und schrie Gott an. Ich dachte, ich würde nie über diesen Schmerz hinwegkommen. Aber er ging weg, und an seiner Stelle kam etwas, das noch schlimmer war. Hass.«

Sie wischte sich über ihre Augen und fuhr fort. »Ich war wütend auf alles und jeden, der irgendwie Schuld haben konnte. Wütend auf meinen Vater, weil er nicht da gewesen war. Wütend auf die Mission, weil sie nicht schnell genug gekommen waren. Wütend auf Gott, weil er meine Schwester hatte sterben lassen. Warum hatte er nicht eingegriffen?« Die Erinnerung an den Schmerz ließ ihre Stimme zittern. »Ja, und ich war sogar wütend auf mich selber, weil ich doch daneben gestanden hatte und nichts hatte tun können. Ich konnte nur zuschauen, wie Ericka starb.«

David nickte, als ob er sie verstand. »Und sind Sie immer noch wütend?«

Sie dachte einen Moment nach. »Nein, nicht mehr. Mutter sagte mir und meinen Schwestern damals, dass man in so einer Situation ruhig wütend sein darf. In ihren Augen konnte ich sehen, dass sie die gleichen Gefühle hatte. Es war so sinnlos! In Amerika hätte Ericka Penicillin bekommen.

Aber sie sagte auch, dass wir nach und nach vergeben müssten. Den Menschen, die nicht geholfen hatten. Uns selber. Und, ja, auch Gott. Ich werde das nie vergessen, wie sie mir sagte, dass Wut wie eine Wunde ist, die eitert und zu einer alles fressenden Bitterkeit wird, wenn wir sie nicht loslassen, wenn wir nicht vergeben.«

Sie schaute zu David hoch. »Sie sagte, Vergebung ist Freiheit. Loslassen. Nicht so sehr um der Menschen willen, auf die ich wütend bin, sondern für mich selber. Wenn ich nicht vergebe, muss ich für immer mit meinem Hass leben, so lange, bis er mich zerstört.«

»Und dann haben Sie also vergeben, und alles war in Butter?« Seine Stimme war wieder sarkastisch.

Sie hatte plötzlich Angst vor seiner Frage, fühlte sich ungeschützt und ausgesetzt. »Einfach war es nicht.«

»Sie liegen falsch, Gabriella. Sie und Ihre Mutter. Vergebung ist Schwäche. Vergebung bedeutet, vor dem Feind niederknien und das Unrecht vergessen, und ich will nicht vergessen! Die Erinnerung an das Unrecht treibt mich an, sie gibt mir meine Lebensenergie! Vergeben heißt aufgeben, und David Hoffmann wird nie aufgeben. Ich werde meine privaten Kriege gewinnen, Gabby. Sie können mich nicht stoppen, keiner kann mich stoppen!«

Die Tür des Untergeschosses des Pfarrhauses flog auf, die Kinder kamen in den Hof gerannt. Gabriella stand auf und winkte ihnen zu. »Ich muss jetzt gehen«, sagte sie. »Auf Wiedersehen, David.«

Noch während sie die Worte aussprach, spürte sie, dass ein Ozean sie von ihm trennte, und sie rannte weg, kalt unter seinem eisigen Blick und dem peitschenden Mistral.

* * * * *

Ophélie saß auf einem der unteren Betten in dem Schlafsaal. »Eins, zwei, drei, vier ...« Sie zählte langsam die Stockbetten in dem Raum. Es waren acht, das machte sechzehn Betten. In den meisten schliefen andere kleine Mädchen. Und jetzt war dieses Bett hier also ihres; so hatte die alte Nonne, die alle Mutter Griolet nannten, es jedenfalls gesagt.

In der ersten Nacht hatte Ophélie kaum geschlafen. Dreimal war sie mit einem lauten »Mama!«-Schrei aufgewacht, nachdem sie im Traum Schüsse gehört hatte. Schwester Isabella war hereingerannt, um sie zu beruhigen. Der zweite Tag war besser gewesen. Da war die Frau mit dem langen roten Haar mit ihr zum Strand gefahren. Sie trug Opas Kreuz, die Rothaarige. Ophélie musste lächeln. Sie war eine hübsche Frau, und sie lachte viel. Und sie hatte verstanden, dass Mama nicht böse war.

Zum ersten Mal, so lange sie sich zurückerinnern konnte, fühlte Ophélie sich in Sicherheit. Der große Mann, der sie gerettet hatte, war verschwunden, kaum dass der Zug in den Bahnhof dieser Stadt eingefahren war. Aber alle anderen waren lieb zu ihr gewesen. Lieb mit einem traurigen Blick in den Augen.

Aber was sollte es? Die rothaarige Frau, die Gabriella hieß, trug das Kreuz und hatte ihr gesagt, dass Mama eine wunderbare Frau war, wenn sie solch ein tolles Mädchen hatte.

Sie zog die Knie an die Brust und lächelte wieder. Aus dem Hof kamen die fröhlichen Stimmen der anderen Kinder, und wieder fühlte sie sich sicher und geborgen. Sie wusste nicht, wo sie war, aber es war schön hier. Hier waren die Erwachsenen freundlich, und die Kinder lachten.

Aber was das Allerbeste war: Hier war eine Schule! Heute war sie zum ersten Mal in einem Klassenzimmer gewesen. Heute war sie zur Schule gegangen!

Sie erinnerte sich, was die alte Nonne gesagt hatte, als sie ihr zugeflüstert hatte, dass sie nicht lesen konnte. »*Ah, Ophélie! Lesen – das ist eine Gabe. Du bist ein kluges Kind, du wirst im Nu lesen lernen*!«

Ophélie zog den blauen Beutel unter ihrem Kissen hervor. Dort lassen konnte sie ihn nicht, denn die Schwestern wechselten jede Woche die Bettwäsche. Sauberkeit musste sein, hatte Mutter Griolet erklärt. Nein, wenn sie den Kissenbezug abnahmen, würden sie den Beutel finden.

Aber jetzt hatte sie ja eine kleine Kommode ganz für sich. Sie stand am Kopfende des Bettes. Als sie am ersten Tag die Schubladen geöffnet hatte, hatte Ophélie ihren Augen nicht getraut. Kleider! Zwei weiße Blusen mit langen Ärmeln, zwei schwarze Wollröcke und ein hellrosa Pullover in der ersten Schublade. Noch mehr Schätze in der zweiten: Fünf Garnituren Unterwäsche, eine sogar mit Spitze! Und zwei Strumpfhosen, von der warmen Sorte. Ein Morgenmantel und ein warmes Flanellnachthemd und Pantoffeln. Alles war da. Ein Wunder.

Am meisten gefiel ihr die unterste Schublade. In ihr lagen eine rosa Plastikbürste und Kamm, nur für sie allein. Und rosa Haarspangen. Aber bei dem letzten Schatz, den sie fand, hatte sie vor Freude geweint. Eine Puppe. Eine Puppe mit langem schwarzem Haar, das bis zu ihrer Taille ging, und schönen kleinen Augen, die sich öffneten und schlossen, wenn man die Puppe bewegte. Und mit einem hübschen blauen Kleid.

Die Nonne hatte erklärt, dass die Kleider nicht neu waren, auch nicht die Bürste, der Kamm und die Puppe. Liebe Menschen hatten sie dem Waisenhaus geschenkt. Ophélie war es egal. Dies waren ihre Schätze! Ihre!

Das ist ein Wunder, Mama! Ich habe eine eigene Puppe. Und viele, viele Mädchen, mit denen ich spielen kann. Und warte nur, Mama, bald kann ich lesen!

Ophélie zog die blaue Strumpfhose aus der mittleren Schublade und schob den Beutel vorsichtig in eines der Beine hinein. Dann legte sie die Strumpfhose zurück an ihren Platz. *Hier bin ich in Sicherheit, Mama. Hier bleibe ich, bis du mich holst. Hab keine Angst, Mama.*

* * * * *

Mutter Griolet saß an ihrem Schreibtisch und schaute zu, wie die Kinder im Hof spielten. Ihr durch das Fenster gedämpftes Lachen war wie eine verschwommene Melodie. Gerade trat die kleine Ophélie aus dem Schlafraum hinaus in das Sonnenlicht, blieb einen Augenblick zögernd am Rande des Grases stehen und rannte dann zu den anderen.

»Diese Kleine ist mir ein Rätsel, Gott. Oh, ich weiß, du kennst sie gut. Sie ist einer deiner kostbaren Spatzen. Aber ich kenne sie nicht, und, Herr, du weißt ja, dass ich bestimmte Papiere von ihr brauche, für das Waisenhaus.«

Sie lehnte sich zurück und lachte leise. »Herr, warum habe ich jetzt wieder dieses Gefühl, dass du mich auf die Probe stellst? Magst du diese Wortringkämpfe mit einer alten Schachtel?« Sie schüttelte den Kopf und schaute wieder zu den Kindern hinunter.

»Ja, ich weiß. Sie haben es warm, sie haben zu Essen, sie sind glücklich. Du hast immer für alles gesorgt.«

Hakim stand hinten für sich, an die Hofmauer gelehnt. Er war größer als die anderen Kinder, seine Haut dunkler. »Und auch er, Herr. Jetzt ist er hier, und ich verlasse mich auf dich, dass du mir den nächsten Schritt zeigst. Ich bin alt und vielleicht schon ein bisschen rostig. Bitte rede deutlich, ich warte. Das ist eines der Dinge, die du mich im Laufe der Jahre gelehrt hast: Dein Zeitplan ist der beste.«

Sie öffnete die unterste Schublade des Schreibtischs und holte das verblichene Foto heraus, das sie mit Rebecca Madison und ihren Kindern zeigte. »Und noch etwas, Herr. Unsere liebe Gabriella. Du weißt, dass sie das Kreuz ihrer Mutter trägt; du hast es schon lange vor mir gesehen. Ich finde das irgendwie ironisch – du nicht auch? Und verwirrend. Aber ich bin sicher, auch damit wirst du fertig. Für dich ist nichts zu schwierig. Du siehst alles: Vergangenheit, Gegenwart, Zukunft. Bitte bereite mich auf den nächsten Schritt vor. Das ist alles, was ich wissen möchte: der nächste Schritt mit dir.«

Sie lehnte sich zurück und betrachtete das alte Foto noch eine Minute. Dann schloss sie ihre Augen, und die Worte flossen leise und glatt von ihren Lippen, mit der Routine vieler Jahre und mit der Kraft der allergrößten Zuversicht: »*Dem aber, der überschwänglich tun kann über alles hinaus, was wir bitten oder verstehen, nach der Kraft, die in uns wirkt, dem sei Ehre in der Gemeinde und in Christus Jesus zu aller Zeit, von Ewigkeit zu Ewigkeit! Amen.*«

* * * * *

Rachid wartete bis tief in die Nacht, bis er das Gassenlabyrinth der Kasbah betrat. Bald würde die schöne *Pied-noir* reden. Er verstand sich ja so gut auf Frauen ...

Ali tobte. Er wollte die Information, koste es, was es wolle. Emile hatte das Mädchen entkommen lassen und war anschließend selber verschwunden. Aber Rachid konnte nicht verschwinden. Ali würde ihn in Algier bald aufspüren. Folglich musste er die Frau zum Reden bringen. Er hatte sich seine Geschichte zurechtgelegt. Er freute sich schon auf Anne-Marie Duchemins Verzweiflung, auf ihr Zucken und Schreien.

Er betrat den winzigen Keller, der nach Schimmel und Unrat roch. Seit fast einem Monat waren die beiden Gefangenen in diesem Raum eingesperrt, ohne Strom, ohne Toilette und Wasser und ohne Licht bis auf das bisschen, das durch das vergitterte Fenster unter der Decke kam. Er lachte. Es würde wie geschmiert laufen. Ein Monat Wasser und Brot und Dreck – sie würden reden wie ein Buch.

Er betrat den Raum, wo Moustafa und Anne-Marie auf zwei dünnen Matratzen schliefen. Er kniete sich neben die Frau und wischte mit den Fingern über ihr Haar. Ihre Hand ging schlaftrunken an die seine, dann wurde sie abrupt wach und setzte sich mit einem Schrei auf.

»Wer wird denn schreien, meine Liebe? Ich befühle nur dein Haar. Es fühlt sich so angenehm an.« Er rutschte näher, sein Körper legte sich auf ihren.

* * * * *

Anne-Maries Schrei weckte Moustafa. Bevor er auf die Füße kam, richtete Rachid den Lauf seiner Pistole auf ihn. »Bleib sitzen, du Trottel! Weißt du nicht, wie eine schöne Frau aussieht? Wir haben euch so lange hier gelassen, und du hast ihr immer noch nicht die Zärtlichkeit gezeigt, die sie verdient?« Er kicherte. »Wenn du es nicht kannst, mach ich's eben; ich bin gut in so was.«

»Lass sie in Ruhe! Sie ist krank, sehr krank. Kannst du ihr nichts für ihren Husten bringen? Sie macht mich noch verrückt mit ihrem Husten. Sie wird sterben, und dann stinkt es hier noch mehr!« Moustafa suchte krampfhaft nach etwas, womit er Rachid ablenken konnte. Sein Kopf schwirrte, der Hunger hatte ihn entkräftet. »Was willst du überhaupt hier, Rachid? Du hast uns nichts gefragt.«

Rachid ließ einen Augenblick von Anne-Marie ab. »Das war nicht nötig. Wir haben das Mädchen gefunden.« Anne-Marie keuchte auf. »Jawohl, und den alten Händler auch. Schade, dass er nicht entgegenkommender war. Aber deine Tochter haben wir also. Unser Freund berichtet, dass sie auch viel hustet.«

»Wo ist Ophélie? Was habt ihr ihr getan?«

»Keine Bange, Anne-Marie! Sie ist ein sehr kooperatives Kind. Sie hatte die Information tatsächlich.« Er wartete auf Anne-Maries Reaktion. Anne-Marie sagte nichts.

»Ihr seht also, wir brauchen euch beide nicht mehr.« Er spielte mit der Pistole. »Es sei denn natürlich, ihr möchtet uns etwas anderes sagen ... etwas, das Ali weiterhilft.«

Anne-Marie sah Moustafa an, die Augen voll Angst. Er las ihre Gedanken. *Ophélie! Sie haben Ophélie! Es ist etwas schief gelaufen, und sie haben sie gefunden.*

Moustafa warf ihr einen ärgerlichen Blick zu. »Ja, Rachid, ich glaube, Anne-Marie hat sehr wichtige Informationen für Ali. Es wäre schade, wenn ihr sie jetzt töten würdet. Ich habe ein paar Dinge herausgefunden, die sie weiß. Wie du gesagt hast, es zahlt sich aus, zärtlich zu sein.« Er begegnete Rachids Blick und grinste. »Sie ist zu vertrauensselig, diese Frau. Richte Ali aus, dass sie bereit ist, mit ihm zu sprechen, vor all den anderen Männern.«

Rachid schlug ihn heftig ins Gesicht. »Idiot! Ihr kommt hier nicht lebendig raus. Du redest *jetzt*, Frau, oder ich erschieße deinen lieben Freund hier.« Er hielt die Pistole an Moustafas Kopf.

Anne-Marie machte ihre Stimme so kalt wie sie konnte. »Bitte, dann tu das! Er ist schlimmer als ihr alle. Nimm seinen stinkenden Leichnam mit. Aber hier rede ich nicht. Bring mich zu Ali.«

»Wir werden gleich sehen, wo du redest!« Er drehte sich heftig um und richtete seine Waffe auf sie. Im nächsten Augenblick schlossen Moustafas Hände sich um seinen Hals. Rachid schlug mit seinem Ellbogen aus, voll in Moustafas Magengrube, aber der junge Mann ließ nicht los. Mit der einen Hand hielt er Rachids Hals von hinten umklammert, mit der anderen langte er nach der Pistole, mit der Rachid wild in der Luft fuchtelte.

»Anne-Marie!«

Sie packte den alten Stuhl und knallte ihn mit aller Kraft auf Rachids Kopf. Ein Schuss krachte. Moustafa fiel rückwärts zu Boden, Rachid über ihm. Wieder schlug Anne-Marie den

Stuhl auf Rachids Kopf. Mit einem heiseren Schrei riss Rachid sich von Moustafa los, die Pistole über seinem Kopf schwenkend. »Du!« stöhnte er und sackte vor Anne-Marie zu Boden.

Mit zitternden Fingern zog sie die Pistole aus seiner Hand. »Moustafa? Moustafa? Schnell!«

Der junge Mann rappelte sich mühsam hoch.

»Bist du verletzt?« Ihre Stimme war panisch.

»Nichts weiter. Er hat sich selber angeschossen, als du ihm den Stuhl übergezogen hast.« Moustafa hockte sich neben Rachid.

»Ist er tot?«

»Nein. Gib mir die Pillen.«

Anne-Marie rührte sich nicht.

»Die Pillen, schnell! Jetzt!«

»Ich kann nicht.«

Moustafa richtete sich auf, packte ihren Ärmel und riss die kleine Flasche heraus. »Wenn du nicht zuschauen willst, dann geh schon raus. Ich komme dann.«

Sie stand weiter wie angewurzelt. Moustafa nahm eine der winzigen Pillen und schob sie Rachid unter die Zunge. »Ruhe in Frieden, du Feigling.«

Er sah, wie Anne-Marie hinaus in die Nacht lief und sich laut schluchzend erbrach. Er rannte zu ihr, verschloss die Tür mit Rachids Schlüssel und steckte die Pistole in seinen Gürtel. »Komm, Anne-Marie. Jetzt nicht aufgeben! Komm mit ins Leben!«

KAPITEL 15

»In seinen späteren Lebensjahren versöhnte Coleridge sich mit seinem Freund Wordsworth. Nach Coleridges Tod erklärte Wordsworth, dass er ›der wunderbarste Mann war, den ich je gekannt habe‹.« David Hoffmann beendete seine Stunde, in der er das literarische Schaffen von Samuel Taylor Coleridge und William Wordsworth verglichen hatte.

Es war eines seiner Lieblingsthemen, aber heute fühlte er sich unzufrieden, als die Studentinnen den Seminarraum verließen. Gabriella sprach ihn im Seminar höflich mit »Mr. Hoffmann« an und ging ihm ansonsten aus dem Weg. Sie blieb nach den Stunden nicht, um mit ihm zu sprechen. So ging das jetzt seit fast einem Monat; der November ging seinem Ende zu.

Es war seine Schuld, das wusste er. Sie hatte ihn nicht verstanden bei dem Gespräch im Hof nach dem Tag in Aix. »Wenn du nur wüsstest, Gabby«, flüsterte er zu sich selber. »Aber ich kann dir nicht die Wahrheit sagen. Ich kann dir nicht zeigen, was dich nur noch mehr verletzen würde.«

Und so spielte er es mit, das Schweigespiel seiner rothaarigen Studentin. Sein Unterrichtsstil hatte sich nicht verändert. Er lachte und zwinkerte weiter, überraschte die jungen Damen immer wieder mit seinen witzigen Bemerkungen. Aber er ging nicht mehr auf Miss Madison zu, wenn die anderen gegangen waren. Nur in seinen Gedanken sehnte er sich nach den Mohnblumen und nach dem silbrigen Lachen, das ihm in seine Träume folgte.

Er verließ den Seminarraum, Aktenmappe in der Hand, und ging durch die Stadt zu dem Haus von Madame Pons. Der Obststand mit seinen glänzend roten Äpfeln und tieforangenen Clementinen vermochte ihn nicht zu reizen. Er ging rasch in sein Zimmer, verschloss die Tür, stellte die Aktentasche neben das Bett und setzte sich an seinen kleinen Schreibtisch. Er öffnete die Mittelschublade und holte einen Stapel Papiere heraus. Obenauf lag ein altes Foto. Er wischte mit der Hand darüber. Seit vier Monaten – seit Gabby nach St. Joseph gekommen war – hatte er das Bild nicht mehr betrachtet. Aber jetzt schaute er es an.

»Mein Gott, wenn ich nur wüsste, wo du bist. Ich habe die Hoffnung aufgegeben, ich weiß nicht, wo ich noch alles suchen soll. Eine Zeit lang dachte ich, es wäre mir egal. Aber ich bin doch für dich hierher gekommen. Du warst es, die meine Hilfe brauchte!«

Seine Augen blitzten. Er ließ das Foto fallen und schlug die Hände vor das Gesicht. Gabbys Schweigen war nicht die einzige Stille, die ihm Angst machte. Es gab keine Nachrichten mehr – keine! Es wurde alles verworren und hoffnungslos.

Auf dem Fußboden lag die Zeitung von gestern. Er hob sie auf und las die Schlagzeilen. »20 Tote bei OAS-Anschlag in Casino in Algier.« Er las weiter: »Die Bombe explodierte mitten in einer Tanzveranstaltung in dem beliebten Casino der Stadt. Zwanzig Personen, alles junge Studenten, wurden auf der Stelle getötet, zahlreiche weitere schwer verletzt und verstümmelt. Die weinenden Eltern und Freunde fanden ein Bild des Schreckens vor, ein Chaos aus Trümmern und abgerissenen Gliedmaßen …«

Er nahm das Bild wieder in die Hand. »Ich weiß nicht mehr weiter. Wenn du dich nur melden würdest! Ich brauche dich. Ich brauche jemanden.« Er fuhr mit der Fingerspitze über das Foto, als könne er so das Gesicht der jungen Frau berühren, die dort mit dem sorglosesten Lächeln der Welt neben ihm stand.

* * * * *

Das Mittagessen war köstlich, aber Gabriella rührte es kaum an. Ihr Magen knurrte, aber sie brachte es nicht fertig, etwas zu essen. Stephanie hatte schon die zweite Portion genommen, während Gabriella in den Nudeln und dem Fleisch des *Boeuf bourgignon* herumstocherte.

Madame Leclerc war unglücklich. »Meine liebe Gabriella, du hast ja gar keinen Appetit mehr in der letzten Zeit! Was werden deine Eltern sagen, wenn ihre Tochter so dünn aus Frankreich zurückkommt? *Oh là là* ! Du ruinierst noch meinen Ruf als die beste Köchin von Castelnau.«

Gabriella legte ihre Gabel hin und lächelte. »Aber Madame

Leclerc, Sie wissen doch, dass das nichts mit Ihnen und Ihrer Küche zu tun hat. Haben Sie noch nie Mieter gehabt, die Heimweh hatten?«

»Heimweh? O ja, natürlich. Aber einen ganzen Monat? Du hast den ganzen November fast nichts gegessen. Das ist nicht recht!«

Stephanie lachte. »Du musst das so sehen, Gabriella: Je weniger du isst, umso mehr bleibt übrig, und ich habe immer Platz für eine zweite Portion! Stell dir mal vor, was *meine* Eltern sagen werden!«

Caroline gab keinen Kommentar. Sie sah Gabriella mit einer Mischung aus Mitleid und Zufriedenheit an.

Gabriella nickte lächelnd und aß ihr *Boeuf bourgignon.* Niemand sagte etwas über David Hoffmann, aber sie wusste, was die anderen dachten: dass sie unsterblich in ihn verliebt war und dass ihre Liebe nicht erwidert wurde. Und sie hatten ja Recht.

* * * * *

Mutter Griolet bemerkte Gabriellas stille Ruhelosigkeit mehr als jeder andere. Täglich betete sie für das junge Mädchen und seinen Kampf mit Gott. Sie sah, wie Gabriella gleich nach ihren Seminarstunden das Pfarrhaus verließ und erst wiederkam, wenn sie mit den Waisenkindern arbeiten musste.

Heute zuckte Mutter Griolet mit den Achseln, während sie betete. »Herr, du weißt, was du tust, nicht wahr? Sie hält sich von dem Amerikaner fern und klammert sich an die Kinder. Vor allem an Ophélie. Ein junges Leben, um das Loch zu füllen, das ein anderes hinterlassen hat. Eigentlich nicht schlecht.«

Gabriella erschien in der Tür ihres Büros und riss sie aus ihren Gedanken. »*Bonjour*, Mutter Griolet. Ich bin bereit für das Nachmittagsabenteuer. Ist Ophélie da?«

»Ja, Kind. Sie ist ganz begeistert davon, dich den ganzen Nachmittag nur für sich zu haben. Seit einer halben Stunde ist sie schon dabei, ihr Haar zu bürsten.« Die Nonne lachte. »Es ist die pure Freude, wie dieses Kind sich entwickelt. Seine Augen fangen richtig an zu funkeln. Und was sie alles verputzt! Bald wird ihr ihr Rock zu eng, und ich muss ihr einen neuen besorgen.«

Sie sah Gabriella an und fügte leise hinzu: »Du bist ein richtiges Geschenk für die Kinder. Du bist wie ein Stiefmütterchen im Winter – äußerlich bunt und zart, aber innen drin stark und zäh. Sie sind winterhart, die Stiefmütterchen.« Sie erwiderte Gabriellas Blick. »Du bist ein Segen für diese Kinder. Ein Vorbild. Du bringst Ophélie Hoffnung. Weißt du das?«

Gabriella wurde rot, und Mutter Griolet fuhr rasch fort: »Ich sage dir das nicht, damit es dir zu Kopf steigt. Gott hat dir eine Gabe für Kinder gegeben, und er hat das getan, um einer störrischen Alten in einem Waisenhaus zu helfen. Du bist stark, Gabriella, vergiss das nie.« Sie nahm Gabriellas Hand und hielt sie einen Augenblick fest. »Habe keine Angst. Gott ist bei dir. Danke ihm dafür.«

Die letzten Sätze sprach sie so betont aus, dass Gabriella ihre Augenbrauen hob. »Ich habe das Gefühl, Sie wollen mir etwas sagen, Mutter Griolet, aber Sie trauen sich nicht recht. Das soll doch mehr sein als nur eine Ermutigung für ein Mädchen mit Liebeskummer, nicht wahr?«

»Ich weiß nicht, was ich dir darauf antworten soll. Aber jetzt geh. Zeige der kleinen Ophélie das Haus, wo du gewohnt hast, als du als Kind hier warst.« Sie legte zwei Busfahrkarten in Gabriellas Hand.

Gabriella ging und zog die Tür hinter sich zu.

* * * * *

Die Busfahrt von Castelnau durch Montpellier zum Westen der Stadt dauerte 35 Minuten. Gabriella zeigte Ophélie durch das Fenster verschiedene wichtige Gebäude und Wahrzeichen der Stadt. Ophélie war ganz aufgeregt. »Ich fahre ja so gerne Bus! Das macht so einen Spaß! Er ist so groß!«

Gabriella lächelte. »Wir sind gleich da.« Sie schaute kurz auf die Wegbeschreibung zu dem alten Missionshaus, die Mutter Griolet ihr aufgeschrieben hatte, als sie sie gefragt hatte, wo es lag. Zuerst hatte die alte Nonne nicht viel davon gehalten, dass Gabriella das Haus besuchte. »Was willst du da? Ich weiß noch nicht einmal, ob das Haus noch im Besitz der Mission ist.« Aber auf Gabriellas Drängen hatte sie schließlich angerufen und den Besuch arrangiert.

»An der nächsten Haltestelle steigen wir aus«, sagte Gabriella.

Der Bus stoppte, die Glastüren öffneten sich. Die Luft draußen war kalt, aber es ging kein Wind. »Es ist ganz in der Nähe, wir müssen nicht weit laufen«, sagte Gabriella. Sie zog ein 5-Franc-Stück aus ihrer Manteltasche und reichte es Ophélie. »Hier, für dich. Du darfst dir in der nächsten Bäckerei ein süßes Teilchen kaufen.«

»Oh, danke, Gabriella!« Ophélies Augen suchten voller Vorfreude die Straße nach einem Bäckerladen ab. »Darf ich in die da drüben? Guck, da sind Teilchen im Fenster, siehst du?« Sie zog Gabriella zu dem Schaufenster, das mit Köstlichkeiten gefüllt war.

»Welches soll ich nehmen?« Sie sah zu Gabriella hoch. »Was würdest du nehmen?«

»Das ist eine gute Frage, Ophélie. Lass sehen. Schau, dies hier ist ein *Eclair.* Das ist ein Sahneteilchen mit Schokolade drüber. Oder schau da. Ein *Mille-feuilles*. Kennst du das? Das sind lauter ganz dünne Teigschichten mit Sahne dazwischen und einem Schoko-und-Vanille-Guss. Ein richtiger Leckerbissen!«

»Guck mal das da! Das sieht wie ein Männchen aus.« Ophélie zeigte auf ein Gebilde aus zwei Gebäckkugeln, das wie ein Schneemann mit einem Schokoladenhut aussah.

»Ach, das. Das nennt man eine *Religieuse*. Eine Nonne! Siehst du das, Ophélie? Das ist wie eine Nonne mit ihrem schwarzen Kopftuch und der Tracht. Und innen drin ist wieder lauter Sahne.«

»Das will ich! Ja, ja! Eine Nonne wie Mutter Griolet! Das ist bestimmt das süßeste Teilchen in der Welt!« Sie drückte Gabriella fest, dann rannte sie in den Laden, dass ihre beiden langen Zöpfe flogen.

Dann war sie wieder da, strahlend mit ihrer *Religieuse* in der kleinen Papiertüte. »Weißt du, Gabriella, das ist mein allererstes Teilchen. Mama hat nie Geld für Teilchen gehabt.«

»Dann hast du eine kluge Mama. Man soll sein Geld nicht für Teilchen vergeuden. Ein Teilchen ist etwas ganz Besonderes, wenn man einmal richtig feiern will. Und jetzt komm.«

* * * * *

Das Missionshaus unterschied sich kaum von den anderen Gebäuden, die die viel befahrene Straße säumten. Es hatte die typische, in dem hellen Korallenton des französischen Südens gehaltene verputzte Fassade. Die schweren hölzernen Fensterläden waren graublau gestrichen. Die sprossenlosen Fenster warfen das Licht der Sonne zurück.

Gabriella drückte den Klingelknopf. Eine hoch gewachsene blonde junge Frau, die ein Baby im Arm hielt, öffnete. »Gabriella Madison! Willkommen!« sagte sie auf Englisch. »Und dies ist sicher Ihre kleine Freundin, Ophélie. *Bonjour*!« Sie strich dem Mädchen mit der freien Hand über den Kopf.

»Oh, ich hoffe, wie haben jetzt nicht das Baby aufgeweckt«, sagte Gabriella.

»Nein, nein. Sie war sowieso gerade wach geworden. Aber jetzt muss ich mich erst mal vorstellen: Ich bin Barbara Butler. Kommt rein. Mutter Griolet hat gestern angerufen, dass ihr kommt. Wussten Sie schon, dass meine Eltern Ihre Eltern gut kennen, Gabriella? Sie haben sich vor zwei Jahren auf einer Konferenz der Mission kennen gelernt. Ihre Eltern sind im Senegal, nicht wahr?«

»Ja. Und Ihre sind in Belgisch-Kongo, das weiß ich noch. Mutter hatte mir gar nicht gesagt, dass Sie hier in Montpellier sind.«

»Wir sind nur kurz hier, wir sind auf dem Weg zurück in den Kongo. Kann ich euch etwas zu trinken anbieten?« Sie lächelte Ophélie an. »Nach deinem Schokoladenbart zu urteilen, hast du dein *Goûter* schon gehabt, nicht wahr?«

Ophélie nickte fröhlich. »Ja. Gabriella hat mir eine *Religieuse* gekauft!«

»Oh, die sind nicht schlecht. Also dann mal rein in die gute

Stube. Was möchtet ihr trinken? Wasser? Einen Sirup vielleicht? Wir haben Erdbeere und Zitrone.«

Barbara Butler führte ihre Gäste durch einen großen offenen Raum, dessen Wände von Büchern bedeckt waren. »Das ist der Raum für die Studenten, die hier sind, um Französisch und afrikanische Kultur zu studieren – aber das kennen Sie ja sicher alles. Unsere Wohnung ist oben.« Sie ging durch den Raum und eine Treppe hoch.

Sie führte sie in das Wohnzimmer. »Macht es euch gemütlich. Ich tue Alice eben in ihren Laufstall.«

Ophélie und Gabriella traten in das Wohnzimmer. »Ich kann mich kaum noch an hier erinnern«, rief Gabriella zu Barbara hin. »Hat Mutter Griolet Ihnen gesagt, dass ich als kleines Mädchen mit meiner Mutter und meinen Schwestern hier war?«

»Echt? Das muss ja toll sein, wieder hier zu sein!« Barbara kam ins Wohnzimmer, mit drei hohen Gläsern Limonade, die sie auf einem Beistelltisch absetzte. »Oh, das Telefon! Entschuldigt mich eine Sekunde.«

Sie ging aus dem Raum. Ophélie nahm sich eines der Gläser und ging zu dem leise gurrenden Baby.

Gabriella sah lächelnd zu, wie Ophélie sich über das Kind beugte. Dann blitzte plötzlich ein Bild vor ihr auf, so deutlich wie ein Foto. *Ein kleines Mädchen mit rotem Lockenhaar, das sich über jemanden beugte. Nicht über ein Baby, sondern über eine Frau.* »Mama!« flüsterte Gabriella.

Ophélie drehte sich um. »Was hast du gesagt, Gabriella?«

Gabriella schüttelte sich. »Nichts, Ophélie. Ich hab mich nur an was erinnert ...« Sie schloss die Augen, um das Bild wegzuwischen, aber in der Dunkelheit blitzte es gleich wieder auf. *Das kleine rothaarige Mädchen schaute auf seine Mutter hinunter, deren Gesicht blutige blaue Flecken hatte. Es schüttelte sie wie verrückt und weinte.*

»Nein!« rief Gabriella laut.

Ophélie kam zu ihr. »Was ist? Du siehst so erschrocken aus. Was ist?«

Gabriella kniete sich hin und drückte Ophélie fest an sich. »Nichts, Spatz. Ich wollte dich gerade nicht erschrecken. Geh wieder und spiel mit der kleinen Alice.«

Als Barbara Butler ein paar Minuten später zurückkam, entschuldigte Gabriella sich und ging ins Bad. Sie schloss die Tür hinter sich und beugte sich über das Waschbecken. Die Tränen schossen ihr über das Gesicht. Ein weiteres Bild blitzte in ihr auf. *Ein laufender Wasserhahn. Wasser und Blut.* »Mein Gott, was ist das?« flüsterte sie und drehte den Wasserhahn auf. Wieder und wieder spritzte sie das kühle Wasser auf ihr Gesicht, um die Erinnerung wegzuspülen.

Fünf Minuten später trocknete sie sich mit einem Handtuch ab und ging zurück ins Wohnzimmer. Baby Alice kicherte laut mit Ophélie; Barbara beobachtete die Szene genießerisch.

»Ophélie ist ja richtig gut mit Babys«, sagte sie, als Gabriella hineinkam. »Sehen Sie nur, wie Alice sich freut!«

Gabriella nahm ihr Glas und strich Ophélie über den Kopf. »Ja, wir freuen uns echt, dass Ophélie zu uns gekommen ist.« Sie hatte einen plötzlichen Kloß im Hals.

»Soll ich euch mal durch das ganze Haus führen?« fragte Barbara.

»Nein«, antwortete sie schnell. »Nein, danke. Lange bleiben können wir sowieso nicht.«

Die beiden Frauen setzten sich auf das Sofa. »Und was habt ihr so vor, wenn ihr in den Kongo kommt?« fragte Gabriella.

Fast eine Stunde lang unterhielten sie sich über Afrika, während Ophélie zufrieden mit Alice spielte. Keine weiteren Bilder schossen durch Gabriellas Kopf, aber sie atmete erleichtert aus, als sie zur Haustür hinausging und Barbara und Alice zum Abschied zuwinkte.

Ophélie nahm Gabriellas Hand und schwang sie fröhlich hin und her. »Das hat richtig Spaß gemacht! Danke, Gabriella! Das war einer der schönsten Tage in meinem Leben.«

Gabriella drückte fest ihre Hand und zwang ein Lächeln auf ihr Gesicht. »Einer der schönsten Tage deines Lebens ...«

* * * * *

Die Kirchturmuhr schlug sieben. Ophélie wartete, bis alle anderen Kinder aus dem Schlafraum hinausgegangen waren, dann öffnete sie die mittlere Schublade ihrer Kommode, zog den kleinen blauen Beutel aus ihrer Strumpfhose heraus und leerte ihn aus.

»Heute war ein wunderschöner Tag, Mama! Ich bin in einem großen Bus gefahren und hab ein süßes Teilchen gegessen und Gabriella an der Hand gehalten und mit ihr gelacht.« Sie kniff ihre Brauen zusammen. »Denke jetzt nicht, dass ich dich vergessen hab, Mama. Aber Gabriella ist so nett, und sie bringt mir Sachen bei, die wichtig sind. Und ich weiß, dass sie mich mag.« Sie nahm das kleine Foto, das sie und ihre Mutter zeigte, in die Hand. »Ich vermiss dich immer noch, Mama. Ich habe dich immer noch am meisten lieb. Aber wenn ich bei *ihr* bin, dann vergess ich manchmal, wie sehr ich dich vermisse.«

Der Umschlag mit ihrem Namen lag zerknittert auf dem Bett. Ophélie zog die rosa Papierbogen heraus. »Schau, Mama. Jetzt kann ich schon ein bisschen lesen. Mutter Griolet schreibt genauso wie du. ›Schreibschrift‹ nennt sie das. Sie bringt sie uns bei. Gabriella sagt, in Amerika lernen die Kinder nicht so schreiben; sie lernen als Erstes Druckbuchstaben. Ich bin froh, dass wir in Frankreich die Schreibschrift lernen. Guck, ein bisschen kann ich schon.«

Sie nahm das Blatt in die Hand und begann, die Worte laut zu buchstabieren: »L ... lie ... liebe! Liebe Ophélie. Ich lie ... liebe di ... dich. Ich liebe dich. Schau, Mama, ich kann es lesen! Du hast mich lieb. Ja, das weiß ich. Und später lese ich dann den Rest.«

Sie faltete den Brief wieder zusammen und schob ihn und das Bild zurück in den blauen Samtbeutel. Sie steckte den Beutel zurück in die dunkelblaue Strumpfhose und legte diese wieder in die mittlere Schublade. Dann stand sie auf, zog das Kreuz unter ihrer Bluse hervor und küsste es behutsam. »Mama, Gabriella spricht mit mir über Gott. Und über seinen Sohn, Jesus. Du hast doch nichts dagegen? Du würdest bestimmt gerne auch von ihm hören.« Sie lief aus dem Raum und über den Hof zum Speisesaal.

* * * * *

Ophélie aß noch ihren Nachtisch, als Mutter Griolet sich neben sie setzte. »Na, wie war der Nachmittag in der Stadt?« fragte sie.

»Es hat ganz viel Spaß gemacht, Mutter Griolet. Gabriella hat mir sogar ein Teilchen gekauft, eine *Religieuse*. Die war genauso süß wie du! Und ich hab mit dem Baby gespielt und bin mit einem riesengroßen Bus gefahren.«

»Das freut mich aber, dass du so einen schönen Tag hattest.« Eine besorgte Wolke huschte über das Gesicht der Nonne. »Was trägst du denn da um deinen Hals, kleine Ophélie?«

»Mein Kreuz? Das ist das Kreuz, das mein Opa meiner Mama geschenkt hat. Dann ist er gestorben.« Sie befingerte die Kette, ihr Gesicht auf einmal traurig. Dann hellte sich ihre Miene wieder auf. »Wusstest du schon, dass Gabriella dasselbe Kreuz hat? Wir tragen das gleiche Kreuz! Sie sagt, es war das Kreuz der Hugo ..., der Huge ...«

»Der Hugenotten.«

»Ja, der Hugenotten. Das waren tapfere Menschen, die in Frankreich wohnten, vor langer Zeit, als ein ganz gemeiner König dort herrschte. Er wollte sie nicht zu Jesus beten lassen und hat sie ins Gefängnis getan und alle Männer getötet. Aber sie waren so tapfer, und sie trugen dieses Kreuz, um zu zeigen, wer sie waren!«

»Da hat Gabriella dir ja viel Geschichte beigebracht.«

»Geschichte?«

»Ja. Was in der Vergangenheit geschehen ist. – Es ist ein schönes Kreuz. Und wie heißt deine Mama noch, Spatz?«

»Willst du sie für mich suchen?« In Ophélies Augen glomm Hoffnung auf.

»Ich hoffe, wir finden sie. Aber das geht nur, wenn du mir ihren Namen sagst. Siehst du jetzt, dass wir dir nur helfen wollen?«

Ophélie dachte mit gerunzelter Stirn nach. »Na gut, ich kann es dir ja sagen. Sie heißt Anne-Marie, und sie ist die schönste Frau in der Welt. Anne-Marie Duchemin.«

»Danke, Kind. Was für ein schöner Name. Jetzt wissen wir endlich, wen wir suchen müssen.« Sie strich dem Kind über die Hand und stand von dem Tisch auf. Dann hielt sie inne und sah Ophélie noch einmal an. »Hat deine Mama dir gesagt, was es mit dem Kreuz auf sich hat? Hat sie dir gesagt, warum sie es dir geschenkt hat?«

»Oh ja! Sie hat gesagt, ich soll es tragen, damit der Gott von Opa bei mir ist. Darum hat sie es mir gegeben.«

»Na, das war ein sehr guter Grund.«

* * * * *

Gabriella setzte sich in ihrem Bett auf, der Schweiß lief ihr über das Gesicht. Sie war von ihrem eigenen Schreien wach geworden. Caroline klopfte an die Tür und lugte herein. »Ist alles in Ordnung, Gabriella? Hast du schlecht geträumt? Mein Gott, was hast du gerade geschrien!«

»Ja, es geht schon; danke, Caroline. Nur ein blöder Traum. Entschuldigt, wenn ich euch geweckt hab.« Die Tür schloss sich, es wurde wieder dunkel. Gabriella knipste die Nachttischlampe an.

»O Gott, was ist das? Ist das jetzt wirklich, oder nur ein Traum?« Diesmal hatte sie nicht ein einzelnes Bild gesehen, sondern eine ganze Szene. *Ein dunkelhaariger Mann kniete über ihrer Mutter, ein kleines rothaariges Kind stand hinter einer Tür versteckt. Die Schreie ihrer Mutter. Der Mann griff nach ...*

»Nein, Gott, das kann nicht sein! Nicht Mutter!« Das Haus war still. Gabriella stieg aus dem Bett und trat zu dem Fenster. Die Scheibe fühlte sich kalt an. Sie beobachtete bibbernd das Schattenspiel der Blätter des Olivenbaums, die sich sachte im Wind bewegten. Sie schloss die Augen und sah Barbara Butler vor sich, wie sie sie anlächelte, das Baby im Arm. Dann die vergnügt lachende Ophélie. Im nächsten Augenblick war Barbara fort und ihre Mutter stand da, ebenfalls ein Kind auf dem Arm. »Ericka!« weinte Gabriella auf. »Nein, Gott, nein! Nicht Mutter, nicht Ericka!« Sie legte den Kopf gegen die Scheibe und versuchte angestrengt, durch die Dunkelheit zu sehen. Aber es war alles schwarz.

* * * * *

Ophélie wachte mitten in der Nacht auf. Sie setzte sich auf, dass ihr Kopf an das obere Bett stieß. »Mama!« sagte sie laut. Sie lächelte. Dieser schöne Traum eben. Sie war Hand in Hand mit Mama spazieren gegangen, über den Sand am Strand waren sie gerannt.

Dann legte sie ihre Hand über den Mund. »Das warst ja gar nicht du, Mama.« Die Frau in ihrem Traum hatte rotes Haar gehabt.

KAPITEL 16

Ali Boudani hielt den dicken braunen Umschlag in seinen Händen. »Endlich. Wir haben wochenlang gewartet auf die Dias von unserem Freund in Frankreich. Die Post ist langsam. Oder vielleicht hat schon jemand anderes den Umschlag in der Hand gehabt?« Seine stechenden Augen starrten auf die fünf Männer, die um den Tisch herumsaßen.

»Versucht nicht, zu schnell zu viel zu erfahren! Das ist gefährlich. Ihr habt gesehen, was unserem Bruder Rachid passiert ist bei seinem Alleingang. Dummkopf! Der nächste Märtyrer für unsere große Sache. Aber er hat dem Namen seines Vaters Unehre gemacht. Von den Händen unserer Gefangenen ist er gestorben!«

Er reichte den Umschlag einem wettergegerbten alten Mann, der einen Turban trug. Seine verbrannte Wangenhaut war fest über die Backenknochen gezogen.

»Mohemmed, mach die Dias fertig.« Ali ging im Kreis durch den Raum, wie ein Wolf, der sein Rudel inspiziert.

»Verrückt! Wie ihr wisst, ist letzten Monat diese *Pied-noir* mit ihrem *Harki*-Freund geflohen. *Aber sie werden Algerien nie verlassen!* Vielleicht sind sie schon verrottet, hier in der Kasbah, unter unserer Nase. Riecht ihr den Gestank nicht! Wir werden sie wieder finden, und dann werden sie schreien vor Schmerzen. Sie werden es bereuen, dass sie noch einen Tag leben wollten. Zur Ehre von Rachids Namen werden wir ihre gefolterten Leichen öffentlich zur Schau stellen, dass alle sich ein Beispiel daran nehmen. Sie können sich nicht ewig verstecken, und Ali hat auch hinten Augen.« Er lachte. Die Männer nickten beifällig, mit einem leisen, nervösen Lachen.

»Sind die Dias bereit, Mohemmed?«

»Ja«, krächzte der Alte.

Er betätigte den Schalter, und das erste Dia kam auf den Bildschirm. Es zeigte eine Frau mit langem rotem Lockenhaar, die mit dem Rücken zur Kamera davonlief. Sie trug eine dunkelblaue Jacke.

»Weiter«, befahl Ali.

Ein zweites Bild von der gleichen Frau, diesmal mit dem Gesicht halb zur Kamera hingedreht.

»Jean-Claude hat diese Frau zweimal gesehen, als er auf Informationen wartete. Er ist sicher, dass sie an den Schmuggelaktivitäten beteiligt ist. Sie wohnt in Montpellier. Ihren Namen hat er bis jetzt nicht herausfinden können, aber er nimmt an, dass sie eine Studentin ist. Und was das Wichtigste ist ...« Er bedeutete Mohemmed, das nächste Dia einzulegen. Es zeigte nur den Kopf und die Schultern der Frau. »Sie trägt das Kreuz.«

Die Männer kniffen murmelnd die Augen zusammen, um das kleine Kreuz um den Hals der Rothaarigen besser sehen zu können.

»Jean-Claude wird sie bald wieder finden. Die Mutter und ihre Tochter und ihr *Harki*-Dreck sind uns durch die Lappen gegangen. Das wird uns nicht noch einmal passieren. Es ist nur eine Frage der Zeit, dann kriegen wir sie alle!« Die letzten Worte schrie Ali, dann verließ er den schmutzigen Keller in der Kasbah und ging hinaus in die Nacht.

Er sah zu den Sternen hoch und flüsterte: »Jetzt wirst auch du gerächt werden, Rachid. Zusammen mit meinem Vater.« Seine Augen glänzten vor Leidenschaft, und eine einsame Träne rollte seine Wange hinab.

* * * * *

Es war kaum Morgen, als Gabriella zu dem Pfarrhaus kam. Mutter Griolet öffnete die Tür einen Spalt breit, um zu sehen, wer zu so früher Stunde zu ihr wollte.

»Gabriella, Kind! Was in der Welt ... Komm rein, komm rein.« Sie zog die junge Frau in ihre Wohnung und schloss rasch die Tür. Der Wind blies ein paar welke Blätter in den Flur. Gabriella zitterte am ganzen Leib. Ihr Haar war durcheinander, die Augen rot verschwollen. Ein dicker grauer Wollpullover bedeckte ihr Flanellnachthemd, ihre Füße steckten nackt in ihren Pantoffeln.

»Kind, wie siehst du denn aus? Du holst dir ja den Tod, wenn du mitten in der Nacht so herumläufst. Komm ins Wohnzimmer!«

Die alte Nonne trippelte durch den Flur, Gabriella hinterher. Sie traten ins Wohnzimmer. »So, hier. Setz dich aufs Sofa, ich hole dir eine Decke und mach dir einen Kaffee.«

Mutter Griolet ging rasch zurück in ihr Schlafzimmer. Sie strich ihr silbriges Haar glatt und löste mehrere Haarnadeln, so dass es über ihre Schultern fiel. Dann nahm sie eine dicke Bettdecke. Ihre Bibel lag offen auf dem Bett.

Sie lief zurück in das Wohnzimmer und legte die Decke um Gabriella. »Der Kaffee ist gleich fertig, Mädchen. Im Bad sind Papiertaschentücher, falls du welche brauchst.«

Gabriella saß stumm da, ein Häufchen Elend.

»So ... hier.« Mutter Griolet stellte ein kleines Tablett mit zwei dampfenden Tassen Kaffee auf den niedrigen Couchtisch. Das Aroma des Kaffees kroch verlockend durch den Raum. Die Kirchturmuhr schlug sechsmal. Mutter Griolet zog einen alten Korbschaukelstuhl herbei und setzte sich schweigend zu Gabriella. Die Minuten krochen dahin, unterbrochen nur von Gabriellas leisem Schluchzen. Sie wischte sich mit dem Pulloverärmel über die Augen und kroch noch mehr in sich zusammen. Ihre Augen starrten auf den Kaffee und den Dampf, der aus den Tassen hochstieg.

Endlich sprach sie, ihre Stimme rau und erstickt. »Meine Mutter wurde vergewaltigt! Vergewaltigt! Mutter ist vergewaltigt worden, und Sie haben es gewusst!« Ihre Stimme explodierte. »Sie haben mich in das Haus gehen lassen, damit ich mich daran erinnere! Sie haben es die ganze Zeit gewusst! Warum?« Sie drehte sich zu der alten Nonne hin. Ihre Tränen strömten. »Warum haben Sie es mir nicht selber gesagt? Haben Sie gedacht, ich würde mich nie mehr erinnern?

Warum seid ihr so grausam gewesen, Sie und Mutter? Sie hat mich hierhin geschickt, damit ich ihren Alptraum wieder durchlebe! Warum? Warum hat mir keiner vorher was gesagt?« Sie schluchzte jetzt haltlos, ihre Hand ging wie Hilfe suchend an ihren Mund. Ihr Körper zitterte heftig unter der Decke. Mutter Griolet setzte sich neben sie und nahm sie wie ein weinendes Baby in ihre Arme.

»Liebe Gabriella, das tut mir so Leid. Ja, du hast Recht. Ich wusste von dem ... von dem Unfall ... der Vergewaltigung ...«

Sie presste die Lippen zusammen und schloss die Augen. Auf ihrem Gesicht standen Tränen. Sie sprach mit Mühe weiter. »Manchmal ist es schwer, zu wissen, was am besten ist.«

Gabriella setzte sich auf und machte sich aus ihrer Umarmung frei. Sie sprach leise in die Luft. »Ein Einbrecher. Ein Araber. Er überraschte Mutter, als sie im Wohnzimmer saß und Henrietta stillte. Ich weiß nicht, wo Jessica war, aber ich ...« Ihre Stimme zitterte. »Ich hab mich ... versteckt. Hinter der Tür.«

Plötzlich schien sie woanders zu sein. Sie schrie auf: »Nein! Aufhören, aufhören! Mutter schreit, sie schreit: ›Gabriella, hol Hilfe!‹ Sie schreit, und dann schreit sie nicht mehr. Und der Mann ... der Mann steht von ihr auf, steckt sein Hemd in die Hose und zieht den Reißverschluss zu. Dann geht er. Er geht.« Sie sah wieder Mutter Griolet an.

»Ich hab es alles gesehen. Und ich habe kein Wort gesagt. Ich konnte nicht schreien. Ich hab mich versteckt und dem Mann zugesehen ...« Ihr Schluchzen wurde heftiger. Sie stand hastig auf, ließ die Decke zu Boden fallen und rannte in den Flur.

Mutter Griolet hörte, wie Gabriella im Bad würgte und schluchzte. Der Oberkörper der Nonne ging hin und her, sie flüsterte weinend: »Mein Gott, mein Gott. Herr Jesus, komm und tröste uns jetzt.«

* * * * *

Das Sonnenlicht strömte durch die Fenster von Mutter Griolets Wohnzimmer. Die Uhr hatte längst sieben geschlagen. Mutter Griolet saß neben Gabriella, mit ihr betend und weinend. Gabriellas Tränen hatten endlich aufgehört.

»Gabriella«, sagte Mutter Griolet. »Gabriella, deine Mutter wusste nicht, dass du das damals gesehen hast. Ich auch nicht. Eine Nachbarin hat deine Mutter gefunden. Sie hörte, wie das Baby schrie und nicht mehr aufhörte, und kam herüber, um nach dem Rechten zu sehen. Sie hat mich sofort gerufen; sie wusste, dass ich mit deiner Mutter befreundet war.

Als ich hinkam, war deine Mutter schon im Krankenhaus,

und Henrietta war bei der Nachbarin. Jessica hatte bei einer Freundin gespielt. Und du ...« Ihre Augen begegneten denen Gabriellas. »Du warst im Garten und spieltest im Sand. Dort hat die Nachbarin dich gefunden. Als du mich sahst, hast du dich an mich geklammert. Du sahst verweint aus. Wir dachten, du hättest Angst vor der Polizei. Liebes Kind, wir haben nicht gewusst, dass du das alles gesehen hast damals!«

»Warum hat Mutter mir nie erzählt, dass sie vergewaltigt wurde?«

Mutter Griolet presste seufzend die Finger auf ihre Schläfen. »Der Arzt hier war dagegen. Er sagte, du wärst zu jung, um das zu verstehen. Sie hat versucht, das zu tun, was das Beste für dich war.«

»Aber später! Warum hat sie es mir nicht ein paar Jahre später erzählt? Da war ich nicht mehr zu jung, um zu verstehen, dass Ericka ... dass Ericka ...« Sie konnte nicht weitersprechen.

»Sie hatte vor, es dir zu sagen, Gabriella, aber dann ist alles anders gekommen. Du warst erst zwölf, als ...«

»Als Ericka starb, ja. Ich habe ja gesehen, dass sie anders aussah als wir. Aber kein einziges Mal hab ich gedacht ... ich hab mich doch nie erinnert, bis gestern nicht!«

»Das ist ganz normal, Kind. Solche tragischen Erlebnisse bleiben oft im Verborgenen, bis man erwachsen geworden ist. Sie liegen im Keller des Gedächtnisses, sozusagen.« Mutter Griolet verstummte und sah zum Fenster hinaus. Dann fuhr sie fort: »Und danach war es deiner Mutter zu schmerzlich, von Ericka zu reden. Sie wusste nicht, was es hätte bringen sollen, wenn sie dir alles erzählt hätte.«

»Hat Vater das alles gewusst?«

»Natürlich. Es stand nie zur Debatte, ob sie das Kind behalten würde oder nicht. Er war im Bilde.

Weißt du, Gabriella, es war eigentlich dieses schreckliche Unglück, das deine Mutter und mich so zusammengebunden hat. Wir kannten einander erst seit einem Monat, als es zu der Vergewaltigung kam. Ich half ihr, damit fertig zu werden. Und dann, als sie herausfand, dass sie schwanger war ...« Sie seufzte schwer. »Es war eine schwere, schwere Zeit.

Aber bald danach seid ihr alle zurück in den Senegal gegangen. Wir haben uns natürlich geschrieben.« Die Nonne nahm Gabriellas Hand und drückte sie. »Sie liebte Ericka gerade so wie dich und deine anderen Geschwister auch. Und sie wusste, was für ein Schatz diese kleine Schwester für dich war. Sie sah nicht, was es Gutes bringen sollte, die Vergangenheit wieder hochzubringen.« Mutter Griolet rieb sich über die Stirn.

»Und dann wurde Ericka krank und starb, und es war sowieso egal«, sagte Gabriella bitter. »Und ich hätte es nie erfahren, wenn ich nicht beschlossen hätte, zurück hierher zu kommen. Deswegen war Mutter also so besorgt; sie hatte Angst, dass ich mich erinnern würde. Darum also hat sie mir dieses Kreuz gegeben!« Sie riss es mit solch einer Kraft unter ihrem Nachthemd hervor, dass die Kette riss und das Kreuz zu Boden fiel.

»Kind, jetzt beruhige dich doch ...«

»Ich will mich nicht beruhigen! Ich kann diesen Alptraum nicht unter den Teppich kehren! Erwarten Sie etwa, dass ich den wegstecke, einfach so?«

»Nein, nein. Du wirst nie einfach so darüber hinwegkommen. Das braucht Zeit, viel Zeit.« Sie berührte Gabriellas Ärmel. »Ich werde für dich da sein und gemeinsam mit dir da durchgehen. Wie ich es bei deiner Mutter gemacht habe. Wenn du willst.« Sie drückte Gabriella an ihre Brust und ließ sie weinen, bis sie ihre Augen schloss und auf dem Schoß der Alten einschlief.

Die Kirchturmuhr schlug acht Uhr. Mutter Griolet schlüpfte aus dem Zimmer. Gabriella schlief jetzt friedlich auf dem Sofa, während die Sonne durch das Fenster kroch und das Hugenottenkreuz auf dem Fußboden mit ihren Strahlen einfing, dass es einen schimmernden Schatten zur Decke hochwarf.

* * * * *

Als Mutter Griolet später am Morgen in ihre Wohnung zurückkehrte, war Gabriella nicht mehr da. Die Decke lag zusammengeknüllt auf dem Sofa, der Kaffee war kalt, die Tasse nicht angerührt. Mutter Griolet ließ sich schwer atmend auf das Sofa fallen.

»Lieber Herr, es ist so ein Schock. Dieser Zorn auf Gabriellas liebem Gesicht. Das hatte ich nicht gewusst.« Sie massierte ihr eines Bein und zog es mit einiger Mühe hoch, um es auf den niedrigen Tisch zu legen. »Ich bin halt doch eine alte Frau.« Sie holte, schmerzlich zusammenzuckend, Luft. »Herr, du siehst das hier. Selbst nach all den Jahren mit dir komme ich nicht gut mit diesen Tragödien zurecht. Es wird schwer werden für Gabriella, das unter die Füße zu kriegen – zu vergeben.

Ihr Temperament ist so feurig wie ihr Haar. Oh, ich weiß, dass sie zu Recht so wütend ist. Das Leben ist so ungerecht. Aber bitte, Vater, gib mir Kraft. Und die richtigen Worte. Und die Ohren zum Hören.«

Ihr Blick ging auf den Fußboden, wo das Hugenottenkreuz noch lag, die Kette halb unter dem Sofa versteckt. Mutter Griolet bückte sich, um es aufzuheben. Sie legte es auf ihren Handteller und befingerte die Taube, die von dem einen Arm des Kreuzes herabhing.

Sie sprach zu dem Kreuz. »Nicht wahr, du bist zurückgekommen, um mich zu erinnern? Eine unkonventionelle katholische Nonne hat dich einst als Geschenk für eine Freundin in Not gekauft. ›Komm zum Kreuz‹, sagte die Nonne damals, ›das ist der einzige Weg. Dort ist Vergebung.‹ Und jetzt muss diese alte Nonne sich an diese ihre Worte erinnern. Für eine sehr verstörte junge Frau. Und für sich selber.« Sie hielt das Kreuz an ihre Lippen und schloss die Augen.

»Herr Jesus, wie an jedem Tag, so komme ich auch heute zu deinem Kreuz, und ich sage: Vergib mir. Vergib mir, wenn ich Gabriella unnötigen Schmerz bereitet habe, indem ich dieses Geheimnis für mich behielt. Du weißt, dass das nie meine Absicht war. Ich bin eine störrische alte Frau, Herr, aber ich versuche, jeden Tag mein Kreuz auf mich zu nehmen und dir nachzufolgen.«

Das Kreuz hing von seiner zerbrochenen Kette und pendelte sachte hin und her in Mutter Griolets Hand, während sie betete. Plötzlich schoss ein Sonnenlichtstrom durch den Raum, dass Hunderte Lichtflecken über die Wand schimmerten und tanzten. Mutter Griolet öffnete ihre Augen und starrte das jubilierende Licht an. Zuerst entdeckte sie seine Quelle nicht. Dann berührte sie das Kreuz, und sofort drehten die Lichtflecken sich, im wirbelnd verstärkten Rhythmus der sachten Bewegung des Kreuzes.

Die Augen der Nonne hellten sich auf, als sie das Licht- und Schattenspiel beobachtete. Sie lachte leise. »Nein, Herr, ich habe deine Worte nicht vergessen: ›Ich bin das Licht der Welt. Wer mir nachfolgt, wird nicht in der Finsternis wandeln, sondern wird das Licht des Lebens haben.‹ Ich habe es nicht vergessen.« Sie ließ das Kreuz in die Tasche ihrer Tracht gleiten und drückte sich von dem Sofa hoch.

Die Schritte der lebhaften Nonne waren langsamer an diesem Tag. »Das ist das Alter«, zwinkerte sie Schwester Rosaline zu, die sie fragte, wie es ihr ging. »Mach dir mal keine Sorgen um mich. Unser Vater ist noch nicht fertig mit mir. *Ooh là là!* Was für Pläne er noch hat!«

* * * * *

Gabriella ging in keines der Seminare an diesem Tag. Sie wanderte durch die Straßen von Castelnau, ruhelos und zornig. Die beiden *Pains au chocolat*, die sie gekauft hatte, nachdem sie sich bei Madame Leclerc umgezogen hatte, wurden trocken in ihrer Papiertüte. Sie stieg in einen Bus nach Montpellier und fuhr zurück in den Westen der Stadt. Sie ging zu dem Missionshaus und stand zwei Stunden auf der anderen Straßenseite in dem beißenden Wind. Die Kälte stach ihre Augen, aber keine Tränen kamen.

Sie hob einen Stein vom Bürgersteig auf und schleuderte ihn auf die Straße. Er schlug ein paar Meter vor dem Haus auf das Pflaster. Weiter hinten hielt gerade ein Bus. Sie rannte hin und stieg ein. Eine ganze Stunde fuhr sie mit dem Bus durch die Straßen der Stadt, ohne auszusteigen. Sie wusste nicht, wo sie war; es war ihr egal.

Sie musste auf einmal an Davids Worte denken: *»Ja, ich habe überlebt – und bin dabei gestorben.«* »Ich habe dich damals nicht verstanden, David«, flüsterte sie. »Aber jetzt verstehe ich. Überleben – das ist der Tod auf Raten.« Sie schloss ihre Augen und nickte ein.

Sie erwachte, als der Busfahrer ihre Schulter schüttelte. »*Mademoiselle*, hier ist die Endstation. Sie müssen aussteigen.«

Gabriella stieg gehorsam aus. Von einem Schulhof kamen kreischende Kinderstimmen. Auf der Straße herrschte der spätnachmittägliche Berufsverkehr. Gabriella trat auf die Straße. Ein heftiges Hupen. Sie sah, wie der Fahrer fluchend gestikulierte, als er ihr knapp auswich. Sie trat zurück auf den Bürgersteig und ging weiter, bis sie zur nächsten Haltestelle kam.

Viel später öffnete Gabriella Madison die Tür zu Madame Leclercs Wohnung und verschwand in ihrem Zimmer.

* * * * *

Gabriella hatte die Bettdecke bis zu ihrem Hals hochgezogen, aber immer noch bibberte sie. Das einzige Licht im Zimmer kam von der Nachttischlampe. Draußen in der Wohnung klingelte das Telefon. Madame Leclerc nahm ab. Ihre Stimme war gedämpft, aber Gabriella wusste, dass Mutter Griolet anrief, um sich nach ihr zu erkundigen.

Ihre Augen fielen auf die Bibel, die auf dem Nachttisch lag. Sie drehte sich auf die Seite und öffnete die Bibel dort, wo der Brief zwischen ihre Seiten geschoben war. Sie nahm den Brief in die Hand und faltete ihn auseinander.

> *Liebste Gabriella,*
> *du bist meine Erstgeborene und meine große Freude. Wie sind dein Vater und ich stolz auf dich! Und jetzt ist die Zeit gekommen, wo du selbstständig wirst.*
> *Ich schenke dir dieses Kreuz, das Hugenottenkreuz. Es kommt aus Frankreich, wo wir vor Jahren wohnten, als du noch klein warst. Jetzt kommst du ja zurück nach Frankreich, nach Castelnau, in die Stadt, die mir damals so lieb geworden ist.*
> *Das Leben ist nicht einfach, Gabriella. Du weißt das bereits, aber vielleicht wirst du es jetzt, wo du auf deinen eigenen Füßen stehst, noch besser kennen lernen. Ich ge-*

be dir dieses Kreuz, das mir immer ein Symbol der Vergebung und Liebe gewesen ist. Jemand schenkte es mir, als ich durch Leiden ging. Trage es, zur Erinnerung daran, dass ich dich liebe und ständig für dich bete.
Gott ist immer treu gewesen zu mir und zu deinem Vater, Gabriella. Er hat uns gelehrt, Wunden zu überwinden und zu vergeben, wo unsere Herzen brechen. Ihn zu lieben und seine Hand nicht loszulassen. Eines Tages wirst du dieses Wissen vielleicht auch brauchen.
So geh nun mit unserem Segen. Lerne und freue dich deines Lebens. Entdecke ein neues Land. Lese über die Hugenotten. Und möge in dem allem dein Glaube stärker werden.
Wir lieben dich, Mutter.

Gabriella faltete den Brief zusammen und wischte sich die Augen. »Und ich dachte, für heute gibt es keine Tränen mehr, Mutter.« Sie tastete nach dem Kreuz und erinnerte sich, dass sie bei Mutter Griolet die Kette zerbrochen hatte.

»Es tut mir Leid, Mutter. Es wird Zeit brauchen. So zu vergeben, wie du das sagst. Es tut mir so Leid, dass ich nichts gesagt habe damals. Ich hatte solche Angst, Mutter. Ich wusste nicht, was ich tun sollte. Ich hatte solche Angst.«

KAPITEL 17

Es war mitten am Nachmittag, aber die Straßen von Algier waren wie ausgestorben. Über jeder Straßenecke hing die Angst, auf jedem Pflaster war Blut, und alles Wasser der Welt konnte ihn nicht wegspülen, den Schrecken des Krieges.

Die OAS nahm es an Grausamkeit in jeder Hinsicht mit der FLN auf. Jeden Tag griff diese neue Terrorgruppe, die entschlossen war, Algerien französisch zu halten, zu neuen barbarischen Methoden.

Einige der *Pied-noirs* schlossen sich dieser militärischen Untergrundorganisation an. Andere zögerten. Es war ihnen klar, dass de Gaulle sie verraten hatte. Der französische Präsident steuerte eindeutig auf ein unabhängiges Algerien zu. Seit dem misslungenen Putsch vom April hatten die Führer des französischen Widerstands gearbeitet und geplant, und jetzt war die Zeit zur Aktion gekommen. Und so berichteten die Zeitungen von einer Mordtat nach der anderen. Ein neuer Hass gärte in den Stadtvierteln von Algier.

Erst in der vergangenen Woche, der bislang blutigsten der OAS, war ein führendes Mitglied der algerischen Sozialistischen Partei ermordet worden. Nirgends war man sich mehr seines Lebens sicher. Nein, dieser Krieg würde sich nicht langsam totlaufen, bis die FLN die Macht übernahm. Die OAS würde dafür sorgen, dass das tödliche Feuerwerk weitergehen würde bis zum bitteren Ende.

Anne-Marie war schier zu müde, um sich noch über den Krieg aufzuregen, als sie stumm aus dem Fenster des kleinen Zimmers in den Slums von Bab el Oued schaute. Dies war das Viertel der *Petits blancs*, also der Ärmsten der Europäer in Algerien, und es war auch die Hochburg der OAS. Fünfzigtausend Europäer lebten zusammengepfercht in dem Streifen zwischen der Kasbah und dem Mittelmeer. Diese *Petits blancs* würden alles verlieren, wenn Algerien seine Unabhängigkeit bekam. In Frankreich hatten sie nichts, und was für eine Arbeit und Existenz konnten sie unter den von Hass erfüllten Algeriern finden, falls dieses Land seine Freiheit bekam? Und so schlossen sie sich der OAS an in ihrem verzweifelten Schrei nach einem französischen Algerien.

Doch Anne-Marie traute ihnen nicht mehr, den politischen Spielchen. Dauernd sich verstecken müssen, ständig auf der Flucht sein ... Sie wusste, dass sie dankbar zu sein hatte, dass sie nicht mehr in der Kasbah und damit relativ sicher war. Die Erinnerung an die wilde Flucht durch die nächtlichen Gassen der Kasbah war noch frisch genug, um ihr Herz hämmern zu lassen. Nur die Nacht hatte die nackte Angst in ihren und Moustafas Augen überdeckt. Die Angst, dass sie bei Sonnenaufgang immer noch in diesem Labyrinth wären, ein leichtes Ziel für die Messerhelden der FLN.

Aber wie durch ein Wunder hatte Moustafa den richtigen Weg durch das Labyrinth gefunden, und bevor die ersten Finger der Dämmerung durch den Himmel spielten, waren sie aus ihrem Gefängnis heraus gewesen. Etwas später an diesem Morgen waren sie in die kleine Wohnung von Marcus Cirou in Bab el Oued geschlüpft. Der mittelalte *Pied-noir* hatte Anne-Marie willkommen geheißen. Er war klein und dünn, und sein graues Haar glänzte nicht von der Sonne, sondern vor Pomade.

Marcus Cirous Achtung vor Anne-Maries Vater, den er vom Zweiten Weltkrieg her kannte, war groß. Es war nur recht und billig, hatte er Anne-Marie erklärt, dass er der Tochter von Kapitän Duchemin Zuflucht gewährte. Moustafa hatte er zunächst misstrauisch beäugt, aber Anne-Marie konnte ihn bald überzeugen, dass dieser *Harki*-Sohn auf der Seite der *Pied-noirs* stand – ein widerwilliges FLN-Mitglied unter der Folter, ein loyaler *Harki*, seit er wieder frei war.

Marcus teilte seine bescheidenen Vorräte mit seinen unerwarteten Gästen. Er trieb sogar eine Flasche Medizin für Anne-Maries Husten auf. Aber jetzt, nach einem Monat, war sie immer noch schwach, die Augen stumpf, selbst wenn die Bombenexplosionen durch die Nacht hallten.

Was durch ihren Kopf dröhnte, war lauter als die Bomben, die man in jeder Nacht hörte, lauter als die wütenden Rufe der *Pied-noirs* auf dem Platz vor der Präfektur. Sie hörte es morgens, wenn sie aufstand, und den ganzen Tag lang, und nachts wachte sie davon auf.

Wir haben deine Tochter gefunden. Pausenlos wiederholte Rachids Stimme diesen Satz. Sie hatte ihn nicht töten wollen, sie hatte nicht fliehen wollen, und sie war sicher, dass die Schuld an seinem Tod und ihrer Flucht auf Ophélie gefallen war. Sie mochte nicht daran denken, was Alis Rachsucht ihrer Tochter antun konnte. Wenn es keine Hoffnung mehr für Ophélie gab, dann war alles aus.

»Anne-Marie, du musst essen, bitte.« Moustafa kam mit einem Teller Reis mit Bohnen herein. Er setzte sich neben sie und strich ihr über den Rücken und Nacken. »Sorge dich doch nicht so, meine Liebe. Wir wissen doch gar nicht, ob sie Ophélie wirklich haben. Ich bin jetzt schon dreimal wieder in der Kasbah gewesen und habe diese Männer beobachtet. Sie haben Ophélie nicht erwähnt. Bitte, du musst essen.«

Schon seit einem Monat argumentierte er so. Anne-Marie überzeugte es nicht, und sie bezweifelte, ob Moustafa selber es glaubte.

»Es ist ein Wunder, dass wir noch am Leben sind«, fuhr er fort. »Das hat bestimmt seinen Sinn. Bald werden wir Algerien verlassen können. Du darfst nicht vergessen, dass wir ja nicht allein sind in unserem Kampf. Wir helfen anderen, ich habe drei der Familien in Algier erreichen können. Bald kriegen wir die nächste Überfahrt der *Capitaine* zusammen, du wirst schon sehen. Die Kinder werden entkommen. Alle. Auch Ophélie!« Er schüttelte Anne-Maries Schultern, aber sie sah ihn aus leeren Augen an.

»Sei mir nicht böse, Moustafa. Ich versuche ja, das zu glauben. Aber an was soll ich denn denken in diesem Zimmer? Was sehe ich denn einen Tag und eine Woche nach der anderen? Das Gesicht meiner Tochter. Ich lebe für dieses Gesicht. Und ich habe Angst.«

Er hielt sie ganz fest, ihr Gesicht an seiner Brust begraben. Er nahm ihr Kinn in die eine Hand und strich ihr mit der anderen über ihr Gesicht. Dann küsste er sie sachte auf die Stirn. »Lebe für Ophélie, meine Liebe. Lebe für sie.« Er sah in die Tiefen ihrer traurigen Augen. »Aber lebe auch für mich. Ich brauche dich. Ich brauche dich so sehr.«

Seine Lippen berührten die ihren, erst vorsichtig, dann mit

Leidenschaft. Er zog sich von ihr los. »Ich muss gehen.« Er stand auf, seine Finger strichen kurz an ihren Lippen entlang. Anne-Marie lächelte. Ein schwaches, müdes Lächeln.

»Danke«, flüsterte sie, als er das Zimmer verließ. Dann legte sie die Hand auf ihren Mund und weinte.

* * * * *

Der Bus Linie 11 verließ die Kopfsteinpflasterstraßen von Castelnau und bog auf den großen Kreisverkehr ein, der die kleine Stadt mit dem Osten von Montpellier verband. Er fuhr auf die Avenue de la Pompignane und hielt neben einer Gärtnerei an, die Chrysanthemen im Sonderangebot hatte – zwei Töpfe für 40 Francs. Vor dem Laden standen Hunderte von Töpfen der orangenen, gelben und weinroten Blumen. Das Angebot galt seit Allerheiligen, dem Tag, wo man diese Blumen an jedem Grabstein in Montpellier fand.

Es war jetzt der 28. November, und Gabriella hatte Ophélie einen weiteren Ausflug in die Stadt versprochen. Sie hatte ihr erklärt, dass sie die Kette ihres Kreuzes reparieren lassen musste.

»Mutter Griolet hat mir gezeigt, zu welchem Juwelier ich gehen muss. Es ist derselbe, der ihr vor Jahren das Kreuz verkauft hat.« Warum die Kette gerissen war und was für ein Alptraum die letzte Woche gewesen war, hatte sie nicht erwähnt. Sie schaute zu, wie Ophélie auf dem Bussitz auf und nieder hüpfte und ein altes französisches Volkslied sang, das sie erst an diesem Morgen gelernt hatte. »*Au clair de la lune, mon ami Pierrot* ...«

Sie stieß das Kind leicht an. »Schau, dort, bei dem Springbrunnen. Siehst du die vielen Chrysanthemen, die sie dort gepflanzt haben?« Der Bus umrundete gerade einen anderen Kreisverkehr, in dessen Mitte ein kleiner grüner Hügel war, auf dem die Nachbildung eines alten römischen Hauses stand. Ganze Ringe aus Chrysanthemen liefen um den Hügel. Aus dem Inneren der römischen Ruine goss ein kleiner Springbrunnen sein Wasser hinab.

»Sind die schön, die Blumen! So schön wie du, Gabriella!«

Ophélie hopste noch höher, lachte, drückte Gabriella und sang weiter. »Und guck hier, Gabriella! Einer von meinen Zähnen ist locker. Guck!« Sie schob ihren mittleren Schneidezahn vor und zurück. »Glaubst du, dass die kleine Maus zum Waisenhaus kommt, wenn ich meinen Zahn verliere?«

»Aber sicher. Die kleine Maus kommt überallhin, wo ein Kind seinen Zahn unter dem Kissen versteckt hat. Sie kommt dich bestimmt besuchen.« Gabriella befühlte den Zahn. »Aber jetzt noch nicht, Spatz, das dauert noch ein Weilchen.«

Gabriella schaute Ophélie weiter zu. Sie fühlte sich plötzlich, als ob sie wieder im Senegal war und Ericka auf dem Schoß hielt, die ausgelassen kicherte, während ihre große Schwester ihr das Haar zu Zöpfen flocht.

Sie schloss die Augen und versuchte, die Bilder wegzuscheuchen, die ihr da durch den Kopf wirbelten. *Ein kleines, schluchzendes Mädchen, das sein Gesicht in Mutter Griolets schwarzer Tracht versteckte. Ein schwarzhaariges Kind, das apathisch und gelb in einer afrikanischen Hütte lag. Eine helläugige Sechsjährige, die im Klassenzimmer ihre Hand hob und ihre rothaarige Lehrerin anstrahlte.*

Sie öffnete ihre Augen wieder und fragte: »Was magst du am meisten daran, dass du sechs Jahre alt bist, Ophélie?«

Das Kind dachte mit gekräuselter Nase nach. »Was ich am meisten mag? Hmm. Ich mag es, dass ich lesen lerne. Ja! Das ist das Beste!« Sie hüpfte wieder auf und nieder, auf und nieder, dass ihre Zöpfe flogen. »Halt, nein! Das ist doch noch nicht das Beste! Das Allerbeste daran, dass ich sechs bin, ist, dass ich dich kenne!«

Sie packte Gabriella impulsiv um den Hals und küsste sie auf die Wangen. Der Bus hielt abrupt an, und die beiden hielten einander fest, um nicht umzukippen. Dann lachten sie beide los. »Sechs Jahre. Dann freust du dich, dass du sechs bist, Ophélie?«

»Und wie!«

Der Bus hielt gegenüber dem Bahnhof von Montpellier an, neben einem Park, wo der nächste Springbrunnen sein Nass versprühte und Kinder schaukelten und auf der Rutschbahn fuhren.

»Wir müssen raus, Spatz.«

»Darf ich in dem Park spielen, Bribri?« bettelte Ophélie, den Spitznamen benutzend, den sie für ihre Freundin erfunden hatte.

»Ja, ein Weilchen schon.«

Ophélie rannte zielsicher zu einer der Schaukeln. Höher und höher drückte sie sich, mit den Beinen gegen den Wind anrudernd. »Guck! Guck, wie hoch ich komme, Bribri! Guck doch!«

Gabriella nickte von der Bank aus, auf die sie sich gesetzt hatte. Sie winkte Ophélie zu und flüsterte: »Lebe, Ophélie. Und lache und liebe. Das ist das Richtige für ein sechsjähriges Mädchen.«

* * * * *

Die beiden gingen die Straße entlang, bis sie zum Place de la Comédie kamen. Hunderte von Menschen saßen in den Straßencafés, tapfer dem kühlen Wind des Nachmittags trotzend. Ophélie hüpfte an Gabriellas Hand. »Guck! Schon wieder ein Brunnen!« Sie kicherte. »Und in der Mitte stehen drei nackte Damen.« Sie sah ihre Lehrerin an, die Augen gegen die Sonne zusammenkneifend. »Ist das nicht komisch? Nackte Damen im Brunnen!«

»Das sind die drei Grazien. Sie stellen die Schönheit dar. Eines Tages wirst du mehr über sie lernen. Aber jetzt komm, der Juwelier ist irgendwo hinter dem Comédie.«

Sie gingen durch die Gassen der Altstadt. In jedes Schaufenster wollte Ophélie hineinsehen: ein Spielwarengeschäft, eine Bäckerei, ein Laden, der Kinderschuhe verkaufte. Auf dem Bürgersteig war ein Straßenmaler dabei, die Jungfrau Maria und das Jesuskind in hellen Kreidefarben zu malen. Ophélie blieb wie angewurzelt stehen.

»*Ooh là*, guck mal da!« zwitscherte sie und zog an Gabriellas Hand. »Hast du schon mal so ein hübsches Bild gesehen? Zu dumm, dass es auf dem Bürgersteig ist. Da wird es doch gleich wieder ausgewischt, wenn der Regen kommt.«

»Der Künstler möchte, dass du ihm ein wenig Geld gibst für

sein Bild.« Gabriella reichte Ophélie ein Francstück. »Dann freut er sich. Siehst du den Hut da? Leg das Geldstück einfach da hinein.«

Ophélie ging auf Zehenspitzen zu dem Hut des Mannes, in welchem schon ein kleiner Schatz aus Franc- und Centimes-Stücken leuchtete. Der junge Mann schaute hoch und lächelte Ophélie an. »*Merci, jeune fille*«, murmelte er, bevor er mit seiner Arbeit fortfuhr.

An einem Stand ein paar Meter weiter verkaufte ein Mann Röstkastanien. Der Duft stieg Ophélie in die Nase. »Oh, Bribri! Können wir eine Tüte davon kaufen? Oh, bitte!« Sie hüpfte aufgeregt.

»Ophélie, wir müssen weiter. Wenn wir alles kaufen, was wir sehen, habe ich kein Geld mehr, um den Juwelier zu bezahlen. Sei zufrieden mit Angucken. Und auf dem Rückweg darfst du dir eine Sache zum Kaufen aussuchen. Nur eine. Klar?«

»Oh, ja. Danke.« Ophélie drückte einen Kuss auf Gabriellas Wange.

* * * * *

Es war vier Uhr nachmittags, als Jean-Claude Gachon aus dem Zug stieg und in die Sonne der Straßen von Montpellier trat. Er ging über die Straße und die breite Allee mit der Parade der Bushaltestellen entlang. Am Place de la Comédie angekommen, wählte er einen Tisch in einem der Straßencafés, der ihm einen guten Blick auf den großen Platz bot.

»Ein *Pastis*, bitte«, murmelte er zu dem Kellner, während er eine Zeitung entfaltete. Wenn man schon seine Tage vergeuden musste, war dies kein schlechter Zeitvertreib. Hunderte von Studenten schlenderten lachend und schwatzend durch die Straßen. Zu dieser Tageszeit gehörte der Place de la Comédie ihnen. Einen ganzen Monat schon hatte er damit verbracht, auf dem Platz zu sitzen und auf die Rothaarige zu warten. Jeden Tag saß er zwei Stunden lang in einem der Cafés und beobachtete das Treiben der jungen Leute. Darauf ging er die Esplanade entlang und durch die Altstadt bis zum Place de

Peyrou, einem großen Park, an dessen einem Ende sich ein sechseckiger alter Wasserturm über einem Teich erhob. Hinter dem Park verloren sich die Bögen eines römischen Aquädukts in der Ferne, der als stummer Zeuge der Geschichte durch die Stadt lief. Aber von der Rothaarigen keine Spur.

Heute war Jean-Claude ruhelos und ungeduldig. Er beschloss, das Café erst lange nach Einbruch der Dunkelheit zu verlassen. Er brauchte Nachrichten für Ali. Er brauchte heute ein bisschen Glück.

* * * * *

Edouard Auguste war einer der bekanntesten Goldschmiede von Montpellier, hatte Mutter Griolet Gabriella verraten. Sie hatte auch gesagt, dass er ein wandelndes Lexikon war, falls Gabriella ihn über die Hugenotten befragen wollte. Gabriella hatte das zunächst nicht vorgehabt, aber jetzt, wo sie in seinem Laden stand, begann sie ihn mit Fragen zu löchern.

Ophélie hockte sich hin, um die Schätze in den Glasvitrinen besser betrachten zu können. Sie berührte das Glas mit den Fingern, als könne sie so die Schmuckstücke dahinter befühlen.

Monsieur Auguste hatte den breiten südfranzösischen Akzent. Seine Augen waren tiefblau und hellwach, seine hohe, gepflegte Gestalt ganz die eines Gentleman. Um den Hals trug er einen geschmackvollen Seidenschal. Das Grau seines Flanellanzugs passte perfekt zur Farbe seines Haares und Schnurrbarts.

»*Oui, oui, Mademoiselle*«, nickte er, als Gabriella ihn fragte, wo das Hugenottenkreuz ursprünglich herkam. »Das Hugenottenkreuz hat starke Ähnlichkeit mit dem Orden des Heiligen Geistes, der im 16. Jahrhundert von Heinrich III. geschaffen wurde. Der Orden bestand aus einem Malteserkreuz mit einer Taube in der Mitte. Mit ihm wurden Mitglieder der französischen Kavallerie für besondere Tapferkeit ausgezeichnet. Protestanten durften ihn natürlich nicht bekommen, egal wie gut sie militärisch waren.

Man nimmt an, dass das erste Hugenottenkreuz um das Jahr

1688 von einem Goldschmied in Nîmes geschaffen wurde. Sein Unterschied zu dem Orden besteht darin, dass das *Pendatif* – die Taube – mit ausgebreiteten Flügeln und dem Kopf nach unten vom unteren Arm des Kreuzes herabhängt. Wahrscheinlich soll sie den Heiligen Geist symbolisieren, der bei der Taufe Jesu als Taube auf ihn herabkam. Zwischen den Armen des Kreuzes bettete der Künstler auch vier bourbonische Lilien ein; einziselierte Sonnenstrahlen sollten die Kraft des Heiligen Geistes darstellen. Damals war jedes dieser Kreuze ein wenig anders.

Genaues weiß man nicht, aber vielleicht gestaltete man dieses Kreuz deswegen dem Orden so ähnlich, damit die Protestanten ein Schmuckstück hatten, das ihren Glauben symbolisierte, aber dem König und der katholischen Kirche keinen Anstoß gab, und so schuf der Goldschmied ein Kreuz, das bestimmte Eigenschaften hatte, die seine Träger an den ihnen verbotenen Orden erinnerten. Manche glauben, dass die Hugenotten den Ordensträgern der Kavallerie damit sagen wollten: ›Ihr seid nicht die Einzigen, die den Heiligen Geist haben! Gott hat ihn all denen verheißen, die an ihn glauben.‹«

Die Stimme des Juweliers war lebhaft geworden, und Gabriella glaubte, eine Spur von Stolz aus ihr herauszuhören, als er fortfuhr: »In der Zeit der Hugenottenverfolgungen wurde dieses Kreuz allerdings nicht oft getragen. Sie dürfen nicht vergessen ...« – er hielt ihr das Kreuz hin –, »dass die meisten Hugenotten arme Dorfbewohner und Menschen aus den Bergen waren, die keinen Schmuck trugen. Die typischen Besitzer des Kreuzes waren relativ wohlhabende Protestanten, die in der Stadt lebten. Es gibt Dokumente, aus denen hervorgeht, dass diejenigen Hugenotten, die während der Verfolgungen im 17. und 18. Jahrhundert ihrem Glauben absagten, zum Beweis dafür ihre Kreuze verkaufen mussten.«

Gabriella war fasziniert von dem Wissen des Juweliers. »Und jetzt ist dieses Kreuz sehr beliebt?«

»Oh ja, *Mademoiselle*. Unter den Protestanten ist es sehr beliebt. Seit dem letzten Jahrhundert ist es ein begehrtes Schmuckstück. Was Sie hier haben, ist ein ganz besonders schönes Exemplar. Achtzehn Karat Gold, und schauen Sie mal, wie das Kreuz auf beiden Seiten herausgearbeitet ist. Ein sehr schönes Stück.«

»Mutter Griolet hat gesagt, dass sie es hier gekauft hat, vor vielen Jahren.«

Der Goldschmied nickte höflich. »Ja, Mutter Griolet.« Er furchte die Stirn, dann schlug er mit der Hand auf die Theke. »Natürlich, jetzt erinnere ich mich wieder! Es war etwas merkwürdig – diese liebe katholische Nonne, die ein Hugenottenkreuz kaufte. Das war mir glatt entfallen, obwohl ich Mutter Griolet gut kenne.« Er zuckte die Achseln. »Aber die Leute können natürlich kaufen, was sie wollen.« Er sah Gabriella an. »Und wie sind Sie an dieses Kreuz gekommen?«

»Meine Mutter schenkte es mir. Ich habe erst vor kurzem herausgefunden, dass sie es von Mutter Griolet geschenkt bekommen hatte.« Gabriella fröstelte es plötzlich. »Aber jetzt müssen wir gehen. Vielen Dank für Ihre Hilfe.«

»Es war mir ein Vergnügen, *Mademoiselle*. Ihre Kette wird Freitag fertig sein. Soll ich das Kreuz so lange auch hier behalten?«

»Ja, das wäre gut. *Merci.*«

»Keine Ursache. Einen schönen Tag noch.«

Ophélie sah erleichtert aus, als sie Gabriellas Hand nahm. »Ich dachte schon, wir gehen nie mehr«, sagte sie. »Was hab ich für einen Hunger!«

»Natürlich. Also dann los. Du darfst dir etwas aussuchen.«

* * * * *

Um halb sechs war der Place de la Comédie ein einziger Strom aus Autos und Fußgängern, der sich zwischen den majestätischen Gebäuden dahinwälzte. Von ihrem Ausguck auf dem Brunnen sahen die drei Grazien mit der Seelenruhe auf das Gewühle hinab, wie sie dieser verführerischen Symbole der Liebe würdig war.

Jean-Claude saß zwischen etlichen Studenten auf den Stufen vor der Statue, die einen brauchbaren Blick auf das wogende Menschenmeer freigaben. Er beobachtete gerade eine gut gebaute junge Frau mit dunkler Haut, grellrosa Lippen und angenehm kurzem Rock. Der rote Haarschopf weiter hinten entging ihm zunächst, doch dann sah er ihn. Eine Frau mit rotem Haar. Viel rotes Haar. Und sie ging auf die Bahnhofsallee zu. Er sprang die Stufen hinunter und ging so schnell er konnte über den Platz, die Augen auf die Rothaarige hundert Meter weiter vorne geheftet.

Hinter dem Platz lichtete sich die Menge, und Jean-Claude konnte die Frau voll sehen. Jawohl, sie war es! Er holte laut lachend die Kamera aus seiner Ledertasche, peilte die Rothaarige durch die Zoomlinse an und schoss ein Bild. Gleich das nächste, während er weiterlief. Er stieß mit einer älteren Frau zusammen, die einen Handwagen zog.

»Pardon!« rief er über seine Schulter, während er einer anderen Frau auswich. Er blieb kurz stehen, um sich zu orientieren, und stieß einen Überraschungsfluch aus. Die Rote hatte ein kleines Mädchen an der Hand. Ein Mädchen, das er gut kannte. »Ophélie Duchemin«, kicherte er. Schnell zwei weitere Fotos, als das Mädchen sich herumdrehte, um auf einen Klarinettenspieler zu zeigen. Auf dem letzten Bild erwischte Jean-Claude die beiden Gesichter der Frau und des Kindes.

Er schob die Kamera zurück in seine Tasche, lief näher zu dem Paar hin und verlangsamte seinen Schritt. Jetzt war er direkt hinter dem Paar. Er berührte den Ärmel der Rothaarigen. »Entschuldigen Sie, *Mademoiselle*.«

Sie sah kurz zurück und ging weiter. »Danke, ich kaufe nichts.«

Diesmal hielt er ihren Arm fest. Seine Stimme war höflichruhig. »*Mademoiselle*, haben wir uns nicht schon einmal gesehen?«

Sie blieb stehen und sah ihn misstrauisch an. Dann erkannte sie ihn. »Oh, ja, Sie haben Recht! In Aigues-Mortes, nicht wahr?«

»Genau. Wie schön, Sie wieder zu sehen. Ich sehe, Sie haben Ihren Sturz gut überstanden.«

Die junge Frau errötete. »Ja, doch. Was bringt Sie nach Montpellier?«

»Geschäfte. Und Sie, *Mademoiselle*?«

»Mich? Ich wohne hier in der Nähe.«

Jean-Claude tat so, als sehe er das Kind erst jetzt. »Ja, wen haben wir denn da? Ophélie Duchemin? Erinnerst du dich noch an mich?«

Er hob das verdutzte Mädchen hoch und küsste es auf die Wange. »Mensch, was bist du groß geworden! Das letzte Mal habe ich dich vor einem Jahr gesehen, in Algerien, und jetzt bist du hier in Frankreich!« Er stellte Ophélie wieder auf den Boden. Sie drückte sich an die Rothaarige.

»Ophélie? Kennst du diesen Herrn?« Gabriella beugte sich zu dem Mädchen hinunter.

Ophélie nickte, ein Lächeln ging um ihre Lippen. Ihre großen Augen sahen zu Jean-Claude hoch. »Ja, Gabriella.« Dann flüsterte sie: »Das war der Freund meiner Mama.«

Jean-Claude räusperte sich. »Entschuldigen Sie, *Mademoiselle*, darf ich mich vorstellen? Ich bin Jean-Claude Gachon. Ich glaube, Ihren Namen kenne ich noch nicht.«

»Sie heißt Gabriella!« krähte Ophélie.

Jean-Claude strich ihr über den Kopf und lächelte. Die Rothaarige sah das Kind streng an. Jean-Claude tat, als bemerke er es nicht, und fuhr fort: »Gabriella? Darf ich Sie mit Ihrem Namen nennen?«

»Wenn Sie wollen«, erwiderte sie knapp.

»Darf ich Sie zu einer kleinen Erfrischung einladen? Das letzte Mal sagten Sie ja, dass Sie auf Ihren Freund warteten, aber geben Sie mir bitte heute keinen Korb. Es wäre mir eine Ehre, mit zwei so hübschen Damen einen Sirup zu trinken.«

»Wir müssen leider zu unserem Bus.«

»Bitte, Gabriella, bitte!« bettelte Ophélie. »Vielleicht weiß er etwas über Mama! Lass uns mit Monsieur Jean-Claude reden, bitte!«

Gabriella nickte widerwillig. »Na gut, aber nur ganz kurz.«

Jean-Claude führte sie zu einem Tisch am Rande des Place de la Comédie und bestellte rasch drei Gläser Sirup.

»Kleine Ophélie, was bringt dich denn hierher nach Montpellier?« Sein Ton war leutselig-glatt. »Ist deine Mama hier? Es war ja so schade, dass wir nichts mehr voneinander gehört haben.« Er sah Gabriella an. »Sie kennen doch sicher Anne-Marie? Eine ganz liebe Freundin von mir.«

»Mama ist fort«, sagte Ophélie. »Wissen Sie, wo sie ist, Monsieur Jean-Claude? Böse Männer haben sie geholt.« Sie begann zu weinen.

Jean-Claude sah schockiert aus. »Geholt? Wie meinst du das?« Er nahm Ophélies Hand. »Was für Männer haben sie geholt? Kennst du sie?«

»Ich ... ich glaube schon, ich kann mich nicht so gut erinnern, ich hab sie nicht richtig gesehen.« Sie wischte sich die Augen. »Helfen Sie mir bitte, Mama zu finden?«

Gabriella rutschte auf ihrem Stuhl. »Ophélie, Spatz, dieser Herr weiß doch gar nicht ...«

»Es wäre mir ein Vergnügen, Ihnen zu helfen«, unterbrach Jean-Claude sie. »Ich werde alles tun, was in meiner Macht steht. Aber dazu müssten Sie mir erst sagen, wo Sie wohnen, damit ich Sie erreichen kann.«

»Ich wohne bei der Kirche!« platzte Ophélie heraus.

»Ophélie, bitte! Lass mich mit dem Herrn ... mit Jean-Claude reden«, sagte Gabriella.

Er lehnte sich auf seinem Stuhl zurück und ließ seine Finger durch sein dickes braunes Haar gleiten. »Entschuldigung, Mademoiselle Gabriella, ich wollte mich nicht vordrängeln. Es ist nur ... solch ein Schock, Ophélie hier zu sehen. Ich habe sie so lange nicht gesehen; dieser Krieg in Algerien und das alles, Sie wissen schon ... Ich würde Ihnen nur gerne meine Hilfe anbieten. Wenn ich irgendetwas für Sie tun kann ...«

Er zog einen Kugelschreiber und ein Blatt Papier aus seiner Hemdentasche und schrieb rasch eine Nummer auf. »Ich wohne in Marseille aber ich bin oft auf Reisen. Rufen Sie mich einfach an. Vielleicht könnten Sie mir gleich auch Ihre Nummer geben, für den Fall, dass ich auf etwas stoße?«

Wieder zögerte Gabriella. »Ich weiß nicht, ob das etwas bringt. Wir haben kein Telefon.«

»Aber Bribri! Im Büro ist doch eins, ich hab's gesehen!«

Gabriella sah Ophélie tadelnd an. »Ja, gut, da ist eins, aber ich weiß die Nummer nicht. – Hören Sie, *Monsieur*, ich rufe Sie nächste Woche an; wie wäre das?«

»Gut«, sagte Jean-Claude. »Sagen wir gleich nächsten

Dienstag? In einer Woche? Ich glaube, das ist der 5. Dezember.«

»Ja, gut. Aber jetzt müssen wir wirklich gehen. Vielen Dank für die Getränke.« Sie stand auf und streckte ihm ihre Hand hin. Er nahm sie und drückte sie.

»Das Vergnügen ist ganz meinerseits, *Mademoiselle*. Darf ich Sie nach Hause begleiten?« Er hatte Ophélie wieder auf den Schoß genommen und kitzelte sie am Hals.

»Nein, danke, das ist nicht nötig. Aber danke für Ihr Angebot.«

Er zog ein Zehn-Franc-Stück aus seiner Geldbörse und hielt es Ophélie hin. »Hier, mein Kind. Damit kaufst du dir ein süßes Teilchen, von Onkel Jean-Claude.«

»Oh, danke!« Ophélie drückte ihn lachend.

»Und ich hoffe, dass wir uns bald wieder einmal sehen«, sagte er leise zu Gabriella.

Er schaute den beiden hinterher, wie sie zu der Bushaltestelle gingen. Er blieb auf seinem Stuhl sitzen und holte ein Fernglas aus der Tasche. »Linie 11«, murmelte er, als Gabriella und Ophélie in den Bus stiegen. »Der 11er fährt nach Osten, und die kleine Ophélie wohnt also neben einer Kirche. Sollte nicht zu schwer zu finden sein. Überhaupt nicht schwer.«

Es war schon lange dunkel, als er den Zug zurück nach Marseille bestieg, hoch zufrieden darüber, was ihm der Zufall auf dem Place de la Comédie über den Weg geführt hatte.

David Hoffmann ging nicht aus dem Seminarraum, nachdem er seine Stunde am Morgen des 4. Dezember beendet hatte, sondern sah aus dem Fenster des ersten Stocks hinaus in den Hof. Die Waisenkinder hatten gerade ihre Pause. Die meisten spielten fröhlich Fangen. Andere, mehr am Rand, liefen für sich hin und her. Einer von ihnen war der arabische Junge. Er war eindeutig zu alt für das Waisenhaus, sein Körper zu groß, seine Haut zu dunkel. Alles an ihm rief dem Betrachter entgegen: Ich gehöre hier nicht hin!

Dagegen schien das kleine Mädchen, das er in Paris gefunden hatte, sich ganz wie zu Hause zu fühlen. Gerade sauste sie hinter einem ihrer Kameraden her. David musste lächeln. Er sah ihr gerne beim Spielen zu, obwohl er stets darauf achtete, dass sie ihn nicht sah. Es war ihm lieber, wenn sie dachte, dass der nette Fremde in Paris so rasch verschwunden war, wie er gekommen war. Er hatte nicht die Zeit, sich mit noch einem Problemfall zu beschäftigen. Das Kind hatte ein brauchbares Zuhause gefunden, und das war sicher etwas Positives.

Aber der Rest seiner Arbeit ließ ihn eigentlich kalt. Er freute sich nicht mehr auf seine Stunden, so wie er es die letzten anderthalb Jahre getan hatte. Er hatte es genossen, das intelligente Katz- und Mausspiel mit den jungen Damen, das gewisse Etwas an Macht, das er über sie ausübte. Aber dieses Spiel hatte seinen Reiz zu verlieren begonnen, als Gabriella gekommen war. Sie erfüllte sein tiefes Bedürfnis, sich tiefer in eine Menschenseele hineinzugraben. Sie war bereit gewesen, mit ihm auf die Reise zu gehen, auch wenn ihre Weltanschauung gerade das Gegenteil von der seinen zu sein schien, was ja nur umso besser war für den Kampf der Intellekte.

Sie war eine nette Abwechslung gewesen, eine Ablenkung von dem Ernst des Krieges. Eine Gefährtin und ahnungslose Komplizin. Aber jetzt traute er sich nicht, die Freundschaft, die da aufgekeimt war, wiederzugewinnen. Es war nicht nur Stolz, was ihn auf Abstand zu Miss Gabriella Madison bleiben ließ; er war sicher, dass er sie zurückgewinnen konnte, wenn er es nur versuchte.

Nein, er wusste, dass mehr hinter seinem Stillhalten lag. Respekt. Und Fürsorge. Er wollte, dass Gabriella in Sicherheit war, dass keine fremden Männer sie über einen überfüllten Markt jagten. Nein, es war nicht – das Wort ließ ihn zynisch auflachen – Liebe, was er fühlte. Achtung, vielleicht Freundschaft, aber ganz sicher nicht Liebe. Er konnte es sich nicht leisten, noch einmal zu lieben; er hatte noch genug zu tragen an dem ersten Versuch.

* * * * *

Volle fünf Minuten lang stand Gabriella in dem Flur vor der offenen Tür des Seminarraums. David stand mit dem Rücken zu ihr am Fenster und sah hinaus. Als er sich endlich umdrehte, um seine Tasche vom Tisch zu nehmen, klopfte sie zögernd an die Tür.

Er sah überrascht auf. Seine Stirn runzelte sich, als er Gabriella sah. »Ja?«

Gabriella spürte, wie ihr Herz schneller wurde. Sie hatte Lust, sich einfach umzudrehen und wieder zu gehen. Da stand er, in selbstbewusst-zynischer alter Frische, während sie wie ein Schulmädchen zitterte. »Kann ich eben reinkommen?«

»Natürlich«, sagte er mit einem knappen Lächeln.

»Sie machen es mir nicht leicht, nicht wahr?«

»Ich weiß nicht, was Sie meinen, Miss Madison.«

Es kam ihr vor, als ob eine Wand zwischen ihnen war. Sie holte tief Luft und begann: »Ich wollte ... mich entschuldigen.«

»Ach so? Mich um Vergebung bitten?« Sein Ton war schneidend. »Wenn ich mich recht erinnere, war das ja das Thema bei unserem letzten Gespräch.«

»Ich hätte mir's ja denken können. Entschuldigen Sie bitte.« Sie drehte sich um, um wieder zu gehen.

»Warten Sie! Gabby, bitte.« Er trat um sein Pult herum und berührte ihren Ärmel. »Bitte warten Sie.«

Sie sahen einander schweigend an. David räusperte sich und wies auf einen Stuhl. »Setzen Sie sich doch bitte.« Sie gehorchte schweigend, die Augen fest auf ihn gerichtet.

Er fuhr sich durch sein schwarzes Haar. Sein Gesicht war dunkelrot. Er setzte sich auf das Pult und zuckte die Achseln. »Ich weiß nicht, was ich sagen soll.« Er rieb sich über die Augen. »Stimmt nicht. Ich könnte hundert Sachen sagen, aber das wäre nur ein Spiel, und dafür sind Sie nicht hierher gekommen.« Seine Hände legten sich um den Rand des Pultes. Er hob fragend die Augenbrauen. »Ich würde gerne wissen, warum Sie gekommen sind, Gabby.«

»Das kann ich Ihnen sagen, aber nur unter einer Bedingung.«

»Und die wäre?«

»Dass Sie mir zuhören, wirklich zuhören, bevor Sie ein Wort sagen.«

Er grinste, fast jungenhaft verlegen. In seiner einen Wange war ein Grübchen, das sie noch nie vorher bemerkt hatte. »Abgemacht.« Auf einmal sah er gar nicht wie David Hoffmann aus, sondern menschlich-verletzlich, dass Gabriella Lust hatte, ihn zu umarmen.

Sie seufzte und begann: »Sie wollen wahrscheinlich keine Erklärung hören, warum ich im letzten Monat so auf Distanz gewesen bin, aber es ist etwas eingetreten, das mir gezeigt hat, dass Sie eine verdienen.« Sie verschränkte nervös ihre Hände. »Ich habe einmal gehört, dass die Grenze zwischen Liebe und Hass dünn ist. Ich hab es wohl für sicherer gefunden, Sie zu hassen als ... als umgekehrt.« Ihr Gesicht wurde rot.

Sie fuhr fort. »Es tut mir Leid, dass ich so wütend geworden bin über das, was Sie über Vergebung und Rache sagten. Es ist ja Ihr gutes Recht, das zu glauben, was Sie glauben wollen, das geht mich nichts an. Es stimmt, dass ich gehofft hatte, Sie überzeugen zu können, aber das war nur, weil ...« Sie suchte nach Worten. »... weil ich Mitleid mit Ihnen hatte. Sie waren mir nicht egal.« Ihre blauen Augen waren auf einmal nass.

David runzelte die Stirn. Seine dunklen Augen sahen sie fest an, aber er sagte nichts.

»Es war lächerlich von mir, zu glauben, dass ich Ihnen auch wert war. Ich meine, mehr als in einer lockeren Freundschaft. Es tut mir Leid, wenn ich es zwischen uns ... so schwer gemacht habe.« Sie schloss einen Moment die Augen, um ihre Fassung wiederzugewinnen.

Er sah aus, als wolle er am liebsten von dem Pult herunterspringen und zu ihr kommen. Sie sprach rasch weiter. »Nur noch eines, dann bin ich fertig.« Sie schluckte ein paar Tränen hinunter. »Sie hatten Recht. Es gibt einen Tod der Seele, der einem das Leben zur Hölle macht. Eine Bitterkeit der Erinnerung, die einen foltert. Und vielleicht braucht man wirklich sehr lange, bis man vergeben kann. Vielleicht wird der Schmerz mich komplett auffressen, bis nichts mehr da ist, das ich vergeben kann. Vielleicht haben Sie das so gemeint. Damals habe ich es noch nicht verstanden, aber jetzt ...« Sie hielt inne und vergrub ihr Gesicht in den Händen, den Kopf schüttelnd. »Dummes Mädchen«, flüsterte sie. »Ich hatte mir so vorgenommen, nicht zu heulen. Ich gehe jetzt. Das war alles, was ich sagen wollte.« Sie grub in ihrer Handtasche nach einem Taschentuch und stand auf.

Auf einmal war er neben ihr und zog sie zu sich hin. Seine starken Arme drückten sie an seine Brust. Sie standen reglos da, wagten kaum zu atmen, aber Gabriella schien es, als ob alles in wirbelnder Bewegung war. Seine Hand strich über ihr Haar, vorsichtig-schüchtern.

Gabriella wagte nicht, hochzublicken. »Bitte, David, nein ... Dafür bin ich nicht hierher gekommen. Ich kann nicht.«

Er machte einen Schritt zurück, seine Hände noch lose auf ihren Schultern. »Entschuldigung. Sie haben ja Recht. Es ist zu viel, was uns trennt, Gabby.« Er atmete schwer. »Aber etwas hat Sie zerbrochen, meine Freundin.« Er sprach das letzte Wort bedachtsam aus. »Lassen Sie mich mit Ihnen zu Madame Leclerc gehen. Ich höre zu, ich versprech's.«

Gabriella nickte. Er wischte eine Träne von ihrer Wange.

Sie gingen an Madame Leclercs Haus vorbei, durch die Ortsmitte und hinaus in die freie Landschaft. Der Raureif des Morgens schmolz unter der wärmenden Sonne, während Gabriella von der Vergewaltigung ihrer Mutter, von ihren Alpträumen, von ihrer Wut auf Mutter Griolet erzählte. Hier und da unterbrach David sie mit einer Frage, aber ansonsten war er still.

»Ich verstehe einfach nicht, warum Mutter mir das nicht erzählt hat, bevor ich hierher kam. Es war gerade so, als ob sie wusste, dass ich es herausfinden würde, aber nicht diejenige sein wollte, die mich aufklärte. Das ist so gar nicht typisch für sie. Sie hat sonst nie Angst, sich der Wahrheit zu stellen.«

»Aber Sie sagten doch vorhin, dass weder Ihre Mutter noch Mutter Griolet wussten, dass Sie die Vergewaltigung mitbekommen hatten«, warf David ein. »Vielleicht rechnete sie gar nicht damit, dass Sie sich an etwas erinnern würden. Vielleicht war es ihr einfach schmerzlich, dass Sie hierher zurückkehrten.«

»Vielleicht«, sagte Gabriella nachdenklich. »Aber Mutter Griolet? Die hat mich doch mit ihrem Segen in dieses Missionshaus geschickt.«

»Hätten Sie es lieber gehabt, wenn sie sich mit Ihnen hingesetzt und Ihnen selber von der Vergewaltigung, der Schwangerschaft und Ericka erzählt hätte? Ich glaube kaum, dass sie das als ihre Aufgabe betrachtet hat.«

»Oh, David, vielleicht haben Sie ja Recht. Ich weiß es nicht. Ich weiß nur, dass in mir jetzt etwas tot ist. Anders tot als damals, als Ericka starb. Jede Nacht höre ich in meinem Kopf diese Stimme: ›Du bist Schuld! Warum hast du damals nicht geschrien?‹ Ich weiß, dass das nicht Gottes Stimme ist. Entschuldigung, Sie glauben ja nicht an Gott. Aber Gott klagt mich nicht an. Das ist ein anderer.« Ihre Stimme war kaum hörbar.

»Und dann wird alles so konfus. Wenn ich geschrien hätte, wäre es nicht zu der Vergewaltigung gekommen. Aber dann hätte es auch keine Ericka gegeben. Keinen Schmerz und keine Freude. Und ich bin so wütend!«

»Haben Sie Ihrer Mutter schon davon geschrieben?«

»Ich hab's versucht, ein paarmal schon. Aber es klingt immer so hart und anklagend. Und was hat sie denn davon, wenn sie weiß, dass meine Seele am kaputtgehen ist? Sie würde sich nur Sorgen machen.«

»Ich nehme an, sie würde für Sie beten wollen«, sagte er leise.

Gabriella blieb abrupt stehen und starrte ihn ungläubig an.

»Ich versuche nur, das so zu sehen wie Sie. Vielleicht würde es Ihrer Mutter helfen, wenn sie für Sie beten könnte. Soll das Gebet nicht Trost bringen? Ein Gespräch mit dem Allmächtigen?«

»Irgend so was, ja. Aber jetzt will ich nicht mehr darüber reden, ich bin zu müde.« Sie rieb sich die Stirn, fühlte sich plötzlich wie ausgelaugt. Da war David bereit, über das Gebet zu sprechen, und sie hatte keine Energie dazu.

Sie wechselte das Thema. »Da ist noch etwas, das mir durch den Kopf geht, seit Sie bei Madame Leclerc zum Dinner waren. Das Kaninchen. Sie sind doch nicht wirklich allergisch, oder? Das war doch etwas anderes.«

Er verzog das Gesicht. »Etwas sehr Schlimmes aus der Vergangenheit. Ich will jetzt nicht darüber reden.« Er sah sie kurz an und nahm ihre Hand. »Vielleicht ein andermal.«

»Möchten Sie mir gar nichts über sich erzählen, David? Warum Sie nicht vergeben können? Was Sie mitten in der Nacht aufweckt?«

»Das habe ich schon getan, Gabby. Es tut mir zu weh, das noch einmal in allen Einzelheiten aufzuwärmen. Ich bin Halbjude und habe meine Mutter und Schwester in den Konzentrationslagern verloren. Ich war der schuldige kleine Junge, der dabeistand und nichts sagte.«

»Aber was hätte der kleine Junge denn machen sollen? Sie sind nicht schuldig!«

»Dann sind Sie das auch nicht, meine Liebe.«

Als sie wieder in Castelnau waren, war es Mittag. Vor Madame Leclercs Haus verabschiedete David sich. »Darf ich Sie um etwas bitten, Gabby?«

»Schießen Sie los.«

»Fahren Sie am Samstag mit mir mit nach Les Baux. Als meine Freundin. Es ist echt schön da. Das wird Sie mal auf andere Gedanken bringen.«

»Oh, David, das kann ich nicht.« Er sah sie fragend an. Sie lächelte. »Ich habe jemandem versprochen, mich nicht mehr in Gefahr zu begeben.«

»Bin ich etwa eine Gefahr? Ich habe dort zu tun, aber Gefahr gibt's keine. Bitte ...« Seine dunklen Augen bettelten wie die eines Hundewelpen, der spielen will.

Gabriella schloss die Augen und schwieg.

»Was machen Sie da gerade?«

»Ich bete«, erwiderte sie. »Sie finden das jetzt sicher verrückt, aber ich bete um die Kraft, Nein sagen zu können. Können Sie das nicht verstehen?«

Er nahm ihre Hand. »Nein, das verstehe ich nicht, Gabby. Ich weiß nur, dass ich Sie vermisst habe. Unsere Gespräche. Ihren Geist. Verbietet Ihr Gott jede Freundschaft? Was haben Sie denn von einem Leben, das Sie nur unter lauter Gleichgesinnten verbringen? Bitte sagen Sie mir nicht, dass Ihre Religion Freundschaft verbietet. Oder dass Sie Angst davor haben, mit jemandem zusammen zu sein, bei dem man denken muss. Nein, Gabby, Sie sind zu clever, um so eng zu sein.«

Freundschaft ... Mehr war es doch nicht. *Ihr seid das Licht der Welt,* hörte sie innerlich. *Ihr seid das Salz der Erde.* »Warum müssen Sie denn alles durcheinander bringen? Natürlich verbietet mein Gott keine Freundschaften mit ... äh, Atheisten.«

David lachte. »Sie sprechen das Wort gerade so aus, als ob ich der böse Feind wäre!« Er beugte sich zu ihr, um ihr in die Augen zu schauen. »Ich bin Ihr Freund, und sonst nichts.«

»Wiedersehen, David«, sagte Sie. »Danke, dass Sie mir zugehört haben.« Sie drehte den Schlüssel und drückte die schwere Tür auf. Ohne zurückzuschauen, fügte sie hinzu: »Ich komme mit am Samstag.«

»Danke, Gabby«, rief er hinter ihr her. »Sie haben eine Menge Mumm. Sie schaffen das schon.«

* * * * *

Es war Mittagspause, und Ophélie hockte auf ihrem Bett. Neben ihr schlief Anne-Sophie, zufrieden den Teddybär an sich drückend, den sie wieder gefunden hatte. In dem oberen Bett flüsterten Marine und Lorène. Die meisten anderen Mädchen schliefen, und Ophélie konnte ungestört lesen. Jeden Tag zog sie Mamas Brief hervor. Sie hatte drei Wochen gebraucht, um sich durch die erste Seite hindurchzuarbeiten. Jedes Wort buchstabierte sie sich flüsternd vor. Danach las sie jeden Satz noch einmal und noch einmal, bis sie ihn praktisch auswendig kannte.

Dann und wann wusste sie nicht, wie das nächste Wort hieß, wie sehr sie sich auch Mühe gab. Dann schrieb sie es sorgfältig in ihrem Leseheft ab und zeigte es am nächsten Tag Gabriella. Immer nur ein neues Wort. Bis jetzt schien Bribri keinen Verdacht zu schöpfen.

Heute hatte sie endlich die letzte Seite erreicht. Auf der ersten Seite hatte gestanden, wie sehr Mama sie liebte und am liebsten immer bei ihr sein wollte. Und etwas über den Krieg und wie wichtig es war, anderen Müttern und Kindern zu helfen. Und über Monsieur Gady – als Ophélie das gelesen hatte, hatte sie geweint.

Die zweite Seite handelte von dem Kreuz – Opas Kreuz und dass es Ophélie beschützen würde, wenn sie es trug. Seit sie in der letzten Woche diese Seite gelesen hatte, hatte Ophélie das Kreuz nicht mehr abgenommen. Jetzt begann sie, die Worte auf der dritten Seite zu buchstabieren, so wie sie es im Unterricht von Mutter Griolet gelernt hatte.

»Und no ... noch etwas mu ... muss ich dir sa-gen. Ich ha ... habe z-zu dir noch nie über deinen Va ... Vat ... Vater gespro ... gesprochen.« Ophélie schnappte nach Luft. Vater! Doch, da war das Wort. V-a-t-e-r. Sie hatte sich nie vorstellen können, einen Vater zu haben.

Sie musste schneller lesen, bevor die Glocke klingelte und die Mittagsruhe zu Ende war. »Ich w ... weiß nicht, wo er ist, Ophélie, aber er ist ein gu ... guter Mann.« Sie runzelte die Stirn. Mama wusste also nicht, wo ihr Vater war.

»Er weiß nicht, dass er eine T ... T-o ...« Sie kämpfte mit dem Wort. »... Tochter hat!« sagte sie laut.

Marine schaute kichernd von dem oberen Bett hinunter. »Führst du Selbstgespräche, Ophélie?«

Ophélie antwortete nicht und wartete, bis das Flüstern über ihr wieder begann.

»Ich ko ... konnte es ihm nicht sa-gen. Bitte ver ... vergib deiner Mama. Aber er ist ein guter Mann, der mir ha ... half, als wir beide jung waren und in Al ... Alg ... Algerien wohnten.« Algerien. Das Land, wo der Krieg war.

»Viel ... Viell ... Vielleicht wirst du ihn eines Tages fi ... finden ...«

Die Klingel schrillte. Ophélie stopfte den Brief hastig unter das Kissen, während die anderen Mädchen aus ihren Betten und zur Tür sprangen. Nur noch ein Satz! Ein einziger Satz!

Sie zog den Brief wieder hervor. Da war die Stelle wieder, unten auf der dritten Seite. Für alles hatte sie keine Zeit mehr, aber vielleicht noch für eine Zeile. »Er ist ein Am ... Amer ...« Sie warf den Brief frustriert hin. Wieder so ein Wort, das sie nicht lesen konnte! Schwester Rosaline konnte jeden Augenblick kommen, um nach ihr zu sehen. Nur noch ein Satz. Sie ließ das lange Wort aus und las weiter. »Er ist ein sehr schö ... schöner und klu ... kluger Mann. Er heißt Da ... Dav ... David ...« *David*! Wie der Hirtenjunge in der Bibel. Erst gestern hatten sie die Geschichte gelesen. Der Junge, der den Riesen getötet hatte. Ihr Papa hatte denselben Namen!

Sie starrte wieder auf den Brief. Nach *David* kam noch ein Wort, aber das war wieder so ein langes und kompliziertes. »Ho ... Hoff ...«

»Kuckuck, Ophélie!« Schwester Rosalines hohe Stimme. »Komm! Zeit für die Nachmittagsschule!«

Ophélie stopfte den Brief in die Strumpfhose und schloss die mittlere Schublade. Dann sprang sie von dem Bett und rannte in den Hof, wo sie hinter dem kleinen Christophe, der kichernd an Anne-Sophies Zöpfen zog, anhielt.

Ein Vater, dachte sie den ganzen Nachmittag hindurch. Ein Vater, der David heißt. Sie fühlte sich auf einmal glücklich. Ein Geheimnis von ihrer Mutter. Aber wie um alles in der Welt sollte sie ihn finden? Sie konnte ja noch nicht einmal ihre Mutter finden, und von der wusste sie, wie sie aussah. Wie sollte sie diesen Vater finden, der nur ein Name war, der in Mamas Handschrift auf einem rosa Blatt stand?

* * * * *

Der Nachmittagsunterricht war vorüber, und die Waisenkinder trotteten hinaus in den kühlen Dezembernachmittag. Der Himmel wurde schon dunkel. Gabriella wartete, bis Mutter Griolet durch den Flur zurückkam. »Könnte ich Sie einen Augenblick sprechen?«

»Natürlich, mein Kind. Möchtest du in mein Büro kommen?«

»Ja, doch.« Gabriella mochte sie nicht, die Distanz, die sie zu der Nonne spürte. Sie gingen schweigend in das Erdgeschoss.

Mutter Griolet schloss die Tür ihres Büros auf und bedeutete Gabriella, einzutreten. Sie setzten sich. Gabriella drehte geistesabwesend ihr Haar um ihre Finger. Sie wusste nicht, wie sie anfangen sollte.

»Sie wissen sicher schon, warum ich Sie sprechen möchte«, sagte sie schließlich. »Es ist wegen meinem Gewissen. Ich muss mich bei Ihnen entschuldigen. Ich bin nicht sehr gut in so was, aber ...« Sie setzte sich gerader. »Ich muss mich entschuldigen wegen meiner Wut kürzlich. Ich ... bin sicher, dass Sie mir nicht wehtun wollten, und es tut mir Leid, dass ich Sie beschuldigt habe.«

»Danke, meine Tochter. Ich weiß, dass das nicht einfach ist. Und dein Zorn ist etwas ganz Normales.«

»Haben Sie sich je so gefühlt, als ob Sie innerlich am Sterben waren?«

»Ja, diesen Schmerz kenne ich.«

»Und wie haben Sie den Mut gefunden, zu vergeben? Ich habe ja schon einmal vergeben – das, was mit Ericka passiert ist. Aber jetzt muss ich ganz von vorne anfangen ... nur, dass es noch mehr wehtut. In meinem Kopf weiß ich ja, dass es nicht meine Schuld ist, aber irgendwie fühle ich mich verantwortlich.«

»So ist das oft, Gabriella. Ich möchte jetzt nicht wie der Herr Doktor klingen, der alle Antworten weiß. Es ist nur so, dass ich oft mit Kindern und Erwachsenen zu tun habe, die missbraucht worden sind – körperlich oder seelisch. Die Trauerarbeit kann lange dauern. Du musst Geduld mit dir selber haben.«

»Und was mache ich so lange?«

»Weiterleben. Und über deine Gefühle sprechen. Deine Wut letzte Woche war eigentlich sehr gesund. Ein nötiger

Schritt, sozusagen. Ich habe darum gebetet, dass du dich nicht genierst, zu mir zurückzukommen. Man kann seinen Zorn nicht allein tragen; das ist zu schwer.«

»Glauben Sie, dass man *alles* vergeben kann, Mutter Griolet, auch das Allerschlimmste? Glauben Sie, dass das möglich ist?«

»Die Vergebung gilt nicht nur dem, der das Böse getan hat.« In den Augen der Nonne stand Verständnis und Barmherzigkeit. »Du bist unschuldig, ja. Aber du bist ein Opfer, und solange du nicht vergibst, wirst du immer ein Opfer sein, in deiner eigenen Bitterkeit gefangen. Vergebung macht frei.«

Sie machte eine kurze Pause, dann fuhr sie fort. »Wie groß ist dein Gott, Gabriella? Meiner kann aus Bösem Gutes machen. Aus einer Vergewaltigung eine kostbare Tochter.«

»Aber sie ist tot!« protestierte Gabriella. »Warum musste Mutter zweimal wegen ihr trauern? Sie haben gesagt, dass Mutter im Herzen gestorben ist, als Ericka empfangen wurde, aber dass sie dann über den furchtbaren Schmerz hinausgesehen und Liebe gefunden hat. Warum musste sie noch einmal sterben mit Ericka? Das ist nicht gerecht!«

Sie hielt das Kreuz in der Hand, das Monsieur Auguste fertig repariert hatte. Sie musste an Mutter Griolets Worte über das Ineinander-Verwobensein der Menschenleben denken. Ein Hugenottenkreuz, das eine katholische Nonne einer protestantischen Missionarin geschenkt hatte, um ihr zu helfen, einem unbekannten Araber zu vergeben. Eine Tochter, geboren, nur um viel zu früh wieder aus dem Leben gerissen zu werden. Gabriella schloss ihre Augen. Wie das alles sie aufwühlte. Wie konnte ein einfaches Kreuz Frieden in solch ein Wirrwarr bringen?

Das Bild der lächelnden Ophélie trat vor ihr inneres Auge. Sie flüsterte: »Und jetzt hat dieses selbe Kreuz mir ein anderes sechsjähriges Mädchen in mein Leben gebracht.« Sie öffnete ihre Augen und sah die Nonne an, die ins Gebet versunken zu sein schien. »Aus Bösem Gutes, haben Sie gerade gesagt, Mutter Griolet? Sie haben gesagt, Ihr Gott kann aus Bösem Gutes machen.«

Die alte Nonne hob ihren Kopf und nickte langsam.

Gabriella erhob sich. »Er ist auch mein Gott. Ich habe jetzt eine Aufgabe. Ich werde versuchen, weiterzuleben, wie Sie das sagen. Es gibt Menschen, die mich brauchen.«

* * * * *

Die Telefonzelle stand am Rande des kleinen Platzes mit dem Olivenbaum. Der Springbrunnen neben dem Baum spritzte sein Wasser in das vom Mond beschienene Becken; dann und wann warf ein Windstoß ein paar Tropfen gegen die Glaswand der Zelle. Gabriella schloss die Schiebetür hinter sich und suchte in ihrer Tasche nach dem Papierblatt und dem Francstück. Sie kniff die Augen zusammen, um die Nummer in der Dunkelheit lesen zu können, dann nahm sie langsam den Hörer von der Gabel und wählte.

Es klingelte. Einmal, zweimal, dreimal. Sie wollte den Hörer gerade erleichtert wieder auflegen, als eine Männerstimme sich meldete.

»Hallo? Spreche ich mit Jean-Claude?« Ihre Stimme zitterte.

»Jean-Claude, ich bin die Frau, die Sie in Montpellier getroffen haben. Gabriella – erinnern Sie sich? ... Ja, natürlich. Also, ich habe dem Kind, Ophélie, versprochen, Sie anzurufen, ob es etwas Neues gibt ... Ich hoffe, ich störe Sie nicht gerade ...«

Er antwortete, und sie nickte. »Ja, das klingt ja gut.« Sie hörte weiter zu, die Stirn gerunzelt. »Ob wir uns bald wieder treffen können?« Sie zögerte. »Ich weiß nicht ... Diesen Samstag auf dem Place de la Comédie? Oh, das geht leider nicht, da bin ich woanders.« Wie hartnäckig er war. Er schien sich mehr für sie zu interessieren als für Ophélie. »Nein, Samstag geht nicht, wirklich. ... Nein, ich habe schon eine andere Verabredung, in Les Baux-de-Provence, Sie kennen den Ort sicher. ... Ja. Also, am Samstag kann ich also nicht. Ich rufe Sie dann am Sonntag an. Könnten Sie vielleicht bis dahin herausfinden, unter welcher Adresse man Anne-Marie erreichen kann? ... Jede kleine Hilfe wäre gut. Ophélie wird sich freuen, dass Sie gehört haben, dass ihre Mutter in Sicherheit ist. Danke. Wiederhören.«

Sie hing auf und verließ die Telefonzelle mit einem unguten Gefühl. Warum hatte er ihr die Information nicht einfach am Telefon gegeben? Aber nett schien er zu sein. Vielleicht wäre es doch keine schlecht Idee, mit einem grünäugigen Franzosen auszugehen. Für Ophélie. Aber eine Minute später dachte sie schon nicht mehr an den jungen Franzosen, sondern an David Hoffmann und an ihre kurze Umarmung am Morgen.

* * * * *

Jean-Claude schaltete das Radio in seiner schäbigen Küche ein und lachte. Die schöne Gabriella hatte tatsächlich angerufen! Er war sich nicht sicher gewesen, ob sie es tun würde. Ein naives Mädchen. Oder wollte sie sogar, dass er ihr nach Les Baux folgte? Ahnte sie etwas? Wenn sie wirklich »Hugo« war, musste sie Grips im Kopf haben. »Nein, mein kleiner Rotschopf. Ali wird sich freuen, dass ich Samstag einen Ausflug nach Les Baux mache.«

Er fuhr sich leise kichernd durch sein Haar. »Les Baux-de-Provence! *Der* Ort für einen netten Unfall. Hals- und Beinbruch, Gabriella! Bis Samstag.«

»Ich bin echt froh, dass du mitkommst, Gabby.« David schaute zu Gabriella hin, die neben ihm in dem 2CV saß.

»Ich komme nur mit, weil du mir versprochen hast, dass es keine Geheimnisse mehr geben wird. Bist du ganz sicher, dass du mir nichts sagen musst?«

»Ganz im Gegenteil, es gibt ja so viel zu erzählen. Wir fahren im Augenblick durch die Landschaft von Frédéric Mistral und Alphonse Daudet, das Land mit dem besten Olivenöl in Frankreich. Vor dir liegt eine Szene von Van Gogh oder Cézanne oder Gauguin. Hier, in der reichen, fruchtbaren Provence, haben sie gemalt. Es gibt kein zweites Fleckchen Erde wie dieses, Gabby, keines.« Er nahm ihre Hand und drückte sie kurz.

»David Hoffmann, Sie sind so unwiderstehlich! Ein wandelndes Geschichtsbuch, der King der Kultur. So jemanden habe ich noch nie erlebt. Aber auch der Meister der Stille. Erzähle mir mehr über dieses magische Land der Provence, bitte! Ich hoffe nur, dein treues kleines Töfftöff bringt uns sicher dorthin.« Sie tätschelte das zerschlissene Sitzpolster.

»Nach Les Baux kann man nicht mit dem Zug fahren, Gabby; man muss es mit dem Auto entdecken. Es liegt nur hundert Kilometer von Montpellier, und achtzig haben wir schon, wir schaffen das. Aber es wird windig sein dort auf dem Berg. Der Dezember ist nicht der ideale Monat für Les Baux, aber ...« Er verstummte.

»Aber du hast dort etwas zu erledigen.« Gabriella beendete den Satz mit einem spöttischen Unterton.

Er lachte. »Ja, Gabby, so ungefähr.«

Die Sonne war hell auf der Straße. Gabriella schaute zu, wie draußen der Wind über die Felder fegte und die hohen Zypressenkolonnen vor sich herbog.

David erklärte: »Diese Baumreihen hat man extra als Windschutz gepflanzt. Selbst an einem windstillen Tag stehen sie so schief da, als ob sie den Mistral anbeten.

Jetzt wird's spannend. Siehst du die kleinen Berge da hinten? Das sind die *Alpilles*, die kleinen Alpen. Die ganze Gegend hier, von Arles bis zu den Alpilles, war früher Sumpfland, bis einer von euren Protestanten, ein Herr Van Eys aus Amsterdam, sich überlegte, wie man es trockenlegen und Getreide anbauen konnte. Leider musste er Hals über Kopf zurück nach Hause fahren, als das Edikt von Nantes aufgehoben wurde.

In dem nächsten Städtchen, Fontvieille, steht eine berühmte alte Windmühle. Innen unter der Decke ist eine Art Windrose gemalt, mit den Namen der zweiunddreißig verschiedenen Winde, die durch die Provence wehen.«

»Dann ist dieser Sturm nicht immer der Mistral?«

»Heute schon, aber es gibt noch viele andere. Aber was hatte ich dir noch alles über Les Baux erzählt?«

»Ich glaube, dass von der Burg nur noch Ruinen übrig sind. Sie war in den Berg hineingebaut, stimmt's?«

»Ja, in den Südhang der Alpilles. Im Mittelalter waren die Herren von Les Baux eines der mächtigsten Feudalgeschlechter in der Provence. Damals hatte die Stadt über viertausend Einwohner. Heute sind es gerade dreihundert, und die meisten leben vom Tourismus.« Die Straße gabelte sich, und David nahm den linken Zweig, dem Wegweiser folgend. »Wir parken unten im Tal und laufen dann zur Stadt hinauf.«

»Von hier unten aus sieht man gar nicht, dass dort oben eine Stadt ist«, sagte Gabriella, als sie in das Tal hineinfuhren und zu dem massiven Granitfels vor ihnen hochschauten.

»Ja, auf diese Weise waren sie vor ihren Feinden geschützt. Eine gute Strategie, die sich jahrelang bewährte. Les Baux befand sich oft im Aufstand gegen den französischen König, und im 16. Jahrhundert lebten hier zahlreiche Hugenotten. 1632 beendete Kardinal Richelieu, der Minister Ludwigs XIII., die Geschichte der Stadt. Die Burg und die Mauern wurden zerstört.« David bog in die Einfahrt eines alten Bauernhauses ein und parkte auf dem Gras.

»Hier steigen wir aus.« Er ging um das Auto herum, öffnete die Beifahrertür und bot Gabriella seine Hand.

»Was für ein Kavalier«, lachte Gabriella. Sie nahm seine Hand und stieg aus.

Sie gingen eine kleine asphaltierte Straße entlang, die auf

beiden Seiten von den alten Steinmauern des Bauernhofs eingefasst war. Am Ende der Mauer nahm David Gabriellas Arm, und sie traten in einen großen Garten.

»Mensch, ist das schön!« Gabriella ließ ihren Blick über die perfekt geschnittenen Buchsbaumhecken gehen. »Im Frühling muss das das reinste Blumenmeer sein.« In einer Ecke des Gartens stand ein kleiner Steinpavillon. »Was ist das?«

»Das, meine Liebe, ist der Renaissancepavillon von Königin Jeanne. Er wurde 1581 errichtet, also hundert Jahre nach ihrem Tod. Königin Jeanne war die Ehefrau von König René – erinnerst du dich noch an seine Statue in Aix? Er schenkte ihr Les Baux im 15. Jahrhundert, nachdem die Dynastie ausgestorben war.« David trat in den Pavillon. »Ein hübsches Beispiel der Renaissance-Architektur, findest du nicht auch?«

Der Pavillon war sechseckig angelegt. Drei von sieben kannelierten Säulen getragene Erkerfenster gaben den Blick in den Garten frei. Über den Fensterbögen grinsten die grotesken Fratzen von Wasserspeiern. Zwei riesige Zypressen standen wie Wächter zu beiden Seiten des Gebäudes.

»Die *Fibrigues*-Dichter des 19. Jahrhunderts haben den Pavillon in ›Tempel der Liebe‹ umbenannt.« David hob seine Augenbrauen, zog Gabriella kurz an sich und küsste sie flüchtig auf die Wange. Dann sagte er, mit übertriebenem französischem Akzent: »Zu dumm, dass wir nur Freunde sind, *ma chérie*.«

Gabriella kicherte und ging errötend nach draußen.

»Gehen wir! Wir haben heute noch viel zu besichtigen.« Er holte sie lachend ein und führte sie aus dem Garten und weiter die Straße entlang.

Sie gingen zehn Minuten schweigend weiter, vorbei an Gehöften und mehreren eleganten Hotels, die den reicheren Touristen Tisch und Bett boten. David nahm Gabriellas Arm und flüsterte: »Hier entlang.« Die Straße machte eine plötzliche Biegung, und die großen Felsen, die vorhin noch hoch oben gewesen zu sein schienen, standen plötzlich vor ihnen.

»Dies, Gabriella, ist das Val d'Enfer.«

»Das Tal der Hölle. Hmm. Interessanter Name.« Sie sah sich um und rief aus: »Ich sehe schon, warum! Der Felsen da hinten. Und der. Die sehen ja wie riesige Schädel aus.«

Er lächelte. »Exakt.« Sie begannen, höher zu steigen. Bald konnten sie auf die riesigen Granitblöcke hinunterschauen. Es sah aus, als ob vier grausame Riesen für immer in dem Tal begraben lagen.

»Komm. Wir müssen zur Stadt, bevor die Bäckerei schließt. Es ist bald Mittag. Ich kenne eine gute Abkürzung.«

David bog auf einen überwachsenen Pfad ein, der steil durch Bäume und Unterholz nach oben führte. Gabriella wünschte sich, sie hätte bessere Schuhe angezogen.

David hielt seinen Arm stützend um ihre Taille. »Es gibt eine faszinierende Geschichte über den Grafen von Les Baux, der im 14. Jahrhundert hier wohnte. Er hieß Raymond de Turennes und war einer von der romantischen Sorte. Verbrachte seine Zeit damit, mit seinen Mannen durch die Gegend zu ziehen und Leute zu entführen. Er brachte seine Gefangenen in seine Burg und verlangte ein Lösegeld. Aber einige der Bauern, die er erwischte, hatten niemand, der ein Lösegeld für sie zahlen konnte. Diese Unglücklichen führte Raymond zu einem Fenster des Verlieses, von dem aus man einen herrlichen Blick in das Tal hatte, und gab ihnen einen tüchtigen Schubs, worauf er lachte, bis ihm die Tränen kamen.«

»David! Das ist ja furchtbar! Ist das wirklich wahr?«

»Aber sicher. Wenn wir oben sind, zeige ich dir die Stelle.«

»Das muss ich mir noch überlegen, besten Dank.«

Oben kamen sie, außer Atem von dem steilen Anstieg, auf einen Weg, der direkt zum hinteren Eingang der Stadt führte. »Die Südseite der Stadt hat man restauriert«, erklärte David. »Im Sommer ist hier ein Einkaufsparadies für Touristen. Jetzt im Winter sind nur ein paar Läden geöffnet. Wenn wir noch etwas steigen, kommen wir zur Burgruine und dem Verlies.«

Der Wind biss, und Gabriella schob ihre Hände in ihre Manteltaschen. Sie hörte nur halb zu. »Kannst du eben eine Minute warten?« rief sie hinter David her. »Mir ist kalt, ich will mich nur eben in dem Laden aufwärmen.« Bevor David protestieren konnte, war sie schon in der offenen Tür eines der Geschäfte verschwunden.

Eine junge, zigeunerhaft aussehende Frau mit schwarzem Lockenhaar, weißer Spitzenbluse und langem Provencal-Rock begrüßte sie. »Was kann ich für Sie tun?« Sie sang jedes Wort, dass es noch eine Extrasilbe bekam.

»*Merci*, ich will mich nur umschauen.« Die Farben der Provence umgaben Gabriella – Hellrot, Gelb, Blau. Der Duft von getrocknetem Lavendel vermischte sich mit dem diverser Kräuterkissen. In Holzkisten lagen, nach Farben geordnet, große Seifenstücke. Gabriella beugte sich hinunter, um den Duft einzusaugen: Lindenblüten, Vanille, Rosmarin, Zypresse, Honig, Lavendel. Sie schloss die Augen. Was für eine Sinfonie der Gerüche.

An der hinteren Wand waren mehrere Regale mit Tonfiguren. »Sind das die berühmten *Santons*?« fragte Gabriella.

Die Händlerin lächelte breit. »Ja. Alles Originale, von Kunsthandwerkern aus dieser Gegend. Wenn Sie sie hochheben, sehen Sie den Stempel des Künstlers.«

Das waren also die *Santons* der Provence. Gabriella hatte viel gehört über diese Krippenfiguren aus Ton, die die Menschen der Provence darstellten, wie sie dem neugeborenen Christuskind ihre Geschenke brachten. Auf einem Brett war eine vollständige Weihnachtskrippe aufgebaut, komplett mit heiliger Familie, Ochs und Esel, Lamm und Kamel und Dutzenden von Dorfleuten. Gabriella strich mit dem Finger über die bunt bemalten Figuren. Einige waren nur ein paar Fingerbreit hoch, die größten mochten 30 Zentimeter messen und trugen richtige provencalische Kleider. Da war eine alte Frau in Rot und Gelb mit einem Lavendelzweig in den Händen, ein Bäcker mit einer Tüte voller Brote in einer Hand, einem mehlbestaubten Schnurrbart und einer schief sitzenden weißen Mütze.

Ah, der ist perfekt! dachte Gabriella. Ohne weiter nachzudenken, nahm sie die Figur von dem Brett und stellte sie auf die Theke. »Könnten Sie das bitte einpacken?« Sie flüsterte es fast; sie wollte nicht, dass David plötzlich hereinkam und sah, was für ein Prachtstück sie ihm da gerade zu Weihnachten kaufte. 80 Francs waren nicht wenig, aber sie konnte nicht widerstehen; das musste sie David schenken!

»Perfekt.« Sie lachte. »Für meinen flotten Lehrer, der so gerne französisches Brot isst, und kaufen muss ich es dann. Ah,

David, und ich bete darum, dass eines Tages auch du zu der Krippe unseres Herrn Jesus kommst und dein Herz vor ihm niederlegst.« Sie stellte sich die Szene immer noch vor, als die Frau ihr die gut verpackte Schachtel und das Wechselgeld reichte.

David hatte sich neben der Straße hingesetzt. Er erwartete Gabriella mit gerunzelter Stirne und roter Nase. »Frauen müssen immer etwas einkaufen«, murmelte er, als er ihr Paket sah. »Wir müssen uns beeilen, sie schließen bald. Wenn ich mich recht erinnere, ist gleich um die Ecke eine Bäckerei.«

»Könntest du bitte zuerst mein Paket in deinen Rucksack tun?« fragte Gabriella. Er tat es hastig. Aber hinter der Ecke war nur der nächste Geschenkladen. David fluchte leise.

Gabriella ging weiter und bog in die nächste Seitenstraße ein. »Schau, David!« rief sie. »Da drüben ist eine!«

»Ah, du hast sie gefunden! Gut!« Sein Gesicht wurde erleichtert. »Sei so lieb und hol uns ein *Pain de seigle*, aber nicht zu dunkel.« Er wühlte in seiner Hosentasche nach einen Fünf-Franc-Stück und reichte es ihr.

Gabriella kniff ihre blauen Augen zusammen und neckte: »Brot kaufen? *Ich?* Wie in Aix? Nichts da! Das kaufen Sie sich mal selber, David Hoffmann!«

Er zuckte die Achseln und ging in den Laden.

* * * * *

Jean-Claude Gachon zog seinen grauen Wollschal über seinen Mund und duckte sich in eine Ecke, als ein schlanker, aber breitschultriger Mann die Bäckerei am Ende der Straße betrat. Seine Augenbrauen gingen überrascht nach oben.

Nach einer Minute trat der junge Mann zurück zu der rothaarigen Frau vor dem Laden und schob ein Brot in einen kleinen Rucksack. Das Paar ging weiter die Gasse hoch. Der Mann war einen halben Fuß größer als die Frau, sein Haar dick und schwarz. Jean-Claude musterte ihn sorgfältig und schoss ein Bild von den beiden.

»So, so, bist du also auch da, Mr. Hoffmann«, murmelte er. »Natürlich! Wer denn sonst?« *Anne-Maries alter Liebhaber.*

Jean-Claude erinnerte sich gut an ihr Geständnis vor zwei Jahren, als er sie gefragt hatte, wer der Mann auf dem Bild war. Und jetzt war er also hier. Jean-Claude runzelte die Stirn. Mr. Hoffmann konnte ein harter Brocken werden.

Er folgte dem Paar aus sicherer Entfernung zu der eisernen Barriere am Ende der Straße, wo ein Schild mit einem Pfeil verkündete, dass Karten zum Besuch der Burgruinen und des Verlieses in dem Haus zur Rechten erhältlich waren. Gabriella und Mr. Hoffmann gingen in das Gebäude hinein und kamen nach fünf Minuten durch eine andere Tür wieder ins Freie, um weiter zu der Burg hochzusteigen. Jean-Claude trat an den Schalter, um sein Ticket zu kaufen.

Er schaute kurz auf das Miniaturmodell des alten Les Baux. Er interessierte sich nicht besonders für die Geschichte der Stadt, aber Karten und Schaukästen hatten ihn schon immer interessiert. Als er endlich aus dem alten Gemäuer hinaustrat, begrüßte ihn eine wütende Mistral-Bö. Er duckte sich in den Wind und stieg den Weg hinauf, bis er das breite Plateau erreichte. Da hinten war es wieder, das junge Paar. Es ging dicht an dicht, um nicht weggeweht zu werden.

Der schöne Franzose begann unversehens zu lachen. Er kannte eine wunderbare Geschichte über diese Bergfestung. Eine Geschichte von einem verrückten Grafen, der seine Opfer aus dem Verlies gestürzt und zugeschaut hatte, wie sie auf den Felsen zerschmetterten. Der Wind stach ihm Tränen in die Augen, und er lachte wieder. Die beiden jungen Leute hundert Meter vor ihm ahnten nichts.

* * * * *

Gabriella hing fest an Davids Arm, den Kopf nach vorne gebeugt, um sich vor dem beißenden Wind zu schützen. Sie kamen nur mühsam vorwärts.

Vor ihnen lagen die Ruinen der Burg, die direkt in den Felshang hineingebaut waren. David steuerte auf den ersten der großen Felsen zu, unter dem man etwas Schutz vor dem Sturm hatte. »Du willst doch hoffentlich kein Picknick machen hier oben?« Gabriella musste schreien, um das Pfeifen des Windes zu übertönen.

David grinste. »Was könnte besser sein? Den Elementen und dem Schicksal trotzen. Nein, keine Bange, wir schauen uns das nur an, und dann bring ich dich zurück ins Dorf und lade dich zu einer *Soupe de pistou* ein. Das ist die Suppenspezialität, die sie hier haben, die wird deine Knochen aufwärmen. Aber jetzt erst mal tapfer voran, schöne Prinzessin!«

»Na gut, solange du nicht Raymond de Turennes bist, folge ich dir überallhin!«

Er führte sie zu der Hangkante. Unten breitete sich meilenweit die Ebene. »Der Berg dort ganz hinten ist der Mont St. Victoire. Da drüben ist die Camargue, und wenn man einen klaren Tag erwischt, sieht man Aigues-Mortes. Du verstehst jetzt vielleicht, wie der Baux-Clan damals den gesamten Verkehr auf der Straße zwischen Aix und Arles kontrollierte. Das war die alte Römerstraße, die *Aurelia.*«

Gabriella schaute zu den Alpilles hin, die den Horizont beherrschten, dann steil nach unten zu den von hohen Zypressenreihen unterbrochenen Feldern. »Wenn es nicht so kalt wäre, könnte ich den ganzen Tag hier oben bleiben«, sagte sie. »Aber jetzt schauen wir uns die Ruinen an, und dann zurück dahin, wo es wärmer ist.«

»Gabriella! Du enttäuschst mich. Wo ist deine Abenteuerlust geblieben?« Er nahm ihre Hand und führte sie weiter über das Plateau. Es war gute 15 Meter breit, zu beiden Seiten erhoben sich die Ruinen der Burg. Sie stiegen über eine niedrige Mauer und durch eine Tür, die für kleinere Menschen gebaut war, hinein in die Überreste eines großen quadratischen Raumes. Eine kurze Treppe brachte sie zu dem Skelett eines weiteren Raumes hinunter. Ein plötzlicher Windstoß ließ Gabriella zurückstolpern.

»Der Mistral muss heute an die hundert Sachen draufhaben«, sagte David. »Heftig.« Aber seine Augen leuchteten, als habe er Lust, den Wind zum Kampf herauszufordern und zu besiegen.

Gabriella bibberte neben ihm. »Wie kannst du das so toll finden? Wir sind ja verrückt. Wir sind die einzigen Menschen hier oben.«

»Geduld, Geduld, Gabby. Wir gehen nur noch bis ans Ende und steigen die Ruinen des Verlieses hoch. Den Blick musst du gesehen haben.«

Sie kämpften sich weiter, schmale Treppen hinauf und hinunter, der Silhouette der gefallenen Burg folgend. Ganz am Ende blieb David stehen. »Geh du voran, ich komme nach.« Er zeigte auf eine steile Treppe, die zu dem obersten Geschoss des ehemaligen Verlieses hochführte. Ein eisernes Geländer schützte den nicht ganz schwindelfreien Besucher. Gabriella stieg vorsichtig hinauf, David gleich hinter ihr. Sie klammerte sich an das Geländer, um nicht weggeweht zu werden. Sie ließ David an sich vorbei, ängstlich an die Mauer gepresst. Er winkte ihr zu, ihm zu folgen. Sie kamen um eine Ecke. Da war die Außenmauer des Verlieses, direkt in den Berg hineingebaut.

»Schau nach unten!« Davids Stimme ging fast unter in dem Heulen des Windes. »Hier hat Raymond das gemacht.«

Gabriella überwand sich und blickte in die Tiefe. Die Mauer hörte abrupt auf, vor ihr gähnte der Abgrund.

»Grausig!« rief sie zurück. »Lass uns gehen!«

* * * * *

Wie ein Habicht, der eine Maus im Visier hat, beobachtete Jean-Claude die beiden jungen Leute. Er blieb immer dreißig Schritte hinter ihnen, gut versteckt in den Ruinen. Jetzt gingen sie um die Ecke des Verlieses, und er sah sie nicht mehr. Mit einem süffisanten Grinsen kletterte er auf die Höhe des Felsens, bis er zehn Fuß über David und Gabriella war. Jetzt nur noch warten, bis sie in die Tiefe schaute. Er lachte in den Wind. »Vielleicht spielst du sogar mit in unserem kleinen Spiel, David Hoffmann?« Die Position war perfekt. Seine Augen leuchteten, und er rieb sich die Hände, als ob er der Geist von Raymond war, der zurückgekommen war, um in der Burg zu spuken.

Ich brauche den Stein fast nicht zu werfen, dachte er, *während er mit dem Fuß gegen einen fußballgroßen losen Block stieß. Das erledigt der Wind für mich. Morgen steht es in den Zeitungen: »Tückischer Mistral bläst Touristin in den Tod, exakt an der Stelle, wo vor Jahrhunderten Raymond de Turennes seine Untaten beging.« Und die Leute werden den Kopf schütteln und ihr »Wie tragisch« murmeln.*

Er schob sich noch näher zu dem Paar hin, den großen Stein jetzt in seinen Händen. Gabriella stand rechts von David, die Hände um das Geländer gepresst, während sie in die Tiefe schaute. Jetzt ließ sie das Geländer los. Jean-Claude trat vor und warf den Brocken mit aller Kraft auf Gabriellas Füße. Er traf sie und flog hinab in die Schlucht. Jean-Claude wartete, bis er den Schrei der Frauenstimme über dem Toben des Mistral hörte, dann sprintete er zurück zu der Verliesmauer und versteckte sich hinter ihr. Er lachte, dass ihm die Tränen über das Gesicht liefen.

* * * * *

Gabriella hatte sich gerade umgedreht, um zurückzugehen, als etwas Hartes, Schweres gegen ihr Schienbein knallte. Mit einem Aufschrei stolperte sie zurück, ihre eine Hand schoss zu David hin. Er beugte sich nach vorne, um sie zu packen. Zu spät. Sie rutschte durch das Geländer.

»David!« Ihre Hände klammerten sich um den spitzigen Felsvorsprung. Der Wind blies ihr Staub und Dreck in die Augen. Es gelang ihr, sich mit der Brust zurück auf den Felsen zu hieven. Ihre Beine hingen in der leeren Luft. Ein Schuh rutschte ab und war verschwunden.

Der Wind verschluckte ihre Schreie. David beugte sich von oben zu ihr, seine Arme kamen ihr entgegen. Starke Arme. Aber woran sollte er sich festhalten? Das Tal unter ihnen gähnte wie ein hungriger Rachen. David lag jetzt auf seinem Bauch und langte an dem blassgelben Steinblock vorbei. Er schob seinen einen Fuß Halt suchend in eine Spalte im Fels.

Gabriella starrte mit angstgeweiteten Augen auf seine Hand. Der Wind brüllte, als ob er mit David in einem Zweikampf um ihr Leben stand, stieß mit der ganzen Kraft, die er über der Ebene gesammelt hatte, gegen sie. Sie spürte, wie ihre Hände zu schwitzen begannen und von dem Fels abrutschen wollten. Ihre Augen begegneten denen Davids, und einen Augenblick lang las sie in seinen Augen, noch lauter als der tobende Wind: *Halt fest*!

Er zog sie schwer atmend hoch. Der kantige Stein riss ihr in Mantel und Beine. Sie fiel auf den schmalen Vorsprung und lag da, außer Atem. Der Wind biss Tränen in ihre Augen und trocknete sie sofort wieder. Sie wagte nicht, sich zu bewegen. Davids Arme packten sie fest, zogen sie an seine Brust, so dass sein Rücken sie vor dem Wind schützte.

»Kannst du aufstehen, Gabby?« Sie spürte seinen keuchend heißen Atem in ihrem Rücken. »Ich halte dich. Zwei Schritte, und du bist wieder am Geländer. – So, kannst du es packen?«

Er lockerte seinen Griff, und sie rutschte durch seine Arme und zwang ihren Körper nach vorne, zu dem Geländer hin. Sie packte es. Der Schwindel der Angst wollte alles drehen.

David war wieder aufgestanden und drückte sie sachte zurück in Sicherheit. Sie setzte sich, die Hände um das Geländer geklammert. Er zog sich neben sie. Sie gingen vorsichtig um die Ecke der Mauer und setzten sich wieder, mit dem Rücken zur Wand. Der Mistral schlug sie wie mit Peitschen, aber sie rührten sich nicht. Die einsame Gestalt, die weiter hinten über das Plateau lief, sahen sie nicht.

* * * * *

Der Rückweg, mit dem Wind im Rücken, war viel einfacher als der Anstieg. David trug Gabriella in seinen Armen. Sie protestierte nicht. Er spürte ihr Zittern und ihr leises Schluchzen. Ihr Mantel war zerrissen, ihre Strümpfe klebten blutig an ihren Beinen. Er schaute auf ihren linken Fuß und spürte, wie ein Schauder durch seine Seele ging. Irgendwo unten in der Schlucht lag jetzt ein brauner Damenschuh. Dort, wo die zerschmetterten Leiber anderer, weniger glücklicher Opfer gelegen hatten.

Was war da geschehen? David hatte den Stein, der sie getroffen hatte, kurz aus dem Augenwinkel gesehen. Selbst dieser Sturm konnte einen Stein dieser Größe nicht losreißen. Es war gerade so, als ob irgendetwas – oder jemand – ihn geworfen hatte. Aber es war weit und breit niemand zu sehen.

Er ging durch das Tor, das zurück in die kleine Stadt führte. Zweihundert Meter weiter setzte er Gabriella auf einem Bordstein ab. »So, hier ist das Restaurant. Möchtest du reingehen?« Sie sah aus ihrem dreck- und tränenverschmierten Gesicht zu ihm hoch. Ihr Haar war ein rotes Gestrüpp. »Wenn du das lieber willst, können wir auch gleich zum Auto gehen. Ich dachte nur, du möchtest dich vielleicht erst frisch machen.«

Sie nickte langsam. »Ja. Lass uns reingehen.«

Sie betraten das kleine Restaurant. Es roch nach kräftigen Suppen und aromatischen Käsen. Auf den leeren Tischen waren hellblaue Decken, die Luft war warm. Eine junge, untersetzte Frau mit kurzem braunem Haar begrüßte sie lächelnd. Dann schaute sie Gabriella an und fragte: »Ist *Mademoiselle* etwas passiert?«

»Ein Unfall, ja«, flüsterte David. »Könnten Sie ihr bitte zeigen, wo die Toiletten sind? Und hätten Sie vielleicht ein Handtuch oder einen Waschlappen?«

»Aber natürlich.« Die Frau nahm Gabriella am Arm. »Kommen Sie eben mit in meine Wohnung. Sie ist gleich da hinten.« David schaute Gabriella hinterher, wie sie hinter der Frau herhinkte und hinter einem roten Vorhang verschwand.

Er fuhr sich durch sein Haar. Er nahm den Rucksack ab, aber seine Schultern hingen weiter nach unten, wie unter einem unsichtbaren Gewicht. Er musste an Aix denken und an den jungen Mann, den er mit der Weinflasche niedergeschlagen hatte. Der Mann hatte keine Papiere dabeigehabt, aber eine Kamera.

Und heute? David war sicher gewesen, dass niemand in der Nähe war. Er hatte so aufgepasst. Zehn Minuten lang starrten seine Augen leer auf die Speisekarte, während sein Gehirn arbeitete.

Gabriella kam zurück durch den Vorhang. Ihr Gesicht war gewaschen, ihr Haar gebürstet. Sie trug Pantoffeln an den Füßen und hielt ihren Mantel und den Schuh in den Armen. »*Merci. Mercie mille fois*«, sagte sie und lächelte die junge Frau an, die sie zum Tisch zurückbegleitete.

»Darf ich Ihnen unsere *Soupe au pistou* bringen? Es ist eine echte Delikatesse – Kartoffeln und Gemüse mit Käse.«

David und Gabriella nickten beide, und etwas in dieser kleinen Geste ließ sie auflachen. Die Frau ging, und sie sahen sich an. David nahm ihre Hand. »Gabby, das tut mir so Leid. Kannst du mir noch einmal verzeihen? Ich hätte nie gedacht ... Es war echt dumm von mir, dich in diesem Wind dort hinaufzuführen.«

»Ich muss gestehen, es war schon ein Abenteuer. Mein Bedarf ist erst mal gedeckt!« Sie dachte einen Moment nach, dann fuhr sie fort: »Heute hab ich genug Angst gehabt, um die Alpträume der ganzen letzten Woche zu vergessen.«

»Und du bist wirklich nicht verletzt?«

»Ein verlorener Schuh, ein Paar ruinierte Strümpfe und diverse Kratzer und blaue Flecken. Eigentlich enttäuschend wenig.«

»Der Schuh ist der Beweis.« Er lächelte, dann überzog sich sein Gesicht. »Gabby, es ist allmählich Zeit, dass ich dir ein paar Dinge erkläre. Willst du es wissen? Hast du keine Angst davor?«

»Ich *muss* es wissen, David. Viel gefährlicher als der kleine Unfall, den ich gerade gehabt hab, kann dein Geheimauftrag ja wohl nicht sein.«

»Da hast du Recht. Aber hier kann ich es dir nicht sagen.« Er legte seine Hand über ihre.

Die junge Frau brachte ihnen zwei Terrinen mit der dicken, dampfenden Suppe. Sie aßen schweigend.

* * * * *

Sie fuhren zurück nach Montpellier. Der Wind pfiff um das Auto. David sah immer wieder in den Rückspiegel, aber niemand folgte ihnen.

Er räusperte sich umständlich. »Gabby, ich weiß nicht recht, wie ich beginnen soll. Ich ... ich fürchte, dass das heute kein gewöhnlicher Unfall war.«

»Das ist mir klar, dass du das denkst.«

»Und du doch sicher auch! Jedes Mal, wenn wir einen Ausflug machen, geht etwas schief. In Aigues-Mortes hast du dir den Fuß verstaucht. In Aix ist dir dieser Mann gefolgt. Und jetzt ...«

»Aber David, das ist doch verrückt! Aigues-Mortes – das war wirklich ein Unfall, und dann hat mir Jean-Claude halt geholfen ...« Sie sah David an, plötzlich hellwach. »Jean-Claude! Der hat doch gewusst, dass ich heute hier bin! Ich hab mir nichts dabei gedacht, als ich ... Der hat das gewusst!«

»Nicht so schnell, Gabby. Wer ist dieser Jean-Claude?«

»Das ist der junge Mann, der in Aigues-Mortes war. Kürzlich habe ich ihn in Montpellier wieder gesehen, als ich mit Ophélie in der Stadt war – mit dem neuen Waisenkind; hab ich dir schon von ihr erzählt?« David nickte. »Er sagte uns, dass er ihre Mutter von früher kennt und dass er uns gern helfen würde, sie zu finden. Ich sollte ihn anrufen. Als ich das diese Woche getan hab, wollte er sich heute mit mir in Montpellier treffen. Ich hab ihm gesagt, dass das nicht ging, weil ich nach Les Baux fahre.«

»Du hast ihm gesagt, dass du nach Les Baux fährst?«

Gabriella errötete. »Ja, ich weiß, ich rede zu viel.«

»Lassen wir das jetzt mal. Sag mir, wie dieser Jean-Claude aussieht.«

»Er ist vielleicht 1,75 bis 1,80 groß und hat dickes braunes Haar. Sieht eigentlich ganz gut aus. Und grüne Augen. Ich ... ich hab einen Blick für Augen, ich meine, für die Farbe.« Sie wurde wieder rot.

»Das ist genau der Mann, der dir in Aix gefolgt ist.«

»Woher willst du das wissen?«

»Weil ich ihm eine Weinflasche über den Schädel gezogen habe.«

»Du hast was gemacht?«

»Ich habe dich zu schützen versucht. Ich habe keinen Sinn darin gesehen, dir das alles haarklein zu erzählen.«

»Ja, glaubst du etwa, dass dieser Jean-Claude hinter mir her ist? Dass er zum Beispiel heute in der Nähe war? Aber warum?«

»Ich glaube, er ist in der Tat hinter dir her. Aber eigentlich sollte er hinter mir her sein. Typischer Fall von Verwechslung.« Er seufzte tief und richtete seine durchdringenden Augen auf Gabriella. »Ich kann dir nicht alles erzählen, Gabriella. Das ist eine lange Geschichte, eine Geschichte von Krieg und unschuldigen Opfern; das brauchst du nicht alles zu wissen. Aber das Brot – du hast bestimmt geraten, dass es das Brot war, das dich in Aix so in Schwierigkeiten gebracht hat.« Er langte kurz nach hinten und schob den Rucksack auf Gabriellas Schoß. »Mach ihn auf und hol das Brot heraus.«

Sie tat es zögernd.

»Brech es entzwei und zieh die Mitte heraus.«

Sie gehorchte. Ein kleines Blatt Papier, das in Plastik gewickelt war, fiel in ihre Hand. Sie starrte David an.

»Ja, das ist es, was ich in meinem Brot finde. Meine Instruktionen. Verstehst du jetzt?«

Sie nickte, zitternd. »Ja ... doch.«

Er nahm ihre Hand. »Gabby, bitte, hör mir fertig zu.«

»Du machst mir Angst, David. Vielleicht sollte ich das lieber nicht wissen. Du meinst also, als ich das Brot holen gegangen bin, hat dieser Typ mich beobachtet? Und du wusstest das die ganze Zeit?«

»Nein, natürlich hab ich das nicht gewusst. Irgendjemand muss nicht dicht gehalten haben. Das ist zu kompliziert, um es alles zu erklären. Aber du musst darum wissen, weil ich sicher bin, dass du in Gefahr bist. Und es ist alles meine Schuld. Das tut mir so Leid.«

»David, ich hab immer noch Herzklopfen von dem Sturz. Ich hab eine Mordsangst! Was soll ich denn jetzt machen? Etwa hinaus in den Wind spazieren und warten, bis irgendein Sadist mich umlegt? Jetzt kann ich erst wieder schlafen, wenn ich nicht mehr in Frankreich bin.«

»Nein, Gabby, du bleibst in Castelnau, da bist du in Sicherheit. Das nächste Mal wird er hinter mir her sein, da sorge ich für.«

Sie antwortete nicht, sondern legte die Folie mit dem Papier auf das Armaturenbrett.

»Du darfst niemand etwas darüber sagen, Gabby.«

Ihre Augen waren traurig und ohne ihren blauen Glanz. »Wem sollte ich das denn sagen, David?«

»Du willst mir also helfen?«

Sie antwortete leise: »Ja, ich helfe dir, David. Ich habe ja wohl keine andere Wahl.«

KAPITEL 20

Ali Boudani saß finster brütend in seinem Zimmer. Ben Bella und eine siegesgewisse FLN saßen ihm im Nacken, die Zeit wurde knapp. Er wollte, dass Algerien siegte und unabhängig wurde, natürlich. Aber zuerst wollte er seine Rache.

Sein »Büro« in der Kasbah war ein winziger Raum, dessen einziges Fenster auf eine verdreckte Hintergasse ging. Auf seinem Schreibtisch standen in Reih und Glied gerahmte Fotos, die ihn selber zeigten. Auf einem war er ein Kind, das neben einem Mann in Militäruniform und einer jungen Frau mit langem, dickem schwarzem Haar stand. Auf anderen Bildern war er älter; man sah ihn mit einem Bruder, dann mit zwei und schließlich mit sechs Geschwistern; die lächelnde Mutter schien sich zu freuen über ihre wachsende Familie.

Und schließlich ein großes Bild, das Ali als jungen Mann in Uniform zeigte, der groß und stolz neben dem älteren Mann stand, dem er so ähnlich sah. Ali ließ seinen Blick auf das Bild fallen und lächelte kurz. »Vater«, flüsterte er.

Er stand auf, trat zu der Zementblockwand und ließ seine Finger über die kühlen Steine gleiten. An der Wand war ein halb vergilbter Zeitungsausschnitt befestigt, der eine Gruppe von Soldaten in Ausgehuniform zeigte. Alis Vater stand in der hinteren Reihe, sein Blick war fest. Um seinen Kopf war ein hellblauer Kreis gezeichnet. Die Gesichter von einem Dutzend anderer Männer waren rot eingekreist, und durch mehrere dieser Kreise ging ein rotes X, das das Gesicht des betreffenden Soldaten fast verdeckte.

Der Text unter dem Foto lautete: »Paris, Frankreich. Der Aufklärungszug des 13. Bataillons der Nordafrikanischen Armee hat sich in mehreren großen Schlachten des Jahres 1943 hervorgetan. Jetzt wurde dieser Zug, der vor allem aus Algeriern und *Pied-noirs* besteht, für seine Tapferkeit ausgezeichnet. Der Zug wird von Leutnant Mohemmed Boudani angeführt, unter dem Bataillonsführer Hauptmann Maxime Duchemin.«

Ali zischte eines der Gesichter an. »Hauptmann Duchemin! Verräter! Ich werde deine Tochter und Enkelin finden, und dann kann ich deine Familie durchkreuzen, wie bei den anderen. Sie werden zu dir in ein leeres Grab kommen, als Trümmer des Krieges. Niemand wird sich an sie erinnern. Mein Vater wird gerächt werden.«

Er berührte das Gesicht seines Vaters und flüsterte: »Es wird noch etwas dauern, aber ich werde siegen. Es war dumm von mir, dass ich so lange damit gewartet habe, die Frau zu töten. Aber du siehst, Vater, viele sind schon nicht mehr. Die ganzen Familien ausgelöscht. Nur ein paar sind nach Frankreich entkommen, und selbst dort sind sie nicht sicher. Wir werden sie alle auslöschen, die Familien dieser *Pied-noir-* und *Harki-*Verräter, die dich haben sterben lassen. Dann werde ich meine Rache haben! Dann werde ich in einem freien Algerien wohnen, wo es keine Schweine mehr gibt!«

Neben dem Bild mit den Soldaten hing ein zweiter Zeitungsausschnitt. Ein Absatz war in der gleichen roten Farbe unterstrichen: »In einer der ironischen Tragödien dieses Krieges griffen französische Truppen am Vorabend des Sieges, in der Nacht des 5. April 1945, ein deutsches Lager an. Die 37 Männer des Aufklärungszuges des 13. Bataillons der Nordafrikanischen Armee, der überwiegend aus *Pied-noirs* und Algeriern besteht, fügten dem deutschen Bataillon schwere Verluste zu. Der nordafrikanische Zug hatte nur einen Gefallenen zu beklagen. Der algerische Leutnant Mohemmed Boudani, der für seine Tapferkeit in den beiden vergangenen Schlachten hohe Auszeichnungen erhalten hatte, wurde zum Sündenbock für seine Einheit. Seine Leiche wurde von den Deckenbalken einer verlassenen Scheune hängend gefunden; sie wies schwere Spuren von Folterung auf.«

Neben diesem Zeitungsausschnitt hatte Ali eine Liste angebracht, die von oben nach unten von 1 bis 37 nummeriert war. In die ersten 22 Zeilen hatte er Namen eingetragen. Vier davon, darunter der seines Vaters, waren durchgestrichen und trugen den Vermerk *Im Krieg gefallen.* Durch die Namen elf weiterer Männer ging ein roter Strich. Ali schaute auf die Liste und kicherte leise. »Du siehst, Vater, wie viele dieser Feiglinge schon gestorben sind, um deinen Tod zu rächen. Diese Männer und ihre Familien. Die *Harkis* und die *Pied-*

noirs. Sorge dich nicht, ich bin noch nicht fertig. Die Namen der anderen und wo ihre Familien wohnen werde ich auch noch herausfinden. Und sie werden leiden, so wie wir.«

* * * * *

Anne-Marie entfaltete ein zerknittertes Blatt Papier. »Ich schaffe das nicht, Moustafa, ich kann mich nicht an jeden erinnern. Hast du diese Familien alle gewarnt?« Sie zeigte auf ein halbes Dutzend Namen auf dem Blatt.

»Ja, sie sind gewarnt. Die in Algier wohnen. Die *Capitaine* fährt morgen mit vier weiteren Kindern nach Marseille. Ich habe alles arrangiert. Ali wird keine unschuldigen Kinder mehr ermorden.«

Anne-Marie rieb sich seufzend die Stirn. »Es ist alles meine Schuld. O Gott, wie ich dieses Leben hasse. Mir ist gerade so, als ob ich ein Gewehr genommen und sie selber erschossen habe.«

Moustafa drückte ihre Hand. »Sie haben dich gezwungen, zu reden! Niemand verurteilt dich, schon gar nicht ich! Wir sind jetzt hier, weil auch ich schwach war. Jede Nacht frage ich mich, ob die anderen Kinder es nach Frankreich geschafft haben oder ob sie sie erwischt haben, weil ich geredet hab.« Er hörte wieder Alis grausames Lachen, als er sich vor Schmerzen gewunden hatte, und schloss die Augen. Er biss die Zähne zusammen und öffnete die Augen wieder, um die Erinnerung auszublenden.

Er sprach weiter, seine Stimme war belegt. »Rajib – so ein feiner Junge. Ob er wohl jetzt in Frankreich in Sicherheit ist? Und Hakim? Ich bin ja so froh, dass ich nicht noch mehr wusste. Nur ein paar Daten und Städte.« Er streichelte ihr Gesicht. »Und ich wusste, wo du warst, Anne-Marie. Es ist alles meine Schuld, dass du hier bist. Es tut mir so Leid.«

Anne-Marie legte ihre Finger auf seine Lippen und schüttelte ihren Kopf. »Lass, Moustafa, denke da jetzt nicht dran. Du konntest nicht anders.«

Seine Augen blitzten. »Wenn ich sie ließe, würden diese Grübeleien mich für immer nach unten ziehen. Aber ich darf sie nicht lassen! Wir dürfen uns nicht dem Selbstmitleid hingeben. Hast du mir meine Schwäche vergeben, Anne-Marie?«

»Natürlich, Moustafa, das weißt du doch.« Ihre Augen waren zwei traurige Brunnen. »Aber kann ich mir selber vergeben? Was ich den Familien angetan habe, die ich an Jean-Claude verraten habe? Oder meiner eigenen Tochter, die jetzt wegen mir leiden muss?«

Er packte ihre Schultern, seine Stimme war ein leidenschaftliches Flüstern. »Wir stehen in einem Krieg des Wahnsinns, wir haben es mit einem Wahnsinnigen zu tun. Lebe nicht in deiner Schuld. Wir können helfen.« Er sah sie voll Liebe an. »Möchtest du lieber jetzt schon gehen, Anne-Marie? Es ist noch Platz auf dem Schiff.«

Sie schüttelte den Kopf. »Nein, ich bleibe hier bei dir. Wenn sie Ophélie zu Ali gebracht haben, ist sie jetzt irgendwo hier in der Stadt. Wir werden weiter suchen. Gehst du heute Abend wieder?«

»Ja.«

Sie nahm seine Hand, und er zog sie an seine Brust. »Moustafa«, flüsterte sie hustend. »Du hast Recht, es ist alles Wahnsinn. Warum muss Ali so hassen? Unsere Väter haben seinen Vater nicht sterben lassen, es war ein Kriegsunfall. Wie kann er etwas anderes glauben? Und nach all den Jahren. Wenn er uns nur in Ruhe lassen würde. Wir werden sowieso noch untergehen in diesem Krieg.

Schau doch, was er uns angetan hat! Er ist der eine, dem ich nie vergeben werde! Ich hasse die Araber nicht, das weißt du. Ich liebe dein Volk. Aber ihn hasse ich, ihn und seine sadistischen Freunde. Ihnen werde ich nie vergeben.«

Sie vergrub ihr Gesicht in seinem Hemd. Er strich ihr über das Haar. Sie fuhr fort: »Er hat meine Eltern ermordet. Und deinen Vater. Er ist der Teufel.« Sie umklammerte Moustafa, ihre geballte Faust drückte in seinen Rücken.

Moustafa ließ sie ausreden, dann sagte er: »Anne-Marie, meine Liebe. Ich habe nachgedacht. Es wird mit jedem Tag gefährlicher für die Kinder, die in diesem Krieg gefangen sind. Wir müssen weitermachen mit dieser Operation, auch wenn die, hinter denen Ali her ist, in Sicherheit sind. Deswegen sind wir beide noch hier. Wir werden Ophélie finden und sie in Sicherheit bringen. Aber ich muss hier bleiben und weiter helfen. Algerien zerfällt vor unseren Augen. Es wird in einer letzten blutigen Explosion untergehen. Marcus hat mir gesagt, was die OAS für Pläne hat. Ich muss bleiben. Sag mir, dass du mit mir bleibst.«

Sie hielt ihn immer noch fest. »Moustafa, es ist alles wahnsinnig. Unsere Liebe ist wahnsinnig. Wir haben nirgendwo, wo wir hingehen können. Wir sind Freunde gewesen, aber es gibt keinen Ort in der Welt für einen *Harki* und eine *Pied-noir,* die sich lieben.«

»Dann bleibe hier bei mir, Anne-Marie. Im Augenblick sagt keiner etwas, im Augenblick sind wir im Auge des Sturms in Sicherheit. Bleibe mit mir hier.« Er nahm ihr zartes Gesicht in seine Hände. »Du bist so schön, mein Schatz. Sorge dich nicht. Nicht jetzt.«

Er küsste sie behutsam, als wollte er einen Funken Leben zurück in ihre Augen bringen, eine Flamme der Leidenschaft. Er küsste sie wieder und wieder, bis sie ihm hungrig antwortete. Bis sie für einen Augenblick vergaßen, wie unmöglich ihre Liebe war.

* * * * *

Es klingelte an der Tür. Gabriella verließ ihr Zimmer, zog ihren Mantel an und legte einen grünen Schal um ihren Hals.

»Große Verabredung am Sonntagabend?« Caroline kam aus ihrem Zimmer, Schalk in den Augen. »Bleib nicht zu lange aus, Gab, morgen müssen wir wieder lernen.«

»Keine Sorge.« Gabriella zwang ein Lächeln auf ihr Gesicht.

Madame Leclerc hatte die Tür geöffnet und plauderte mit David. Gabriella küsste sie auf die Wange. »Ich komme nicht sehr spät wieder, aber warten Sie nicht auf mich; ich habe ja den Schlüssel.«

»*Ooh là là ma chère!* Ich werde bestimmt schon längst schlafen. Ich wünsche dir viel Spaß.« Madame Leclerc zwinkerte ihr zu.

David nahm Gabriellas Arm und führte sie durch die Tür. »Ich werde gut auf sie aufpassen, Madame Leclerc«, lachte er.

Sie gingen die Treppe hinunter und traten auf die menschenleere Straße. Der Mond war voll. Die Luft roch nach dem Rauch, der überall aus den Schornsteinen quoll.

Gabriella konnte ihren Atem sehen. »Wo gehen wir hin?«

»Hast du die Telefonnummer?«

Sie griff in ihre Manteltasche und zog ein Blatt Papier heraus.

»Gut«, sagte David. Er sah sie an. »Alles okay?«

»Bis auf die Angst schon.« Sie bibberte.

Er legte seinen Arm um ihre Schulter und umarmte sie brüderlich. »Du machst das bestimmt ganz toll.«

Sie machte sich von ihm los und ging voran. »Ich habe immer das Gefühl, für dich ist das eine Art Spiel, David. Katz und Maus, nicht wahr? Ich finde das gar nicht lustig; ich hoffe, du merkst das. Mir ist total mulmig. Ich bin nun mal keine ausgebildete Geheimagentin, ich verstehe was von Kunst und Literatur. Ich habe unter einem eminenten Professor studiert.«

Er nahm ihren Arm und drehte sie zu sich um. »Hör zu, Gabriella Madison. Du hast jedes Recht, wütend zu sein. Aber geschehen ist geschehen. Du hast gesagt, dass Jean-Claude deinen Anruf erwartet. Dies ist unsere Chance. Bring ihn ein bisschen ins Schwitzen. Das ist die einzige Möglichkeit, ihn von dir abzulenken und auf mich anzusetzen.«

Gabriella schaute nach unten. »David, ich kann das nicht. Der denkt doch, ich liege tot im Tal von Les Baux. Warum soll ich ihm zeigen, dass ich quicklebendig bin? Ich habe zu viel Angst. Und ...« Sie richtete ihre blauen Augen auf ihn. »Und ich will auch nicht, dass er hinter dir her ist.«

»Du bist zu gut, Gabriella. Mach dir mal keine Sorgen um mich. Ich garantiere dir, dass der nicht Däumchen dreht, auch wenn er denkt, du bist tot. Der heckt was aus. Dies ist unsere Chance.«

Die Telefonzelle lag hinter einigen kleinen Läden, deren Neonschilder ausgeschaltet waren. Gabriella ging in die Zelle, David folgte ihr. Er stand neben ihr, während sie mit zitternden Fingern die Nummer wählte. Sie hörte, wie der Ruf durchging, und räusperte sich. Beim dritten Klingeln meldete sich eine Stimme.

»Hallo? Jean-Claude, hier Gabriella.«

Es gab eine lange Pause, bevor er antwortete. Sie fuhr fort: »Wie geht's Ihnen? Gut? Das ist schön. Ich wollte Ihnen nur sagen, dass wir sehr gute Nachrichten über Ophélies Mutter bekommen haben. Vielen Dank für Ihre Hilfe, aber ich glaube, wir können jetzt selber ein Treffen arrangieren.« Sie wartete.

»Ob wir uns treffen können? Vielen Dank, aber ich bin schon mit jemand anderem verabredet. Aber es war schön, Sie kennen zu lernen. Nochmals vielen Dank. *Au revoir.*«

Sie hing auf und ließ sich in Davids Arme fallen. Ihre Augen leuchteten. »Puh, das wäre geschafft! Der hat mir glatt geglaubt!«

Er umarmte sie kurz, dann ließ er sie los und ging aus der Zelle. »Das müssen wir feiern, Gabby. Darf ich dich auf einen Kaffee einladen?«

Sie zögerte. »Einen Kaffee? Trinkst du Kaffee, wenn du feiern willst?«

Er lachte laut. »Kein Kommentar, Miss Madison.« Er strich über ihr Haar und sagte: »Am Sonntagabend hat hier sowieso nur ein Café geöffnet. Wir lassen uns wohl besser dort sehen, damit die Klatschtüten etwas zu tun haben.«

* * * * *

Jean-Claude legte fluchend den Hörer auf. *Die weiß was.* Zu dumm. Aber er dachte nicht daran, aufzugeben. Er nahm einen Zettel und kritzelte eine Nachricht an Ali: »Gabriella wie geplant in Les Baux getroffen. Sie war mit unserem alten Freund David Hoffmann dort. Bin sicher, dass er Kontakt zu seiner alten Liebhaberin hat. Hatte gehofft, dich in Les Baux von der Roten zu erlösen. Leider nicht geschafft, obwohl der Wind günstig war. Warte auf weitere Instruktionen. In alter Freundschaft, J-C.«

Der nächste Film, der nächste Brief nach Algier, der nächste Wartetag. »Du machst mir keine Bange, Gabriella. Und du, David Hoffmann, auch nicht.«

* * * * *

Sie betraten das Café. Es war leer bis auf den Barkeeper und zwei ältere Männer, die an der Theke saßen. David wählte einen Tisch am hinteren Ende des kleinen Raumes und bestellte sich einen Kaffee. »Für mich eine heiße Schokolade«, sagte Gabriella.

Eine leise Liebesschnulze spielte im Hintergrund, dann und wann übertönt von einem plötzlichen Lachen der Männer an der Theke. Der Raum roch nach Rauch und Alkohol. David berührte Gabriellas Hand. Seine schwarzen Augen waren durchdringend, aber sanft. »Also, meine Starstudentin, was geht vor in Ihrem hübschen roten Kopf?«

Sie lächelte errötend, zog ihre Hand weg und kaute gedankenverloren an einem Fingernagel. »Zu viel. Viel zu viel.«

»Sag mir's.«

Sie spürte seine Ausstrahlung. Sie schloss die Augen, um ihn nicht ansehen zu müssen. »Ich fühle mich wie in einer Falle, David.« Sie sah kurz zu ihm hoch. Die Musik wurde lauter, eine Männerstimme säuselte: »Ich liebe dich, ich lie-be dich, niemals vergess ich dich ...« David sagte nichts.

»Ich habe Angst. Mutter Griolet hat gesagt, die beste Methode, den Schmerz und die Wut unter die Füße zu kriegen, besteht darin, weiterzuleben und sich ehrlich seinen Gefühlen zu stellen. Und das hab ich also versucht.

Aber jetzt ... jetzt bin ich nicht nur innerlich in der Falle, jetzt stecke ich auch in deinem netten kleinen Kriegsspiel drin. Ich will nicht wissen, was es ist, aber andererseits ... frage ich mich, wer du bist.« Sie befingerte ihre weiße Stoffserviette. »Ich frage mich, was du machst.« Ihre Augen erwiderten seinen Blick. »Und ich weiß nicht, was ich tun werde, wenn ich es weiß.«

Der Kellner kam mit ihren Getränken. Der Dampf aus den Tassen tanzte verlockend zwischen ihnen hoch, während sie sich ansahen. Sie schwiegen beide.

Dann brach David das Schweigen. Seine Hand ging zu dem Kreuz um ihren Hals. »Das Hugenottenkreuz, Gabby. Solch ein merkwürdiges Kreuz.«

Sie spürte wieder seine Macht über sie und ging in Abwehrstellung. »Ja, das sagt jeder«, flüsterte sie. Die Musik hörte auf. Gabriella schüttelte sich aus ihrer Lethargie heraus. »Weißt du, David«, sagte sie, jetzt wieder ruhiger, »es war dieses Kreuz, das Jean-Claude so interessierte, beim ersten Mal, in Aigues-Mortes. Hat er jedenfalls gesagt.«

David lächelte. »Natürlich. Das passt perfekt.«

»Wie meinst du das?«

Er knöpfte eine kleine Innentasche in seinem Blazer auf und zog ein Papier heraus. »Gestern wolltest du es nicht sehen, aber dies hier war in dem Brot.« Er hielt es Gabriella vorsichtig hin. In der Mitte des Blattes stand: *Jeudi2116h30SNCF.* In die linke obere Ecke war ein Hugenottenkreuz gekritzelt.

Gabriellas Finger gingen an ihr Kreuz. Das nächste Liebeslied klang durch das Café. Sie schaute kurz David an, dann wieder das Blatt. »Ich sehe«, murmelte sie. »Ich sehe.«

* * * * *

Moustafa wartete bis Mitternacht, bevor er die Slums von Bab el Oued durchquerte und durch die Arkaden in die Kasbah ging. Sein Herz raste immer noch, wenn er durch das Gassengewimmel ging, aber inzwischen kannte er den Weg gut. Nach einem Monat nächtlicher Erkundungen fing er an, sich wie zu Hause zu fühlen in der Hochburg der FLN. Der Gedanke ließ ihn frösteln. Zu Hause in dem Viertel, das ihn und alle anderen französischen Loyalisten umbringen wollte ...

Seit Rachids Tod war Ali immer hektischer geworden, wie ein gefangener Wildhengst. Er war nicht mehr so vorsichtig wie früher. Der Raum, der Moustafas und Anne-Maries Gefängnis gewesen war, diente jetzt als Lokal für Alis wöchentliche Mitternachtssitzungen mit den paar Getreuen, die er für seine Rachekampagne brauchte.

Moustafa legte sich flach auf das Dach des Nachbarhauses, unsichtbar in der Schwärze der Nacht, und lugte vorsichtig durch das kleine Fenster. Die Männer waren da, wie jeden Samstagabend.

Ali lief wie ein Tiger hin und her und sprach in gedämpftem Ton. Die anderen nickten. Ihre Augen waren auf die Leinwand vorne in dem Raum gerichtet. Moustafa spitzte seine Ohren noch mehr, um die Worte durch das offene Fenster zu verstehen. Jetzt erschien ein Dia auf der Leinwand. Es zeigte eine junge Frau mit langem rotem Haar. Ali sprach.

»Wir haben vor kurzem weitere Bilder von Jean-Claude bekommen. Ihr erinnert euch an die schöne junge Frau, die ihm mehrere Male über den Weg gelaufen ist. Er hat sie wieder gesehen, als Studentin in Montpellier.« Das nächste Dia erschien. Es zeigte einen belebten Platz. Am Rand war die Rothaarige zu erkennen, mit dem Rücken zum Betrachter.

Noch ein Bild. Man sah die Frau jetzt aus der Nähe. »Schaut euch das Mädchen an ihrer Hand an!« rief Ali triumphierend. »Niemand anderes als Ophélie Duchemin.«

Nur das zustimmende Gemurmel der Männer in dem Raum überdeckte Moustafas Aufkeuchen. »Ophélie!« flüsterte er.

Ali redete weiter. »Jean-Claude hat sie dort in Montpellier getroffen. Für das Kind war er natürlich der liebe alte Freund seiner Mutter. Es weiß nichts davon, wie er Anne-Marie damals zum Reden gebracht hat.« Er lachte zynisch. »Das Kind bat diese Frau – sie heißt Gabriella –, mit Jean-Claude etwas zu trinken und zu sehen, ob er ihr vielleicht helfen kann, ihre Mutter zu finden.« Er kicherte.

»Jean-Claude ist natürlich gerne darauf eingegangen. Diese Gabriella hat ihn inzwischen bereits einmal kontaktiert. Er will sich wieder mit ihr treffen, nicht weit von Marseille. Ich glaube, das Treffen war für gestern geplant. Ihr seht, es tut sich was. Wir sind überzeugt, dass diese Gabriella hinter der ganzen Operation steht. Sie ist die, die sie ›Hugo‹ nennen. Wir werden sie beseitigen und das Kind in unsere Hand bekommen, dann haben wir bald den Rest der Information. Aber vorher müssen wir uns hier in Algier noch um drei *Pied-noir*-Familien kümmern. Und jetzt fort mit euch.«

Moustafa kletterte das Dach hoch und versteckte sich hinter dem Steinbogen, der die beiden nächsten Gebäude miteinander verband. Sechs Männer kamen aus dem Kellerraum und trennten sich, um sich in den Straßen der Kasbah zu verlieren. Moustafa wartete fünfzehn Minuten, dann sprang er wie eine Katze von dem Dach und lief zurück durch die Nacht zu der kleinen Wohnung von Marcus Cirou.

* * * * *

Der Alptraum ließ sie hochschrecken. Anne-Maries Nachthemd war schweißnass, als sie sich schwer atmend im Bett aufsetzte. *Nur ein Traum*, seufzte sie. Ein Traum aus ihrer Vergangenheit. Nur ein heftiges Bild aus einer anderen Schreckensnacht.

Er stand vor ihr, lachend, das rot glühende Eisen in der einen Hand. Die haselnussbraunen Augen, die sie in der letzten Liebesnacht so einladend gefunden hatte, glühten wie die eines Raubtiers. Irgendwo rief Ophélie nach ihrer Mutter …

»Ich weiß sonst nichts. Was soll ich denn wissen? Ich war seine Tochter, und nicht sein Offizier.«

Jean-Claude, wie er das Eisen voll Wut auf ihren rechten Arm presste. Ihre Schreie, die die Nacht erfüllten. Noch zweimal brannte er sie und lachte dazu. Denn packte er ihr langes Haar und riss ihren Kopf zurück. »Du wirst die Namensliste finden, Anne-Marie, siebenunddreißig Namen. Du wirst sie vor nächsten Freitag finden, wenn ich wiederkomme. Und das nächste Mal wird deine Tochter schreien, und zwar nicht vor Hunger.«

Sie sah zu dem schwarzen Himmel hinaus. Moustafa war noch nicht zurück. Anne-Maries dünner Körper zitterte unter dem übergroßen T-Shirt. Sie knipste die Lampe an, die auf dem Fußboden neben ihrer Matratze stand. Neben der Lampe lag ein zerknülltes Blatt. Sie hob es hoch. Sie rieb sich den Schlaf aus den Augen und studierte die Namen, die auf das Blatt gekritzelt waren. Fünfundzwanzig. Sie schloss die Augen und versuchte, sich die Liste vorzustellen, die sie vor vielen Monaten so sorgfältig abgeschrieben und in den blauen Beutel gesteckt hatte, aber sie konnte sich an keine weiteren Namen erinnern.

Oben auf das Blatt hatte sie in Großbuchstaben geschrieben: »Aufklärungszug des 13. Bataillons«. Darunter stand der Name ihres Vaters und dahinter die Worte: »Mit seiner Frau von Ali ermordet«. Hinter anderen Namen stand entweder »Im Krieg gefallen« oder »Von Ali Boudani ermordet«, mit Einzelheiten über die Familien der Soldaten.

»Ich will mich nicht mehr daran erinnern«, stöhnte sie.

Die Tür öffnete sich, und Moustafa erschien in dem Mondlicht. Seine Augen leuchteten. Er trat hastig zu ihr und nahm sie in seine Arme.

»Es war alles nur gelogen, Anne-Marie! Ali hat Ophélie gar nicht! Sie ist in Südfrankreich, in Montpellier, bei einer jungen Frau. Jean-Claude hat sie gesehen, aber sie ist nicht bei ihm.«

Anne-Marie zog sich aus seiner Umarmung. »Ist das wirklich wahr?« Sie fasste sich an die Stirn, ihr war plötzlich schwindlig. Moustafa umarmte sie wieder.

»Ja! Sie haben Dias von ihr gezeigt, auf denen sie mit dieser Frau zu sehen ist. Eine Frau namens Gabriella, die auch ein Hugenottenkreuz trägt. Sie behaupten, dass sie Hugo ist. Unglaublich! Kennst du sie?«

»Nein, ich habe nie von ihr gehört. Und sie hat Ophélie? Woher wollen wir wissen, dass die ihr nichts Böses will?«

»Ich habe es aus ihren Stimmen herausgehört. Sie wissen, dass Ophélie bei dieser Frau in Sicherheit ist.«

Anne-Marie nestelte nervös mit ihren Händen. »Wenn diese Frau für uns arbeitet, wird sie uns helfen und Ophélie beschützen.«

»Ja, natürlich. Aber jetzt schlaf weiter, Liebes. Ich komme nachher auch.« Er schlüpfte aus dem Zimmer.

Anne-Marie lag lange wach und starrte in die Dunkelheit hinein. »Wenn diese Frau Hugo ist«, flüsterte sie, »wo bist dann du? Wo bist du, David Hoffmann? Bist du auch dort? Und weißt du, dass Ophélie dein Kind ist? Weißt du das? Oder ist dir das egal?«

Ihre Augen waren geschlossen, aber sie war hellwach, als Moustafa zurückkam und sich auf die Matratze neben ihr legte.

* * * * *

Gabriella konnte nicht schlafen. Sie blätterte durch ihre Bibel und las Abschnitte, die sie unterstrichen hatte. »Ich will dich nicht verlassen noch versäumen ... Der Herr behüte deinen Ausgang und Eingang, jetzt und immerdar ...Ich bin der Weinstock, ihr seid die Reben. Wer in mir bleibt, und ich in ihm, der bringt viel Frucht. Denn ohne mich könnt ihr nichts tun ...«

Sie las die Worte halblaut, mit beschwörender Stimme, als ob sie vorhatte, Gott aus dem schwarzen Buch herauszureißen und neben sich ins Zimmer zu stellen.

»Du bist hier, Vater. Herr, du hast versprochen, bei mir zu sein.« Ihre Stimme war nur noch ein Flüstern, ein Schrei der Schwäche. »Ich brauche dich. Ich bin so durcheinander, ich habe solche Angst.« Sie begann zu schluchzen. »Gott, ich hab das hier nicht gewollt. Das ist zu viel für mich. Ich bin so fertig. Bitte, ich brauche dich. Ich brauche jemand, der mir zeigt, was ich machen soll.«

Das Kreuz hing von ihrem Hals. »O Gott, vergib mir! Vergib mir, dass ich eine Erinnerung hasse, die mich kaputtgerissen hat. Das ist alles zu schwer!« Sie stöhnte leise und wischte sich mit dem Ärmel ihres Nachthemds über die Augen.

»Und vergib mit, dass ich einen Mann liebe, der nicht dir gehört. Er zieht mich mit sich, und jetzt kann ich nicht mehr weg. Ich sitze in der Falle. Vergib mir.« Sie vergrub das Gesicht in dem Kissen und weinte. Es kam aus dem Innersten ihrer Seele. »O Gott, wer ist er? Wer ist David Hoffmann?«

* * * * *

Ophélie wälzte sich hin und her auf ihrem Bett. *Von irgendwo kam die Stimme ihrer Mutter, die nach ihr rief. Sie rannte zu ihr hin, als plötzlich aus dem Rufen markerschütternde Schreie wurden. Ophélie versuchte, die Tür zu öffnen. Sie war zugesperrt. Die Schreie hörten auf, und die Tür öffnete sich. Jean-Claude stand in ihr, seine Augen funkelten.* Ophélie schrie, dass sie wach wurde. »Mama! Mama! Er ist gar nicht dein Freund! Jetzt weiß ich es wieder. Er ist nicht dein Freund.«

Sie nahm ihr Kissen in die Arme. Der Wind rüttelte an den Fensterläden, dass die Schatten an der Wand tanzten. Sie dachte lange an ihre Mutter, stellte sich ihr schmales, schönes Gesicht mit den traurigen Augen vor. Dann schloss sie die Augen und dachte an ihren Vater, aber sie sah nur ein schwarzes Loch. Nichts.

»Vater«, flüsterte sie. »David Hoffmann. Wo bist du?« Sie drehte sich auf die Seite und schlief wieder ein.

KAPITEL 21

Monique Pons blieb kurz stehen, um zu verschnaufen. Der zehn Kilo schwere Truthahn, den sie erstanden hatte, zog ihren Einkaufskorb nach unten. Die Weihnachtsbeleuchtung über der Straße war jetzt, im hellen Tageslicht, nicht eingeschaltet, aber die Luft roch nach Weihnachten.

»Monique! *Coucou!*« Yvette Leclerc holte ihre Freundin ein. Ihre Wangen waren rosig, sie lachte breit. »Komm, ich helfe dir mit dem Truthahn. *Ooh là!*«

Die beiden Frauen gingen über den geschäftigen Platz und zu Moniques Wohnung. Gemeinsam trugen sie den Truthahn die Treppe hoch und in die Küche. Dann lief Yvette noch einmal hinunter, um ihren Korb mit dem Obst und Gemüse vom Markt zu holen.

»Haben wir jetzt alles beisammen für das Weihnachtsessen? Es sind nur noch zwei Tage!« Moniques Augen strahlten.

»Und was für ein Essen!« Sie hatten beschlossen, das große Weihnachtsessen diesmal gemeinsam zu machen, komplett mit ihren Mietgästen, schien es doch, dass zwei von diesen wieder ein Paar waren; was konnte da passender sein als ein richtiger Festschmaus?

»Lass sehen. Wir haben die Gänseleber, die Pastete, den Räucherlachs und die Oliven für den ersten Gang. Wir haben den Truthahn und die Kastanien, und du machst das *Gratin dauphinois*. Die grünen Bohnen besorge ich morgen.«

»Und ich mache am Heiligabend den *Bûche de Noël* für den Nachtisch. Die Mädchen werden ihn mögen, die Amerikaner sind immer ganz weg von dem Kuchen. Es wird alles perfekt werden!«

Sie sahen sich an und begannen zu kichern wie zwei Schulmädchen, die sich gerade ein Geheimnis erzählt hatten. »Ein Mitternachtsmahl zu Weihnachten«, sagte Yvette. »Und ich glaube, Gabriella hat ein Geschenk für deinen Monsieur Hoffmann gekauft. *Ooh là!*«

»Und Monsieur Hoffmann hat bestimmt auch was für seine junge Dame. Eine große Überraschung.«

* * * * *

Mutter Griolet klappte das Grammatikbuch zu und lächelte die fünfundzwanzig Kinder, die vor ihr auf ihren Bänken saßen, an. »So, Kinder, jetzt ist die Schule aus und die Ferien fangen an. Jetzt gibt's zehn Tage keine Schulaufgaben.«

»Hurra!« Die Kinder legten lachend ihre Bücher unter ihre Bänke. Mutter Griolet sprach weiter. »Aufgepasst, Kinder! Hört mir noch ein bisschen zu. Wie in jedem Jahr, werden wir auch diesmal unser Weihnachtsessen im Speisesaal haben. Und vergesst nicht, mir jeder einen Schuh zu bringen, für den Weihnachtsbaum.«

Die Kinder nickten eifrig. Mutter Griolet sah den fragenden Ausdruck auf Ophélies Gesicht. »Wir haben zwei Kinder unter uns, die letztes Jahr noch nicht hier waren. Hakim und Ophélie.« Sie lächelte zu dem großen, dunkelhäutigen Jungen hin, der in der letzten Bankreihe saß. »Wir halten es zu Weihnachten immer so, dass wir für jedes Kind einen Schuh unter meinen Weihnachtsbaum legen, für den Weihnachtsmann. Ja, der Weihnachtsmann kommt immer noch zu mir, obwohl ich schon so alt bin. Und was für schöne Sachen er mir immer für meine Kinder bringt!«

Die Köpfe nickten eifrig. »Das stimmt!«, meldete sich der kleine Christophe. »Während wir zu Weihnachten essen, bringt er uns Geschenke, und dann dürfen wir kommen und uns um den Baum setzen und singen. Zu Weihnachten dürfen wir ganz lange aufbleiben!«

»Ja, ja! Letztes Jahr hat jedes Mädchen eine andere Puppe gekriegt«, sagte Anne-Sophie.

Die ganze Klasse schwatzte aufgeregt durcheinander, als Gabriella hereinkam. Mutter Griolet klatschte in die Hände. »Ruhig, Kinder, hört her! Gabriella hat mich gefragt, ob sie euch heute ein Geschenk mitbringen darf – etwas von ihr ganz persönlich, für jeden von euch.« Die Kinder verstummten, die Augen begannen erwartungsvoll zu leuchten.

Gabriella trat vor die Klasse und lächelte. »Wer von euch kann mir sagen, was an Weihnachten so wichtig ist?«

Mehrere kleine Hände flogen hoch. »André, sag du's.«

Der schüchterne Sechsjährige stand auf und schaute nervös grinsend zu Boden. »Das ist der Tag, wo das Jesuskind geboren wurde.« Er setzte sich wieder, ganz rot im Gesicht.

»Richtig! Danke, André«, sagte Gabriella. »Und jetzt kommt das Geschenk, das ich euch geben will. Es ist für alle dasselbe, und in ihm könnt ihr von dem größten Geschenk der Welt lesen.« Sie hob einen großen Korb auf Mutter Griolets Pult.

Die Nonne lächelte. »Dürfen die Kinder die Geschenke jetzt gleich auspacken?«

»Ja, natürlich.«

Mutter Griolet trat vor die Kinder. »Eines muss ich noch sagen, bevor wir weitermachen.« Sie räusperte sich. »Heute bekommen wir vier neue Kinder. Ein Junge und drei Mädchen. Ist das nicht ein schönes Weihnachtsgeschenk?«

Die Kinder nickten.

»Bitte heißt sie ganz lieb willkommen, wie ihr das ja immer macht. Das ist alles. – Bitte, Gabriella.«

Gabriella begann, die Namen der Kinder aufzurufen, und eines nach dem anderen standen sie auf und kamen zu ihr, um ihr Geschenk in Empfang zu nehmen. Mutter Griolet schaute lächelnd zu, wie sie die bunten Päckchen öffneten und den Inhalt hochhoben, damit jeder ihn sehen konnte. Ein Neues Testament für Kinder. Die Nonne ging hinaus, während die Kinder Gabriella begeistert um den Hals fielen.

Herr, sie wird es schaffen, unsere Gabriella. Sie ist dabei, das Geheimnis zu lernen: Um den eigenen Schmerz zu überwinden, muss man andere beschenken, die einen Schmerz haben. Danke, Herr, für ihr Beispiel.

Sie ging zum Erdgeschoss hoch, trat in ihre Wohnung und ging in ihr Büro. Sie ging um den Schreibtisch herum, stellte sich an das Fenster und sah auf den leeren Hof hinaus. »Vier neue Kinder, Herr. Ich kenne sie nicht, aber du kennst sie. Du siehst und kennst alles, und ich bin sicher, du wirst uns alles geben, was wir brauchen, um für sie zu sorgen. Wie du es schon in dem anderen Krieg getan hast. Und in deinem Wort, bei dem kleinen Jungen mit den Broten und Fischen. Ich glaube, ich bin bereit – aber nur in deiner Kraft. Nur in dir kann ich das tun.«

Sie sah zu den Stiefmütterchen in dem Hof hin, deren Blüten im Winterwind flatterten. »Zart und doch stark«, murmelte sie. »Selbst in den kältesten Monaten verlieren sie ihr Lächeln nicht. Möge ich es auch so machen, wenn dein Geist um mich weht, Vater.«

* * * * *

Gabriella strahlte, als sie in Mutter Griolets Wohnzimmer trat. »Es macht ja so einen Spaß, mit den Kindern zusammen zu sein. Sie lieben mich richtig. Ich habe den Eindruck, dass sie mich brauchen, obwohl mein Leben so durcheinander ist.«

»Das verstehe ich gut, Kind«, erwiderte die alte Nonne. »Es ist eine lohnende Arbeit. Hart, aber lohnend.« Sie machte eine verlegene Pause. »Aber dürfte ich dich um einen Gefallen bitten?«

»Gerne. Was ist es denn?«

»Könntest du vielleicht diesen Nachmittag nach Montpellier fahren, um die neuen Kinder abzuholen? Monsieur Vidal hatte sich angeboten, aber er kann gerade nicht weg.«

»Kommen die Kinder mit dem Zug?«

»Ja. Das ist eine lange Geschichte. Es sind Kriegsflüchtlinge.«

»Aus Algerien?«

»Ja. Sie kommen hierher nach Frankreich, um in Sicherheit zu sein.« Mutter Griolet lächelte schwach. »Die Sache ist ein bisschen geheim, Kind, und ich wäre dir dankbar, wenn du mit niemand darüber redest. Falls du nicht gehen willst, kann ich auch jemand anderes schicken.«

»Nein, nein, lassen Sie nur.« Gabriella schien mit ihren Gedanken woanders zu sein. »Ich gehe schon. Sagen Sie mir, wo ich die Kinder abholen soll.«

* * * * *

Ophélie war begeistert von der Aussicht, schon wieder mit Gabriella im Bus in die Stadt zu fahren. Sie packte fest die Hand ihrer Lehrerin, als sie vor dem Bahnhof anhielten.

»Danke, Bribri! Für den Bus und für das schöne Buch. Die Bibel mit Bildern. Danke!«

Gabriella tätschelte die Hand des Kindes, während sie aus dem Bus stiegen. »Also, Mutter Griolet hat gesagt, der Zug kommt um halb fünf an.« Sie studierte die große Tafel, auf der die Zugankünfte standen. »Ah, da ist es schon! In ein paar Minuten, auf Bahnsteig 2. Komm mit.«

Der Bahnhof war voller Menschen – Studenten mit Rucksäcken, Männer in Straßenanzügen. Gabriella schaute zu, wie Ophélie alles begeistert betrachtete.

Plötzlich verdunkelte sich das Gesicht des Kindes. »Bribri«, sagte es. »Ich hab was geträumt. Ich hab mich an was ganz Schreckliches erinnert.«

Sie hatten den Bahnsteig erreicht. In der Ferne tauchte der Zug auf.

»Ich glaube nicht, dass Monsieur Jean-Claude gut ist«, fuhr Ophélie fort. »Ich glaube, er war einmal ein Freund von Mama, aber dann ist er böse geworden und hat sie schreien gemacht.«

Gabriella legte ihren Arm um das Kind. Sie standen bibbernd da, während der Zug quietschend hielt. »Oh, Ophélie, das tut mir so Leid. Aber hab keine Angst. Er weiß nicht, wo wir wohnen. Wir werden ihn nie mehr sehen.«

* * * * *

Vier stumme Kinder mit aufgerissenen Augen folgten Gabriella aus dem Bahnhof hinaus. Sie hatten kein Gepäck, ihre Kleider waren schmutzig, ihre Augen hungrig. Zwei mussten arabisch sein, die beiden anderen sahen französisch aus.

»Sagt ihr mir bitte, wie ihr heißt?« sagte Gabriella leise, während sie auf den 11er Bus warteten. »Wir fahren jetzt mit dem Bus zur Kirche. Dort wartet Mutter Griolet schon mit einem schönen Abendessen auf euch.«

Die Kinder schwiegen. Das Jüngste, ein vielleicht fünfjähriges Mädchen, begann zu weinen. Seine ältere Schwester legte ihren Arm um es. Der Bus kam.

»Einsteigen, Kinder.«

* * * * *

»Haben Sie Gabriella gesehen, Mutter Griolet?« fragte David, als er die Nonne im Treppenhaus traf.

»Oh, hallo, Mr. Hoffmann«, erwiderte sie höflich-distanziert. »Gabriella? Die ist heute mit Ophélie in die Stadt gefahren.«

Davids Stirn runzelte sich. »In die Stadt? Sind Sie ganz sicher?«

Mutter Griolet nickte.

»Danke. Besten Dank.«

Er ging aus dem Pfarrhaus hinaus. »In die Stadt«, murmelte er. »Und ich habe ihr doch gesagt, sie soll sich ruhig verhalten. Was will sie in der Stadt? Und ausgerechnet heute! Es sei denn ...« Er fluchte und lief zu seinem Auto, das auf der Straße geparkt stand.

* * * * *

Jean-Claude war den Kindern von Marseille aus gefolgt. Alis Information war wieder einmal richtig gewesen. Vier abgerissen aussehende Kinder. Kinder, die Ali tot sehen wollte. Jean-Claude war auf den Zug nach Montpellier gesprungen. Jetzt schaute er zu, wie die Rote, Gabriella, ihre kleine Herde in einen Bus der Linie 11 verfrachtete. Er rannte hin. Die Türen des Busses schlossen sich gerade, er fuhr los.

»Taxi! Taxi!«

Ein altes BMW-Taxi hielt neben ihm an. Jean-Claude stieg ein. »Wohin, Monsieur?« fragte der Zigarettenjüngling, der am Steuer saß.

»Ich habe gerade meinen Bus verpasst, da hinten, die Linie 11. Wollte ein paar Freunde vom Bahnhof abholen, und jetzt sitzen die da drin und ich bin hier. Könnten Sie dem Bus bitte folgen?«

* * * * *

Ophélie schrie unvermittelt auf, als die Türen des Busses sich schlossen. Gabriella, die gerade einem der Kinder die Tränen abwischte, drehte sich um. »Ophélie, was ist denn los?«

»Das ist er! Ich hab ihn gesehen! Monsieur Jean-Claude. Er folgt uns!«

»Ophélie! Bist du sicher? Bildest du dir das nicht nur ein, weil du Angst hast?«

Ophélie blieb eisern. »Doch, Bribri, er war es, bestimmt!« Mehrere der Fahrgäste sahen fragend zu dem Kind hin.

Gabriella führte Ophélie zu einem Sitzplatz, dann schaute sie vorsichtig aus dem Fenster. Nichts. Sie drehte sich um und sah nach hinten zum Bus hinaus. Aha, ein Taxi, aber wer neben dem Fahrer saß, konnte sie nicht ausmachen.

An jeder Kreuzung, jeder Ampel hielt das Taxi sich dicht hinter dem Bus. An jeder Haltestelle hielt es ebenfalls an, so dass Gabriella den Fahrgast in Ruhe betrachten konnte. Kein Zweifel, es war Jean-Claude Gachon.

Würde er beim nächsten Halt aus dem Taxi springen, Pistole in der Hand, und sie alle erschießen? Aber er rührte sich nicht. Starr vor Angst saß Gabriella auf ihrem Platz. Der nächste Halt war Castelnau. Aber er durfte doch nicht wissen, wo sie wohnten!

Ihr Gehirn raste. »Kinder«, sagte sie. Sie hoffte, dass es fröhlich klang. »Kinder, ich muss eben mal zu dem Busfahrer und ihn etwas fragen. Bleibt schön sitzen.« Sie schaute zu Ophélie hin. Die saß stumm und still, die Augen groß vor Angst.

Gabriella ging nach vorne zum Fahrer. »Bitte, *Monsieur*, ich ... habe ein Problem. Jemand folgt mir und meinen Kindern in einem Taxi. Er darf uns nicht kriegen. Könnten Sie bitte eine andere Strecke fahren?«

Der Fahrer schaute sie ungläubig an. »Was sagen Sie da, *Mademoiselle*? Ein Taxi abschütteln kann ich nicht, tut mir Leid.«

»N-nein, natürlich nicht.«

»Wenn Sie hier drinbleiben und zurück in die Stadt fahren wollen, müssen Sie noch eine Fahrkarte lösen, für sich und die Kinder.«

»Ja ... natürlich, klar.« Sie wühlte in ihrem Portemonnaie und bezahlte.

»Merci, Monsieur«, stammelte sie. Sie ging auf wackligen Beinen zurück zu ihrem Platz. Der Bus wendete.

* * * * *

Jean-Claude wurde ungeduldig. Er war sicher, dass Gabriella, Ophélie und die anderen Kinder in dem Bus waren, der da von einer Haltestelle zur nächsten kroch, aber sie waren immer noch nicht ausgestiegen. »Die hat mich gesehen«, murmelte er. »Ophélie hat mich gesehen.«

Er kämpfte gegen den Impuls an, auszusteigen und auf den Bus zu springen. Ali hatte ihn nach dem Vorfall in Les Baux strikt angewiesen, nichts mehr zu unternehmen, was die Aufmerksamkeit auf ihn ziehen konnte. »Du hast lediglich herauszufinden, wo diese Kinder untergebracht werden und wie diese Gabriella und Monsieur Hoffmann ihre Instruktionen bekommen. Später wirst du die Liste von Ophélie Duchemin an dich bringen. Sei geduldig. Sie müssen weiter glauben, dass du ein Freund ihrer Mutter bist. Mach langsamer!« So Alis hastig geschriebener Brief.

Jean-Claude hatte keine Lust, langsamer zu machen. Er war ein Mann der Aktion. Aber er verstand es, zu warten. Wenn nötig, würde er die ganze Nacht warten, bis die Rothaarige glaubte, dass die Luft rein war und ihn direkt zu Ophélie Duchemins Versteck führte.

* * * * *

Es war schon nach fünf Uhr, als David am Bahnhof ankam. Ein kurzer Gang bestätigte, was er befürchtet hatte: Es war niemand da. Gabriella wartete nicht auf einen späten Zug, wie er gehofft hatte. Er stieg ärgerlich wieder in seinen 2CV und fuhr zurück nach Castelnau. Bestimmt hatte Mutter Griolet sie in die Stadt geschickt, um die Kinder abzuholen. Ein Fehler. Ein schlimmer Fehler, falls irgendjemand eine rothaarige Frau suchte.

Im Osten der Stadt überholte er einen Bus der Linie 11. Er wurde langsamer und überflog die Gesichter in dem halb leeren Bus. Keine Gabriella.

Am Ortseingang von Castelnau kam ihm ein anderer 11er Bus entgegen, der zurück nach Montpellier fuhr. Er sah den roten Haarschopf in einem der Fenster, dann war der Bus fort. Er bog hastig in eine Seitenstraße ein und wendete. Wenn dies wirklich Gabriella war, warum fuhr sie dann zurück in die Stadt?

Da war der Bus wieder, nur noch fünfzig Meter entfernt. Er fuhr näher heran. Vor dem Bus fuhr ein altes BMW-Taxi. Und dann begriff er, warum Gabriella in Castelnau nicht ausgestiegen war. Auf der Rücksitzbank des Taxis saß Jean-Claude Gachon, die Augen auf den Bus gerichtet.

* * * * *

Als die Uhr auf sechs zuging und Gabriella immer noch nicht mit den Kindern zurück war, spürte Mutter Griolet, wie Panik in ihr hochsteigen wollte. »Mein Gott, was hab ich da getan? Ich hätte nie das Mädchen schicken sollen.« Zweimal schon hatte sie den Bahnhof angerufen, um sicherzugehen, dass der Zug aus Montpellier nicht verspätet war; zweimal hatte der Beamte ihr versichert, dass er pünktlich angekommen war. Was war da nur geschehen? Sie wartete und betete.

Jetzt ging sie gerade durch den Mädchenschlafsaal, um zu prüfen, ob die Betten für die drei neuen Mädchen fertig bezogen waren. Schwester Rosaline hatte die Kommoden mit passenden Kleidern gefüllt.

Gedankenverloren öffnete Mutter Griolet eine Schublade. Da lagen die langärmeligen Blusen und Wollröcke, die Unterwäsche und Strumpfhosen, die Haarspangen, die Bürste und der Kamm. Und die Puppe. Schwester Rosaline liebte es, die Kommoden der Neuankömmlinge vorzubereiten. Die Kleider rochen immer frisch, auch wenn sie gebraucht waren. Die Puppe trug ein neues Kleid, das Schwester Rosaline persönlich gehäkelt hatte.

Da kam die kleine, vollschlanke Nonne in den Raum. »Oh, da bist du ja, Mutter Griolet!« rief sie fröhlich. »Sind die Kinder noch nicht da? Ist Miss Gabriella noch nicht mit ihnen zurück?«

»Nein, Schwester Rosaline, leider nicht.«

»Nur keine Sorgen«, sagte die Schwester. »Diese Gabriella

ist nicht auf den Kopf gefallen, die bringt die im Nu her. Ich muss sowieso noch die Kommode für das letzte neue Mädchen fertig machen. Wir sind zur Zeit etwas knapp mit Strumpfhosen.« Sie kratzte sich am Kopf, während sie zu dem letzten Stockbett ging und eine der Schubladen öffnete.

»Was meinst du, können wir nicht einfach ein Paar von einem der anderen Mädchen nehmen? Die Hälfte trägt sowieso keine. Vielleicht von der kleinen Ophélie? Die trägt immer nur ihre weißen. Dreimal die Woche muss ich sie waschen, mindestens.«

Mutter Griolet hörte nur halb hin. »Gut, dann nimm die blauen für das neue Mädchen, wenn du das meinst. Ich erkläre Ophélie das dann; sie hat bestimmt nichts dagegen.«

Schwester Rosaline trippelte zu Ophélies Bett und öffnete die mittlere Schublade der kleinen Kommode. Sie zog die blaue Strumpfhose heraus und schloss die Lade wieder.

»Was hat das Kind denn da reingetan?« murmelte sie. Sie schob ihre breite Hand umständlich in die Strumpfhose hinein und zog einen kleinen Beutel aus blauem Samt heraus. »Na, kein Wunder, dass sie die nie anzieht. Das muss ihre kleine Schatztruhe sein.«

Mutter Griolet sah auf. »Kann ich den Beutel mal sehen?«

»Natürlich.« Schwester Rosaline hielt ihn ihr mit einem Lächeln hin.

Mutter Griolet nahm ihn. »Ja, da sind bestimmt ihre persönlichen Schätze drin. Na gut, dann lassen wir ihr die Strumpfhose.«

»Sicher, Mutter, wird gemacht.« Schwester Rosaline klopfte ihr leicht auf die Schulter, bevor sie ging. »Ich muss noch nach den Kleidern für den Jungen schauen. Viel haben wir nicht für einen Zwölfjährigen.« Sie rief im Hinausgehen über ihre Schulter zurück: »Und keine Sorge wegen der Kinder! Das macht Miss Gabriella schon.«

* * * * *

Mutter Griolet schnüffelte ungern in dem persönlichen Eigentum ihrer Mitmenschen herum, und wenn es das kleinste Kind war. Sie hielt den blauen Beutel einen Augenblick in den

Händen und überlegte. Sie schaute wieder auf ihre Uhr. Schon halb sieben. »Wo bleiben die nur?« flüsterte sie.

Sie öffnete den Beutel und ließ seinen Inhalt auf das Bett fallen. Ein winziges Foto, das Ophélie mit einer schönen dunkelhaarigen Frau mit großen, traurigen Augen zeigte, die wohl ihre Mutter war. Und zwei kleine rosa Umschläge, die gefaltet und halb zerknittert waren. Mutter Griolet nahm den einen in die Hand. »Monsieur Gady« stand auf ihm. Der Umschlag war ungeöffnet. Sie öffnete ihn vorsichtig und zog vier Blätter beschriebenes Papier heraus. Die ersten beiden Seiten waren ein persönlicher Brief an Monsieur Gady, die beiden anderen waren maschinengeschriebene Namenslisten, offenbar von Soldaten. Neben den Namen der Soldaten standen die ihrer Verwandten; es folgten die Adressen und bei mehreren Namen die Worte »ermordet« oder »im Krieg gefallen«. Mutter Griolet starrte die Liste an. Dann las sie den Brief.

Lieber Monsieur Gady,

ich schicke Ihnen meine Tochter, meinen einzigen Schatz. Ich weiß, dass Sie für sie sorgen werden, so wie wir es vereinbart haben. Wenn Sie diesen Brief bekommen, habe ich fliehen müssen, damit Ophélie in Sicherheit ist. Sie haben jetzt die einzige vollständige Liste des Aufklärungszugs des 13. Bataillons – die Liste, hinter der Ali her ist. Die Familien, deren Namen er bereits kennt, habe ich mit einem roten Kreuz markiert. Wie Sie sehen, sind einige bereits ermordet worden.

Hugo wartet auf Ihre Nachrichten. Moustafa hat bereits für den ganzen Oktober Überfahrten organisiert. Schicken Sie diese Namen an die folgenden Adressen. Hugo wird Ihnen weitere Instruktionen schicken, sobald Sie ihn kontaktieren. Gehen Sie davon aus, dass ich nicht mehr helfen kann. Ich werde mein Bestes tun, bald zu Ihnen zu kommen. Bleiben Sie bis dahin in engem Kontakt mit Hugo. Sagen Sie ihm, dass Sie wieder ein Kind haben, das zu ihm muss. Er darf nicht erfahren, dass es mein eigenes ist. Bitte, bitte sorgen Sie für Ophélie. Sie ist mein Ein und Alles. Danke für all Ihre Hilfe.

Anne-Marie Duchemin

Unter Anne-Maries Unterschrift standen vier Adressen, von denen Pfeile auf die Namen mehrerer Kinder auf der Liste wiesen. Neben dem Namen »Hugo« stand eine weitere Adresse, ein Postfach.

Mutter Griolet legte den Brief und die Liste auf das Bett und schüttelte seufzend den Kopf. Dann nahm sie langsam den anderen Umschlag in die Hand, der bereits offen war. Auf ihm stand »Ophélie«. Die alte Nonne zog die drei dünnen Briefbögen heraus. »Ein Brief von ihrer Mutter«, murmelte sie. »Deswegen konntest du es also nicht erwarten, lesen zu lernen, Ophélie.«

Sie las den Brief still:

Liebe Ophélie,
mein Schatz! Wie ich dich liebe. Du musst wissen, dass ich immer bei dir bin, auch wenn du mich jetzt nicht sehen kannst. Ich habe es nie gewollt, dass wir getrennt werden, aber im Augenblick ist es nötig. Es wird nicht einfach zu verstehen sein für dich, aber ich will versuchen, es zu erklären.
Wie du weißt, ist in Algerien ein Krieg. Als wir dort wohnten, habe ich mich mit Leuten angefreundet, die ich für liebe Menschen hielt. Aber sie waren gemein und wollten nur unschuldigen Menschen wehtun. Wir mussten schließlich Algerien verlassen, um sie loszuwerden.
Jetzt versuche ich, anderen Kindern und Freunden wie Moustafa zu helfen, ebenfalls aus Algerien herauszukommen. Die anderen Papiere in diesem Beutel sind sehr wichtig. Monsieur Gady wird wissen, was er mit ihnen zu machen hat. Sie werden anderen Menschen helfen, in Sicherheit zu kommen.
Ich möchte, dass du dieses Kreuz behältst, das mein Vater mir schenkte. Er sagte, dass es Hoffnung und Glauben bringt. Vergiss nicht, wie sehr Mama dich liebt. Auch das Kreuz ist sehr wichtig. Wenn du es trägst, werden gute Menschen wissen, dass du ihren Schutz brauchst. Mit diesem Kreuz wirst du immer Schutz haben. Monsieur Gady wird dich an an einen Ort bringen, wo du in Sicherheit bist.

Mutter Griolet sah auf. »Das Hugenottenkreuz. Es hat also etwas damit auf sich; ich habe es nur nicht verstanden die ganze Zeit.« Sie las weiter:

Ich weiß nicht, wann ich dich wiedersehen werde. Ich muss gehen, damit niemand dich findet. Weil ich dich so liebe, müssen wir uns jetzt trennen. Ich weiß, dass das für dich nicht leicht zu verstehen ist, mein Schatz.

Noch etwas muss ich dir sagen. Ich habe dir nie von deinem Vater erzählt. Ich weiß nicht, wo er ist, Ophélie, aber er ist ein guter Mann. Er weiß nicht, dass er eine Tochter hat; ich konnte es ihm nicht sagen. Bitte vergib deiner Mama. Aber er ist ein guter Mann, der mir half, als wir beide sehr jung waren und in Algerien lebten. Vielleicht wirst du ihn eines Tages finden. Er ist ein Amerikaner und sehr hübsch und klug. Er heißt David Hoffmann.

Mama war sehr töricht und jung, als sie ihn liebte, aber ich weiß, dass er für dich sorgen würde. Er wäre stolz darauf, eine Tochter wie dich zu haben.

Ich muss jetzt gehen, mein Schatz. Eines Tages werden wir uns wiedersehen. Ich halte dich ganz fest in den Armen meiner Seele. Sei tapfer, kleine Ophélie. Der Gott von Opa sei mit dir.

Ich liebe dich, *Mama*

Mutter Griolet legte den Brief hin. Tränen rannen über ihr zerfurchtes Gesicht. Vergessen waren die Waisenkinder und die Uhrzeit. Alles, was sie sah, war ein schönes Kind mit einem Geheimnis, das es niemandem sagen konnte.

Sie schüttelte den Kopf. »Mr. Hoffmann ihr Vater! Unmöglich. Verrückt. Er kann es nicht wissen. Oder vielleicht weiß er es doch und sagt nichts, weil er um das Leben des Kindes fürchtet. Lieber Gott, ich bin so durcheinander. Wer um alles in der Welt ist dieser David Hoffmann?«

Sie seufzte schwer, die eine Hand ging an ihre Schläfe. Jetzt besaß sie also ein Schlüsselstück eines Puzzles, das sie nie hatte zusammensetzen wollen. »Ich werde immer tiefer in dieses Geheimnis hineingezogen, Herr. Ich weiß nicht, wem ich vertrauen soll. Aber ich vertraue dir.« Sie schob die beiden Briefe zurück in den blauen Beutel und den Beutel in das Bein der Strumpfhose und legte diese zurück in Ophélies Schublade. »Behalte deinen Schatz noch ein wenig, Kind.« Mutter Griolet ging zurück in ihre Wohnung, um weiter zu warten.

* * * * *

David Hoffmann parkte seinen Wagen am Straßenrand, kurz hinter der Bushaltestelle, und mischte sich unter die Wartenden. Er versuchte sich klein zu machen, um nicht so schnell gesehen zu werden. Einen Augenblick später kam der Bus, und er stieg ein. Er ging nach hinten, wo Gabriella, Ophélie und vier andere Kinder mit ängstlichen Mienen saßen.

Gabriellas Mund klappte offen. »Wo kommst du denn her? Wie hast du uns gefunden?«

»Glück muss der Mensch haben, Gabby. Wie lange fahrt ihr schon durch die Gegend?« Er klang halb amüsiert.

»Über eine Stunde, vielleicht schon zwei. Hast du gesehen, wer uns folgt?«

»O ja. Unser alter Freund verfährt ein Vermögen in dem Taxi.«

»Ich hatte solche Angst, dass er reinkommen und uns alle erschießen würde«, flüsterte Gabriella. »Da hab ich mit dem Fahrer gesprochen, und er hat uns weiter mitfahren lassen.«

»Gut gemacht, Gabby. Außer dass ich dich eigentlich gebeten hatte, dich eine Zeit lang ganz ruhig zu verhalten.«

»Mutter Griolet hatte mich gebeten, ein paar Kinder am Bahnhof abzuholen, um halb fünf. Flüchtlinge aus Algerien.« Sie beäugte ihn misstrauisch. »Du wusstest sicher davon? Das stand doch in den Instruktionen in dem Brot?«

»Ja. Kinder. Kriegswaisen.«

»Aus Algerien?«

David nickte.

»Dann hilfst du also, Kinder zu retten? Ist das so? In St. Joseph? Auch Hakim und Ophélie?«

Er hob seine Augenbrauen. »Du hast es erraten. Es ist ein bisschen kompliziert, und Mutter Griolet hat keinen Schimmer, dass ich mitmache. Sie darf es nicht erfahren, Gabby.« Sein Ton war streng.

»Und warum nicht?«

»Zu ihrem eigenen Schutz. Je weniger sie weiß, umso besser.«

»Aber nach dem, was heute passiert ist, werden die Kinder doch etwas sagen.«

»Mit deiner lebhaften Phantasie kriegst du bestimmt eine gute Erklärung für mein plötzliches Erscheinen hin.« Er zwinkerte ihr zu.

Sie drückte fest seine Hand, plötzlich erleichtert. »Das ist also dein Geheimnis, David Hoffmann! Du rettest Kinder! Was für ein wunderbares Geheimnis! Mit so einem Geheimnis kann ich leben. Ich werde dir helfen.«

Er schüttelte seinen Kopf. »Danke für die Blumen, aber jetzt haben wir erst einmal ein Problem. Hör gut zu. Es ist ganz einfach, wir müssen nur den richtigen Zeitpunkt abpassen.«

* * * * *

Da war der Bahnhof wieder. Der Bus bremste und hielt an. Jean-Claude sah, wie Gabriella mit den Kindern ausstieg.

»Halten Sie!« Er schob ein Bündel Geldscheine in die Hand des verdutzten Taxichauffeurs und sprang hinaus. Ein hoch gewachsener Mann versperrte ihm den Weg. Er wollte an ihm vorbeigehen. Der Kinnhaken erwischte ihn voll. Das Letzte, an was Jean-Claude sich erinnerte, waren die Stimmen der Passanten: »Ein Arzt! Holt einen Arzt!«

* * * * *

David Hoffmann ließ Jean-Claude auf dem Bürgersteig liegen, umgeben von einer kleinen Menge Neugieriger, und rannte los, in Richtung Place de la Comédie. Aus sichererer Entfernung drehte er sich kurz um und sah, wie Gabriella zurück in den wartenden Bus stieg, gehorsam gefolgt von fünf Kindern. Der Bus fuhr wieder los, zurück in Richtung Osten. Jean-Claude lag immer noch auf dem Bürgersteig.

David schüttelte seinen Kopf und murmelte: »Das war knapp.« Dann verschwand er in den Gassen der Altstadt. Erst weit nach Einbruch der Dunkelheit fuhr er zurück nach Castelnau.

KAPITEL 22

Der 24. Dezember kam und ging in Algier wie jeder andere Tag des langen Herbstes 1961: voller Angst. Bei Sonnenuntergang waren die Straßen menschenleer. Irgendwo in der Kasbah explodierte eine Plastikbombe der OAS. Überall waren Gräber unschuldiger Opfer; die Terroristen auf beiden Seiten störte es nicht.

Ein alter Mann mit einem Turban klopfte leise an die Tür einer Wohnung im ersten Stock eines alten Mietshauses in Bab el Oued. Eine Frau öffnete und sah ihn misstrauisch an.

»Ein Brief für Sie und Ihre Kinder. Von Moustafa.« Er hielt ihr einen Umschlag hin. »Er sagte, es ist dringend. Instruktionen von Hugo für Ihre Reise.«

Die Augen der Frau leuchteten erleichtert auf. »Danke, vielen Dank.« Sie schloss die Tür hinter sich. Der Mann mit dem Turban ging langsam den Flur zurück. Er hörte, wie drinnen die Frau rief: »François, Emilie, kommt schnell! Wir haben Nachrichten. Kommt!«

Der Mann war fast an der Treppe, als er die Explosion hörte. Er sah zurück. Unter der Tür der Wohnung quoll Rauch hervor. Er nickte langsam und murmelte: »Fröhliche Weihnachten von Ali.«

* * * * *

Das Weihnachtsessen endete um Mitternacht. Madame Pons und Madame Leclerc betrachteten mit vergnügten Mienen die jungen Leute, die um den langen Esstisch in Madame Pons' Wohnung saßen. Stephanie und Caroline unterhielten sich darüber, wie viel sie gegessen hatten. Sie baten Madame Leclerc um das Rezept für den Weihnachtskuchen.

Gabriella und David waren in ein Gespräch über einen französischen Dichter vertieft. Die Tischgespräche waren den ganzen Abend lebhaft gewesen, dachte Madame Leclerc zufrieden. Viel besser als bei dem Fiasko vor zwei Monaten.

Im Fenster flackerten mehrere Kerzen. Es war deutlich, dass die Studentinnen noch keine Lust hatten, zu gehen. Stephanie hatte furchtbares Heimweh, und Caroline schien es ohne Seminare todlangweilig zu sein.

»Geht ihr morgen zur Messe, Mädchen?« fragte Madame Leclerc.

»Ich weiß nicht«, erwiderte Caroline. »Ich werde mich wohl ausschlafen, und dann treffe ich mich mit ein paar Freundinnen.«

»Und du, Gabriella? Was sind deine Pläne für morgen?«

Gabriellas Gesicht wurde rot. »Ich weiß nicht. Ich ... ich hab eigentlich noch nichts vor. Ich gehe zur Kirche, sicher.«

David nahm ihre Hand in die seine und fiel ein: »Ich glaube, Miss Madison wird den ganzen Tag beschäftigt sein.« Er warf ihr einen verführerischen Blick zu. »Stimmt's, oder hab ich Recht?«

Madame Leclerc klatschte in die Hände. »Das soll ein Wort sein! Zu Weihnachten ein volles Programm, so weit von zu Hause weg. Genau das Richtige. Ich mag es einfach nicht, wenn meine Mädchen so viel Heimweh haben.«

Sie ging in die Küche, wo Monique leise summend Teller wegräumte. »Hast du das gehört, Monique? Hast du gehört, was Monsieur Hoffmann gesagt hat? Mademoiselle Madison ist morgen voll beschäftigt. *Ooh là!*«

»Es ist ein voller Erfolg, unser Weihnachtsessen, Yvette. Wir können morgen ganz beruhigt zu unseren Verwandten gehen, unsere Mieterinnen werden keine Langeweile haben.« Sie lachte und rollte die Augen. Es dauerte etwas, bis die beiden Witwen ausgekichert hatten und zurück in den Salon zu den anderen gingen.

Es war fast zwei Uhr morgens, als die kleine Gesellschaft sich auflöste. Madame Leclerc machte sich zusammen mit Caroline, Stephanie und Gabriella auf den Weg zurück zu ihrer Wohnung. David nahm Gabriella beiseite, bevor sie gingen.

»Ich hole dich um zehn ab. Ist das zu früh? Wir können zusammen zur Kirche gehen, und dann kommst du wieder hierher, zum Mittagessen. Madame Pons lässt mir die ganzen Reste da.«

»Meinst du das ernst?« Gabriella runzelte die Stirn. »Du willst wirklich mit mir zur Kirche gehen?«

»Natürlich. Es ist Weihnachten.«

* * * * *

Die *Eglise Reformée* in Montpellier lag in einer kleinen Nebenstraße hinter dem Place de la Comédie. Sie war die eine von nur zwei protestantischen Kirchen in der Stadt. An diesem Weihnachtsmorgen war sie nur spärlich besetzt. »Danke, dass du mitgekommen bist«, flüsterte Gabriella David zu.

Den ganzen Gottesdienst hindurch saß David nachdenklich neben Gabriella. Er sang die bekannten Weihnachtslieder mit. Als der Pastor den Segen gesprochen hatte und alles aufstand, um zu gehen, nahm er ihre Hand.

»Ich muss kurz zurück zu Madame Leclerc«, sagte sie. »Kommst du mit?«

»Natürlich.« Sie gingen zu Davids Wagen, der hinter dem großen Platz geparkt stand. Sie fuhren durch die fast menschenleeren Straßen der Stadt zurück nach Castelnau und hielten vor Madame Leclercs Haus an.

Gabriella ließ David in dem dunklen Treppenhaus warten und rannte nach oben auf ihr Zimmer. Sie steckte die beiden bunt verpackten Pakete in eine Plastiktüte und lief zurück nach unten.

»Was haben wir denn da?« fragte David.

Sie kam sich auf einmal albern vor und wurde rot. »Nichts weiter. Ein Weihnachtsgeschenk halt.«

»Ich dachte, die Geschenke gab es gestern bei Mutter Griolet.«

»Ja, sicher, das war für die Kinder und die Studenten, aber ... du warst ja nicht da.«

Er legte seinen Arm um ihre Schulter und hielt sie an sich gedrückt, als sie durch die Stadt gingen. »Du bist süß, Gabby. Einfach süß.«

* * * * *

Madame Pons' Wohnung war leer und dunkel, und Gabriella fühlte sich plötzlich unbehaglich. David knipste das Licht im Salon an und nahm Gabriellas Mantel. »Kann ich Ihnen etwas zu trinken geben, Miss Madison?« neckte er.

»Einen *Pastis* vielleicht, oder einen *Muscat*? Zur Feier des Tages?«

»Ich probiere einen *Muscat*. Den hattest du mir in Aix so angepriesen.«

»Das stimmt, und in Aix hast du ihn ja nicht mehr gekriegt. Möchtest du gerne etwas Weihnachtsmusik aus den guten alten USA hören?«

»Hast du was da?« Ihre Augen leuchteten freudig überrascht.

Er brachte die Getränke, setzte sich ihr gegenüber und hob sein Glas. »Auf unsere Freundschaft, Gabby.« Er stieß mit ihr an.

»Freundschaft«, murmelte sie.

Er ging in sein Zimmer und kam gleich darauf mit einer Schallplatte zurück. Er hielt ihr die Hülle hin. *50 Lieblingsweihnachtslieder.*

»Das ist ja super! Wo hast du die denn her?«

»Ich habe meine Beziehungen.« Er legte die Platte auf, und aus dem Lautsprecher ertönte *»Rudolph the Red-Nosed Reindeer«.*

»Möchtest du jetzt nicht dein Geschenk auspacken?« fragte sie. Sie reichte ihm die kleine Schachtel.

Er nahm sie. »Das war aber wirklich nicht nötig.«

»Das ist nichts Besonderes. Es ist nur ... symbolisch.«

»Symbolisch für was?«

»Mach's einfach auf«, lachte sie.

Er wickelte vorsichtig das Papier ab und legte es auf den Fußboden. Im Hintergrund sang Bing Crosby sein *»I'm dreaming of a white Christmas ...«* David öffnete die Schachtel, griff hinein und holte die einen Fuß hohe Figur des Bäckers heraus.

»Ein *Santon*!« Er lachte, das Geschenk schien ihm zu gefallen. »Ein richtiger Bäcker!« Er hielt die Tonfigur mit beiden Händen hoch, um sie zu betrachten. »Perfekt.« Er sah Gabriella an. »Besten Dank.«

»Das hab ich in Les Baux gekauft, vor dem ganzen Krimi. Der Bäcker hat mich an dich erinnert. Ein Liebhaber französischer Brote.« Ihre Augen leuchteten. »Da konnte ich einfach nicht widerstehen. Und jetzt, wo ich weiß ... ja, wo ich weiß, was du da machst, finde ich ihn noch besser.« Ihre Handflächen waren feucht, ihr linker Fuß trommelte nervös auf den Boden.

»Gabby.« Er strich ihr über das Gesicht. »Ich habe noch nie jemand erlebt, der so viel nachdenkt wie du, der so entschlossen ist, genau das Richtige zu finden.«

»Ich freue mich, dass es dir gefällt.« Sie schaute auf das zweite Päckchen hinunter, das vor ihren Füßen lag. »Aber ich habe noch was für dich.«

»Noch was? Das ist ja das reichste Weihnachten meines Lebens.«

»Mach keine Sachen.«

»Sagen wir mal so: Mein Vater und ich haben eigentlich nie Weihnachten gefeiert.«

Er packte das zweite Geschenk aus. Es war ein dickes, schwarzes, in Leder gebundenes Buch. »Eine Bibel?« Er klang plötzlich verunsichert. Er fuhr mit den Fingern über das frische Leder. »Das ist sehr schön, Gabby, aber ...«

»Ich weiß, dass du nicht die Bibel liest. Ich hab einfach gedacht ... dass sie dich vielleicht einmal an mich erinnern wird ... an unsere Freundschaft.«

»Ja, doch, das wird sie.« Er schwieg einen Augenblick. »Ich habe sie früher gelesen. Ein paar Stücke kenne ich auswendig. Es gibt sehr schöne Literatur in der Bibel. Und auch manches reichlich Obskure, wie du zugeben musst.«

Sie antwortete nicht. Aus dem Lautsprecher kam »Stille Nacht«. *»Schlaf in himmlischer Ruh ...«*

»Entschuldige, Gabby, ich will dir nicht den Feiertag verderben. Ich weiß ja, dass er dir sehr wichtig ist. Der Geburtstag deines Erlösers. Also, danke für die Bibel. Ich werde sie wieder lesen, extra für dich. Wie findest du das?« Er tätschelte ihre Hand.

»Das wäre echt nett«, antwortete sie. »Warum fängst du nicht einfach mit den Evangelien an? Vielleicht kennst du das Neue Testament ja noch nicht so gut.«

»Warum sagst du das?«

»Na, du bist doch jüdisch, oder?«

»Halb jüdisch, meine Liebe. Genügend jüdisch, um ins KZ zu kommen, aber nicht genug, um die Lehren des Alten Testaments einzuhalten. Nicht ohne Mutter ...«

»Entschuldige, dass ich das jetzt erwähnt habe.«

»Da gibt's nichts zu entschuldigen, Gabby. Du scheinst ja einiges über mich herauszufinden.« Er schien plötzlich mitteilsam zu werden. »Du kannst es ruhig wissen. Meine Mutter war eine fromme Frau. Ich weiß noch, wie sie abends mit mir betete; aus den Psalmen hat sie mir vorgesungen. Aber wenn du dann mit sechs Jahren deine Mutter sterben siehst, passiert etwas in dir. An die Stelle der schönen Melodien kam Hass und Grausamkeit. Alles wurde anders.

Nach dem Lager konnte ich mich über nichts mehr freuen. Und ich war erst ein kleiner Junge! Mein Vater und ich konnten einander nicht riechen. Wenn wir uns sahen, mussten wir immer daran denken, wie das war, eine richtige Familie zu sein.

Mit zehn Jahren war ich sicher, dass es keinen Gott geben konnte. Ich habe die Welt nie so sehen können wie du. Der Hass ist zu stark. Und ich habe Angst vor dem Vergeben.«

Er saß mit dem Kopf in den Händen da, und sie spürte, wie er ihr plötzlich Leid tat. »Warum?« fragte sie leise.

»Warum? Weil ich nicht mit meiner Vergangenheit versöhnt werden will. Ich will ihr entfliehen ... aber irgendwie starrt sie mir immer wieder ins Gesicht.« Er stand auf und ging zu einem der Fenster.

»Ich wollte, ich wüsste, was ich dir sagen soll, David, aber ich weiß es nicht. Höchstens, dass man dann, wenn man dem Schmerz nicht ausweicht, sondern durch ihn hindurchgeht, eine gewisse Freiheit von seiner Vergangenheit bekommt. So ist das jedenfalls bei mir.«

»Du findest deine Freiheit hinter dem Zaun deiner Religion, Gabby. Diesen Zaun will ich nicht.« Seine Stimme war nicht wütend, nicht anklagend.

»Ich verstehe, warum du meinst, dass Religion einen einengt. Aber eigentlich rede ich nicht von einer Religion, ich rede von einer Person. Mein Glaube bezieht sich auf eine Person.«

Der Chor wurde lauter. *»Christ der Retter ist da …«*

Die Platte war zu Ende. David ging zu dem Plattenspieler und legte die andere Seite auf. Dann sagte er: »Entschuldige mich einen Augenblick« und ging in sein Zimmer.

Gabriella ging langsam durch das Wohnzimmer. Es roch noch nach dem Festmahl vom Vorabend. Sie spürte einen plötzlichen Heimwehstich und das Verlangen, allein zu sein.

Dann war David wieder da, mit dem verlegenen, halb jungenhaften Grinsen, das sie erst ein Mal bei ihm gesehen hatte. »Ich habe auch etwas für dich.«

Sie konnte ihre freudige Überraschung nicht verbergen. »Für mich? Echt?«

»Du bist nicht die Einzige, die einen Hang zur Symbolik hat.« Er reichte ihr ein dünnes rechteckiges Päckchen.

Sie öffnete es. Es war ein goldgerahmter Druck von Monets Mohnblumenbild. Auf das Glas war eine Karte mit ihrem Namen geklebt. »Soll ich … soll ich das gleich aufmachen?«

»Sicher. Warum nicht?« Seine Stimme war behutsam-leise, seine Augen voll stiller Bewunderung.

Sie holte die Karte aus ihrem Umschlag und öffnete sie. Sie las, in Davids Handschrift:

Wilde Blume, hell und rot,
deren lebensvolles Licht
Träume hell macht, Herzen rührt,
mit ihrer stillen Pracht verführt,
gern seh' ich sie, mag ihren Duft,
das samtene Gefühl
der fröhlichen,
der roten Mohnblume.

David

Gabriellas Augen waren plötzlich nass. Sie biss sich auf die Lippe, dann sah sie zu ihm hoch, lächelnd. »Das ist schön. Das Bild und das Gedicht. Danke. Ich … ich weiß nicht, was ich sagen soll.«

Er lächelte ebenfalls. »Komisch, wie wir manchmal durch Bilder und Gedichte Dinge ausdrücken, die wir sonst nicht sagen könnten.« Sie betrachteten einander stumm, während die Musik leise weiterspielte.

* * * * *

Sie hatten die Reste gegessen und dreimal die Schallplatte gehört. Der Nachmittag ging seinem Ende zu. David nahm Gabriellas Hand und führte sie zu dem Sofa. Sie setzten sich. Er legte seinen Arm um sie.

»Irgendwie scheinen wir doch mehr als Freunde zu sein«, flüsterte Gabriella, während sie sich an seine Schulter lehnte.

»Magst du das nicht?«

»Doch. Ich bin nur ... etwas durcheinander.«

Er legte seinen Kopf zurück und sprach langsam. »Du fragst dich also, ob wir mehr als Freunde sein sollten?« Er drehte seinen Kopf zu ihr hin und zwinkerte mit den Augen. »Ob unsere Freundschaft nicht nur platonisch, sondern romantisch ist? Warum küsse ich dich nicht einfach? Du kämpfst mit dir selber, weil du nicht wollen willst, was du willst.«

Gabriella wurde dunkelrot. »So was Ähnliches, ja.«

»Und willst du nun meine Freundin sein?«

Sie wusste nicht, was sie antworten sollte. Er respektierte ihr Schweigen. »Gabriella, ich möchte dir etwas erklären. Ich glaube, du wirst es verstehen. Ich habe die Gesellschaft vieler Frauen genossen. Das wird dich sicher nicht schockieren. Lauter flüchtige Begegnungen, um die Wunde in der Seele zu verbinden. Aber ich habe selten eine Seelengefährtin gefunden. Jemanden, der tiefer schaut und mitfühlt. Eine, die mich ins Fragen bringt.« Er strich über ihr Haar.

»Und dann bist du mir über den Weg gelaufen, eine willkommene Überraschung für diesen alten Zyniker. Ein guter Tipp, eine nichts ahnende Komplizin in meiner Geheimmission. Ich fand dich bezaubernd. Und tabu.

Die Freundschaft, sie war möglich, aber unsere Weltanschauungen waren so ... verschieden.« Er spielte mit ihrem Haar. »Ein Engel und ein Teufel.«

Sie rutschte von ihm weg, kam sich plötzlich ausgesetzt vor.

»Ich hätte nichts gegen eine kleine Romanze einzuwenden,

Gabby, falls du so etwas wolltest. Aber du willst eine Begegnung der Seelen, eine Gemeinschaft, die alles umfasst: Körper, Seele, Geist.

Aber ich kann dir nicht mein ganzes Ich geben. Ich besitze es selber noch nicht.« Er rieb sich über die Stirn. »Wie soll ich das erklären? Vielleicht glaubst du mir das nicht, aber ich achte dich zu sehr, um dich in eine Affäre hineinzuziehen, die dein Herz und dein Gewissen zerbrechen würde. Ich will dich ja nicht einem anderen Mann abspenstig machen; ich habe es mit einem eifersüchtigen Gott zu tun, der deine ganze Hingabe fordert. Gegen den kann und will ich nicht kämpfen, Gabby. »

Er rutschte wieder näher zu ihr, legte sanft seine Hand unter ihr Kinn und hob es so, dass ihre Augen sich begegneten. In ihren standen Tränen. »Liebe Gabby, du willst mich nicht. Unsere Liebe ist von der unmöglichen Sorte – etwas, worüber Shelley oder Keats mit schwerem Herzen schreiben würden. Jetzt weine bitte nicht. Vergib mir, dass ich das so plump sage.«

Sie putzte sich geräuschvoll die Nase und betupfte ihre Augen. »Du hast ja Recht, David. Du hast mein Herz und meine Fragen gesehen. Aber irgendwie ist das alles so ungerecht. Hast du keine Angst, dass du dich für den Rest deines Lebens fragen wirst, was gewesen wäre, wenn? Wenn wir es nur versucht hätten?«

Er grinste. »Klar werde ich das tun. Ich werde noch in zehn Jahren an dich denken und hoffen, dass du nicht mit irgendeinem langweiligen alten Pastor verheiratet bist, der Feuer und Schwefel predigt, aber dich im Bett in Tiefschlaf versetzt.« Er hob spitzbübisch seine Augenbrauen.

Gabriella lachte. »Dann ist es also aus mit mir. Ich könnte gar nicht ungehorsam sein, selbst wenn ich wollte; du würdest mich zurückhalten. Du, mein Versucher, wirst meine Reinheit verteidigen.« Ihre Augen hatten ihren Glanz wieder.

»Unschuldig und keusch – das war mein Bild von dir. Aber ich fürchte, mindestens das erste Klischee habe ich schon zerstört. Geheimagentin Madison ...«

»Ja«, sagte Gabriella, froh, das Thema wechseln zu können.

»Ich würde gerne mehr erfahren über deine Geheimmission. Warum hilfst du, Kinder aus Algerien herauszuholen?« Bevor er antworten konnte, fuhr sie fort: »Komm mir jetzt nicht wieder mit deiner Rache und deinen Minderheiten. Vielleicht stimmt das ja, aber es muss doch einen tieferen Grund geben – etwas, das dir diesen Krieg so wichtig macht, dass du in diesem Nest Castelnau sitzt und Waisenkinder nach Frankreich schmuggelst.«

Er seufzte auf und drehte sich halb zu ihr hin, so dass sie sich nicht mehr an den Händen hielten. »Willst du das wirklich wissen?«

Sein Blick ließ ihr Herz einen Schlag aussetzen. Aber wenn dies nur eine gewöhnliche Freundschaft war, dann konnte ihm wohl auch eine andere Frau wichtig sein. »Ja, natürlich will ich das wissen.«

»Mutter Griolet hat dir sicher gesagt, dass ich einmal in Algerien gelebt habe?«

Sie nickte.

»Ich habe in dem Jahr dort Freundschaften geschlossen, kurz bevor der Krieg kam. Das war 1953. Einer dieser Freunde ist jetzt in Schwierigkeiten. Dieser Freund schrieb mir über ein brennendes Problem: Kinder aus Algerien herauszubekommen; Kinder, die in tödlicher Gefahr waren. Ich hatte gerade mein Studium in Princeton beendet und etwas Zeit übrig, und so beschloss ich, zu sehen, ob ich helfen konnte.«

»Dieser Freund muss dir ja ziemlich wichtig gewesen sein, dass du für ihn hierher gekommen bist.« Gabriellas Stimme hatte einen verschlagenen Unterton.

David schüttelte lächelnd den Kopf. »Ja, das war er wohl. Aber das ist lange her, und jetzt bin ich mitten drin in dieser Operation und ... muss einfach weitermachen.«

»Und das Kreuz?« Gabriella hatte ihr Kreuz unter der Bluse hervorgeholt und auf ihre Hand gelegt.

»Das Kreuz ist einfach das Symbol unserer Operation. Es hat keine religiöse Bedeutung. Nur eine Erinnerung an die Vergangenheit, es erschien uns irgendwie passend. Es ist ein merkwürdiger Zufall, dass du das gleiche Kreuz trägst.«

»Ja, ein Zufall, David. Ein einfacher Zufall.«

Die Sonne lugte hinter den Ziegeldächern der Häuser gegenüber hervor. »Aber jetzt bringe ich dich besser nach Hause. Ich habe noch ein paar Dinge zu erledigen, und du willst vielleicht zu Miss Thrasher und Miss Harland.«

»Ja, ich muss wohl zurück.«

Er half ihr in ihren Mantel, und sie verließen die Wohnung und gingen in die Dämmerung des Weihnachtsnachmittags hinaus. Die Straßen waren leer. Gabriella fielen hundert Dinge ein, die sie David sagen wollte. Sie brachte keines über die Lippen. *Lass mich heute nicht allein. Ich will bei dir bleiben. Nur noch ein bisschen.*

An der Tür von Madame Leclercs Haus hielt er an. »Hör zu, Gabby. Ich werde jetzt etwa zehn Tage nicht hier sein – bis der Unterricht wieder anfängt. Bitte beherzige, was ich dir gesagt habe, und verhalte dich ruhig. Jean-Claude wird nicht hierher kommen. Wirst du zurechtkommen?«

»Ja. Ich habe ja vier neue Waisenkinder, um die ich mich kümmern muss.« Sie sah ihn nicht an, denn ihre Augen waren voller Tränen. »Danke für diesen wunderbaren Tag, David. Für das Essen, für das Bild, für das Gedicht. Ich werde dieses Weihnachtsfest nicht vergessen, David Hoffmann.« Sie stellte sich auf die Zehenspitzen und küsste ihn vorsichtig auf die Wange.

»Und ich auch nicht, Miss Madison«, flüsterte er.

* * * * *

Es war spät am Abend des 25. Dezember, als Moustafa Anne-Marie die schlimme Nachricht brachte. Sein Gesicht war ausgehöhlt, seine Schultern hingen nach unten. »Das tut mir so Leid. Niemand hat etwas gesehen. Es war sechs Uhr abends, als die Bombe hochging. Madame Santier und ihre beiden Kinder, alle tot.«

»Dieser Mörder!« schrie Anne-Marie. »Dieser grausame Teufel!« Sie schluchzte. »Sie waren so kurz vor dem Ziel. Noch zwei Wochen, und sie wären fort gewesen. Und jetzt müssen wir die nächsten drei Namen auf der Liste durchstreichen. Und irgendwo in der Kasbah reibt sich ein Wahnsinniger die Hände und tanzt mit dem Tod. Irgendwo mitten in der Hölle.«

* * * * *

Die Weihnachtsplatte spielte leise im Hintergrund, während David seinen Koffer packte. Er summte »Stille Nacht« mit und ließ den Nachmittag mit Gabriella Revue passieren. Sie wusste zu viel, aber das war nicht mehr zu ändern. Zehn Tage wäre er unterwegs. Er hoffte, dass Jean-Claude Gachon nach der letzten Woche eine Weile einen Bogen um Montpellier machen würde, aber nichts war sicher. Er schrieb rasch ein paar Sätze auf ein Blatt Papier. Bevor er es in einen Umschlag steckte, zeichnete er in die linke obere Ecke den Umriss eines Hugenottenkreuzes.

Der *Santon* stand auf dem abgewetzten Schreibtisch. »Gabby«, sagte er laut. Er sah das Glänzen ihrer Augen wieder vor sich, als sie ihm die symbolische Bedeutung des tönernen Bäckers erklärt hatte. Er seufzte auf und schüttelte den Kopf. Vergiss sie besser. *Du hast dich ihr genau erklärt, und sie sieht das genauso. Denke nicht mehr an sie!*

Neben dem *Santon* lag die schwarze Lederbibel. David blätterte durch die dünnen Goldschnittseiten. Der Text war auf Französisch. Er schloss die Bibel, dann öffnete er sie wieder. Auf die Innenseite des Deckels hatte Gabriella etwas geschrieben. Er las:

> *Lieber David,*
> *weiser Herr Professor! Shakespeare hat sie auswendig gelernt, John Donne hat über sie gepredigt, Victor Hugo hat sie zitiert. All die Jahrhunderte hindurch hat Gott immer wieder die Menschen zu seinem Wort gezogen und sie so transformiert. Du, der du so wortgewandt die tiefere Bedeutung von Werken aufschließen kannst, die von bloßen Sterblichen geschrieben wurden, verweile einen Augenblick auf diesen unsterblichen Seiten. Mögest du dort das finden, was auch ich fand: das Brot des Lebens für deine hungrige Seele. Und wenn nicht, dann*

hast du es wenigstens gewagt und eine Antwort auf ihre schwierigen Fragen gesucht.
Danke, dass du mein Freund bist,
Gabriella, 25. Dezember 1961

Darunter hatte sie noch einen Bibelvers geschrieben: »Denn wer da bittet, der empfängt, und wer da sucht, der findet, und wer da anklopft, dem wird aufgetan« (Lukas 11,10). Unter dem Vers war ein Hugenottenkreuz gezeichnet.

Er erinnerte sich daran, dass er ihr ja versprochen hatte, die Bibel wieder zu lesen, und legte sie mit in den Koffer. Er ging aus seinem Zimmer, legte sich auf das Sofa im Salon und lauschte den alten Weihnachtsmelodien mit ihren Glocken und Geigen und triumphierenden Trompeten. *O lasset uns anbeten den König* ... Die Platte war zu Ende und drehte sich stumm weiter. Er stand nicht auf, um den Plattenspieler auszuschalten. Er schlief ein, in seinem Kopf noch das letzte Lied.

KAPITEL 23

Die Platanen in Castelnau, die im Sommer ihren Schatten spendeten, waren so weit zurückgeschnitten worden, dass sie wie armlose Männer aussahen, die ihre Stümpfe zu dem leuchtend blauen Himmel hochhielten. Die Januarsonne war hell und voller Verheißung, fand Gabriella, als sie durch die Stadt eilte. Sie hatte doch Recht gehabt; die zehn Tage ohne David waren im Nu vorübergegangen vor lauter Arbeit und Freude mit den Kindern.

Sie war für eine Woche in Schwester Rosalines Zimmer neben dem Schlafsaal gezogen, während die Nonne bei ihren Verwandten in Nordfrankreich war. Ophélie hatte die Extrastunden mit »Bribri« weidlich ausgenutzt. Gabriella musste lächeln, wenn sie an das Kind dachte. Was hatte Mutter Griolet noch gesagt? Dass Gott aus Bösem Gutes machte? Manchmal, wenn die Sechsjährige zusammengekuschelt auf Gabriellas Bett lag und Gabriella das saubere Haar des Mädchens roch, erinnerte sie sich, wie Ericka sich an sie gekuschelt hatte, wenn sie ihr Bad in der eisernen Wanne hinter der Hütte gehabt hatte. Sie musste sich dann mit Gewalt zurück in die Gegenwart holen, in das Leben des Kindes, das jetzt hier bei ihr war. Jedes Mal, wenn Ophélie ihr eine neue Geschichte oder Entdeckung erzählte, musste sie denken: *So ist das also nach dem sechsten Geburtstag; das hätte Ericka jetzt erlebt.* Es war ein schmerzlich-freudiger Gedanke.

Wenn sie nachts allein in ihrem Bett in Schwester Rosalines Zimmer lag, war die Traurigkeit wie ein Bleigewicht. Oft rief sie im Einschlafen leise nach ihrer Mutter. Aber wenn sie dann am nächsten Morgen wieder aufwachte, war das Schwere weg, verjagt vom Chor der fröhlichen Kinderstimmen, der ihr die Kraft gab, weiterzumachen.

Die vier neuen Kinder begannen, ihre Angstmasken abzulegen und aufzutauen. Mireille und Julie waren Schwestern, fünf und acht Jahre alt. Sie erzählten Gabriella von der furchtbaren Nacht, in der ihre Mutter in ihrer Wohnung totgeprügelt worden war. Die Kinder waren durch ein Fenster entkommen und zu dem Haus eines Vetters geflohen. Elima war dreizehn und an der Schwelle zur Pubertät, schüchtern und misstrauisch und ein wunderschönes arabisches Mädchen. Youssef, der zwölfjährige Araber, war prompt ein dicker Freund von Hakim geworden.

Aber Mutter Griolet schien mit ihren Gedanken ständig woanders zu sein. An diesem Morgen nahm Gabriella sich ein Herz und sprach sie an. »Mutter Griolet«, begann sie leise, als sie der Nonne im Flur vor den Klassenzimmern begegnete.

»Ja, Kind, was kann ich für dich tun?«

»Sie scheinen sich über irgendetwas ... Sorgen zu machen. Ich weiß ja, dass Sie viel Verantwortung haben, aber in den letzten Tagen sind Sie irgendwie anders als sonst, und ich frage mich, ob ich vielleicht daran Schuld bin.«

Die kleine Nonne begann zu lächeln. »Aber nein, Gabriella! Hier, komm eben mit in meine Wohnung.«

Gabriella folgte ihr in ihr Wohnzimmer.

»Im Gegenteil, ich wüsste nicht, was ich ohne dich tun sollte! Ich stecke halt in einem neuen Abenteuer. Es ist ja nicht einfach mit all diesen Kindern aus Algerien. Es ist bis auf weiteres eine Geheimoperation, und keiner weiß, wie lange dieser Krieg noch dauert und wie viele Kinder noch kommen.« Sie hielt inne, um Luft zu holen. »Aber was rede ich alte Schachtel da? Ich vergesse ja ganz, wer der Chef ist. Er weiß bestimmt, was kommt.

Vor Jahren, im zweiten Weltkrieg, habe ich einen Bibelvers auswendig gelernt. Er sprang mir in die Augen, und da habe ich ihn gepackt und mir einverleibt.« Sie lachte leise. »Er ist aus den Psalmen: ›Herr, mein Herz ist nicht hoffärtig, und meine Augen sind nicht stolz. Ich gehe nicht um mit großen Dingen, die mir zu wunderbar sind.‹ Immer wieder mal erinnere ich den Herrn an diesen Vers.«

Gabriella sah die alte Nonne an. »Ich finde, Sie sind eine echt tolle Frau. Was Sie alles getan haben für diese Kinder und hunderte andere. Und Sie arbeiten treu weiter, ohne sich in Ihrem Ruhm zu sonnen. Ich hoffe, Sie haben nichts dagegen, aber Sie sind meine Heldin, Mutter Griolet. So wie Sie möchte ich auch einmal werden.«

»*Ooh là*, Gabriella, pass auf! Du kannst mich ja von mir aus als Rollenvorbild sehen, aber sei vorsichtig! Es ist so einfach, Menschen zu bewundern und unsere Hoffnung auf sie zu setzen. Das will ich nicht. Das brauche ich nicht. Und ich würde dich bestimmt enttäuschen.« Sie zwinkerte Gabriella zu. »Ruhm ist etwas Gefährliches, eine Schwester des bösen Feindes Stolz. Nein, Kind, gib die Ehre allein Gott; er ist der Einzige, der sie verdient.« Sie ging aus dem Zimmer und in den Hof, wo sie den Kindern zurief. »Hallo, Kinder! In zehn Minuten ist Essenszeit!«

Gabriella sah ihr hinterher und erhob sich ebenfalls. Sie spürte, wie die Vorfreude sich meldete. Heute kam David Hoffmann zurück.

* * * * *

Pierre Cabrol kam pünktlich um drei zu seiner Arbeit, wie seit fünfunddreißig Jahren schon. Er knipste das Licht in der Bäckerei an, zog seine weiße Schürze über den Kopf und band sie um seine Taille. »Fünfunddreißig Jahre Brot gebacken, und kein bisschen angesetzt«, wie er gerne erklärte. Manchmal fügte er augenzwinkernd hinzu: »Hab manches da reingesteckt, aber nie zu viel Brot.«

Pierre liebte seine Arbeit. Er genoss die schwarzen Morgenstunden allein in seiner Backstube, wenn er den Teig vorbereitete, ihn gehen ließ und dann den Duft der ersten Brote roch, die er in den Ofen geschoben hatte. Es machte ihm Freude, die Gebäckstücke zu machen, mit ihren Sahne- und Schokoladefüllungen. Am meisten gefielen ihm die Aufträge zu Hochzeiten und anderen Festlichkeiten. Dann konnte er seiner Phantasie die Zügel schießen lassen und ein *Pièce montée* kreieren – einen raffinierten Berg aus Blätterteig, Sahne und Zucker.

Manchmal zog seine Frau ihn mit seinen Kreationen auf. »Du bist ein Genie, Pierre. Ich habe ein Genie zum Mann.« Worauf er sie mit einem Klaps auf den Hintern in den Laden schickte, um die Kunden zu bedienen. Das war seit vielen Jahren ihr Leben, und sie waren zufrieden mit ihm. Selbst im Krieg, als Mehl so knapp gewesen war, hatte Pierre den Laden offen gehalten und den ausgehungerten Dorfleuten, die zu ihm kamen, Brot gegeben. Prinz Pierre hatten sie ihn genannt, und er hatte vor Stolz gegrinst, bis seine Frau ihm gesagt hatte, dass er noch die Knöpfe von seinem Hemd sprengen würde, und sie hatte doch kein Garn, um sie wieder anzunähen.

Aber Pierres Lieblingserinnerung war nicht, dass er Hungernden Brot gegeben hatte, sondern etwas noch Schöneres, Köstlicheres, wie der erste Bissen einer *Brioche*, die frisch aus dem Ofen kam. Es war diese Erinnerung, die ihm an diesem Morgen durch den Kopf ging, als er den Teig ausrollte und ihn zwischen seine Finger kriechen spürte.

Eine nach der anderen legte er die langen Teigstangen auf die Metallgitter, die er anschließend in den riesigen Backofen fahren würde. *Baguettes* und *Gros pain, Pain complet* und *Pain de campagne.* Als er den Teig für seine *Pains de seigle* ausrollte, begann er laut zu lachen.

»O ja! O ja, Pierre, jung bist du nicht mehr, aber dein Gedächtnis ... Die Messer, die du in dem Brot versteckt hast. In den Teig hineingebacken, und ab mit der Post! Die Listen mit den Gefangenen-Namen, die Geheiminformationen! Junge, waren das Zeiten!« Er summte aufgeräumt. »Und jetzt kannst du es wieder spielen, das Versteckspiel. Der nächste Krieg. Nicht die *Résistance,* nein, nein, aber ein anderes Spiel. Pierre, der Prinz!«

Er langte in die Tasche seiner schweren grauen Hose und zog ein kleines Blatt Papier heraus. Es war gestern angekommen, in einem Sack Mehl aus Marseille. Er rollte das Papier fest zusammen und schob es in ein Plastikröhrchen.

»Rein mit dir!« summte er, als er das Röhrchen in den Teig eines der Roggenbrote schob. Bei diesem Brot ließ er die Krustenverzierung aus. Keiner merkte es, aber er wusste, dass dies das Brot war. Er wäre bereit, wenn die richtige Person in den Laden kam und ein *Pain de seigle* verlangte.

* * * * *

Jean-Louis Vidal ging auf seinem Weg durch die Stadt in das *Café-Bar*. Morgen fing wieder der Unterricht an. Er presste seine dünnen Lippen zu einem Lächeln zusammen, als er über das Kopfsteinpflaster spazierte, hinein in eine Nebenstraße und zu der Bäckerei. Er spuckte kurz auf den Boden, bevor er den Laden betrat. Es roch verführerisch nach frischem Brot.

»*Bonjour*, Jean-Louis«, begrüßte ihn der Bäcker. »Was gibt's Neues in der Welt?«

»Nicht viel heute, Pierre«, antwortete der wohl beleibte Dozent. »Brauche halt ein anständiges Brot. Ein *Pain de seigle*, wenn's geht.«

Der Bäcker dröhnte jovial. »*Pain de seigle*, Jean-Louis! Wird doch glatt gemacht, hier haben wir schon eins!« Er reichte dem kleinen Mann den noch heißen Laib und zwinkerte mit den Augen. Der Laden war leer. »Wie in den alten Tagen, nicht wahr, *mon ami*? Hab mich seit fast zwanzig Jahren nicht mehr so amüsiert. War damals noch ein bisschen jünger, und du auch.«

Die beiden Männer grinsten. Jean-Louis bezahlte sein Brot. »Behalte das Wechselgeld.« Er ging.

* * * * *

Die Nachmittagssonne schien durch die Fenster von Mutter Griolets Büro, aber die Nonne nahm keine Notiz davon. Ihr Fuß trommelte nervös auf den Fußboden unter dem Schreibtisch. Vor ihr lag ein Zettel mit einem Hugenottenkreuz in der einen Ecke. Sie hatte ihn schon vor zehn Tagen erhalten. Jetzt las sie ihn wieder.

> *Jemand sucht Informationen über das neue Waisenkind Ophélie. Gefährlich für die Operation. Gut auf das Kind aufpassen und es nicht allein auf die Straße lassen. Keine Fragen beantworten.*
>
> *Hugo*

Die ganze Woche schon ging Mutter Griolet die Mitteilung nicht aus dem Kopf. Auch nicht der Brief, den Schwester Rosaline in Ophélies Strumpfhose gefunden hatte. Dieses Kind war ein Schlüssel zu dem, was in Algerien passierte. Die Namensliste war kein Zufall.

Aber wie konnte sie Ophélie schützen? Gut, dass Mr. Hoffmann die letzten zehn Tage nicht da gewesen war! Vor ihm hatte Mutter Griolet am meisten Angst. Aber bestimmt würde er nicht sein eigenes Kind verraten. Aber wusste er überhaupt, dass es sein Kind war? In dem Brief hatte gestanden, dass Ophélies Mutter ihm nie von ihr erzählt hatte, und Ophélie schien keinen Schimmer zu haben, dass ihr Vater in der Nähe war. Sie musste das Kind aufklären!

Sie faltete den Zettel zusammen und steckte ihn in die Tasche ihrer Tracht. Sie ging hinaus in die frische, klare Herbstluft und über den Hof in den Mädchenschlafsaal. Da war Ophélies Bett schon. Sie öffnete die mittlere Schublade der Kommode, holte die blaue Strumpfhose heraus und zog den blauen Beutel aus ihr. Die beiden Umschläge sahen so aus wie das letzte Mal.

Sie zog den Brief an Monsieur Gady hervor und schrieb ihn sorgfältig ab, Wort für Wort in ihr kleines Notizbuch. Dann holte sie die anderen Papiere heraus und begann, die Namens- und Adressenliste abzuschreiben, schnell, aber präzise. Ihre Hand zitterte leicht.

»Lieber Gott, vergib mir, wenn ich mich wie eine Spionin benehme.« Sie musste unvermittelt lachen. »Eine siebzigjährige Nonne, die ein sechsjähriges Waisenkind observiert. Du hast wirklich Humor, Vater. Aber das Kind lassen wir in Ruhe. Es ist besser, es freut sich weiter seines Lebens und weiß von nichts.«

Die Glocke verkündete schrillend das Ende des Unterrichts. Mutter Griolet schob die Umschläge zurück in den blauen Beutel, stopfte ihn tief in das eine Bein der Strumpfhose und legte diese zurück in die mittlere Schublade. Sie betrachtete ihr fertiges Werk. »Nicht schlecht für eine alte Nonne«, murmelte sie. Sie ging mit schnellen Schritten hinaus aus dem Schlafsaal. Draußen stürmten die Kinder in den Hof.

* * * * *

Es gab zweiunddreißig Kirchen in Montpellier, und dreiundzwanzig hatte Jean-Claude bereits abgeklappert. Zuerst hatte er sich auf die in den östlichen Stadtbezirken beschränkt, aber als dies zu keinem Ergebnis führte, hatte er seine Suche auf sämtliche Kirchen, einschließlich der protestantischen, ausgeweitet. Bis jetzt hatte er keine gefunden, in der Kinder wohnten.

Die drei Tage Genesung von der Gehirnerschütterung waren eine lästige Zeitvergeudung gewesen. Er war sicher, dass es David Hoffmann war, der ihn niedergeschlagen hatte. »Du Schwein! Immer vermasselst du mir die Tour!«

Jetzt war es der 10. Januar, und er brauchte Nachrichten für Ali. Die nächste Kirche auf seiner Liste war St. Pierre am Quai de Verdançon. Ein freundlich aussehender Priester öffnete auf sein Klopfen und zog seinen Kragen gerade. *»Oui, Monsieur?«*

Jean-Claude räusperte sich und schaltete auf den sanft geölten Ton, den er schon bei dreiundzwanzig anderen Geistlichen benutzt hatte. *»Bonjour, Mon Père.«* Er neigte seinen Kopf. »Ich suche ein Waisenkind, ein Mädchen. Sie ist eine *Pied-noir.*« Er zog ein Bild von Ophélie aus der Tasche. »Ihre Mutter ist im Krieg umgekommen, und ich bin ihr Onkel. Das Kind wird vermisst, aber vor kurzem hörte ich, dass es in einer Kirche in Montpellier sein soll. Ich habe jetzt schon die meisten Kirchen hier besucht, leider ganz umsonst. Ich muss wissen, ob das Kind noch lebt! Wissen Sie vielleicht etwas?«

Der Priester schüttelte den Kopf und rieb sich nachdenklich über das Kinn. »Nein, das tut mir Leid. Bei uns sind keine Kinder.« Dann lächelte er. »Aber haben Sie es schon einmal in den umliegenden Ortschaften versucht? Sind Sie schon in Castelnau gewesen? Dort gibt es ein Waisenhaus, das von einer rebellischen alten Nonne geführt wird.« Er unterbrach sich, das Gesicht plötzlich verlegen. »Entschuldigen Sie, ich wollte sagen, es wird von einer lieben Schwester geführt. Vielleicht kann Sie Ihnen helfen.«

Jean-Claude bemühte sich, ruhig zu bleiben. »Das ist eine gute Idee. Castelnau, sagten Sie?« Der Priester nickte.

»Und wie heißt diese Kirche, wenn ich fragen darf?«

»St. Joseph.«

»Danke. Danke verbindlichst«, sagte Jean-Claude.

»Keine Ursache«, rief der Priester hinter ihm her, als er die Steinstufen hinabsprang. »Gott sei mit Ihnen.«

* * * * *

Es war der 11. Januar. Jean-Louis Vidal beendete seine Nachmittags-Geschichtsstunde und schaute den Studentinnen hinterher, wie sie den Seminarraum verließen. Er mochte es, wenn Miss Caroline Harland so kurze Röcke trug. Eigentlich nicht schlecht, junge Amerikanerinnen unterrichten. Selbst wenn es nach zwei Wochen Ferien schwierig war, wieder in Schwung zu kommen. Gut, dass wenigstens Miss Harlands Beine sein Herz schneller schlagen ließen.

Jean-Louis hob seinen abgetragenen Ledermantel von der Lehne seines Stuhls, nahm seine ebenfalls abgewetzte Aktenmappe und seine Papiere und verschloss die Tür des Seminarraums. Er wusste, dass seine Kleidung es nicht mit dem properen Mr. Hoffmann aufnehmen konnte, aber was sollte es? Warum einen Mantel fortwerfen, der einen noch gut wärmte? Vor allem, wenn man kein Geld hatte, sich einen neuen zu kaufen.

Er stieg zum Erdgeschoss hinunter. An der Tür von Mutter Griolets Wohnung hielt er an und klopfte vorsichtig. Ein kurzer Augenblick, und die Nonne öffnete. *»Entrez!* – Ach, Monsieur Vidal! Gut. Kommen Sie doch rein.«

Sie traten in ihr Büro. Jean-Louis zog die Tür hinter sich zu. »Jeanette«, sagte er leise. »Wie geht es dir?« Seine roten Augen blickten zärtlich. »Du siehst müde aus.«

»Das bin ich auch, Jean-Louis. Ich habe Gott versprochen, dass ich mir keine Sorgen mache, aber es gibt so viele Sorgen, das ist jeden Tag ein Kampf.« Sie seufzte. »Ich habe etwas für dich. Du kriegst es bestimmt dorthin, wo es hingehört.« Sie lächelte ihn an.

»Kein Problem. Und ich habe auch etwas für dich.« Sie tauschten schweigend die Zettel aus; ihre Finger berührten sich einen Augenblick. »Jeanette?«

»Ja?«

Jean-Louis räusperte sich. »Du machst eine gute Arbeit,

Jeanette.« Er sagte es rasch, seine geäderten Wangen wurden rot.

»Danke, Jean-Louis.« Ihr Blick war dankbar. »Du bist ganz sicher, dass wir nicht zu alt sind für so etwas?«

Jean-Louis' Augen glitzerten. »Jeanette Griolet, warst du es nicht, die mir beigebracht hat, dass Gott stets für die Seinen sorgt? Dass er dem Müden Kraft gibt? Und das mit den Adlersflügeln? Liebe Frau, du wirst doch wohl nicht aufhören?«

»Natürlich nicht, Jean-Louis. So lange die Sonne scheint und der Regen fällt, will ich dir folgen, Herr.«

Sie sahen sich an und kicherten plötzlich.

»Deine Augen sind noch genauso hell wie in dem anderen Krieg, Jeanette. Erzähl' mir nicht, dass du nicht mehr willst. Ich weiß, dass du deine Arbeit liebst.«

»Du hast ja Recht, alter Mann. Aber jetzt fort mit dir. Wir haben beide Arbeit.«

Jean-Louis verließ das Büro, seinen Kopf schüttelnd, als Mutter Griolet hinter ihm her rief: »Mach's halblang mit dem *Pastis* heute Nachmittag, ja?«

* * * * *

Jean-Claude Gachon fuhr mit dem 11er Bus nach Castelnau. Nach sechs Wochen Jagd endlich eine heiße Spur. Bestimmt war Ophélie in diesem Waisenhaus St. Joseph!

Das Städtchen war klein, die Hauptstraße kopfsteingepflastert. Er stieg in der Ortsmitte aus, an einem kleinen Platz mit einem Springbrunnen. Es herrschte der übliche Betrieb eines späten Vormittags. Er fragte eine Frau mit einem Einkaufskorb, wo die Kirche lag. Die Frau nickte und zeigte nach rechts. »Da die Straße entlang, Sie können es nicht verfehlen.«

Er bog um eine Ecke. Da war schon die Kirche. Sie war klein, in dem Turm mit der gotischen Spitzhaube hing eine Glocke. In der Seitenwand war eine Tür, die nur angelehnt war. Er trat ein. Das Kirchenschiff war kalt und leer, der Schritt seiner Schuhe echote auf den Steinen. »Hallo?« rief er leise. Niemand antwortete.

Er verließ die Kirche wieder und ging um die Ecke, wo ein

anderes Gebäude an die Kirche stieß. Er klopfte laut an die große Holztüre. Keine Antwort. Er klopfte wieder, energischer, und von irgendwo innen kam eine Frauenstimme: »Ja, ich komme schon! Einen Augenblick!«

»Nehmt euch ruhig Zeit«, murmelte Jean-Claude. »Nehmt euch Zeit. Ich hab's nicht eilig.«

* * * * *

Mutter Griolet öffnete schwer atmend die Tür des Pfarrhauses. Vor ihr stand ein junger Mann. »Entschuldigen Sie, wenn ich Sie habe warten lassen«, sagte sie. »Was kann ich für Sie tun?«

Der Mann mochte 28 oder 30 Jahre alt sein. Er war muskulös gebaut, mit dickem braunem Haar und einem entwaffnenden Lächeln. Mutter Griolet war sicher, dass sie ihn noch nie gesehen hatte.

»*Bonjour*, Schwester«, begann er, die Stimme leise und respektvoll. »Ich suche meine Nichte, ein *Pied-noir*-Waisenkind, dessen Eltern in dem Krieg umgekommen sind. Vor kurzem habe ich gehört, dass sie in einer Kirche in Montpellier wohnen soll. Die meisten Kirchen in der Stadt habe ich schon besucht, leider ohne Erfolg. Die Sache ist sehr dringend. Jetzt hat mir ein Priester in der Stadt von Ihrem Waisenhaus erzählt, und ich hoffe, dass Sie mir vielleicht helfen können. Das Kind heißt Ophélie Duchemin.« Er zog ein Bild aus seiner Hemdentasche und hielt es Mutter Griolet hin.

Die alte Nonne legte ihre Hand an die Tür, um sich im Gleichgewicht zu halten. Sie spürte, wie eine eisige Hand ihren Rücken herunterkroch und der Mann vor ihr sich unversehens in den SS-Offizier verwandelte, der im Krieg plötzlich vor der Tür gestanden hatte. *Reiß dich zusammen, Jeanette,* befahl sie sich, während ihr Gesicht weiter lächelte. *Herr Jesus, hilf mir! Du hast versprochen, uns zur rechten Zeit die rechten Worte zu geben.*

Sie sah das Bild von Ophélie an und räusperte sich. »Entschuldigen Sie, aber wir sind ein sehr kleines Haus. Wir haben nur dreißig Plätze, und die meisten Kinder sind schon jahrelang bei uns. Es ist schwierig, sie unterzubringen.« Sie senkte ihre Stimme zu einem Flüstern. »Der Priester hat Ihnen das sicher gesagt?«

Der junge Mann stand nach vorne gebeugt da, um jedes Wort mitzubekommen, das Gesicht gierig erwartungsvoll. »Nein, er sagte nur, dass es ein Waisenhaus ist.«

»Ja, sicher ...« Mutter Griolet sah zu den sich hochtürmenden Wolken hoch. »Manchmal erwähnen sie es nicht gerne. Die Kinder sind ... behindert, Sie verstehen?« Sie tippte sich mit dem Finger an den Kopf. »Nichts drin, die armen Würmer.« Sie tat so, als erschrecke sie plötzlich. »Oh, jetzt bin ich aber ungehörig gewesen. Ist dieses Kind ... vielleicht auch behindert?«

Er starrte sie an, für einen Augenblick sprachlos. »Behindert? Ophélie? Nein, natürlich nicht.«

Mutter Griolet schüttelte langsam den Kopf. »Nun, ich fürchte, dann wird sie nie zu uns kommen. Wir ... Wie soll ich sagen? Wir nehmen nicht jeden. Ich würde Sie gerne zu einem Rundgang einladen, aber im Flur riecht es gerade nicht gut. Ich musste gerade nach einem Missgeschick den Boden putzen.«

Der Mann sah erschrocken aus. »Ja, das ist schlimm für Sie.«

Mutter Griolet begann zu weinen. »Es ist so traurig ... so traurig. Aber, Monsieur, entschuldigen Sie, ich weiß ja gar nicht Ihren Namen.«

»Ich bin ... der Name ist Philippe«, erwiderte er nervös.

»Also, *Monsieur* Philippe, es gibt hier in der Gegend noch ein anderes Waisenhaus. Es ist ziemlich weit draußen, hinter Assas. St. Bauzille-de-Montmel. Sie haben sicher schon davon gehört?«

»Nein, noch nie.« Seine Augen wurden schmaler. »Kommt man mit dem Bus dorthin?«

»Mit dem Bus?« Mutter Griolet machte eine Pause. »Ja, doch, der gleiche Bus, mit dem Sie wohl gekommen sind; die Linie 11 ist es doch, nicht wahr?«

Er nickte.

»Also, Sie fahren mit der Linie 11 bis Teyran, dort müssen Sie umsteigen. Die Linie weiß ich nicht genau, aber der Fahrer wird Ihnen sicher helfen.«

Der junge Mann trat auf sein anderes Bein, die Hände steckten in seinen Hosentaschen. *Vielleicht hat der eine Pistole dabei,* dachte sie. *Gleich erschießt er mich und stürmt herein, um selber nachzuschauen, und dann findet er das Kind.* Aber nach einem Augenblick drehte er sich langsam um. *»Merci«*, sagte er. »St. Bauzille-de-Montmel, sagten Sie?«

»Ja, genau. Viel Glück, *Monsieur* Philippe. Gott sei mit Ihnen.«

Sie wartete, bis er außer Sichtweite war, bevor sie die Tür schloss. Sie ging langsam in ihr Büro und ließ sich in den großen Ledersessel sinken. Ihre Hände zitterten wie Espenlaub, sie konnte das Schlagen ihres Herzens hören. Sie legte ihr Gesicht in ihre Hände. »Gott, er wird wiederkommen. Und was soll ich ihm dann sagen?«

* * * * *

David Hoffmann war am Tag zuvor nach Castelnau zurückgekommen. Jetzt lugte er aus dem Fenster des Sprachlabors im ersten Stock und schaute zu, wie Jean-Claude Gachon die Straße zurückging. Er seufzte erleichtert auf und wischte sich mit seinen langen Fingern über das Gesicht.

Irgendwie musste es Mutter Griolet gelungen sein, Jean-Claude weiszumachen, dass das, was er suchte, nicht hier in St. Joseph war. Aber er würde wiederkommen, da war David sicher. Und was würde sie ihm dann erzählen?

KAPITEL 24

Wenn es eine Stadt auf der Erde gab, die ein einziges Wirrwarr war, dann musste es wohl Algier sein. Ein Knäuel aus Terror, Gegenterror, Spionage und Gegenspionage drohte jeden Bürger, ob er Araber, *Pied-noir*, französischer Soldat oder Söldner war, einzufangen in diesem Januar 1962. Während Präsident de Gaulle fieberhaft mit der FLN verhandelte, agierten drei verschiedene Zweige des französischen Geheimdienstes, alle mit dem gleichen Ziel, die OAS zu stoppen. Alles und jeder gehörte zu irgendeiner Geheimbewegung. Anne-Marie rief sich in Erinnerung, dass sie ja selber zu mehreren gehört hatte. Aber unschuldige Kinder vor der Rache Alis zu beschützen – es war kein anerkanntes Geschäft.

Am späten Nachmittag des 18. Januar schlüpfte sie, Moustafa an ihrer Seite, aus Marcus Cirous Wohnung. Der schlimmste Terror in Algier spielte sich nachts ab, wenn die meisten Bombenanschläge der FLN, der OAS und jetzt auch der Geheimpolizei stattfanden.

Moustafa klang dringend. »Wir müssen die Information selber überbringen, es gibt keinen anderen Weg. Ali hat die Namen dieser letzten Familien. Wenn wir sie sicher hier rausbringen, wird er den Rest nicht erfahren. Und jetzt geh, Liebes, ich komme bei Sonnenuntergang zurück in die Wohnung.«

Sie ging durch die engen Straßen. Jede Häuserwand war mit Parolen verschmiert. Wo gestern noch »OAS« gestanden hatte, prangten jetzt die Initialen des französischen Geheimdienstes MCP. Ein Ladenbesitzer war dabei, die Trümmer von einem Bombenanschlag der letzten Woche zusammenzufegen. Anne-Marie ging an ihm vorbei, ohne hinzusehen.

Sie erreichte das heruntergekommene Mietshaus, das *La Fillette* hieß. Von jedem Balkon hingen Kleider, die sich weigerten, in der feuchtkalten Luft zu trocknen. Sie betrat das Treppenhaus, das von leeren Bierdosen und Zigarettenkippen übersät war. Es stank nach Urin.

Sie stieg in den zweiten Stock und suchte die Wohnung Nr. 36. Sie wartete, um ganz sicher zu sein, dass niemand ihr gefolgt war. Alles war still. Sie klopfte leise an die Tür.

»Wer ist da?« rief eine Frauenstimme aus der Wohnung.

»Anne-Marie Duchemin.«

Die Tür öffnete sich einen Spalt, eine grauhaarige Frau lugte heraus. »Herein«, flüsterte sie.

Anne-Marie trat in die Wohnung. Auf dem Küchenherd briet irgendein Fleischgericht vor sich hin. »Wie geht es Ihnen, Madame Bousquet?«

»Gut, Mademoiselle Duchemin, danke. Haben Sie Neuigkeiten für uns?«

»Ja. Das Schiff fährt am 25. Die Kinder müssen bis Mitternacht am Hafen sein. Wir werden sie um halb zwölf in der Hintergasse hinter diesem Haus hier abholen. Aber diese Wohnung ist nicht mehr sicher für Sie. Ali Boudani weiß Ihre Adresse. Könnten Sie für eine Woche woanders unterkommen?«

In den Augen der Frau stand Müdigkeit und Angst geschrieben. Sie holte tief Luft. »Ja. Ich kann zu meiner Kusine gehen, sie wohnt außerhalb der Stadt. Aber was wird aus Madame el Gharbi? Gehen Sie auch zu ihr und warnen sie? Sie ist außer sich vor Schmerz. Vor zwei Tagen ist ihr Mann ermordet worden. Sie haben ihm die Gurgel durchgeschnitten – die ›Strafe‹ für *Harkis*. Sie hat furchtbare Angst um die Kinder. Bitte, Mademoiselle Duchemin, bitte! Nehmen Sie unsere Kinder mit. Verstecken Sie sie für uns. Ich bin eine alte Witwe; wenn ich sterbe, tut es niemand weh. Aber die Kinder, sie haben ein anderes Leben verdient. Eine Chance, zu fliehen, bevor es zu spät ist.« Sie ließ ihren Kopf sinken. »So wie für Madame Sentier und ihre Kinder.« Sie wischte sich die Stirn.

Anne-Marie drückte fest ihre Hand. »Madame Bousquet, wir tun, was wir können. Wenn in Frankreich niemand da ist, um die Kinder in Empfang zu nehmen, ist nichts gewonnen. Wenn wir die Kinder früher hier herausbekommen, werde ich mich melden; ansonsten müssen sie am 25. bereit sein. Machen Sie sich keine Sorgen um Madame el Gharbi, ich gebe ihr Bescheid.«

»Danke, Kind. Danke.« Die alte Frau schaute nach oben und bekreuzigte sich. »Gott sei mit uns und bewahre uns.«

»Ja.« Anne-Marie schloss die Tür hinter sich, ging auf Zehenspitzen die Treppe hinunter und trat zurück in die Straßen von Algier.

* * * * *

David beendete seine Stunde. »Was haben also Literatur und Kunst miteinander zu tun? Das wird das Thema unserer Diskussion morgen sein. Und am Freitagmorgen werden wir das Musée Fabre in Montpellier besuchen. Es sind dort viele große Werke ausgestellt, vor allem natürlich die von Frédéric Bazille, dem großen Maler von Castelnau, ein Zeitgenosse von Monet. Bitte denken Sie daran, dass Ihre Essays über André Gide ebenfalls am Freitag fällig sind.« Mehrere der Mädchen stöhnten laut. »Das war alles. Sie können gehen, meine Damen.«

Der junge Dozent schloss seine Aktenmappe. Als die anderen Studentinnen gegangen waren, trat er zu Gabriella, die am Fenster stand. Gemeinsam schauten sie dem Spiel der Kinder im Hof zu. Ophélie spielte gerade mit dem neuen Waisenkind, Mireille, Fangen. Ihr Kreischen drang bis in den Seminarraum.

»Letzte Woche ist dein Franzose hier gewesen«, sagte David.

Gabriella schnappte nach Luft. »Jean-Claude? Hier? Warum sagst du mir das erst jetzt?«

Er ignorierte ihre Frage. »Er suchte dich und das Kind. Ophélie. Er wird bestimmt wiederkommen. Du musst bereit sein.«

»Wie meinst du das?« Gabriellas Stimme war aufgeregt.

»Du darfst im Pfarrhaus auf keinen Fall an die Tür gehen, wenn jemand klingelt oder klopft. Pass auf dich auf. Und auf Ophélie. Such dir ein Versteck für euch beide aus, falls er wiederkommt. Er darf keinen von euch sehen, ist das klar? Nächste Woche bekommen wir weitere Kinder. Er darf es nicht erfahren, oder der ganze Plan geht schief. Du musst mir helfen, Gabby.« Sein Gesicht war müde.

»Ich habe doch schon gesagt, dass ich dir helfe. Aber dir scheint noch etwas anderes auf der Seele zu liegen, David. Was ist es? Was ist passiert?«

»Alles, Gabby. Alles und nichts. Die Welt ist zu sehr um uns, spät und früh.«

Gabriella lächelte. »Machen Wordsworth-Zitate dich entspannter?«

»Vielleicht. Vielleicht ist das das Gleiche, als wenn du die Bibel liest.« Er wischte sich eine Haarsträhne aus den Augen. »Kommst du eben mit mir ins Café? Gleich hier in Castelnau?«

»Natürlich.« Sie strahlte ihn an.

Liebe Gabby, dachte er, als sie hinausgingen. *Was soll ich dir erzählen?*

Sie schlenderten zu dem alten *Café-Bar*. Mehrere ältere Männer saßen an den Tischen und tranken ihren Frühschoppen.

Sie setzten sich an denselben Tisch, ganz hinten, an dem sie nach Gabriellas Anruf bei Jean-Claude gesessen hatten. »Entschuldige das Ambiente«, flüsterte David. Diesmal war die Musik lauter, das Lachen rauer, und jedes Mal, wenn die Tür sich öffnete, fegte ein kalter Windstoß durch den Raum. Gabriella kauerte sich Wärme suchend zusammen. »Darf ich dir deinen Mantel abnehmen?« fragte David.

»Nein, danke, ich friere schon so.«

Er bestellte zwei heiße Schokoladen und wartete, bis der Kellner sie brachte. Dann begann er: »Gabby, ich habe weitere Informationen über die Arbeit erhalten. Es wird etwas dauern, bis ich sie mit meinen Kontaktpersonen in Algerien sortiert habe. Es ist ziemlich lange her, dass ich das letzte Mal von ihnen gehört habe. Aber wenn alles besprochen ist, werden jede Menge Kinder nach St. Joseph kommen, und Mutter Griolet wird Hilfe brauchen – jemand, der die Kinder abholt und Nachrichten überbringt. Es wird ziemlich zeitaufwendig sein. Aber ich brauche dich für diesen Job.«

Er nahm ihre Hand, und sie seufzte auf. »David, du weißt doch, dass ich helfen will. Hab ich eine Wahl?«

»Ich werde vielleicht längere Zeit fort sein. Ich bin überzeugt, dass es weitere Verhandlungen zwischen de Gaulle und der FLN geben wird, um die algerische Frage zu lösen. Die Ereignisse werden sich überschlagen, Gabby, und wir müssen bereit sein. Bereit für eine größere Aktion, als wir uns vorgestellt hatten.«

»Und wenn Jean-Claude uns findet? Was machen wir dann?«

»Dann wirst du mich benachrichtigen. Ich gebe dir eine Adresse, wo ich alle paar Tage vorbeischauen werden. Aber, Gabby, er darf nichts erfahren. Noch nicht. Er arbeitet für einen Algerier, ein hohes FLN-Tier, der einen privaten Rachefeldzug führt, der auf einen anderen Krieg zurückgeht. Dieser Mann ist dabei, ganze Familien kaltblütig auszulöschen.

Aber ich habe so ein Gefühl, dass dann, wenn Algerien unabhängig geworden ist, Schluss damit ist. Wenn wir nur noch ein paar Wochen durchhalten, ein, zwei Monate vielleicht, wird die Gefahr vorbei sein – und dafür wird eine andere kommen.«

Gabriellas Augen glitzerten. »Krieg und Gefahr, Geheimnisse und Spione – das hätte ich nie erwartet in dem kleinen Castelnau.« Sie sah ihn ironisch an. »Aber gut, ich hatte auch keine schlimmen Erinnerungen aus meiner eigenen Vergangenheit erwartet. Aber ich versuche gerne, zu helfen. Sag mir, was ich tun soll, und ich versuch's.«

Er streichelte ihre Finger. »Du bist nicht nur schön, sondern auch tapfer, Gabby. Du würdest natürlich sagen, dass deine innere Kraft von deinem Gott kommt. Ich lese gerade in den Evangelien, wie ich es dir versprochen hatte. Ich weiß nicht, ob deine Kraft von Gott kommt oder einfach aus dir selber, aber ich weiß, dass du es schaffen wirst.«

»Und Mutter Griolet? Wird sie nicht Verdacht schöpfen, wenn du schon wieder fort bist?«

Er kicherte. »Meine Liebe, die schöpft schon längst Verdacht. Sehr sogar. Sie mag mich nicht. Aber Monsieur Vidal wird mich vertreten. Sie wird nicht protestieren.«

»Und wann gehst du?« fragte sie tonlos.

»Nächste Woche. Irgendwann nach dem 25.«

* * * * *

Sie tranken ihre Schokolade, dann schob David seinen Stuhl zurück und streckte seine langen Beine unter dem runden

Tisch aus, faltete seine Arme auf seiner Brust und sah Gabriella lächelnd an. Plötzlich fragte er: »Warst du schon einmal verliebt, Gabby?«

Vor ein paar Monaten hätte sie nicht gewagt, die Frage zu beantworten, hätte Angst vor einer bissigen Bemerkung gehabt. Sie war sicher, dass sie wieder einmal rot wurde, sie spürte die Hitze in ihrem Gesicht. *Was ich eigentlich sagen möchte, David, ist, dass ich in dich verliebt bin.* Aber sie konnte es nicht.

Ihre einsilbige Antwort beendete die Stille. »Einmal.«

Er fragte sie nicht weiter, aber in seinen Augen las sie seinen Hunger nach mehr Information, und sie fuhr fort. »Ich war fünfzehn, er siebzehn. Sein Name war Dimby. Ein tapferer, starker, freundlicher junger Mann. Wir wuchsen zusammen auf wie Bruder und Schwester. Wir hatten nicht vorgehabt, uns zu verlieben. Seine Schwestern brachten mir die afrikanischen Sitten bei; ich verbrachte viele Stunden in seinem Elternhaus. Seine Familie war die erste in der ganzen Gegend, die unseren Gott aufnahm.

Dimby war ein Mensch mit Tiefgang. Wir redeten und lachten, und ... auf einmal liebten wir uns«, endete sie leise. Sie brachte es nicht fertig, die ganze Tiefe der Gefühle, die zwischen ihnen gewesen war, zu beschreiben.

»Du meinst, du warst in einen Afrikaner verliebt? In einen Schwarzen?« fragte David ungläubig.

»Stimmt beides.« Ein etwas irritierter Unterton kam in Gabriellas Stimme.

»Und was sagten deine Eltern dazu? Bestimmt haben sie es verboten, nicht wahr? Eine weiße höhere Missionarstochter, die sich in einen afrikanischen Eingeborenen verliebt ...«

»Nein, sie haben mir nicht verboten, ihn zu lieben. Meine Eltern mochten Dimby sehr. Ich glaube, sie sahen nicht die Hautfarbe, wenn sie einen Menschen anschauten, sie sahen sein Herz – die Seele und die Wunden. Sie haben nicht versucht, mir das auszureden damals, aber sie wussten, dass aus unserer Liebe nichts werden konnte.«

»Wie meinst du das?«

»Dimby war schon einem Mädchen aus einem Nachbardorf versprochen. Die beiden Väter hatten das vor Jahren arrangiert. Hätte man mit dieser Tradition gebrochen, hätte dies zu Misstrauen und Hass gegenüber uns Missionaren geführt.«

»Na, das hat Dimby doch sicher gewusst. Warum hat er trotzdem um dich geworben? Und wie? Wie hat er es angestellt?«

Sie verstand, was er meinte. »Wir haben uns unsere Liebe zugeflüstert und zugeweint. Er brachte mir einen Kranz aus afrikanischen Lilien – in seinem Stamm so etwas wie ein Verlobungssymbol. Er hielt sie mir hin, dass ich sie riechen konnte, und der Duft der Liebe stieg zwischen uns empor aus diesen Blumen. Dann haben wir sie verbrannt und die Asche ausgestreut, wie es in dem Stamm Sitte ist, wenn ein sehr lieber Mensch gestorben ist. Wir haben uns nie an den Händen gehalten, nie geküsst, nie umarmt, aber in unseren Herzen wussten wir beide, dass wir uns liebten. An diesem Abend ist Dimby gegangen und wurde kurz danach mit seiner Frau verheiratet. Ich habe ihn nie wieder gesehen. Er wohnte in einer Hütte eine halbe Meile von uns entfernt, aber wir haben uns nie mehr gesehen. Sein Stamm war für seine strikte Disziplin bekannt, für Ehre und Familiensinn; das war ihnen heilig.«

»Aber er liebte dich! Und er gehörte doch eigentlich nicht mehr zu ihnen. Du sagtest doch, er hatte sich zum Christentum bekehrt.«

»Es gibt Dinge, die wir nicht verstehen können. Wir müssen sie so annehmen, wie sie sind. Ich fand es damals nicht falsch, dass er ging. Es war nicht falsch gewesen, ihn zu lieben, und es war nicht falsch, ihn wieder zu verlieren. Das war halt das Leben – die Sitten dieses Stammes.«

»Und was hat deine Mutter dazu gesagt?«

»Sie sagte: ›Ich hebe meine Augen auf zu den Bergen, von welchen mir Hilfe kommt. Meine Hilfe kommt vom Herrn, der Himmel und Erde gemacht hat. Er wird deinen Fuß nicht gleiten lassen, und der dich behütet, schläft nicht. Siehe, der Hüter Israels schläft und schlummert nicht.‹ Und dann hat sie mich in die Arme genommen. Ich habe lange geweint, und die ganze Zeit hat sie mich nicht losgelassen. Und dann sagte sie: ›Er macht keine Fehler, Gabriella. Eines Tages wirst du sehen, dass unser Gott keine Fehler macht.‹«

David nahm zärtlich ihre Hand in die seine. »Das tut mir so Leid.«

Sie erwiderte seinen mitleidig suchenden Blick nicht. Stattdessen fragte sie: »Und du, David, warst du schon einmal verliebt?«

Er hielt weiter ihre Hand. »Ich weiß nicht. Ich weiß nicht.« Seine Stimme klang leise und gequält.

»Ist es so schwer, zu wissen, ob man verliebt ist?«

Er sah sie an, und seine Augen schienen sich zu öffnen. In diesen Augen, die so oft dunkel und brütend waren, war auf einmal etwas wie ein Funke. Ein Funke von was? Und dann wusste Gabriella es. Wie ein ferner Leuchtturm, der dem müden, vom Wind geschüttelten Schiff den sicheren Hafen verspricht, trugen seine Augen das Licht der Hoffnung. Ein Funke nur, aber dennoch: Hoffnung.

Er nahm ihre andere Hand. Er drückte ihre beiden Hände und flüsterte: »Vielleicht, meine liebe Gabby, ist es doch nicht so schwer, zu wissen, wann man liebt.«

* * * * *

Ali Boudani bemerkte den Gestank vergammelten Obstes, der durch das Fenster seiner Wohnung kam, nicht, als er am Morgen des 20. Januar die Zeitung las. Die Schlagzeilen gefielen ihm. In Paris hatte die OAS am 18. Januar bei zahlreichen Bombenanschlägen kein einziges der anvisierten Opfer töten können. Dagegen waren in Algier zwei ranghohe OAS-Leute aus den eigenen Reihen ermordet worden. Franzosen gegen Franzosen ... Ohne Zweifel: de Gaulle würde schon bald den Forderungen der FLN nachgeben, und Algerien wäre frei.

Er erhob sich von seinem wackligen Schreibtisch und las wieder die Namen an der Wand. Madame Sentier und ihre Kinder liquidiert, kurz nachdem man ihrem Mann die Kehle aufgeschlitzt hatte. Gut. Die nächste *Harki*-Familie tot. Aber zwei waren noch in Algier. Mohemmed hatte neue Informationen über Madame el Gharbi, deren Mann letzte Woche ermordet worden war. Die Familie war untergetaucht, aber Mohemmed hatte Nachrichten über sie. Sie waren das nächste

Ziel, beschloss Ali, wenn möglich, schon morgen Abend. Blieben dann nur noch Madame Bousquet und ihre Enkelkinder.

Ali nahm ein neues Dia in die Hand, das er gerade von Jean-Claude erhalten hatte, und hielt es gegen das Licht. »David Hoffmann, du bist nicht leicht zu packen. Aber es ist gut, zu wissen, dass du wieder in Frankreich bist. Warst du das also die ganze Zeit. Wie dumm, dass wir nicht eher darauf gekommen sind.« Ali schloss seine Augen und zitierte den jungen Mann als Teenager in sein Gedächtnis.

Anne-Marie, die ihm David vorstellte. »Dies ist Ali Boudani. Sein Vater war im Krieg in der Kompanie meines Vaters. Ein exzellenter Soldat.« Anne-Marie wandte ihr unschuldiges Engelsgesicht zu Ali hin: »Davids Vater arbeitet hier in Algier in der amerikanischen Botschaft. Ich zeige seinem Sohn gerade die Stadt.« Mit melancholischem Lachen verabschiedete sie sich von Ali, ihre Hand in der Davids. Die Szene hatte nur fünf Minuten gedauert, aber Ali erinnerte sich lebhaft an sie.

»Natürlich, du warst hier, bevor der Krieg ausbrach. 1953 und 54. Du hast damals Anne-Marie gestohlen. Sie hat schon mehrere Male für ihre Dummheit bezahlt. Sie wird wieder bezahlen. Und du auch.«

Es klopfte an der Tür, und ein arabischer Junge trat ein. »Hallo, Hussein, mein Junge! Hast du Neuigkeiten für mich?« fragte Ali.

»Yes, Sir, Ali. Gute Nachrichten!« Der Junge grinste über das ganze Gesicht.

»Dann raus damit!«

»Die Frau. Ich habe die Frau gesehen, die ihr sucht. Sie ging in das La Filette-Haus in Bab el Oued und sprach mit einer alten Frau. Ich war still wie eine Maus, sie hat mich nicht gesehen. Sie hat gesagt, die Kinder sollen am 25. Januar um Mitternacht im Hafen sein.«

Ali klopfte dem Jungen auf die dünnen Schultern. »Gut gemacht, Hussein!« Er ließ ein paar glänzende Münzen in seine schmutzigen Hände fallen. »Und hast du auch gesehen, wo diese Frau wohnt? Bist du ihr bis zu ihrem Haus gefolgt?«

Das Gesicht des Jungen verdüsterte sich. »Nein, Ali. Ich wollte ihr folgen, aber ein Araber ist zu ihr gekommen. Er hatte eine Pistole dabei, und da bekam ich Angst. Ich bin ihnen bis zur Rue Tripoli gefolgt, dann habe ich sie verloren.«

»Nun, für's Erste reicht mir das. Fort mit dir, Hussein. Sperr weiter deine Augen auf, Junge.«

Der Junge nickte und rannte hinaus. Ali setzte sich wieder und zündete eine Zigarette an. »Am 25., um Mitternacht im Hafen. Wir werden dort sein.«

* * * * *

Es war der späte Nachmittag des 22. Januar, als Mutter Griolet aus dem Untergeschoss nach oben stieg und die Tür zu ihrer Wohnung öffnete. Sie war dankbar für ein paar ruhige Minuten, denn ihr Gehirn arbeitete fieberhaft. Am 27. würden schon die nächsten Kinder kommen. Sie faltete den Zettel auseinander, den Jean-Louis ihr vor zehn Tagen gegeben hatte, um noch einmal Datum und Uhrzeit zu prüfen. Jean-Louis würde die Kinder im Hafen von Marseille in Empfang nehmen. Diesmal wären es fünf. Wieder fünf Kinder unterbringen ... Mutter Griolet seufzte auf. Es gab noch genau fünf freie Betten in den Schlafräumen, eines bei den Mädchen und vier bei den Jungen.

Ein Lächeln vertrieb die Sorgenfalten. Hatte Jean-Louis nicht gesagt, dass es ein Mädchen und vier Jungen wären? »Du gibst uns das, was wir brauchen, immer genau rechtzeitig, Herr.« Sie sank auf das braune Sofa in ihrem Wohnzimmer und bückte sich langsam, um ihre schwarzen Lederschuhe aufzubinden, dann legte sie ihre geschwollenen Beine auf den Couchtisch.

Der gut aussehende junge Mann, der letzte Woche nach Ophélie gefragt hatte, wollte ihr nicht aus dem Kopf gehen. Auch nicht der Brief von Ophélies Mutter mit seiner schockierenden Information über David Hoffmann.

David Hoffmann ... Was hatte es noch gegeben mit ihm? Sie versuchte, sich zu erinnern, und spürte, wie die Panik in ihr hochstieg. Sie stand auf, ging in ihr Büro, zog die unterste Schublade eines alten Aktenschranks heraus und ging die Papiere in ihr durch. Da – der kurze Abschnitt auf der nächsten

Seite. Sie las ihn zweimal, dann seufzte sie laut und legte die Papiere zurück.

»Mit wem kann ich über diese Dinge sprechen, Herr? Wem soll ich vertrauen?« Sie dachte an ihren alten Freund, Jean-Louis, mit seinen blutunterlaufenen Augen und zu roten Wangen. Ob er sich auch erinnerte? Aber Jean-Louis – nein, er brauchte das hier nicht zu wissen.

Dann dachte sie an Gabriella. »Sie ist jung und stark, Herr. Aber sie hat schon genug Schmerz aus ihrer Vergangenheit. Und sie liebt David Hoffmann, ob sie will oder nicht.« Sie schloss die Augen und blieb eine halbe Stunde so auf der Couch sitzen. Als sie wieder aufstand, fühlte sie eine neue Zuversicht. »Ich werde mit ihr reden, Herr. Ich werde ihr die Geheimnisse von zwei Menschen, die sie sehr lieb hat, anvertrauen.«

* * * * *

Ophélie packte Gabriellas Hand, als sie am Ende des Nachmittagsunterrichts aus dem Klassenzimmer gingen. »Wann fahren wir mit dem Zug, Bribri? Wann fahren wir wieder mit dem Bus in die Stadt?«

Gabriella kniete sich hin, drückte Ophélie fest und sah sie an. »Wir können jetzt eine Weile nicht ausgehen, Ophélie. Du weißt doch, wir wollen Monsieur Jean-Claude nicht noch einmal begegnen.«

Ophélie schüttelte den Kopf und runzelte die Stirn. »Aber ich bin nur einmal mit dem Zug gefahren. Das war so toll, als der nette Mann mich hierher gebracht hat.«

»Du meinst, als du hierher nach St. Joseph gekommen bist?« fragte Gabriella.

»Ja. Ich bin mit dem netten Lehrer gekommen. Er spricht nie mit mir, aber er war es, bestimmt. Ich hab ihn hier in der Schule gesehen.«

»Meinst du Monsieur Hoffmann?« Gabriella war überrascht. »Hat Monsieur Hoffmann dich hierher nach St. Joseph gebracht?«

Ophélie wurde blass. »Ich ... ich weiß seinen Namen nicht.«

Ihre Augen waren auf einmal groß. »Er ist der große Mann, der dich mag.«

Gabriella lachte. »Ja, Monsieur Hoffmann und ich sind Freunde.«

Ophélie sah aus, als ob sie gleich losweinen würde.

»Was ist, Spatz?« Gabriella kniete immer noch neben ihr. »Ist etwas nicht in Ordnung?«

»Nein, nein, nichts.« Ophélies Brauen gingen zusammen. »Was hast du noch gesagt, wie er heißt?«

»Wie er heißt? David Hoffmann.«

Das Mädchen stieß einen Schrei aus und riss sich los. Sie rannte über den Hof zu dem Schlafsaal, Gabriella hinterher. Als sie den Schlafraum erreichte, drehte Ophélie sich abrupt um und sah zu ihr hoch, die braunen Augen voller Tränen. »Bitte, Bribri, ich will allein sein«, sage sie leise.

»Wirklich, Ophélie? Kann ich dir nicht helfen? Es tut mir Leid, wenn ich gerade was falsch gemacht hab.«

»Nein, nein.« Ophélie rannte zu ihrem Bett. Sie wartete, bis sie sah, wie Gabriella zurück über den Hof ging, um mit Christophe und Anne-Sophie zu spielen, dann öffnete sie die Schublade und holte die Strumpfhose heraus. Sie griff hinein und zog den blauen Beutel heraus. Sie faltete den Brief ihrer Mutter sorgfältig auseinander und legte ihn auf das Bett. Sie starrte die Worte auf der dritten Seite an. »Er ist ein Amerikaner. Er ist ein sehr schöner und kluger Mann. Er heißt David Hoffmann.« Doch, hier stand »David Hoffmann« – derselbe Mann wie der große Lehrer, von dem Gabriella gesprochen hatte.

Ophélie begann zu zittern, dann zu weinen, während sie den Brief wie einen kuscheligen Teddybär an sich drückte. »Oh, Mama, das versteh' ich nicht. Wenn dieser Mann mein Papa ist, warum spricht er dann nicht mit mir? Warum tut er so, als wenn ich ein Waisenkind bin? Warum hat er mir nicht gesagt, wer er ist? Vielleicht hat er mich nicht lieb; vielleicht ist er böse, dass ich sein kleines Mädchen bin.« Sie weinte haltlos in ihr Kissen hinein. Von draußen kam das Lachen der spielenden Kinder. Als die Glocke zum Abendessen läutete, stopfte Ophélie den Brief und den Beutel zurück in die Strumpfhose und legte diese wieder in die Schublade. Ihr Magen war ein Knoten. »Papa?« flüsterte sie. »Bitte komm zu mir, Papa, bitte hab mich lieb.«

Dann erinnerte sie sich an etwas, das Gabriella ihr beigebracht hatte. Sie ging auf ihre Knie, faltete ihre Hände auf dem Bett und schloss die Augen. »Lieber Gott, Bribri sagt, dass du die Kinder liebst und dass du zuhörst, wenn sie zu dir reden. Bitte gib, dass mein Papa mich lieb hat.« Sie wusste nicht, was sie sonst noch sagen sollte. Schließlich fügte sie hinzu: »Und bitte sorge auch für Mama. Und können wir vielleicht eines Tages alle zusammen sein, Gott, wie eine richtige Familie? Bitte!«

Sie wischte sich mit dem Ärmel ihres Pullovers über die Augen, zog ihren Mantel um ihre Schultern und ging über den dunklen Hof zu dem Speisesaal. Sie wusste nicht, ob die Schmetterlinge in ihrem Magen Aufregung oder Angst bedeuteten. Aber wenigstens hatte sie jetzt, wenn sie an ihren Vater dachte, ein Bild von ihm vor ihrem inneren Auge: Ein großer, freundlicher Mann, der sich zu einem weinenden Kind unter einer Brücke beugte, in einer Stadt, in der die Hölle ausgebrochen war.

KAPITEL 25

Am Morgen des 25. Januar wachte Gabriella mit einem unguten Gefühl auf. Sie öffnete ihre Bibel bei den Psalmen, die sie seit einem Monat las, und begann ihre Morgenandacht. Eine Frage nagte in ihr. Ophélie hatte etwas – und es hatte mit David zu tun. Was mochte das sein? Und gestern Abend war David fortgefahren. Sie dachte zurück an ihr letztes Gespräch in dem Café. *Er sagt, wir sind nur Freunde, Herr. Aber er liebt mich, das weiß ich. Ich kann es in seinen dunklen Augen lesen.*

Wenn er es nur zugeben würde. Aber er wollte sie nicht lieben, da war sie sicher. Sie schloss ihre Augen und betete das gleiche Gebet, das sie seit vier Monaten schon sprach. »Herr, hier bin ich und liebe diesen Mann. Ich kann meine Gefühle nicht verleugnen. Aber ich will doch das tun, was das Richtige ist. Meistens jedenfalls. Kannst du mir nicht diese Sehnsucht nach ihm wegnehmen? Bitte! Sonst gebe ich diesem Mann nach, der sein Herz verschlossen hat.«

Sie dachte einen Augenblick nach und fügte hinzu: »Aber wäre es wirklich so schlimm, Herr, wenn er mich liebte und ich ihn auch? Wäre das nicht gut? Mach ihn zu deinem Kind, bitte. Amen.«

Sie verließ ihr Zimmer mit einem leichteren Herzen und ging zu Stephanie, Caroline und Madame Leclerc in die Küche, um zu frühstücken.

»Das ist ja schlimm, dass Mr. Hoffmann eine ganze Woche weg ist«, neckte Stephanie. »Da schlafen wir ja zweimal am Tag bei Monsieur Vidal ein!«

Gabriella nickte lachend. Ja, es war gar nicht gut, dass David Hoffmann fort war.

* * * * *

Nach dem Morgenunterricht ging Gabriella in Mutter Griolets Büro. Die alte Nonne kam herein und setzte sich. »Danke, Kind, dass du mir ein paar Minuten von deiner Zeit gibst. Wie geht dir's gerade? Gut?«

»Doch, danke.«

»Machen die Kinder dir nicht zu viel Arbeit? Ich strapaziere dich ja gerade ziemlich viel.«

Gabriella zuckte die Achseln. »Das tut mir ganz gut, Mutter Griolet. Ich denke gerne zu viel und versuche, schneller zu sein als Gott und alles vorauszuplanen.« Sie wurde rot. »Es ist also ganz gut, wenn Sie mich beschäftigt halten.«

Mutter Griolet faltete ihre Hände auf dem Schreibtisch und sah Gabriella an. »Aber ich fürchte, jetzt muss ich auf ein anderes Thema kommen.« Sie räusperte sich. »Ich weiß, dass du Ophélie sehr magst ...«

Gabriella nickte.

»... und auch Monsieur Hoffmann.«

Gabriella warf ihr einen überraschten Blick zu. »Ja, sicher, das habe ich Ihnen ja schon mal gesagt.«

»Ja ... ja, das stimmt.« Die alte Nonne wischte sich über die Stirn, dann über den Mund. »Ich weiß nicht recht, wie ich beginnen soll.«

Ihre Hände fuhren mechanisch über einen Stapel von Papieren auf ihrem Schreibtisch. »Vor kurzem habe ich etwas sehr Rätselhaftes und Überraschendes entdeckt, und ich denke, es ist am besten, wenn ich dich darüber informiere.«

Gabriella rutschte auf ihrem Stuhl nach vorne, die Ohren gespitzt. Mutter Griolets sonst immer so gelassenes Gesicht sah besorgt aus. Der Wind draußen klopfte an die schweren Holzläden, als bitte er um Einlass in das warme Büro. Mutter Griolet räusperte sich wieder.

»Vielleicht kann ich es besser erklären, wenn du eben mit mir kommst.« Die Nonne stand auf. Sie schien kurz zu zögern, dann kam sie um ihren Schreibtisch und ging hinaus. Gabriella folgte ihr gehorsam – in den Flur, durch das Wohnzimmer, hinaus in den Hof mit seinem spärlichen Rasen und hinein in den Mädchenschlafsaal, der ohne die Stimmen der Kinder still und dunkel schien. Mutter Griolet trat zu Ophélies Bett und öffnete die Kommode.

»Wir haben das hier ganz zufällig gefunden, als Schwester Rosaline die Vorbereitungen für die Ankunft der letzten Waisen machte.« Mutter Griolet zog eine blaue Strumpfhose hervor und griff mit ihrer runzligen Hand in das eine Bein. »Ich nehme an, du hast dies hier noch nie gesehen?« Sie hielt den blauen Samtbeutel hoch.

Gabriella schüttelte den Kopf.

»Es waren mehrere merkwürdige Dinge in diesem Beutel, aber ich nehme an, dieser Brief von Ophélies Mutter wird dich am meisten interessieren.« Sie reichte Gabriella drei dünne rosa Blätter.

Gabriella sah sie fragend an. »Das ... das ist sicher wieder was Unangenehmes, Mutter Griolet?«

»Nein, Kind, nichts Unangenehmes. Aber etwas sehr Überraschendes, das du wissen solltest.«

Gabriella setzte sich auf Ophélies Bett, vorsichtig, so dass sie nicht mit dem Kopf an das obere Bett stieß. Mutter Griolet blieb neben ihr stehen. Gabriella las still den Brief. Die Liebe der Mutter für ihr Kind ließ ihr Tränen in die Augen steigen.

»Darum wollte Ophélie also so dringend Lesen lernen. Schauen Sie ... hier sind die Wörter, die sie nicht verstanden hatte. Sie hat mich nach ihnen gefragt.« Sie sah zu Mutter Griolet hoch.

»Ja, Gabriella. Lies bitte weiter.«

Es war kein Geräusch zu hören in dem Raum außer dem leisen Rascheln von Papier, als Gabriella zu der dritten Seite kam. Plötzlich keuchte sie auf. »Nein! Das gibt's doch nicht!« Sie ließ die Blätter fallen und stand heftig auf, dass sie mit dem Kopf gegen das obere Bett knallte. »Autsch!« Sie fiel zurück auf das Bett und begann zu schluchzen.

»Gabriella.« Mutter Griolet berührte ihre Schulter. Gabriella drückte die Hand weg.

»Es ist nichts, es geht schon.« Sie hob ihr Gesicht zu der Nonne hoch. »Meinem Kopf jedenfalls. Aber mein Herz ... Das kann doch nicht sein! Wie soll David Ophélies Vater sein? Der weiß doch von nichts.«

Dann erinnerte sie sich, wie Ophélie reagiert hatte, als sie Davids Namen erwähnt hatte. So war das also ...

»Arme kleine Ophélie. Sie hat niemand, dem sie vertrauen kann. Sie ist zu oft verraten worden.« Gabriella nahm die letzte Seite des Briefes wieder in die Hand und starrte auf sie.

»Danke, dass Sie mir das gezeigt haben, Mutter Griolet. Das war richtig so. Ehrlich.«

»Ich fürchte, für dich ist es vielleicht hart, Kind.«

»Ich lerne gerade, dass es vieles Hartes im Leben gibt. Ich habe noch viel zu lernen.« Gabriella zwang ein Lächeln auf ihr Gesicht. »Geben Sie mir ein paar Tage, um das zu verdauen, dann geht es schon wieder.«

Mutter Griolet legte ihre abgearbeiteten Hände auf Gabriellas Sommersprossengesicht und küsste sie auf beide Wangen. »Gott sei mit dir, meine Liebe.« Sie klopfte ihr sanft auf den Rücken. »Aber jetzt geh. Ich lege die Sachen zurück. Geh Mittag essen.«

»Ja, das ist eine gute Idee, Mutter Griolet. Bis bald.«

* * * * *

Gabriella musste ihre ganze Energie zusammennehmen, um ihren Kopf hochzuhalten auf dem Weg durch die Stadt. Sie fühlte sich elend und verraten. Auf dem ganzen Weg zu Madame Leclerc grübelte sie. *Was hat David vor? Was für ein grausames Spiel treibt er?* Aber was sie am meisten spürte, war eine brennende Eifersucht auf Anne-Marie Duchemin. Vor Jahren hatte er sie also geliebt, und sie hatten Ophélie gezeugt. Aber vielleicht wusste er wirklich nicht, dass er eine Tochter hatte.

»Aber du bist wegen ihrer Mutter nach Frankreich gekommen«, flüsterte Gabriella, als sie die dunkle Treppe hochstieg; der Flurlichtknopf war ihr heute egal. »Du bist hier, weil du Anne-Marie liebst. Du willst ihr helfen.«

Wieder diese alles erstickende Wut. Sie ging in ihr Zimmer und ließ ihren Rucksack auf den Boden fallen. Sie legte sich auf ihr Bett und starrte zur Zimmerdecke hoch. Der Verputz war uneben. An einer Stelle waren alte Wasserflecken sichtbar. In der Ecke hing ein verstaubtes Spinnennetz.

Ihre Gedanken wanderten zu dem Netz hin. Ein Wirrwarr aus Fäden. Gerade wie in ihrem Kopf. Ein einziges Wirrwarr.

Ich hasse dich, David. Ich hasse diesen Sumpf, in den du mich hineingezogen hast. Ich hasse es, dass ich dich liebe. O

Gott, wenn ich nur mein Herz herausreißen und durch ein anderes ersetzen könnte, dann könnte ich lächelnd zuschauen, wie eine Familie wieder vereinigt wird.

Sie schloss ihre Augen und stellte sich vor, wie David Ophélie umarmte und eine schöne junge Frau herbeirannte und sich um die beiden warf. David drehte sich um, sein Kopf fiel entzückt nach hinten. Er küsste sie, und sie lachten und weinten, während Ophélie »Mama!« rief.

»O Gott, so sollte diese Geschichte enden, so wäre es recht.« Sie ballte die Fäuste. »Gott, ich will ehrlich zu dir sein, weil ich es niemand anderem sagen kann. Ich hasse das alles hier, das ist nicht fair! Da hast du mir diese Menschen über den Weg geschickt, damit ich sie liebe und zusammenbringe, und jetzt reißt du sie mir wieder weg, weil sie nicht mir gehören, so ist das doch! Ich hasse mich selbst, dass ich so an ihnen hänge, aber ich brauche sie doch!« Sie schlug mit der Faust auf das Bett.

»Und du, Gott! Du verlangst zu viel von mir diesmal. Das ist nicht gerecht!« Dann kam ihr plötzlich ein anderer Gedanke. *Vielleicht ist sie tot. Keiner weiß doch, ob Anne-Marie noch lebt.* Hoffnung, dann sofort das schlechte Gewissen. *Wie kann ich so was denken? Wie kann ich Ophélies Mutter den Tod wünschen? Oh, Gabriella, das war mal wieder nichts.*

Stephanie kam herein, ohne anzuklopfen, und setzte sich neben sie. »Menschenskind, Gab, du siehst ja furchtbar aus. Was ist?«

Gabriella setzte sich auf und sah sie an. *Ich wollte, ich könnte auch so sein wie Stephanie,* dachte sie. *Sie freut sich ihres Lebens und macht nichts kompliziert, und sie scheint glücklich zu sein dabei.* »Manchmal ist das Leben beschissen«, sagte sie.

»Jetzt komm, Gabriella. Du hast einen Dozenten, der ganz wild auf dich ist, du reist in halb Frankreich herum, du bist superschlau und du bist hübsch – wie kommst du darauf, dass das Leben beschissen ist?« Sie lachte ihr herzliches, rauchiges Lachen, als sie zusammen zum Esszimmer gingen.

Gabriella schüttelte ihren Kopf und lachte kurz auf. Es klang albern. »Du hast ja Recht, Stephanie, du hast Recht.«

* * * * *

Jean-Claude Gachon öffnete den weißen Umschlag mit dem Poststempel von Algier und lachte, als er Alis kurze Zeilen las: »Die letzten bekannten Kinder werden am 25. eliminiert. Finde die Liste. Was brauchst du so lange? Finde die Frau und das Kind – noch besser, David Hoffmann, er wird alles wissen.«

Jean-Claude schaute auf den Kalender an der Küchenwand. Der 25. Januar. Heute. »Seid gegrüßt, Ali Boudani!« Er schnellte auf die Beine und stellte sich wie ein salutierender Soldat hin. »Heil, Sir, für Eure guten Untaten! Yes, Sir!« Er stampfte laut auf den Fußboden. Dann räusperte er sich und sprach weiter zu seinem unsichtbaren Boss.

»Die Frau und das Kind: Leider muss ich berichten, dass sie nicht in den zweiundvierzig Kirchen in Montpellier und Umgebung sind. Aber ich habe eine heiße Spur.« Er begann erneut, hysterisch zu lachen und tanzte in seinen Socken durch die Küche, Tränen in den Augen. »Stell dir vor, Ali, sie verstecken sich in einem Waisenhaus für Verrückte. Eine Klapsmühle. Ich gehe bald wieder hin. Wer 'nen Klaps hat, geht in die Klapsmühle, und was findet er da? Klapse natürlich.« Er legte den Kopf zurück und brüllte vor Lachen über seinen guten Witz.

* * * * *

Anne-Marie schaute zu, wie der orangene Sonnenball langsam unter den Horizont glitt. Die Uhr an der Wand von Marcus Cirous Küche zeigte halb sechs. In fünf Stunden würde sie in der winzigen Gasse am Rande von Bab el Oued die Kinder abholen, um mit ihnen zum Hafen zu gehen. Sie biss sich auf die Lippe und nestelte mit ihren Händen. Moustafa würde bald kommen.

Sie wusste nicht recht, wie sie ihm beibringen sollte, dass sie zusammen mit den Kindern fahren würde. Die ganze Nacht hatte sie mit sich selber gekämpft, aber es musste sein. Dort, auf der anderen Seite des Mittelmeers, war Ophélie.

Moustafa würde nicht protestieren, das wusste sie. Er würde nicken und ihr zustimmen. Aber wenn sie jetzt Algerien verließ, bedeutete dies, dass sie nicht mehr zurückkommen würde. Der Gedanke, Moustafa allein zurückzulassen, wollte ihr den Magen umdrehen. Aber sie sehnte sich so danach, Ophélie zu sehen, sie in den Armen zu halten, zu wissen, dass sie in Sicherheit war ... Die Mutterliebe war stärker. Anne-Marie konnte sich ein Leben ohne Moustafa in ihrer Nähe nicht vorstellen, aber Ophélie brauchte eine Mutter. Nein, sie konnte nicht alles haben. Würde sie je alles haben können?

Sie musste an einen anderen Menschen denken, den sie vielleicht in Frankreich treffen würde. Irgendwo war er, der talentierte junge Amerikaner, der ein junges *Pied-noir*-Mädchen geliebt hatte. Der Gedanke, ihn wieder zu sehen, ließ sie zittern. David. Der Mann, der eine Karriere in den USA aufgegeben hatte für ein verzweifeltes Rettungsunternehmen. Was würde sie in seinen Augen finden?

Die Küchentür öffnete sich, und Moustafa kam herein. Er war hager, sein schwarzes Lockenhaar windzerzaust. »Es scheint alles zu gehen wie geplant.« Er grinste Anne-Marie müde an. »Das ist gut.«

»Moustafa«, sagte Anne-Marie. Sie trat zu ihm und legte ihre Arme um seinen Hals. »Moustafa, ich muss dir etwas sagen.«

Er drückte sie an sich. Seine Stirn runzelte sich. »Was ist es, mein Liebes?«

Sie sah in seinen Augen, dass er ihre Worte erriet, noch bevor sie sie ausgesprochen hatte. »Ich muss heute Abend mit den Kindern fahren. Ich muss Ophélie sehen. Ich muss Gewissheit haben. Es tut mir so Leid, ich will dich nicht verlassen.« Sie hielt sein Gesicht in ihren Händen, ihre Finger gingen über seinen Stoppelbart. »Du solltest auch mitkommen, Moustafa. Wir können dort ein neues Leben beginnen. Wir werden alle Familien gerettet haben, die Ali kennt. Wir haben unser Bestes getan. Bitte.«

»Bitte mich nicht, Anne-Marie. Ich habe mein Volk schon einmal verlassen.«

»Aber du verlässt doch niemand! Du hilfst. Du hast Leben

gerettet. Ich bin sicher, dass es auch in Frankreich Arbeit gibt. David wird wissen ...« Sie unterbrach sich, als sie den Namen aussprach. Moustafa ließ sie los. »Entschuldige bitte. Aber du weißt, Moustafa, dass er irgendwo ist und hilft.«

»Natürlich weiß ich das, wir haben das doch vor zwei Jahren alles organisiert. Aber ich habe Angst, dich zu verlieren. An den Vater deines Kindes.«

»Dann komm mit, Moustafa! Bleibe heute Nacht bei mir. David Hoffmann ist nicht der Mann, den ich liebe. Das bist du. Bitte komm mit.«

Er umarmte sie wieder und küsste sie behutsam. Er strich ihr durch ihr dickes Haar und seufzte. »Du musst heute Abend gehen, Anne-Marie. Es ist richtig so.«

* * * * *

Neun Uhr abends. Ein hellhäutiger junger Araber verließ die Kasbah. Er war gut gebaut, muskulös, mit kurz geschnittenem Haar. Im rechten Arm trug er eine Maschinenpistole.

Alis Instruktionen waren klar. Am Hafen, um Mitternacht. Kinder, die auf einem Schiff fliehen wollen. Sei mindestens zwei Stunden vorher da und warte. Es gibt viele Kais, halte also die Augen offen. Beobachte und warte. Und töte. Es darf nichts übrig bleiben, noch nicht einmal Blutflecken für die trauernden Hinterbliebenen, wenn sie es denn wagen sollten, in dieser Terrorstadt an den Ort des Geschehens zu kommen.

Niemand war um diese Zeit auf den Straßen der Stadt. Niemand außer Männern, die einen Auftrag hatten, wie er selber. Er hatte keine Angst. Er hatte schon öfter getötet. Die FLN nannte ihn ihren kleinen Terroristen. Er war gut mit Plastikbomben und noch besser mit der Maschinenpistole.

Der Mond stand schon hoch, als er den Hafen erreichte. Das Schwappen des Meeres gegen die Schiffsrümpfe klang einschläfernd. Es roch nach Fisch. Nichts bewegte sich. Der junge Killer hockte sich neben einem langen Segelboot hin und wartete.

* * * * *

Fünf Kinder umklammerten die Hände ihrer Mütter in einer engen Gasse von Bab el Oued, gut versteckt hinter mehreren Mülltonnen. Ein Sprühregen war aufgekommen. Die eine Frau, eine Araberin, trug ein weißes Spitzentuch um den Kopf, die andere, eine *Pied-noir*, zog einen abgetragenen Regenmantel über ihr ergrauendes Haar. Die Augen der Kinder waren weit aufgerissen in der Dunkelheit.

Anne-Marie flüsterte: »Es ist Zeit.« Die arabische Mutter zog schweigend ihre drei Jungen an ihre Brust und begann zu weinen. Die *Pied-noir*-Frau bekreuzigte sich und küsste ihr Mädchen auf die Stirn, dann umarmte sie seinen kleinen Bruder. Anne-Marie nahm die Hände der Frauen und drückte sie fest. Sie las die Angst in ihren Augen.

Einen kurzen Augenblick lang dachte sie, dass es unfair war, dass sie zusammen mit den Kindern dieser Frauen ging. Sie dachte daran zurück, wie sie hinter Ophélie hergeschaut hatte, wie sie in den Straßen von Paris verschwand. Sie schickte ein stilles Gebet zu einem unbekannten Gott hoch und verließ die beiden Frauen, die sich weinend aneinander klammerten.

* * * * *

Um 11 Uhr schlich Moustafa sich aus Marcus Cirous Wohnung. Er musste Anne-Marie noch ein letztes Mal sehen! Ihre Küsse waren noch frisch auf seinen Lippen, er roch noch den Duft ihres Haares und ihrer weichen Olivenhaut. Zwei Stunden lang hatte sie geweint, bevor sie gegangen war, um die Kinder abzuholen. Er würde sich ihr nicht mehr zeigen, aber er musste sie noch einmal sehen. Er musste wissen, dass sie und die Kinder sicher auf das Schiff gekommen waren.

Er ging durch die leeren Straßen von Bab el Oued, bis er auf den breiten Boulevard am Meer kam. Alles war schwarz. Er versteckte sich hinter ein paar Fischerbooten und wartete.

* * * * *

Es ging eine leichte Brise, als die Kinder den Pier entlangrobbten. Die Bretter ächzten leise unter der Bewegung der Gezeiten. Anne-Maries Herz raste. Sie kauerte sich in den Schatten einer Jacht und schaute zu, wie die fünf Kinder wie ebenso viele Schlangen weiterkrochen. Eines nach dem anderen erreichten sie die kleinen Segelboote, die unauffällig zwischen mehreren größeren Schiffen lagen, eines nach dem anderen krochen sie zu dem Schatten hin, der sich ihnen von Bord der *Capitaine* entgegenstreckte. Anne-Marie drehte sich aus alter Gewohnheit um und schaute sichernd nach hinten; nein, es war ihnen niemand gefolgt.

Plötzlich sprang seitlich ein Schatten hinter einem Schiff hervor und schwang etwas Langes in die Richtung der kriechenden Kinder. Eine Maschinenpistole. Anne-Marie sprang auf und schrie, warf sich mit aller Kraft gegen den Mann. Der stolperte, fluchte, riss die Waffe herum; der Kolben krachte gegen Anne-Maries Kopf. Der Mann stieß sie über den Rand des Piers. Das eisige Wasser peitschte ihr ins Gesicht, dann war es über ihr. Sie hörte das gedämpfte Singen der Kugeln, die durch das Wasser schossen, während sie wild ruderte. Luft ... Luft ... Ihre Beine brannten, alles war dunkel.

Sie stieß mit dem Kopf gegen einen Schiffsrumpf und schwamm panisch zur Seite. Ihre Beine waren wie Blei. Sie kämpfte gegen die Bewusstlosigkeit an, ihre Hände suchten wild nach Halt. Eine Leiter! Sie zog sich die muschelverkrusteten Sprossen hoch, bis ihr Kopf über das Wasser kam. Sie versuchte, ihre keuchende Lunge zu beruhigen, keilte ihre Arme zwischen zwei der Metallsprossen fest. Irgendwo unter ihr mussten ihre Beine sein. Dann wurde sie ohnmächtig.

* * * * *

Es passierte alles so schnell, dass Moustafa keine Zeit zum Denken hatte. Tu was! schrien all seine Sinne, als Anne-Marie ins Wasser stürzte. Der Schattenmann drehte sein Gewehr zum Wasser hin und schoss eine Salve ab. Er richtete sich auf, um wieder auf die Kinder zu zielen. Moustafa zog die Pistole, die er stets in seinem Gürtel trug. Rachids Waffe. Er schoss. Einmal, zweimal. Der Mann schrie auf und drehte sich um. Der dritte Schuss. Die Maschinenpistole spuckte eine Kugelgarbe in die Luft. Der Mann krachte auf das Pier und regte sich nicht mehr.

Moustafa sah, wie weiter hinten die Kinder in das Boot sprangen, das bereits lautlos vom Pier abstieß. Er sprang in das Wasser, dort, wo Anne-Marie versunken war. »Anne-Marie!« schrie er flüsternd. »Ich bin's! Moustafa!« Die kalte Faust der Angst presste sich um sein Herz. Er schwamm um mehrere Boote, dann unter ihnen hindurch und zurück zum Pier. Er kam keuchend wieder hoch und horchte. Ein Tropfgeräusch. Er schwamm zu der Stelle. Anne-Marie hing mit den Armen in einer Leiter, bewusstlos.

Er zog sie vorsichtig zu sich, ihr Körper war schlaff. Er hob sie Sprosse um Sprosse die Leiter hoch, bis ihr Oberkörper auf den Pier fiel. Er kam neben sie, zog seine durchnässte Jacke aus und wickelte sie um ihren Leib. Dann rannte er zu dem jungen Araber hin. Er schleifte die Leiche zum Wasser und warf sie hinein. Dann nahm er Anne-Marie hoch und trug sie über den Pier. Er hielt kurz an, um die Maschinenpistole aufzuheben, die neben einer Blutlache lag.

Er lief durch die Todesstraßen von Algier. Die Wassertropfen aus seinem Haar mischten sich mit seinen Tränen. »Ich bin hier, Anne-Marie, Liebste. Sterbe nicht. Sterbe nicht.«

* * * * *

Jean-Louis Vidal goss einen letzten *Pastis* hinunter. Draußen tutete ein Nebelhorn durch den Sprühregen. Das *Café-Bar* war laut und verräuchert. Jean-Louis schaute auf seine Uhr. Es war sieben Uhr morgens und der 27. Januar. Wenn das Boot am 25. um Mitternacht von Algier losgefahren war, musste es jetzt wohl hier sein. Der Himmel war von dunklen Wolken verhangen. Jean-Louis zog seine Schirmmütze über seinen Kopf und verließ die Bar, Regenschirm in der Hand.

»Wahrscheinlich wirst du nicht allein sein«, hatte David

Hoffmann ihn letzte Woche gewarnt. Jean-Louis rechnete jeden Augenblick damit, einen großen, muskulösen, braunhaarigen Franzosen zu sehen. Der Hafen war morgenstill, die Reihen der Boote schaukelten friedlich vor sich hin. Die *Capitaine*, hatte David gesagt. Schwarz mit weißen Zierstreifen. In dem grauen Morgenlicht sahen alle Schiffe schwarz aus. Eine halbe Stunde spazierte der kugelbäuchige Dozent über die Piers, dann sah er, wie weiter draußen ein Segelschiff in den Hafen kroch. Er blieb stehen und wartete, bis er den Namen am Bug lesen konnte. *Capitaine.*

* * * * *

Anne-Marie lag flach atmend in Marcus Cirous Schlafzimmer. Ihre Beine waren dick verbunden, ein weiterer Verband lag um ihren Kopf. Ihre Augen waren geschlossen. Moustafa saß neben dem Bett und hielt ihre Hand, ihre Finger streichelnd.

Alle paar Minuten zitterten ihre Augenlider und wollten sich öffnen. Sie stöhnte leise. »Ophélie.« Dann schlug sie die Augen endlich auf und starrte Moustafa traurig an. Der berührte ihr Gesicht.

»Er war ... auf einmal da ...«, flüsterte sie schwach.

»Psst, Liebes. Spare deine Kräfte, du bist jetzt in Sicherheit.«

Sie schloss die Augen wieder, sprach aber weiter. »Es tut mir so Leid, Moustafa. Ich weiß nicht, ob ... ob die Kin- ...« Sie begann zu weinen.

»Die Kinder sind in Sicherheit, Anne-Marie. Er hat keines getroffen. Es ist gut.«

»Ja, gut.« Sie lächelte schwach, drückte seine Hand und schlief wieder ein.

Moustafa beugte sich über sie und küsste ihre Stirn. »Es tut mir so Leid, dass du noch hier bist. Aber ich sorge für dich, meine Schöne. Wir werden es schaffen.«

KAPITEL 26

Mutter Griolet schaute, die Hände auf das Pult gestützt, die vierunddreißig Kinder an, die vor ihr saßen und sie erwartungsvoll ansahen. Hellbraune Augen in blassen Gesichtern. Schwarze in dunkler Olivenhaut. Französische Augen, *Pied-noir*-Augen, arabische Augen.

»Guten Tag, Kinder«, begann sie. »Heute dürfen wir die fünf neuen Kinder in unserer Klasse begrüßen, die am Samstag zu uns nach St. Joseph gekommen sind. Die meisten von euch haben sie schon gesehen, aber ich möchte sie euch noch einmal vorstellen.«

Sie trat vor das Pult und zu der ersten Bankreihe. Sie lächelte ein kleines Mädchen an und sagte: »Dies ist Rachel und ihr kleiner Bruder, Guy. Willkommen hier in St. Joseph.« Die Kinder starrten aus ängstlichen Augen zu ihr hoch.

Arme Kinder. Mutter Griolet versuchte, sich vorzustellen, was Jean-Louis von dem Kapitän des Schiffs gehört und ihr weitererzählt hatte. Die Kinder waren mit knapper Not dem Tod entronnen, als beim Besteigen des Schiffs ein Mann das Feuer auf sie eröffnet hatte. Die junge Frau, die sie begleitet hatte, war von dem Angreifer ins Wasser geworfen worden. Dann war ein anderer Mann aufgetaucht und hatte den ersten erschossen, während die Kinder auf das Boot hasteten.

Der Schrecken hatte den Kindern noch in den Augen gestanden, als sie in St. Joseph ankamen, und Mutter Griolet hatte ihnen drei Tage Ausruhen und Spielen und gutes Essen verordnet und sie bis Donnerstag vom Unterricht befreit.

Sie fuhr fort: »Und als Nächstes möchte ich euch die drei Brüder vorstellen, die zu uns gestoßen sind: Yacin, Hamid und Amar. Wir freuen uns sehr, euch alle hier unter uns zu haben.« Die anderen Kinder klatschten lautstark in die Hände, lachten und kicherten.

»Kinder!« rief Mutter Griolet. »Ein bisschen ruhiger, bitte! Ich muss euch an etwas erinnern, was ich euch schon öfter gesagt habe. Spaß hat seine Zeit, und ernst sein hat seine Zeit. Erinnert ihr euch an unser kleines Spiel von letzter Woche? Eines Tages werden wir es richtig aufführen, und dann müsst ihr bereit sein. Wisst ihr noch? Wir danken Gott für unseren gesunden Leib. Was wäre, wenn wir ihn nicht hätten?«

Neunundzwanzig Kinder ließen wie auf ein Kommando ihre Köpfe schlaff nach unten hängen. Die Neuankömmlinge starrten sie entgeistert an. Christophe und André schlugen wie zwei Spastiker ihre Hände gegeneinander. Anne-Sophie stand mit geschlossenen Augen auf und tastete mit ihren Händen über ihre Bank, dass sie an den Stuhl ihrer Nachbarin stieß. Hakim hockte in einer Ecke und stöhnte leise vor sich hin. Lorène und Marine rollten die Augen und ließen die Zunge aus dem Mund hängen. Ophélie rannte nach hinten und versteckte sich in einem Besenschrank.

»Kinder, bitte, benehmt euch!« sagte Mutter Griolet streng. Sie taten, als hörten sie sie nicht. »Kinder!« Sie wurde lauter. Die Kinder ignorierten sie. Dann flüsterte sie leise: »Danke, Gott, für unsere gesunden Leiber.« Sofort setzten die Kinder sich wieder hin, wurden still und sahen sie aufmerksam an.

»Sehr gut, Kinder. Vorzüglich. Und jetzt holt eure Rechenbücher heraus.« Die Kinder gehorchten. Mutter Griolet murmelte: »Ich glaube, Herr, wir sind bereit.«

* * * * *

Es herrschte ein reges Treiben auf dem Wochenmarkt in der Altstadt von Aix-en-Provence. Madame de Saléon stand an einem der Gemüsestände und inspizierte Avocados, Äpfel, Endivien- und Blattsalat.

»*Coucou*, David!« rief sie, ein Bund Radieschen in seine Richtung schwenkend.

David Hoffmann schaute von den Oliven hoch, die er gerade betrachtete, und kam zu seiner Freundin.

»Was meinst du? Wären die nicht himmlisch für das Mittagessen?« fragte sie.

»Und ob, Madeleine. In Butter und mit einem guten Roten.« Er zwinkerte. »Entschuldigst du mich noch einen Augenblick? Ich muss eben das Brot holen. Wir treffen uns dann bei dir.«

»Perfekt, mein Freund«, sagte Madame de Saléon.

David ging durch das Gassengewirr der Altstadt, bis er zu der kleinen Straße gleich hinter dem Cours Mirabeau kam. Da war schon die Bäckerei. Mehrere Kunden standen an der Theke. Der untersetzte Bäcker hob kurz seine Brauen, als er David sah, während er weiter mit einer hübschen jungen Frau sprach, die gerade ihren Einkauf bezahlte.

Als die übrigen Kunden gegangen waren, lächelte er David an. »Nun, wie haben wir's heute?«

»Eine *Baguette* und ein *Gros pain*, Gilbert. Das ist sicher kein Problem für dich?«

»Absolut keins. – Und deine Freundin, die Rote?«

David schüttelte den Kopf. »Die Rote? Armes Ding, hat alle Hände voll zu tun.«

»Nettes Weib.« Gilbert zwinkerte mit den Augen. »Solltest gut auf sie aufpassen. Kümmer dich um deine Frauen. Ich hab 'ne nette kleine Hütte in den Bergen, komplett mit Kamin und Doppelbett. Sie arbeiten zu viel, Mr. David.«

David lachte schallend. Eine gebückte Frau mit einem Einkaufskorb voller Obst und Gemüse kam keuchend in den Laden.

»Danke für den Vorschlag, Gilbert. Vielleicht komm' ich mal darauf zurück.« David nahm die beiden Brote und sein Wechselgeld und ging.

* * * * *

Madame de Saléon stellte den Teller mit den Radieschen auf ihren elegant gedeckten Tisch und setzte sich David gegenüber. »Jetzt erzähle mal, alter Freund. Wie geht's? Als wir uns das letzte Mal unterhalten haben, hattest du ja gerade deine Freundin zurück nach Montpellier geschickt.« Sie sah David aus ihren sanften grauen Augen an.

David begann, ein Radieschen zu buttern. »Mir geht's ganz gut, Madeleine. Aber in Montpellier gibt es Probleme. Was meinst du, wie lange der Krieg noch dauern wird? Einen Monat? Sechs?«

Madame de Saléons Augen glitzerten. »In dem anderen Krieg haben wir so etwas auch nie gefragt, David, sondern einfach das getan, was gerade dran war.«

»Ja, ich weiß. Jeder hat seinen Job zu tun. Verhalte dich ruhig, dass den anderen nichts passiert. Ich weiß.«

»David, hast du die ›Information‹, die du brauchst, jetzt beisammen?«

»Wir haben alles rübergebracht, was wir konnten ... bis jetzt. Jetzt kommt neue Arbeit. Jede Menge Arbeit.«

»Und wann gehst du zurück nach Montpellier?«

»In zwei Tagen, vielleicht drei. Muss noch einen Besuch in Aigues-Mortes machen.«

»Und dein Mädchen, Gabriella – gefällt ihr deine Arbeit auch?«

David gluckste. »Wenn du sie fragen würdest, würde sie dir sagen, dass sie halt keine Wahl hat. Sie hat den Mumm und das Hirn für die Sache, aber sie ist so verdammt religiös. Sie hat eine komische Sicht vom Leben, Madeleine.«

»Religiös!« Madeleine klatschte begeistert in die Hände. »Das ist doch prima! Die Religion hat ja ihren Platz. Schau dir nur dein Waisenhaus in Castelnau an. Wenn die Religion nicht wäre, wo würdest du deine ›Information‹ aufbewahren?« Sie gab ihm einen spielerischen Rippenstoß.

»Das stimmt, aber Gabriella ist superfromm. Glaubt allen Ernstes, dass da oben einer ist, der ihr Leben lenkt. Es macht sie unberührbar!« Er wischte sich den Mund und legte die Serviette auf den Tisch.

»Unberührbar und damit umso begehrenswerter. Ist das dein Problem?«

Davids Augen blitzten. »Wer weiß, Madeleine? Vielleicht. Oder vielleicht weiß ich auch, dass es einfach nicht gutgehen würde. Du weißt ja, dass ich aus erster Hand erlebt habe, was mit einer Frau passierte, die Gott liebte und sich dann in einen Mann verliebte, der ihn nicht liebte.«

Ein Schatten trat auf Madame de Saléons Gesicht. »David, jetzt übertreibst du.«

Er hob seine Stimme. »Ich übertreibe nicht! Mutters Liebe zu Vater war leidenschaftlich und rein! Und er hat sie verlassen. Er hat uns verlassen.«

»David, das ist nicht wahr! Warum kommst du immer wieder damit? Vergisst du, dass ich da war? Ich würde jetzt nicht hier sitzen, wenn deine Mutter nicht in Paris geblieben wäre. Jawohl, es gab ein Risiko, aber deine Mutter und dein Vater waren sich einig. Und sie hatte einen amerikanischen Pass. Er konnte nicht wissen, dass es dann anders kam.« Sie unterbrach sich, ihre Augen auf einmal feucht. »Er konnte nicht wissen, dass sie sie ... dass sie euch holen würden.«

David schwieg, seine dunklen Augen brüteten. Er nahm das letzte Radieschen, butterte es und biss hinein. »Nun ja, was soll's? Gabriella liebt einen anderen. Ich war noch nie gut darin, mit den Göttern zu kämpfen.« Er lächelte trocken.

Madeleine stand achselzuckend auf und lief in die Küche, um das Hauptgericht zu holen.

* * * * *

Jean-Claude grinste über das ganze Gesicht, als er in Montpellier aus dem Zug stieg, eine kleine Sporttasche über der Schulter. Er marschierte zielsicher zu den Bushaltestellen. Der dritte Bus war die Linie 11. Jean-Claude stieg ein und löste seine Fahrkarte.

Er konnte sich fast nicht beherrschen, als er sich auf einen der hinteren Plätze setzte und eine Zeitung aus seiner Tasche zog. Mehrere Male wurde die Stille in dem Bus von seinem grellen Lachen unterbrochen.

Er blätterte durch die Zeitung, die vom 5. Februar war. Vierzehn Gorillas in Algier getötet, als ihr Versteck explodierte. Die französische Geheimarmee hatte Prügel bezogen in dieser Nacht. Er kicherte.

Der Bus fuhr los, Richtung Osten. Jean-Claude griff in die Sporttasche und streichelte den kleinen Revolver, der dort lag. Er war sicher, dass er heute seine Information bekommen würde. »Nur Geduld, Ali, Sir. Ein wenig Geduld, und du kriegst alles, was du brauchst.« Er kicherte wieder und tat so, als bemerke er die Blicke nicht, die mehrere der Fahrgäste in seine Richtung warfen.

* * * * *

Gabriella seufzte laut auf, als Monsieur Vidal seine Vorlesung über Gustave Flaubert beendete. Stephanie hatte Recht gehabt: Zwei Seminare pro Tag mit dem alkoholisierten Geschichtsdozenten waren unerträglich. Wenn nur David bald wieder da wäre! Wenn sie nur in seine Arme laufen und bei ihm weinen und ihm sagen könnte, dass sie ihn liebte. Sie schob das Bild rasch wieder fort.

Sie wusste, was sie zu tun hatte, wenn er wiederkam. Seit zehn Tagen übte sie ihren Text. Sie würde ihn salopp und etwas distanziert begrüßen, und dann würde sie sagen: »Ich muss dir etwas sagen. Ophélie Duchemin ist dein Kind. Das Waisenkind, das du im Zug hierher gebracht hast. Deine Tochter!« Er würde sie sprachlos anstarren, und sie würde ihm den Brief von Ophélies Mutter zeigen.

Sie erreichte das Untergeschoss, ganz in ihre Gedanken versunken. Sie verspürte im Augenblick kein größeres Verlangen, bei den Waisenkindern zu sein, aber Mutter Griolet zählte immer mehr auf sie. Die neuen Kinder hatten vor allem und jedem Angst, und Mutter Griolet sah in der letzten Zeit müde, fast schon schwach aus. Und als ob das nicht reichte, hatten mehrere Kinder auch noch die Windpocken bekommen.

Gabriella wollte so gerne helfen. Aber jedes Mal, wenn sie Ophélie sah, spürte sie einen Stich in ihrem Herzen. *Dir muss ich es ja auch sagen. Du musst doch wissen, dass ich es weiß.* Aber noch hatte sie nicht die Kraft aufgebracht, Ophélie zu umarmen und Freude darüber zu heucheln, dass David Hoffmann ihr Vater war.

Sie setzte ihre sorglose Miene auf und ging in das Klassenzimmer. Mutter Griolet beendete gerade die Lesestunde. Von oben kam laut die Türklingel. Die Nonne nickte Gabriella dankbar zu. Gabriella flüsterte ihr zu: »Gehen Sie zur Tür, und dann ruhen Sie sich etwas aus. Ich übernehme die Kinder bis zum Mittagessen.« Mutter Griolet stand auf, strich Gabriella kurz über die Schulter und ging.

Die Kinder begannen laut zu schwätzen. »He, Kinder!« rief Gabriella. »Hört mir zu! Ihr habt noch ein paar Minuten bis zur Pause. Ich möchte gerne, dass ihr ein Bild malt – ein Bild vom Meer und von allem, was es so im Meer gibt.« Mehrere der Kinder verzogen protestierend das Gesicht. Jérémy schüttelte heftig den Kopf. Sein Gesicht war noch ganz vernarbt von den Windpocken; Anne-Sophie und André sahen nicht besser aus.

»An die Arbeit, Kinder«, sagte Gabriella streng.

Sie trat hinaus in den Flur und lauschte. Oben sprach Mutter Griolet an der Haustür, sie klang aufgeregt. »Ja, ich verstehe, Monsieur Philippe. Sie suchen das Kind, aber wie ich Ihnen schon sagte, es ist nicht hier. Es tut mir Leid, dass ich nichts für Sie tun kann.«

Dann Jean-Claudes Stimme, halb lachend, halb drohend.

»Ja, natürlich können Sie sich umsehen.« Mutter Griolet sagte es schnell und laut. »Natürlich. Kommen Sie mit.«

Gabriella sauste zurück in das Klassenzimmer. Sie versuchte, ihre Stimme ruhig zu machen, und sagte leise: »Kinder, es ist Zeit für unser kleines Spiel. Räumt eure Blätter weg, schnell! Wir danken Gott für unseren gesunden Leib. Was wäre, wenn wir ihn nicht hätten?«

Die Kinder begannen, begeistert ihre Blätter zusammenzurollen, warfen sie in die Luft, grunzten und spuckten. Gabriella nahm Ophélies Hand und bedeutete den arabischen Kindern, ihr zu dem großen Abstellraum am Ende des Flurs zu folgen. Sie öffnete die Tür mit dem Schlüssel und zog Ophélie und die anderen hinter sich hinein. Sie verschloss die Tür wieder.

Ophélie stand stumm neben ihr. »Habt keine Angst, Kinder«, flüsterte Gabriella. »Es wird alles prima, wir müssen nur mucksmäuschenstill sein.«

Sie führte sie zu der hinteren Wand der Kammer, wo sie sich hinter mehreren Kisten mit Reinigungsutensilien und alten Besen hinsetzten. Gabriella lauschte in der Dunkelheit auf Mutter Griolets Stimme, aber alles, was sie hörte, war ein leises Wimmern von Ophélie. »Mama. Ich will meine Mama.« Gabriella legte ihre Arme um das Kind. Sie warteten.

* * * * *

Mit zitternden Händen öffnete Mutter Griolet die Tür zu

dem Klassenzimmer im Untergeschoss. Was sie sah, ließ sie ein stummes Dankgebet zum Himmel hochschicken. Einige der Kinder plapperten sinnlos durcheinander, ein paar bewarfen sich mit Papierkugeln, andere hockten sabbernd in einer Ecke. Jean-Claude stand neben ihr und betrachtete die Szene.

»Kinder! Kinder! Benehmt euch! Wir haben einen Gast.«

Die Kinder wurden noch wilder. Mutter Griolet sah Jean-Claude an. »Sie müssen entschuldigen, Monsieur Philippe. Es ist nicht leicht, sie zu bändigen.«

»Ich kann sie schon selber bändigen, danke!« Er trat in das Zimmer.

Mutter Griolet räusperte sich. »Monsieur Philippe, entschuldigen Sie, aber ich muss Ihnen noch sagen, dass mehrere der Kinder gerade die Windpocken haben. Es ist sehr ansteckend. Sie haben hoffentlich schon die Windpocken gehabt?«

Er drehte sich gereizt um. »Kein Problem, ich habe keine Angst.« Er funkelte die Kinder mit den Narbengesichtern an.

»Nein, natürlich nicht. Es ist nur so, dass es ziemlich gefährlich sein kann, wenn ein erwachsener Mann die Krankheit kriegt.« Sie senkte ihren Blick. »Äh ... Sie verstehen schon ...«

»Was?« Er murmelte einen Fluch, dann dämmerte es ihm. »Also gut, zeigen Sie mir die übrigen Zimmer.«

»Wie Sie wünschen. Aber erst muss ich eine der Schwestern rufen, damit jemand bei ihnen ist. Hier, kommen Sie eben mit in den Hof.« Sie führte ihn vorbei an dem Abstellraum, hinaus in die kalte Februarluft.

»*Coucou!* Schwester Rosaline! Schwester Isabelle!«

Schwester Rosaline erschien. Ihre Wangen waren gerötet. »Ja, Mutter Griolet?« Sie beäugte den athletischen Mann argwöhnisch.

»Schwester Rosaline, könntest du bitte für mich auf die Kinder aufpassen? Dieser nette junge Herr möchte sich gerne unser Haus ansehen. Die Kinder sind leider heute etwas wild.« Sie betonte das letzte Wort. Schwester Rosaline nickte und ging durch die Tür in das Untergeschoss.

»Wenn Sie mir bitte folgen wollen. Ich zeige Ihnen jetzt die Schlafräume.«

Er packte Mutter Griolet an der Schulter. »Danke, das mache ich schon selber. Ich will alles sehen.«

Sie folgte ihm in die Schlafsäle. »Wie Sie wünschen, *Monsieur*. Aber ich kann Ihnen versichern, dass wir Ihre Nichte nicht haben.« Sie setzte sich auf eines der Betten im Jungenschlafraum und schaute zu, wie ihr Gast wie ein Besessener unter die Betten, in Schränke und Toiletten schaute, während sie sich pausenlos stumm aufsagte: Ich hebe meine Augen auf zu den Bergen, von welchen mir Hilfe kommt. Meine Hilfe kommt vom Herrn, der Himmel und Erde gemacht hat. Der Herr behütet dich. Der Herr behüte dich vor allem Übel ... Der schöne, kräftige Franzose war so mit seinem Suchen beschäftigt, dass er nicht sah, wie heftig Mutter Griolets Hände in ihrem Schoß zitterten.

* * * * *

Jean-Claude Gachon durchsuchte jeden Raum in der Kirche und dem Waisenhaus St. Joseph. Eine Stunde verging. Die Kinder spielten jetzt lautstark im Hof und bewarfen sich im Speisesaal mit Essen. »Verrückte, alles Verrückte«, murmelte Jean-Claude angewidert. Aber keine Ophélie Duchemin, und kein Rotschopf namens Gabriella.

Er spürte, wie er langsam so wütend wurde wie der Wind, der gegen die Fensterläden peitschte. Er ging aus dem Garten zurück in das Untergeschoss, dicht gefolgt von der alten Nonne. Er schaute nach links und zeigte auf eine Tür. »Was ist da drin?«

»Vorräte«, antwortete die Nonne. »Sie können gerne reinschauen.«

Er versuchte die Tür. Sie war verschlossen.

»Oh, entschuldigen Sie, ich schließe immer ab, wegen der Kinder. Man weiß nie, was sie sich als Nächstes einfallen lassen. Warten Sie einen Augenblick, dann hole ich den Schlüssel.«

»Vergessen Sie's«, sagte er ungeduldig. Zu dumm, dass die Alte sich nicht einschüchtern ließ. Jede seiner Fragen beantwortete sie mit der größten Gelassenheit. *Die muss genauso verrückt sein.* Aber er merkte, dass sie allmählich müde wurde. Wenn er sie noch ein bisschen reden ließ, würde sie sich vielleicht verplappern.

»Es tut mir Leid, das ich Sie gestört habe, Schwester. Es war sehr freundlich von Ihnen, mir so geduldig alles zu zeigen. Bitte grüßen Sie Monsieur Hoffmann von mir, wenn Sie ihn sehen.« Er ließ den Satz wie den Köder einer Angel in der Luft hängen.

Das Gesicht der Nonne war ein Fragezeichen. »Entschuldigen Sie, aber ich kenne keinen Monsieur Hoffmann.« Sie gingen zusammen die Treppe zum Erdgeschoss hoch, und die Nonne öffnete die Tür. Noch einmal sah er sich verstohlen um.

»Au revoir«, murmelte er über seine Schulter. Er ging mit schnellen Schritten fort, in Richtung Ortsmitte. Er fluchte halblaut. »Die Klapsmühle. Die totale Klapsmühle.«

* * * * *

Mutter Griolet ließ sich gegen die schwere Holztür sinken. »Lieber Gott, er ist weg! Danke, Gott. Vergib mir, wenn dir unser kleines Spiel nicht gefällt, aber ich glaube, es gefällt dir doch.« Sie humpelte langsam die Treppe hinunter und zu dem Abstellraum am Ende des Flurs. Sie klopfte leise an die Tür.

»Gabriella? Gabriella? Ihr könnt rauskommen. Danke, Gott, für unsere gesunden Leiber.«

Ein schlurfendes Geräusch, dann steckte jemand umständlich einen Schlüssel in das Schloss. Die Tür ging auf, und sieben Kinder sprangen in den Flur. Gabriella kam als Letzte. Sie sah erschöpft aus. Sie fiel Mutter Griolet in die Arme, und sie drückten sich fest.

»Ich dachte vorhin, der kommt gleich rein«, murmelte Gabriella.

»Es war Gott, der mir die rettende Idee eingab: Tu so, als ob du ihm die Kammer gerne zeigen würdest. Was bin ich froh, dass der Mann nicht sehen konnte, wie ich gezittert habe. Ich verstehe nicht, wie ihm das entgangen ist.«

»Ja, stimmt, Sie zittern.« Gabriella lächelte müde. Sie schaute nach oben. »Sie haben Recht; Gott kann die Augen des Feindes blind machen.«

Die Kinder standen um die beiden Frauen gedrängt. »Kommt, Kinder«, sagte Gabriella. »Das Spiel ist vorbei. Wir gehen jetzt essen; ich bin halb verhungert.«

Die arabischen Kinder rannten hinter ihr her in Richtung Speisesaal. Ophélie blieb bei Mutter Griolet.

»Was ist, Ophélie? Du hast Angst, nicht wahr?«

Ophélie nickte.

Mutter Griolet drückte sie an ihre Brust. »Du brauchst keine Angst mehr zu haben. Es wird alles gut.«

»Ich will meine Mama«, erwiderte das Kind. »Ich bitte den Herrn Jesus jeden Tag, mir bald meine Mama wiederzugeben ... und meinen Papa.« Sie sah Mutter Griolet aus hoffnungsvollen Augen an.

Die alte Nonne tätschelte ihr den Kopf. »Das ist ein gutes Gebet, kleine Ophélie. Das ist gut.«

* * * * *

Es war der 7. Februar, und David Hoffmann verließ Aigues-Mortes auf der Küstenstraße nach Montpellier. In einer Stunde würde er wieder zurück in St. Joseph sein. Er war froh, dass die zwei Wochen Reisen zu Ende waren. Er schaute zu, wie der Wind über die Marschen fuhr und tausend Scheitel in sie hineinkämmte.

Gabriella. Er konnte es kaum erwarten, sie wieder zu sehen. Er bog unvermittelt in einen Fahrweg ein, der zum Meer hinführte. Er parkte in den niedrigen Sträuchern und stieg aus.

Er ging in Richtung Strand. Seine schwarzen Halbschuhe warfen den Sand hoch. Er zog seine Lederjacke fester und knöpfte sie zu. Die beiden Wochen Planen hatten sein Gehirn verstopft. Er hatte Kontaktpersonen in Marseille, Aix und Aigues-Mortes besucht. Er hatte Briefe nach Algerien geschrieben. Jetzt wartete er auf die Antworten, und das Warten war lang.

Er sog die Seeluft ein, streckte seine langen Arme aus und

ließ sie weit ausholend kreisen. Ein paar Möwen protestierten laut gegen den fremden Eindringling. Er achtete nicht auf sie.

Er ging zum Wasser, zog seine Schuhe und Socken aus und ließ sie im Sand liegen. Er rollte seine Hosenbeine bis zum Knie hoch und tauchte seine Füße in das eiskalte Wasser.

»Spür es, David! Spüre etwas!« sagte er leise. Dann schrie er es. »Fühl was!«

Er begrüßte den Schaum, der ihm über die Füße schoss. Zuerst biss ihn die Kälte, aber nach ein paar Minuten waren seine Füße taub. Er ging aus dem Wasser und legte sich auf den Strand und ließ den feinen Sand über sich wehen. Er hob die Arme zum Himmel hoch und begann zu lachen – ein langsames, spöttisches Lachen.

»Gabriella behauptet, dass du irgendwo da oben bist, Gott. Beweise es! Öffne deinen Himmel und mache mich mit Regen nass! Aber auch dann würde ich noch nicht an dich glauben. Das Leben wird von keinem Gott gelenkt, das Leben ist Zufall und Schicksal. Ich habe ein paar von deinen Büchern gelesen, wie ich Gabriella versprochen hatte. Deine Evangelien, die Leben, Frieden und Vergebung versprechen.« Er rollte auf seinen Bauch und begann, mit dem Finger in den Sand zu schreiben.

»Du scheinst mich nicht zu verstehen«, fuhr er fort. »Ich werde nicht vergeben.« Er spuckte das Wort aus wie ein verschimmeltes Stück Obst. »Liebe Gabby, ich werde ihnen nie vergeben, und so wird dein Gott mir wohl auch nie vergeben.«

Eine Strophe aus einem Gedicht von John Donne fuhr ihm durch den Kopf.

Vergibst du mir die Sünd', wo ich begann,
die meine ist, auch wenn sie vor mir kam?
Vergibst du mir, was heut' ich Böses tu',
und weiter tu', obwohl es mir verhasst?

Der Mann hatte Fragen gestellt, fand David. Und er hatte eine Antwort gefunden. Aber was für eine?

»Ja, es gab einmal jemanden, Gabby.« Er schloss die Augen und stellte sich vor, wie Anne-Marie auf ihn zukam, als junges Mädchen voller strahlender Schönheit. »Es gab jemanden, der mir lieb war.« Er wandte sich zu Anne-Marie hin. »Du brauchtest mich, damals vor all den Jahren. Du sahst den Krieg kommen, den dein Vater vorausgesagt hatte. Aber du wolltest nicht mit mir gehen! Und so schickte ich dir hundert Briefe aus Amerika, und keinen hast du beantwortet. Und dann brauchtest du mich auf einmal wieder, und du wusstest, dass ich kommen würde, um dir zu helfen.«

Er malte wieder mit dem Finger in den Sand. »Du wärest überrascht, wenn du wüsstest, dass ich Angst habe. Um dich, um die Kinder, um andere.« Er dachte an Mutter Griolet und wie ihre grünen Augen glitzerten, wenn sie zu den amerikanischen Mädchen sprach. Dann dachte er wieder an Gabriella, und es tat ihm weh.

Er zog ein zusammengefaltetes Blatt aus seiner Lederjacke und studierte die Namen und Adressen darauf. »Anne-Marie, jetzt hast du von mir gehört. Antworte! Warum antwortet mir keiner?«

Er erhob sich auf seine Knie und bürstete den Sand aus seiner Jacke und dem Haar. Er stand ganz auf und schaute hinab auf das, was er in den Sand gezeichnet hatte. Eine Wolke zog vor die Sonne und verdunkelte das Bild für einen Augenblick. Dann brach die Sonne wieder durch und beleuchtete die grobe Zeichnung des Hugenottenkreuzes.

»Warum antwortet keiner?« wiederholte David. Er ging zurück zu seinem Auto.

KAPITEL 27

Es war Samstag, der 10. Februar, als David Gabriella einlud, mit ihm auszugehen. Sie ging mit gemischten Gefühlen; sie wollte bei ihm sein, und doch hatte sie Angst. Es gab so viel, was sie ihm sagen musste.

Sie betraten das überfüllte *Café-Bar* in dem Hafenstädtchen Palavas. Die anderen Gäste, in ihre Gespräche vertieft, nahmen keine Notiz von ihnen. Die letzte Farbe des Sonnenuntergangs, ein orangenes Rosa, verblasste am Himmel. Das Café roch nach Kaffee und Whisky, Schweiß und Zigarettenrauch. Man hörte Löffelklirren und die Kellner, die ihre Bestellungen über die Theke schrien.

Ein Kellner führte sie hastig zu einem der runden Metalltische. Er wischte eine Likörpfütze weg, über der mehrere Fliegen kreisten. »Was darf es sein?« bellte er.

»Eine Cola«, stotterte Gabriella. David, die Ruhe selber, bestellte einen *Pastis.*

»Nun, meine schöne Gabriella, wie ist es dir ergangen? Erzähle mir die Abenteuer der letzten beiden Wochen in St. Joseph.« Er lächelte.

Sie fragte sich, ob dies am Ende doch nur ein belangloser Plausch würde. Er schien so kühl und emotionslos zu sein. Sie sah an seinen dunklen, durchdringenden Augen vorbei und presste ihre Hände in ihrem Schoß zusammen, damit sie nicht so zitterten. Der Kellner kam mit ihren Getränken.

Hier sitze ich mit dem Mann zusammen, den ich liebe, und kann es ihm nicht sagen. David blickte auf, als spüre er ihren Schmerz. Seine starke Hand kam über die ihre. *Ich weiß genau, was ich ihm sagen muss.* Dieser quälende Schmerz, die bohrende Angst, dass sie es nicht über die Lippen bringen würde. Die Worte, die früher so frei geflossen waren, waren wie festgeklebt in ihrem Mund. *Ich muss es ihm sagen. Ich muss.*

Sie holte tief Luft, drückte seine Hand und begegnete seinem Blick. »Jean-Claude ist wiedergekommen.« Sie biss auf ihre Lippe.

»Wann?«

»Vor zwei Tagen.« Sie schloss ihre Augen, wie um die Erinnerung auszublenden. »Wenn wir nicht so total Angst gehabt hätten, wäre es wahrscheinlich komisch gewesen. Du wärest stolz auf die Kinder gewesen.« Sie sah seinen Blick und erzählte ihm die ganze Geschichte.

Er schüttelte erstaunt den Kopf.

»Es war ein Wunder, dass er uns nicht gefunden hat, David!« Ihre Augen leuchteten; die türkisfarbene Bluse betonte ihr Blau. Dann überzog sich ihr Gesicht. »Es war schlimm. Die arabischen Kinder haben immer noch Angst, vor allem die fünf, die am 27. angekommen sind. Hast du von ihrer Überfahrt gehört?«

Wieder schüttelte er den Kopf.

»Im Hafen in Algier ist etwas Schreckliches passiert. Als die Kinder auf das Boot gingen, hat ein Mann auf sie geschossen. Eine Frau, die bei den Kindern war, versuchte ihn zu stoppen, und er stieß sie ins Wasser und erschoss sie. Dann war auf einmal ein anderer Mann da und hat den ersten erschossen, und die Kinder sind entkommen. Wie in einem Krimi, nicht?«

»Oder in einem Krieg«, murmelte David.

Gabriella nahm einen langen Schluck von ihrer Cola. Sie warf ihr Haar über ihre Schulter und zog es zu einem dicken Zopf zusammen, dann ließ sie es los, dass es wieder frei auf ihre Schultern fiel. »Ophélie hat auch Angst.«

»Hmm«. David nickte. Er schien an etwas anderes zu denken.

Gabriella räusperte sich. *Jetzt.* Das Café schien sich um sie drehen zu wollen, das Schreien der Kellner wurde doppelt so laut. Schweißperlen traten auf ihre Stirn. »David?«

»Ja?«

»Könnten wir ein bisschen nach draußen gehen? Ich ... fühle mich nicht so gut.«

»Natürlich.« Er stand auf und trat an ihre Seite. »Was ist?«

»Nichts weiter, ich brauche nur etwas frische Luft.«

David legte das Geld für die Getränke auf den Tisch und folgte Gabriella nach draußen.

* * * * *

Sie gingen zehn Minuten lang schweigend den Strand entlang. Die Luft war kalt und rein. Gabriella schob ihre Hände in die Taschen ihrer Jacke und starrte in den Sand. Sie schlurfte fast. David machte seine langen Schritte so langsam, wie er konnte.

Dann hielt sie plötzlich an, drehte sich zu ihm um und nahm seine Hände. »Ich muss dir etwas sagen, David, aber ich weiß nicht, wie ich das anstellen soll.« Tränen standen in ihren Augen. »Du musst mir helfen.«

Er hob fragend die Augenbrauen. »Schieß los, Gabby, ich bin ganz Ohr.« Sie sagte nichts. Er fasste sanft an ihr Kinn und sah ihr in die Augen. Sie biss sich auf die Lippe, um ihre Tränen zurückzuhalten.

»Das ist so blöd. Ich hab doch ... keinen Grund ... zu heulen. Es ist ... Ich glaube, du wirst ... sagen, es ist eine ... gute Nachricht.« Sie wischte sich mit den Fingern über die Augen.

»Also gut, ich versuch's noch mal. Aber ich kann dich nicht ansehen dabei.« Sie gingen weiter.

»Also, Mutter Griolet hat in Ophélies Schublade etwas gefunden ... Papiere von ihrer Mutter. Eines war ein Brief.« Sie machte eine verlegene Pause. »In diesem Brief ... erzählt sie Ophélie von dem Vater, den das Kind nie gesehen hat.« Gabriella nahm Davids Hand. »Ophélies Mutter heißt Anne-Marie Duchemin, und ... ihr Vater heißt ... David.« Sie blieb stehen und sah zu ihm hoch. »Das bist du.«

Hundert Gefühle gleichzeitig huschten über David Hoffmanns Gesicht. »Ich?« flüsterte er. »Was? Ich? Ich bin Ophélies Vater?« Er fuhr sich durch sein Haar. Er stand wie angewurzelt da, den Blick auf die Wellen gerichtet, die den Strand hochliefen.

Sicher – hoffentlich – würde er sich jetzt wehren, fragen, wie das möglich war, verlangen, den Brief zu sehen? Aber er tat es nicht. Er schüttelte langsam den Kopf und sprach in die Luft, als sei sie nicht da: »Natürlich. Natürlich. Deshalb hast du nie meine Briefe beantwortet. Und mich dann so plötzlich um Hilfe gebeten. Ophélie ... meine Tochter.«

Gabriella rückte ein Stück von ihm weg. Sie kam sich plötzlich wie ein lästiger Neugieriger vor; sie gehörte nicht dazu zu dieser Geschichte. Wie still und gefasst er da stand, wie ein Turm, schweigend und stark. Sie wusste, dass er jetzt ein Stück seiner Vergangenheit durchlebte, und war eifersüchtig darauf.

Siehst du nicht, wie weh mir das tut? Aber warum sollte er es sehen? Und wie? Sie kam sich auf einmal schäbig vor. *Wenn du nur sehen könntest, wie ich dich liebe. Und wie ich Ophélie liebe. Wenn du nur sehen könntest, was für eine Angst ich habe, dass du mich nicht mehr brauchst. Es tut mir Leid, dass ich nicht für dich lächeln kann, David. Das ist falsch von mir, ich weiß.*

Er trat von dem Wasser zurück und kam zu ihr. »Gabby. Liebe Gabby. Danke, dass du mir das gesagt hast. Wie du dir vorstellen kannst, muss ich das erst mal verdauen. Dass meine eigene Tochter seit Monaten um mich herum ist – es ist unglaublich! Jeden Tag habe ich sie spielen gesehen und hab es nie gewusst.«

»Du hast sie doch hierher nach St. Joseph gebracht.«

»Ja. Ich habe sie in Paris gefunden, in dieser verrückten ...« Er unterbrach sich mitten im Satz. »Weiß Ophélie, wer ich bin? Dass ich ihr Vater bin?«

»Sie hat es gerade erst herausgefunden. Sie wusste deinen Namen nicht, und als ich ihn erwähnte, wurde sie kreideweiß. Dann zeigte Mutter Griolet mir den Brief, und wir begriffen, dass das Kind ja die ganzen Monate schon versucht hat, ihn zu lesen.«

»Und sie hat nie etwas gesagt?«

»Nein. Sie weiß immer noch nicht, dass Mutter Griolet und ich es wissen.« Sie zögerte. »Und jetzt auch du.«

»Ich muss zu ihr! Ich muss es ihr sagen! Aber wie fange ich das an?« Er begann, hin- und herzumarschieren.

»Da überlegen wir uns noch was, mach dir keine Sorgen.«

»Gabby, das ist eine so wunderbare Nachricht. Ich habe mich nie als Vater gefühlt, und jetzt ... bin ich auf einmal einer.«

»Sie hat große Angst um ihre Mutter.«

»Ja, natürlich. Um Anne-Marie. Ich auch.« Seine sonst so zynischen Augen blickten fürsorglich.

Bevor er weiterreden konnte, sagte sie: »Ich hoffe, du findest sie.«

Einen Augenblick lang war sein Blick fragend, schmerzlich, ja verwirrt. Sie konnte nicht weiterreden, ihr ganzer Mut war auf einmal weg. Sie lockerte ihren heftigen Griff um seine Hand und ließ den Wind durch ihr Haar blasen.

Aber David ließ sie nicht los. Er sah sie aus seinen intensiven schwarzen Augen an und flüsterte: »Liebe Gabby, weißt du denn nicht, dass ich sie schon gefunden habe?«

* * * * *

David Hoffmann hatte in seinem kurzen Leben vieles werden wollen. Professor, Schriftsteller, Dichter, Spion, Diplomat, Forscher. Aber nie Vater. Die bloße Erwähnung des Wortes machte ihm einen sauren Geschmack im Mund. Für ihn bedeutete dieses Wort alles, was er an den Menschen verachtete: Zorn, im Stich lassen, Vorurteile, Verrat. Aber als er jetzt in der Wohnung von Madame Pons auf seinem Bett lag und darüber nachdachte, dass er der Vater von Ophélie war, spürte er eine plötzliche Wärme.

»Wie soll ich lernen, dein Vater zu sein?«, flüsterte er in die Nacht hinein. »Wer wird mir all das beibringen, das ich nie gelernt habe? Ich habe nie Anne-Maries runden Bauch gesehen. Ich habe dich nie auf dem Arm gehalten, als du ein Baby warst, ich war nicht dabei, als du deine ersten Schritte machtest. Ich weiß noch nicht einmal, was ich alles verpasst habe. Wie soll ich das lernen, dich so zu lieben, wie ein guter Vater das tut?«

Ein Satz blitzte durch seinen Kopf. *Wie sich ein Vater über Kinder erbarmt ...* Irgendwo in der Bibel, die Gabriella ihm geschenkt hatte, hatte er diesen Satz gelesen. Er erinnerte sich, wie er gelacht hatte über die Vorstellung, dass ein Vater Mitleid mit seinen Kindern hatte, aber jetzt musste er mehr lesen.

Er nahm das große in Leder gebundene Buch zur Hand und blätterte durch seine Seiten. Er war sicher, dass der Satz nicht in den Evangelien gestanden hatte. Aber irgendwo hatte er ihn gelesen. Natürlich, in den Psalmen! Letzte Woche hatte er sie durchgelesen. Einige kannte er von Kind auf auswendig, und auch dieser Psalm war da in dem Netz seiner Erinnerung. Er kam zu Psalm 103 und begann, laut zu lesen: »Lobe den Herrn, meine Seele, und was in mir ist, seinen heiligen Namen! ... der dir alle deine Sünden vergibt und heilet alle deine Gebrechen, der dein Leben vom Verderben erlöst ...« Seine Stimme schwankte einen Augenblick, dann las er weiter, bis er zu dem Vers kam: »Wie sich ein Vater über Kinder erbarmt, so erbarmt sich der Herr über die, die ihn fürchten.«

Er las den Psalm fertig und schloss das Buch. »Jetzt habe ich eine Tochter. Vielleicht wird Gabriellas Gott mir beibringen, wie man ein Vater ist. Vielleicht.«

David Hoffmann schaltete das Licht aus und betrachtete die Mondsichel, die wie eine Hand aussah, die ein Stück vom Himmel hielt. Er sah das schöne Gesicht Ophélies vor seinem inneren Auge. »Ich habe einmal dein Leben gerettet, Kleine.« Er lachte über die Ironie des 17. Oktober, als er das verletzte Kind unter der Brücke gefunden hatte. »An der Brücke hab ich dich gefunden. An der Brücke, wo ich mich mit Emile Torrès treffen wollte.« Er dachte an die Nachricht, die er damals erhalten hatte. »Er hatte ›Informationen‹ für mich. Warst das vielleicht du? Hatte er dich für mich? Und dann hat uns ein verrücktes Schicksal zusammengeführt.«

Er rieb sich mit seinen langen, knochigen Fingern über die Augen und seufzte. »Ich weiß nicht, wo du bist, Anne-Marie. Ich hoffe nur von ganzem Herzen, dass du jetzt nicht tot im Wasser des Hafens von Algier liegst. Aber Ophélie ist in Sicherheit bei mir. Ich werde für dich über sie wachen, bis du zurückkommst, das verspreche ich dir. Ich werde ihr Vater sein. Ich bin jetzt bereit.«

* * * * *

Ein einsamer Stern hing in der dünnen Mondsichel. Anne-Maries Atem kam in keuchenden Stößen, ihre Augen waren glasig. Auf ihrer Stirn lag ein nasser Lappen, ein verzweifelter Versuch, das Fieber zu senken. Moustafa verwünschte sich, dass er sie nicht ins Krankenhaus gebracht hatte. Aber im Krankenhaus war man nicht sicher in Algerien. Vor ein paar

Monaten war in einem eine ganze Station von *Pied-noirs* ermordet worden, und jede Woche hörte man neue Schauernachrichten.

Aber jetzt fürchtete er, dass es falsch von ihm gewesen war, Anne-Marie selber pflegen zu wollen. Ihre beiden Beine waren entzündet von den Schusswunden. Unter dem rechten Knie kam dicker gelber Eiter heraus. Anne-Marie sprach wirr.

Marcus Cirou kam in das Zimmer. Er rang die Hände und bestürmte Moustafa, Anne-Marie ins Krankenhaus zu bringen. »Hier stirbt sie uns unter den Händen. Schlimmer kann es dort auch nicht werden ...«

Sie fuhren durch die Nacht nach Santa Maria, einem katholischen Spital am Rande von Bab el Oued. Die französischen Schwestern sahen Moustafa misstrauisch an. »Lass mich das machen«, sagte Marcus. »Du kannst ihr jetzt nicht helfen.«

Moustafa wartete draußen in der Kälte, mit den Füßen stampfend und den Mond verfluchend. Er versuchte, an etwas anderes zu denken als Anne-Maries bleiches, dünnes Gesicht.

Letzte Woche war wie durch ein Wunder die Namensliste in der Post gewesen. Ophélie hatte sie wohl der Rothaarigen gegeben, und diese hatte sie geschickt. Aber es war egal, wer der Absender war. Wichtig war, dass die Operation weitergehen konnte.

Aber Anne-Marie schien die so lange gesuchte Liste egal gewesen zu sein. Sie hatte nur schwach nach Ophélie gerufen und leer ins Nirgendwo geblickt. Dann war das Fieber und die Infektion gekommen, und jetzt hatte Moustafa nicht mehr die Kraft, weiterzumachen. Nicht, wenn Anne-Marie starb.

»Lebe!« schrie er zu dem Mond hoch.

Er wusste nicht, wie viel Zeit vergangen war, als er Marcus' Hand auf seiner Schulter spürte. Er drehte sich heftig um, um ihn anzusehen. Was würde er in seinen Augen lesen?

»Ihr Zustand ist stabil. Sie sagen, wir sind noch rechtzeitig gekommen. Gerade noch.«

Sie gingen schweigend zu dem Auto.

* * * * *

Gewöhnlich verbrachten der alternde Geschichtslehrer und der flotte junge Amerikaner ihre Sonntagnachmittage nicht gemeinsam. Aber heute schlürften sie wie zwei alte Kumpel einen *Pastis*, während draußen der Mistral heulte.

»Er muss noch in Marseille sein«, sagte Jean-Louis. »Er war nicht im Hafen, wie du befürchtet hattest, als ich die Kinder abgeholt habe. Aber als er uns letzten Mittwoch in St. Joseph besucht hat, bin ich ihm nach Hause gefolgt.« Ein Lächeln kroch über sein Gesicht.

»Gut gemacht, Jean-Louis! Und was hast du herausgefunden?«

»Seine Adresse. Hier ist sie. Mitten in den Slums. Nicht weiter überraschend. Er hat 'ne Schraube locker, der Mann. Auf den ersten Blick macht er einen normalen Eindruck, aber etwas stimmt nicht bei dem.« Jean-Louis senkte seine Stimme. »Wenn ich du wäre, würde ich zusehen, dass ich ihn so bald wie möglich loswerde.« Er grinste wie ein schüchterner Schuljunge. »Ich bin froh, dass ich die schmutzige Arbeit jemand Jüngeren überlassen kann.«

»Danke bestens«, brummte David.

»Du solltest keine Zeit verlieren, David. Ich weiß nicht, was der gemacht hätte, wenn er Miss Madison und die Kinder gefunden hätte. Der sieht so aus, als ob er zu allem fähig ist.«

»Schön, dann muss ich wohl wieder auf Reisen gehen. Gleich morgen früh«, murmelte David. Er dachte an Ophélie. Er wollte jetzt nicht weg. »Was hat George dir über den Vorfall auf der *Capitaine* berichtet?«

»Muss ziemlich blutig gewesen sein, die Kinder waren geschockt. Es scheint, dass der Bursche die Frau, die bei ihnen war, erschossen und ins Wasser geworfen hat. Dann hat jemand anderes Alis Knaben erschossen, und die Kinder sind entkommen. George hat sich nicht die Zeit genommen, nachzusehen, was da genau passiert war, du verstehst. Ist gleich mit den Kindern weg.«

»Ich mache wieder meine Runde. Aix, Aigues-Mortes, Les Baux. Du sprichst mit Pierre. Ich komme wieder, sobald ich etwas Neues weiß.« David kratzte seinen Kopf. »Könntest du wieder meine Seminare übernehmen?«

»Kein Problem für mich, David, nur für deine Mädchen. Denen fällt es mordsschwer, für mich wach zu bleiben.« Jean-Louis kicherte.

David rollte seine Augen. »Frauen ... Hör zu, mir fällt was ein. Die zweiten Quartalsprüfungen sind doch für die erste volle Woche im März geplant, stimmt's?«

»So ist es.«

»Dann fang am besten eine Wiederholungsrunde an. Von beiden Quartalen. Ich lasse dir meine Ausarbeitungen da. Ich hoffe, ich werde nicht lange fort sein; ich habe hier noch eine Menge zu tun.«

Die beiden Männer nickten, stießen mit den Gläsern an und erhoben sich.

»Bis bald dann«, sagte David, als sie auseinander gingen.

* * * * *

David klopfte leise an die Tür des Pfarrhauses. Nach kurzem Warten kam von innen eine Stimme: »Wer ist da?«

»Mr. Hoffmann.«

Die Tür öffnete sich langsam. Die Nonne schien überrascht, ihn zu sehen. »Monsieur Hoffmann? Wie kann ich Ihnen helfen? Sie sehen gar nicht gut aus.«

»Entschuldigen Sie, Mutter Griolet, dass ich Sie so spät störe, aber ich muss mit Ihnen reden.«

»Ja?« Ihr Gesicht war besorgt-reserviert. »Kommen Sie herein.« Sie führte ihn in ihr Büro und bot ihm einen Stuhl an.

»Ich weiß, dass Sie mich nicht besonders sympathisch finden, und das tut mir Leid. Sie ... Sie sind eine feine Frau.« Er zögerte. »Ich bewundere Ihre Arbeit mit den Waisenkindern ...« Er sah ihr direkt in die Augen. »... und mit den *Pied-noir-* und *Harki-*Kindern.«

Mutter Griolet hob ihre Augenbrauen. »Warum sind Sie heute Abend zu mir gekommen, Monsieur Hoffmann?«

»Weil es Zeit ist, dass Sie etwas erfahren. Die Ereignisse überschlagen sich, und es ist am besten, dass Sie Bescheid wissen ... für den Fall, dass mir etwas zustößt.«

»Wie meinen Sie das?« Sie klang halb ängstlich, halb wütend.

»Ich meine damit, Mutter Griolet, dass ich Hugo bin.«

Er sah sie wieder an. In ihren Augen stand Überraschung geschrieben. »Es tut mir Leid, dass ich Ihnen das auf diese Weise mitteile, aber ich muss. Ich habe lange gedacht, dass es besser für Sie ist, wenn Sie es nicht wissen, aber jetzt gibt es so viele andere Gründe, es Ihnen zu sagen. Und der Krieg wird bald vorbei sein, und dann kommen noch mehr Flüchtlinge – viel mehr.«

Mutter Griolets Hände umklammerten die Stuhllehnen, ihr Körper ging nach vorne. »Sie, David Hoffmann, sind Hugo? Sie stehen hinter dieser Operation?«

»Ja.«

Einen Augenblick sah sie verwirrt aus, dann begann sie breit zu lächeln und klatschte in die Hände. »Das ist ja unmöglich! Ich meine, entschuldigen Sie, aber darauf wäre ich im Leben nicht gekommen.« Sie schüttelte ungläubig den Kopf. »Das ... das ist ja eine wunderbare Nachricht!« Sie sprang förmlich auf, kam um den Schreibtisch und küsste ihn auf beide Wangen.

Sein Gesicht wurde dunkelrot, er begann zu stottern. »Das ... das freut mich, dass Sie das so gut finden. Ich hatte Angst, Sie würden sich jetzt Sorgen machen ... um die Zukunft der Operation.«

»Oh, natürlich mache ich mir Sorgen. Über die Zukunft und über die lieben *Pied-noir-* und *Harki*-Kinder. Aber die wunderbare Nachricht ist, dass ich nicht Recht hatte! Ich habe Sie in einem ganz falschen Licht gesehen, Monsieur Hoffmann. Ich dachte die ganze Zeit, Sie arbeiten gegen uns. Und als ich das mit dem Kind herausfand ...« Sie unterbrach sich. »Aber vielleicht wissen Sie das noch gar nicht?«

»Doch, doch. Gabby hat es mir gestern erzählt, und da habe ich gemerkt, dass ich Sie auf meiner Seite haben muss. Für Ophélie. Für meine Tochter.« Er sprach das Wort fast andächtig aus. »Entschuldigen Sie, Mutter Griolet, das ist alles noch so neu für mich. Ich hatte ja keinen Schimmer, dass ich Vater bin.« Einen Augenblick lang lächelten sie einander an, stumm und mitfühlend.

»Es ist so ironisch. Die Idee mit dem Hugenottenkreuz kam ja von ihrer Mutter, von Anne-Marie. Sie trug dieses Kreuz, es war ein Geschenk von ihrem Vater, der Protestant war. Ich habe Hauptmann Duchemin vor Jahren in Algerien kennen gelernt. Er war ein angesehener, hoch dekorierter *Pied-noir* aus dem zweiten Weltkrieg.«

»Sie wissen, dass jetzt Ophélie das Kreuz ihres Großvaters trägt?« fragte Mutter Griolet leise.

»Was? ... Nein, so aus der Nähe habe ich sie ... noch nicht angeschaut.« Er hielt inne, sah zur Seite und fuhr fort. »Ich lernte damals auch die schöne Tochter des Hauptmanns kennen. Wir waren zwei rebellische Teenager, aber sie gab mir Hoffnung – zum ersten Mal seit Jahren. Dann verließ ich Algerien, um in Princeton zu studieren, und wir verloren uns aus den Augen. Auf die Briefe, die ich ihr schrieb, bekam ich nie eine Antwort.«

Er unterbrach sich. »Aber entschuldigen Sie, wenn ich Sie mit meiner Vergangenheit langweile.«

Mutter Griolet schüttelte rasch ihren Kopf. »Ganz im Gegenteil, ich bin fasziniert. Bitte fahren Sie fort.«

»Dann schrieb Anne-Marie mir auf einmal doch, im Dezember 1959. Sie bat mich ganz verzweifelt um Hilfe. Sie behauptete, dass ein Wahnsinniger namens Ali, ein FLN-Mann, einen persönlichen Rachefeldzug führte, um alle Soldaten aus der Einheit ihres Vaters samt ihren Familien auszulöschen. Er behauptete, dass die Einheit seinen Vater in die Hände der Nazis gegeben hatte, die ihn folterten und umbrachten. Und Anne-Maries Vater, dem Bataillonshauptmann, warf er vor, den Angriff geplant zu haben, der seinen Vater das Leben kostete.«

Er machte die nächste Pause. Mutter Griolet wartete, Ohren gespitzt. »Anne-Maries Eltern kamen bei einem Bombenanschlag in Algerien ums Leben. Danach entlockte Ali ihr die Namen einiger der Männer in der Einheit und begann, diese Männer und ihre Familien zu ermorden – alles unter dem Deckmantel des Terrorismus und des Krieges natürlich, in welchem es halt jeden treffen konnte.

Und damals also hat Anne-Marie mich gebeten, ihr zu helfen, diese Familien aus Algerien herauszubekommen - vor allem die Kinder. Und so haben wir diese kleine Operation begonnen.

Das Kreuz, das Anne-Marie trug, war das Kreuz einer verfolgten Minderheit, der Hugenotten. Ich ... gehöre auch zu einer verfolgten Minderheit.« Er räusperte sich. Er versuchte nicht, den Schmerz in seinen Augen zu verbergen.

»Ja, ich habe es nicht vergessen nach all den Jahren.« Mutter Griolet lächelte. »Ich habe mich erst vor kurzem daran erinnert. Sie waren ein paar Monate lang bei uns, nicht wahr? Als jüdisches Waisenkind?«

»Ja.« Einen Augenblick lang brachten sie beide kein Wort heraus. Als David das Schweigen brach, konnte er nur rau flüstern. »Sie haben mir damals Leben gegeben in diesem Waisenhaus, Mutter Griolet. Ich hatte nicht gewusst, dass Sie das waren, aber meine einzige glückliche Kindheitserinnerung aus der Zeit, nachdem ich meine Mutter verloren hatte, ist an eine herzlich aussehende Frau in Schwesterntracht, die mich in ihren Armen hielt.« Er schluckte heftig.

»Es gab damals so viele Waisen hier, ich hatte Ihren Namen ganz vergessen«, erwiderte Mutter Griolet leise. »Erst letzte Woche ist es mir wieder gekommen, dass Sie ja hier gewesen waren. Danach war ich erst mal ziemlich durcheinander.« Sie zwinkerte ihn an. »Aber jetzt beginne ich zu verstehen.«

David rieb sich über die Stirn. »Nachdem ich Anne-Maries Brief bekommen hatte, stellte ich ein paar Nachforschungen an und fand heraus, dass es St. Joseph noch gab. Ich dachte, diese Gegend von Frankreich würde eine gute Basis abgeben, und ich war sicher, dass es noch einige Leute aus der Résistance gab, die mir helfen würden.«

Mutter Griolets Augen glitzerten. »Der liebe Jean-Louis. Haben Sie ihn also wieder gezogen.«

David zuckte die Achseln. »Jean-Louis und noch mehrere andere. Und so bin ich also zurückgekommen. Um einer anderen verfolgten Minderheit zu helfen und dabei, wie ich hoffte, Anne-Marie zu finden. Ich wusste, dass sie in Gefahr sein würde. Ich habe jetzt seit Monaten kein direktes Lebenszeichen mehr von ihr bekommen. Ich weiß nicht, wo sie ist und ob sie überhaupt noch lebt. Und jetzt ist ... alles anders. Ich habe eine Tochter ...« Er schaute weg, an Mutter Griolet vorbei aus dem Fenster. »Und ich liebe eine Andere ... einen raphaelitischen Engel, der auch so ein Hugenottenkreuz trägt.«

Er atmete tief ein und sah Mutter Griolet an, wieder gefasster. Sein Ton war auf einmal sachlich-professionell. »Das ist eine gute Nachricht, Mutter Griolet, aber Ophélie und Gabby sind in großer Gefahr, und das ist meine Schuld. Dieser Ali ist entschlossen, seine Rache zu bekommen. Einen seiner Helfershelfer haben Sie bereits getroffen – Jean-Claude.«

Mutter Griolet nickte. »Ja. Er nannte sich Monsieur Philippe. Vielleicht habe ich mich nicht sehr weise verhalten, aber ich wusste nicht, wie ich ihn loswerden sollte. Ich danke Gott für die kurze Mitteilung, die mich vor ihm warnte. War sie vielleicht von Ihnen?«

»Ja. Sie haben sich gut geschlagen, Gabriella hat mir alles erzählt. Jean-Claude scheint wild entschlossen zu sein, Gabby und Ophélie in seine Gewalt zu bekommen. Deswegen muss ich mich jetzt sichtbarer machen – damit er stattdessen mich jagt. Er hat bereits den Verdacht, dass ich in der Nähe bin, und ich werde ihm noch mehr Köder hinwerfen.«

Er sah Mutter Griolet direkt an, seine Augen wurden bittend. »Ich möchte Sie bitten, über meiner Tochter zu wachen ... und über Gabby. Ich fürchte, Sie müssen sie und die *Harki*-Kinder verstecken, so lange, bis ich weiß, dass die Luft rein ist. Bis ich Ali und seine Freunde überzeugt habe, dass sie nichts von ihnen haben.«

»Dann wollen Sie also Ihren Todesschein unterschreiben?«

»Ich hoffe nicht, Mutter Griolet. Ich habe den Fehler gemacht, den Verdacht auf einen Unschuldigen zu lenken. Das darf nicht so weitergehen. – Aber ich muss jetzt gehen. Werden Sie mir helfen?«

»Ja, ich helfe Ihnen.« Er stand auf, um zu gehen, und sie fügte hinzu: »Seien Sie vorsichtig, Monsieur Hoffmann. Gott beschütze Sie.«

Wieder trafen seine dunklen Augen die ihren, stärker als viele Worte. »Beten Sie für mich. Es wäre mir ein großes Vorrecht, Ihre Gebete zu haben.«

* * * * *

Mutter Griolet begleitete David Hoffmann zur Tür des Pfarrhauses. Sie schloss sie leise hinter ihm und lehnte sich gegen sie. Sie neigte ihren Kopf und flüsterte: »Lieber Herr, sei du bei ihm. Ich habe ihn so falsch eingeschätzt. Bring ihn zurück, dass ich ihn besser kennen lernen kann. Bring ihn zurück. Für die Mädchen.«

* * * * *

Eine Frau schrie hinter einem pummeligen kleinen Kind her, das vor einer der Häuserzeilen in der Kasbah auf die Straße entwischt war. Es protestierte lautstark, als seine Mutter es am Arm packte und zurück in das Haus riss. Ali Boudani beachtete die Szene nicht. Er befingerte den Brief, den er gerade an diesem Tag aus Frankreich bekommen hatte und der noch ungeöffnet in seiner Hosentasche lag.

Die Nachmittagssonne stand bereits tief, aber Ali schaltete das Licht nicht an, als er in seine Kellerwohnung trat. Auf dem Schreibtisch lag die Zeitung von gestern – Dienstag, der 13. Februar.

Er grinste, als er von den acht Toten las, die es am 8. bei einem Zusammenstoß zwischen Anti-OAS-Demonstranten und der Polizei bei einer Pariser Metrostation gegeben hatte. Heute zogen Hunderttausende aus den Arbeitervierteln von Paris in einer Trauerdemonstration durch die Straßen – die größte Massenkundgebung seit dem Ende des zweiten Weltkrieges. Die Franzosen töteten die Franzosen. Sehr gut.

Aber am meisten gefiel ihm, was sein Freund Mohemmed ihm vor ein paar Stunden berichtet hatte. Am Donnerstag würde Madame Bousquet beerdigt werden, nachdem ihre Wohnung am Dienstag ausgebrannt war. Man hatte keine weiteren Leichen gefunden.

Ali zischte: »Dummes Weib! Hast gedacht, du kannst in Algier überleben, wie?« Er spuckte auf den Boden, dann ging er zu der Namensliste an der Wand und machte ein Kreuz durch die Namen von Monsieur und Madame Guy Bousquet. Daneben schrieb er: *Kinder nach Frankreich entkommen.*

Sein junger Terrorist hatte sich nicht zurückgemeldet. Ali wusste, was dies bedeutete: Irgendwo zwischen den Booten im Hafen war ein Leichnam auf den Grund gesunken. Und irgendwo in Südfrankreich waren fünf Kinder in Sicherheit. Es ärgerte ihn mehr, als die Nachricht von den Todesopfern in Paris ihm Freude brachte.

Er zog den Brief aus seiner Tasche. Der Poststempel, aus Marseille, trug das Datum vom 7. Februar. Er las. »Keine weiteren Spuren von der Frau und dem Kind. Habe Waisenhaus durchsucht. Nicht da. Monsieur Hoffmann nicht mehr gesehen. Erwarte neue Instruktionen. Mit besten Grüßen, Jean-Claude.«

Ali warf das Blatt fluchend hin. »Idiot! Nichtskönner! Das wirst du büßen! Ihr werdet alle büßen.«

Seine Augen leuchteten, er lachte wie der Teufel. »Es ist nur eine Frage der Zeit, dann sind wir frei. *Das unabhängige Algerien!* Tod den *Pied-noirs,* Tod den *Harkis!* Und dir, Mr. Hoffmann. Warte nur ab.«

KAPITEL 28

Gabriella blieb stehen, um das große Schokoladenherz im Schaufenster der Konditorei gegenüber von Madame Leclerc zu bewundern. Schön und einladend lag es auf einem hellroten Zierdeckchen, das sich im Licht der Nachmittagssonne in dem Fenster spiegelte. Sie zog ihren Mantel fester, aber es war nicht die Kälte dieses Februarmorgens, die sie bibbern ließ.

Der 14. Februar. Valentinstag, der Tag der Liebenden. Im Senegal war er unbekannt, aber Gabriellas Eltern hatten ihn jedes Jahr gefeiert. Sie erinnerte sich gut, wie ihre Mutter geholfen hatte, das große Schokoladenherz zu machen, das diese dann abends, wenn die Mädchen im Bett waren, beim Licht einer Kerze ihrem Mann präsentierte. Ihr ganzes Leben lang sehnte Gabriella sich schon danach, auch solch ein Valentinsgeschenk zu bekommen.

Aber es würde kein Geschenk geben von dem flotten Amerikaner. David war unterwegs zu neuen Abenteuern.

Sie sah ihr Spiegelbild im Fenster der Bäckerei. Sie sah blass und dünn aus in ihrer Winterjacke. Sie betrachtete ihre Augen. Sie starrten mit einer Leere zu ihr zurück, die sie ärgerte. Ihre Augen hatte sie immer am meisten gemocht. Nicht ihr widerspenstiges Haar, das die Leute entweder liebten oder hassten, sondern ihre Augen. Sie mochte es, wie sie funkelten und glänzten. Sie mochte es, wie sie dem Blick eines anderen Menschen ohne Angst begegnen und in seine Seele schauen konnten. Sie mochte ihr helles Blau. Aber heute sahen sie stumpf aus.

Sie drehte sich um und zog ihre Füße weiter über das Pflaster. Ein kleiner grauer Pudel zerrte hysterisch bellend an der Leine seiner Besitzerin.

Gabriella hatte heute keine Lust, schnell bei der Kirche zu sein. Es war kein Leben in ihren Schritten, als sie die Treppe zum Untergeschoss hinunterstieg und den Flur entlang und in den Hof ging. Sie sah dem Spiel der Kinder zu.

Ophélie quietschte vor Vergnügen, als sie André einholte, ihm auf den Arm schlug und herumwirbelte, um in die andere Richtung zu rennen. »Du bist dran!« rief sie kichernd.

Gabriella wartete, bis sie stehen blieb, um den anderen Kindern zuzusehen, dann ging sie zu ihr. »Ophélie.«

»Bribri!« rief Ophélie. »Ich hab dich gar nicht gesehen! Komm, spiel mit uns!«

Gabriella lächelte. »Eigentlich wollte ich dich eben mitnehmen. Meinst du, die anderen können dich ein paar Minuten entbehren?«

Ophélie kicherte. »Na, klar.« Sie packte die Hand ihrer Lehrerin, und sie gingen zusammen in den Mädchenschlafsaal.

Gabriella setzte sich auf Ophélies Bett und bedeutete dem Kind, neben ihr Platz zu nehmen. Sie öffnete vorsichtig die mittlere Schublade von Ophélies Kommode und holte die dunkelblaue Strumpfhose heraus.

Ophélie schaute ihr aus großen Augen zu. Sie keuchte protestierend auf, als Gabriella in die Strumpfhose griff und den kleinen blauen Beutel hervorzog. »Wie hast du den gefunden?«, flüsterte sie.

Gabriella drückte sie beruhigend. »Ganz durch Zufall. Du bist eine Schlaue, Ophélie, das war ein sehr gutes Versteck. Schwester Rosaline hat es entdeckt, als sie die Betten für die neuen Kinder richtete, und dann hat Mutter Griolet die Briefe gelesen und sie mir gezeigt.«

Ophélie legte sich auf das Bett und vergrub ihren Kopf in den Armen.

Gabriella tat, als sah sie es nicht. »Ich war ja so überrascht, als ich las, dass Monsieur Hoffmann dein Vater ist. Ich konnte es kaum glauben! Aber weißt du, wer noch überraschter war?«

Ophélie schüttelte den Kopf, ohne zu ihr hinzusehen.

»Monsieur Hoffmann! Vor ein paar Tagen hab ich es ihm gesagt, und er war ... ja, er war sprachlos.« Gabriella legte sich neben Ophélie auf den Bauch. »Und gefreut hat er sich. Was hat er sich gefreut!«

Die Andeutung eines Lächelns kräuselte Ophélies Lippen, dann runzelte sie sofort wieder die Stirn. »Und warum kommt er dann nicht zu mir?«

»Das wird er noch tun, ganz bestimmt. Aber erst musste er noch ein paar Tage fort. Aber wenn er wiederkommt, werden wir ein richtiges Fest feiern.«

Ophélie rollte auf ihren Rücken, dass ihre langen braunen Haare über die Bettkante fielen. Gabriella tat es ihr nach. Ihre Blicke trafen sich, und sie kicherten beide.

»Gabriella, warum hat mein Papa nichts von mir gewusst? Warum hatte Mama Angst, ihm zu sagen, dass er mein Papa ist?«

Gabriella suchte nach den richtigen Worten. »Das ist eine gute Frage. Ich weiß es nicht, aber deine Mutter war noch sehr jung, als du geboren wurdest, und dein Vater lebte weit weg in Amerika und ging dort zur Schule. Ich glaube, deine Mutter wollte nicht, dass er zurück nach Algerien kommen musste. Sie wusste, dass er dich würde sehen wollen, aber sie muss wohl gedacht haben, dass das nicht fair gewesen wäre.«

Ophélie kniff ihre Brauen zusammen. »Das versteh' ich nicht. Mein Papa wollte doch bestimmt bei Mama und mir sein. Warum ist er überhaupt von ihr weggegangen?«

»Das weiß ich nicht, Spatz. Deine Mama wird es dir sicher einmal sagen. Ich weiß nur, dass dein Papa und deine Mama dich beide sehr lieben, und dein Vater möchte dich gerne sehen.«

»Er hat mich einmal gerettet, Bribri. Er sagte mir, ich sollte das niemand sagen, aber da du jetzt weißt, dass er mein Papa ist, und da er dich so sehr mag, hat er bestimmt nichts dagegen, wenn ich es dir erzähle.« Sie strahlte Gabriella an.

»Das war, als wir in einer anderen Stadt wohnten, in Paris. Da bin ich mit Malika mitgegangen, um für die Freiheit zu marschieren. Hat sie jedenfalls gesagt. Aber es war gar nicht so. Die Polizisten haben Leute totgeschossen, und alle sind gerannt und haben geschrien. Dann ist Malika gefallen und mein Bein tat auf einmal so weh und ich hatte furchtbare Angst, noch mehr Angst als wie die bösen Männer zu Mama kamen.

Ich hatte genauso viel Angst wie ... wie als wir uns in der Kammer versteckt haben, vor Monsieur Jean-Claude. Nur dass es noch schlimmer war, weil mein Bein so weh tat. Und dann ist dieser nette Mann, Monsieur Hoffmann – ich meine, mein Papa – gekommen und hat mich auf sein Zimmer gebracht und mir das Bein verbunden.« Die Worte strömten nur so aus Ophélies Mund.

»Ich hab ihm gesagt, er soll mich nicht zur Polizei bringen, weil die die Leute erschossen hat. Und zu Monsieur Gady zurück konnte ich auch nicht, weil der ... tot war.« Sie verzog die Nase und sah Gabriella traurig an.

»Da hat er mich in einen Zug gebracht, und ein anderer Mann hat mich dann hier abgeholt – weißt du, der dicke Mann mit den roten Augen, der auch ein Lehrer ist. Und dann ... dann kam Mutter Griolet, und dann hattest du dasselbe Kreuz.«

Gabriella lege ihre Arme um das Kind und drückte es fest. »Das ist ja eine Geschichte! Dein eigener Papa hat dich gerettet und wusste gar nicht, dass du sein Kind bist.«

»Da muss er mich doch jetzt umso mehr lieb haben, nicht?«

»Ja, da hast du Recht.«

Einen Moment sagte Ophélie nichts, dann fragte sie: »Und was passiert mit mir, Bribri, wenn mein Papa dich heiratet?«

Gabriella lachte laut und wurde rot. »Monsieur Hoffmann wird mich nicht heiraten, Ophélie.«

»Oh«, sagte Ophélie leise. »Aber er mag dich doch.«

»Ja, aber wir sind nur Freunde.«

»Wird er dann meine Mama heiraten? Kommt sie zurück und er heiratet sie?«

Gabriella räusperte sich. »Hättest du das gerne, Ophélie?«

»Oh ja! Dann hätte ich ja eine Mama und einen Papa zusammen. Das wäre so schön!«

»Ja, das wäre schön für dich, Ophélie. Das wäre echt schön.«

Gabriella drehte sich auf die Seite und stützte sich auf ihren Ellbogen. Das Hugenottenkreuz rutschte aus ihrer Bluse und baumelte von ihrem Hals.

»Das ist so ein schönes Kreuz, Bribri«, sagte Ophélie. Sie zog ihr eigenes Kreuz hervor und hielt es in ihrer kleinen Hand. »Mama hat Recht gehabt. Sie hat gesagt, das Kreuz beschützt mich, wenn ich es trage. Bald wird alles gut werden.«

Sie beugte sich zu Gabriella und küsste sie auf die Wange. Gabriella strich ihr über das Haar und lächelte durch den feuchten Schleier auf ihren Augen. »Du bist ein wunderbares kleines Mädchen. Ein ganz tapferes Mädchen.« Sie legte den Beutel und die Strumpfhose zurück in die Schublade. Hand in Hand gingen die beiden zurück in den Sonnenschein draußen.

* * * * *

Die Slums von Marseille waren direkt im Herzen der Stadt, beim Alten Hafen. Heruntergekommene Mietskasernen ragten grau in den Himmel. Der Blick auf das Mittelmeer war keine Entschädigung für den Gestank in den Fluren, fand David, als er die Treppe zum dritten Stock eines der Gebäude hochstieg. Er setzte sich auf die oberste Stufe und wartete. Knallende Türen, Hundegebell, Babygeschrei. Unten auf der Straße schien eine Prügelei im Gang zu sein.

Es roch nach Urin und Müll. David rieb seine Augen. Sie waren rot von zu wenig Schlaf. Er lauschte auf Schritte auf der Treppe. Er wusste, was er zu tun hatte, wenn Jean-Claude Gachon kam. Er berührte die kleine Flasche in seiner Hosentasche. Er benutzte sie nur ungern.

Er lehnte seinen Kopf gegen die schmutzig weiße Wand. Er döste ein, wurde wach, döste wieder. *Ophélie rannte mit ausgestreckten Armen auf ihn zu, lachend und »Papa!« rufend. Eine Frau trat schüchtern aus dem Schatten heraus. Sie trug ein langes weißes Kleid, ihr Gesicht konnte er nicht sehen. »Guck, wer bei uns ist, Papa!« Ophélie lachte und nahm seine Hand. Er kniff die Augen zusammen, um die Frau besser zu sehen, aber ihr Gesicht wurde von dem hellen Licht verdeckt, das von dem Kreuz kam, das sie um ihren Hals trug ...*

Er schüttelte sich aus dem Traum heraus. Unter ihm stieg jemand die Treppen hoch. Er lugte vorsichtig nach unten. Jetzt hielten die Schritte im zweiten Stock an. Ein Schlüssel klapperte in der Tür. David beugte sich noch weiter über das Geländer und sah den Hinterkopf eines Mannes in einer der Wohnungen verschwinden. Die Tür ging wieder zu.

David ging auf Zehenspitzen zur Tür hinunter, zog die Flasche aus seiner Hosentasche, öffnete sie und schmierte die Flüssigkeit mit einem dicken Lappen auf die Wohnungstür. Dann drückte er den Klingelknopf und rannte leise die Treppe hinab und auf die Straße.

»Willkommen zu Hause, Jean-Claude«, flüsterte er. »Ich habe auf dich gewartet.«

* * * * *

Der alte Hausmeister schlurfte zu der Tür und brummelte: »Wer keine Miete zahlt, fliegt. Heute ist schon der 16.! Drei Wochen Verzug, und du willst noch weiter hier wohnen. Und jetzt soll ich auch noch den Türöffner für dich machen, wenn einer bei dir klingelt. Jetzt ist Schluss, *Monsieur* Philippe!«

Der Hausmeister öffnete die Tür und schaute in den Flur. Er war leer. Er bückte sich, um einen Lappen aufzuheben, der neben der Tür lag. Ein scharfer Geruch stach in seine Augen. Er griff sich an die Kehle, plötzlich nach Luft ringend.

»Hilfe!« rief er krächzend. »Hilfe!« Er sank bewusstlos zu Boden.

* * * * *

Es war bereits dunkel, als Jean-Claude am 16. Februar nach Marseille zurückkehrte. Als er in das Treppenhaus trat, begrüßte ihn eine junge Frau, die ein tief ausgeschnittenes schwarzes Kleid trug. *»Ooh là là, Monsieur.«* Sie gestikulierte heftig. »Der Hausmeister ist vergiftet worden, in Ihrer Wohnung. Die Polizei sucht Sie.« Sie drückte sich einladend gegen ihn. »Wenn Sie wollen, könnte ich Ihnen ein Versteck bieten.«

Jean-Claude sah die Frau aufmerksam an. »Und was wissen Sie über diesen tragischen Unfall, *ma chère*?«

»Dass der Alte es überleben wird. Madame Olivier hat ihn um Hilfe rufen gehört und den Krankenwagen geholt.« Sie lächelte durch ihre Zahnlücken. Ihr Parfüm war halb betäubend. »Und ich weiß, dass die letzten Tage ein Fremder sich hier rumgetrieben hat. Interessiert Sie das, *Monsieur?«*

»Und ob«, krähte Jean-Claude. Er zog die Frau hinter die Treppe, seine Arme legten sich um ihre Taille. »Erzähl mir alles.«

»Kannst du zahlen?« Sie hob ihre Brauen.

Jean-Claude zog ein Bündel Geldscheine aus seiner Ledertasche und hielt sie ihr hin. »Ich zahle für alles, was du mir bietest, meine Hübsche. Alles.«

Sie nahm das Geld und führte ihn durch einen Durchgang und über die Straße. »Ein großer Mann, gut gebaut und kräftig. Er ist seit zwei Tagen hier und beobachtet deine Wohnung,

Süßer. Er war in der Nähe, als der Hausmeister vergiftet wurde.« Ihre Augen funkelten. »Kennst du diesen Mann, mein Lieber?«

Jean-Claude warf seinen Kopf zurück und lachte schallend. »Und ob ich den kenne! Wo ist er jetzt?«

Die Frau zuckte die Schultern. »Keine Ahnung. Er ging, als die Polizei kam. Aber ich bin sicher, dass ich ihn für dich finden kann.«

»Schon gut. Er ist also in der Nähe. Ich kümmere mich später um ihn. Jetzt brauche ich erst mal etwas, wo ich die Nacht verbringen kann. In meine Wohnung kann ich nicht mehr zurück, du verstehst.« Er spielte mit ihrem Ohrring.

»Ich verstehe vollkommen, *Monsieur*. Komm mit.«

* * * * *

Moustafa hielt die dünnen Blätter in seiner Hand und las die Namen und Adressen. Sie waren alle da, siebenunddreißig insgesamt. Er verglich die Liste, die in der letzten Woche mit der Post gekommen war, mit den zerknitterten Blättern, auf die Anne-Marie seit drei Monaten Namen gekritzelt hatte. Zweiundzwanzig Familien waren abgehakt – auf welche Art auch immer ...

Er fluchte, als er die Namen las: Rajib Karel, Marie Sentier und Kinder, Jacqueline Bousquet, Madame el Gharbi. Tot. Wie ihre *Harki*-Ehemänner und Väter. Jetzt gab es fünfzehn neue Namen, die er kontaktieren musste. Er war sicher, dass, wenn der Krieg erst einmal zu Ende war, die *Pied-noir*-Familien so oder so fliehen würden. Nach Frankreich, wo sie vor Ali sicher wären. Er brauchte sie nur zu warnen.

Aber die *Harki*-Familien. Sein Magen wollte sich umdrehen, wenn er an seinen eigenen Vater dachte. Wie ein Stück Abfall auf die Straße geworfen, mit von einem Ohr zum anderen durchgeschnittener Kehle. Fünf *Harki*-Familien mussten noch fliehen, bevor der Krieg zu Ende war.

Moustafa sprach laut in die Luft in Marcus Cirous leerer Wohnung. »Aber was werdet ihr in Frankreich vorfinden, Brüder und Schwestern? Nur wütende Blicke und Ablehnung. Solange ihr keine Schilder tragt, auf denen steht, dass eure Väter für Frankreich gekämpft haben, wird niemand euch verstehen. Sie werden euch nicht wollen. Sie werden uns nicht wollen.«

Er trug die Liste zum Küchentisch und setzte sich. Seine Gedanken gingen zu Anne-Marie. »David Hoffmann, ich weiß, dass du auf sie wartest. Und sie wird kommen, sobald sie kann. Jetzt muss ich erst einmal froh sein, wenn sie morgen noch am Leben ist.

Ich gönne sie dir nicht! Noch nicht. So lange nicht, wie ich nicht wie mein Vater tot in irgendeiner gottverlassenen Straße von Algier liege. Bis dahin, David Hoffmann, werden wir zusammenarbeiten, aber in unseren Herzen werden wir Gegner sein. So muss es sein.«

* * * * *

Jean-Claude Gachon kam nicht zurück in seine Wohnung, so viel war klar; drei Tage waren jetzt vergangen, seit der Krankenwagen zu dem Mietshaus gekommen war. Er lag auch nicht in einem Krankenhaus, um sich von einer fast tödlichen Vergiftung zu erholen; der Mann im Krankenhaus war der Hausmeister. Verdammter Fehler.

Aber Jean-Claude war nach wie vor in der Stadt. David hatte ein hübsches Sümmchen bezahlt, um die Information von der schönen kleinen Prostituierten zu bekommen, die sich in dem Viertel neben dem Alten Hafen herumtrieb. Er war entschlossen, Marseille nicht zu verlassen, bis er ihn gefunden hatte, und die Chancen standen gut, dass er ihn bald finden würde.

Sein Hotelzimmer war klein und schäbig. Eine geflickte und verfleckte orangene Decke lag auf der halb verschimmelten Matratze. David legte seine Aktentasche darauf, klappte sie offen und ging seine Papiere durch. »Ophélie«, flüsterte er.

Er holte ein Blatt beiges Briefpapier hervor und begann zu schreiben.

Liebe kleine Ophélie, meine Tochter,
Du denkst sicher, dass du deinem Vater egal bist, aber

das stimmt nicht. Es ist nur so, dass du nicht sicher bist, solange ich nicht diesen bösen Mann gefunden habe. Danach werde ich kommen, und wir beide werden die größte Religieuse kaufen, die es in Pierres Bäckerei gibt. Ich weiß doch, wie sehr du sie magst; Gabriella hat es mir erzählt. Es dauert nicht mehr lange.

Er drehte den Füller in seiner Hand. Wie sollte er den Brief beenden? *Herzlichst, Dein Vater?* Nein, das klang furchtbar. *Dein Dich liebender Vater?* Immer noch zu gestelzt. Er dachte an die Briefe seines eigenen Vaters zurück. Wie kalt sie gewesen waren. Er musste etwas anderes hineinbringen in diesen ersten Brief an seine Tochter.

Was hätte ich als Kind am liebsten gehört? fragte er sich. Er wusste die Antwort, bevor die Feder das Papier berührte. Er schrieb die Worte sorgfältig, als ob er in dem Füllhalter saß und sich selber zu Papier brachte.

Er hielt den Brief hoch, um ihn noch einmal durchzulesen. Er lächelte, als er zum Schluss kam. *»Ich liebe Dich, Ophélie. Papa.«*

* * * * *

Die Stiefmütterchen im Hof von St. Joseph nickten ungeduldig mit ihren Köpfen im Wind. Ihre Blütenblätter falteten sich wie die Hände schüchterner Mädchen, dass ja niemand ihre Samtgesichter sehen konnte. Gabriella sah den Blumen von der Kellertür des Pfarrhauses aus zu. Die Gelben und Weißen hatten den Winter gut überstanden, während einige der Dunkelroten und Orangenen eingegangen waren.

»Wie kommt es, dass manche von den Stiefmütterchen stärker sind als die anderen?« fragte sie Mutter Griolet, die neben sie getreten war. »Sie haben sie doch in dem gleichen Laden gekauft, und wir haben sie zur gleichen Zeit gepflanzt. Warum sind die Dunkelroten verwelkt? Sie schienen doch die Robustesten zu sein. Die, die sich gut gemacht haben, sind ausgerechnet die Kleinen, Empfindlichen.«

»So ist das jedes Jahr, Gabriella. Die Gelben und Weißen sind stärker als die anderen. Ich nehme an, sie haben einfach mehr Abwehrkräfte gegen die Kälte.«

Gabriella trat in den Hof und ging zu den Blumen hin. »Glauben Sie, ich habe genug Kraft, um durch den Winter zu kommen?« fragte sie, während sie sich zu einem der Beete hinunterbückte.

Mutter Griolet legte eine Hand auf ihre Schulter. »Doch, das glaube ich bestimmt.«

Gabriella befühlte eine der gelben Blumen. Gleich neben ihr waren die verschrumpelten Stängel einer anderen; Gabriella riss sie aus, richtete sich auf und hielt Mutter Griolet die vertrockneten Wurzeln und Blätter hin. »Hier. Die hier hat's nicht geschafft.«

»Nein, da hast du Recht«, seufzte die alte Nonne. »Aber du klingst ganz so, Kind, als ob du eine gute Tasse Schokolade in meinem Wohnzimmer brauchen könntest. Komm mit.«

Gabriella ließ die tote Blume zu Boden fallen und nahm Mutter Griolets Arm.

* * * * *

»Ich weiß ja, dass Sie das jetzt nicht verstehen werden«, sagte Gabriella frustriert, »aber ich bin so eifersüchtig. Dass er sie einmal geliebt hat. Dass er der Vater ihres Kindes ist. Das ist lange her, ich weiß, aber ich bin so eifersüchtig.« Sie machte eine fahrige Geste, und ihre noch halb volle Tasse kippte um. »Oh, Sch -« Sie wurde rot. »Entschuldigen Sie, das ist mir so rausgerutscht.«

Mutter Griolet kicherte. »Ich hab schon schlimmere Wörter gehört. Ich hole eben einen Lappen.« Sie ging und kam nach einem Augenblick mit einem alten Küchenhandtuch zurück. Gabriella nahm es und wischte den Kakao auf dem Couchtisch auf.

»Fahre fort, Kind«, sagte Mutter Griolet leise.

Gabriella schwieg einen Augenblick und dachte nach. »Ich ... ich bin eifersüchtig, weil er jedes Recht hat, sie wieder zu lieben. Und mich wird er nicht lieben, weil ich ihm zu ... irgendwas halt bin. Zu fromm vielleicht, oder zu naiv. Und ich weiß, dass das am besten so ist, aber es macht mich trotzdem wütend. Es ist gerade so, als ob Gott mich dafür bestrafen will, dass ich David Hoffmann liebe. Aber es war doch nicht meine Idee, ihn zu lieben, er hat mich doch in diese ganze Sache reingezogen, und jetzt wird er mir Ophélie wegnehmen, und ich weiß ja, dass sie mir gar nicht gehört. Das ist so ein schreckliches Gefühl, am liebsten möchte ich auf eine Insel und nichts mehr hören und sehen.«

Mutter Griolet lehnte sich auf dem Sofa zurück und legte mühsam das eine Bein auf den Couchtisch. Sie schloss kurz ihre Augen, bevor sie sprach. »Mir scheint, dass du eher wütend als eifersüchtig bist. Wütend auf ganz verschiedene Leute. Vielleicht sogar auf Gott. Hab ich Recht?«

Gabriella befingerte ihr Haar. »Wahrscheinlich ... ja.«

»Warum meinst du, dass Gott dich gerade straft, Gabriella?«

»Ich weiß nicht. Irgendeine Strafe halt, weil ich vom rechten Weg abgekommen bin. Ich weiß nicht.«

»Glaubst du, er interessiert sich eher für unsere Umstände, oder für das, was wir aus ihnen lernen können?«

Gabriella antwortete nicht. Ihr wollte nichts Rechtes einfallen. Sie fragte sich, warum sie solch ein Bedürfnis gehabt hatte, ihr Herz dieser alten Frau zu öffnen. Aber Mutter Griolet schien ihr Schweigen nichts auszumachen.

»Vor vielen Jahren liebte ich einen Mann.«

Gabriellas Kopf ging nach oben. Was hatte die Nonne da gesagt?

»Er war ein feiner Mann. Ich lernte ihn hier in Castelnau kennen. Ich überlegte damals, ob ich meine Berufung für ihn aufgeben sollte.«

Sie hatte ihre Augen wieder geschlossen. Gabriella sah, wie sie unter den runzligen Lidern zuckten. Sie hatte noch nie bemerkt, wie runzlig die Haut der Nonne war und wie viele braune Flecken ihr Gesicht hatte. Wie alt und zerbrechlich sie plötzlich aussah. Gabriella öffnete ihren Mund, um ihr zu sagen, dass sie ihr nichts zu verraten brauchte, was sie nichts anging, aber kein Ton kam heraus.

Mutter Griolet schien es nicht zu bemerken. Sie fuhr fort, die Augen weiter geschlossen: »Aber dann kam der erste Krieg, und er ging. Vier Monate später hörte ich, dass er gefallen war.

Aber weißt du, Gabriella, ich habe damals nie gedacht, dass Gott mich bestrafte, weil ich einen Mann geliebt hatte. Oder dass er diesen Mann sterben ließ, damit ich meiner Berufung treu blieb. Gott ist größer als unsere primitiven oder auch komplizierten Gedanken. Ich habe ihn nie in eine Schublade stecken können.« Sie hielt inne, und die Stille ließ Gabriella frösteln.

Dann sprach sie wieder. »Aber ich habe gelernt. Viele Dinge. Wie weh es tut, zu lieben, und wie weh es tun kann, wenn man einen anderen Menschen vermisst. Und wie ungerecht das Leben sein kann. Ich lernte das Trauern, und ich merkte, dass Gott in dieser Trauer auf eine viel tiefere Art zugegen war, als ich je vorher erfahren hatte.

Natürlich war ich wütend und am Boden zerstört. Das gehört zum Trauern dazu. Aber sie tun mir nicht Leid, diese schmerzlichen Lektionen. Sie tun mir jeden Tag meines Lebens gute Dienste.«

Sie rieb sich über die Augen und öffnete sie. Sie sah Gabriella mit jenem mitfühlenden Blick an, der das liebevolle Markenzeichen ihres Gesichtes zu sein schien.

Gabriella stand auf. »Danke«, murmelte sie. »Danke, dass Sie mir das gesagt haben.«

»Es wird alles gut, Kind. Wart's nur ab.«

* * * * *

David Hoffmann stand allein auf dem Strand bei Marseille. In der Ferne wetterleuchtete es an dem schwarzen Himmel, und er musste denken, wie traumhaft die Szene für einen Maler wäre. Vor seinen Füßen spielte ruhig die Flut, aber weiter draußen tanzten kleine weiße Schaumkronen, wie die Sterne oben am Himmel.

»Das ist schön«, sagte er laut. »Schön und groß und ewig. Wie du, Gabriellas Gott. Du weißt, dass ich nicht an dich glaube. Ich glaube nicht, dass es ein höchstes gutes Wesen gibt; dazu gibt es zu viel Elend in der Welt.

Aber sie glaubt an dich. Wenn du ein Mensch wärest, dann könnte ich gegen dich gewinnen. Ich habe noch immer gewonnen, der Charme meines Geistes ist unwiderstehlich.

Aber wie soll ich gegen dich kämpfen, Gabriellas Gott? Du bist für sie größer und besser als ein Mensch. Du verstehst die Fragen, die zu stellen wir Angst haben. Und sie glaubt, dass du liebst. Sie glaubt, du liebst und vergibst.« Er trat in den Sand und fluchte.

»*Vergeben!* Welcher Mensch, der Ahnung hat, nimmt dieses Wort in den Mund? Kann ich den Mördern meiner Mutter und Schwester vergeben? Oder meinem stolzen und schuldigen Vater? Nein, Gabriellas Gott, das kann ich nicht. Und kann ich dir vergeben, dem Judengott, der stumm zuschaute, wie sein Volk zu Millionen abgeschlachtet wurde? Ich vergebe dir nicht, Gott! Du wirst nie mein Gott sein.«

Er reckte seine Faust zu dem stillen Himmel hoch und schrie gequält auf, während das Wasser seine Füße streichelte und in der Ferne die Blitze tanzten.

»Du bist nicht hier, Gott! Du kannst nicht hier sein, denn wenn du hier wärest, dann hätte sie Recht, und alles, was ich in meinem Leben getan habe, wäre vergeblich gewesen.« Er senkte seine Arme, bis sie lose an seiner Seite hingen, und öffnete langsam seine Fäuste. Er starrte auf das lebendige Gemälde vor ihm. Der Wind war unerwartet kalt in seinem Gesicht. Er merkte, dass es von den Tränen kam, die sich mit der Nachtluft vermischten. Wie viele Jahre hatte er nicht mehr geweint ... Er erinnerte sich nur zu gut an das letzte Mal.

Sie standen an einem bitterkalten Dezembermorgen des Jahres 1943 im Hof des Lagers in Dachau und warteten auf den Appell. Seine Mutter stand vor ihm, seine jüngere Schwester, Greta, hinter ihm. Plötzlich schoss hinter den Lagerbaracken ein Kaninchen hervor. Einer der Offiziere hob lachend sein Gewehr und schoss, dass es das kleine Tier vor den müden Augen der Lagerinsassen in Stücke riss. Greta schrie: »Nein!«, mit der unschuldigen Stimme einer Dreijährigen, und begann, zu dem leblos daliegenden Kaninchen hinzulaufen. »Du hast das Häschen tot gemacht! Du hast das Häschen tot gemacht!«

Seine Mutter rannte hinter ihr her. »Komm zurück, Spatz, komm zurück, schnell!« Es war zu spät. Von einem der Wachttürme knallte ein Schuss, Greta stürzte hin. Davids Mutter schrie auf und rannte zu dem Kind.

»Liegen lassen!« rief einer der Wächter.

Aber seine Mutter hörte nicht hin, kauerte reglos über dem Kind.

»Liegen lassen!« Man hörte das Schluchzen der Mutter, dann den nächsten Schuss. Dann war wieder alles still.

Davids Tränen liefen ungehemmt seine Wangen hinunter, als er die Szene aus seiner Vergangenheit wieder durchlebte. Sechs Jahre alt war er damals gewesen. *Greta war gerannt, seine Mutter war gerannt, aber er war wie angewurzelt stehen geblieben und in seinem eigenen Schweigen gestorben.*

Der Appell war weitergegangen, und die hoffnungslosen Menschenleiber hatten ihre trüben Augen gesenkt und waren zurück in die Baracken gegangen, vorbei an den Fetzen des Kaninchens und Gretas kleinem Leichnam und der noch blutenden Mutter. Nur David sah hin, als er vorbeiging, und er flüsterte: »Ade, Greta. Ade, Mama. Ade, Leben.«

Am Abend, eingeklemmt zwischen anderen Frauen und Kindern auf seiner Pritsche, konnte er die Tränen nicht stoppen. Stundenlang schluchzte er in die zerschlissene Decke, und als er keine Tränen mehr hatte, lag er wach, mit den Augen eines alten Mannes in dem Gesicht eines Kindes, und sagte: »Und jetzt bin ich allein.«

* * * * *

Als David sich viel später umdrehte, um zurück in die Stadt zu gehen, war er müde und ausgelaugt. Zwei Stunden lang hatte er mit Gabriellas Gott gerungen und mit dem Alptraum seiner Vergangenheit. Wie konnte er die beiden zusammenbringen? Vergebung. Bei Gabriella schien es funktioniert zu haben. Aber bei ihm?

»Es kann dich nicht geben, Gott. Aber Gabby ist echt; bei ihr sein heißt, die Ewigkeit schmecken. Sie bringt Hoffnung. Aber um sie zu lieben, muss ich dich lieben. Aber sie sagt, so einfach geht das nicht, es muss aus dem Herzen kommen. Aus was für einem Herzen? Aber es muss dich geben.« Er legte seine Hand an seinen pochenden Kopf.

»Ich geb's auf, Gabriellas Gott. Du bist zu stark für mich,

ich habe keine Kraft mehr. Vergib mir, Gabriellas Gott. Meinen Hass. Dass ich mich rächen will. Wenn es dich wirklich gibt, dann nimm mich, wenn du mich willst. Nimm mich, wie Gabby das sagt, und schau, was du aus mir machen kannst. David Hoffmann ist es satt, allein zu sein.«

Plötzlich war er auf seinen Knien. Er bemerkte den nassen Sand unter ihm erst, als er eine Hand voll davon nahm und zu dem Feuerwerk des Himmels hoch warf. »Hier bin ich, und ich kann dir nichts bieten als ein verhärtetes Herz und eine Hand voll Sand. Hier, Gabriellas Gott, nimm es und sei auch mein Gott.«

KAPITEL 29

Das Schlafzimmer in Marcus Cirous Wohnung, in dem Anne-Marie lag, war verdunkelt. Die Fensterläden waren fest geschlossen, um das Sonnenlicht draußen zu halten. Anne-Marie döste unruhig vor sich hin. Sie war nur Haut und Knochen unter der Bettdecke. Auch nur nach dem Wasserglas neben dem Bett zu langen, strengte sie an.

Ihr Körper heilte nur langsam. Eigentlich hätte sie eine richtige Krankenpflege gebraucht, aber Anne-Marie weigerte sich, zurück in das Spital zu gehen; die drei Wochen dort hatten gereicht, sie fast umzubringen, hatte sie Moustafa mit leiser Stimme erklärt. Sie war dort nicht sicher; nein, sie würde nicht zurückgehen.

Moustafa kam zu ihr und wischte ihr mit einem feuchten Lappen die Stirn. »Ich bringe dir eine Suppe, Liebes«, flüsterte er.

»Ja, das wäre gut. Suppe ist gut.«

Als er zurückkam, fragte Anne-Marie: »Was gibt es heute Neues?«

»Das Übliche. Gerüchte, dass bald ein Waffenstillstand kommt. Liebes ... ich muss dich nach Frankreich bringen. Dort wird es dir besser gehen. Du wirst wieder zu Kräften kommen, sobald du Ophélie siehst. Und jetzt trink die Suppe, bitte.« Er hob ihren Kopf von dem Kissen hoch und führte langsam den Löffel an ihren Mund.

»Danke«, krächzte sie. »Ja, wenn ich nur nach Frankreich könnte. Bringst du mich auf die *Capitaine*, Moustafa? Kommst du mit mir?«

Er stand auf, trat an das Fenster und starrte auf die abblätternde Farbe auf der Innenseite der Läden. »Du weißt doch, dass ich noch nicht hier weg kann, Anne-Marie. Aber hab keine Angst, Schatz, ich bringe dich sicher dorthin.« Er kam zurück und setzte sich neben sie. »Du musst nur zu Kräften kommen, den Rest mache ich.« Er strich ihr über den Kopf.

Sie zwang ein schwaches Lächeln hervor. »Der Arzt hat gesagt, ich kann bald wieder laufen. Sie haben die Kugeln herausgeholt. Ich verstehe nicht, warum es so lange dauert mit dem Verheilen.«

»Wir hätten dich zweimal fast verloren. Es braucht halt seine Zeit. Noch eine Woche, dann kannst du wieder laufen. Dann ist es März. Im Frühling wirst du in Frankreich sein, Anne-Marie. Mit Ophélie.« Er küsste sie behutsam auf die Wange.

»Danke, Moustafa. *Merci.*«

* * * * *

Als Windpocken hatte es angefangen. Alle Kinder bekamen im Februar die Windpocken, hatte Mutter Griolet Gabriella versichert; jedes Jahr war es dasselbe.

Aber Gabriella gefiel die Sache nicht. Seit fünf Tagen hatte Ophélie 40 Grad Fieber. Der Februar ging seinem Ende zu, und die anderen Kinder waren alle wieder gesund und kräftig, aber Ophélie lag immer noch in Schwester Rosalines Zimmer. Abwechselnd mit den Schwestern wusch Gabriella sie, drückte einen feuchten Lappen auf ihre Stirn, versuchte, das Jucken zu lindern. Die Haut des Kindes war von Schorf bedeckt, der zum Teil entzündet war. Der Arzt hatte ein Antibiotikum verschrieben, aber immer noch wollte das Fieber nicht weggehen.

»Warum kommt Papa nicht? Wenn Papa zurückkommen würde, würde ich gesund.« Manchmal rief Ophélie in ihrem Fieberdelirium: »Papa! Papa! Mama! Mama! Kommt endlich!«

Gabriella wusste nicht, warum David noch nicht wieder zurück war. Jetzt war er schon über zwei Wochen fort. Sie kämpfte gegen ihre Wut an. »Ist dir deine Tochter egal, David? Bitte lass sie nicht auch sitzen, schließe sie nicht aus deinem Leben aus!«

Sie schloss die Tür zu Schwester Rosalines Zimmer und ging durch den Flur zum Mädchenschlafraum. Vor Ophélies Bett fiel sie auf die Knie. »O, Herr, mach sie gesund, bitte! Der Arzt sagt, wir müssen abwarten und das Fieber runterbringen. Er weiß noch nicht einmal, warum die Medizin nicht wirkt. Aber du weißt es, Gott. Was braucht sie?«

Plötzlich sah sie ihre Mutter vor sich, wie sie erschöpft und mit roten Augen neben Erickas Bett saß. Fast roch sie den Gestank des Todes und sah die gelbe Haut ihrer Schwester.

»O Gott, bitte! Mein Vater kam nicht mehr rechtzeitig zurück, um Ericka noch lebend zu sehen. Lass es bei David nicht so sein, bring ihn nach Hause, zu seiner Tochter. Und halte sie am Leben, dass sie ihren Vater sehen kann.«

Plötzlich tippte ihr jemand auf die Schulter. Es war Schwester Isabelle. »Miss Madison, Entschuldigung, aber es ist gerade etwas mit der Post gekommen, für Ophélie.«

Gabriella stand auf und nahm den Umschlag entgegen, den die Schwester in der Hand hielt. Sie erkannte die Handschrift. David.

»Danke, Schwester Isabelle, danke. Vielleicht ist hier genau das drin, was Ophélie braucht.«

Schwester Isabelle grinste. Sie schaute nach oben und flüsterte: »Ja, vielleicht ist es das, was der Doktor verordnet hat.«

Sie ging wieder, und Gabriella öffnete mit zitternden Fingern den Umschlag. Einen kurzen Augenblick stellte sie sich vor, wie es wäre, selber einen Brief von David zu bekommen. Einen Brief mit seinen Worten für sie.

Wie viele Male hatte sie schon das Gedicht gelesen, das er zu Weihnachten für sie geschrieben hatte? Wie oft hatte sie das Mohnblumenbild, das jetzt in ihrem Zimmer an der Wand hing, betrachtet? Und jener letzte kleine Satz, den er zu ihr gesagt hatte, als er am Strand ihre Hand gehalten hatte. *»Liebe Gabby, weißt du denn nicht, dass ich sie schon gefunden habe?«* Was hatte er damit gemeint? *Sag mir's, David, sag mir's, bitte. Ich habe Angst, es zu raten. Du liebst mich – ist es das? Du liebst mich. Du kannst die Worte nicht sagen, aber du willst, dass ich es weiß.*

Aber sein Schweigen seitdem hatte neue Zweifel in ihr Herz gebracht. Zuerst hatten sie sachte um ihre Füße gespült, wie die träge Flut des Mittelmeers, aber dann waren sie gewachsen und angeschwollen, krachten und donnerten gegen ihre Gedanken, zerstörten ihre Konzentration.

Noch vier Tage bis zu den Prüfungen. Bestimmt würde er bis dahin wieder da sein. Aber bis dahin war alles, was ihr blieb, das kindische »Er liebt mich – er liebt mich nicht«-Spiel, während sie stumm die Blütenblätter der Erinnerungen der letzten sechs Monate zupfte.

Und irgendwo noch tiefer in ihrem Herzen drückte sie sich an die Brust ihrer Mutter und fand Trost in den Worten: »Eines Tages wirst du es sehen, Gabriella, dass unser Gott keine Fehler macht.«

Sie schüttelte sich zurück in die Gegenwart. Dies war Ophélies Brief. Ein Brief, den das Kind so dringend brauchte. Es war reine Zeitverschwendung, sich etwas anderes vorzustellen.

Der Brief war eine Seite lang. Gabriella las ihn, ihr Gesicht versonnen. Ein zärtlicher David Hoffmann trat ihr entgegen in diesen Zeilen. Sie spürte, wie es sie durchprickelte. Freude. Rührung. Ein reserviert-distanzierter Mann, der darum kämpfte, seine Gefühle für ein kleines Mädchen auszudrücken. Gabriella merkte: Es war David nicht leicht gefallen, diesen Brief zu schreiben. Seine Handschrift war klar und ebenmäßig, als habe er ganz langsam geschrieben, nicht so hastig wie an der Tafel im Unterrichtsraum. Diese Worte waren ihm wichtig gewesen.

»Du bist doch ein guter Mann, David Hoffmann. Tief drinnen hast du ein gutes Herz.«

Sie ging zurück zu Schwester Rosalines Zimmer und schaute durch die Tür. Ophélies Augen waren geschlossen. »Ophélie? Schätzchen? Kann ich noch mal rein? Ich hab eine Überraschung für dich.«

Ophélie drehte ihren Kopf in ihre Richtung. »Ja, Bribri.«

Gabriella setzte sich auf das Ende des Bettes. »Du hast gerade Post bekommen.« Ophélies Gesichtsausdruck veränderte sich nicht. »Einen Brief von deinem Vater. Von David.«

Ophélie hob ihren Kopf mühsam hoch. »Wirklich?« flüsterte sie. Ihre leise Stimme wurde eine Spur erwartungsvoll. »Wirklich, Bribri? Hat Papa mir geschrieben?«

»Ja, Spatz. Siehst du hier? Soll ich es dir vorlesen?«

»Ja, ja, Bribri, bitte!« Sie ließ ihren Kopf zurück auf das Kissen fallen. Gabriella las:

Liebe kleine Ophélie, meine Tochter,
du denkst sicher, dass du deinem Vater egal bist, aber das stimmt nicht. Es ist nur so, dass du nicht sicher bist, solange ich nicht diesen bösen Mann gefunden habe. Danach werde ich kommen, und wir beiden werden die größte Religieuse kaufen, *die es in Pierres Bäckerei gibt. Ich weiß doch, wie sehr du sie magst; Gabriella hat es mir erzählt. Es dauert nicht mehr lange.*
Bald bin ich bei dir, und dann können wir sie wieder gutmachen, all die Jahre, die wir verloren haben – die Jahre, die wir nichts voneinander wussten. Bald komme ich wieder. Bis dahin bist du bei Gabriella in guten Händen, das weiß ich.
Ich liebe dich, Ophélie.

Papa.

Ophélie legte ihre Hand auf das Kreuz um ihren Hals und betastete es, leise lächelnd. »Du hast Recht gehabt, Bribri. Papa hat mich doch lieb. Jetzt werde ich bald gesund. Dein Gott wird mich beschützen, und es wird alles gut, wenn Papa wiederkommt. Er sagt, es dauert nicht mehr lange.«

* * * * *

Rosie Lecharde war weder schön noch reich, aber sie war raffiniert. Sie war in den Straßen von Marseille aufgewachsen und hatte vor niemand Angst. Sie lachte über die kleinen Schleimer, die in den Hotel-Absteigen der Slums ihren Körper befingerten. Sie bekam immer ein kleines Extratrinkgeld, wenn sie wieder gingen. Wie bei dem letzten Kunden. Ein Griff, und sie hatte die Scheinchen aus seinem Portemonnaie geholt.

Und Rosie wusste, dass der hübsche junge Braunhaarige ihr noch mehr Geld einbringen würde. Er hatte Hunger auf Vieles, der Bursche, und sie konnte ihm alles geben, was er brauchte. Zehn Tage mit ihm hatten ihr bereits mehr Geld gebracht, als sie sonst in einem Jahr verdiente.

Den Schlaksigen mit den schwarzen Augen, der den Hausmeister vergiftet hatte, mochte sie lieber, aber er war nicht so gierig. Er war vorsichtiger. Und klüger. Und vielleicht auch verzweifelter? Sie lachte. Wie konnte sie ihn packen?

Die Straßen hinter dem Hotel waren still. Sie zog ihr zerschlissenes Tuch fester um ihre Schultern. Heute würde sie gut schlafen. Jean-Claude war voll verrückt, aber wenigstens hielt er sie warm. Sie trippelte in die Hotel-Lobby. Ihre hohen Absätze klickten auf dem rissigen Linoleum.

»Zimmer 32.« Sie zwinkerte dem Mann hinter dem Empfangstisch zu.

»Er erwartet sie«, murmelte der junge Mann.

Rosie kniff sich in die Wangen und rieb sich über die Arme. Jean-Claude würde es nicht gefallen, dass sie so kalt war. Sie klappte ihr Taschenetui mit dem Spiegel auf und trug eine dicke Schicht Rosa auf ihre Lippen auf. Sie ließ den Spiegel zurück in ihre Handtasche gleiten und klopfte an die Tür Nr. 32.

»Herein«, tönte Jean-Claudes Stimme.

Er saß in dem einsamen Sessel des Zimmers und rauchte eine Zigarette. Zu seinen Füßen lag ein halbes Dutzend leere Rotweinflaschen von der billigen Sorte. »Nun?« knurrte er.

»Ich habe deinen großen Freund gefunden. Hab ihm gesagt, ich kann was arrangieren mit dir. Er kommt. Sag einfach, wann.«

Jean-Claude nickte zufrieden. Er stand auf und stolperte zu Rosie hin, ein wildes Licht in den Augen. »Sehr gut, mein süßes Aas.«

Er schlug sie heftig ins Gesicht. Sie fiel aufschreiend auf das Bett. Jean-Claude beugte sich über sie und sah sie mit besorgter Miene an. »Hat's wehgetan, kleine Rosie?«, nuschelte er. »Das wollte ich nicht, Kleine. Im Gegenteil, mein Schnuckelhurchen, heute Abend wird gefeiert, nicht?«

Er presste seinen Körper auf ihren. Rosie schloss ihre Augen und versuchte, seinen ranzigen Atem nicht zu riechen, während er mit den Knöpfen ihrer Bluse kämpfte.

»Jawohl, feiern«, wiederholte er. Rosie Lecharde wehrte sich nicht, sondern ließ den Betrunkenen gewähren, während sie an Geld und Freiheit dachte. Rosie Lecharde war nicht dumm.

* * * * *

Das Gesicht, das David aus dem Spiegel entgegenblickte, während er sich im Bad seines billigen Hotels rasierte, sah nicht anders aus als sonst auch. Lang und dünn, mit tief liegenden schwarzen Augen und kräftigen Brauen. Aber irgendetwas war anders, fand er, während der Rasierer durch den weißen Schaum glitt.

»Hoffnung«, sagte er plötzlich und lachte. Ja, Hoffnung. Noch nie zuvor war er mit solch einer – ja, Vorfreude aufgewacht wie in der vergangenen Woche. Seit der Nacht am Strand. Hoffnung.

Er schüttelte den Kopf. Hoffnung – das klang so flach, so künstlich. Hätte er jedem gesagt, der ihm zu erklären versuchte, was er da fühlte. Hatte er Gabriella gesagt, als sie von Hoffnung sprach. Aber sie war wirklich da, diese Hoffnung. Tief drinnen.

Er grinste den Spiegel an. Er wünschte sich, Gabriella stünde neben ihm und er könnte den Ausdruck auf ihrem Gesicht sehen. »Ich hab's getan.«

Aber er konnte nicht nach Montpellier und Castelnau zurück, jetzt, wo er die Information von der Prostituierten hatte. Noch nicht.

Er spülte sein Gesicht ab und trocknete es mit einem Handtuch. Die Sonne lugte durch die Ritzen der verschimmelnden Fensterläden. David drückte sie auf, dankbar für die frische Luft auf seinem frisch rasierten Gesicht. Dann ging er zurück zu seinem Bett, legte seine Aktentasche darauf und öffnete sie. Heute war der erste März. Noch vier Tage bis zu der Prüfung. Monsieur Vidal war sicher schon ungeduldig.

Er hatte ihm erklärt, wo die Prüfungsaufgaben vom letzten Jahr lagen: In seinem Schreibtisch bei Madame Pons. Falls er nicht mehr die Zeit hatte, neue zu formulieren. Ja, das wäre das Einfachste.

Er stellte sich Gabby vor, wie sie auf ihn wartete, jeden Tag mit neuer Hoffnung zu den Stunden kam. Er musste an ihre letzten Worte denken. *»Ich hoffe, du findest sie.«*

Und was er darauf geantwortet hatte. Hatte sie es verstanden? Sah sie es nicht? Er hatte sie doch gefunden! Und jetzt, mit seiner neuen Hoffnung und seinem neuen, nackten Glauben, konnte er es kaum erwarten, zu ihr zu gehen und es zu sagen. »Ich liebe dich! Ich liebe dich, du wilder Engel mit den roten Haaren! Siehst du es nicht? Verstehst du nicht? Werde meine Frau!«

Gabriella verdiente einen Liebesbrief, dachte er, während er mit der Hand über sein jetzt glattes Gesicht fuhr. Sie brauchte Hoffnung! Bis jetzt war seine einzige Reaktion auf sie Schweigen gewesen. Ein dickes, gespanntes, erstickendes Schweigen. Der Funke war nicht zur Flamme geworden. Noch mehr Schweigen, und das Feuer würde ausgehen, bevor es richtig begonnen hatte, und alles, was bleiben würde, wäre, wie damals bei den afrikanischen Lilien, die Asche einer törichten Romanze.

Aber jetzt gab es Hoffnung! »Liebe Gabriella«, flüsterte er. Wie sollte er es ihr sagen? Er nahm langsam seinen Füllhalter zur Hand und begann, seine Prüfungsaufgaben zu formulieren. Plötzlich wurde die Feder wie von selber schneller. Eine Idee, eine glänzende Idee! Er lächelte und nickte. »Jawohl, mein Engel. Das hier wirst du verstehen. Hundert Prozent wirst du das verstehen.«

* * * * *

»Da muss eine andere Frau im Spiel sein«, schloss Yvette Leclerc, als sie am 1. März in Monique Pons' Küche saß und ihren Kaffee trank. »Er ist zu oft unterwegs, unser Monsieur Hoffmann, um Gabriella wirklich zu lieben. Wie das Kind auf ihn wartet – man kann es schier nicht mit ansehen! Ihre Augen sind wie ein aufgeschlagenes Buch: Diese Liebe, diese Hoffnung, diese Angst, dass vielleicht doch irgendwo eine andere ist.«

Monique Pons hob die Tasse an ihren Mund und nickte. »In Gabriellas Gesicht kann man lesen, aber Monsieur Hoffmanns Gesicht ist ein Buch mit sieben Siegeln. Mal sieht er so aus, als ob er sie mag, und dann ist er plötzlich auf und davon. Ich verstehe wirklich nicht, wie Mutter Griolet das dulden kann. Er ist doch angestellt, um die Studentinnen zu unterrichten.«

Als ihre Kaffeetassen leer waren, waren die beiden Freundinnen durchaus nicht mehr sicher, ob David Hoffmann die Liebe der schönen Gabriella wert war.

Monique wechselte das Thema. »Dem Himmel sei Dank, dass der Februar vorbei ist. Wie ich diesen Monat hasse! Ende Januar denkst du, die Sonne wird wieder wärmer, und schwups, kommt der Februarfrost, dass man glatt denkt, wir wohnen im Norden, bei Paris oder Lille. Februar – brrr!«

Yvette pflichtete ihr bei. »Suppen, Suppen, Suppen. Die Mädchen können keine mehr sehen, aber was soll ich machen? Wir beginnen unsere Mahlzeiten mit einer Suppe, bis der Februar uns in Ruhe lässt. Es ist ja so schwer, für diese Amerikanerinnen zu kochen. Jedes Jahr dasselbe Theater. Die eine isst wie ein Spatz, die andere wie ein Walfisch.« Sie runzelte die Stirn.

»*Ooh là là!* Hast du gesehen, wie viel meine liebe Stephanie zugenommen hat? Das Mädchen passt kaum noch in seine Kleider. Caroline ist anders, die passt auf. Sie weiß, was ein schönes Figürchen wert ist.« Sie sah Monique an, und sie lachten beide laut.

»Also, Yvette! Aber es stimmt, Caroline ist eine schöne junge Dame. Sehr sogar.«

»Ja. Und sie weiß das und wird sich hüten, ein Gramm von ihrer Schönheit für ein schnödes Gebäckstück zu opfern.« Madame Leclerc schüttelte den Kopf und schnalzte mit der Zunge. »Sie ist zu sehr mit sich selbst beschäftigt, die junge Dame.«

»Und isst Gabriella immer noch so schlecht?« fragte Monique.

»Oh, mal so, mal so. Ihr Gesicht ist gerade wie ihr Teller. Wenn der Teller leer gegessen ist, ist Hoffnung in ihren Augen, und wenn sie kaum was angerührt hat, dann kriegt sie gerade wieder den Moralischen.«

»Und was geht zur Zeit so vor in ihrem kleinen Feuerkopf?«

»Sie ist dabei, die Hoffnung zu verlieren, Monique. Sie stochert nur auf ihrem Teller herum. Armes Ding.«

* * * * *

Hussein sah nicht älter aus als zehn Jahre, aber er war vierzehn. Er wünschte sich sehnlichst, schneller groß zu werden und den Flaum zu bekommen, den seine Freunde auf der Oberlippe hatten. Er sehnte sich danach, dass die jungen Mädchen ihre Brauen hoben und mit ihm flirteten, wie mit den anderen.

Gut, dass er wenigstens Arbeit hatte in Algier und dass Ali ihm ein paar Münzen für seine scharfen Augen gab. Und dass – bis jetzt – niemand eine Waffe auf ihn gerichtet und ihn am helllichten Tage auf der Straße erschossen hatte. Er lebte noch, und das war an diesem 1. Märztag des Jahres 1962 etwas, für das der Mensch dankbar sein konnte.

Seine Mutter rang immer die Hände, wenn er aus der Wohnung ging. »Begreifst du das nicht, Hussein? Die töten jeden. Was ist ein Junge für die OAS? Vor allem, wenn er noch ein Muslim ist. Pass auf, Junge, sei vorsichtiger!«

Es stimmte ja. Erst gestern Mittag war er an dem Café vorbeigegangen. Die Sonne schien, und die Menschen waren draußen und dachten an den Frühling. Die Cafégäste hatten an den Tischen gesessen und gelacht und ihre Cognacs und Whiskys getrunken. Dann plötzlich ein Schuss, und einer der jungen Männer war von seinem Stuhl gekippt, wie eine Schaufensterpuppe. Tot. Einfach so. Jemand hatte eine Zeitung über sein Gesicht gebreitet, und ein Krankenwagen war gekommen, um die Leiche abzuholen. Noch später hatte die Feuerwehr die Blutlache weggespritzt. Und die Menschen hatten weiter gegessen und getrunken und so getan, als sei nichts passiert und als ginge ihr Leben fröhlich weiter.

Dreißig Morde pro Tag. Mindestens. Unschuldige Zivilisten. Muslime und *Pied-noirs*. Hussein konnte sie fast in der Luft riechen, die stumme Angst. Aber er hatte Arbeit, und das half ihm, den Knoten in seiner Magengrube zu ignorieren, als er durch das Viertel Bab el Oued ging und den Ladenbesitzern ein Bild mit einer schönen *Pied-noir*-Frau und einem jungen Araber mit gelocktem Haar vor die Nase hielt. Er hatte die Frau einmal gesehen. Bestimmt würde sie eines Tages wieder hinaus in die Sonne kommen und ihn geradewegs zu ihrer Wohnung führen. Der Rest wäre Alis Sache, und in Husseins Tasche würden wieder ein paar Münzen klimpern.

* * * * *

Ali rauchte und spuckte aus, rauchte und spuckte. Die Februar-Verhandlungen über einen Waffenstillstand waren gescheitert, aber in der Spitze der FLN hieß es, dass sie im März nicht scheitern würden. Die Post wurde nicht mehr ausgetragen in Algier, nachdem die OAS fünf Briefträger ermordet hatte. Das Leben schien anhalten zu wollen.

Ali warf die Zigarettenkippe auf den Boden und trat sie mit seinem Schuh aus. »Genauso werden wir euch zertreten, ihr französisches Ungeziefer! Ihr denkt, wir haben Angst vor eurem Terrorismus. Von wem habt ihr ihn überhaupt gelernt, wie?« Er kicherte. »Von uns! Sieben Jahre Krieg, und endlich kapiert ihr es: Macht kommt aus Angst. Versucht ruhig, Algerien festzuhalten, es ist nutzlos.«

Die letzten Nachrichten von dem verrückten Jean-Claude hatten viel versprechend geklungen. Der hoch berühmte Mr. Hoffmann hatte den Falschen vergiftet – großartig! Und jetzt war eine dreckige kleine Nutte dabei, Jean-Claude warm und wohl informiert zu halten. Gut.

Seine letzten Instruktionen an Jean-Claude waren sehr klar gewesen. »Eliminiere Mr. Hoffmann erst, wenn er dich zu dem Kind und der Frau geführt hat und du die richtige Information hast. Danach kannst du machen, was du willst, mit dem ganzen Pack, aber mach es schnell.«

Und in Bab el Oued strich ein kleiner, aber kluger arabischer Junge durch die verdreckten Straßen, versteckte sich hinter überquellenden Mülltonnen, trat auf rutschige Orangenschalen, spitzte in Cafés, wo Studenten zusammensaßen, die Ohren. Hussein. »Eines Tages wirst du wie ich sein. Du wirst mächtig werden, Hussein, wenn du scharfe Augen und ein waches Hirn hast.«

Ali Boudani war nicht der Mann, der so schnell aufgab. Nicht, wenn es um Algerien ging; der süße Sieg, er schmeckte ihn schon auf der Zunge. Und auch nicht, wenn es um seine persönliche Rache ging. Und die Rache, sie war noch süßer.

Rosie Lecharde trug eine Sonnenbrille zu ihrem Treffen mit David Hoffmann. Es war wohl besser, wenn er ihr hässliches blaues Auge nicht sah. Sie hatte das Gefühl, dass sie diesem jungen Mann Leid tun könnte, und sie wollte nicht, dass er sie bemitleidete, sie wollte nur, dass er redete. 500 Francs hatte Jean-Claude ihr gegeben, weitere 500 hatte er ihr versprochen, falls sie ihn zu David Hoffmann führen konnte.

Ein Sonnenfinger stach durch die Wolken. Rosie klapperte mit ihren Absätzen und wiegte ihre Hüften, als ob es ein Tag wie jeder andere war. Sie wünschte sich, mit dem smarten Amerikaner gehen zu können. Jean-Claude machte ihr allmählich Angst. *Nicht daran denken, Rosie. Nicht denken.*

Sie bog in die Canebière ein, die belebte Hauptstraße von Marseille. Der Treffpunkt war die Kreuzung mit der Rue de Rome, hatte der Amerikaner gesagt. Es war der Platz in Marseille, wo alle Welt sich traf – die sonnengegerbten Matrosen und blonden Kadetten, die drallen Frauen aus Martinique mit ihren strahlend weißen Zähnen und die bunt gemusterten Touristen, die auf den nächsten Trip zum Chateau d'If warteten. Jeder war dort; aber das war der Treffpunkt, hatte er gesagt.

Die ganze Welt ist hier, dachte Rosie, *und deswegen wird keiner auch nur hinsehen.* Gerade das Richtige für Monsieur Hoffmann. Da trat er schon, noch bevor sie die Rue de Rome erreichte, aus einer Nebenstraße, packte sie am Arm und riss sie in den Schatten der Nebenstraße, während der Rest der Welt an ihnen vorbeiwimmelte, unterwegs zum Hafen oder zurück in die Stadt.

Rosie keuchte auf. »Ist er bei dir? Wo hast du ihn gelassen, Kleine?« Er schüttelte sie heftig. Wie stark seine Arme waren, wie wütend seine schwarzen Augen.

»Ich ... ich bin allein«, stotterte sie.

Er schüttelte sie wieder und lachte. »Du lügst gut!« Sie dachte, er würde sie schlagen, wie Jean-Claude, aber plötzlich lockerte sich sein Griff. »Nun?«

Sie richtete sich auf und sah ihm in die Augen. Sie fühlte sich stärker hinter ihrer Sonnenbrille. »Das!« zischte sie. »Einschüchtern gilt nicht, Mr. Hoffmann. Ich tue nur das, was man mir sagt.«

»Und wer sagt es dir, Rosie?« Sein Griff wurde wieder fester. Diese Schraubstockkraft in seinen Händen!

Sie biss die Zähne gegen den Schmerz zusammen. »Der, der mir am meisten zahlt, Monsieur Hoffmann. Wer am besten zahlt, und das bist zur Zeit nicht du.«

Sie schmiegte sich näher, drückte ihre Kurven an seine harte Brust. »Zu denen, die zahlen, bin ich sehr nett. Keine Angst, es ist alles ganz fair.«

Der große Amerikaner stieß sie zurück. Er sah angewidert aus. »Du lügst, Rosie. Du lügst.« Er zog einen braunen Umschlag hervor, der mit Banknoten vollgestopft war. »Reicht das hier? Stimmt dich das um, Rosie?«

Sie zählte hastig. 900, 1000, 1100, 1200 Francs. Sie lächelte zu ihm hoch, ihre breiten Lippen öffneten sich. »Das reicht. Ja, das reicht.«

»Und?«

»Er wohnt im Hotel Poseidon. 'ne richtige Bruchbude beim Alten Hafen. Nicht weit von der Wohnung, die er ... vor dem Unfall hatte.« Sie beobachtete ihn durch ihre Sonnenbrille. Einen Augenblick hatte sie den Eindruck, dass er zusammenzuckte.

»Zimmer 32. Ich sorge dafür, dass er morgen Abend um halb zwölf dort ist.« Sie lächelte wieder und klimperte gewohnheitsmäßig mit den Wimpern, obwohl man das durch die Sonnenbrille nicht sehen konnte. »Aber bis dahin ... du bist ja so großzügig gewesen ... Ich hätte ein paar Stunden Zeit, wenn du willst.«

Er lachte, tief und wütend, dass sie einen Schritt zurück machte. »Danke bestens, Rosie, aber für so was hab ich keine Zeit. Nicht heute.« Seine Stimme wurde weicher. »Gönn dir ein gutes Essen und mach mal einen Tag ohne Jean-Claude.« Er zog ihr unvermittelt die Brille ab und befühlte das blaue Auge. »Du weißt ja, dass er sehr unangenehm sein kann.«

Sie starrte ihn an, wieder mit den dick betuschten Wimpern klimpernd. Sie nahm ihre Brille zurück, wobei sie einladend über seine Finger strich, und setzte sie wieder auf. »Ich gehe dann also, Monsieur Hoffmann. Morgen Abend. Ich werde bereit sein; der Kerl wird nichts ahnen.«

Sie drehte sich um und ließ ihn im Schatten stehen, während sie zurück auf die Canebière trat, wo die ganze Welt zuschaute und die Achseln zuckte.

* * * * *

Moustafas Hand, in der er den Füllhalter hielt, zitterte. Er wusste nicht, wie er den Brief beginnen sollte.

»Sir.« Er strich das Wort sofort wieder durch. *Sir* - das konnte jeden meinen. Er musste genauer sein.

»Mr. Hoffmann«, schrieb er. »Ich muss noch in Algerien bleiben, solange es Hoffnung gibt, aber Anne-Marie kann nicht mehr bleiben. Sie ist nach einer Verletzung sehr krank und muss sterben, wenn sie weiter hier bleibt. Ich kann sie nicht allein mit den Kindern schicken. Bitte kommen Sie und holen Sie sie, Mr. Hoffmann.«

Er legte den Füller hin. David Hoffmann bekam sicher viel Post. Er hoffte nur, dass er noch genügend übrig hatte für seine ehemalige Geliebte, um rasch zu reagieren.

Und dann wusste er, was er zu schreiben hatte, auch wenn Anne-Marie ihm gesagt hatte: *»Du darfst ihm nie etwas von Ophélie sagen, Moustafa, er weiß nichts von ihr.«*

»Anne-Marie hat eine Tochter, Ophélie. Sicher ist sie bei Ihnen. Wenn Anne-Marie nur ihr Kind sehen könnte, würde sie wieder gesund werden. Sie müssen kommen und sie holen! Ich kann hier noch nicht weg.« Er zögerte und schrieb dann sorgfältig die Adresse eines Ladens zwei Straßen weiter in Bab el Oued auf. »Kommen Sie zu dieser Adresse. Dort wird jemand wissen, wo wir sind. Kommen Sie bitte bald, wenn Sie wollen, dass sie ihre Tochter wieder sehen kann. Es ist die einzige Hoffnung.« Er unterschrieb den Brief, rollte ihn sorgfältig zusammen und verschloss ihn mit einem Klebeband. Dann wickelte er ein paar alte Zeitungen darum.

Hoffnung, dachte Moustafa. *Was für ein merkwürdiges kleines Wort.* Er hoffte, dass David Hoffmann Anne-Marie genug liebte, um sie zu retten. Aber er hoffte auch, dass er sie nicht genug liebte, um sie ihm für immer wegzunehmen. Aber dieses Risiko musste er eingehen, sonst würde es keine Anne-Marie mehr geben, die jemand lieben konnte.

* * * * *

Der Laden lag absolut unauffällig an der Ecke zwischen der Rue Michel und der Rue Estanov in Bab el Oued. Moustafa blieb draußen stehen und befingerte eine Kartoffel und mehrere Zwiebeln.

Der breitschultrige *Pied-noir*-Ladenbesitzer lächelte ihn an, als er eintrat. »Ja? Was gibt's Neues?«

»Die nächste Sendung, Marc«, sagte Moustafa leise. Er nickte zu den Zeitungen in seiner Hand hin. »Geht es? Die Post funktioniert ja nicht mehr.«

Marc gluckste leise. »Ja, die Post geht nicht mehr. Kannst du ihr böse sein, wenn die Briefträger einer nach dem anderen umgelegt werden? Na, macht nichts, die Schiffe gehen noch. Unseres. Läuft deine Fracht noch?«

Moustafa nickte. »Ja. Und dies hier. Es ist dringend, es muss sofort weg, mit der Fracht.«

»Kein Problem.« Marc nahm die Zeitungsrolle entgegen. Er stopfte einen Fisch hinein und grinste. »Keine Sorge, Moustafa, die Sendung geht morgen Abend. Bin ich je unpünktlich gewesen?«

Moustafa warf eine Hand voll Wechselgeld auf die Theke und nickte. Der junge Händler legte die Zeitungen in eine kleine Kiste hinter ihm. Moustafa sah durch das Fenster auf die Straße. Die Luft schien rein zu sein. Er war nicht gerne bei Tag unterwegs; man konnte gesehen werden, und er musste schon einmal gesehen worden sein, sonst hätte Anne-Marie nicht mit dem Tod kämpfen müssen. Aber jetzt war niemand in der Nähe. Er schlüpfte hinaus in den Schatten der gelblich weißen Gebäude, auf den von Hundepisse und Vogeldreck und, ja, von Menschenblut verdreckten Bürgersteig.

* * * * *

Hussein kauerte in dem Durchgang zwischen zwei der größeren Straßen von Bab el Oued. Hier hatte er die Frau und den Araber verschwinden sehen. Das war jetzt fast sechs Wochen her, und er hatte sie seitdem nicht wieder gesehen. Aber er kam jeden Tag wieder in die Gasse, wenigstens eine Stunde. Man konnte nie wissen.

Er schlich durch die Schatten zur Rue Estanov hin. Die Sonne reichte bis in die stinkende Straße, aber nicht bis in den Durchgang. Jemand ging vorbei, und als Hussein um die Ecke lugte, setzte sein Herz einen Schlag aus. Ja! Dort, auf der anderen Straßenseite, im Schatten. Ein junger Araber mit wuscheligem Lockenhaar.

Hussein brauchte nicht mehr auf das Foto zu schauen, das Ali ihm gegeben hatte, er kannte es längst auswendig. Es war derselbe Mann.

Hussein trat vorsichtig, gegen die Sonne blinzelnd, in die Straße. *Leise, kein Laut,* befahl er sich, als seine Schuhe über das Pflaster kratzten. Der Araber ging rasch und sah sich nicht um. Hussein setzte dazu an, die Straße zu überqueren, um in den Schatten zu kommen, aber er hatte Angst. Er ging jetzt auf Zehenspitzen, vielleicht zwanzig Schritte hinter dem anderen. Der bog in eine Seitenstraße ein und war verschwunden.

Wie der Blitz war Hussein im Schatten des Bürgersteigs der Rue Estanov. Er hastete zu der Straßenecke und schaute herum, aber da war niemand.

Unmöglich. Seine Augen überflogen die Seitenstraße. Keine Bewegung, kein Laut, niemand. Hussein flüsterte einen Fluch. Es tat ihm sofort Leid. Was, wenn der Mann ihn jetzt gehört hatte? Er musste ganz in der Nähe sein.

Hussein vertrat sich die Füße, den Kopf nach unten gesenkt. Zehn Minuten lang ging er planlos hin und her. Er ging die Rue Cambriole hoch. Nichts. Warum wartete er nicht einfach? Was der andere konnte, konnte er schon lange. Er schlüpfte in eine andere Seitengasse, von der aus man in die Rue Cambriole sah. Die Sonne flackerte am Himmel, aber Hussein stand stockstill.

* * * * *

Es war eine Augenblickslaune, und David war es nicht gewohnt, sich von Launen leiten zu lassen. Aber der Gedanke wollte ihm nicht aus dem Kopf gehen. *Heute wird Gabriella in meiner Stunde ihre Klausur schreiben. Sie wird sich fragen, warum ich nicht da bin, und dann wird sie die erste Aufgabe lesen.* Er lächelte. Nein, er musste zu ihr, sie umarmen, endlich »Ja!« sagen. Nur dieses eine Wort, und dann würde er zurück nach Marseille fahren, durch die verfaulten Hintergassen am Alten Hafen zu Jean-Claude Gachons Hotel gehen und dann ... Er dachte nicht weiter. »Was dann, Gott, was dann?« Er begann zu fluchen, stoppte sich und lächelte. Gabriella.

Es war kaum Morgen. Zwei Stunden im Zug, zwei Stunden in Castelnau, zwei Stunden zurück nach Marseille. Zeit satt. Er nahm seine Jacke und seine Aktenmappe und verschloss die Tür hinter sich.

Es waren nur zehn Minuten Fußweg zum Bahnhof St. Charles, und der erste Zug nach Montpellier ging um 7.15 Uhr.

* * * * *

Rosie Lecharde lachte laut, als David Hoffmann in grauer Morgenfrühe auf die Straße trat. Sie stand bibbernd auf und schüttelte die Krümel eines Croissants aus ihrem Halstuch. Sie hatte also den richtigen Riecher gehabt, dass sie so früh hierher gekommen war. Die langen Stunden gestern, in denen sie ihm heimlich bis zu seinem Hotel gefolgt war, jetzt würden sie sich auszahlen. Mr. Hoffmann schien es eilig zu haben.

Die Straßen waren noch still, selbst die Geräusche des Alten Hafens klangen morgengedämpft. Die Canebière lag breit da, wie ein schweigender Fluss, ihre Cafés geschlossen, die Türen der Banken und Läden vergittert. David Hoffmann sprintete über die Straße. Der Strom der Fahrzeuge war dünn, aber schnell. Rosie folgte ihm.

Fünf Minuten später kam der Bahnhof in Sicht, hoch auf einem Hügel. Die ersten Sonnenstrahlen glänzten auf der hohen Dachkuppel. Eine breite Treppe führte zu dem Empfangsgebäude hoch. Rosie blieb kurz stehen, als David Hoffmann durch die Türen und zu dem einzigen offenen Schalter ging. Er wartete ungeduldig hinter einem wild aussehenden Studenten. Der Bahnhof war schon lange zum Leben erwacht. Überall sah man gut gekleidete Geschäftsleute, die Nasen hinter ihrer *Le Monde* versteckt. Draußen hielt mit kreischenden Bremsen ein Zug.

Rosie, außer Atem von dem Steigen, schaute zu, wie David seine Fahrkarte kaufte und mit raschen Schritten zu Bahnsteig 3 ging. *Wo will der hin?* Sie sah zu der großen Abfahrtstafel unter der Decke hin, die ratternd die nächsten Züge verkündete. Avignon 6.43, Aix-en-Provence 7.05, Nîmes 7.15. Nîmes! Und dann weiter nach Montpellier. Ja, Montpellier, das musste es sein, dort wohnte er ja. Hatte Jean-Claude jedenfalls gesagt.

Rosie trippelte zu dem Schalter und keuchte: »Mein Freund, der große Dunkelhaarige, war er gerade hier? Hat er eine oder zwei Fahrkarten nach Montpellier gekauft?«

Die Frau erwiderte, ohne aufzublicken: »Eine.«

»Oh, nein! Dann geben Sie mir schnell noch eine nach Montpellier.«

»52 Francs, bitte. Der Zug fährt um 7.15 Uhr auf Bahnsteig 3 ab.«

Rosie rannte die Treppe zur Unterführung hinunter. Da war schon Bahnsteig 3. Sie hielt abrupt an. David Hoffmann stieg gerade in den dritten Wagen. Sie wartete fünf lange Minuten, bevor sie auf den Bahnsteig trat, in die umgekehrte Richtung ging und in den zweitletzten Waggon stieg. Rosie war sicher, dass der Amerikaner keinen Verdacht schöpfte, als der Zug sich um 7.15 Uhr in Bewegung setzte.

* * * * *

Gabriella stieg die Treppe zum ersten Stock des Pfarrhauses hoch. Sie hatte die unbestimmte Hoffnung, dass David da wäre, um ihr Lächeln zu erwidern, um ihr die Klausurunterlagen auszuhändigen – irgendetwas, damit sie wenigstens wusste, dass er noch lebte. Aber als sie in den Seminarraum trat, saß Monsieur Vidal dick und schweigend hinter dem Pult.

Ade, Hoffnung. Sie ging zu ihrem Platz. Sie wusste selber nicht, ob sie wütend oder besorgt oder enttäuscht war. Wahrscheinlich alles. Lag er vielleicht tot in irgendeiner Straße in Marseille? Wenn sie nur etwas wüsste.

Die Turmuhr schlug neun, als Stephanie sich neben sie setzte. Sie rollte die Augen und flüsterte: »Hast du gelernt?«

Gabriella schüttelte ihre roten Feuerlocken. »Nicht viel.« Was stimmte. Sie hatte versucht, für die Prüfung zu lernen, aber alles, was sie auf jeder Seite, die sie umblätterte, las, war: *»Weißt du nicht, liebe Gabby? Weißt du es nicht?«* John Donne predigte es, Shakespeare sagte es in Blankversen, Monet malte es auf eine leere Leinwand, dass es Farbe bekam. *»Weißt du nicht?«*

Aber sie wusste es nicht.

»Guten Morgen, meine Damen.« Monsieur Vidal erhob sich, sein Gesicht eine einzige Entschuldigung. »Sie werden entschuldigen, dass Monsieur Hoffmann mich gebeten hat, Ihnen die Prüfungsunterlagen auszuhändigen. Sie haben, wie Sie wissen, zwei Stunden, und Monsieur Hoffmann bittet Sie, sich Ihre Zeit gut einzuteilen. Es gibt zwanzig Zitate, die Sie richtig einordnen müssen, und eine Gedichtinterpretation. Danach werde ich Ihnen mehrere Dias von Bildern zeigen, die Sie korrekt identifizieren müssen. Zum Schluss kommen zwei Fragen, über die Sie einen kurzen Essay schreiben werden, und Monsieur Hoffmann möchte, dass Sie die letzten 45 Minuten für sie reservieren. Sie können anfangen, sobald Sie Ihre Unterlagen haben.«

Er reichte Gabriella fünf Seiten, die links oben säuberlich zusammengeheftet waren. Sie waren in Davids kräftiger Handschrift beschrieben. Ihr Herz raste. Seine Handschrift! Aber er selber war nicht da.

Sie nahm ihren Füllhalter in die Hand und schrieb ihren Namen auf die erste Seite. Sie las die Anweisungen für die erste Aufgabe. »Geben Sie an, von welchem Autor und aus welchem Werk die folgenden Zitate stammen.«

Sie las das erste Zitat: »Der Wahrheitshüter, der dem Trug verfällt, der Stolz und Witz, das Rätsel dieser Welt!« Fast sagte sie es laut: *Na, das ist aus Alexander Popes Essay on Man!* Sie hörte sich selber wieder, wie sie diese Worte vor Monaten – vor einem halben Leben – gesprochen hatte. Damals hatte sie zum ersten Mal David Hoffmann in die Augen gesehen. »Da habe ich dich noch nicht gekannt«, flüsterte sie zu sich selber, während sie die Lösung aufschrieb.

Das nächste Zitat war von Donne, *Meditation XVII.* Bekannt. Das Werk mit den geflügelten Ausdrücken »Wem die Stunde schlägt« und »Niemand ist eine Insel«. Aber David hatte den letzten Satz dieser Meditation gewählt. Komisch, dachte sie.

»... Doch eben diese Glocke, die mir von seinem Leiden kündet, gräbt dies Gold aus und macht es mein, so ich durch solches Betrachten der Not und Gefahr eines anderen meine eigene recht bedenke und meine Hilfe bei meinem Gott suche, der unsere einzige Zuflucht ist.«

Merkwürdig, dass du so ein Zitat bringst, David, dachte sie. Dann erinnerte sie sich an den zweiten Kurstag, als er sie aufgefordert hatte, etwas über Donne zu sagen, und sie ... Ja, richtig: Sie hatte das Ende dieser Meditation zitiert! Sie spürte, wie ihre Wangen zu brennen begannen, gerade so, als ob David vor der ganzen Klasse ausrief: »Denken Sie an Miss Madison! Miss Gabriella Madison.«

Aber keine der anderen schien etwas gemerkt zu haben. Man hörte nur ein paar Seufzer und ein plattes: »Das ist unmöglich!« von Stephanie, gefolgt von einem allgemeinen Kichern. Niemand sagte das, was Gabriella fürchtete: »Diese Prüfung hat er für dich geschrieben.«

Ein Zitat aus Miltons *Paradise Lost.* Aber was für eines! »Nun weiß ich, was der einzig rechte Weg: Dem einen wahren Gott gehorsam sein, Sein Angesicht zu suchen jeden Tag, auf Ihn allein zu setzen mein Vertrau'n.«

Keine der anderen sah es. Sie zermarterten sich alle ihre hübschen Köpfe, um etwas zu finden, das sie hinschreiben konnten. Gabriella begriff nicht, wie sie es nicht sehen konnten. Aber sie sah es. Ein Glaubensbekenntnis nach dem anderen, Zitat um Zitat. Die ersten neun Zitate zusammengenommen ergaben geradezu ein Plädoyer für den christlichen Glauben. Das konnte doch kein Zufall sein ...

War David clever! Sie lachte unwillkürlich. Dann las sie das zehnte Zitat, und ihr Herz machte einen Satz. »Der Herr behüte mich vor allem Übel, er behüte meine Seele. Der Herr behüte meinen Ausgang und Eingang von nun an bis in Ewigkeit!«

Der 121. Psalm! Aber er hatte ihn abgeändert und das »dich« und »dein« durch »mich« und »mein« ersetzt. Warum das? Und dann kam sie ihr, die Erinnerung: *»Ich kenne diesen Psalm und viele andere auswendig. Aber wenn Sie hoffen, dass ich ihn mir als Gebet zu eigen mache, dann können Sie lange warten.«* So hatte er gespottet bei ihrem ersten Rendezvous am Place de la Comédie. Und jetzt tat David in diesem Quartalsexamen genau das, was er damals geschworen hatte, niemals zu tun: Er hatte die dritte durch die erste Person ersetzt, damit sie, Gabriella, ohne jeden Zweifel wusste, dass dies sein Gebet war!

David Hoffmann war zum Glauben gekommen. Irgendwo zwischen dem Gespräch in dem Café vor zwei Wochen und diesem Morgen hier hatte David zu Gott gefunden. Sie spürte eine Träne und wischte sie hastig fort.

Das nächste Zitat war aus einem frühen Gedicht von Shakespeare: »O Liebste, wohin willst du fliehen? O, bleib, dein Freund will zu dir ziehen, dessen Lied dein Herz erquickt. Geh nicht weiter, schönes Herze, schon brennt hell der Liebe Kerze.«

Sie spürte, wie ihr Kopf ganz rot wurde. Was sollte das jetzt bedeuten? *Nein, du liest zu viel da rein. Das ist doch nur ein Gedicht, das wir einmal besprochen haben. Das ist keine Liebeserklärung von David an dich.*

Sie konzentrierte sich auf das nächste Beispiel. Coleridges Liebesgedicht an seine Braut Sara. Gabriella musste an sich halten, nicht laut loszulachen: »Mild ist der Tadel deines ernsten Blicks, o hoch geliebtes Weib! Du hast Geduld mit meinem allzu trägen Erdensinn und lädst mich ein, zu geh'n mit meinem Gott, du Tochter Christi mit dem sanften Herz!«

Sie schüttelte ihren Kopf. Was hatte David sie mit diesem Gedicht aufgezogen. *»Auf so ein Gedicht von mir wartest du doch nur …«* Und jetzt – hatte er ihr eines geschrieben.

Dann ein Zitat von D. H. Lawrence: »Der Schmerz der Liebe zu dir ist fast mehr, als ich tragen kann.« So schlicht, so direkt. Ihr war halb schwindlig. Meinte er mit diesen Worten wirklich sie? Oder fragten die anderen sich, ob nicht vielleicht sie gemeint waren? Aber keine sah verlegen aus, auf den Gesichtern stand nur der übliche Prüfungsstress.

Er sagte es ihr mit Wordsworth und Keats und T. S. Eliot, und dann in Prosa und auf Französisch mit Victor Hugo und Flaubert. *Ich liebe dich.*

Sie versuchte, nicht zu weinen, als sie die kurze Gedichtinterpretation schrieb. Aber das Gedicht war Matthew Arnolds »Dover Beach«, und bei »Dover Beach« musste sie immer weinen. Er wusste das. David wusste es.

Monsieur Vidals monotone Stimme unterbrach ihren Gedankenfluss. Es war Zeit für die Dias. Sie war dankbar, dass er das Licht löschte; so konnte niemand ihre Tränen sehen. Sie war immer noch bei »Dover Beach«, als das erste Bild auf die Leinwand kam. Als sie hochblickte, spürte sie eine Freude, dass es ihr wehtat. Vorne leuchteten Monets *Mohnblumen bei Argenteuil.* Nein, es gab keinen Zweifel mehr.

* * * * *

Gabriella schrieb fieberhaft, frei, glücklich. Sie nahm kaum wahr, wie die anderen Mädchen aufstanden, ihre Klausuren abgaben und gingen. Wie konnten sie schon fertig sein? Es gab doch noch so viel zu sagen, zu schreiben. Als die zwei Stunden um waren, war Gabriella die Einzige, die noch schrieb. Monsieur Vidal räusperte sich umständlich. »Mademoiselle Madison, Ihre Zeit ist um.«

Sie lächelte ihn an. »Entschuldigung, ich bin gleich fertig.« Sie vergrub wieder ihren Kopf in ihrer Arbeit. Fünf Minuten später drang wieder eine Stimme in ihre Träume. »Miss Madison.«

Es dauerte einen Moment, bis sie merkte, dass es diesmal

nicht Monsieur Vidals Stimme war. Sie schnappte nach Luft, ihr Kopf schnellte hoch. In der Tür stand David Hoffmann, mit einem Ausdruck auf seinem Gesicht, den sie noch nie gesehen hatte.

Er trat mit raschen Schritten zu ihr und flüsterte: »Miss Madison, es ist so weit.«

Wie durch einen Nebel sah Gabriella, dass der Raum leer war. Nur David und sie waren da. Sie legte ihren Füller hin und starrte ihn mit offenem Mund an, dann stand sie umständlich auf. »David«, murmelte sie.

Dann war er bei ihr, hob sie mit seinen starken Armen hoch, drehte sie im Kreis, drückte sie, fest, während er lachte: »Gabby, meine liebe Gabby!«

Er setzte sie wieder ab und presste sie an seine Brust, und sie hörte, wie sein Herz hämmerte. Er legte seine Hand unter ihr Kinn und hob ihr Gesicht hoch, so dass sie ihn ansah.

»Gabby. Gabby, verstehst du jetzt? Weißt du es jetzt?«

Sie nickte. Sie merkte, wie ihre Augen nass wurden. Sie brachte kein Wort heraus.

Er beugte sich zu ihr, und einen Augenblick – oder war es eine Stunde – später berührten seine Lippen die ihren.

Er hob seinen Kopf wieder und lächelte. Dann der nächste Kuss, zärtlich, voll Überzeugungskraft. Sie schlang ihre Arme um seinen Hals, küsste zurück, lachte. Ihr war, als ob tief in ihr eine Blüte sich öffnete, die ihr ganzes Leben nur auf diesen Augenblick gewartet hatte.

Sie konnte sich später nicht mehr erinnern, wie lange sie dort in dem leeren Seminarraum im ersten Stock des Pfarrhauses St. Joseph gestanden und sich umarmt hatten. Sie wusste nur noch, wie heftig sie sich gewünscht hatte, David für immer dort behalten zu können und ihn nie mehr hinaus in den Flur lassen zu müssen, wo das Leben weiterging.

Doch dann nahm er ihre Hand und verschränkte seine langen Finger mit den ihren. Er legte seine andere Hand darüber und tätschelte ihre Hand. »So ist es richtig, Gabby. Wir sind die Richtigen füreinander.«

Sie wusste, dass er den Satz ernst meinte. Aber sie las noch etwas anderes in seinen Augen, und bevor er das Wort aussprach, kannte sie es schon. *Aber ...* Dieses furchtbare kleine Wort, das die Kraft hatte, Schicksale zu verändern.

Und dann sprach er und bestätigte ihre Befürchtungen. »Aber, Gabby, ich kann jetzt nicht bleiben. Noch nicht. Ich bin nur auf einen Sprung gekommen, weil ich ... weil ich dich sehen musste.« Seine Augen verzauberten sie, dass sie spürte, wie ihre Knie weich werden wollten.

»Ich muss noch einmal gehen. Ich habe ihn gefunden. Jea ...«

Sie legte ihren Finger auf seinen Mund. »Sag den Namen nicht! Bring ihn nicht hierher, lass ihn das nicht kaputtmachen. Du und ich.«

»Sicher«, flüsterte er. Er küsste sie wieder und hielt ihr Gesicht in seinen Händen. »Liebe, liebe, schöne Gabby. Kann das wahr sein?«

Sie lächelte. »Ich glaube, schon.« Sie legte einen Augenblick ihren Kopf an seine Brust. Plötzlich gingen tausend Fragen durch ihren Kopf.

»David?«

»Mmm?«

»Wie ist das eigentlich gekommen? Wie bist du zum Glauben an Christus gekommen?«

Er seufzte auf. »Das könntest du sicher viel besser erklären als ich. Es ist ein ziemliches Rätsel, und doch plötzlich so klar. Ich habe viel gelesen. Wie du sagtest, die Evangelien, auch die Briefe. Und die Psalmen. Und ich habe viel mit deinem Gott gehadert.« Er spielte mit ihrem Haar, ließ die dicken roten Locken durch seine Finger gleiten.

»Am Ende war das Kreuz. Und die Vergebung.« Er berührte lächelnd die goldene Kette um Gabriellas Hals. »Ist das nicht komisch? Da war es die ganze Zeit hier, um mich zu erinnern.« Seine Stimme wurde rau, er sprach kaum hörbar weiter. »An jemanden, der so viel mehr gelitten hat als ich. Und an das Schwerste aller Dinge: die Vergebung.«

Sie standen in der Tür des Seminarraums, Davids Kopf auf Gabriellas. Sie fragte wieder: »Und das andere? Wie hast du das andere gemerkt?«

Er kicherte. »*Das andere,* wie du es nennst, Gabby, war wunderbar einfach. Das einzige Schwere war, es zuzugeben.«

Er sah sie fest an. Seine Augen waren tief, leuchtend, ehrlich. »Ich habe die ganze Zeit gewusst, dass ich dich liebe, Gabby. So lange schon.«

Er beugte sich zum nächsten Kuss. Sie erwiderte ihn begierig, und wieder merkten sie nicht, wie die Zeit verging.

* * * * *

Endlich drehte David den Schlüssel, um die Tür des Seminarraums zu verschließen. »Hast du auch meine Klausur?« kicherte Gabriella.

»Ja, natürlich.« Er klopfte auf seine Aktentasche.

»Es war ja ein bisschen peinlich«, sagte sie. »Ich hätte schwören können, dass die anderen es merkten, wie du die Fragen gemeint hast. Aber sie scheinen rein nichts gemerkt zu haben.«

Er lachte. »Die anderen Damen könnten das Alphabet nicht entziffern, wenn man es ihnen vorbuchstabierte. Aber du hättest dir sowieso keine Sorgen zu machen brauchen. Bis auf die Dias haben sie eine völlig andere Klausur gehabt.« Er grinste über das ganze Gesicht.

»Wie, bitte?«

»Ich hatte Monsieur Vidal eine Extraklausur nur für dich geschickt. Die anderen haben die vom letzten Jahr bekommen.«

»Na, das war aber clever von dir! Jetzt weiß Monsieur Vidal also alles über uns?«

David legte seinen Kopf zurück und lachte schallend. »Meine liebe Gabby, wenn du wüsstest, was Monsieur Vidal alles weiß!«

Gabriella rümpfte demonstrativ die Nase, fragte aber nicht weiter.

Sie blieben einen langen Augenblick auf dem oberen Treppenabsatz stehen, dann führte David sie hinunter und nach draußen. »Und Ophélie? Kann ich die auch eben noch sehen?«

Gabriella zögerte. »David ... sie war sehr krank.«

»Krank?«

»Ja, aber inzwischen geht es ihr schon viel besser. Dein Brief war genau das, was sie gebraucht hat. Aber wenn du heute nur eben den Kopf reinsteckst, ich glaube, das wäre nicht gut; es könnte sie zu sehr mitnehmen, verstehst du?«

»Ja ... doch, gut.« Er dachte nach, dann sagte er: »Hör zu, Gabriella: Ich möchte gerne, dass Ophélie und du euch mit mir an der Pont-du-Gard trefft.«

Bevor Gabriella protestieren konnte, sprach er schon weiter. »Heute ist der Sechste. Meinst du, dass sie am Zwölften stark genug sein wird? Das wäre fast noch eine Woche.«

»Ich ... ich weiß nicht«, stotterte Gabriella.

»Mach dir mal keine Sorgen. Bis zum Zwölften ist alles vorbei in Marseille. Ich werde genügend Zeit haben, in Aix und Aigues-Mortes nach dem Rechten zu sehen. Nehmt den Zug nach Nîmes, und von dort den Bus zur Pont-du-Gard. Bringt was zu essen mit, wir machen am Flussufer ein Picknick. Um diese Jahreszeit haben wir den ganzen Fluss für uns allein.«

»Kannst du nicht einfach hierher zurückkommen, David?«

»Nein, noch nicht, das wäre unklug. Aber ich muss Ophélie sehen, ich muss einfach. Also am Zwölften an der Pont-du-Gard.« Seine Stimme sank zu einem aufgeregten Flüstern herab. »Nehmt den 10.40 Uhr-Zug nach Nîmes. Der Bus geht um 11.35 Uhr. Wir treffen uns an der Bushaltestelle.«

Er wollte sich umdrehen, um zu gehen. »David, du machst mir Angst.« Sie packte seinen Mantel. »Bitte, bleib doch hier bei mir. Bitte.«

Er nahm sie lachend in die Arme, zog sie um die Ecke der Kirche und küsste sie leidenschaftlich. »Wenn es Probleme gibt, gebe ich dir Bescheid. Hab keine Angst, Liebes, ich melde mich. Bete einfach für mich. Mach dir keine Sorgen, bete nur.« Er gab ihr einen letzten Kuss und ging.

Wie im Traum ging Gabriella zurück durch das Pfarrhaus. Da, wo ihr Herz war, tanzten lauter kleine Freudenexplosionen, und sie merkte, wie sie tief, tief einatmete. David Hoffmann liebte Gott. Und David Hoffmann liebte sie. Ein Wunder. Ein warmer Wind von oben, der ihr das Herz lebendig machte. Sie lächelte, schaute nach oben und flüsterte: »Danke. Danke. Und bitte, bewahre du ihn.«

* * * * *

Rosie Lecharde verließ die Kirche durch die kleine Seitentür. Was für ein praktisches Versteck! Und solche Neuigkeiten! Sie hatte keine Eile, den Zug zurück nach Marseille zu bekommen. Sie lachte laut, als sie sah, wie David Hoffmann über das Kopfsteinpflaster rannte.

Von ihr aus konnte er gerne nach Marseille fahren, um Jean-Claude zu treffen. Bestimmt wartete dort eine Überraschung auf ihn. Rosie Lecharde lachte wieder. Sie würde in aller Ruhe mit dem Bus zum Place de la Comédie fahren. Ihre Geldbörse war wohl gefüllt, und sie konnte den ganzen Tag in einem kleinen Café sitzen und *Verveine* trinken. Am Spätnachmittag würde sie vielleicht eine nette kleine Arbeit finden in Montpellier. Nur keine Eile. Danach würde sie mit dem Mitternachtszug zurück nach Marseille fahren. Sie hatte alle Zeit der Welt, um zurück zu Jean-Claude zu gehen und ihm zu sagen, wer am 12. März die Pont-du-Gard besuchen würde.

KAPITEL 31

Eine halbe Stunde vor Mitternacht waren die Slums von Marseille voller Leben. Schlägereien, Schreie. Irgendwo fiel ein Schuss. Rosie Lecharde hatte Recht gehabt; das Hotel Poseidon war nicht schwer zu finden. Es lag im Herzen der Stadt, direkt neben dem Alten Hafen, nicht weit von Jean-Claudes ehemaliger Wohnung. *Was war ich blöd,* dachte David.

Er hatte nicht die geringste Lust, sich zu einem Wahnsinnigen in Zimmer 32 zu begeben. Rosies Information war zu bereitwillig gekommen. Um 1200 Franc zu bereitwillig. Oder hatte er schlicht Angst? Plötzlich war es wichtig, dass er am Leben blieb. Es gab zwei Menschen, denen er wert war. Nicht, weil er ihnen nützlich war, nicht, weil er für eine edle Sache kämpfte. Sie liebten *ihn*, ihn selber. Sie brauchten ihn. Und wenn er ehrlich war: Er brauchte sie. Ophélie und Gabby. Achtzehn Jahre war es her, dass er es sich zugestanden hatte, einen Menschen zu brauchen. Seine Mutter.

Er schüttelte sich in die Gegenwart zurück. Sein plötzliches Zögern irritierte ihn. Dies war nicht der Augenblick, sich verunsichern zu lassen, nicht die richtige Zeit, auf das Herz zu hören.

Aber da war noch etwas anderes. Er konnte es nicht erklären, aber es war da. Wie eine ferne, leise Sirene. Eine hartnäckige Warnung, kaum wahrnehmbar, aber da.

Er ging nicht in das Hotel hinein, sondern blieb in dem Schatten neben der umgekippten Mülltonne mit ihrem verrotteten Obst und den Flaschenscherben. Über ihm waren die Fenster der Nordwand des Hotels. Dreißig Minuten vergingen. Aus einer nahen Bar, die ihre Kunden mit blitzenden Neonlichtern begrüßte, plärrte Musik. Eine Katze strich um Davids Bein, dass er heftig zusammenzuckte. Sie sprang auf die Mülltonne und verschwand. Aber niemand kam aus dem Hotel.

Er konnte es sich nicht leisten, Jean-Claudes Spur wieder zu verlieren. In zwei Tagen musste er in Aix sein, und bald danach an der Pont-du-Gard. Er hockte sich hin und lehnte sich gegen die Mülltonne. Er verschloss seine Nase gegen den Gestank. 1 Uhr kam und ging. David sah, wie der Zeiger seiner Uhr auf 2 zuging, dann schlief er ein.

* * * * *

Ein dumpfer Schrei aus einem der Fenster über ihm weckte ihn. Es war dunkel, die Bar auf der anderen Straßenseite war zu, die Neonreklame erloschen. Er konnte seine Uhr nicht ablesen. Wieder ein Schrei, lauter. Wahrscheinlich bedeutete er nichts. David schlich zur Vorderseite des Hotels. Die Tür war nicht verschlossen. Die Rezeption war leer und dunkel. An der Wand war eine Uhr, die in dem dünnen Lichtstreifen, der aus dem Korridor kam, halb fünf anzeigte.

Er trat in den Korridor. Das erste Zimmer auf der rechten Seite trug die Nummer 12. Danach kam Nr. 22. Er schlich zur nächsten Tür. 32. Er blieb stehen und lauschte angestrengt.

Eine stöhnende Frauenstimme. »Ich weiß nicht, warum er nicht gekommen ist. Ehrenwort. Bitte ... es ist doch eine gute Information. Bitte ...«

Ein Schrei und ein Schuss. »Mein Gott, nein!«, murmelte David. Er stieß instinktiv gegen die Tür. Sie war verriegelt. Er rammte seine Schulter dagegen. Sie hielt immer noch. Er holte aus und trat mit aller Kraft gegen sie, und sie ging auf.

Auf dem Fußboden lag Rosie Lecharde, in ihrem Kopf war ein Loch. Er fühlte ihren Puls. Sie hatte keinen mehr. Das Fenster war offen. Er rannte hin und schaute in die Hintergasse hinein. Niemand. Er sprang durch das Fenster und landete in dem Abfallhaufen. Er rannte die Gasse entlang und wieder zurück. Nichts. Dann kam aus der Ferne eine Polizeisirene. Er rannte zum Ende der Gasse und hinaus auf die leere Hauptstraße. Jean-Claude war nirgends zu sehen.

Eines weiß ich jedenfalls, dachte er grimmig. *Zurück ins Zimmer 32 im Poseidon kommt er nicht mehr.*

Er ging langsam zu seinem Hotel. Rosie war tot, weil er nicht gekommen war. Die Kugel war sicher für ihn gedacht gewesen. Und Jean-Claude war wieder auf der Straße, wie eine tollwütige Hyäne.

»O Gott, was soll ich machen?«, flüsterte er. Er stieg die

ächzende Holztreppe hoch, die zu seinem Zimmer führte. Er ließ sich auf die orangene Tagesdecke auf seinem Bett fallen und schlief ein.

* * * * *

Die Kinder sangen gerade das Tischgebet vor dem Abendessen. Gabriella hörte die vertraute Melodie, als sie durch den Flur im Untergeschoss des Pfarrhauses ging. Wie in einer Trance trat sie hinaus in den Hof. Sie merkte, wie sie leise mit den Kindern summte: *»Für's täglich Brot, für alle Freud', wir danken dir, o Gott.«*

Ja, es stimmte. Für wie viel konnte sie nicht dankbar sein. So viele Gründe, Gott zu loben. Sie setzte sich in Mutter Griolets Korbstuhl und sah zum Himmel hoch, wo die letzten dunkelroten und blaugrünen Streifen hinter dem Glockenturm der Kirche hingen. Im Vergleich zur letzten Woche war die Luft fast lind. *»Es gibt Regen, einen richtigen Wolkenbruch«*, hatte Schwester Isabelle ihr gesagt und zum Himmel hochgezeigt. *»Man riecht es in der Luft.«*

Was Gabriella roch, war lauter Frühling, Erneuerung, neues Leben und Hoffnung. Keine Stürme mehr. David. Er war also doch ein Romantiker. Sie merkte, wie sie grinste. Sie schloss die Augen und ließ jedes der Zitate aus der Prüfung an sich vorbeiziehen. Die große Liebeserklärung. Ihr Herz begann zu hämmern, so wie in dem Augenblick während der Klausur, als sie begriffen hatte, was David ihr da sagte. Sie ließ die Szene Revue passieren, wie auf einmal von hinten seine Stimme gekommen war; wie sie ganz überrascht aufgestanden war; dann seine Arme; und der Kuss ...

Wie im Film, dachte sie. *Nur viel besser.* Kein Tagtraum, sondern wirklich wahr. Vor drei Tagen also hatte er sie geküsst und ihr seine Liebe erklärt. Und noch einmal drei Tage, und sie wären wieder zusammen. Diese Woche, sie war wie eine kurze Pause, ein Atemholen, um zu sich zu kommen und noch einmal den Text durchzugehen, bevor sie zurück auf die Bühne ging für den letzten Akt. Sie war dankbar für diese Stunden.

War es wirklich erst sieben Monate her, dass sie Dakar verlassen hatte, und keine sieben Jahre? Sie musste lachen. Vielleicht waren es sieben Leben, und jetzt hatte sie, wie eine Katze, noch zwei vor sich. Nichts war so gewesen, wie sie es erwartet hatte, absolut nichts. Bis auf ...

Ja, dachte sie. *Du, Herr, bist derselbe, gestern, heute und morgen. Deine Liebe hat mich nicht losgelassen. Du hast mich nicht verlassen, selbst als ich sicher war, dass es nichts mehr zu hoffen gab.* Sie hörte das Lachen der Kinder aus dem Speisesaal, aber sie sah nur Ericka vor sich, wie sie im Kreis tanzte und sich über ihre Schwester freute.

Ericka hatte gewusst, was Freude war. Gabriella spürte, wie dieser Gedanke einen plötzlichen tiefen Frieden durch sie strömen ließ. In ihrem kurzen Leben war Ericka der Freude begegnet. Vom Hass gezeugt und in Trauer geboren, hatte sie doch Freude erfahren.

Es war ein Trost. Mutter Griolet hatte Recht: Das Leben war nicht fair. Aber es gab Hoffnung. Und was hatte David gesagt? Vergebung? Jawohl, er hatte das Wort gesagt! Sie lachte laut auf. Er hatte Vergebung von Gott empfangen, und er hatte selber vergeben.

Plötzlich lag sie vor dem Korbstuhl auf den Knien, unter sich die kalte, feuchte Erde. Sie berührte das Kreuz um ihren Hals. »Herr«, flüsterte sie. »Herr Jesus. Vergib mir mein Hassen. Vergib mir, dass ich gehasst habe. Weil ich so vieles nicht verstehen konnte.« Sie hielt inne, dachte an Ericka, dann an Ophélie. »Ich vergebe jetzt. Ich vergebe dem Mann, der Mutter das damals angetan hat. Ich vergebe denen, die nicht gekommen sind, als Ericka so krank war. Ich vergebe Vater, dass er nicht da war. Und Mutter, dass sie mir nie von der Vergewaltigung erzählt hat. Und Mutter Griolet ...« Sie schluchzte jetzt, aber mitten im Weinen spürte sie, wie etwas – nein, wie jemand ein schweres Gewicht von ihren Schultern hob. Es war, als ob ein viel zu großer Rucksack von ihr fiel.

Sie stand wieder auf, plötzlich leicht und frei. Sie spürte: Dies war ein Schritt. Ein weiterer Schritt in dem Prozess der Bewältigung, der Trauerarbeit, den Mutter Griolet beschrieben hatte. Sie wusste, es würden noch andere Schritte folgen.

Aber sie mochte jetzt nicht an sie denken. Nicht heute. Sie wollte einfach leben und da sein. »Einfach bleiben«, sagte sie. Wie die Reben am Weinstock. Sie dachte an die herbstbunten Weinberge, durch die David sie gefahren hatte.

Sie hörte ein leises Geräusch hinter sich und drehte sich um. Mutter Griolet kam auf sie zu, ihre Gestalt ein dunkler Scherenschnitt vor dem Licht, das aus dem Speisesaal strömte.

»Mein liebes Kind«, begann sie leise. »Ich habe nicht gewusst, dass du noch hier bist. Isst du heute nicht bei Madame Leclerc?«

»Doch, ja. Ich habe nur gerade den Abend genossen ... und an ein paar Dinge gedacht, die Sie mir gesagt haben.«

»Die ich gesagt habe?« Mutter Griolet lachte überrascht.

»Ja. Über die Vergebung und ... und was danach kommt.« Gabriella hakte sich bei der Nonne unter, und sie begannen, gemeinsam durch den Hof zu gehen. Gabriella erzählte begeistert von dem, was sie gerade innerlich erlebt hatte, und dann, bevor sie sich stoppen konnte, erzählte sie von David. »Er ist gläubig geworden, Mutter Griolet. David glaubt.«

Die Nonne kräuselte ihre Lippen. »Er glaubt? Wie meinst du das?«

»Er glaubt an Gott. An Christus. An die Vergebung.«

Mutter Griolet gluckste. »Das ist ja nicht möglich! Danke, Gott!« Sie faltete die Hände. »Dieser Monsieur Hoffmann ist in der letzten Zeit voller Überraschungen. Wunderbare Überraschungen. Er ist ja ein ganz anderer Mensch, als ich gedacht hatte.«

Dann runzelte sie plötzlich die Stirn. »Und woher weißt du das? Ist das etwas ganz Neues? Ist er zurück?«

Gabriella errötete. »Nicht ganz. Er ... er war kurz hier.« Sie begann, ihren Fingernagel zu kauen. Mutter Griolet hob ihre Augenbrauen.

»Kurz?«

»Ja. Sehr kurz. Er kam auf einen Sprung zurück, um mir zu sagen ... ja, dass er gläubig geworden ist. Und ...« Sie unterbrach sich.

»Und um zu sehen, ob es dir und Ophélie gut geht. So ungefähr?« Mutter Griolets Augen glitzerten schelmisch.

»Ja. So ungefähr.«

Sie gingen ein paar Minuten schweigend weiter. Dann räusperte Gabriella sich. »Mutter Griolet?«

»Ja, meine Liebe?«

»Sie sagten doch, dass Sie einmal verliebt waren.«

»Ja, das stimmt.«

»Hätten Sie ... Entschuldigen Sie, wenn ich frage, aber ...«

»Gabriella, Kind. Habe keine Angst vor der Liebe. Wenn dies der Weg für dich ist, wirst du das merken. Ich habe vielleicht ganz falsch von Monsieur Hoffmann gedacht, aus vielen Gründen. Du weißt sicher, was ich meine?«

»Hat er es Ihnen erzählt?«

»Er hat mir über seinen Part bei den Waisenkindern erzählt. Allerhand. Es hat mir die sanfte Seite dieses Mannes gezeigt. Aber, Gabriella, du musst selber entscheiden; das kann ich dir nicht abnehmen. Dies ist ganz zwischen dir und ihm ... und deinem Gott.« Sie drückte sanft Gabriellas Arm.

»Ich weiß. Ich bin so durcheinander gewesen, aber Sie haben Recht.« Gabriella grinste. »Ich glaube, ich weiß, was das Richtige ist.«

Mutter Griolet nickte. »Du scheinst eine ganze Menge zu wissen. Du hast Monsieur Hoffmann geholfen, und jetzt möchte er, dass Ophélie und du euch eine Weile ruhig verhaltet.«

»Ja. Aber was ist eigentlich mit Monsieur Vidal? David sagt, er weiß auch etwas.«

Mutter Griolet lächelte. »Der liebe Jean-Louis.« Sie sah Gabriella an. »Monsieur Vidal ist seit vielen Jahren mein Freund. Der Mann, den ich liebte, war sein Bruder, weißt du.«

»Tatsächlich?«

»Ja. Und als er gestorben war, war Jean-Louis mir ein großer Trost. Er gab mir etwas anderes zu tun. Jean-Louis gehörte zur Résistance. Er war es, der die ganze Sache mit den jüdischen Waisen anfing. Ohne ihn hätte ich das nie machen können.«

Gabriella pfiff leise. »Also, das hätte ich von ihm nie gedacht!« Sie wurde rot. »Ich meine ... er ist so ...«

»Ja.« Die Nonne kicherte. »Er ist auffällig unauffällig. Also, wir sind seit langen Jahren befreundet, und jetzt hilft er uns wieder. Monsieur Hoffmann und er sind sehr vorsichtig.«

Gabriella musste an Mutter Griolets toten Geliebten denken. »Das tut mir so Leid mit Monsieur Vidals Bruder und Ihnen.«

Die Augen der Nonne wurden einen Augenblick dunkler. Sie schob eine Silbersträhne zurück unter ihre schwarze Haube. »Gott hat mein Leben so reich gemacht. Manchmal bin ich traurig, aber bereuen tue ich nichts. Gott hat mir so viel anderes gegeben. Denke dran, unser Gott ist ein Gott, der aus Bösem Gutes bringt. Vergiss das nie.«

»Das werde ich nicht«, versicherte Gabriella ihr. »Das habe ich schon selber gelernt.« Die Turmuhr schlug acht. »Mensch, ich komme ja zu spät zum Abendessen.«

»Dann mal los, Kind.«

Gabriella umarmte die alte Nonne kurz und rannte aus dem Hof.

* * * * *

Der Grind war weg, das Fieber ebenfalls. Ophélie betrachtete ihr Gesicht im Spiegel. Über die Stirn liefen ein paar leichte Pockennarben. Sie runzelte ihre Stirn. »Ich seh' hässlich aus. Papa wird denken, dass ich so hässlich bin.«

Gabriella trat neben sie und strich ihr das dicke Zaushaar zurück. »Unsinn! Du bist schön. Du bist nur noch ein bisschen blass, weil du so lange nicht draußen warst. Aber jetzt bist du wieder gesund. Der Doktor hat gesagt, du kannst schon eine Weile im Hof sitzen. In zwei Tagen wirst du noch mehr Kraft haben; dann besuchen wir deinen Papa. Was wird der sich freuen!«

Ophélie sah sie an. »Glaubst du, er ist wirklich froh, wenn er mich sieht?«

Gabriella schüttelte ihren Kopf und grinste. »Froh?« Sie zwinkerte Ophélie zu. »*Glücklich* wird er sein!«

Ophélie drückte sie spontan. »Und was soll ich ihm mitbringen? Was meinst du, was Papa mag? Ich muss ihm doch was schenken.«

Gabriella antwortete nicht sofort, und Ophélie fuhr fort. »Eine Tafel Schokolade vielleicht? Mag er Schokolade? Oder ein Bild? Ja, ich könnte ihm ein Bild malen.«

»Das ist eine gute Idee«, sagte Gabriella. »Mal es schön bunt und schreibe deinen Namen darunter, dann wird er der stolzeste Papa der Welt sein.«

Jetzt lachte Ophélie. »Komm mit, Bribri! Komm mit ins Schulzimmer. Ich hole eben meine Buntstifte und das Papier. Komm schnell!«

Sie sauste aus dem Schlafraum und tanzte in den Hof. Sie wirbelte im Kreis, die Arme hoch über dem Kopf schwenkend. Sie wurde gleich schwindlig und fiel kichernd in Gabriellas Arme.

»Ophélie, nicht so heftig! Du darfst es nicht übertreiben an dem ersten Tag, wo du wieder aufstehst.«

»Aber Bribri, du verstehst das nicht«, keuchte das Kind. »Ich bin einfach so ... so froh. Ich bin wieder gesund, und bald sehe ich meinen Papa, da muss ich doch tanzen!« Sie machte sich frei und hüpfte auf dem braunen Gras herum. Sie sah zu den kalten grauen Wolken hoch und beschrieb mit sprudelnden Worten das Bild, das sie malen würde. »Ponys. Lauter Ponys, die über ein großes Feld galoppieren und sich freuen. Die von den dunklen Wolken zur Sonne hinrennen.«

Sie blieb zufrieden vor der Tür zum Untergeschoss stehen und wartete, bis Gabriella sie öffnete.

* * * * *

David saß auf dem Cours Mirabeau in Aix-en-Provence und trank einen Kaffee. Die grauen Wolken oben ballten sich zusammen, und der erste Regentropfen landete auf dem Papier in seiner Hand. Sein Gesicht war reglos, als er die neuesten Botschaften aus Gilberts Brot las. Das Übliche über die Kinder. Diesmal würden neun in Marseille ankommen, am 17. Neun Kinder. Ophélies Liste, die sie nach Algier geschickt hatten, war also angekommen. Die übrigen der *Harki-* und *Pied-noir-*Kinder, hinter denen Ali her war, würden gerettet werden. Aber die zweite Nachricht, die da vor ihm lag, war anders.

»Nicht jetzt«, murmelte er kopfschüttelnd. »Oh, Anne-Marie, nicht jetzt.« Er kicherte leise. »Du kommst auch immer zu den verrücktesten Zeiten.« Er betastete ein altes Foto, das vor ihm auf dem runden Tisch lag, dann schob er es in seine Jacke, bevor der Regen das schöne Frauengesicht, das ihn da anlächelte, verflecken konnte. »Du weißt doch, dass ich dir nie etwas abschlagen kann.«

Er nahm Moustafas Brief in die Hand und las ihn wieder, dann stellte er die Tasse mit einem Seufzer zurück auf die Untertasse. Anne-Marie lebte also noch. Das war eine gute Nachricht – für Ophélie, für die Operation, für ihn. Er freute sich, natürlich. »Schließlich bin ich wegen dir hierher gekommen, Liebes.« Er dachte wieder laut, während er eine Hand voll Münzen auf den Tisch legte und sich erhob, um zu gehen.

»Es ist nur nicht gerade die beste Zeit, nach Algier zu fahren.« Er musste lachen. »Ein bisschen ungünstig, mit dem Krieg und dem bevorstehenden Waffenstillstand. Aber ich komme natürlich. Natürlich hole ich dich zurück zu Ophélie. Zu deiner Tochter ... unserer Tochter.« Er schrieb hastig eine Nachricht auf einen Zettel, zeichnete in die linke obere Ecke das Hugenottenkreuz und steckte den Zettel in seine Hosentasche.

Es regnete jetzt kräftig. Er ging halb über den Platz und blieb vor der lächelnden Statue von König René mit seinen Muskatellertrauben stehen. »Gabriella«, murmelte er.

Er ging weiter über die breite Allee, hinein in die Nebenstraßen der Altstadt. Er trat ärgerlich gegen den Bordstein. Zu dumm, diese Geschichte.

Dann hörte er auf einmal Gabriellas Stimme, wie aus ferner Vergangenheit: *»Mr. Hoffmann, ich kann Ihnen nicht beweisen, dass Gebete erhört werden oder dass es einen Gott im Himmel gibt, wenn Sie das nicht glauben wollen. Aber das ist auch nicht meine Aufgabe, das ist Gottes Sache. Fordern Sie ihn doch auf, sich Ihnen zu zeigen, wenden Sie sich direkt an ihn!«*

»So, und um was soll ich beten, Gabriellas Gott? Kannst du mir das sagen?«

Er blieb vor einem Laden stehen, der Kinderkleidung verkaufte. In dem Schaufenster war ein hellrosa Stoffpony. Er ging spontan in den Laden und kaufte es. Die Verkäuferin wickelte es in ebenfalls rosa Papier und verzierte das Paket mit einer rosa Schleife. Er bezahlte und ging, die Andeutung eines Lächelns auf den Lippen.

Er sprach weiter mit Gott. »Du weißt ja, dass ich diese Frau liebe. Du kennst sie gut. Und ich habe entdeckt, dass ich Ophélies Vater bin. Ein liebes Kind. Und jetzt braucht ihre Mutter mich, damit ich sie vor einem wahnsinnigen Araber rette. Und so werde ich zu der Mutter meines Kindes gehen, und vielleicht werde ich merken, dass ... dass das dein Wille ist. Die Familie glücklich vereint.

Aber was soll dann aus Gabby werden, Gott? Entschuldige, wenn ich das sage, aber das ist irgendwie nicht ganz fair.« Er lachte über sich selber, redete zu dem Wind und dem Regen. »Sie ist doch die Frau, die ich liebe, das weißt du doch.« Er lachte wieder, zynisch und hart. »So, da hast du's, Gott. Ein reichlich unorthodoxes Gebet, aber ich hoffe, du hörst es. Ich hoffe, du hörst es.«

* * * * *

Es regnete Bindfäden. Gabriella wickelte sich fester in die Decke, zog die Knie vor ihre Brust und legte die Arme darum. Sie mochte das trommelnde Geräusch des Regens auf der Fensterscheibe. Der Olivenbaum schwankte in dem Wind. Das Radio in Madame Leclercs Küche hatte Überschwemmungen gemeldet, als sie nach dem Mittagessen die Nachrichten hörten.

Gabriella musste lächeln. Sie fühlte sich warm und geborgen. An der Wand vor ihr hing Monets Mohnblumenbild. Sie sah es an und schloss die Augen. *David beugte sich in einer ewigen Sekunde zu ihr herunter, und dann schmeckte sie die Süße seiner Lippen auf ihren.* Sie wurde unwillkürlich rot. »Er liebt mich«, flüsterte sie. Sie erinnerte sich an die Prüfung. Eine Gedichtzeile nach der anderen mit der gleichen Botschaft: *Ich liebe dich.*

»Und er liebt auch dich, Vater. Und deshalb ist das alles möglich.«

Sicher würde der Himmel morgen wieder aufklaren. Dann würde sie mit Ophélie und einem großen Picknickkorb in den Bus steigen und zum Bahnhof fahren. Sie würden den Zug nach Nîmes nehmen, und in Nîmes den Bus zur Pont-du-Gard.

Die Pont-du-Gard. Sie hatte den imposanten römischen Aquädukt noch nie gesehen. Sie stellte sich vor, wie er vor ihr aus den Bäumen emporstieg und ganz oben auf ihm David stand, wie ein römischer Soldat, und ihnen zuwinkte, um sie in das nächste Abenteuer mitzunehmen.

»Wir kommen«, sagte Gabriella laut. »Ich bin bereit.« Der Regen rauschte weiter, aber Gabriellas Gedanken waren woanders.

KAPITEL 32

David Hoffmann musste sich zwingen, nicht mehr an Moustafas Brief zu denken, als er am nächsten Tag zur Pont-du-Gard fuhr, um sich mit Gabriella und Ophélie zu treffen. Er musste auch daran denken, dass Jean-Claude Gachon, ein Mörder und Wahnsinniger, immer noch auf freiem Fuß war. Aber er hatte sich vergewissert, dass niemand ihm folgte. Heute würde er den Wahnsinn des Krieges in Algerien vergessen und sich seines Lebens freuen.

Auf dem Beifahrersitz seines 2CV lag das rosa Paket. Er fühlte sich plötzlich nervös. Heute also würde er Ophélie sehen. Seine Tochter. Was, wenn sie ihn nicht mochte? Er erinnerte sich daran, dass er wohl Erfahrungen mit jungen Frauen hatte, aber überhaupt keine mit kleinen Mädchen.

Dann dachte er daran, dass Gabriella ja dabei wäre, und fühlte sich sofort erleichtert. *Gabby!* Die Umarmung nach der Prüfung. Es war ein voller Erfolg gewesen. Sie war gerade so überrascht gewesen, wie er es geplant hatte. Eine Liebeserklärung, ein Überraschungsbesuch von dem Geliebten, und dann ein langer, leidenschaftlicher Kuss ...

Heute würde er also über den berühmten Aquädukt spazieren, Hand in Hand mit »seinen Frauen«. Er lachte zufrieden, dann runzelte sich seine Stirn. Heute wären sie zusammen, aber danach müsste er ihnen das mit Anne-Marie sagen. Ophélie würde ihn ziehen lassen, um ihre Mutter zu holen. Aber Gabby ... Er schüttelte den Kopf. Sie würde ihn auch gehen lassen, aber ...

Da war schon der Wegweiser zur Pont-du-Gard. Er fuhr auf den großen Parkplatz, der zwei Kilometer von der Brücke entfernt lag. Es waren keine anderen Autos zu sehen. Er stieg aus, in die raue Märzluft. Der Himmel war noch grau nach den Wolkenbrüchen von gestern.

Er wartete auf den Bus. Seine Hände schwitzten plötzlich. Er schob das rosa Paket unter den einen Arm und steckte seine Hände in die Hosentaschen. Er wünschte sich plötzlich, ein Raucher zu sein; dann hätte er jetzt eine Beschäftigung für seine Hände gehabt.

Fünf Minuten vergingen. David kamen sie wie fünf Tage vor. Er ging durch, was er gleich sagen würde. Ophélie würde wahrscheinlich an Gabbys Hand sein. Natürlich. Und sich schüchtern hinter ihr verstecken, das war nur zu erwarten. Kinder waren meistens scheu, wenn sie einem Erwachsenen begegneten, den sie nicht kannten.

Und er, was würde er machen? Klar, er würde zu ihnen gehen und dem Kind die Hand geben und das Geschenk überreichen. Vielleicht ein Kuss auf die Stirn.

Nein, nein, alles falsch! So hatte sein Vater es immer gemacht, wenn er von einer Reise zurückkam. Immer ein hübsch eingewickeltes Päckchen, ein Händedruck und ein flüchtiger Kuss auf die Stirn. So kalt und mechanisch.

Dann sah er den Bus. Er trat zurück, um ihn vorbei und anhalten zu lassen. Ja, da waren sie! Die Nase eines Mädchens war gegen das Fenster gedrückt. Seine Augen waren hell, und es lächelte. *Du siehst ja aus wie deine Mutter,* dachte er.

Der Bus stand, die Tür öffnete sich. Er ging rasch auf ihn zu. Ophélie sprang heraus und begann zu rennen. David ließ das Päckchen fallen, und dann war sie in seinen Armen, lachte und drückte ihn fest um den Hals. »Papa! O, Papa!«

Er war überrascht, wie schnell die Tränen kamen. Wie natürlich er das Kind hochhob und küsste. »Ophélie«, flüsterte er rau. »Kleine Ophélie. Solch ein schönes Mädchen. Meine Tochter.«

Er hielt sie von sich ab, und sie sahen sich an, bis sie beide laut loslachten. »Oh«, sagte er, als ob er aus einem Traum erwachte. »Ich habe dir etwas mitgebracht.« Er hob das Päckchen vom Boden auf.

Er reichte es ihr und sagte: »Ophélie, ich wusste nicht, was ich dir mitbringen sollte. Ich meine, es ist so ein Geschenk, so ein tolles Geschenk, dass ich dich habe, und ich …«

Ophélie lachte, unbekümmert-kindlich. »Ach, Papa, ich hab auch nicht gewusst, was ich dir mitbringen soll. Ich hab nur gehofft, dass du froh bist, wenn du mich siehst.«

Er drückte sie wieder. »Oh, das bin ich, mein Kind, das bin ich.«

Er schaute über Ophélies Schulter. Erst jetzt sah er Gabriella mit dem Picknickkorb in ihrer Hand. Ihr rotes Haar war zu einem breiten Zopf zurückgebunden. Ihre blauen Augen strahlten. Er wischte sich die Augen und bedeutete ihr, zu ihnen zu treten. Sie kam, über das ganze Gesicht lachend. David zog sie an sich und küsste sie.

Ophélie riss das rosa Papier auf. »Ein Pony!«, rief sie aus. »Ein schönes rosa Pony.« Sie drehte sich zurück zu David und warf wieder die Arme um ihn. »Oh, danke, Papa, danke! Woher hast du das gewusst?«

Ohne auf eine Antwort zu warten, zog sie einen zugeklebten Umschlag aus dem Picknickkorb und reichte ihn David. Er nahm ihn vorsichtig, fast ehrfürchtig in die Hand. Auf dem Umschlag stand groß und in Ophélies kindlichen Buchstaben das Wort »Papa«. Um das Wort herum hatte sie lauter rote Herzen gemalt. Er spürte, wie die Tränen wiederkommen wollten.

Er öffnete den Umschlag vorsichtig und zog ein Blatt heraus. Er faltete es auseinander und lächelte. Sechs Ponys, die über eine grüne Wiese rannten. Der Himmel über der Wiese war dunkelgrau, aber in der rechten oberen Ecke schoss eine große gelbe Sonne ihre Strahlen ab. Die Ponys rannten zu der Sonne hin, an ihrer Spitze eines, das rosa war. Zwischen die Tiere und den grauen Himmelstreifen hatte Ophélie geschrieben: *Ich liebe dich, Papa. Ophélie.*

»Das ist ja ein tolles Bild, Ophélie! Danke!« Er nahm sie wieder in seine Arme. »Kannst du es mir erklären?«

Ihr Finger ging eifrig auf das Bild. »Guck, die Ponys – das sind wir alle. Ich bin das rosa Pony. Ich führe uns zu Jesus. Er ist im Himmel, in der Sonne. Das rote Pony ist Gabriella, weil sie so schönes langes rotes Haar hat. Hinter ihr kommt Mutter Griolet, siehst du? Sie ist das Graue. Und du bist das Schwarze; du holst uns gerade ein und läufst zu der Sonne hin. Und das schöne Weiße mit der schwarzen Mähne und dem schwarzen Schwanz, das ist Mama. Sie ist noch weit hinten, aber sie kommt auch, mit dem braunen Pony; das ist Moustafa. Sie kommen alle beide noch, bestimmt.« Sie sah David an. »Woher hast du das gewusst, dass ich das rosa Pony bin?«

David schaute zu Gabriella hin, die ihre Tränen zurückblinzelte. Er wischte sich wieder die Augen. Früher hätte er geantwortet: »Das war Zufall.« Aber jetzt nahm er die weichen Hände des Kindes in die seinen und flüsterte: »Das war eine Eingebung«, und Ophélie schien es zu verstehen.

Er schob das Bild zurück in den Umschlag und legte den Umschlag in den Picknickkorb. Arm in Arm spazierten die drei zur Pont-du-Gard.

* * * * *

Als sie um die Ecke bogen, sahen sie ihn, den gewaltigen dreistöckigen Aquädukt, der vor ihnen den Gardon überspannte. »Da ist es«, sagte David. Er bewunderte einmal mehr die Eleganz der alten Brücke, die sich über das schäumende Wasser des Flusses schwang.

»Gewaltig«, sagte Gabriella.

»Nicht wahr?« David hatte Ophélie auf seine Schultern gehoben, damit sie besser sehen konnte. »Dies ist der höchste aller uns bekannten römischen Aquädukte. Er ist fast fünfzig Meter hoch. Die dreistöckige Konstruktion ist ganz außergewöhnlich. Die beiden unteren Stockwerke haben extrem breite Bögen – 18 bis 24 Meter; das ist selbst für die Römer eine Menge. Und die oberste Etage hat 35 kleinere Bögen, seht ihr? Sie ist mit riesigen Steinplatten abgedeckt, die gut dreieinhalb Meter breit sind. Manche Touristen, die einen besonderen Nervenkitzel suchen, laufen da drüber; es ist natürlich verboten.«

»Danke bestens«, sagte Gabriella. »Ich habe meinen Nervenkitzel schon in Les Baux gehabt.«

»Nein, nein, Papa! Da oben möchte ich nicht laufen!« Ophélie, das Pony weiter in der Hand, drückte leicht Davids Hals.

»Schon gut, nur keine Angst. Aber man hat echt einen tollen Blick von da oben.«

Gabriellas Mund klappte auf. »Warst du etwa schon da oben? Fünfzig Meter hoch, und nur der Himmel fängt dich auf, wenn du runterfällst?«

Er grinste. »Liebe Gabby, du bist doch wohl nicht überrascht? Und außer dem Himmel fängt einen auch der Fluss auf. Gewöhnlich ist der Gardon friedlich und nicht besonders tief. Aber du siehst selber, was für ein Hochwasser er nach dem Regen gestern führt. Gardonnade, nennen sie das hier. Jetzt hat er sich schon wieder etwas beruhigt, aber der März hat es immer in sich. Aber keine Angst, die Pont-du-Gard hat schon viele Hochwasser ausgehalten. Eine geniale Konstruktion. Manche der Steine wiegen über sechs Tonnen; könnt ihr euch das vorstellen?«

»Sie ist so schön, Papa! Und so groß! Wenn man da drüberläuft, kommt man sich bestimmt ganz winzig vor.«

»Na, das werden wir gleich sehen. Wir laufen gleich die unterste Etage entlang, das ist nicht gefährlich. Und dann kannst du nach oben klettern und durch den Kanal laufen, durch den das Wasser geflossen ist.«

Gabriella und Ophélie sahen ihn skeptisch an.

»Keine Angst, da passiert einem nichts«, versicherte David. Er lächelte und fuhr fort: »Nur können wir leider unser Picknick nicht unten am Fluss machen, da ist jetzt alles unter Wasser. Aber im Wald gibt es noch viele andere schöne Fleckchen. Und jetzt kommt.«

Ein Uhr war vorbei, als sie die riesige Brücke erreichten. Der Himmel hatte aufgeklart; zwischen den grauen Wolken sah man die ersten blauen Flecken.

»Jetzt sehen wir doch noch die Sonne, Mädchen!«, rief David. Er trat auf das unterste Stockwerk der Brücke und winkte Gabriella und Ophélie zu, ihm zu folgen. Die Brücke war hier sechs Meter breit, und auf der einen Seite verlief eine Straße. Sie gingen schweigend über die Brücke. Ophélie hielt Davids eine Hand gepackt, Gabriella die andere.

»Wir sind hier an die zwanzig Meter hoch«, erklärte David. »Unglaublich, dass das Ding nach zweitausend Jahren immer noch steht.« Er fuhr mit dem Finger über die Steine eines der nach oben ragenden Bögen, die das zweite Stockwerk der Brücke trugen. »Die Brücke ist aus Kalkstein aus den umliegenden Steinbrüchen erbaut. Was muss das für eine Leistung gewesen sein, diese Blöcke hierher zu transportieren!«

Gabriella trat zum Rand der Brücke. »Es ist doch gefährlich

hier, David. Es gibt kein Geländer, hier kann man glatt runterfallen.«

David zog sie lachend zurück zu sich und küsste sie auf die Stirn. »Du hast eine lebhafte Phantasie, Gabby. Schau einfach nicht runter, sondern guck dir die Gegend an. Den Fluss zum Beispiel, der wie eine grüne Schlange durch das Tal zischt. Oder frage die Brücke, was sie alles gesehen hat, was für Geheimnisse sie kennt aus all den Jahrhunderten. Stell dir die Römer vor, wie sie auf diesem Meisterwerk über das Wasser spaziert sind.«

Ophélie unterbrach ihren Vater. »Papa, ich hab Hunger! Können wir nicht was essen?«

Es war keine Menschenseele zu sehen. »Spricht etwas dagegen, dass wir uns einfach hier oben niederlassen?« fragte David.

Gabriella zuckte die Achseln. »Von mir aus.« Sie breitete Madame Leclercs karierte Wolldecke neben einem der Bögen aus und holte Sandwiches, Käse, Jogurt und Salat aus dem Korb.

»Das ist ja ein Festessen. Bestimmt hat Madame Pons geholfen, es zusammenzustellen.« David beäugte zufrieden die Weinflasche, die noch im Korb steckte. »Was hast du den Frauen alles erzählt, Gabby?«

Gabriella kicherte. »Nichts. Ich hab nur gesagt, dass Ophélie und ich ein Picknick machen und vielleicht noch jemanden treffen. Was kann ich dafür, wenn die immer was im Schilde führen?«

Ophélie lehnte sich an ihren Vater, das Pony im Arm, und seufzte zufrieden. »Ich bin ja so froh, dass ich hier bei dir bin, Papa. Und bei dir, Bribri. So froh bin ich in meinem ganzen Leben noch nicht gewesen.«

»Ja, das versteh' ich«, sagte Gabriella. Sie strahlte und nahm Davids Hand. »Es ist echt wunderbar.«

David streckte seine langen Beine aus und zog Ophélie auf seinen Schoß. Er begann sie zu kitzeln, dass ihr Kichern durch das Rauschen des Flusses schnitt. Sie zappelte, aber er hielt sie fest. »Du kannst mir nicht entwischen, kleines Mädchen. Nicht hier oben; hier bist du gefangen.«

Gabriella schaute ihnen zu. Vater und Kind. Ophélie ähnelte dem Bild, das sie von Anne-Marie gesehen hatte, aber es war auch etwas von David in ihr. Die Art, wie sie den Kopf zur Seite legte. Ihre blitzenden, leuchtenden dunklen Augen. Gabriella war sich nicht sicher, aber da war etwas.

Wie schön dieses Bild war – die beiden da unter dem riesigen Steinbogen. Gabriella spürte, wie die Rührung in ihr hochstieg. Wie einfach das alles war. Sie drei, endlich vereint. Als ob die Jahrhunderte angehalten hatten und alle gemeinsam auf die Pont-du-Gard herablächelten. Ein Vater und sein Kind auf einer antiken Brücke. Und eine Frau mit wildem rotem Haar, die sie beide liebte.

* * * * *

Jean-Claude sah aus seinem Versteck im Uferdickicht des Flusses zu dem Aquädukt hoch. Es würde laufen wie geschmiert. Das Trio hatte sich auf der untersten Etage der Brücke zum Picknick niedergelassen. Ausgezeichnet! Rosie hatte doch Recht gehabt. Das würde ein Fest werden ...

Er richtete den Lauf seines Gewehres auf die Brücke und schaute sorgfältig durch das Zielfernrohr. Da war das Mädchen, auf Davids Schoß. Er bewegte die Waffe zur Seite, bis Davids Brust genau in der Mitte war. Seine Finger spielten mit dem Abzug, während er sich ein Lied vorsang, wie einen Kinderabzählreim. *Ene, mene, miste, Ali sagt: Hol die Liste, und dann mach sie tot, tot, tot.* Dann, wie eine zweite Strophe: *Ene, mene, mange, das dauert mir zu lange. Mach sie lieber jetzt schon tot.*

Er kämpfte mit sich, um den blutigen Geschmack zurückzudrücken, der ihn mit sich reißen wollte. *Geh zur Brücke und stell sie dort. Sie können nicht entkommen, du hast das Gewehr. Bring sie zurück zu der Klapsmühle mit der alten Lügennonne.*

Er lachte auf und sagte es laut. »Alte Lügennonne.« *Die Liste mit den Namen, und dann ... Peng! Peng! Peng! Knall' sie alle ab, und dann fotografier sie, damit du es Ali beweisen kannst. Ja, das ist ein guter Plan.*

»Aber, Ali, edler Herr! Tapferer General! Hier ist es einfacher. Weg mit dem Gekröse, jetzt sofort! Die Lügennonne weiß die Namen doch sicher auch, warum lügt sie denn sonst?«

Sein Finger zitterte einen weiteren Augenblick über dem Abzug. *Mach sie lieber selber tot,* summte er. Er drückte den Abzug und rammte die Füße in den Boden, um den Rückstoß an seiner Schulter aufzufangen.

* * * * *

Wie und in welcher Reihenfolge es genau geschehen war, Gabriella konnte es hinterher nicht mehr sagen. Aber David hatte sie gebeten, ein Tischgebet zu sprechen, was sie freudig überrascht hatte. Dann hatte Ophélie ihr ihre Hand hingestreckt, und David hatte ihre andere Hand genommen, als von irgendwo aus dem Wald ein Schuss krachte. Gabriella hatte reflexartig zum Ufer hingeschaut, und als sie wieder zurückschaute, waren Ophélies Augen weit, und sie schrien beide gleichzeitig auf. David lag neben dem Bogen, seine Hand an seiner Schulter. Durch seine Finger kam Blut.

»David!« kreischte Gabriella. »David!«

»Geht in Deckung«, stöhnte er. »Legt euch auf den Bauch!«

Ein zweiter Schuss. Die Kugel streifte den Steinbogen, während sie sich auf den Boden warfen.

»Gabby«, keuchte David. »Kriecht zurück über die Brücke, wenn ich es sage. Drüben in den Büschen ist eine Treppe, die zu dem Wasserkanal raufführt. Steigt da rauf und versteckt euch. Guck mich nicht so an, geh! – Ophélie, du bleibst bei Gabby. Ich zähle bis drei.« Er holte Luft. »Eins, zwei, drei.«

Er rappelte sich hoch und begann, in die andere Richtung zu gehen. Gabriella sah es aus dem Augenwinkel, während sie Ophélie mit sich zog.

»Gott, lieber Gott, Vater. Bewahre uns jetzt. Du behütest ...« Sie hörte den nächsten Schuss und den übernächsten. Sie wagte es nicht, sich umzudrehen. Das Ende der Brücke war vierzig Meter entfernt. Sie rannten geduckt, bis sie die relative Sicherheit des dichten Unterholzes am Ufer erreichten. Gabriella zog Ophélie weiter. Sie kletterten das Ufer hinauf, über Steine und Geröll. Ophélie stieß einen kläglichen Schrei aus, als ihr Pony ihr aus der Hand und den Abhang hinunterfiel.

»Komm weiter, Spatz, wir holen das später, wir müssen schnell machen!«

Sie sah, wie Ophélie schwächer wurde. Ihr Gesicht war aschfahl. Aber da war schon die alte Steinwendeltreppe, die zu dem eigentlichen Aquädukt hochführte. »Geh vor mir, ich halte dich fest.« Sie stiegen die Stufen hoch. Es wurde dunkel. Sie erreichten den Aquädukt und kauerten sich auf den Boden. Der Kanal war vielleicht zwei Fuß breit und knapp mannshoch.

Erst jetzt sprach Ophélie. »Bribri«, schluchzte sie. »Papa blutet. Muss er jetzt sterben?«

Gabriella schüttelte ihren Kopf. »Nein, natürlich nicht. Wir müssen hier warten, bis er uns holt und uns sagt, was wir tun sollen.«

Sie staunte, wie ruhig ihre Stimme klang. Aber innen in ihr stieg die nackte Panik hoch. David war angeschossen, und irgendwo wartete ein Wahnsinniger mit einem Gewehr darauf, ihn ganz umzubringen.

Lieber Gott, betete sie still. *Du allein siehst das alles. O Gott, beschütze du uns. Uns alle drei. Und zeige mir, was ich tun soll.*

Sie blieb einen Augenblick so sitzen, dann sagte sie: »Bist du stark genug, um noch ein bisschen zu laufen, Ophélie?«

Das Kind nickte.

»Dann komm. Wir gehen durch den Tunnel.«

Sie tasteten sich durch die Dunkelheit. Vielleicht alle zehn Meter kam zwischen den Deckenplatten oben ein dünner Lichtstreifen hindurch. Es war ihre einzige Hoffnung.

* * * * *

David spürte, wie ihm schwindlig werden wollte. *Es hätte schlimmer kommen können,* sagte er sich vor. *Er hätte dein Herz treffen können.* Er erreichte das andere Ende der Brücke und setzte sich hin. Vier Kugeln hatten ihr Ziel verfehlt. Das war gut. Es musste Jean-Claude sein, es gab keinen Zweifel.

Jean-Claude, der Heckenschütze. Bestimmt war er jetzt zur Brücke unterwegs, um sein Werk zu einem erfolgreichen Abschluss zu bringen.

Er biss die Zähne zusammen gegen den Schmerz in seiner Schulterwunde. Jetzt auf keinen Fall ohnmächtig werden. *Gabby und Ophélie*. Wenn Jean-Claude sie nicht auf der untersten Etage fand, würde er oben in dem Aquädukt suchen. Sie wären eine leichte Beute.

Er kämpfte sich durch das Unterholz zu dem zweiten Stock der Brücke hoch. Auf diesem Ufer gab es keinen Pfad, der ihm dabei half, und er rutschte mehrere Male aus. Jetzt noch gute fünfzehn Meter, und er hätte das dritte Stockwerk erreicht, das sich über einen breiten gemauerten Fußweg in den Wald fortsetzte; wenn er auf ihm zurückging, konnte er den Aquädukt erreichen.

Er hielt an und lauschte auf das Geräusch brechender Zweige. Nichts. Aber weit weg konnte Jean-Claude nicht sein. Er erreichte den Weg und lag keuchend da. Wasser. Wenn er nur zum Wasser könnte, könnte er die Blutung stoppen. Er trat in die Dunkelheit des Aquädukts. Er musste sich ducken, um nicht mit dem Kopf an die Decke zu stoßen. Von irgendwo her kamen Schritte. Er blieb stehen.

Gott, dachte er. *Gabriellas Gott. Ich weiß nicht, was ich beten soll. Leben, bitte. Für uns.* Sein Herz stolperte. Wieder Schritte. Weit weg hörte er Ophélie aufkeuchen. »Da ist jemand«, flüsterte sie.

»Ich bin's – Papa«, sagte er. »Ich bin hier. Wartet, ich komme zu euch.«

Die Schritte wurden schnell. Sie trafen sich in der Mitte des Aquädukts. Gabriella warf sich um ihn und drückte ihn an sich. »David! David, bist du gesund?«

Er zuckte vor Schmerzen zusammen. »Gabby, hör zu! Er kommt hierher, aber ich weiß nicht, aus welcher Richtung. Wenn er kommt, renn mit Ophélie in die andere Richtung. Er wird mir folgen.« Er nickte nach oben, zu einem der Löcher zwischen den Deckenplatten.

Gabriella japste. »Da oben hin? Das geht doch nicht, du bist doch verletzt!«

»Gabby, Liebes.« Er schaffte ein Lächeln. »Dies ist sehr ernst. Geht. Geht zum Bus, holt die Polizei, die wird euch beschützen.« Sein Kopf wollte sich drehen.

»David!« Gabriellas Stimme machte ihn hellwach. Er drehte sich um. Draußen vor dem Aquädukt, kaum fünfzehn Meter entfernt, stand Jean-Claude Gachon und lachte, seine Augen wie die eines Raubtiers.

»Rennt!«, flüsterte David. Gabriella und Ophélie drehten sich um und rannten den dunkeln Gang zurück, durch den sie gerade gekommen waren.

Das Gewehr hing über Jean-Claudes Schulter. *Der ist verrückt,* dachte David. *Ich habe es mit einem Irren zu tun.* Dann kam ihm ein Gedanke, so laut, als ob der Himmel ihn herabschrie. *Dann mach ihn noch verrückter.*

Er stützte sich mit seinem guten Arm ab und wuchtete sich stöhnend durch den Spalt in der Decke hoch. »Ich hoffe, du hast keine Höhenangst!« rief er nach unten.

Jean-Claude lachte schrill. »Natürlich nicht.« Auch er stieg nach oben, am Eingang des Aquädukts, und die beiden Männer standen sich gegenüber, auf dem keine vier Meter breiten Dach der Pont-du-Gard.

Schau nicht runter, befahl David sich, als Jean-Claudes muskulöser Körper näher kam. *Beschäftige ihn, damit er keine Zeit zum Zielen hat.*

»Ha, du bist verletzt!« Jean-Claude rief es begeistert. »Blut! Ich sehe Blut!«

Die Höhe war Schwindel erregend. David duckte sich nach vorne, sprungbereit. Jean-Claude kam näher. Von unten kam das Donnern des Wassers. *Spring!* dachte David. Dort, wo er gerade war, in der Mitte der Brücke, stand er direkt über dem Fluss. Sicher wäre das Wasser nach den Regenfällen tief genug, um den Fall abzubremsen. Dann sah er, dass die unterste Etage der Brücke breiter war als die oberste; man musste weit hinausspringen, um nicht auf ihr zerschmettert zu werden.

Jean-Claude war jetzt noch zehn Schritte entfernt. Er nahm sein Gewehr in die Hand. »Du bist erledigt, David Hoffmann! Jetzt knall' ich dich ab wie ein Karnickel!«

Wie ein Karnickel ... Die Worte gaben David einen Ruck; er spürte, wie neue Kraft kam. Damals in dem KZ ... Nein, er würde nicht das nächste Kaninchen sein, das der Feind einfach abknallte. Er machte eine Bewegung zu Jean-Claude hin. Der wich einen Schritt zurück, lachend. »Du warst schlau, Jean-Claude«, sagte David leise. »Das hier hat Rosie dir verraten, nicht wahr?«

»Was denn sonst, du Trottel? Sie ist dir in dein stinkendes Waisenhaus gefolgt, und jetzt wirst du in deinem eigenen Blut liegen, wie sie.«

David tat wieder, als wolle er aufspringen. Jean-Claude trat wieder zurück und lachte. »Ich hab keine Angst vor einer lahmen Katze, du Drecksau. Gleich drück' ich ab.«

Noch ein Schritt zurück, und Jean-Claude würde in den Spalt zwischen den Steinplatten treten und das Gleichgewicht verlieren. David duckte sich weiter nach vorne und rief: »Du bist nichts, Jean-Claude! Nichts! Alis kleines Muttersöhnchen!«

Jean-Claudes Gesicht verzerrte sich, er hob das Gewehr. Im gleichen Augenblick sprang David auf ihn zu. Der Franzose trat instinktiv zurück, sein Fuß rutschte zwischen die Steinplatten. Er schwankte, kippte, seine eine Hand packte die Steinplatte. Das Gewehr hing einen Augenblick frei in der Luft, dann fiel es mit einem hohlen Klappern auf die untere Etage der Brücke.

Jean-Claudes Augen verfolgten den Flug der Waffe; für den Bruchteil einer Sekunde war seine Konzentration gebrochen. Er fiel auf seine Knie, seine Hand ging an den Steinblock links von der Spalte. David stürzte sich auf ihn, und die beiden Männer verkeilten sich ineinander auf dem schmalen Steinband.

Jean-Claudes Hand schoss nach vorne und packte Davids Hemd. Das Manöver brachte ihn aus dem Gleichgewicht, er rutschte aus. »Du Idiot!« schrie er. Dann schoss Angst in seine wahnsinnigen Augen. »Hilf mir!«

Er riss panisch an Davids Hemd. David spürte, wie sein Gewicht ihn mit über die Kante ziehen wollte. Er packte mit dem gesunden Arm die Steinplatte. Ein sengender Schmerz riss durch seine verletzte Schulter.

»Hilf mir!« schrie Jean-Claude wieder. Sein Körper hing bereits über den Rand der Brücke, sein Griff um Davids Hemd wurde schwächer. David versuchte mit letzter Kraft, sein Gewicht von der Kante wegzuverlagern.

»Ich nehm dich mit!« heulte Jean-Claude.

Mit einem letzten Krächzen riss er David zu sich, bevor seine Finger abglitten. David sah aus dem Augenwinkel, wie sein Körper dreißig Meter weiter unten auf dem ersten Stockwerk der Brücke aufschlug.

Er versuchte, sich zurück auf das Dach des Aquädukts zu ziehen. Umsonst. Seine beiden Beine hingen frei in der Luft. Noch umklammerte sein guter Arm die Kante, aber er begann abzurutschen. Zwei Gedanken blitzten durch seinen Kopf. *Es gibt zu viel, für das ich noch leben muss, Gott.* Und dann: *Stoß dich mit den Füßen ab und spring.* Mit aller Kraft eines Menschen, der plötzlich ein zweites Leben angeboten bekommt, stemmte David Hoffmann seine Füße gegen den Stein und katapultierte sich rücklings von der Brücke weg, weit hinaus in die Luft. Eine Ewigkeit schien er darum zu kämpfen, seinen Körper gerade zu machen, dann tauchte er in das schäumende Wasser des Flusses.

Die Luft roch nach Sieg. Bald wäre Algerien frei. In Evian in Frankreich saß in abgedunkelten Räumen die FLN mit de Gaulles Männern zusammen, in der nächsten Verhandlungsrunde über das Schicksal des Landes. Seit einer Woche zogen die Gespräche sich jetzt hin, aber Ali war sicher, wie das Ergebnis aussehen würde.

Es war die Erfüllung all dessen, was er gehofft und sein Vater versprochen hatte. Für einen kurzen Augenblick ließ ihn der süße Gedanke der nahenden Unabhängigkeit seinen persönlichen Rachefeldzug vergessen. Aber nur kurz. Er fuhr mit dem Finger über eine Seite des *Midi Libre,* der südfranzösischen Tageszeitung, die an diesem Morgen mit dem Schiff gekommen war, zusammen mit den Nachrichten über die Friedensgespräche in Evian.

»Sprung in den Tod«, lautete die Überschrift. Ali nahm einen langen Zug von seiner Zigarette und drückte die Kippe in dem überquellenden Aschenbecher aus. Langsam folgten seine Augen den Zeilen:

> Gestern Nachmittag, am 12. März, fand die Polizei auf der untersten Etage der 2000 Jahre alten Pont-du-Gard die Leiche von Jean-Claude Gachon (31). Zwei Zeugen, Gabriella Madison und Ophélie Duchemin, gaben an, dass Gachon sie umbringen wollte, als sie zusammen mit David Hoffmann, einem Dozenten aus Montpellier, auf dem Aquädukt ein Picknick machen wollten. Offenbar kam es auf dem Dach des Aquädukts zu einem Kampf zwischen Gachon und Hoffmann, bei dem Gachon das Gleichgewicht verlor und 30 Meter tief in den Tod stürzte.
>
> Hoffmann, der ebenfalls stürzte, landete wie durch ein Wunder 50 Meter tiefer im Gardon. Die Polizei erklärt sein Überleben damit, dass der Fluss nach den heftigen Regenfällen vom Sonntag Hochwasser führte.
>
> Hoffmann, dem es trotz einer Schussverletzung in der linken Schulter gelang, 200 Meter flussabwärts ans Ufer

zu schwimmen, wurde von der Polizei ins Krankenhaus von Anduze gebracht.

Gachon wurde in Marseille in Zusammenhang mit dem Tod einer Prostituierten, Rosaline Lecharde, polizeilich gesucht. Er ist verdächtigt, mit der FLN zusammengearbeitet zu haben. Die Gründe für seinen Überfall auf die drei Picknicker sind noch nicht geklärt.

Ali knüllte die Zeitung zusammen, warf sie auf den Fußboden und fluchte ausgiebig. »Narr! Idiot! Nichtskönner!« Erst Rachid, jetzt Jean-Claude. Zwei seiner besten Männer tot. »Du warst total verrückt, Jean-Claude.« Die einzige Information, die Ali jetzt hatte, war, dass seine nächsten Opfer noch lebten. *Was hast du ein verdammtes Glück gehabt, Mr. Hoffmann.* Er spuckte auf den Boden.

»Und was hast du Neues für mich?« Er drehte sich zu Hussein hin, der neben ihm stand, sein junges Gesicht verschlossen.

Der Junge richtete sich auf und machte seine Stimme so tief wie möglich. »Es ist niemand aus der Straße herausgekommen, Sir, absolut niemand. Ich habe wer weiß wie lange gewartet. Aber irgendwann müssen sie kommen. Geben Sie mir noch eine Chance.«

»Dann geh!«

Der Junge trottete nach draußen.

Ali schaute zu den Zeitungsausschnitten an der Wand hin. Seine kleine Mission war noch nicht abgeschlossen, sein Vater noch nicht ganz gerächt. »Aber bald ist der Krieg vorüber, Vater. Dann haben wir Grund zum Feiern. Dann werden wir die *Pied-noirs* und ihre dreckigen *Harkis* austreten wie eine Zigarettenkippe, und die, die wir suchen, mit. Warte nur, Vater, wir schaffen das schon.«

* * * * *

Moustafas Hand zitterte kaum merklich, als er den Brief an seine Lippen drückte. Er würde kommen. David Hoffmann würde kommen, um Anne-Marie zurück nach Frankreich zu holen, zurück zu Ophélie. Es war nicht das Schönste, was Moustafa sich vorstellen konnte, aber sie würde ihr Leben behalten.

Sein Gesicht überzog sich. Wenn die *Capitaine* am 17. mit den *Harki*-Kindern nach Frankreich fahren konnte, würde David Hoffmann mit dem Schiff zurückkommen. Keine Woche mehr, und es wäre so weit. Wenn die *Capitaine* fahren konnte. Die OAS hielt ein wachsames Auge auf *Pied-noirs*, die mit dem Dampfer oder dem Flugzeug nach Frankreich wollten. Aber ein kleines, schnelles Segelboot konnte vielleicht unbemerkt durchschlüpfen.

»Wenn ihr eure eigenen Kinder und die, die euch loyal sind, retten wollt, dann stoppt sie nicht«, flüsterte er, als stehe er einem der OAS-Führer gegenüber.

Anne-Marie saß in ihrem Bett, als Moustafa das Zimmer betrat. »Du siehst heute Nachmittag besser aus«, sagte er und gab ihr einen Kuss auf die Stirn. »Und ich habe Nachrichten für dich. Gute Nachrichten.«

Er faltete den Brief auseinander und reichte ihn Anne-Marie. In die linke obere Ecke war das Hugenottenkreuz gezeichnet. Anne-Marie las laut: »Nachricht über *Harki*-Kinder und Anne-Marie erhalten. Komme am 19. mit *Capitaine,* um Anne-Marie zu holen. Ophélie wohlauf. Hugo.«

Moustafa sah, wie in Anne-Maries Augen Tränen hochstiegen.

»Gott sei Dank, es geht ihr gut. Er sagt, es geht ihr gut.« Sie ließ ihren Kopf zurück auf das Kissen fallen.

»In ein paar Tagen ist es schon so weit, Liebes. So bald schon. Iss also, dass du zu Kräften kommst.« Er erwiderte ihren Blick. »Ich muss noch einiges vorbereiten, für die Kinder. Ich komme später zurück.«

* * * * *

Ophélies rosa Pony, das ihr bei der Pont-du-Gard auf den Boden gefallen war, duftete nach Parfüm. Mutter Griolet hatte es gründlich gesäubert, dass es wieder wie neu aussah. »Ein Bad für das Pony«, hatte die Nonne gelacht.

Sie hatten alle gelacht an jenem Abend. Ein nervöses, besorgtes Lachen. Papa lebte. Ophélie schloss ihre Augen und sah wieder, wie er von der Brücke fiel, immer tiefer und tiefer, bis der zornige Fluss ihn verschluckte. Sie hörte wieder Gabriellas Schreie. Sie hatten nicht sehen können, wer von den beiden Männern als Erster gestürzt war. Erst später, als die Polizei Jean-Claudes Leiche auf der Brücke gefunden hatte, hatten sie wieder Hoffnung geschöpft.

Drei Tage waren vergangen seitdem, und heute durfte sie Papa besuchen. Sie stand vor der schweren, weißen Tür, das Pony in ihren Armen. Sie hob ihre kleine Hand und klopfte zaghaft an die Tür.

»Herein«, kam eine leise Stimme.

Ophélie steckte ihren Kopf durch die Tür. Ihr Vater lag auf lauter weißen Tüchern. Sein Gesicht war von blauen und gelben Flecken übersät, dass seine Augen noch tiefer aussahen als sonst. Seine linke Schulter war dick verbunden. Sie zog ihren Kopf erschreckt wieder zurück.

»Komm rein, Spatz, hab keine Angst. Papa wird bald wieder gesund.« Seine Stimme klang so schwach und traurig.

Sie trat vorsichtig zu dem Bett hin. »Ich hab dir das Bild mit den Ponys mitgebracht, Papa. Ich hab gedacht, du magst es, wenn du es an deiner Wand hast.«

Er legte seine gute Hand auf ihre Schulter und lächelte. »Ja, dann geht es mir gleich besser. Viel besser. Hol dir einen Stuhl, Ophélie.«

Sie zog einen der Metallstühle zu dem Bett. Sie gab, das Pony immer noch im Arm, David das Bild.

»Du weißt doch, dass jetzt alles gut ist, nicht wahr?« fragte er leise.

Sie sah ihn an und nickte zögernd.

Er fuhr fort: »Der böse Mann ist tot. Er wird nie wieder kommen. Wir sind jetzt in Sicherheit.« Er schien nicht ganz überzeugt zu sein von seinen Worten.

»Warum sind deine Augen dann so traurig, Papa?«

Er grinste, und sie sah ein winziges Grübchen in seiner Wange. »Und warum lächelst du jetzt, Papa?«

»Ich lächle, weil du alles merkst. Du merkst zu viel. Und

traurig bin ich, weil ich bald noch einmal fort muss. Aber keine Angst, es ist nicht für lange.«

Sie senkte ihren Kopf. Sie wollte nicht noch mehr in seinen Augen sehen. Er hatte ja Recht; sie merkte zu viel. Aber jetzt sprach er weiter, flüsternd.

»Ich muss fort, um deine Mama zu holen. Moustafa hat mir geschrieben, wo sie ist.«

Ophélies Augen wurden groß. »Mama? Holst du sie für mich?«

»Ja, Ophélie, ich hole sie. Damit sie auch ganz bestimmt wieder zu uns kommt. Und deswegen musst du also noch ein Weilchen tapfer sein. Und du musst Gabby helfen. Es wird ihr sehr schwer fallen, mich so bald schon wieder ziehen zu lassen.«

Ophélie runzelte die Stirn. »Weil sie dich lieb hat?«

»Ja.«

»Und du liebst sie, nicht wahr, Papa?« Sie sah ihn schüchtern an, ihre Lippen kräuselten sich.

»Ja, das stimmt. Ich liebe sie.«

»Und Mama? Hast du die auch lieb gehabt?«

Er räusperte sich, sein Gesicht wurde wieder traurig. »Ja, Ophélie, ich habe deine Mutter geliebt. Vor langer Zeit. Aber dann musste ich fortgehen. Ich habe ihr geschrieben, aber sie schrieb nie zurück. Sie wollte nicht, dass ich von dir wusste.«

»Warum nicht?« Sie verzog ihren Mund.

»Weil sie Angst hatte, dass ich sonst zurück nach Algerien kommen würde, und sie wusste, dass ich andere Dinge zu tun hatte.«

Ophélie kniff ihre Brauen zusammen. »Das versteh' ich nicht.« Wie kompliziert diese Erwachsenen alles machen mussten ...

»Ja, das glaube ich, Spatz. Aber bitte glaube mir: Deine Mama hat damals das getan, was sie für das Beste gehalten hat. So sehr hat sie dich lieb.« Er drückte fest ihre Hand. »Und ich liebe dich auch.«

Das ist gut, dachte Ophélie. Das war das, was sie so gerne hören wollte. Aber sie hatte noch eine Frage. »Und wirst du Mama wieder lieb haben?«

Jetzt sahen seine Augen sehr traurig aus, und es tat ihr Leid, dass sie ihn so gefragt hatte. Er zog ihren Kopf auf seine Brust und hielt sie fest. Sie spürte, wie es in ihm arbeitete. Als er wieder sprach, war seine Stimme undeutlich. »Ich weiß nicht, Ophélie. Ich weiß einfach nicht.«

Ophélie dachte angestrengt nach. Was konnte sie sagen, damit es Papa besser ging? Und plötzlich wusste sie es. Sie zog das Kreuz unter ihrer Bluse hervor und hielt es an seine Hand. »Das hat Mama mir geschenkt. Sie hat gesagt, dass es mich beschützt. Und Bribri sagt das auch. Wenn wir an Gottes Sohn glauben, wird er uns beschützen. Warte nur, Papa, es wird alles gut.«

David tastete über das Kreuz, das da um den Hals seiner Tochter hing. »Das ist ein schönes Kreuz, Ophélie. Du hast Recht, Gott wird mich beschützen.« Er ließ das Kreuz los, und Ophélie steckte es zurück unter ihre Bluse. Dann rutschte sie höher und drückte ihre Lippen auf sein unrasiertes Gesicht. »Ich habe dich auch lieb, Papa.«

* * * * *

Das Zimmer war spartanisch-weiß. Davids Haar sah noch einmal so schwarz aus gegen die weißen Kissen. Auf der Fensterbank stand ein Topf mit roten und gelben Schlüsselblumen. Hinter dem Fenster türmten sich wattig-weiße Wolkenberge. Die Sonne, die durch die Scheiben kam, blendete Gabriella einen Augenblick. Sie sah David an mit seinem bandagierten Arm und den blauen Flecken im Gesicht. Er sah schwach aus.

»Der Arzt sagt, es ist das reinste Wunder, dass du noch am Leben bist«, sagte sie.

David lachte leise. »Ja, das Hochwasser hat mich gerettet. Mein Bedarf an Sprüngen von der Pont-du-Gard ist erst mal gedeckt.« Er musterte ihr Gesicht. »Vielleicht war es wirklich ein Wunder. Dein Gott ... *unser* Gott hat mein Gebet erhört. Ich habe jetzt viel, wofür es sich lohnt, weiterzuleben.« Er strich ihr über den Arm. »Schau nicht so besorgt. Mir geht es gut. Uns allen geht es gut.«

Es klopfte, und Mutter Griolets Kopf kam durch die Tür. »Nur herein in die gute Stube«, sagte David. »Setzen Sie sich.« Er wies auf den freien Stuhl.

»Gott sei gelobt, Sie erholen sich gut!« Die Nonne legte ihre Hand über die seine, küsste ihn auf beide Wangen und lachte. »Ich begrüße junge Dozenten sonst nicht so, aber heute ist ein ganz besonderer Tag. Lieber Mr. Hoffmann.« Sie schüttelte ihren Kopf und tätschelte seine Hand.

»Nennen Sie mich doch David.«

»Ja, sicher ... David. Wir freuen uns ja so, dass Sie noch unter den Lebenden sind. Wie lange müssen Sie noch hier bleiben?«

»Nur noch bis morgen. Ich muss auch raus, es ist noch viel zu tun.«

»Ja, am 17. kriegen wir neun neue Kinder. Neun auf einen Streich! Wie sollen wir das schaffen?« Sie schaute nach oben.

»Wie viele kommen danach, David?«, fragte Gabriella. »Hast du eine Ahnung?«

»Ich glaube, die neun sind die letzten, hinter denen Ali her war. Aber wenn der Krieg zu Ende ist ...« Er zuckte mit der gesunden Schulter.

»Wer ist dieser Ali überhaupt?« sagte Gabriella. »Könntest du mir das endlich mal richtig erklären?«

David sah sie und Mutter Griolet an. »Ihr habt beide bisher nur einzelne Stücke von der Geschichte gehört. Es ist keine schöne Geschichte, aber gut, ich will sie euch erzählen. Wollt ihr sie hören?«

Gabriella flüsterte: »Ja.« Mutter Griolet nickte.

»Also gut. 1936 entschied die französische Regierung, algerischen Kriegsveteranen nicht die gleichen Rechte zu geben wie den anderen Veteranen. Leutnant Mohemmed Boudani war hell empört, denn er hatte gut gekämpft im Ersten Weltkrieg.

Sein Sohn, Ali Boudani, war genauso empört über die Entscheidung. Er war damals 21, ebenfalls Soldat und voll seinem Vater ergeben, der sein großes Vorbild war. Sie kämpften beide im Zweiten Weltkrieg. Die Privilegien der *Pied-noirs* ärgerten sie immer mehr, aber sie blieben Frankreich loyal. Und Alis Vater versprach seinem Sohn, dass eines Tages auch die Algerier gleiche Rechte bekommen würden.

Aber dann wurde Leutnant Boudani 1945 bei einem Kommandounternehmen gefangen genommen, gefoltert und getötet. Als die Einzelheiten über seinen Tod durchsickerten, war Ali wahnsinnig vor Wut. Sein Vater, der Kommandant der Einheit, war als Einziger vom Feind gefangen genommen worden, und die Einheit gehörte zu dem Bataillon, das von Anne-Marie Duchemins Vater, Hauptmann Maxime Duchemin, befehligt wurde.«

»Aber woher weißt du das alles?« unterbrach Gabriella ihn. »Kennst du Ali?«

»Ich habe ihn 1953 kennen gelernt, als ich mit Anne-Marie zusammen war. Aber es war Anne-Marie, die das später alles herausfand. Lass mich erklären.

Ali ging in den 50-er Jahren in den Untergrund und wurde schließlich einer der Köpfe der FLN, die fanatisch entschlossen war, ein freies Algerien zu schaffen. Aber das Bild seines toten Vaters ließ ihn nicht los, und sein Hass wurde immer stärker. Er war ein genialer Guerilla-Krieger und in der FLN hoch angesehen.

Dann brachte ein eigentlich unbedeutender Vorfall den Stein ins Rollen. Im Frühjahr 1958 sah Ali Hauptmann Duchemin auf einer politischen Veranstaltung für die Nordafrikanische Armee. Anne-Marie sagt, dass er an diesem Tag den Entschluss fasste, ihren Vater zu ermorden. Er war besessen von dem perversen Wunsch, den Tod seines Vaters zu rächen.«

»Aber Anne-Maries Vater hat ihn doch gar nicht getötet!«, protestierte Gabriella. »Er war doch gar nicht in dieser Einheit damals, er war doch viel weiter oben. War das nicht die deutsche Armee? Die SS?«

David nickte. »Ja. Aber Ali hatte es sich in den Kopf gesetzt, dass Hauptmann Duchemin seinen Vater in den Tod kommandiert hatte und dass die ganze Einheit dabeistand und keinen Finger für ihn rührte. Das ist natürlich überhaupt nicht wahr, aber ...« Er zuckte die Achseln.

»Ali ist ein hoch intelligenter und systematischer Mann. Er kam zu dem Schluss, dass blutige Rache die einzige Möglichkeit war, seinem Hass Genugtuung zu verschaffen. Und so wurde im Mai 1958 der Hauptmann des 13. Bataillons der

Nordafrikanischen Armee, Maxime Duchemin, zusammen mit seiner Frau bestialisch ermordet.

Aber das reichte Ali nicht. Der Plan wuchs. Ende 1958 schuf Ali eine Gruppe von sechs Männern, die alle Informationen zusammenzutragen hatte, die es über die Einheit seines Vaters gab. Die entsprechenden Dokumente zu bekommen, war schwierig, wenn nicht unmöglich. Ali nahm Anne-Marie ins Visier, die einzige Tochter von Hauptmann Duchemin, die ebenfalls 21 und auf der Seite der *Pied-noirs* engagiert war.«

David wurde plötzlich sehr leise. Er schloss seine Augen, als er sich an Anne-Maries hysterische Stimme in dem Krachen und Rauschen der Telefonleitung erinnerte. Nein, bei diesem Kapitel wollte er sich nicht aufhalten.

Er fiel in die sterile Stimme eines Arztes, der eine Krebsdiagnose bekannt gibt. »Im Dezember 1958 wurde Anne-Marie von Ali und mehreren seiner Komplizen entführt und vergewaltigt.«

Gabriella keuchte auf und schüttelte den Kopf. Einen Augenblick begegneten ihre Augen denen Davids, dann sah sie nach unten.

»Die arme Frau«, murmelte Mutter Griolet. »Das arme Kind.«

»Er ist krank, dieser Ali. Nach der Vergewaltigung schickte er sein charmantes französisches Gegenstück zu ihr, um sie zu retten – Jean-Claude Gachon. Mehrere Monate fühlte Anne-Marie sich bei ihm in Sicherheit. Jean-Claude redete ihr ein, dass sie die Familien, auf die Ali es abgesehen hatte, schützen konnte, wenn sie ihm ihre Namen gab. Sie gab ihm einige.

Aber Anne-Marie ist nicht dumm. Nach und nach wurde sie misstrauisch. Als sie im Oktober 1959 erfuhr, dass zwei *Harki*-Familien kaltblütig ermordet worden waren, bekam sie es mit der Angst zu tun.«

David rieb sich über die Augen und nahm ein Glas Wasser. Die Bewegung ließ ihn schmerzlich zusammenzucken. »Damals hat sie mir nach Princeton geschrieben. Ich hatte lange nichts mehr von ihr gehört, obwohl ich ihr 1954 und 55 einen Brief nach dem anderen geschrieben hatte. Ich hatte es schließlich aufgegeben, in der Hoffnung, dass ihr Schweigen nur auf

Gleichgültigkeit beruhte, und nicht auf dem Krieg.« Er setzte das Glas wieder ab. »Heute weiß ich, dass sie Angst hatte, mir zu antworten und mir von Ophélie zu erzählen.

Aber im Oktober 1959 schrieb sie mir also und flehte mich an, diesen Kindern, die Ali systematisch umbringen wollte, zu helfen. Sie wusste – oder hoffte –, dass ich nach Frankreich kommen konnte ... wegen meiner Vergangenheit.« Er ließ den letzten Teil des Satzes in der Luft hängen. Mutter Griolet warf ihm einen mitfühlenden Blick zu.

»Mutter Griolet, den Teil der Geschichte erklären Sie wohl besser, bitte.« Er ließ seinen Kopf zurück auf das Kissen sinken und schloss die Augen. Wie aus weiter Ferne hörte er, wie Mutter Griolets gütige, leise Stimme seinen Bericht fortsetzte.

»... und so kam er 1944 in unserem Waisenhaus an, ganz allein. Es dauerte mehrere Monate, bis sein Vater herausfand, wo er war. Er war halb krank vor Sorgen.«

Davids Augen klappten auf. »Mein Vater? Krank vor Sorgen?« Er lachte.

»David! Natürlich war er das. Ich werde das nie vergessen. Er stand vor mir und weinte und wiederholte immer wieder: ›Es war alles meine Schuld. Alles meine Schuld.‹ Ihr Vater war ein gebrochener Mann.«

»Das war er nicht! Er konnte es nicht ausstehen, mich zu sehen. Er ließ uns in Paris zurück, mit amerikanischen Pässen. Und als meine Mutter ihre Verwandten und so viele andere versteckte, kam die SS, und mein Vater war nirgends zu finden.« Davids Stimme war plötzlich laut und zornig.

»David, bitte. Beruhige dich doch.« Gabriella berührte seine Hand und nahm sie fest in die ihre.

Er seufzte. »Aber gut, das ist eine ganz andere Geschichte. Das werde ich im Laufe der Zeit noch unter die Füße kriegen, wenn Gott will.« Ein schwaches Lächeln ging über seine Lippen. Was hatte Mutter Griolet da gesagt? Sein Vater hatte geweint? Er hatte ihn kein einziges Mal weinen sehen.

Mutter Griolet fuhr leise fort. »Als David seine Bewerbung einschickte und sofort die Stelle wollte, war ich begeistert, Gabriella. Ich brauchte einen Lehrer, und aus seinen Referenzen war klar, dass er brillant war, obwohl er gerade erst sein Studium abgeschlossen hatte. Dass er als Kind schon einmal hier gewesen war – daran hab ich mich erst ganz vor kurzem erinnert.« Sie lachte leise. »Wenn ich das früher getan hätte, hätte ich vielleicht nicht so eine Abneigung gegen Sie gehabt.« Sie zwinkerte David zu.

»Es war besser so, dass Sie mich eine Weile nicht mochten«, erwiderte David, »und nichts von meiner Rolle ahnten. Du siehst also, Gabby: Als ich im Juni 1960 hierher kam, hatte ich meine Hausaufgaben gemacht. Ich wusste, wo es Menschen gab, die im Zweiten Weltkrieg in der Résistance gearbeitet hatten; es dauerte nicht lange, und ich hatte meine Leute beisammen.«

Gabriella lächelte. »Monsieur Vidal, nicht wahr?«

Er nickte. »Ja. Er half mir, die kleine Operation mit Mutter Griolet und diversen Bäckern aus der Gegend hier auf die Beine zu stellen. Wir nannten sie ›Operation Hugo‹ - kurz für ›Hugenotten‹. Ich hatte Anne-Maries Kreuz oft gesehen, und es war meine Idee, es zum Symbol unserer Operation zu machen. Die Flüchtlinge hatten einen Zettel mit dem Kreuz und Datum und Uhrzeit ihrer Abfahrt, und sonst nichts. Aber in seinen Informationen an die Bäcker in Frankreich erwähnte Moustafa nicht nur Datum und Uhrzeit, sondern auch die Zahl der Kinder. Die Bäcker backten diese Zettel in Brote ein, die ich zu bestimmten Zeiten abholte.

Womit wir zu dir kämen, Gabriella.« Er drückte ihre Hand. »Eine Zeit lang hast du mir Jean-Claude Gachon ganz gut vom Hals gehalten. Das erste Kind, das im September aus Algerien kommen sollte, kam nie an. Es musste ihm etwas passiert sein, und ich merkte, dass jemand Wind von der Sache bekommen hatte. Als ich also dich kennen lernte, dachte ich, du könntest mir helfen, unentdeckt zu bleiben, ohne dass du in die Sache eingeweiht warst.« Er seufzte. »Das war echt dumm von mir, das tut mir Leid. Hab ich dich überhaupt schon gebeten, mir das zu verzeihen?«

Gabriella küsste ihn zart auf die Stirn. »Ich kann mich nicht beklagen. Es ist ja alles so anders gekommen ... aber ich kann mich nicht beklagen.« Sie wurde rot. »Und, ja, ich vergebe dir.«

Sie fuhr fort: »Aber was hat Anne-Marie bei der ganzen Sache gemacht? Und wie sind sie und Ophélie nach Paris gekommen? War sie nicht in Algerien?«

»Das habe ich erst heute Morgen erfahren, von Ophélie. Anne-Marie und Moustafa sind mit Ophélie aus Algerien geflohen – vor den bösen Männern, wie Ophélie es ausdrückt. Sie waren acht Monate in Paris. Als es brenzlig wurde, ist Ophélie durch das Fenster geflohen und fand Unterschlupf bei Monsieur Gady, einem alten Gemüsehändler, den ich später tot in seiner Wohnung auffand. Er war offenbar ein Freund von Anne-Marie, der ihr versprochen hatte, sich um Ophélie zu kümmern, falls es Probleme gab.« Er unterbrach sich, um Luft zu holen.

»Das ist ja richtig kompliziert«, kommentierte Mutter Griolet. »Was bin ich froh, dass ich das nicht alles gewusst habe. Es hätte mich schier erdrückt.«

»Ja, es ist kompliziert«, sagte David. »Ophélie sagte mir, dass sie Monsieur Gady eigentlich einen blauen Beutel geben sollte, aber dass sie Angst hatte, und so ist der Kontakt zwischen uns damals abgerissen. Und Anne-Marie und Moustafa waren auf einmal wieder in Algerien – mit Sicherheit nicht freiwillig, wenn ihr mich fragt.

Mitte Oktober hörte ich, dass in Paris etwas im Gang war. Als ich hinfuhr, um der Sache nachzugehen, wusste ich natürlich nicht, dass ich mit Ophélie zurückkommen würde, oder was für ein Teil in diesem Puzzle sie war. Es scheint, dass der Mann, mit dem ich mich dort treffen sollte, eine Art Doppelagent war. Sehr wahrscheinlich wollte er Ophélie als Köder benutzen, um mich zu kriegen. Aber der Plan scheiterte, als die Demonstration kam. Ja, und dann hatte ich auf einmal Ophélie, und mein Informant stand in den Todesanzeigen.«

Gabriella unterbrach ihn. »Und als ich in Aix das falsche Brot gekauft habe, waren da auch Waisenkinder unterwegs? Das lässt mir einfach keine Ruhe.«

»Nein. Ich bin ziemlich oft in die Bäckereien gegangen, wenn ich keine Nachrichten bekommen hatte. An dem Tag wäre nichts in dem Brot gewesen, selbst wenn du ein *Pain de seigle* gekauft hättest. Aber das wusste ich damals nicht, und deswegen war ich so aufgebracht. Es tut mir Leid, dass ich so grob war zu dir, Gabby.« Er drückte ihre Hand.

»Ja, du warst ein paar Mal ziemlich schrecklich. Aber irgendwie wusste ich, dass in dir etwas war, das es wert war, es kennen zu lernen.« Gabriella lächelte. »Ich habe ja lange im Dunkeln getappt. Aber jetzt weiß ich Bescheid.« Ihr Blick war weich und voll Bewunderung. »Dass du diese Operation auf die Beine gestellt hast – es war echt selbstlos von dir und ein riesiges Opfer an Zeit, ganz zu schweigen von der Gefahr, in die du dich begeben hast.«

David wurde rot. »Na ja, außer den bösen gab es auch ein paar anständige Motive bei mir. Aber schmeichele mir nicht zu viel, Gabby, ich muss noch viel lernen in Sachen Selbstlosigkeit.« Er drehte seinen Kopf zum Fenster hin, seine Stimme war auf einmal belegt. »Es gab mir eine gewisse Befriedigung, unschuldige Kinder zu retten, die ermordet werden sollten, bloß weil sie zur falschen Rasse gehörten.« Seine Augen waren feucht, als er die Frauen wieder ansah. »Ich konnte ihr Leiden verstehen. Ich musste einfach helfen.«

Er rieb sich die Augen. »Aber jetzt bin ich abgeschweift. Nachdem Hakim angekommen war, habe ich lange nichts mehr von Moustafa gehört. Hakim war der Junge, über den du mir in Aigues-Mortes Nachrichten geholt hast, Gabby.«

»Und in Aigues-Mortes hat Jean-Claude mich das erste Mal gesehen und sich seinen Reim gemacht«, warf Gabriella ein. »Ist er mir zu dem Bäcker gefolgt?«

»Das glaube ich nicht. Ich glaube, es war nur dein Kreuz. Er muss von dem Symbol unserer Operation gewusst haben, und dann sah er dein Kreuz.«

Gabriella nahm das Kreuz vorsichtig in ihre Hand. »Meine Mutter hat sich bestimmt im Leben nicht vorstellen können, in was für Verwicklungen ich durch dieses Kreuz kommen würde.« Sie lächelte Mutter Griolet an. »Eigentlich hat es alles mit Ihnen angefangen – als Sie das Kreuz kauften und meiner Mutter schenkten. Sie waren sogar der Grund dafür, dass David zurück nach St. Joseph kam.«

Die Nonne hob ihre Augenbrauen. »Oh, es hat nicht mit *mir* angefangen, sondern mit Gott. Er ist der große Meisterweber. Er hat alle Fäden schon vorher gesehen. Das Kreuz zieht uns zuerst zu ihm, und dann zueinander.«

David sah Gabriella in die Augen und strich ihr über die Wange.

»Wenn ich nicht dieses Hugenottenkreuz getragen hätte, wer weiß, ob Ophélie so aufgetaut wäre?«, sagte Gabriella. »Und wie geht es jetzt weiter, David?«

Er hatte es ihr unter vier Augen beibringen wollen, hatte die Sorgenfalten, die unweigerlich auf ihre Stirn treten würden, wegküssen wollen. Aber er hatte wohl keine Wahl. Es musste jetzt sein.

Er setzte sich umständlich auf. »Es geht um Anne-Marie. Moustafa hat mir Nachrichten über sie geschickt. Sie ist sehr krank; er hat Angst, dass sie sterben muss, wenn sie in Algerien bleibt. Und allein reisen kann sie nicht.« Er räusperte sich. »Moustafa muss in Algerien bleiben, um weiteren Familien zur Flucht zu helfen. Nicht nur denen, auf die Ali es abgesehen hat, sondern noch anderen *Harki*-Familien. Er hat mich gebeten, nach Algerien zu fahren, um Anne-Marie zu holen.«

Gabriella zog ihre Hand weg und keuchte auf.

David rang darum, die Fassung zu bewahren, die richtigen Worte zu finden. »Gabby, Liebes. Ich muss das machen. Für Ophélie. Es ist doch nichts Falsches, wenn ich ihr ihre Mutter zurückhole?«

Gabriella drehte ihre Hände und sah zu Boden. Mutter Griolet erhob sich geräuschlos und sah David an. »Ich gehe schon mal.«

David nickte. »Danke, Mutter Griolet. Danke.«

»Gott sei mit dir, David.« Sie hielt einen Moment inne und legte ihre Hand auf Gabriellas Kopf. »Und mit dir, mein Kind.« Sie ging aus dem Zimmer.

David winkte Gabriella, näher zu kommen. Sie setzte sich vorsichtig auf die Kante des Bettes. Er legte seinen gesunden Arm um sie und küsste sie zärtlich. Sie weinte.

»Bitte, Gabby, bitte. Du musst das verstehen.«

Sie legte ihren Kopf auf seine Brust. »Das versuche ich ja,

David. Ich versuch's, aber ich kann nicht. Ich kann nicht verstehen, dass du jetzt weg musst – jetzt, wo alles so gut ist. Wir sind in Sicherheit, wir sind zusammen. Ophélie ist hier.« Ihre blauen Augen waren tränennass, als sie ihn ansah. »Verlass mich jetzt nicht.«

Er atmete langsam aus. »Ich muss ... ich muss. Aber habe keine Angst, Gabby. Hab keine Angst wegen *ihr.* Das war vor langer Zeit, und die Gegenwart, das bist du. Du weißt es ganz genau, dass ich dich liebe.«

Sie antwortete nicht. Er suchte nach etwas, das er ihr sagen konnte. »Was hast du mir einmal gesagt, Gabby? Etwas, was deine Mutter dir gesagt hatte. *Er macht keine Fehler. Eines Tages wirst du sehen, dass unser Gott keine Fehler macht.«*

KAPITEL 34

Die Nachricht von dem Waffenstillstand, die aus Evian kam, verbreitete sich in Windeseile in Algier an diesem Morgen des 19. März 1962. Um zwölf Uhr mittags würde er in Kraft treten. Der graue Himmel über der Stadt war wie ein Spiegel der Gefühle der Menschen: Er war notwendig, dieser Waffenstillstand, aber dies war kein Sieg. Ein Krieg, der am Allerheiligentag des Jahres 1954 mit einer Hand voll Extremisten begonnen hatte, hatte im Laufe von sieben Jahren Hunderttausenden von Franzosen und Algeriern das Leben gekostet. In drei Monaten würden die Algerier in einem Referendum über die Unabhängigkeit des Landes abstimmen. Der Text der von der FLN und de Gaulles Männern ausgehandelten Vereinbarung enthielt viele Schutzbestimmungen für die *Pied-noirs,* aber Anne-Marie wusste das Ergebnis schon: Die *Pied-noirs* würden gehen – sie würden ihre Häuser, ihr Land, ihre Städte verlassen, um in ein unbekanntes, vielleicht sogar feindseliges Land zu gehen, in welchem sie als Bürger leben konnten.

Sie hatte in den Monaten in Paris zur Genüge mitbekommen, wie die Franzosen über die *Pied-noirs* dachten. Es würde nicht einfach werden, aber das war ihr egal. Nichts konnte schlimmer sein als der Alptraum, den sie in den letzten beiden Jahren mitgemacht hatte. Und sie würde bei Ophélie sein. Vielleicht würde schon morgen David Hoffmann zurück in ihr Leben wandern und sie nach Frankreich holen. Sie zwang sich auf die Beine und humpelte durch das Zimmer. Endlich konnte sie wieder an Laufen denken. Die Verbände, die wochenlang ihre Beine wie die untere Hälfte einer Mumie eingehüllt hatten, waren weg.

Moustafa kam herein und ließ sich mit einem Seufzer auf das Bett fallen. Er schüttelte sein Lockenhaar, sein Blick war feierlich. »Waffenstillstand, Anne-Marie. Gott sei Dank, dass die letzten Kinder fort sind. Denn jetzt geht es erst richtig los.«

»Sag das nicht, Moustafa, bitte! Jetzt kommt doch endlich Frieden.«

»So? Glaubst du, die OAS wird zugucken und Däumchen

drehen? Wir werden ein Feuerwerk kriegen, aber nicht von den feiernden Arabern.« Er stand auf und packte Anne-Maries Hände. »Aber du wirst das nicht mehr erleben müssen, Liebes. Du und Ophélie, ihr werdet in Sicherheit sein.«

Anne-Marie runzelte die Stirn. »Und wann kommst du nach Frankreich nach?« Seine schokoladenbraunen Augen waren ohne Glanz. »Sag mir, wann du kommst, damit ich hoffen kann. Ich gehe nicht, wenn ich das nicht weiß.«

Er küsste sie zärtlich, und sie schloss die Augen. Der Kuss gab ihr Kraft. Sie spürte, wie die Leidenschaft kommen wollte, aber plötzlich hielt Moustafa sie von sich ab. »Wir wussten doch, dass es nicht möglich ist«, sagte er. »Diese ganzen Monate habe ich dich gehabt und habe gehofft. Aber, Anne-Marie, ich kann dir nicht sagen, wann – oder ob ich zurück nach Frankreich komme. Ich weiß so vieles ... und ich werde gebraucht.« Seine Augen wurden wieder glänzend. Er zog sie an sich, dass sie den Schlag seines Herzens spürte. »Wir haben es bis hierher geschafft. Wir haben eine Liebe genossen, die vor Monaten nur eine Hoffnung war. Sie wird uns durchtragen. Aber ich will dich nicht bitten, auf mich zu warten, sondern nur, zum Himmel zu beten, dass die *Harkis* nicht noch mehr Leiden durchmachen müssen.«

»Küss mich wieder, Moustafa«, flüsterte sie. »Und wenn es das letzte Mal wäre. Damit ich etwas habe, an das ich mich erinnern und an dem ich mich festhalten kann.« Als er sie wieder losließ, fuhr sie sich über die Lippen, als wolle sie das Wunder fest versiegeln – ein Wunder, das ein Krieg und ein anderer Mann, den sie geliebt hatte, nicht auslöschen konnten.

»Ophélie«, sagte sie laut. »Es dauert nicht mehr lange. Mama kommt nach Hause.«

* * * * *

Morgen würde Papa nach Algerien fahren, um Mama zu holen. Ophélie spürte hundert Gefühle gleichzeitig. Angst, Erregung, Liebe, Zorn. Sie lag auf ihrem Bett, die Hände hinter dem Kopf verschränkt. Sie musste auf einmal an eine Stelle aus dem Brief ihrer Mutter denken. Sie öffnete die mittlere Schublade und holte den blauen Beutel heraus. Sie hielt ihn in ihren Händen, dann zog sie vorsichtig die Schnur auf und griff, wie so viele Male schon, hinein und holte den Inhalt heraus. Ja, es war alles noch da. Sie nahm Mamas Brief und las ihn wieder. Da, auf der ersten Seite, war der Satz, an den sie sich gerade erinnert hatte: *»Ich habe es nie gewollt, dass wir getrennt werden, aber im Augenblick ist es nötig.«*

Mama hatte es gesagt, und jetzt sagte Papa es auch. Eine kleine Weile wäre Papa fort, und dann würde er Mama bringen, und sie wären eine richtige Familie, wie andere auch. Papa, Mama, Gabriella und sie.

Sie runzelte die Stirn. Nein, das würde nicht gehen. Sie schaute auf das winzige Foto, das sie mit ihrer Mutter zeigte, und seufzte auf. Warum konnte Papa nicht einfach Mama und Gabriella lieben? Warum musste er sich für eine von ihnen entscheiden?

Sie küsste das Bild ihrer Mutter und flüsterte: »Mama, ich kann lesen und schreiben und ich habe Papa gefunden. Wenn du wieder da bist, wird es so schön sein, wie wenn ein Märchen zu Ende ist.«

Sie zog die oberste Schublade auf, in der ein paar leere Papierblätter und Buntstifte lagen. Inzwischen konnte sie schreiben, und Mama musste doch wissen, dass sie auf sie wartete. Sie legte das Blatt oben auf die Kommode und begann zu schreiben, in ihrer besten Schreibschrift: »Ich libe dich, Mama. Kom bald zu mir. Ich warte auf dich. Ofeli.« Sie las es noch einmal. Vielleicht waren ein paar Worte nicht richtig geschrieben, aber Mama wüsste Bescheid. Über den Text malte sie einen großen Regenbogen.

Sie schob das Blatt in die Tasche ihres schwarzen Wollrocks, küsste das kleine Foto und legte den blauen Beutel wieder in die Kommode. Jetzt würde Mama sehen, dass sie schon schreiben konnte. Und sie würde ganz schnell zu ihr kommen, in dieses Haus, das Ophélies Zuhause geworden war.

* * * * *

Mutter Griolet hatte darauf bestanden, dass die drei in ihrer Wohnung voneinander Abschied nahmen, während sie selber sich im Untergeschoss um die Kinder kümmerte. Jetzt saßen sie da, stumm und betreten, das Ticken der Uhr wie eine Folter. David schluckte mehrere Male, um seine Kehle gängig zu bekommen. Er winkte Ophélie zu sich, die ernst neben dem Fenster stand. Sie kam langsam zu ihrem Vater.

Gabriella biss sich auf die Lippe. Er las den Schmerz in ihren Augen.

David drückte Ophélie fest an sich. Er sog den Duft ihres frisch gewaschenen Haares ein, genoss das Gefühl ihrer weichen Haut, die so jung und lebendig und rein war. »Meine liebe, liebe Tochter.« Sein Ton war sanft. Das Morgenlicht, das durch das Fenster kroch, hüllte sie ein.

»Ophélie, ich werde jetzt gehen und deine Mama holen. Ich werde sie zurückbringen zu dir ... zu uns.« Er schaute zu Gabriella hin, und seine Augen waren randvoll von Liebe und Schmerz.

»Nimmst du mich nicht mit, Papa?« bettelte Ophélie.

»Nein, nein, das wäre viel zu gefährlich. Du musst hier bei Gabby bleiben.« Er drehte sich zu Gabriella hin, die halb im Schatten stand; nur ihr Haar leuchtete rot in der Sonne. Er spürte einen hohlen Schmerz im Magen. »Du sorgst für Ophélie, nicht wahr?«

»Natürlich.« Sie winkte Ophélie zu sich, und sie rannte in ihre Arme.

Ophélie griff in ihre Rocktasche. »Papa? Ich hab was für Mama. Nimmst du es für sie mit?«

David trat zu ihnen und nahm das zusammengefaltete Blatt entgegen. Er strich Gabriella über das Haar und sagte. »Ich weiß noch, wie du mir gesagt hast, dass ein Gott, der größer ist als wir, alles lenkt, und jetzt glaube ich es. Lässt du mich gehen?«

Gabriella nickte und schaute nach unten, und er wusste, dass sie weinte. Er hob ihr Kinn mit seiner guten Hand hoch. Seine Augen waren durchdringend, dann wurden sie weicher. Er überlegte sich, ob er sie küssen sollte; stattdessen legte er seine warme, starke Hand um die ihre und drückte sie fest. Ophélie hielt ihn fest um die Taille. Er zog sie beide fest an seine Brust und flüsterte mit einem schweren Seufzer: »Ich habe euch beide lieb.«

Mehr konnte er nicht sagen, obwohl ihm hundert Dinge durch den Kopf gingen, die er Gabriella sagen wollte. Aber das waren Dinge, die man besser bei Kerzenschein in einer Ecke in einem gemütlichen kleinen Restaurant sagte, und nicht hier.

Endlich brach er die gequälte Stille. »Ich muss jetzt gehen.« Er hatte keine Lust, noch ein paar belanglose Sätze auszutauschen. Er umarmte Ophélie und Gabriella so fest, wie es mit einem Arm ging, und presste einen Augenblick lang seine Lippen auf Gabriellas Stirn.

Dann war er fort.

* * * * *

Gabriella und Ophélie schauten David durch das Wohnzimmerfenster zu, wie er auf die Straße trat. Er blieb kurz stehen, um ihnen zuzuwinken. Ein paar Strähnen seines Haares fielen ihm über die Stirn, er lächelte halb; das Grübchen war gerade sichtbar. Gabriella sah seine dunklen, brütenden Augen, und sie sprachen von Liebe. Der eine Ärmel seiner Lederjacke hing schlaff nach unten, die bandagierte Schulter verdeckend; der andere Arm hielt seine Aktenmappe. Es war das Bild von ihm, das Gabriella für immer in ihrem Herzen behalten würde.

»Bribri, ist dir gut?« Ophélies Gesicht war tränennass. »Du liebst ihn doch so, und er liebt dich, das weiß ich doch. Gellt, du betest nicht darum, dass Mama stirbt?«

Gabriella runzelte kurz die Stirn, dann nahm sie Ophélie in die Arme. »Nein, um so etwas werde ich nie beten. Es gibt einen Gott, der größer ist als wir und der unsere Herzen genau kennt, gerade so wie dein Papa es gesagt hat. Er hat schon alles fertig, du wirst schon sehen. Wir alle werden es sehen. Bestimmt.«

* * * * *

Der Lärm aus dem Schulzimmer war ohrenbetäubend, als

Mutter Griolet die Kinder an Schwester Rosaline und Isabelle übergab. »Das Mittagessen ist heute vielleicht etwas später. Versucht einfach, sie zu beschäftigen, während ich die Schlafsäle inspiziere.«

Ihr Kopf pochte von dem Lärm. Neun neue Kinder. *Harki*-Kinder, die halb verrückt vor Angst waren, die weinten, schrien, sich aneinander klammerten. »Ich weiß, dass sie hier richtig sind, Gott. Aber ich weiß nicht, wie ich es schaffen soll. Ich brauche mehr Hilfe, und mehr Raum.« Sie war außer Atem, als sie die Schlafräume erreichte. In den Mädchenschlafsaal hatten sie zwei weitere Stockbetten gequetscht, eine Leihgabe von Madame Lemoine für so lange, wie Mutter Griolet sie brauchte. »Danke, Herr, für nette, einfache Frauen, die nicht zu viele Fragen stellen.«

Sie blieb einen Augenblick stehen, dann ging sie weiter in den Jungenschlafraum. Die beiden neuen Betten aus dem Krankenhaus waren frisch bezogen. »Gott segne dich, Schwester Rosaline. Obwohl ich nicht weiß, wie du genügend Betttücher aufgetrieben hast. Danke, Vater.«

Sie ging wieder hinaus und über den Hof. Das Schulzimmer war wieder ruhig geworden, Schwester Rosaline war dabei, mit Elan eine Geschichte zu erzählen. »Gott segne dich«, flüsterte Mutter Griolet wieder, während sie durch den Flur und die Treppe hinauf zu ihrer Wohnung ging. In ihrem Büro saß Monsieur Vidal vor ihrem Schreibtisch.

»Jean-Louis, entschuldige, dass ich dich habe warten lassen.« Sie setzte sich hin und seufzte tief auf.

Monsieur Vidal erhob sich halb und nickte. »Hast du heute Morgen die Zeitung gelesen? Der Waffenstillstand tritt um Mittag in Kraft.«

»Gott sei Dank, dass das vorbei ist und dass die Kinder sicher hierher gekommen sind.« Sie lächelte. »Danke, Jean-Louis. Hattest du keine Probleme in Marseille?«

Er lachte. »Es ging so glatt, wie es möglich ist mit neun kleinen Kindern. Ich glaube, allmählich werde ich wirklich ein bisschen alt für so was.« Er rieb sich die Augen. »Und du, Jeanette? Hast du alles, was du brauchst?«

Die alte Nonne räusperte sich. »Ich brauche deine Gebete.

Viele Gebete, Jean-Louis.« Sie dachte einen Augenblick nach. »Und du kannst wirklich Monsieur Hoffmann weiter vertreten, bis er wiederkommt?«

»Das ist ja wohl das Mindeste«, knurrte Jean-Louis. »Der arme Kerl, ausgerechnet jetzt nach Algerien fahren. Du hättest es ihm verbieten sollen, Jeanette. Damit er am Leben bleibt.«

»Gott hat mir ja noch einen fähigen Lehrer geschenkt.« Sie zwinkerte mit den Augen. »Und wer bin ich, dass ich das verbiete, was Gott will? Wir müssen einfach beten.«

»Verstehe schon. Du hast gute Arbeit geleistet, Jeanette.«

»Du auch, mein Freund, du auch.« Dann fragte sie, fast ängstlich: »Glaubst du ... glaubst du, dass das jetzt alle Kinder sind?«

Er schabte mit den Füßen und sah nach unten. »Meiner Meinung nach wird es in Algerien noch viel schlimmer werden, bevor es besser wird. Ich glaube nicht, dass wir schon fertig sind. Aber was Hugo betrifft: Mission erledigt.« Er grinste wie ein schüchterner Schuljunge. »Ich gehe jetzt. Ach ja, und in deinem Wohnzimmer sind zwei Gäste.«

Sie schüttelten sich kurz die Hand und gingen zusammen aus dem Büro. Monsieur Vidal stieg langsam die Treppe hinunter. Mutter Griolet schaute ihm hinterher, dann ging sie durch den Flur in ihr Wohnzimmer.

Ophélie saß auf Gabriellas Schoß, und beide schauten zum Fenster hinaus. Sie weinten. Mutter Griolet räusperte sich leise. »Entschuldigt mich.«

Gabriella drehte ihren Kopf in ihre Richtung. Ihr Gesicht war rot verweint.

»Ist er weg?«

»Bald. Er fährt mit dem Bus zum Bahnhof.«

»Und du wolltest nicht mit zum Bahnhof?«

Gabriella zuckte die Achseln und nickte zu Ophélie hinunter.

Mutter Griolet begriff die Geste und trat neben die beiden. »Ophélie kann ein Weilchen bei mir bleiben. Nicht wahr, Kind?«

Ophélie biss sich auf die Lippe. Sie hielt das rosa Pony an sich gedrückt.

»Ihr werdet schon sehen, Kinder, das Leben geht weiter, und es gibt Hoffnung.«

Ophélie zog unvermittelt das Kreuz von ihrem Hals und hielt es Gabriella hin. »Wenn du zu Papa gehst, nimm ihm mein Kreuz mit, dann wird er beschützt. Er weiß das schon.«

Gabriella nahm das Kreuz und erwiderte leise: »Du weißt doch, Ophélie, dass Gott ihn nicht beschützen wird, weil er ein Kreuz um den Hals trägt, sondern weil er den Heiland hier drinnen hat.« Sie zeigte auf ihr Herz.

»Ja, ich weiß, aber es ... es hilft Papa, sich an Gott zu erinnern. Und an mich. Er muss es kriegen!«

»Gut, dann werde ich es ihm geben.« Gabriella öffnete die Kette und zog sie über ihren Kopf. Ein plötzlicher Sonnenstrahl kam durch das Fenster, und Mutter Griolet sah, wie die Lichtflecken von den beiden Kreuzen, die jetzt zusammen um Gabriellas Hals hingen, durch das Zimmer tanzten.

»Zwei Kreuze«, sagte sie. »Zwei Hugenottenkreuze.« Ein paar ewige Sekunden lang sagte keiner von ihnen ein Wort, dann fuhr Mutter Griolet fort: »Du musst gehen, Gabriella.«

* * * * *

Gabriella rannte die Stufen des Pfarrhauses hinunter in die frische Frühlingsluft, dass ihr Haar hinter ihr herflog. Sie rutschte halb aus auf dem Pflaster, fing sich, sauste um die Ecke, vorbei an dem Olivenbaum vor ihrem Fenster, vorbei an dem Springbrunnen und zu der Haltestelle. David stand mit dem Rücken zu ihr und wartete. Mehrere ältere Frauen saßen mit unbewegten Mienen auf der Bank.

Einen Augenblick zögerte Gabriella, dann rief sie: »David!«

Er drehte sich heftig um. Sein Gesicht hellte sich überrascht auf. »Gabby!« Er hob sie mit einem Arm hoch und küsste sie fest auf den Mund. »Ich bin froh, dass du noch gekommen bist«, murmelte er zwischen den Küssen.

»Jetzt werden wir zum Stadtgespräch«, kicherte sie.

Er grinste. »Das musste früher oder später ja kommen.« Er schaute auf seine Uhr, dann nahm er ihre Hand und führte sie über die Straße und hinter die kleine Ladenzeile.

»Ich hab noch etwas für dich«, murmelte Gabriella und nahm das eine Kreuz von ihrem Hals ab. »Ophélie möchte, dass du das für sie trägst, zur Erinnerung daran, dass Gott dich beschützt. Und zur Erinnerung an sie.« Ihre Stimme stockte, und es rieselte ihr kalt über den Rücken. Er ging also wirklich. Die Minuten tickten unerbittlich weiter. Sie merkte plötzlich, dass sie selber ihm ja überhaupt nichts gegeben hatte.

»Ich wollte, ich hätte auch etwas für dich«, begann sie.

Er legte sofort seinen Finger auf ihre Lippen. »Sag es nicht. Denkst du, ich werde dich vergessen, meine schöne Gabby? Ich habe die Bibel, die du mir geschenkt hast. Und jetzt habe ich das Kreuz. Das ist alles, was ich brauche.«

Er sah sie an, seine Hand auf ihrer Schulter. Seine schwarzen Augen waren sanft. »Ich werde nicht vergessen, was du mir alles gegeben hast. Nie.«

Sie mochte es nicht, wie er das *nie* aussprach. »Du kommst doch zurück, ja? Du bleibst doch nicht lange?«

Er fuhr mit seinen Fingern über ihre Wange. »Ja, ich komme zurück. Bete für mich, Gabby. Ich komme zurück.« Er öffnete umständlich seine Aktentasche. »Ich habe vorhin vergessen, dir das hier zu geben. Ich hätte es dir aus Marseille mit der Post zugeschickt, aber jetzt bist du ja hier.« Er hielt ihr einen weißen Umschlag hin. »Deine Klausur.« Er zwinkerte. »Gute Leistung.«

Er zog sie noch einmal an sich und küsste sie einen langen Augenblick. Sie merkte: Am liebsten wäre er geblieben. »Aber jetzt muss ich Ade sagen, Gabby.« Sie nahmen sich an den Händen und gingen zurück zur Haltestelle.

Der Bus kam langsam die Straße hinauf.

»Auf Wiedersehen, David.« Ihre Stimme war belegt. »Ich liebe dich.«

Er sah zurück, einen ewigen Augenblick auf der Trittstufe des Busses, seine schwarzen Augen nachdenklich musternd, unter seinem Arm der schwarze Lederkoffer. Dann schloss die Tür sich, und er war fort.

* * * * *

Yvette Leclerc und Monique Pons beobachteten das Abschiednehmen des jungen Paares durch das Fenster von Moniques Wohnung.

»*Ooh là là.*« Madame Leclerc schüttelte aufseufzend den Kopf. »Sie ist nicht leicht, die junge Liebe.«

»Ja, so traurig. Aber es ist eine wunderbare Geschichte. Sie müssen stark und tapfer sein, die beiden. Wenn das Schicksal und der liebe Gott auf ihrer Seite sind, wird schon alles auf die Reihe kommen«, beruhigte Madame Pons ihre Freundin.

»Der liebe Gott, ja. Er ist bestimmt mit den beiden. Wer weiß, vielleicht gibt es doch noch bald eine Hochzeit.« Madame Leclerc kicherte.

Monique Pons rollte ihre Augen und nahm die Kartoffel, die sie gerade schälte, wieder in die Hand. »Man kann nie wissen. Das Leben ist voller Überraschungen, nicht wahr?«

* * * * *

Gabriella ging nicht sofort nach St. Joseph zurück. Sie ging am Haus von Madame Leclerc vorbei und weiter der Straße nach, hinaus auf das freie Feld. Sie erinnerte sich, wie sie Anfang Dezember mit David diesen Weg gegangen war, als sie sich versöhnt hatten. Damals waren die Weinreben nackt gewesen; jetzt erschienen überall winzige grüne Triebe an ihnen.

Sie riss den Umschlag auf und holte die vier zusammengefalteten Blätter heraus. Sie raschelten leise in dem Wind. Sie begann zu lesen, aber ihr Blick war verschwommen von den Tränen. Sie wischte sie rasch fort. Oben auf die erste Seite hatte David geschrieben: »Exzellente Arbeit, Miss Madison.« Aber keine Note. Sie war auf einmal enttäuscht. War das alles, was er über ihre Klausur zu sagen hatte? Kein weiteres Wort, kein Satz, den sie als Erinnerung behalten konnte?

Sie blätterte zu der letzten Seite, und da sah sie es, ganz unten: »Ich sitze hier auf dem Krankenhausbett, kann kaum schreiben und denke an dich, Gabby. Wenn du je Fragen und Zweifel bekommst, dann lies diese Klausur wieder und sei dir klar, dass ich jedes Wort so gemeint habe. Ich liebe dich. David.«

Sie berührte die Worte mit ihrem Finger, dann hielt sie die Blätter an ihre Brust. Sie schaute zum Horizont hin und sagte, mit stiller Zuversicht in der Stimme: »Der Herr behüte deinen Ausgang und Eingang, von nun an bis in Ewigkeit. Amen.« Sie sah, wie am Ende des Feldes eine einsame Mohnblume in dem Märzwind zitterte und tanzte, ihr hellrotes Gesicht zur Sonne hingewendet.

Die Reformation erreichte Frankreich Mitte des 16. Jahrhunderts. Die ersten französischen Protestanten wurden »Hugenotten« genannt. Trotz fast ständiger Verfolgung durch die katholische Kirche und die französischen Könige wurden sie eine große, einflussreiche Gruppierung im Land. 1598 gewährte König Heinrich IV. ihnen in dem Toleranzedikt von Nantes, das das Ende der Hugenottenkriege markierte, die Religionsfreiheit. 1685 wurde das Edikt von Ludwig XIV. widerrufen. Die darauf folgende erneute Verfolgung zwang Hunderttausende von Hugenotten zur Flucht nach England, Irland, Schottland, Holland, Deutschland, der Schweiz, Russland und Nordamerika. Von denen, die in Frankreich blieben, erlitten Tausende den Märtyrertod.

Das Hugenottenkreuz soll um das Jahr 1688 von einem Goldschmied in Nîmes geschaffen worden sein. In der Form eines Malteserkreuzes gestaltet, ähnelt es dem im späten 16. Jahrhundert von Heinrich III. geschaffenen Orden des Heiligen Geistes, einer Auszeichnung für besondere militärische Verdienste.

Heute gibt es zahlreiche Varianten des Hugenottenkreuzes. Ursprünglich bestand es aus vier gleich langen und dicken Armen. Jeder der Arme hatte die Form eines nach innen gewendeten Pfeils, an dessen äußeren Ecken je zwei Kugeln angebracht waren. Zwischen die vier Kreuzarme waren vier bourbonische Lilien eingebettet, und von dem unteren Arm hing als Symbol des Heiligen Geistes eine Taube herab, deren Kopf nach unten zeigte.

Das Hugenottenkreuz ist unter den heutigen französischen Protestanten sehr beliebt.

Im Sommer 2001 erscheint die Fortsetzung dieses Romans (Elizabeth Musser, Die Kraft der Liebe). Hier Auszüge aus dem ersten Kapitel:

KAPITEL 1

Marseille, Frankreich
März 1962

David Hoffmann stand am *Bassin de Joliette* in Marseille, wo die Fähren aus Algerien eintrafen. Mitten zwischen den großen Fähren, Passagierschiffen und Dampfern erspähte er ein verhältnismäßig kleines schwarz-weißes Segelboot, die *Capitaine*. Es waren jetzt keine Kinder mehr auf dem Boot, und ein mürrischer alter Franzose namens Jacques wartete auf eine seiner – wie er hoffte – letzten Überfahrten nach Algerien.

David beobachtete ganz benommen, wie Familien mit ihren Kisten und Koffern an Land gingen. Die Gesichter der Erwachsenen wie der Kinder wirkten verstört, traurig, hoffnungslos. David schüttelte den Kopf. Ein kleines Waisenhaus im Süden Frankreichs, das Kinder von *Pieds-noirs* und *Harkis* aufnahm, war ein Tropfen auf den heißen Stein. Diese Leute waren französische Staatsbürger, aber wohin würden sie gehen? Waren sie in Frankreich überhaupt erwünscht? David wusste, dass es nicht so war.

Er sprang auf das Boot und begrüßte Jacques mit Handschlag.

»*Bonjour*«, erwiderte der raue Seemann ernst. »Sind Sie sicher, dass Sie jetzt dahin zurückwollen? Sieht schlecht aus da. Ganz schlecht. Und wird nicht besser. Im Gegenteil.« Er schaute David an und sein Blick sagte mehr als viele Worte über die Grausamkeit des Krieges.

»Ja, ich bin sicher, dass ich gehen muss.«

Jacques sah auf den Boden und scharrte mit den Füßen. »Ich kann nicht mehr zurück, Monsieur Hoffmann. Zu gefährlich. Mist! Keine Chance für mich, irgendwo anzulegen. Die Fähren nehmen allen Platz weg. Tausende von diesen *Pieds-*

noirs rennen schneller weg, als der Mistral das Rhonetal herabfegt. Tut mir Leid für Sie. Aber wenn Sie sich so sicher sind zurückzuwollen, dann geb ich Ihnen den Rat, eine der Fähren zu nehmen. Ich garantiere Ihnen, es gibt niemand, der auf ihnen nach Algerien fährt. Die Schiffe werden völlig leer sein. Nehmen Sie eins davon, wenn Sie wollen. Das wird sicherer sein als mit mir, Monsieur Hoffmann. Viel sicherer.«

David runzelte die Stirn und dachte über die Worte des Seemanns nach, dann zuckte er mit den Achseln. »Ich verstehe, Jacques. Danke für all deine Hilfe. In Castelnau gibt es eine Menge Kinder, die dir dankbar sind.« Die beiden Männer schüttelten sich die Hände.

»Bonne chance, Monsieur Hoffmann. Und seien Sie vorsichtig. Das Land ist total verrückt jetzt. Total verrückt.«

* * * * *

Das Pfeifen und Prasseln abprallender Kugeln drang von der Straße herauf, als Anne-Marie Duchemin vom Fenster aus Moustafa Dramchini sah. Er scheuchte einen jungen Mann in den Wohnblock hinein. Anne-Maries Herz schlug schneller. Sie erhob sich schnell und humpelte zum Spiegel an der Wand, von der schon der Putz bröckelte.

Sie spürte quälende Verzweiflung, als sie sich im Spiegel sah. Ihr schwarzes Haar war matt und stumpf. Ihre Augen lagen tief in ihren Höhlen und ihre Wangenknochen traten viel zu stark hervor. Ihre Haut war blass, ja fast gelblich. Es gab nichts Attraktives an ihr und sie wandte sich schnell ab.

Ein dicker grauer Sweater von Marcus Cirou, in dessen Appartement sie wohnen durfte, hing unmöglich an ihrer mageren Gestalt, aber sie fühlte sich vollkommen nackt. David Hoffmannn war gerade dabei, wieder in ihr Leben zu treten, und sie war nicht bereit. Sie war nicht sicher, ob sie bereit sein wollte. Ihr Herz gehörte Moustafa. Bei ihm hatte sie keine Probleme damit, krank zu sein oder abgerissen auszusehen. Sie las Hingabe in seinen Augen. Aber David! Ihr Geliebter als sie praktisch noch Heranwachsende waren. Sie hatte ihn so lange nicht gesehen.

Plötzlich bekam sie Angst. Er riskierte sein Leben und vertat seine Zeit, um ihr zu helfen. Warum? Würde er wütend sein, wenn er sah, was aus ihr geworden war? Eine mitleiderregende, verkümmerte Blume ...

Die Tür sprang auf, und David Hoffmann füllte sie völlig aus. Anne-Marie schluckte hart und begegnete seinen Augen. Seine 1,85 m große Gestalt war athletischer geworden, jeder Zoll an ihm zeigte nun den erwachsenen Mann, der er war. Seine dunklen Augen waren sanfter, als sie in Erinnerung hatte, und die Zärtlichkeit, die sie in ihnen sah, erschreckte sie nur noch mehr. Sein volles schwarzes Haar war elegant zurückgekämmt, nur eine Strähne fiel ihm in die Stirn. Eine schwarze Lederjacke hing über seine Schultern. Als er seinen Koffer absetzte, sah sie, dass sein anderer Arm bandagiert war. Er richtete sich auf, blieb aber stehen, als erwartete er ihre Einladung. Seine Lippen flüsterten tonlos »Anne-Marie«.

Mein Gott, du bist ein schöner Mann, dachte sie, und musste mit aller Gewalt gegen die Gefühle und Erinnerungen ankämpfen, die in ihr hochstiegen und sie in seine Arme treiben wollten.

David räusperte sich und unterbrach damit ihre Gedanken ...

Bereits erschienen ist »Der Preis der Treue« von Elizabeth Musser (Bestell-Nr. 72411).

KAPITEL 1

Montpellier, Frankreich November 1994

Es war 7.45 Uhr morgens, und der Verkehr kroch die breite Allee im Osten von Montpellier entlang. Die Ampel wurde wieder rot. Ophélie Duchemin runzelte die Stirne und hielt an. Ein Mann klopfte an das Seitenfenster, in seiner Hand war ein Pappschild. Sie las das Schild und schüttelte den Kopf, ohne den Mann anzusehen. Diese Obdachlosen! An jeder größeren Kreuzung in Montpellier mussten sie betteln. Sie spürte einen Gewissensstich. Manchmal gab sie ihnen ein paar Francs, aber heute hatte sie keine Zeit, in ihrem Portemonnaie zu wühlen. Ihre Gedanken waren bei ihren Schülern, und überhaupt, wie wollte sie wissen, ob der Mann sich mit dem Geld ein Brot kaufen würde und nicht die nächste Flasche billigen Rotwein? Sie konnte nicht jedem helfen mit ihrem Lehrergehalt.

Und doch wünschte sie sich, sie könnte dem Mann etwas geben. Sie sah nach vorne, beschwor die Ampel, grün zu werden, damit sie an diesem Jammerbild vorbei und zu ihrer Schule konnte. Nur nicht dem Mann in die Augen sehen, damit das Mitleid nicht zu stark wurde. Endlich grün. Ophélie fuhr aufseufzend an. Der Obdachlose trat zurück auf den Gehsteig und wartete auf seine nächsten Rotlichtopfer.

* * * * *

Ophélie Duchemin wartete auf das Läuten. Sie schaute lächelnd zu, wie die Teenager angeregt plaudernd in das Klassenzimmer strömten. Ihre Stunden mochten sie am liebsten, und Ophélie wusste das; ihre Zufriedenheit stand ihr auf der Nase geschrieben. Bei ihr machte es richtig Spaß, französische Literatur zu lernen.

Sie erhob sich und begrüßte ihre Schüler wie jeden Tag, gab ihnen gleich die erste Nuss zu knacken, ein unbekanntes Zitat von einem großen französischen Autor: *»Je te frapperai sans colère et sans haine«* (»Schlagen werde ich dich ohne Hass und ohne Wut«). Die Stirnen legten sich in Falten, einige blätterten hastig in ihrem Lesebuch, aus dem, wie Ophélie ihnen versichert hatte, sämtliche Zitate kamen.

Sie war groß gewachsen für eine Französin, vielleicht 1,70 Meter groß, schlank und mit langem, glänzendem Haar, das wie ein brauner Wasserfall über ihre Schultern fiel. Ihre Haut war glatt und gesund, ihr Gesicht eine Fundgrube der Gegensätze. Dicke Wimpern und tiefbraune Augen, hohe Wangenknochen, eine leichte Stupsnase, wie bei ihrer Mutter. Man fand sie schön – eine fremde, ernste, fast verborgene Schönheit. Jahrelang hatten sie sie damit aufgezogen, dass sie in ihren Jeans und T-Shirts wie eine von ihren Schülerinnen aussah. Selbst jetzt noch, mit 38 Jahren, sah sie wie eine gut aussehende Studentin aus. Die Schüler steckten die Köpfe zusammen, wenn die Stunde vorbei war. Sie betrachteten sie mit einer Mischung aus Bewunderung und Ehrfurcht. Sie hatte zwei von den kleineren französischen Literaturpreisen gewonnen, und eines ihrer Stücke wurde gerade in einem kleinen Theater in Montpellier aufgeführt. Ophélie Duchemin war einer jener Menschen, die immer überzeugender zu werden schienen, je tiefer man bohrte.

Sie kümmerte sich nicht darum, was für einen Eindruck sie auf die anderen machte. Nach den Schulstunden plauderte sie noch mit ihren Schülern, versuchte ihren Intellekt anzuregen. Die Arbeitslosigkeit in Frankreich war beängstigend hoch, 12 Prozent und immer noch steigend. Ophélie versuchte, ihren Schülern Mut zu machen, weiter zu lernen, nicht aufzugeben, Erfolg zu haben. Träumerin, Visionärin, Mystikerin hatte man sie schon genannt. Passten diese Titel? Sie nahm sich nicht die Zeit, es zu prüfen.

Sie hatte die Stunde bereits begonnen, als die Tür sich öffnete und eine junge Frau hereinschlüpfte, das Gesicht nach unten gerichtet, die Bücher fest gegen die Brust gedrückt. Ophélies Augen folgten dem Mädchen, wie es an seinen Platz ging. Rislène, ihre beste Schülerin, kam immer später zum Unterricht. Ophélie wusste auch, warum. Probleme zu Hause.

Als die Stunde vorbei war, wartete das Mädchen, bis die anderen den Raum verlassen hatten, dann kam es zu Ophélies Pult. »Mademoiselle Duchemin, könnte ... dürfte ich Sie mal sprechen?«

Ophélie sog scharf die Luft ein, als sie die blauen Flecken auf dem Gesicht des Mädchens sah. »Was ist passiert?«

»Mein Vater ... er hat's herausgefunden, dass ich zu den Leuten in Ihrer Kirche gehe.«

»O, Rislène!« Sie stand auf und nahm die zitternde junge Frau in ihre Arme. »Das tut mir ja so Leid! Wie hat er das herausgefunden?«

»Meine Schwester. Sie hat mich verraten.« Rislène wischte sich eine Träne ab und legte die Hand auf den Mund, um das Schluchzen zu unterdrücken. »Ich hab solche Angst, heute Abend nach Hause zu gehen, ich weiß nicht, was er noch machen wird ...«

Ophélie schloss die Augen, um nachzudenken. Es waren unsichere Zeiten für die Algerier in Frankreich. Der Bürgerkrieg in ihrem Land drohte nach Frankreich überzugreifen, man konnte die Angst förmlich riechen. Und Rislènes Geschichte erinnerte an so viele andere. Als junge Nordafrikanerin, die in Frankreich aufgewachsen war, war sie eigentlich ganz Französin. Aber in den letzten Jahren war der islamische Fundamentalismus auf dem Vormarsch; immer mehr Väter verlangten von ihren Töchtern, den *Hijab*, das muslimische Kopftuch, zu tragen und zum Gottesdienst in die überall in Frankreich emporschießenden neuen Moscheen zu gehen.

Aber Rislènes Lage war ganz besonders gefährlich, denn sie hatte die unvergebbare Sünde begangen und war Christ geworden. Jetzt hatte ihr Vater dies herausgefunden, und Ophélie wusste, dass das Ergebnis blutig werden konnte. Ein blaues Auge war womöglich erst der Anfang.

Sie nahm Rislènes Hände und sah ihr in die Augen. »Du kommst erst mal zu mir, so lange, bis wir etwas anderes haben. Komm in meine Wohnung. Ich rufe meinen Vater an, der wird einen Rat wissen.« Sie berührte vorsichtig das Gesicht des Mädchens. Die hässliche Schwellung ging über ihr ganzes linkes Auge und die Wange. Rislène war schlank, mit dickem schwarzem Haar und olivenfarbener Haut. Normalerweise war ihr Lächeln ansteckend, aber heute weinte sie und machte einen verstörten Eindruck.

»Komm nach dem Unterricht wieder zu mir, gegen fünf. Hab keine Angst, das wird schon alles.« Sie schaute dem Mädchen hinterher, wie es das Klassenzimmer verließ, Kopf gesenkt, eine Hand über dem Gesicht, als trauerte sie. Was ja stimmte. Die wütende Hand ihres Vaters hatte Rislène gerade ihre Kindheit genommen …